御製

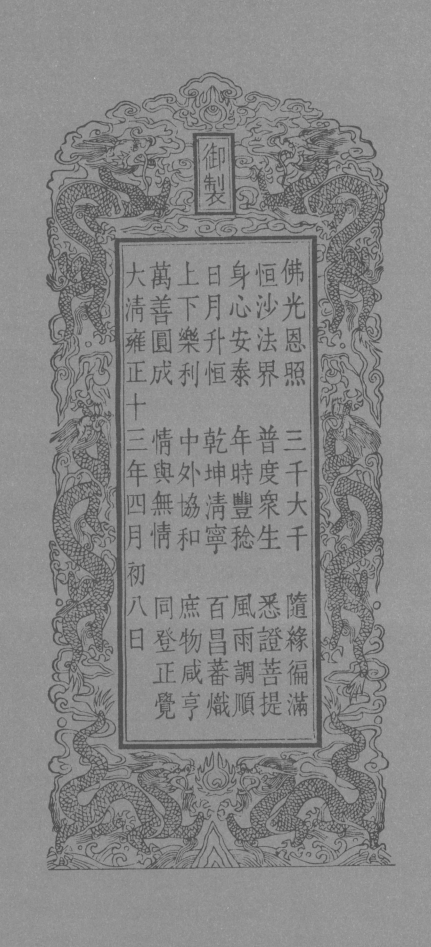

佛光恩照　三千大千　隨緣徧滿
恒沙法界　普度衆生　悉證菩提
身心安泰　年時豐稔　風雨調順
日月升恒　乾坤清寧　百昌蕃熾
上下樂利　中外協和　庶物咸亨
萬善圓成　情與無情　同登正覺
大清雍正十三年四月初八日

佛說月明菩薩經

佛說心明經

佛說滅十方冥經

佛說鹿母經

吳月氏國優婆塞支謙譯

西晉三藏法師竺法護譯

清刻龍藏佛說法變相圖

四經同卷
佛說月明菩薩經
佛說心明經
佛說滅十方冥經
佛說鹿母經

佛說月明菩薩經

吳月氏國優婆塞支謙譯

聞如是一時佛在羅閱祇耆闍崛山中與大比丘衆千二百五十人菩薩萬人俱是時羅閱祇有大姓豪富家名申日申日有子字旃羅法（此言月明）有清潔之行佛譬童男故言月明童男到佛所前爲佛作禮却坐一面佛告月明童男菩薩摩訶薩在家若作比丘持法施飯食施常以善意迎逆一切人心奉持食四願當發意求佛疾逮得無上正眞道何等爲

四願第一願者願一切人疾逮善權方便第二願者願世世與善知識共會第三願者願以財寶與一切人共第四願者願行二事以法施及飲食常樂得是行是爲四願復次月明童男菩薩大士在家若出家常樂經法施常以善權迎逆人意無貪心正立法中住奉守禁戒當如法復有一事月明童男若比丘疾病窮厄勤苦當憂令得安隱給與醫藥何但醫藥尚當不惜肌肉當供養之趣令得愈復有一事月明童男菩薩大士布施終不中疑何以故過去阿僧祇劫復阿僧祇劫都不可計無央數極廣遠爾時世有佛名諦念願無上王如來無所著等正覺示現受身於世間隨所樂具習行爲上尊復有一事月明童男爾時諦念願無上王如來至眞等正覺其日現得等正覺相便變化作無央數身形隨所喜樂而開導之使無數人得須陀洹道無數人得斯陀含道無數人得阿那含道無數人得阿羅漢道無數人得辟支佛道無數人生四王天上無數人生忉利天上無數人生炎天上無數人生兜率天上無數人生尼摩羅天上無數人生魔天上無數人生梵天上無數人授莂發無上正眞道意人人皆當過泥洹大道去爾時諦念願無上王如來無所著等正覺於是教授現身一日所度盡已便般泥洹般泥洹後其法留止二十億千歲其數欲盡最後五千歲中比丘多不復信深經多喜淺事經法於是稍稍末盡爾時閻浮利國有王名智力常修行佛三事何等三事一者常護佛深法二者受行佛深法三者諦信

佛深法爾時世有比丘字浮曇末（此言至誠意）常行三事何等爲三事一者常持是三昧二者常護是三昧三者常誦是三昧加有八事常行慈心常行哀心常行悲心常行護心常行黠慧心常行答問心常行喜踊心常行第一心以是便具降九十六種道悉覽知一一深法不復疑至誠意比丘與智力王有親里爲王所尊敬國人愛重亦爾王欲見是比丘無有猒極時聽是比丘說經法無有猒足持欲禮是比丘無有猒足時是比丘髀上生大惡瘡國中醫藥所不能愈王愁大悲即爲淚出時二萬夫人俱亦皆同時悲念是比丘於時王卧夢中有天人來語王言若欲愈是至誠意比丘病者當得生人肉血飲食之即愈矣王寤驚悸不樂念是比丘病重乃須彼藥法所難得勑問臣下何從得生人血肉時王第一太子字若羅衛（此言智止）智止白王王莫悲莫愁莫憂人之血肉最爲賤微世人所重道無所違王答太子善哉善哉太子默然還入齋室持刀割髀取肉及血持送與比丘比丘得服之瘡即除愈身得安隱王聞比丘已得除愈大歡喜悅懌不能自勝意存比丘不復念太子痛持是歡喜各有至心太子亦自平復便舉國財寶賜與太子太子以偈答王曰

與血肉安隱施　割血肉施與人
即得愈無復恐　是供養佛所譽
德中德最安隱　未來當作佛者
斷貪婬去瞋恚　一切人皆除愈

佛告月明童男爾時至誠意比丘者提和竭羅佛是爾時智力王者今彌勒菩薩是時智

止太子我身是如來無所著等正覺饒益於世間不可計量積累功德欲度一切故菩薩大士行皆如是若善男子善女人欲求度世者當發無上正眞道意誦習是三昧佛說經已莫不歡喜作禮而去

佛說月明菩薩經

佛說心明經

西晉三藏法師竺法護譯

聞如是一時佛遊王舍城靈鷲山與五百比丘四部衆俱佛以晨旦著衣持鉢往至一縣而行分衞諸天龍神追於上侍到梵志館門外而住分衞佛放大光普照十方時梵志婦執㸑炊飯見光照身身得安隱解懌無量心自念言今此光耀不以日月釋梵四王諸天之明躬荷熈怡不能自勝還顧見佛端正姝好如星中月奇相巍巍衆好具足諸根憺怕無有衰入遠最上寂得第一定如日初出現于山崗如轉輪王臨幸大殿寶臣翼從又若帝釋顯據忉利猶梵天王於第七尊如高山雪岡灼普現倍加踊躍重自忖惟令得覲佛及界弟子誠副宿願欲以食饌奉進正覺隱察愚夫不信道德志存邪疑六十二見見我所施必與結恨宿命愆咎失雄猛男嬰墜女像羇制於人欲施聖尊不得由巳宜順護意當如之何便即壓飯取汁一杓以用上佛佛之威神鉢中自然有百味食佛時達嚫口歎頌曰

假以馬百疋　金銀校鞍勒　用惠施於人
不如杓飯汁　設以七寶車　載滿諸琦珍
杓飯汁施佛　其福過於彼　若施白象百
明珠瓔珞飾　供佛一杓汁　其福超彼上
如聖轉輪王　普賢玉女后　端正無有比
七寶瓔珞身　如是之妙類　其數各有百
悉以配施人　不如一杓汁

於時梵志靜住而聽聞佛所歎心懷疑惑前問佛言一杓飯汁何所直也而乃稱讚若干

寶施象馬車乘不可言數而云不如杓飯汁施斯之飯汁不直一錢然乃咨嗟若干億倍孰當信哉於是世尊尋即顯露廣長之舌以覆其面上至梵天告梵志曰吾從無數億百千劫常行至誠六度無極施諸所安有而不惜乃獲斯舌寧以妄語能致之乎吾欲問卿至誠荅之曾頗往返舍衛羅閱中路見有樹名尼拘類蔭庇人衆五百乘車不對曰唯然有是所見也世尊又問其子大如荅曰形如芥子佛告梵志卿眞爾舌實如芥子樹何大乎對曰審爾不敢欺也佛又告曰種如芥子生樹廣大地之生植適無所置所覆彌廣乃爾況復如來無上至眞等正覺無量福會普勝者哉戒定慧解脱知見事大慈弘哀無所不濟以饌供獻福祚難計梵志默然無以加報時佛乃笑五色光從口出照十方五趣之類天欲至人心喜餓鬼飽滿地獄痛息畜生意開罪除尋光來詣佛所諸佛笑法皆有常瑞授菩薩決遍照十方光從頂入授緣覺莂光入面門授聲聞莂光入肩斗說生天事光從臍入說降人中光從膝入說趣三苦光從足心入諸佛之欣不以欲笑不以瞋笑不以癡笑不放逸笑不利欲笑不榮貴笑不富饒笑今佛普等愍傷羣萌行大慈笑無斯七也賢者阿難分別七法知法解義曉時了節暢衆會事思省已身明衆人根即從座起更整衣服長跪問佛佛何因緣笑願說其意佛告阿難見梵志婦發大意乎對曰已見佛言斯婦壽終當轉女像後爲男子生于天上諸天中尊下生世間爲人中上解深妙法如幻如

化如水中月影響野馬刼三十刼當得作佛名曰心明如來至真等正覺明行成爲善逝世間解無上士道法御天人師號佛世尊梵志心伏五體投地剋心自責懺曰我如小兒愚癡闇冥懷疑猶豫不識大聖口出麤言唯原罪疊佛言善哉善哉若自見過歸命於佛於道法律悔殃塵者其咎損滅福增日滋梵志啓進唯垂大哀加恩矜攝令得出家佛即納受以爲沙門鬚髮則除法衣在身於時世尊講四聖諦苦集盡道梵志踊躍漏盡意解佛說如是賢者阿難諸四部衆天人龍神皆發道意歡喜稽首而退

佛說心明經

佛說滅十方冥經

西晉三藏法師竺法護譯

聞如是一時佛遊迦維羅衛釋氏精廬尼拘類樹下與大比丘衆俱比丘千二百五十人諸菩薩無央數佛以明旦著衣持鉢與諸比丘眷屬圍遶入城分衛時有釋種幼少童子名面善悅嚴駕車乘晨朝出城遥見世尊與諸聖衆而俱發來至于佛所下車步進稽首佛足右遶三帀却住一面時面善悅憂慼低頭佛以預知故而問言童子所湊而早出城心懷憂灼顏色慘慼面善悅白佛唯天中天今我二親身不安和横爲人非人所見侵嬈晝夜寤寐不得寧息出入行步亦見逼惱又我之身雖處大國遭此困厄窮苦無賴竊自思惟不知何計不審當設何等方便假遇寃賊或遭非人妖蠱姦邪無以防護唯願世尊告示以法隨時救濟令無嬈害佛告面善悅諦聽諦受善念持之當爲汝說擁護之法時釋幼童子受教而聽佛言東方去此過千八千那術佛土有世界名拔衆塵勞其佛號等行如來至眞等正覺今現在說經法人若東行先當稽首歸命供養於東方佛則無恐懼莫敢侵嬈所欲遊行有所興作悉當如願志未曾亂如心所念輒得成就佛時頌曰

先奉最正覺　等行大聖人　然後東向行
爾乃無恐懼

佛告童子南方去此過于十億百千佛土有世界名消冥等要脫其佛號初發心念離恐畏歸超首如來至眞等正覺今現在說經法若欲南行當遥稽首歸命彼佛爾乃發進一

心專念意不離佛則無恐懼不遇患難佛時頌曰
已離於衆想　童子當修是　若行至南方　不復遭恐懼
佛告童子西方去此如恒河沙諸佛刹土有世界名善選擇其佛號金剛步跡如來至眞等正覺今現在説經法若欲西行先當講説思惟本淨本淨之法永無所見無起無滅寂然清淨先當稽首禮於彼佛一心歸命爾乃發進則無恐懼不逢患難佛時頌曰
諸法無所生　亦無有所滅　曉了知此者　則爲無恐畏
佛告童子北方去此過二萬佛土有世界名覺辯其佛號寶智首如來至眞等正覺今現在説經法若欲北行設在家居稽首作禮歸命彼佛爾乃發進則無恐懼不遇患難佛時頌曰
若在於家中　一切諸居業　所有齋比行　則無所畏懼
佛告童子東北方去此過于百萬億佛土有世界名持所念其佛號壞魔慢獨步如來至眞等正覺今現在説經法又彼如來詣佛樹下適一心坐化于三千大千世界諸魔官屬及諸魔天悉勸立之於不退轉當成無上正眞之道是爲如來詣樹下時之所感動若詣東北方當遥稽首歸命彼佛然後乃進所在獲安則無所畏佛時頌曰
如從初發意　則降伏魔兵　心常念此佛　尋便無恐懼
佛告童子東南方去此過二恒河沙等佛土

有世界名常照曜其佛號初發心不退轉輪成首如來至眞等正覺今現在説經法其如來本爲菩薩時常興衆行不退轉輪義布施持戒忍辱精進禪定不亂成就智慧是爲如來本爲菩薩時之所感動若東南行先當稽首五體投地一心歸命然後乃進則無恐懼

佛時頌曰

先五體作禮　然後乃出家　在欲所至到
則不逢賊害

佛告童子西南方去此過八萬佛土有世界名覆白交露其佛號寶蓋照空如來至眞等正覺今現在説經法若西南行先當稽首彼方如來以華遥散念於無相然後乃進則無恐懼佛時頌曰

供養等正覺　以華而奉散　用無相之心
則無有恐懼

佛告童子西北方去此過六恒河沙佛之刹土有世界名住清淨其佛號開化菩薩如來至眞等正覺今現在説經法其佛國土清淨無穢亦無愛欲無有女人離於五濁若西北行先禮彼佛自歸悔過淨修梵行然後出家則無恐懼佛時頌曰

先當修梵行　然後出于家　安隱不遇賊
所在無衆難

佛告童子下方去此過九十二姟佛之刹土有世界名念無倒其佛號念初發意斷疑拔欲如來至眞等正覺今現在説經法若欲坐時若夜卧時念斯如來稽首自歸常以普慈念救衆生然後坐卧則無恐懼所願必果佛時頌曰

普慈念衆生　定坐若卧眠　於夢若寤寐
則無有恐懼
佛告童子上方去此過六十恒河沙等佛土有世界名離諸恐懼無有處所其佛號消冥等超王如來至真等正覺今現在說經法若從座起常禮彼佛自歸供養常懷慈心愍於衆生然後起行則無恐懼在所至湊則獲吉安用是念故常得擁護佛時頌曰
常懷慈等心　愍於衆生類　用哀羣生故
則無有恐懼
佛告童子汝當諦受此諸佛名奉持思惟懷抱在心所欲至到則無危難面善悅釋種童子前白佛言我已奉受此諸佛名懷抱在心思惟奉行其事無量自立已心我見十方無所蔽礙如今向者世尊所說宣傳經道及諸佛名皆如所聞審諦無異時彼衆會滿百千人聞佛所說皆從座起整服長跪而白佛言如來至真等正覺大慈普覆乃爲我等說此經典我及一切皆見諸佛內外通徹無有陰冥如佛所說無有異也於是舍利弗前白佛言此族姓子等得眼清淨何其速疾覩見諸佛無所罣礙功德之力乃如是乎爲是諸佛威神所接將自宿命福熏所致耶佛語舍利弗是佛威神亦本功德也爾時佛放大光明普照十方地即大動天散華香箜篌樂器不鼓自鳴賢者阿難即從座起更正衣服長跪叉手前白佛言於今何故現大光明無所不照地復大動天散華香佛告阿難汝爲寧見滿百千人叉手自歸佛前者不阿難對曰已見世尊佛言此百千人以是德本所興立行

無央數劫不歸惡趣各各更歷恒河沙等世界爲轉輪聖王主四天下一作聖王常見諸佛而得由巳志願如意然後於世當得成佛號曰立眼清淨如來至真等正覺明行成爲善逝世間解無上士道法御天人師爲佛衆祐皆同一字各各異界而成其道佛適授此諸族姓子決應時地神及虛空神僉然舉聲而稱揚曰斯諸族姓等功德無量其聲乃徹於四天王忉利天焰摩天兜術天不憍樂天化自在天乃至魔界上通梵天及第二十四阿迦膩吒天悉共歌歎難及難及至未曾有諸佛世尊威恩所濟巍巍堂堂乃如是乎勸發顯化諸族姓子而授其決當成無上正真之道慧無罣礙普見悉達靣善悅釋種童子前白佛言今此經典號名云何以何奉持佛告童子此經名曰滅十方冥所以者何念十方佛一心自歸心中豆然如冥覩明無復恐懼是故名曰滅十方冥當奉持之又復名曰如來所歎當奉持之又復名曰了無相法又復名曰空無所有慇懃執持佛言童子假使有人受此經典持諷誦讀爲他人說具足備悉令不缺滅速成所願比丘比丘尼優婆塞優婆夷受持此經而諷誦說終無恐懼若到縣官不見侵枉若行賊中不見危害若行大火中即爲消滅若行水中終不沒溺天龍鬼神阿須倫迦留羅真陀羅摩休勒弊惡之神及餘鬼衆人若非人無敢觸者師子虎狼猛獸熊羆無敢近者餓鬼魍魎及反足鬼溷邊諸鬼無能嬈者亦無所畏若在閑居曠野樹下露地獨處則爲如來之所建立而見擁護

若族姓子族姓女受此經典持諷誦書是經卷者已曾供養過去諸佛植衆德本所作功德欲辦爾時佛告賢者阿難假使有人今面見佛至心供養衣被飯食牀卧之具病瘦醫藥不如有人受持是經書諷誦讀載著竹帛爲他人説則爲具足供養於佛時天帝釋與無央數諸天俱來各齎天華供養散佛而白佛言吾當將護持此經者四天王及上諸天各齎華香以供養佛各白佛言我當擁護族姓子女受此經典持諷誦讀爲他人説若著竹帛載於經卷者所在遊居周帀營護令無伺求得其便者佛説如是天帝釋衆面善悦釋種童子及四天王天龍鬼神阿須倫世間人民聞經歡喜作禮而去

佛説滅十方冥經

佛說鹿母經

西晉三藏法師竺法護譯

佛言昔者有鹿數百爲羣隨逐水草侵近人邑國王出獵遂各分迸有一母鹿懷妊獨逝被逐飢疲失侶悵快時生二子捨行求食煢悸失錯誤墮獵者弶中悲鳴欲出不能得脫獵師聞聲便往視之見鹿心喜適前欲殺鹿乃叩頭求哀自陳向生二子尚小無知始自蒙蒙未曉東西乞假須臾暫還視子將示水草使得生活并與二子盡哀死別長短命矣願垂恕恩愍及有識若蒙哀遣得見子者誠非鹿獸所能報謝天祐有德福注罔極見遣之期不違信誓旋則就死獸意無恨是時獵者聞鹿所言且驚且怪衣毛爲竪其奇能言識出人情即問鹿曰汝爲鬼魅山靈樹神得無變惑假借其形以實告我令明其故鹿即答曰吾以先世貪殘之罪禀受鹿身至心念子故發口能言非爲鬼魅唯見識憐生放死還甘心所全獵者聞之信加其言心懷貪欲意不肯聽即告鹿曰世人一切尚無志誠況汝鹿畜憐子惜身尚全求生從死得去豈有還期王命急切恐必知之罪吾失鹿更受重責雖心不忍事不獲已終不相放鹿時惶怖苦言報曰鹿雖賤畜甘死不恨求期則返豈敢違命人受罪釁唯乞假祚爲福所種去則子存留則子亡聽往時還神信我言夫死何足惜而違心信顧念二子是以懇懇生不識母各當没命分死全子滅三痛劇鹿母低頭鳴噭口說偈言

我身爲鹿獸　遊食於林藪　賤生貪軀命

不能故送死　今來入君弶　自分受刀机
不惜腥臊身　但憐二子耳　唯我前世時
暴虐不至誠　不信生死苦　罪福之分明
行惡自招罪　今受畜獸形　若蒙須臾命
終不違信盟

於是獵者聞鹿言訴之聲甚嘆其奇貪利成事不欲放遣即告於鹿責數之日夫巧僞無實姦詐難信虛華萬端狡猾非一侵暴生種犯人稼穡以罪投身入于吾弶今當殺送供王廚食不須妄語欺吾求脫重身畏死誰能効命人之無食猶難爲期而況畜獸全命免死豈有還期但當就死終不相放鹿時憶子恐攄前跪兩膝低頭涕淚悲訴鳴吟重說偈言

雖身爲鹿畜　不識仁義方　柰何受慈恩
得去不復還　寧受分裂痛　無爲虛僞存
哀傷二子窮　乞假須臾間　宿世罪自然
故受畜生體　爲人所不信　殃禍自應爾
猶是招當來　欲脫畜生形　披肝露誠信
願聽重誓言　若世有惡人　鬪亂比丘僧
破塔壞佛寺　及殺持戒人　反逆害父母
兄弟與妻子　設我不來還　罪大過於是
普世之極罪　劫盡殃不已　宛轉更燒煑
之彼復到此　可思之深重　受痛無終始
設我不來還　罪大過於是

爾時獵者適聞鹿言心益竦然乃却嘆曰唯覩世間一切人民稟受宿福得生爲人愚惑癡冥背恩薄義不忠不孝不信不仁貪殘無道欺僞苟全不知非常識別三尊鹿但畜生懇懇辭言信誓叩叩有殊於人情露丹誠似

如分明識覩其驗以察其心便前解弶放遣
假之於是鹿母出弶得去且顧且馳到其子
所低頭䫉子舐其身體一喜一悲踟蹰徘徊
嘆息啼吟並說偈言

一切恩愛會　皆由因緣合　合會有别離
無常難得久　今我爲爾母　恒恐不自保
生世多畏懼　命如露著草

於是鹿母說此偈已便將二子入于林藪爲
别食稼示好水草誡勑叮寧教生活道念别
子孤淚下如雨悲鳴摧傷說偈别言

前世行欺詐　負債著恩愛　殘暴衆生命
自盜教彼殺　身作如影隨　今日當受之
畢故不造新　當還赴彼期　違佛不信法
背戾師父誡　自用貪無猒　放情恣癡意
罪報爲畜生　當爲人作飼　自分不敢怨
畢命不復欺　貪求取非道　殺盜於前世
每生爲畜獸　宿命所追逮　結縛當就死
恐怖無生氣　用識三尊言　見遣盡恩愛
吾朝行不遇　誤墮獵者弶　即當就屠割
破碎受宿殃　念汝求哀來　今當還就死
憐汝小雙孤　努力自活已　行當依羣類
止當依衆裏　食當隨侣進　卧當驚覺起
愼勿子獨遊　食走於道邊　言竟便長别
就死不復還

是時鹿母說此偈已與子死别遲迴再三低
頭俛仰唱聲感哀委背而去二子鳴啼悲泣
戀慕從後追尋頓弊復起悲嗥叫叫說訴偈
言

貪欲慕恩愛　生爲母作子　始來受身形
受命賤畜體　如何見孤背　斷命没終此

慕母情痛絶　乞得并就死　自念我生來
未識東與西　念母憐我等　當報乳養恩
何忍長生別　永世不復存　念母爲我苦
不聊獨生全　無福受畜形　薄祐禍害至
始生於迷惑　當早見孤棄　凡生皆有死
早晚當就之　今日之困窮　當與母同時

於是鹿子說此偈已其母悲感低頭號泣哀悼怨歎迴頭還顧抗聲悲鳴告其子言爾還勿來吾自畢故以壽當之無得母子夭橫併命吾死甘心傷爾未識世間無常皆當別離吾自薄命爾生無祐何爲悲哀徒益憂患但當速行畢債於今鹿母復鳴爲子說偈言

吾前坐貪愛　今受弊畜身　世生皆有死
無脱不終患　制意一離貪　然後乃大安
寧就至誠死　終不欺殆生

於是鹿子聞母偈音益更悲戀鳴涕相尋至于弥所東西求索乃見獵者卧於樹下鹿母徑就其邊低頭大聲以覺獵者而說偈言

投分全中實　畢壽於畜生　見放不敢稽
還就刀几刑　向所可放鹿　今來還就死
恩慈於賤畜　得見辭二子　將行示水草
爲說非常苦　萬没無餘恨　念恩不敢負

爾時獵者聞鹿鳴聲說誠信之言驚覺即起心動悚然慈心發中口未得宣鹿便低頭前跪兩膝重向獵者喜自陳說以偈謝言

仁前見放遣　德厚過天地　賤畜被慈育
悲意不自勝　一切悉無常　忻然副信死
滅對畢因緣　怨盡從斯已　仁惠恩難忘
感受豈敢違　雖謝千萬辭　不足報慈恩
唯夫誠精誠　受福歸自然　今日甘心死

以子屬仁君
於是獵者感誠即寤又重聞鹿說偈皆微妙之聲加其篤信捨生就死以副盟誓子母悲啼相尋而至斯鹿之身必非凡庸吾觀世士未能比倫雖復獸體心若神靈吾之無良殘暴來久鹿乃立義言信不負可爲明教稽首稟受豈復當敢生犯害心即時獵者加肅謙敬辭謝遣鹿而說偈言

神鹿信若天　言誓志願大　今我心竦懼
豈敢加逆害　寧自殺鄙身　妻子寸寸分
何忍向天種　有想害靈神

獵者說此偈已即以慈心遣鹿重復辭謝悔心自責鹿見遣去出就其子子望見母得生出還强馳走趣跳躑悲鳴子母相得俱懽俱喜一俛一仰鳴聲呦呦悲感受活生蒙大恩即仰頭謝獵者而說偈言

賤畜生處世　當應充廚宰　即時分烹俎
寬假辭二子　天人重愛物　復蒙放赦原
德祐積無量　非口所能陳

爾時鹿母說此偈謝已將率二子還于深林鳴羣嘯侶以遊以集安身草澤以寧峻山獵者於後深自惟言鹿但畜生信義祐身既免即濟見者加稱我之爲暴何廣於心即時啓寤散意歸仁放弩壞弶無復殺心詣于廟寺請稟沙門稽首顙面自歸自陳奉順慈義畢志正真便往白王具說鹿言王聞其說心喜驚歎鹿獸有義我更貪殘又此鹿慧深達言教知仰三尊我國弊冥事彼妖言誠可捨棄以保永全普國人民無不聞知畜獸行義現獲信證大道之化無隱不彰於是國王即請

會羣臣宣令國民吾之爲闇不别眞僞啓受邪師言畏僞神妖祭無道殘暴衆生不如鹿畜明識三尊自今已後普國率民發彼邪宗皆歸正眞詣于佛寺請受聖衆冀以後世長獲其福臣下羣僚國民大小皆信三尊奉五戒十善爲期三年國豐太平民皆壽樂鹿之祐矣佛語賢者阿難唯吾善權累劫行恩恩救衆生其信如是爾時鹿母者我身是也二子者羅云及朱離母賀是國王者舍利弗是獵者阿難是界上民走白王者調達是佛時說已於鹿腨腸放大光明遍照東西南北四隅十方各千佛刹吾其光明所之各有化導師子座及寶蓮華或爲法師比丘現肉體者或爲帝王及長者子者或凡人黎庶現卑賤者或人羣生爲畜獸者各各以光明導御說法爾時所說鹿母信誓功德以爲法訓法音入心莫不信受其者皆歸無上正眞之道佛即迴光等接遍照閻浮提內悉令普徹其蒙光者逮安隱想爾時衆中有八百比丘意志四道以證道迹聞說鹿母於畜生之中發起大意以信成道感悟變化即時反悔前白佛言願立信誓爲菩薩道唯佛加哀助利我等當以建行荷負衆生救濟一切至死不離即時逮得僧那僧涅弘誓之鎧爾時阿難整服長跪白世尊言此諸比丘綱惑大乘不受正諦如今開悟逮得法證離淵越塹何其疾也誠非小道所能信明大會有疑唯願世尊說其緣由以釋將來佛言善哉阿難汝問快也斯承先識非今所造是諸比丘迺昔鹿遊國民信受王命奉順三寶加鹿即感皆願無上

正眞意中間癡闇不復習行雖以遇我得作沙門忽棄本願迷於大乘今聞我說前世本末閉結疑解得無想安隱是其宿命識神使然佛說是時八百比丘皆得阿惟越致力士聚中有八千人見證心解除放逸行皆發無上正眞之道逮得入信聲尋獲安隱無想之定天龍世人七億二千皆發無上正眞道意

佛語阿難我作畜生之時以不忘菩薩弘濟之心應行導利逮于今者但爲衆生勤苦無極假使一人亡本沒流未拯拔者終不捨放諸欲求安逮是功德疾成佛者皆當盡心中誠歸信三尊世世不廢如我今日現般泥洹誠信所致也阿難汝當受持廣宣此經無令滅絕阿難即前稽首作禮受持諷誦

佛說鹿母經

音釋

髀傍禮切股也 悸其季切心動也 懌羊益切悅也 冏居永切明也
羇居宜切羇絆也 釁許覲切隙也 湊倉奏切趣也 蠱公戶切惑也
罣古賣切罥也 惸渠營切獨也 弶其亮切施罟於道也 噭古弔切與叫同
竦息拱切恭也 舐神帋切餂也 軻苦何切 腨時兗切腓腸也

佛說魔逆經

西晉三藏法師竺法護譯

清刻龍藏佛說法變相圖

佛說魔逆經

西晉三藏法師竺法護譯

聞如是一時佛在舍衛國祇樹給孤獨園與大比丘衆俱千二百五十菩薩摩訶薩數不可計及欲行天諸色行天淨居天人彼時世尊與無央數衆會眷屬周帀圍遶而說經法有一天子名曰大光在於座中翼從文殊師利而侍衛焉於是大光曰文殊師利所可謂言諸菩薩衆有魔事者何謂魔事文殊答曰有所興業而有所作則爲魔事若使志願有所受取而有所奪則爲魔事假令所欲思想諸著識念求望則爲魔事復次仁者倚著菩薩志欲至道則爲魔事心倚布施持戒忍辱精進一心而依智慧則爲魔事識念布施安想持戒受於忍辱放逸精進反倚禪定專惟

智慧則爲魔事復次仁者心樂閑居行得於覲則爲魔事若使想念止足獨處節限名德則爲魔事若行空無依無相願修無放逸住於如來所説言教則爲魔事假使仁者思想識念有所受取志在所應見聞念知分別經典皆爲魔事大光問文殊曰其魔事者爲住何所文殊答曰住於精進又問以何等故住於精進文殊答曰其精進者乃爲諸魔求其便耳若懈怠者彼魔波旬當奈之何又問何謂菩薩精進而不應者文殊答言假使計言我身精進則爲不應所以者何已身精進計有所應則依倚世仁者欲知爲精進者等遵所修此之謂也以等精進則曰平等無所應進已無所應則無放逸假使仁者眼無所進不行於色是則名曰平等精進耳無所進不行音聲鼻無所進不行香舌無所進不行衆味身無所進不行細滑意無所進不行諸法是則名曰平等精進復次仁者假使不行一切塵勞而以斷除衆生愛欲垢穢是則名菩薩所行平等精進若於三界而無所行救濟三界倚著衆生諸惱之患是爲菩薩平等精進行於布施無所想念修以四恩攝諸慳貪行於禁戒而無想念攝諸犯惡衆生之類行於忍辱而無所想攝諸瞋恚人民之衆行於精進無所想念攝諸懈怠行諸禪定無所想念攝諸亂意行於智慧無所想念攝諸惡智是爲菩薩平等精進文殊師利復謂大光其有曉了空無慧行不想空無是爲思念精進行空遊於諸見悉察諸見而無所見觀諸邪見不離空無是爲行空所謂空者諸見則

空以空之故故曰空空由是空空故曰爲空因是空故諸法皆空假使曉了此慧明者而不自大是謂菩薩平等精進復次天子修行於此無所想著不念無想皆與一切衆念俱遊不捨衆念不有所念所念無想不想所念等於諸想及一切念若能曉了一切想念設於此慧不以智慧而憍慢者無所逸樂是爲菩薩精進之行文殊師利復謂大光其行無願隨心所生有所志慕心無所著不行所願其趣所生已離諸見及衆駛水捨於二事不計有身亦無吾我而等除去終始生沒其有能行如是精進是爲菩薩平等精進文殊師利復謂大光菩薩修業常以平等其於智慧聖明之達無所修行曉了善權將攝一切衆德之本分別慧者無我無人無壽無命則以善權精進開化一切衆生聖明達者於一切法無應不應無淨不淨曉善權者精進攝於一切正法進智慧者悉了於一切不壞法界了善權者供養奉事無央數佛達智慧者進聖無爲曉善權者宣暢一切文字之教種種別異智慧聖者修行佛身了無穿漏解善權者三十有二大人之相而自莊嚴智慧聖者使諸生死而無所生解善權者則爲所念常向衆生智慧聖者修行於空無相無願曉善權者須宣斷除六十二見衆想之著志有所求智慧聖者勸助精進至於六通解善權者神通變化多所救濟智慧聖者精進不見諸種陰入衆衰之難解善權者執持將護諸種陰入智慧聖者導修泥洹本性清淨解善權者爲諸衆生開化導示無上正眞所當修行

智慧聖者謂得慧眼所覩無極解善權者逮至天眼化諸著者智慧聖者不得諸法所行精進解善權者敷演文字而講說法智慧聖者分別諸法義之所趣解善權者宣暢如應辯才之慧智慧聖者曉了諸根各各別異心念不同解善權者究盡衆人如應說法智慧聖者識達八萬四千諸行解善權者能爲一切須宣指示八萬四千諸品法藏是爲菩薩平等之業精進行也文殊師利分別說此平等精進示衆會時八千天子尋發無上正眞道意五百天子逮得無所從生法忍世尊即讃文殊師利曰善哉善哉仁快說此諸菩薩衆平等之行於是大光白文殊曰如來讃仁寧踊躍乎文殊答曰卿意云何假使化人讃於化者又其化者寧踊躍乎答曰不也其化人者無所繫著亦無所受報曰如是一切諸法自然之相悉如幻化如來之相亦復如此吾當何因而踊躍乎譬如呼響於善惡聲無所是在亦無所受一切諸法亦復如是猶如呼響本悉清淨如來文殊其淨亦如吾當何因而踊躍乎大光又問何故如來讃於仁者文殊答曰其有頒宣無所立慧乃爲如來所見嗟歎於諸言說不懷憂慼亦無增減於諸衆生無衆生想於一切法無諸法想若至泥洹修治生死曉了魔事解佛道業以於魔事覺了眞諦分別佛法及與魔事不畏魔事不依佛法如是行者則爲如來之所嗟歎又問文殊仁爲奉行如此法乎所以如來而嗟歎之答曰其平等者終無偏黨又問其平等者不與偏乎答曰所謂平等等於諸逆亦等吾

我等諸四大亦等住見吾所等者亦復若兹如諸種等四顛倒等吾等亦如如等不順反戾之事及欲所得吾等亦如如等生死等及與本際如等行願等生死本及泥洹本以用泥洹本等之故因此故曰本際平等如本際等故吾我等以等吾我亦等無明恩愛之本如等無明恩愛之本亦等明徹解脱之本若以平等明脱之本亦等貪婬瞋恚愚癡以等三垢亦復等於空無相願以等三脱亦等有爲之本以等有爲本亦等無爲本以等於無爲之本文殊所等其亦若兹是故大光以此平等諸法皆等其以説者今所頒宣方當演説而見嗟歎一切諸法皆悉平等猶如虚空虚空正等而無偏黨虚空無數亦無所爲若有趣斯方欲習入是故如來讃歎于彼大光

又問寧可宣暢善哉之法無善哉法乎文殊答曰菩薩善哉從志願出諛謟無質所行放逸爲不善哉用衆生故不捨大哀故曰善哉若不懷仁念害衆生則非善哉若能愍傷一切衆生乃爲善哉瞋恚懷結離于忍辱爲不善哉若不醉亂又隨律教已有罪過自首歸誠而不藏匿則爲善哉隱蔽殃釁而不發露則非善哉自見身惡能改除者則爲善哉假使志求他人瑕闕則非善哉若行返復而知恩好心不懷害孝順行仁則爲善哉無有反復心常懷害欲危返復不奉孝順不知報恩則非善哉聞佛道教尋能遵修乃爲善哉若聞經典不肯敬順則非善哉奉行禁戒未曾缺漏乃爲善哉若受於戒失不順從則非善哉常處閑靜其心寂寞乃爲善哉設慕憒丙

自放恣者則非善哉在於閑居捨身壽命而不戀恨乃爲善哉假使貪愛己身壽命則非善哉修四賢聖止足知節乃爲善哉不知進退多所志求慕樂惡事則非善哉爲人羸劣能忍辱者乃爲善哉若以害心向於衆人則非善哉諸所欲度能自節限則爲善哉爲人舒緩不能謹勑則非善哉所可歸命未曾忘捨乃爲善哉本有所歸遺棄不念則非善哉曉了威儀禮節之正所行至誠所作如言心口相應乃爲善哉欺詐迷惑一切世間則非善哉將護正法不違雅典乃爲善哉誹謗經道違失正理則非善哉假使所聞不謗經典雖不師受頒宣道教無所希冀乃爲善哉愛惜經法自稱爲師若説經法常懷妄想則非善哉執權方便開化衆生乃爲善哉不護衆生無權方便不行四恩則非善哉若能遵修六度無極慇懃慕求乃爲善哉若復棄捐六度無極則非善哉造行慧業自致聖道乃爲善哉貢高自恣爲憍慢業則非善哉行牢强慈愍傷衆生乃爲善哉趣爾行慈所愍不弘則非善哉奉行十善不違大猷乃爲善哉翫習自恣行十惡事則非善哉若能棄捐一切衆惡乃爲善哉順從諸惡非法之事則非善哉大光欲知出家顛倒不順行者則非善哉好樂空無相無願具足成就乃爲善哉强上高牀師子之座而演雜句世間之談隨俗同塵則非善哉若得菩薩篋藏之典修習遵行昇師子座頒演道教乃爲善哉毁於禁戒受信施食則非善哉奉順戒法清淨鮮潔應服一切供養之利乃爲善哉貢高自大憎妬經

法則非善哉謙下恭敬不懷慢恣嗟歎人德乃爲善哉嫉妬菩薩憎其高行則非善哉見諸菩薩敬之如佛乃爲善哉是爲大光如佛所說其行法者則爲非遠不至大慧皆非善哉其有順從如來教者乃爲善哉大光又問以何等故讚法善哉法在善哉非善哉乎文殊答曰吾於諸法不行善哉亦復不行非善哉也所以者何一切諸法悉無所合亦無吾我又問文殊仁者不與善法合乎文殊答曰吾則不與善法俱合亦復不與惡法共合所以者何計極著者謂有爲矣其無著者謂無爲矣計無常者亦是有爲自計有身不了本無又問文殊師利仁者至德亦是有爲計有吾我文殊答曰假使吾計有爲身是我所則墮恐懼又問文殊師利仁者不畏於有爲乎報曰假使見於有爲究竟成就永存無滅盡者我乃恐懼又問文殊仁者不見有爲之事而成就乎答曰吾尚不見無爲之事而在成就況當復視有爲之事而成就也又問文殊仁者有爲若無爲乎答曰仁者吾不有爲亦不無爲所以者何設使有爲則與愚癡凡夫同塵假使無爲則與聲聞緣覺同等又問文殊設使仁者亦不有爲復不無爲今我云何執持此教答曰譬如化人之所興爲欲持法者亦當如彼於天子意所志云何如來神識爲住何所立在色乎答曰非也爲復立在痛癢思想生死識乎報曰非也又問住三界乎答曰非也住在有爲若無爲乎答曰非也又問如來神識爲何所住報曰文殊如來神識永無所住答曰如來神識設無所住卿當執

持如彼所住又問文殊仁者則爲是如來乎答曰天子其無本者無來無去無所周旋吾所由來亦復如是以是之故吾爲如來所來亦如如佛所來者吾亦如之以是之故吾爲如來如如來住吾住亦如以是之故吾爲如來如來無本文殊師利亦復無本故曰無本以是之故吾爲如來又問文殊其無本者當從何求答曰天子其無本者當於六十二見中求又問六十二見當於何求答曰當於如來解脫中求不懷瞋法而求之矣又問如來解脫不懷瞋法當於何求答曰當於衆生志行中求又問衆生志行當於何求答曰當於如來聖慧中求又問如來聖慧當於何求答曰當於衆生諸根各異分別源際而於中求又問文殊師利今者所說吾不能了其不解者不能分別則當愕然答曰如來之慧無能分別又問何故答曰如來慧者無所罣礙亦無想念不可逮得無有言辭亦無所行無心意識離於言教以是之故無能知者不可分別又問文殊設如來慧不可分別諸聲聞衆云何曉了何因菩薩而得住於不退轉地答曰天子如來至眞善權方便因時須宣文字之說又其慧者無有文字譬如求火鑽木陽燧乃出火耳不從水中而出火矣如來若此威神聖旨道慧無邊廣分別說本無之慧無有能知如來聖慧如來聖慧燒諸愚癡闇昧草木令不復生彼則何謂燒諸愚癡闇昧草木一切分別衆行之心演道品法六波羅蜜諸度無極又問文殊無有草木不生瑕穢亦無瘡病云何說之答曰所暢說者無緣起分

所言無毀無合無散所須宣者不說生死無泥洹教無所蠲除亦無所斷不有造證無所導修無得無歸此所言者乃爲寂寞堅要之辭天子報曰難及難及至未曾有文殊師利今所說者微妙巍巍無極之慧超異如是而魔波旬不來至此欲廢亂之行於逆乎適說是語須臾未久時魔波旬在於虚空與大雲雨聲揚大音其音普聞一切時衆會者各心念言此何等聲流溢乃爾

爾時世尊告文殊師利仁寧見魔所與亂乎答曰唯然天中天文殊師利即如其像三昧思惟令魔波旬自然見縛尋便墮地喚呼稱怨恚恨罵詈文殊師利今當杻械鎖縛我身文殊答曰咄魔波旬復有繫縛堅固難解踰過於此今者所被如卿不覺何謂堅縛謂言吾我顛倒恩愛諸邪見縛因緣繫縛卿常爲此枷鎖所縛不自覺知魔又啓曰唯見原赦使得解脫文殊師利曰汝當興造行作佛事我能令卿從繫得解魔即對曰我於佛法無所妨廢亦無所壞以當何因興作佛事文殊答曰波旬欲知與作佛事乃爲菩薩智慧變化假使如來興作佛事不足爲難魔作佛事斯乃爲奇於是文殊師利即如其像三昧思惟使魔波旬變作佛像三十二相莊嚴其身坐師子牀智慧辯才所說如佛而宣此言所欲問者一切衆生諸所狐疑自恣所啓當爲發遣時大迦葉問魔波旬比丘修行以何爲縛魔尋答曰計我禪定而志寂然則是有想無想品第想空爲要毀衆見想想於要想興於衆念御無願想懷諸所願爲泥洹想而樂

無爲毁生死想是爲迦葉修行比丘之繫縛也所以者何迦葉當知不當毁壞諸所往見因而行空也所謂空者諸見皆空不當毁念求於無相所以者何敢可所念悉爲無相不當毁願而求無願其所願者悉亦無願不當毁生死而求泥洹曉了生死不可得處則爲泥洹迦葉當知其行泥洹不起思想當於衆著令無所起毁壞滅盡泥洹本淨無所起生乃爲無爲説是語時五百比丘心逮清淨時須菩提問諸比丘誰爲開化諸賢者等五百人曰其無所得不成正覺開化吾等又問云何開化答曰不來不去曉了如是不起不滅其慧常住説是語時二百比丘逮清淨眼時須菩提問魔波旬何謂比丘爲最衆祐魔即對曰若無所受亦無畢淨而從篤信愛樂佛法受飲食饌如須菩提若有比丘不受不捨其施與者觀彼比丘猶如幻化其受施者意念如影無有生者亦無受者心無所著無心不起彼則於世爲最衆祐時舍利弗問魔波旬何謂三昧而不穢亂波旬答曰於三昧盡如無所盡悉令都盡其無生者不令興起燒盡衆欲本末清淨悉無所生令不復遇無所更歷一切諸法曉了清淨平等正受遵修寂滅察諸所更滅盡三昧而以正受無觀不觀亦無所見如是三昧乃無穢亂大目揵連問魔波旬何謂比丘心得自在波旬答曰假使比丘曉了一切究暢人心及與諸法悉解脱相宣説諸法悉解脱相無所依倚所懷來心亦無所解亦無所懷心無色欲見一切色心無所住曉了諸法亦無處所心不可獲曉於

諸法亦不可持心不知心心者自然則爲清淨諸法亦然自然清淨法界清淨得不轉動以他因緣現在目前備具神通四神足念而自娛樂比丘如是心乃自在邠耨文陀尼弗問魔波旬何謂比丘說法清淨波旬答曰假使比丘見一切法皆度無極而悉遍見衆心各異悉無所著一切所念則無同像旨分別說曉了一切音聲言說談語論議如山呼響觀諸講法亦如幻人身所識知如水中月別諸塵勞思想衆念所從起立無受法者亦無捨者得入三昧若頒宣法等護超度則以逮知四分別辯才心無所冀讚言善哉不懷狐疑淨其已心則能清淨一切人心曉了本清淨鮮潔無垢解知塵勞悉瑕玼矣見諸陰魔忍爲閑靜其死魔者住無終始其天魔者皆除一切倚著之教一切衆生心淨如是如是比丘乃爲清淨普見道法演布經典耆年優波離問魔波旬何謂比丘奉持法律波旬答曰其能曉了一切諸法悉被開化識知衆罪本際寂寞教授猶豫若見誹謗不以狐疑亦不懷結彼於諸法未曾生心而有所御常能化度諸有逆者何況小小犯禁戒乎體解塵勞靡所不別諸客塵勞不以堅要懷思想也說衆愛欲無内無外不處兩間曉了塵勞由從無覺不懷愛欲亦不勸化至於無欲亦無所起計於塵欲猶如雲雨觀於聖慧曉了頒宣所可說者如風散雲悉無所住有塵勞者如水中月緣想念起欲現面像由於闇冥當得智慧以爲明照欲如明鏡見其面像其色如鬼羅刹之形其順念者觀無所見永捨塵

欲不益衆穢則以空慧無相無願無所越度其有曉了愛欲如是設復有著於愛欲者則於衆生不興慈哀衆生無我而無有身亦不望想於諸吾我如是觀者審諦持律其尊弟子五百人等各各自問已身所知時魔波旬各各分別而發遣之於是諸天衆有一天子名曰須深問魔波旬文殊師利屬者講説諸魔事業仁豈堪任重復理議何謂菩薩之魔事時魔答曰天子當知菩薩魔事則有二十何謂二十恐畏生死欲得解脱遵修翫習於佛正法稽首歸命而有望想則爲魔業一觀於空無而察衆生則爲魔業二觀於無爲而猒有爲善德之本則爲魔業三禪定正受不求一心而已退轉則爲魔業四若須宣法不爲聽者興發大哀則爲魔業五求於禁戒有德衆祐瞋恨毀戒則爲魔業六暢演聲聞緣一覺事諮問大乘不別巨細則爲魔業七啓受深説憎道雜言則爲魔業八求度無極自號菩薩則爲魔業九咨嗟寂滅憺怕之事所化衆生無權方便則爲魔業十積衆德本不親道心則爲魔業十一慇懃遵修寂觀之事所觀察者見有衆生則爲魔業十二求盡塵欲使無有餘度生死岸惡畏愛欲則爲魔業十三修行智慧常樂倚求依於大哀則爲魔業十四無權方便而已皆見一切德本則爲魔業十五不進志求菩薩篋藏慕於世俗方類之言以此爲務則爲魔業十六各各分部博聞師教而有去就則爲魔業十七設使是爲富樂饒財豪貴大威而貪著之不奉博聞則爲魔業十八設爲豪尊君子長者釋梵之位不習大法則爲魔

業十九不與菩薩法師相從藉受所聞及與聲聞緣覺相習樂共談言不欲聞法自恣放逸所遊搪揬則爲魔業二十是爲二十菩薩魔事於時世尊讃魔波旬善哉善哉快說於斯菩薩魔事假使有人論此法事聽省奉行不從魔教其人則逮佛大道法講說經典獲致二十事何謂二十大慈一大哀二不猒生死三常見善友四所生之處輒遭佛世五有得啓受諸度無極六以諸菩薩用爲眷屬七逮得總持八具足辯才九五通之慧十所未遇法而得聞之十一世世所生常懷道心十二當得出家而爲沙門十三致閑不憒十四究竟博聞十五善權智慧十六開化衆生導以四恩十七將護正法十八常行質直而無諛諂十九一切所珍而無愛悋不懷害心向於衆生二十是爲二十逮得經典至佛大道於是須深天子問魔波旬快哉善利乃爲如來之所嗟歎時魔報曰吾身不用快哉善利譬如男子鬼神著之當可所說計實不是其人所語鬼神所言也如是仁者今吾所說文殊師利之所發動不當宣傳言是我說天子問曰今仁變成佛身形不以歡乎又復相好莊嚴其身坐師子牀講說經法不以樂耶魔復報曰卿等見我相好嚴身我還自覩枷鎖繫縛天子告曰波旬自歸悔過伏罪文殊師利文殊師利威神原赦波旬波旬答曰不當首悔學於大乘菩薩大士所以者何行菩薩者不見缺漏瑕穢之界興瞋恚者設懷寃恨乃當對悔稽首自歸天子又問菩薩忍辱爲何等類其魔報曰菩薩忍辱有十二事何謂十二志性忍辱而無瑕玼一其

意忍辱心不懷害二忍辱無諂不欺衆生三忍辱愍窮哀傷一切貧於智慧不及道者四修忍辱事所行如言則不退轉五其空忍者離於一切猶豫邪見六專惟法忍導御諸法七深妙忍者不計吾我八柔順法忍而從歸趣衆賢聖慧九眞諦忍者不亂緣起十不錯亂忍順從一切衆生之心十一意不起忍因便逮得無所從生法忍十二是爲菩薩十二事忍於是須深天子問魔波旬卿若尋說此二十事至十二忍寧踊躍乎答曰歡喜須深即啓文殊師利仁者原赦魔波旬罪文殊問魔誰爲繫汝報曰不知誰爲縛我答曰波旬卿不被縛自想爲縛一切愚癡凡夫之士其亦若茲心本悉淨無所思念志在想著不知無常計有常想苦爲樂想無身計身不淨淨想無色色想無痛癢思想生死識而想五陰如今波旬惡畏繫縛何因得脫又曰今我不復得解脫乎答曰如是波旬已得解脫者不復更脫何因得脫由緣從於虛僞之想而致繫縛蠲除此穢名曰解脫於是文殊師利捨所建立威神感動令魔波旬即復如故時大迦葉謂魔波旬波旬以爲與作佛事其魔答曰文殊師利境界所感不當觀之是我所爲須深天子問文殊曰其佛事者當於何求答曰當於衆生愛欲之中求於佛事又問文殊何故說此答曰以於衆生塵勞之故受於愛欲設無愛欲不興佛事譬如無疾則不用醫如是行者假使衆生無有愛欲則不用佛又問以何所生佛興於世答曰起生老病終殁之患故佛興出所以者何三界有是生老病死故

佛現世又問文殊如來得道興顯何法滅除何所答曰天子如來得道法無所起亦無所滅所以者何佛興出世則無所生亦無所失所可謂言佛興出者假有此辭隨俗現身自然本淨則云平等無所生者又問文殊何謂菩薩建立志性答曰於一切法無所得者不墮諸見六十二疑繫縛羅網又問何謂本淨答曰於內外法無所著又問何謂菩薩爲布施主答曰捨身塵勞不捨一切衆生愛欲又問何謂禁戒具足答曰分別曉了寂然之界蠲除一切衆生諸惡不捨道心又問何謂備悉忍辱答曰究竟諸法見一切法除去衆生結恨猒穢瞋恚之難而不違捨一切智通至德之鎧又問何謂究竟精進答曰菩薩所因可精進者悉見諸法至於無上正眞之道刈除衆生懈息之穢遵修精進天子復問文殊師利何謂究竟於禪定已答曰見一切法本悉清淨平等正受一切衆生因有所著而興生矣又問何謂菩薩成就智慧答曰於諸所行蠲除一切放逸之事刈去衆生沉吟邪見遵修聖達是爲菩薩成就智慧又問何謂行慈答曰見一切法永悉滅度又問何謂爲哀答曰曉了諸法無有作者亦無報應又問何謂爲喜答曰若於諸法無所興樂亦不無行又問何謂爲護答曰於一切法不造二事又問何謂菩薩至誠眞諦答曰分別一切諸法猶如幻化於諸所生而無所生悉無所有又問何謂大士答曰觀諸衆生而無衆生又問何謂尊人答曰覩一切法不可受持而不恐懼又問文殊何謂菩薩被大德鎧答曰觀一

切法等于虛空不捨僧那又問何謂爲仁和乎答曰行於大哀不遠衆生亦不親近開化塵勞恩愛之著又問何謂所止宿安答曰不以身口及與心念煩嬈他人不得吾我及與他人又問何謂順教答曰如所聞法能奉行者所言眞諦又問何謂衆人之所歸伏答曰能隨五趣衆生言教不壞其辭將順已心因化一切無所違失又問何謂具足知恥答曰能内自寂遊行於外化導衆生又問何謂爲信答曰遊諸聖礙而無所著又問何謂菩薩行牢强慈答曰順從佛教無所毁壞又問何謂反復答曰所造德本未曾違失常樂如應又問何謂知節答曰志遊一切塵勞之欲已不樂欲又問何謂知足答曰慕智慧聖不樂諸法又問何謂滿足答曰假使滿足度世智慧於諸世法無所犯負又問何謂分別答曰不見一切塵勞之欲斷除衆生諸垢瑕穢又問何謂菩薩而得自在答曰見諸所生身無所成於慧自在不從塵欲又問何謂博聞答曰不應聞者而不聽之又問何謂得至靜然答曰見諸所作而無所有亦無所捨不御諸法亦無所念又問何謂住行答曰不於空行分別教化觀察衆生其心所行不起吾我及他人想又問何謂總持備悉辯才答曰一切所聞悉能執持分別衆生根源所歸於諸音聲而無所著是爲天子菩薩總持逮得辯才於是大光菩薩問文殊師利誰當啓受如斯言教文殊答曰爲善知識所見將護及往宿世微妙具足善德之本所見養育乃能曉了此義説耳又問何所欣樂志性如何答曰愛

樂深奥志性柔和不懷自大又問何謂比丘不懷自大答曰假使比丘不自見身自然志求專一大乘了身自然而於自然不貪已身不住於二如是比丘不懷自大永捨無明無明恩愛不志明脫明脫自然曉了無明恩愛癡冥皆悉無本是爲比丘不懷自大文殊復謂其天子曰假使比丘離於貪婬解欲本際離欲清淨解於貪欲行無本際離瞋恚本曉瞋恚本離於瞋恚本悉清淨本末鮮明離愚癡本了於愚癡捨於愚冥本悉清淨曉了愚癡無有根源如是比丘不懷自大文殊師利復謂天子假使比丘不了衆苦不斷於習而不造證於諸所習不行徑路曉了衆苦而無所生入于四諦設使於苦無所生者則無有習已無有習則無盡滅設使於苦無所生者則於彼人無行徑路爾時魔波旬心懷憂慼泣淚如雨而說此言若此經典所流布處諸魔波旬不得其便說有受持斷絶魔事魔說此語則便沒去於是大光問文殊師利曰如今仁者所可講說吾等觀察義之所歸假使有人不懷自大不復具學出家之福不畏所行精進之業若聞此法而懷恐懼亦不啓受不以如來爲聖師矣若有比丘比丘尼優婆塞優婆夷聞是法言而歡喜樂則當觀之得解脫也佛言如是如爾所說菩薩由此得忍受決因斯所忍得生聲聞緣覺之地又問唯然世尊今此經典當名何等云何奉行佛言名曰魔逆降化波旬當奉持之佛說如是文殊師利大光天子一切衆會天龍鬼神揵沓和阿須倫世間人聞經歡喜作禮而退

佛說魔逆經

音釋

燧徐醉切陽燧火鑑也 詈力置切旁斥曰詈 邠卑民切 搪揬搪徒郎切揬徒骨切搪揬詆觸也 刈魚肺切割也

佛說賴吒和羅所問德光太子經

西晉三藏法師竺法護譯

清刻龍藏佛說法變相圖

佛說賴吒和羅所問德光太子經

西晉三藏法師竺法護譯

聞如是一時佛在王舍城靈鳥頂山與大比丘衆千二百五十菩薩五百人俱爾時賢者賴吒和羅止頓舍衛國盡夏三月更新具衣鉢著其被服與百新學比丘俱所作已辦共遊諸國往詣王舍大城靈鳥頂山於是賢者賴吒和羅行到佛所稽首佛足却住一面賴吒和羅問世尊言菩薩大士奉行何等得一切奇特功德之法致無動畏之慧超異之智發遣辯才光明徹照入一切智教授衆生令得解脫斷於狐疑以善權方便示衆一切智言行相應所問諸佛常以巧便得諸佛意一切所聞法皆能受持疾逮一切智爾時賢者賴吒和羅以偈讚歎問佛而說頌曰

云何菩薩滿所願　何謂所作而審諦
具足智慧功德願　令人中尊解説是
紫磨金色妙身體　爲人中尊積上德
救濟擁護於衆生　願佛解説無上行
爲如何得無盡智　無量總持上佛道
云何致得平等行　解決衆人之狐疑
無數億劫樂生死　其意終不有穢猒
已見無數勤苦人　善權教授令開解
淨其佛國眷屬具　光明壽命衆亦爾
一切所云爲寂寞　惟願世尊説上行
降魔官屬斷諸見　脱於愛欲度想行
云何講説經法義　願佛解説諸實行
端正姝好辯才足　爲衆人説柔軟音
飽滿世間如時雨　願佛解説諸覺行
所説微妙如羯陵　梵聲無疑明慧音
衆會渴仰於經法　便以甘露飽一切
若有欲學尊佛道　當勤精進志法行
如來所講悉平等　惟願法王以時説
我欲聽説正眞道　佛天中天知我意
今我不敢擾世尊　惟願善説無上行

佛告賴吒和羅善哉善哉能問如來如此之義多所哀念多所安隱慜傷諸天及世間人乃爲當來諸菩薩施令得護行賴吒和羅諦聽諦聽善思念之當爲汝説賴吒和羅言唯然世尊願樂欲聞佛告賴吒和羅菩薩有四事法得清淨行何等爲四一者行平等心而無諛諂二者等心於一切三者解了空行四者如口所言身行亦爾是爲四事法菩薩疾得清淨行佛告賴吒和羅菩薩復有四事法得安隱勸進何等爲四一者得總持二者得

善知識三者得法忍四者於戒清淨所行平等是爲四事法佛告賴吒和羅菩薩復有四事法入於塵勞歡悅生死法何等爲四一者菩薩示現佛身入於生死勸諸起滅者令得喜悅法二者爲說柔順之法三者所有無所愛惜四者得不起法忍是爲四事法佛告賴吒和羅菩薩復有四事法無所愛著何等爲四一者菩薩不當著家居舍宅二者出家菩薩不當貪財利三者菩薩不求諸功德報四者菩薩不當惜身命是爲四事法佛告賴吒和羅菩薩復有四事法於法無猒足何等爲四一者於戒無所缺減二者習閑居野處三者奉四賢聖之行四者得博聞是爲四事法佛告賴吒和羅菩薩復有四事法而得無念普有所入何等爲四一者令生善處常值佛世二者聽受尊長教而無諛諂三者樂受教命其心不著財利四者得辯才入深法要是爲四事法佛告賴吒和羅菩薩有四事法得清淨行何等爲四一者爲菩薩行無傷害意於人二者棄捐諛諂衆邪之行樂在閑居三者一切所有施而不惜不望其報四者晝夜常志求法見說法者不求其短是爲四事法菩薩摩訶薩得清淨行佛爾時說偈言

其心不著塵垢法　即便無有惡瑕穢
志意不猒教論議　則能令致無上道
雖遇不賢常一心　普入邪行惡道本
出家學道無所惜　在於山間欲解脫
閑居寂寞無所起　其心不著財利色
捐棄軀體不惜命　行如師子無所畏
心得歡悅知猒足　譬如飛鳥無所畏

一切世間無有常　志求佛道大慧行
常樂獨處譬如犀　無所恐畏如師子
心不怖懅無麤志　若得供養無增損
捐去邪語及惡見　智了大行志解道
我爲世間一切護　意爲善權無放逸
意善持戒爲衆導　心不亂著諸恩愛
謹順正行如救火　常求世尊上妙行
已脫於空無有相　種種具足審寂寞
所住靜然智慧明　得甘露味當歡悅
假使得佛覺道意　常爲清淨無疑難
總持辯才其心一　忍一切苦不想得
若有菩薩聞是行　欲求佛道當歡喜
常志精進離懈怠　了穢無知意不害

佛告賴吒和羅菩薩有四事法爲自墮落何等爲四事一者菩薩憍慢而不恭敬爲自墮落二者菩薩作無反復習於諛諂爲自墮落三者菩薩求於供養貪利爲自墮落四者菩薩佞諂邪行求於供養爲自墮落是爲四事法菩薩爲自墮落佛告賴吒和羅菩薩復有四事法而墮邪塹何等爲四一者懈怠爲墮塹法二者無淨信三者起想四者見得供養者有嫉妒心是爲菩薩四事墮邪塹法佛告賴吒和羅菩薩不當習四事法何等爲四一者菩薩不當與諸邪見人相習二者菩薩不當與誹謗正法之人相習行三者菩薩不當與惡知識相習四者菩薩不當與貪衣食人相習是爲四事法佛告賴吒和羅菩薩有四事法得苦痛之罪何等爲四一者以智慧自貢高懷憎嫉意二者心不歡悅無清淨行三者不能忍辱但欲貪他人財物四者謂有我

人著法是爲四事法菩薩得苦痛之罪佛告賴吒和羅菩薩復有四事縛何等爲四一者菩薩喜輕慢於人是爲自縛二者菩薩行世間巧便起賈作治生想是爲自縛三者菩薩意不受法慧爲放逸行是爲自縛四者菩薩縛意住種姓是爲自縛是爲四事佛告賴吒和羅後當來世學菩薩道者當有是諸瑕穢無行人當供養諸無行者諛諂人當供養諸諛諂者有無智人供養諸無智者貪求衣食無有直心嫉妒種姓諛諂懷邪無質朴心欺諸尊長及諸家室用供養故還相誹謗意貪財利入諸郡國不念説法以聞解人亦無善權於衆人無智慧意自以爲智見他人智慧爲善師便輕慢之設有無行者爲破壞之器還相求長短捨精進行爲無智懈怠不多念智慧還相壞法别離衆會共結怨害轉共諍鬬謂他無行我承法教不奉禁戒亦不欲聞法不行精進生於貧寠之中在窮厄家行作沙門但憂求財利其所在處不能得安何況亂志一心雖行佛功德續貪著家室之利自謂我爲沙門也佛言我不謂是輩之人爲行菩薩法如是等人百千劫中不能得柔順法忍何況欲得佛慧正覺之行佛言賴吒和羅我不但謂是輩之人墮三道壍亦復當墮八惡之處何等爲八一者生邊地二者墮貧窮家三者所生之處面目醜惡四者生邪惡不善之家五者生與惡知識會六者多疾病七者所生處壽命短八者横死是爲菩薩八惡事墮於邪壍所以者何賴吒和羅我不以口言作願以爲菩薩不以僞亂之人爲清淨行

不以諛諂爲菩薩行不以貪著衣食爲供養佛不謂貢高者爲清淨智慧不以自見慧行爲斷疑垢我不謂嫉妬者有清淨意不謂多貪求者而得總持我不謂不見誠諦之德而有罣礙當得生善處不謂貪種姓著色者當得清淨身我不謂想行者當得佛定意我不謂非至誠行者當得清淨也我不謂憍慢者當得淨潔意我不謂非知猒足者當好法也我不謂貪身命者爲志求法佛言賴吒和羅我不怨責外六師也責此輩愚癡之人劇於外六師所以者何所言各異所行不同爲欺諸天及世間人佛於是説偈言

無智憒亂爲放逸　輕慢無敬多貪求
與塵垢會起欲想　是輩之人去道遠
貪求供養懈怠增　以無精進失淨信
便壞淨行亡正戒　犯禁法者失善道
生於貧家作沙門　在窮厄中求供養
譬如有人無寶物　從他責望求財産
貪供養故在閑居　在於彼住欲自達
得神通智辯才具　棄捐家室受所有
不見道徑隨亂行　生於貧窮卑賤家
在醜惡中無力勢　墮於貢高愚癡地
作卑賤者無名德　意貪財利爲放逸
後即生於大惡處　億劫之中無善跡
假使於道無貪利　諸天人民悉得佛
隨嵐之風不動人　用供養故不自成
無有功德仰於人　無精進意失善行
爲壞亂教不承法　不能逮得慧道意
以至誠利致佛法　終不失行如道意
志願甚堅常清淨　所奉如應則爲道

我求佛故無所惜　及施身命索經法
是輩捨法不精進　已於道法失句義
有大燈明無能見　我本求索善義說
適聞所教即奉行　斷絶一切諸愛欲
已聞種種佛法教　不能究竟一法句
非法行者何得道　譬如示盲之道徑

佛告賴吒和羅乃往過世無央數劫長遠不可計無量不可思議爾時有佛號吉義如來無所著等正覺在世間教授佛天中天時有國王名頞真無佛言賴吒和羅其頞真無國王典主閻浮利天下廣長六十四萬里時閻浮利有二萬大城有億千家其王頞真無有大城名寶照明王所治處其城長四百八十里廣二百八十里以七寶爲城南北出有八道所作審諦具足爾時人壽十億那術歲佛告賴吒和羅其王頞真無有子名曰德光端正姝好威神妙絶初始生時自然有千藏出皆有七寶一一藏中自然有諸國王寶其七寶高八丈德光適生一切閻浮利人皆大歡喜拘閉牢獄皆得解脱其德光太子適生七日之中無智不博道俗悉具佛語賴吒和羅於時淨居諸天中夜時來到德光太子所語之言太子不當爲放逸之行於是德光太子從彼以來具足萬歲之中初不睡卧亦不調戲初不歌儛未曾作樂亦不行來不出遊觀未曾貪身亦不念歌儛妓樂不貪財利不念家居不著郡國亦無所求一切所有無所愛惜而立一心常在獨處以寂諸難得意少有無生不死者身命不可保不相敬重天下恩愛會當別離無有作導師者亂法犯罪憂怖

恐懼凡夫之士不知猒足以愚癡力常喜諍鬪我今者爲墮無行之中我欲默然無爲彼時太子獨處閑居無放逸意遠諸愛欲爲等心行佛語賴吒和羅時王頞眞無他域之中有一大城名樂施財爲德光太子造南北行有八重八百交道以七寶爲城其城七重以七寶爲帳皆以白珠瓔珞之一切諸欄楯間有八萬寶柱一切諸寶柱各有六萬寶繩互相交繫一切諸寶繩各有千四百億帶係若有風吹展轉相振出百千妓樂之音聲一切諸欄楯前各有五百婇女善鼓音樂皆工歌儛得第一妓所作具足能歡悅一切天下諸國人王以是供給德光太子王告諸婇女曰汝等捨諸因緣晝夜作諸妓樂以樂太子令可其意無得使見不善之事一切欄楯邊置諸施具飢者與飯渴者與漿欲得車馬者與之欲得衣服華香坐具舍宅燈火隨其所求供養具金銀明月珠瑠璃水精象馬一切諸七寶瓔珞以給天下其城中央爲德光太子作七寶宮殿八重交露彼一講堂上有四億牀座以給太子城中有園觀生華樹寶樹其樹常生悉徧覆蓋佛語賴吒和羅其園觀中央有七寶浴池以四寶金銀水精瑠璃爲欄楯中有八百師子之頭其水由中入浴池其浴池中復有八百師子頭池水從中流出池中常生四種華青蓮華紅蓮華白蓮華黃蓮華周帀有寶樹其樹有華實其浴池邊復有八百莊飾寶樹一切諸寶樹間各復有十二寶樹各以八十八寶繩轉相連結風起吹樹轉相撓槩出百千種音聲諸浴池上皆有七

寶交露帳德光太子在其中浴其講堂上有四十億七寶牀座各敷五百坐具其中央敷一大七寶座敷八十億妙好衣以爲坐具座高五丈六尺德光太子在其上坐一切諸牀座下各有香爐晝夜三反火燒蜜香布諸好華以寶覆蓋垂金色蓮華殿上有明月珠帳垂八萬明月珠出其光明普有所照一切諸樹上皆懸諸旛蓋一切諸園觀中各有九萬明月珠其一珠光明照四十里普遍佛國佛語賴吒和羅其園觀中有鸚䳇鸕鷀拘耆孔雀鴈鳥鴛鴦鳩那羅鳥鶡鶡鳥諸耆域鳥皆共悲鳴有種種音聲以樂德光太子常作五百味供具爾時一切房室中有五百童男限年十六以上二十以還皆悉童男都於諸國選擇得是諸童男將入彼城悉皆巧黠無所不能皆知天下諸所作爲復將八十億童女在其城中端正姝好年十六以上限至二十皆工歌儛能令男子歡悅其所語柔輭工談言語常知應時不長亦不短不肥亦不瘦不白亦不黑口出優鉢華香身出栴檀香皆如天上玉女悉共同心皆悉圍遶德光太子鼓樂絃歌於是德光太子心念言我今自然得大怨家衆亂我清白之法我今當作無所惜之行於是太子愁憂不樂譬如有人所見拘繫心無所樂德光太子亦如是也見諸婇女妓樂意無放逸亦不以爲奇特亦不貪其城郭亦不著車乘彼具足於千歲中未曾愛色想亦不想聲香味細滑皆除諸想當專志一心念言此爲是我怨家之衆我何時出是怨家中去而得解脱爲無放逸行爾時諸婇女

白王頞眞無太子不聽歌儛憂愁不樂佛語賴吒和羅時王頞眞無與八萬小王俱往詣德光太子所悲泣淚出愁憂不樂感絶躄地侍者即共扶持王令起住爲太子説偈言

願子但觀我諸寶　子初生時自然出
誰嬈汝者今語我　吾當重罪誅罰之
今且觀是如天上　我從子意之所欲
今者太子有何乏　我能隨意令子得
視是諸欲淨好目　諸婇女俱鼓樂聲
與共娛樂除其憂　悉工鼓音常喜笑
汝當聽是好音聲　所鼓妓樂相和悲
今正是意娛樂時　其池水中有蓮華
園觀中有葉華實　種種妙好無亂穢
觀是第一自在智　可以喜樂一哀我
入池中洒自恣樂　中有蓮華青黃白
種種紅蓮光覺人　令子觀是何不樂
鸕鷀鸚鵡拘耆鸖　拘那耆鳥哀鸞聲
諸香白蓮譬若雪　孰聞是香不歡悅
明月講堂平等力　黃金瑠璃爲欄楯
諸所珍寶最妙好　諸樹音聲出那術
欄楯邊施用汝故　衆千婇女鼓鞞音
亦聞玉女歌樂聲　子意何念而不悅
父母住此目淚出　子豈無哀愍我等
今太子等爲美好　可以娛樂聽我言

爾時德光太子以偈答王言

彼持功德者　離諸惡見言　我已猒苦樂
不貪無利欲　皆見於五道　生死諸人民
今當説解脱　父王聽我言　無有觸嬈我
今吾當何説　我不貪於欲　云何樂歌儛
一切諸愛欲　我視如怨家　塵勞諸貪愛

墮人著五道　是諸婇女輩　無覺癡樂之
爲是諸魔事　墮落大繫縛　諸聖賢道士
常不讃歎是　習此愛欲者　爲種因緣根
是婇女身體　皮革而裹連　筋骨相支拄
如幻無正利　譬若如畫瓶　中滿盛不淨
譬如在塜間　云何當樂此　所鼓音樂聲
無有亦無受　一切樂無諦　了此爲不惑
若習於想念　便即失一心　隨塵勞音者
譬如癡老人　一切諸有樹　或有熾盛時
亦不可常保　或有無樂時　其果無有常
亦不常著樹　我已了知是　豈當戲短命
父母不可保　及兄弟妻婦　親里亦如是
臨終不自在　一切諸所有　如草上之露
不當從其心　自恣爲放逸　是意不可滿
譬若如大海　恩愛甚廣大　已得復重索

衆人貪欲故　各各而懈廢　無能缺減者
譬若須彌山　人以意爲本　身命過去疾
譬如河水流　適合便復別　盡壞不久立
譬若如電現　貪著三界欲　則爲無智黠
諸天來語我　無得爲放逸　爲菩薩行者
不貪諸所有　願欲得佛道　哀念衆人民
非以婬欲行　可以致佛道　其有愛貪欲
爲心意作奴　便爲自壞敗　不得立功德
我終不愛欲　亦不起瞋恚　如鳥墮羅網
云何得自在　現於惡思想　爲還自縛身
意不得自在　爲無利空聚　合爲恐懼身
譬如毒樹華　何所是人尊　謂度駛水者
觀視諸人民　流墮惡道者　爲諍空無句
興起諸邪見　王當知我意　欲度脫此輩
不令積慢法　疾得度無極　覺諸睡卧者

療治於疾疫　為除去憂患　令立歡悅跡
欲脫三千世　縛著音響者　為說善經義
飽滿久貧窮　調諸不成者　拔出於惡道
施盲得眼目　令聾者得聽　為造解脫燈
立智慧神通　令諸三界人　得三忍平等
為作慈哀雨　度諸雲霧岸　為一切眾人
現其光明燄　便得善覺意　令脫得陰涼
為雨諸醫藥　皆令得安隱　念是以父王
便即坐一心　吾於一切欲　無復志願求
但欲索佛道　用哀眾人故　於諸有貪欲
無復有志願　孰有智黠人　樂在於是中
云何犯禁忌　令人意迷亂　若自貪愛色
為墮大惡道　誰行佛道者　當復為放逸
人皆隨水流　我當令逆泗　不可以言說
而致得佛道　當放慈哀光　照於一切人
我不貪受欲　不縛著財物　我今願父王
不如與眾還　我欲棄眾會　及一切郡國
人多求可意　從是致疾病　制意不放逸
勝得億郡國　不可在愛欲　而致得佛道
若欲得無上　安隱快樂句　當詣大山中
在樹下而坐　習在於閑居　可得尊覺道

佛告賴吒和羅爾時德光太子於講堂上與諸放逸者俱其心穢猒之時太子作三品行何等為三一者住立二者經行三者坐禪棄捐睡臥具足上行已得八住時太子夜半聞虛空中聲淨居諸天嗟歎佛功德廣普具足及歎法眾德光太子聞已衣毛為豎即而墮淚愁憂不樂叉手以偈問諸天言

我在厄難中　諸天願哀我　今且住聽言
我欲有所問　行在虛空中　為歎誰功德

我聞其音聲　其心爲悲喜
佛告賴吒和羅爾時諸天爲王太子德光說
偈言
今世間有佛　太子不聞耶　佛號曰吉義
救濟無擁護　奉行諸善本　開化尊功德
衆僧以學問　有億那術千
德光太子以偈問諸天言
我儻見世尊　云何知是佛　願說慈功德
欲知於正覺　假使往見佛　當問道如何
菩薩行何法　得爲一切護
於是諸天爲德光太子說偈言
頭髮輭妙好　英殊而右旋　其頂相威神
好譬若山巔　眉間相光明　威曜若日出
生妙而右旋　色好白如雪　覺意爲清淨
目爲紺青色　人中尊師子　顏色端正好
面目常和悅　放億無量光　普遍三千國
消滅諸惡道　佛口中牙齒　悉平等清淨
鮮潔如拘文　明如好樹光　無亂兩二十
合爲是四十　口中舌妙好　還自覆其面
口所說妙言　令人意歡悅　常無諸諛諂
梵音甚清淨　佛之所講說　勝百千音樂
除寂諸狐疑　令人得利悅　種種德無乏
善權決道義　以解縣法華　爲百千瓔珞
其地之音聲　爲出天妓樂　譬如天音響
佛語亦如是　眞陀羅鶡鴨　拘耆及鴛鴦
鴈鶴及鸕鷀　鳩那羅問言　其音爲如梵
柔輭甚和悅　無諂無有短　覺了一切義
英儒而玄絶　可諸智者意　清淨離誹謗
無有諸想願　善施行德義　不聞作瑕穢
彼法行正覺　言功德如是　世尊之身體

皆有種種好　手臂長出膝　七合皆爲滿
其指纖長好　有若干妙絶　紫磨金色體
心如明月珠　著身毛輭好　上向而右旋
齋圓而隆起　馬藏寂不現　足下安平趾
其底有相輪　佛膝中正好　平等種種色
經行若龍王　爲如師子步　行時默低頭
諸根悉清淨　若人散華者　變成爲華蓋
有增無減時　是爲佛正法　若得利無利
勤苦與安樂　嗟歎及誹謗　其心無增減
譬若如蓮華　不著於泥水　正師子如是
無有與等者

佛告賴吒和羅爾時國王太子德光聞嗟歎佛功德及法比丘僧踊躍歡喜譬如貧窮飢凍之人得伏匿寶藏其人歡喜譬如盲人得眼目若如牢獄繫囚得解脱其人歡喜王太子德光聞嗟歎佛功德及法比丘僧欣喜如是於是國王太子德光念言如今聞佛威神證明經法衆僧具足尊行無缺在於生死爲反邪行凡夫之士多無反復貪身自見非是正行爲居家多瑕穢習著欲者當墮苦痛放逸行者智士所離愚癡爲闇冥當於其中爲作平等燈明人意難調名色甚深六入無猒不斷諸習當遇苦毒痛痒不安恩愛爲根當杻械諸受難捨與有共合長與怨會生死難斷爲人多衆事憒鬧疾病迷亂身不堅固會當歸死樂少憂多佛法爲第一安不可以塵勞之行貪欲放逸之心而得立功德行今我在愚癡之中不得一心定意不可以樂生死意與惡人會嚴治善道何況乃欲得無上正眞道我寧可從高樓上東向自投莫使我諸

家眷屬於門中作罣礙使吾不得出也佛告賴吒和羅爾時國王太子德光向彼吉義如來無所著等正覺自投口説是言假使世尊有一切智能悉普見者今天中天當念救我於是吉義如來無所著等正覺申右臂放手光明照德光太子其光明中有自然百千葉蓮華大如車輪其蓮華出億百千光明皆普徹照於是德光太子即住此蓮華上欲往詣吉義如來無所著等正覺所遥叉手作禮三反自歸爾時吉義如來迴光還於是太子尋光去至佛所稽首佛足見世尊諸根寂定爾時德光太子以偈讚吉義如來而説頌曰

吾不久覩醫王名　今者輒得見於佛
云何立在瑕穢行　皆能致得一切法
我向者夜中半時　從諸天聞佛無想
適聞愁憂無復樂　何所是人無放逸
其失道者示正路　諸無眼目得等視
今願爲我現大道　慈哀療疾使信淨
令衆貧窮得富樂　拘閉牢獄使解脱
斷吾狐疑除諸結　唯願解説其道行
爲吾現正離外道　於闇冥中作燈明
爲諸傷害除垢穢　願大醫王斷吾疑
願度脱我生死道　斷絶去吾諸所受
令得超度愁憂海　及以八道入大乘
今壽命短法今盡　多有妨廢功德行
無福之人不如願　今吾適聞願解疑
今聞導師惟決要　云何菩薩爲放逸
能奉行佛尊妙道　度脱人民生死惱

佛告賴吒和羅爾時吉義如來知德光太子心所念廣爲解説諸菩薩行德光太子聞彼

佛所說即得無蓋總持門逮五神通即踊在虛空化作妙華以散吉義如來上爾時頞真無王明旦聞太子宮中婇女啼泣聲面即爲變便往到太子宮中問何故啼泣諸婇女答言德光太子不見不知所在於是王頞真無聞太子不見即便躃地與數千衆俱而舉聲啼泣爾時城神來到其舍告王頞真無言大王無得啼泣愁憂太子東去往見吉義如來稽首作禮跪拜承事王頞真無聞神語聲與諸眷屬大臣及太子後宮婇女及八十四億那術百千人東出往詣吉義如來所稽首佛足却住一面佛語頼吒和羅爾時吉義如來知國王頞真無意即爲如應說法令一切衆皆得不退轉無上正真道於是王太子德光白吉義佛願佛受我清淨飯食請施佛即默然受之德光太子語父母及諸眷屬今願仁者勸助城郭莊飾瓔珞以奉如來不當有貪心有所惜也應時皆同心勸助放心布施於是王太子德光及眷屬共奉吉義如來莊飾瓔珞宮殿城郭心無遺惜日作五百種味以供養佛及比丘僧爲一切比丘以赤栴檀香及七寶爲房室以摩尼爲經行處於上作珍寶交露帳幔南北各有華樹行列邊有浴池中生優鉢華其邊際清淨無垢其華有百千葉設百千座一一比丘各有是具爾時德光太子令諸比丘不憂衣服亦不想他比丘獨得衣被彼於是億歲中未曾睡卧不念所愛不貪其身供養於佛所念無異爾時未曾有想念於欲亦無諍亂心無所害不貪於國一切無所愛惜不貪身命内外無所著於是聞

佛所說法皆悉受持不重問如來初不沐浴亦不洗足亦不以香塗身不起疲猒之意亦未曾坐除其飯食左右吉義如來般泥洹已後即爲造起赤栴檀塔寺於百千歲供養所可閣維如來處以一切天下諸華諸香擣香雜香妓樂以爲供養起九十四億塔皆用七寶珍琦之物以爲帳幔覆蓋其上各以五百億七寶蓋供養諸塔及百千妓樂一切閻浮利諸華寶樹用供養塔各然百千燈一一所然油其價百千及散一切香華如是之比具足供養億歲中然後德光太子棄家學道作沙門著三法衣常行分衛初不預世事亦不睡卧了無衣食之心具足四億歲中常惠法施未曾計有我亦不疑他人何況求供養亦無生死語爲衆說法不勸令生天上學是行已教授一切人及中宮眷屬使爲沙門佛語賴吒和羅爾時淨居諸天心念言德光太子教授一切人皆令作沙門我等於是亦當作行供事三寶由是三寶得立而不斷絶其吉義如來般泥洹已後其法住至于六十四億歲皆是德光比丘所擁護其德光太子如是之比供養九十四億那術百千佛佛告賴吒和羅汝知爾時國王潁眞無不答言不及佛言則無量壽如來是汝知爾時德光太子不答言不及則吾身是也爾時城神者則無怒覺如來是佛語賴吒和羅用是故菩薩大士欲得無上正眞道最正覺者當學德光太子之行寂寞之教捐捨恩愛無放逸之行我求無上正眞道時所行勤苦精進乃如是是輩無行者貪著衣食愁思無懈用供養故自遠

佛法所學無益汙亂沙門壞菩薩法恣其身口意妄造所願捨其本行貪衣被牀卧具病瘦醫藥無有慙媿之心不樂正行學無常之法不奉尊教遠離佛行於道自棄意不樂解脫行佛語賴吒和羅以是故聞此法已當覺了之棄惡知識莫與無行者相隨棄諸貪欲

佛爾時說偈言

學道貪利及飯食　即爲不樂十力行
棄捐於佛百德教　用利供養墮他家
剛强弊惡無慙媿　自放恣墮諸貪會
爲起塵勞墮邪行　便自說言我行德
身在閑居遊於城　利供養故作恣行
遠於解脫空去地　以故當棄離諸有
爲不敬佛及正法　遠離衆僧諸功德
棄捐善道墮三惡　爲失八百諸尊行
若有聞說是經者　審淨其意常精進
無數億劫佛難值　當用是故如法行
其說得佛大乘者　常思念是功德句
念已審爾一心住　當得無礙安隱道
常立賢聖習觀德　意念猒足自制心
汝等勿得捐善場　當墮五道如癡人
習閑居止常精進　住莫自輕勿易他
訶教已身寂其心　我本奉億佛教誡
不惜身命意質朴　精進於法行恭敬
我故常說此言誨　行是已後道不難
聞是若喜大乘者　不能精進不樂聽
其有智者樂此言　後當棄惡及怨結

佛告賴吒和羅若有菩薩行五度無極不如學是經奉行順教彼之功德百倍不及學此經者說此經時三十那術天及人發無上正

眞道意皆得立不退轉地七千比丘得無起忍漏盡意解於是賢者賴吒和羅白佛言是經名爲何等云何奉行佛告賴吒和羅是經名爲離癡願行清淨當學當持正士所樂決菩薩行具足諸義佛說如是賴吒和羅諸天世間人民龍鬼神等皆大歡喜起前爲佛作禮而去

佛説賴吒和羅所問德光太子經

音釋

窶其矩切貧無禮也　嵐魯甘切　頞烏割切　振直庚切觸也　鶡鵯鶡何葛切鵯譬吉切鶡鵯鳥名　洒小禮切與洗同滌也　鸖胡各切與鶴同　泅似由切浮行水上也　齋祖奚切與臍同　跐諸市切

商主天子所問經

隋北天竺三藏法師闍那崛多等譯

清刻龍藏佛說法變相圖

商主天子所問經

隋北天竺三藏法師闍那崛多等譯

爾時婆伽婆住王舍大城耆闍崛山與大比丘衆千二百五十人俱復有大菩薩衆所謂彌勒菩薩文殊師利法王子菩薩摩訶薩諸衆首等出過數量種種諸方及與非方諸佛刹土俱來集會爾時商主天子與無量諸天百千大衆前後圍遶來詣佛所到佛所已頂禮佛足右遶三帀以種種供具供養如來爲聽法故在佛世尊文殊師利童眞菩薩法王子前爾時商主天子向佛合掌而白佛言惟願世尊請文殊師利童眞菩薩法王之子令說法要令此衆中有諸天子文殊師利童眞菩薩法王之子久成熟者是等若聽文殊師利童眞菩薩智辯才已當發阿耨多羅三藐

三菩提心發是心已於佛法中得不退轉佛告文殊師利善男子汝爲商主天子及餘諸天辯說法要爾時文殊師利法王之子受佛教已告商主天子言汝當一心諦聽諦受善思念之吾當爲汝分別解說如諸菩薩摩訶薩入一切智智於一切法達到彼岸速疾滿足六波羅蜜於一切智當得修行天子凡諸菩薩摩訶薩智者所謂知苦智荷擔無爲智習智修習善根智滅智出生智道智非道智因智不失智果智攝證諸事緣智聚集斷智實智佛智自在智因緣生智阿波陀那示現智陰智除欲染智界智破法界智入智觀空聚智施智時不過智戒智成熟破戒衆生智忍智精進智善作諸事業智禪智迴轉禪智智慧智見知智方便智成熟衆生智慈智衆生乘智悲智不疲倦智欣智樂法愛歡欣智捨智成就諸佛法智度衆生智觀察智常承事智非處令住智正勤智正覺智神足智不造作諸行觀察智信根力智超越一切智智精進根力智一切諸煩惱不被逼迫智念根力智不忘失一切諸法智三昧根力智一切法平等智智根力智諸根勝智菩提分智證道智過諸非道智攀緣智盡智諸善根無盡智無生智得諸法無生忍智念佛智自身成就智念法智轉法智念僧智入阿毗跋僧平等智念施智不捨諸衆生智念尸羅智具足諸願智念無智不造諸惡智不念法智諸慈覺智滿足智具足諸事不厭智諸衆生藥智如法承事方便智處非處智非處不作智十力智順諸聲聞緣覺乘智無畏智作障礙無

障礙諸法覺智過去身不著智無住識智未來身無著智諸法不行智現在身不著智不定不住智身爲最上智諸衆生智令度智口爲先智諸衆生音分別智意爲先智知諸衆生心行所發智不錯謬智覺諸衆生錯謬智樂不樂智滅鬭諍智正念不忘失智亂心衆生令安住智攝三摩提智攝懈怠衆生不共諸佛法智所化衆生覺時智方便智般若智天子此是諸菩薩摩訶薩智以如是等智故當得諸佛無礙大智爾時商主天子語文殊師利菩薩言希有希有文殊師利諸菩薩摩訶薩智於諸三界最爲殊特不可以小莊嚴而得成就文殊師利若能如是生智慧者是大神通唯然文殊師利云何菩薩能具莊嚴答言若諸衆生涅槃本性聞已不怖又復問言文殊師利以何因緣名爲菩薩答言天子於菩提分住持入故故名菩薩又復問言文殊師利以何因緣名爲摩訶薩答言天子入大乘故滿大智故故名摩訶薩又復問言文殊師利以何因緣名爲最勝薩埵答言天子不可求法智得入故故名最勝薩埵又復問言文殊師利以何義名淨薩埵答言天子不與煩惱共住爲諸衆生滅煩惱故發精進故故名淨薩埵又復問言文殊師利以何義故名極淨薩埵答言天子令諸衆生行淨道故以是義故名極淨薩埵又復問言文殊師利以何義故名爲導師答言天子住是道已能令無量阿僧祇衆生得成熟故故名導師又復問言文殊師利復以何義名調伏師答言天子調伏衆生畢竟無諍故名調伏大師又

復問言文殊師利云何菩薩成就勇健答言天子調伏衆魔怨敵等難然後受有成熟衆生故名菩薩成就勇健又復問言文殊師利云何菩薩令他歡欣答言天子於先發誓得滿足已不依聲聞緣覺等乘如是菩薩令他歡欣又復問言文殊師利云何菩薩得爲最上答言天子當以聖智方便善巧成熟衆生現了攝受於正法中如是菩薩得爲最上又復問言文殊師利云何菩薩得爲轉法答言天子依佛攝言一切衆生而不能轉如是菩薩得爲轉法又復問言文殊師利云何菩薩當轉調伏答言天子菩薩持戒住戒滅諸衆生所有疑網如是菩薩名轉調伏又復問言文殊師利云何菩薩當得轉義答言天子如所聞行眞實與他如是菩薩名爲轉義又復問言文殊師利云何菩薩爲諸衆生成就利益答言天子所修諸善迴施衆生如是菩薩成就利益又復問言文殊師利云何菩薩能作直心答言天子若自有犯而不覆藏如是菩薩當得直心又復問言文殊師利云何菩薩當作正心答言天子其有衆生有欲瞋癡而不瞋責如是菩薩名爲正心又復問言文殊師利云何菩薩當作不諂答言天子如所言如所作如是菩薩當得不諂又復問言文殊師利云何菩薩而不作幻答言天子如心所念口亦如是如是菩薩得名不幻又復問言文殊師利云何菩薩得無慢心答言天子向諸衆生曲躬合掌亦不犯惡如是菩薩得無慢心又復問言文殊師利云何菩薩作大施主答言天子若能成就菩提大捨況復餘

物如是菩薩名大施主又復問言文殊師利云何菩薩得名持戒答言天子若見破戒乃至爲命不捨菩提心如是菩薩得名持戒又復問言文殊師利云何菩薩成就忍辱答言天子若受逼迫不逼迫他如是菩薩成就忍辱又復問言文殊師利云何菩薩發勤精進答言天子若簡諸法無法可得如是菩薩名爲發勤精進又復問言文殊師利云何菩薩得名禪定答言天子若能還現欲界中生如是菩薩名得禪定又復問言文殊師利云何菩薩成就般若答言天子若不作般若事如是菩薩成就般若又復問言文殊師利云何菩薩當行慈心答言天子若能觀察衆生界空如是菩薩名行慈心又復問言文殊師利云何菩薩當行悲心答言天子若知諸法及與菩提猶如虛空而不捨精進如是菩薩名成就悲心又復問言文殊師利云何菩薩當行喜心答言天子若得默然及與寂靜喜求諸法而不知足如是菩薩名爲知足又復問言文殊師利云何菩薩能行捨心答言天子若不被世界所没行於世間救世間故如是菩薩能成捨心又復問言文殊師利云何菩薩得清淨身答言天子若以如幻化身示現衆生平等之身如是菩薩能得淨身又復問言文殊師利云何菩薩得清淨口答言天子若能爲諸衆生具足音聲演説法要而無過患如是菩薩能清淨口業又復問言文殊師利云何菩薩能清淨心答言天子若知諸心皆是一心如是菩薩名得淨心又復問言文殊師利云何菩薩能得天眼答言天子見諸

色形當離諸色常觀諸色遠離諸色如是菩薩名得天眼又復問言文殊師利云何菩薩名得天耳答言天子若聞諸聲當觀諸聲遠離聲相如是菩薩名得天耳又復問言文殊師利云何菩薩能知他心答言天子若知心行流注生滅如是菩薩能知他心又復問言文殊師利云何菩薩能知宿命答言天子若念本際即是實際而不增長如是菩薩能知宿命又復問言文殊師利云何菩薩能得神通答言天子若示諸幻而能不爲幻業所染如是菩薩名得神通又復問言文殊師利云何菩薩得爲廣大答言天子當化無邊衆生如是菩薩名得廣大又復問言文殊師利云何菩薩當名獨行答言天子若不與諸根共住如是菩薩名爲獨行又復問言文殊師利云何菩薩能作調伏答言天子若得不動不瞋法故如是菩薩名得調伏又復問言文殊師利云何菩薩能得寂靜答言天子若在煩惱不爲諸惡煩惱所燒爲諸衆生滅煩惱故而演說法如是菩薩名得寂靜又復問言文殊師利云何菩薩能得信心答言天子若以佛身破時而不能破如是菩薩當得信心又復問言文殊師利云何菩薩作巧方便答言天子若見菩提與衆生共如是菩薩名巧方便爾時文殊師利說此法時是大衆中有一萬二千衆生發菩提心有五百菩薩得無生法忍爾時世尊讚文殊師利童真菩薩言文殊師利善哉善哉爲諸菩薩善說此法如是如是能爲彼等善勝丈夫說如是等諸大功德自餘復有無量阿僧祇爾時商主天子復

問文殊師利童眞菩薩言文殊師利汝於昔供養幾所佛得如是辯答言天子譬如化人心思滅相又復問言文殊師利化無心思況復非化答言天子諸佛如來體相如是彼如是相供養承事又復問言文殊師利汝於幾時行檀那波羅蜜答言天子若爲如來之所變化又復問言我向問汝汝於幾時行檀那波羅蜜汝今云何作如是答答言天子彼無可答我答如是文殊又言化相如是當云何答我於許時行檀那波羅蜜又復問言文殊師利如我惟忖汝寧慳耶答言天子我實爲慳又復問言以何因緣作如是說答言天子若心不捨是則名慳又復問言文殊師利云何不捨而得名慳文殊師利言天子我常不捨諸佛法衆而亦不捨一切衆生以是義故說我爲慳又復問言如我惟忖文殊所說汝於今者此亦破戒答言天子我亦破戒又復問言文殊師利以何因緣作如是說答言天子若人破戒彼豈不墮三惡道耶天子答言實如聖教文殊師利言天子我故思惟墮於惡道成熟衆生以是義故稱我破戒又復問言文殊師利汝寧不有瞋恚心耶文殊師利言如是天子又復問言以何因緣作如是說文殊師利言寧不以瞋心是無愛耶答言如是文殊師利言是故天子我於煩惱聲聞緣覺無有愛念以是義故我有瞋心又復問言文殊師利汝今寧有懈怠心也答言如是又復問言文殊師利以何因緣作如是說答言天子夫懈怠者不以身口意發修諸行我今如是亦不發行亦不欲行不捨不取以是義

故我名懈怠又復問言文殊師利汝寧復有散亂心耶答言如是又復問言以何因緣作如是說答言天子夫懈怠者無有處住彼亦說言是散亂心天子我於聖中心得解脫成熟一切諸衆生故無有住處以是義故稱我散亂又復問言文殊師利汝於今者豈無智也答言如是天子又復問言文殊師利以何義故作如是說答言天子汝豈不以無智慧故不畏生死不怖煩惱共迷惑衆生同處娛樂答言如是文殊師利文殊又言天子我於生死諸煩惱中不畏不怖共迷惑衆生一處安住同彼娛樂爲成熟故是故稱我無有智慧又復問言文殊師利汝於今者豈可非是世間福田也答言天子殺害福田故又復問言文殊師利以何義故作如是說答言天子夫應殺者是欲恚癡若能殺彼是則大福田也又復問言文殊師利世間衆生聞汝所說多生恐怖答言天子若實際恐怖是即世間亦生恐怖所以者何一切世間不離實際住於實際又復問言文殊師利若復有人毀汝所說彼將何去答言天子當向涅槃又復問言文殊師利以何因緣作如是說答言天子一切無有不毀語言而能得至聖解脫中者所以者何其聖道中無有名字章句語言可說可示若不信者彼等當不解脫又復問言文殊師利以何因緣作如是說答言天子不可已得解脫復得解脫又復問言文殊師利謗正法者彼豈不墮地獄中耶答言天子夫解脫者一切無塵又復問言文殊師利汝所說法皆無所助答言天子於空無相無願不

可有助又復問言文殊師利夫空行者當何所行答言天子空行者即爲一切衆生慈行所以者何夫空者不離一切諸衆生故又復問言文殊師利云何菩薩於諸衆生至於邊際答言天子若見諸法從因緣生亦復不墮斷常見中以是義故菩薩名至衆生邊際又復問言文殊師利何界是衆生界也答言天子法界是衆生界也又復問言文殊師利法界復是何界也答言天子虛空性界是法界也又復問言文殊師利其虛空界復是何界也答言天子超越一切境界是虛空界也又復問言文殊師利其佛境界何境界也答言天子其眼境界是佛境界然其佛界亦復非眼色識境界耳境界即是佛界然彼佛界亦復非耳聲識境界其鼻境界是佛境界然其佛界亦復非鼻香識境界其舌境界是佛境界然其佛界亦復非舌味識境界身境界是佛境界然其佛界亦復非身觸識境界意境界是佛境界然其佛界亦復非意法識境界色境界是佛境界然其佛界亦復非是色境界也受境界是佛境界然其佛界亦非受界想境界是佛境界然其佛界不觀境界諸行境界是佛境界然其佛界亦復不可造作境界諸識境界是佛境界然其佛界亦復非是了知境界無明境界是佛境界然其佛界亦復非是因緣境界乃至老死境界是佛境界然其佛界亦復不受彼處境界欲行境界是佛境界然其佛界亦復非是欲行境界色界境界是佛境界然其佛界亦復非是色行境界無色境界是佛境界然其佛界亦復非是

見界境界有為境界是佛境界然其佛界非二境界無為境界是佛境界然其佛界亦復不離三相境界天子此是諸佛境界所有境界入一切境界無邊境界是佛境界天子菩薩摩訶薩入此境界已行於利益一切衆生境界之中亦復不生魔境界中應當覺知彼魔境界及佛境界平等無二不作異界天子此是菩薩大智神通若能超越平等境界以平等境成就衆生天子是中何者平等何者是不平等一切法空平等故等菩薩若不入空平等者彼人住不平等然彼菩薩成熟彼等於空法中亦不移動一切諸法無相故等菩薩若不入無相平等者彼人住不平等菩薩成就彼等於無相法中亦不移動一切諸法無願故平等菩薩若不入無願平等者彼人住不平等菩薩成熟彼等於無願法中亦不移動一切諸無作故平等菩薩若不入無作平等者彼人住不平等菩薩成熟彼平等於無作法亦不移動一切諸法不生不出平等故平等離欲獨行平等故平等無物可滅涅槃平等故平等菩薩若不入此平等者彼人住不平等菩薩成熟彼等亦不於彼涅槃法中移動天子如是平等不平等行菩薩入者是則名為行菩薩行爾時商主天子復白文殊師利作如是言文殊師利汝今當說云何為菩薩行也文殊師利荅言天子菩薩行不可思議又復問言云何菩薩行不可思議荅言天子欲不思議故菩薩行亦不離欲行瞋恚行不可思議故菩薩行亦不離恚行愚癡行不可思議故菩薩行亦作般若行不嫉

妬行是菩薩行亦不念施行遠離破戒行是菩薩行亦不念戒行不瞋恚行是菩薩行亦不念忍行不懈怠行是菩薩行亦不念精進行不亂行是菩薩行亦不念禪行非無智行是菩薩行亦不念般若行不惱行是菩薩行亦不念離惱行無慈行是菩薩行內物施故無悲行是菩薩行施男女妻子故不樂行是菩薩行諸欲功德不猒故常不瞋行是菩薩行聚集諸善根故不棄捨行是菩薩行捨身命故不惜行是菩薩行憎愛捨故不恐怖行是菩薩行不近生死煩惱行故大重任行是菩薩行一切衆生荷重擔故不逼迫行是菩薩行往昔立誓度彼故不悔行是菩薩行無退悔故最上行是菩薩行一切上最勝上故金剛鎧行是菩薩行善立誓願不缺減故自心滅行是菩薩行一切衆生心滅故不失行是菩薩行作業不失故不起分別行是菩薩行一切衆生平等心故勇健行是菩薩行降伏怨敵故不雜行是菩薩行親友禪定更隨順故歡喜行是菩薩行於一切惡者令歡喜故歡喜踊躍行是菩薩行見佛聞法承事尊者歡喜故莊嚴行是菩薩行身口心意佛刹莊嚴故不被降伏行是菩薩行平等益助故不毀謗行是菩薩行智者讚歎故不逼迫行是菩薩行正觀諸煩惱故善丈夫行是菩薩行誓負重任至彼岸故饒益行是菩薩行堅固精進不懈退故法行是菩薩行助道諸法善修習故知恩報恩行是菩薩行不斷諸佛種性故珍寶行是菩薩行歎說三寶故智慧方便行是菩薩行不斷諸攝故說此菩薩行

時五百菩薩入菩薩行得無生法忍爾時商主天子復白文殊師利菩薩言文殊師利汝善說此諸菩薩行若有菩薩不離此行即爲彼等而作授記爾時佛告商主天子言如是如是天子如汝所說天子我於往昔不離此行然燈如來即授我阿耨多羅三藐三菩提記我於爾時即得無生法忍天子此是諸佛菩薩大智通行爾時商主天子白佛言世尊無生者是何謂也於何法邊於何法中得無生也答言天子夫無生者本自不生邊際之相是無生義彼於先不生後亦不生然彼無生本無生處然彼先來無處可出後亦不出自性本來無處出生以是義故先無處生彼於後時亦無處生自性本來無處出生彼於先來不可造作是故於後亦不可作自性本來不可作故彼於先無有是故於後亦復無有究竟無有彼於先來不入富伽羅數是故於後亦不入數本性空故彼於先無相可說可示是故於後亦無有相可說可示然彼諸法本無有相也若人如是覺者亦不發心破執覺知以是義故言無生也云何名忍如是無生如是堪忍一切衆生故名忍也如是無生如是於一切刹忍故名忍也如此無生於一切學無學辟支佛能忍故名忍也如此無生於一切佛法一切菩薩行一切諸佛能忍故名忍也如此無生如是能忍一切諸法故名忍也然彼無者何故名無無無故無空空故無無相無相故無如空無相空相故無若法是無即不自在若無自在是則無欲若無欲者則是眞性若是眞性即名無性一切法

無空無自在遠離虛妄若於一切法中如是忍者是名爲忍是忍亦無以忍無故故無我也如是平等菩薩當得受記證無生法忍然彼忍法不可得知於中得者謂何義也若我也若忍也二得也是名得也若衆生也若命也若養育富伽羅也若忍也若一切知是名得也何者無得自性眞忍忍彼眞性於是義中不取能所二能證入是名無得略說陰界諸入於一切法所有本性是名空性若空性者彼即無爲如無爲性凡所作者亦如是性若於本性不見能所如是證知是名無得天子如是能忍具足成就菩薩摩訶薩乃至阿僧祇劫行此忍行此是菩薩大智通行說此忍時三千大千世界六種震動一切世間光明徧滿百千音樂不鼓自鳴雨大華雲四萬衆生發阿耨多羅三藐三菩提心九萬六千衆生得隨順忍以佛神力及以法力故令此一切世界猶如往昔然燈如來入蓮華城時如本顯現爾時世尊即便微笑如諸佛法無量百千種種色光從佛口出所謂青黃赤白紫玻瓈色至於無量無邊世界徧照彼已還來圍遶世尊三帀還入佛頂爾時慧命阿難即從座起整理衣服右膝著地向佛合掌在於佛前如法合義問世尊言

我問世尊無比德　我問世尊莊嚴光
我問已捨煩惱翳　牟尼何故現微笑
我問世尊降外道　我問世尊絕魔力
我問世尊十力力　牟尼何因現微笑
我問世尊色殊特　三十二相妙莊嚴
善行能作大歡喜　尊今何故現微笑

我問智池智慧樹　得於智慧教勑世
示現無邊智慧法　世尊何故今現笑
三界名稱已流布　三明增長拔三垢
度於三脱三界主　今作微笑有何因
爲勝醫師老死極　尊手足輪羅網指
勝那羅延金剛體　牟尼爲説放光因
誰今於中清淨行　誰於今日滿諸忍
誰當正信諸佛德　以是牟尼今微笑
非不因尊無比身　善行導師示現光
善哉願演佛音聲　衆生若聞生歡喜
爾時阿難作是語已佛告慧命阿難言阿難說此法本修多羅時於是衆中有七萬二千衆生發阿耨多羅三藐三菩提心復有三萬二千菩薩得無生法忍阿難汝見是商主天子以不報言我見婆伽婆我見修伽陀佛復告阿難言阿難此商主天子往昔已曾供養過筭數佛承事尊重問義勸請復勸無量衆生行於阿耨多羅三藐三菩提令所應住阿難此商主天子過二阿僧祇劫已當證阿耨多羅三藐三菩提號曰功德王光明如來阿羅訶三藐三佛陀明行足善逝世間解無上士調御丈夫天人師佛陀婆伽婆出現於世其世界名曰清淨劫名無垢阿難彼清淨世界七寶所成所謂金銀瑠璃玻瓈瑪瑙琥珀赤真珠時彼佛刹平正如掌八部莊嚴寶網垂覆彼佛刹中無有聲聞辟支佛名亦無外道遮羅迦波梨婆闍迦亦無衆魔亦無有造五逆者亦無誹謗佛正法者彼佛刹土遠離八難隨心所念飲食即生亦無破戒患苦名聲彼等衆生受樂果報猶如他化自在天彼

諸衆生身皆金色具足三十二相多住阿耨多羅三藐三菩提是故彼世界名爲清淨彼功德王光明世尊多陀阿伽多阿羅訶三藐三佛陀壽命一千四十劫彼佛國土諸菩薩衆以願力故於其中間隨心捨壽時彼如來有六十二億大菩薩衆阿難今有菩薩發阿耨多羅三藐三菩提心及得無生法忍者彼等一切皆得往生清淨佛剎於彼功德王光明如來剎中時彼如來皆授彼等阿耨多羅三藐三菩提記爾時衆中有一天子名曰觀息在衆中坐以天曼陀羅華散如來上作如是言世尊若彼功德王光明世尊當證阿耨多羅三藐三菩提時願我於彼清淨世界作轉輪聖王供養彼佛及菩薩衆願我於彼佛後即成阿耨多羅三藐三菩提爾時世尊告慧命阿難言阿難此觀息天於彼世尊功德王光明如來證阿耨多羅三藐三菩提時彼世界中作轉輪聖王名曰善見以無量無邊種種供具供彼如來具足圓滿助菩提法彼世尊後出現於世證阿耨多羅三藐三菩提名曰普光明如來阿羅訶三藐三佛陀阿難彼善見王灌太子頂已於一時間彼佛教中信心捨家出家學道時彼如來臨般涅槃授彼菩薩記已然後入般涅槃作如是言此善見菩薩次於我後當證阿耨多羅三藐三菩提爾時慧命舍利弗告商主天子言天子如來已授汝記答言尊者舍利弗佛授我記猶如如如來所作化人得授記法如令如如於未來世還此如如然此如如不增不減爾時世尊告慧命阿難言阿難汝受此法本持說讀

誦應加修習爲他廣説爲衆多人廣利益故爲衆多人受安樂故爲現在未來諸菩薩摩訶薩利益安樂廣攝受故爾時慧命阿難白佛言世尊我已受此法本世尊此法本名爲何等我等云何奉持佛告阿難此法本名曰神通優波提舍應如是持此法本文殊師利童眞菩薩所説如是受持亦名商主天子所問如是受持佛説此經已慧命阿難并餘比丘商主天子及餘無量無邊阿僧祇拘致那由他諸天子文殊師利菩薩并餘無量阿僧祇種種十方世界之所集會諸菩薩摩訶薩及一切諸天龍夜叉乾闥婆人及非人阿修羅等聞佛所説歡喜奉行

商主天子所問經

大乘四法經

唐于闐國三藏沙門實叉難陀譯

離垢慧菩薩所問禮佛法經

唐中天竺三藏法師那提譯

清刻龍藏佛說法變相圖

二經同卷

大乘四法經

離垢慧菩薩所問禮佛法經

大乘四法經

唐于闐國三藏沙門實叉難陀譯

歸命大智海　毗盧遮那佛

如是我聞一時佛在舍衛國祇樹給孤獨園與大比丘衆五百人菩薩摩訶薩八千人俱皆被堅固大弘誓甲并欲色界諸天子等無量百千恭敬如來聽受法要爾時文殊師利童子持一寶蓋廣十由旬覆如來上時有兜率陀天名曰善勝已於阿耨多羅三藐三菩提得不退轉與其眷屬在此會中白文殊師

利言尊者供養如來猶未足耶文殊師利言於意云何海納衆流有猒足不天言不也文殊師利言天子大海深廣無有涯際萬流朝宗嘗無盈息菩薩摩訶薩求薩婆若供養如來亦復如是未曾猒足天復請言供養佛時應何所爲文殊答言應以四事一爲薩婆若二爲度一切衆生三爲不斷三寶種四爲攝諸佛刹功德莊嚴是爲菩薩以四事故供養如來天復請言善哉尊者菩薩於法常應不悋如昔所爲尸棄梵王及其眷屬演四法門菩薩之道願爲我等一切衆會重宣此義文殊師利言諦聽諦聽善思念之當爲汝說天子菩薩摩訶薩應發四種增上意樂心云何爲四謂攝一切衆生心成熟一切衆生心集一切善根心覺悟一切佛法心是爲四復次菩薩應發四種如山心云何爲四謂於乞者無瞋嫌心向惡道者生悲愍心般若波羅蜜常不捨心所修衆行皆究竟心是爲四復次菩薩應發四種轉勝心云何爲四謂持戒轉勝多聞轉勝大慈轉勝大悲轉勝是爲四復次菩薩應發四種如金剛不可壞心云何爲四謂信樂不壞依善知識不壞修行不壞求大乘不壞是爲四復次菩薩應發四種無能染心云何爲四謂煩惱不能染名利不能染下乘不能染諸惡衆生不能染是爲四復次菩薩應發四種無上心云何爲四謂所愛皆捨心施已無悔心不望果報心迴向菩提心是爲四復次菩薩有四種能至頂法云何爲四謂智慧方便持正法化衆生是爲四復次菩薩有四種助菩提道云何爲四謂勤修諸

度順四攝事住四梵住遊戲神通是爲四復次菩薩有四種第一勝法云何爲四謂於諸衆生無損惱心惱害已者心無繫念在五欲境而不放逸貧窮苦厄不捨法行是爲四復次菩薩有四種安隱心云何爲四若在家時自財知足他財不貪若出家時依四聖種行頭陀法是爲四復次菩薩有四種施云何爲四謂財施法施紙筆施於法師所善心讚歎施是爲四復次菩薩有四種堅勝法云何爲四謂所聞能行豐財能施尊者能供養壽命能種諸善根是爲四復次菩薩有四種不捨云何爲四謂不捨菩提心不捨正法不捨一切衆生不捨求諸善法是爲四復次菩薩有四種園云何爲四謂樂住阿蘭若樂獨露坐樂求善法樂方便度諸衆生是爲四復次菩薩有四種宫云何爲四樂依梵住樂聞善法樂觀性空樂同行者共止是爲四復次菩薩有四種無盡財云何爲四謂多聞財說法財攝諸貧乏財迴向菩提財是爲四復次菩薩有四種伏藏云何爲四謂陀羅尼藏辯才藏法藏無盡財迴向藏是爲四復次菩薩有四種遠離云何爲四謂遠離衆話遠離五欲境遠離非聖心遠離三界是爲四復次菩薩有四種樂云何爲四謂離我我所無著樂一切不顧戀遠離樂離一切境界寂靜樂不捨一切衆生而無煩惱涅槃樂是爲四復次菩薩有四種喜云何爲四謂見佛喜聞法喜布施不悔喜與一切衆生安樂喜是爲四復次菩薩有四種眞實云何爲四謂不捨菩提心不捨弘誓願不捨有來歸依者不捨一切善護

語是爲四復次菩薩有四種善法云何爲四謂樂修一切善法不輕未學於諸衆生怨親平等爲不請友饒益衆生不思其報是爲四復次菩薩有四種清淨云何爲四謂戒清淨無我故定清淨無衆生故慧清淨無壽者故解脫清淨無諸趣生故是爲四復次菩薩有四種足云何爲四謂善足法足行頭陀功德足集菩提資糧足是爲四復次菩薩有四種手云何爲四謂信手戒手聞手慧手是爲四復次菩薩有四種眼云何爲四謂肉眼作善業故天眼神通不退故慧眼所聞不猒故法眼諦觀諸法得忍故是爲四復次菩薩有四種無猒云何爲四謂施無猒住阿蘭若無猒聽法無猒修善無猒是爲四復次菩薩有四種難行云何爲四謂忍受一切卑賤淩辱雖自窮乏所有皆施見有從乞頭目身體心無違逆生善友想觀空無我而現受生是爲四復次菩薩有四種無病云何爲四謂無諸見不等病無煩惱熱病無不利益衆生病無諸法疑惑病是爲四復次菩薩有四種自分法云何爲四謂諸波羅蜜菩提分法眞善知識不作一切惡業是爲四復次菩薩有四種不動云何爲四謂菩提心如願而行如言而作勤修正行是爲四復次菩薩有四種資糧云何爲四謂奢摩他毗鉢舍那聞一切善根是爲四復次菩薩有四種齊行云何爲四謂發心起行布施迴向大慈大悲智慧方便是爲四復次菩薩有四種法障夢云何爲四謂夢月墮於平地井中夢月現於濁泉池中夢月在空大雲所覆夢月在空煙塵所翳是爲四

復次菩薩有四種業障夢云何爲四謂夢墮大險處夢高下道夢磐曲道夢迷方驚怖是爲四復次菩薩有四種煩惱障夢云何爲四謂夢毒蛇擾亂夢羣獸惡聲夢落賊難處夢身蒙塵垢是爲四復次菩薩有四種得陀羅尼夢云何爲四謂夢大伏藏諸寶充滿夢清池中衆華齊敷夢得雙淨白氎夢諸天持蓋覆上是爲四復次菩薩有四種得三昧夢云何爲四謂夢端正童女衆寶莊嚴持華授與夢白鵝行列迴翔空中夢如來手摩其頂夢如來坐蓮華座入於三昧是爲四復次菩薩有四種見如來夢云何爲四謂夢月出現夢日出現夢蓮華開夢大梵王威儀閑寂是爲四復次菩薩有四種得大人相夢云何爲四謂夢諸妙華果滿娑羅樹夢大銅器衆寶盈滿夢虛空中幢蓋莊嚴夢轉輪王以法御世是爲四復次菩薩有四種不退相夢云何爲四謂夢白繒繫頂夢自設無礙施會夢身處法座夢佛坐道場爲衆說法是爲四復次菩薩有四種降魔怨夢云何爲四謂夢大力士摧小力士持勝旛去夢大勇將戰勝而去夢受灌頂王位夢坐菩提樹降伏衆魔是爲四復次菩薩有四種坐菩提場夢云何爲四謂夢吉祥瓶滿夢衆右遶其身夢所往之處樹皆低枝夢金光普照是爲四文殊師利說此法時善勝天子及其眷屬歡喜踊躍以天曼陀羅華波頭摩華拘物頭華分陀利華供養文殊師歡喜散一切衆會以佛神力所散之華上昇虛空成大蓮華量如車輪微妙香潔悅可衆心於華臺上有諸菩薩三十二相莊

嚴其身爾時善勝天子白文殊師利言此諸菩薩從何方來文殊答言如華來處是所從來天言此華化生無所從來文殊復言彼諸菩薩當知亦爾爾時世尊即便微笑從其口中放種種光青黃赤白玻瓈等色遍照十方無量刹土上至梵世蔽日月光還從頂入時善勝天子即從座起偏袒右肩右膝著地合掌向佛以偈讚曰

清淨金色光　妙相三十二　具億那由他
無比勝功德　能救世間者　何故現微笑
梵音深且遠　所言淨微妙　恒蘊七聖財
放大智慧光　迦陵伽聲音　願說微笑義
世雄大丈夫　降魔及異道　常爲諸天人
修羅等供養　具足十力者　何故現微笑
一切貪恚癡　塵惱智慧障　永斷無餘習
面如淨滿月　普施安樂者　願說微笑義
善逝天人師　無量功德聚　其心常平等
具足行衆善　開解一切者　何故現微笑
常持大慧燈　破黒闇稠林　遊步若牛王
無畏如師子　利益衆生者　願說微笑義
人中最尊勝　難見難可測　無我無諂曲
超越諸有海　智力自在者　何故現微笑
千輻網縵足　三界無倫匹　竭涸生死流
斷絕愚癡網　善哉大智者　願說微笑義

爾時世尊告善勝天子言汝見虛空蓮華座上諸菩薩不天子白言唯然已見佛言此諸菩薩皆是文殊師利之所化度爲聽如是四法門故從十方來皆住一生補處於十方刹當成阿耨多羅三藐三菩提名號各異天言世尊此諸菩薩頗有算計知其數不爾時世

尊告舍利弗汝能知耶舍利弗言世尊我能於一念頃悉知三千大千世界一切星宿不能百年筭知此諸菩薩數量佛告舍利弗假使微塵滿閻浮提尚可數知此菩薩數莫知邊際舍利弗言何處當有爾許佛剎容是菩薩成正覺耶佛言且止莫作是說諸世界中空無佛者無量無邊舍利弗假使如來恒河沙劫久住於世日日常說恒河沙法說一一法皆授恒河沙菩薩阿耨多羅三藐三菩提記過於東方恒河沙佛剎乃一菩薩於中成佛如是東方無佛世界尚不能盡何況十方一切剎土空無佛者舍利弗如是所有無量世界皆是如來肉眼所見其中所有一切衆生皆是如來心之所知時諸大聲聞及一切衆會心生希有作如是言我等今者咸得善利值遇是師成就廣大福德智慧時虛空中諸來菩薩皆從空下頂禮如來及文殊師利恭敬右遶各還本土爾時善勝天子白文殊師利言善哉尊者乃作佛事乃能化是無量菩薩住大菩提願為我說成就此等住菩提法文殊師利言天子成就菩薩住菩提法有三十五所謂應常依時不失其節應警策諸根應攝心不動應修諸波羅蜜應隨善方便應發勝意樂應建大慈應起大悲應不捨大乘應遠離小乘應常諦實應如實作應護正法應如聞行應了衆生性平等無二應觀破戒持戒皆福田相應覺諸魔業應成滿大願應於生死不疲猒應降伏衆魔應知恩報恩應入滅因法應於解脫門不驚怖應供養諸佛應隨衆生所須皆作應不染世法應樂阿

蘭若應行少欲應念知足應未度令度應未解令解應未安令安應未涅槃令涅槃應不斷三寶種應攝諸佛淨刹功德莊嚴是爲成就菩薩三十五種住菩提法應如是學又復天子菩薩應離十種慢心所謂我慢多聞慢辯才慢利養名稱慢住阿蘭若慢頭陀功德慢富貴眷屬慢釋梵護世承事慢禪定神通慢爲於佛法僧得不壞信天龍夜叉揵闥婆阿修羅迦樓羅緊那羅摩睺羅伽等恭敬讚歎慢菩薩能離此十種慢即於阿耨多羅三藐三菩提不退轉不爲一切外道魔怨之所損敗時善勝天子白文殊師利言隨於尊者所住之處當知已是有此法門即爲如來於中出世轉正法輪佛言如是如是如汝所說隨何方土文殊師利說此法門即爲法王於其中住若有衆生行此法者是眞佛子有能信解受持此法名實修行斯人已爲佛所調伏不退轉於阿耨多羅三藐三菩提爾時世尊告彌勒菩薩迦葉阿難善男子我今以此法門付囑汝等當受持讀誦如說修行爲人廣說我涅槃後應以此法大作佛事令一切衆生皆獲安樂彌勒白言唯然受教世尊當何名此經云何受持佛告彌勒此經名說四法門亦名成就菩薩道法是故汝等應共受持佛說此經已彌勒菩薩摩訶薩長老大迦葉長老阿難及一切世間天人阿修羅等聞佛所說歡喜奉行

大乘四法經

離垢慧菩薩所問禮佛法經序

唐終南山沙門釋道宣撰

惟夫慢幢難偃三界由此輪迴愛水未清四惑因茲流湎自非獨拔開士出有至人何能裂愛網而闢重關質深疑而啓昏趣有離垢慧菩薩者道高初住德跨八恒假時俗之津途發深識之嘉問如來以無緣之勝辯赴有待之幽情斷五趣之蓋纏藉五輪之禮念所以五通五眼自此增修五位五生承斯圓滿蘊結中夏千六百年頹運有蹤載聞東壤洎龍朔二年有天竺三藏厥號那提統括六異之宗窮微四圍之典九部八藏詞無昧於自他十諦一乘義有歸於空色並詳略名理妙達宏致來儀帝里頻謁天庭降厚禮於慈恩將歸飛於海表以此經羣聖之發軫凡衆之初心乃出流布傳於道俗遂依繕寫所在通之恐未悉其來由故因叙其縁致云爾

離垢慧菩薩所問禮佛法經

唐中天竺三藏法師那提譯

如是我聞一時佛在室羅栰悉帝城勝德林中給孤獨園與大比丘衆五百人俱菩薩無央數又與無量婆羅門毗舍首陀并諸長者各各皆是大衆之首與其同類來至佛所又有天龍夜叉乾闥婆阿修羅迦樓羅緊那羅摩睺羅伽在大法會前後圍遶爾時衆中有菩薩摩訶薩名離垢慧即從座起偏袒右肩右膝著地恭敬合掌前白佛言世尊欲有少問願見聽許佛言恣汝所問當隨意答離垢慧菩薩既聞佛許踊躍無量而白佛言若有善男子善女人等於如來所云何恭敬禮拜供養佛言離垢慧善哉善哉汝多悲愍饒益安樂一切人天當善諦聽爲汝解說若善男子及善女人欲於佛所起禮敬者先應發願作如是言我今至心頂禮十方諸佛普入一切諸勝法中我今五輪於佛作禮爲斷五道離於五蓋願諸衆生常得安住無壞五通具足五眼願我右膝著地之時令諸衆生得正覺道願我左膝著地之時令諸衆生於外道法不起邪見悉得安立正覺道中願我右手著地之時猶如世尊坐金剛座右手指地震動現瑞證大菩提令我亦爾共諸衆生同證覺道願我左手著地之時令諸外道難調伏者以四攝法而攝取之令入正法願我首頂著地之時令諸衆生離憍慢心悉得成就無見頂相離垢慧是爲五輪作禮之相次禮十方現在諸佛應作是言

南無東方阿閦如來廣及彼方無量世界一

切如來諸大法藏并諸菩薩聲聞緣覺一切賢聖　南無南方寶相如來廣及彼方無量世界一切如來諸大法藏并諸菩薩聲聞緣覺一切賢聖　南無西方無量壽如來廣及彼方無量世界一切如來諸大法藏并諸菩薩聲聞緣覺一切賢聖　南無北方妙鼓聲如來廣及彼方無量世界一切如來諸大法藏并諸菩薩聲聞緣覺一切賢聖　南無東南方因陀羅雞都幢王如來廣及彼方無量世界一切如來諸大法藏并諸菩薩聲聞緣覺一切賢聖　南無西南方寶遊步如來廣及彼方無量世界一切如來諸大法藏并諸菩薩聲聞緣覺一切賢聖　南無西北方娑羅因陀羅王如來廣及彼方無量世界一切如來諸大法藏并諸菩薩聲聞緣覺一切賢聖　南無東北方無量幢王如來廣及彼方無量世界一切如來諸大法藏并諸菩薩聲聞緣覺一切賢聖　南無上方智光如來廣及彼方無量世界一切如來諸大法藏并諸菩薩聲聞緣覺一切賢聖　南無下方毗盧遮那如來廣及彼方無量世界一切如來諸大法藏并諸菩薩聲聞緣覺一切賢聖　次又歸命娑訶世界本師釋迦牟尼如來廣及十方無量世界一切如來諸大法藏及入地菩薩摩訶薩聲聞緣覺一切賢聖又作是言我今一心頂禮如上一切佛法諸賢聖衆當願證知我從今日乃至菩提常行歸依佛世尊者大慈悲者一切智者一切知見者諸畏已離者人中大師子大龍王人中大仙士大丈夫一切徧知不思議身無上身無等身不

與二乘共身清淨法身一切衆中最尊上者我今至誠一心歸命如是歸命百徧千徧百千萬徧乃至無量無數徧盡未來際徹骨徹髓歸依如上諸佛世尊又作是言我今以身口意三業善根共諸衆生歸依於佛常不離佛如是歸依坐道場者常住常恒不遷變者不老不死不滅壞者無住無緣性寂靜者住於法舍作大護念爲洲渚者爲歸爲依證涅槃者於諸法中住最上者我今至誠殷勤鄭重歸命如是諸佛正法重又如上至誠歸命住種性中諸菩薩等從歡喜地乃至法雲住於十地諸菩薩僧次應懺悔當作是言惟願十方諸佛世尊證知憶念哀受我懺身業三種行殺盜婬口業有四妄言惡口兩舌綺語意三業行謂貪瞋癡自作教他見作隨喜如是十惡今悉懺悔又重思惟無始已來輪轉六道於諸衆生種種欺負大斗重秤取物自資輕秤小斗便與他物假飾衣金潛行毒藥皆爲損害今悉懺悔或謗三乘妄說法律輕慢三寶欺誷二親於諸尊長和尚闍梨耆老之前不生祗敬如是等過去諸罪今悉懺悔現在惡業誠心發露所未作者更不敢作今於諸佛諸菩薩等最大衆首無比無上無等等前發露懺悔不敢覆藏一懺已後更不重造如是懺悔第二第三亦如上說次應勸請當作是言十方諸佛若未轉法輪若欲入涅槃者我皆勸請惟願久住於無量劫慇諸衆生雨大法雨轉正法輪不般涅槃次應隨喜當作是言十方所有三乘賢聖數如恒沙及一切衆生修行六度助菩提法我皆隨喜次

應迴向當作是言十方三世諸佛作業及諸菩薩聲聞緣覺所行六度盡已迴向無上菩提我亦如是迴向佛道次應發願仰惟十方三世諸佛菩薩皆發弘願盡虛空徧法界所在流化爲諸衆生三界所攝無有遺餘願令衆生利樂成熟具善律儀住大涅槃今並現前我亦如是大誓莊嚴願我於無上道心不散亂常見諸佛常聞正法承事修行無有空過所作善法及菩提心亦不退失所生之處供養聖衆教化衆生得無上道轉正法輪具大神通亦令衆生如是修學至不退轉又願一切衆生早斷諸苦速證涅槃住如來智我既出於生死覺悟一切亦令衆生出離生死解脫煩惱覺悟一切惟願十方諸佛證知我行菩薩道發興願海爾時世尊而說頌曰

願我所生處　隨業而受形　成大丈夫身
有信諸根具　通技術藝能　廣解諸教意
世事悉棄捨　諸欲皆遠離　正語住法念
莊嚴菩提心　敬事善知識　有情咸見重
威儀既具足　淨念受樂報　常畏彼惡業
遊步於善法　恒依十度行　故得成菩提
乃至最後身　常與衆生樂　珠中摩尼勝
能成利他事　願我窮未來　利益無休息

佛告離垢慧菩薩摩訶薩言若有衆生行菩薩道如我所說當依修學說是經已離垢慧等及諸大衆天龍夜叉乾闥婆阿修羅迦樓羅緊那羅摩睺羅伽人非人等聞佛所說歡喜奉行

離垢慧菩薩所問禮佛法經

音釋

戀龍眷切念也　翳壹計切鄣也　磐蒲官切盤屈也　警策警居影切警誡也策測革切策勵也　偃於幰切仆也　湎彌兖切溺也　跨苦化切越也　軫止忍切止車木也　繕時戰切編錄也　阿閦梵語也此云無動閦初六切

寂照神變三摩地經

唐三藏法師玄奘奉詔譯

清刻龍藏佛說法變相圖

寂照神變三摩地經

唐三藏法師玄奘奉詔譯

如是我聞一時薄伽梵住王舍城鷲峯山中與大苾芻衆千二百五十人俱并十俱胝佛土極微塵數等菩薩摩訶薩其名曰曼殊室利童子菩薩觀自在菩薩藥王菩薩藥上菩薩制多雷音菩薩紅蓮華手菩薩日光菩薩月光菩薩遠塵勇猛菩薩斷諸惡趣菩薩智上智菩薩寶上智菩薩有情上智菩薩香華上智菩薩日上智菩薩月上智菩薩離垢上智菩薩金剛上智菩薩遠塵上智菩薩遍照上智菩薩明幢菩薩高幢菩薩寶幢菩薩無著幢菩薩香華幢菩薩離垢幢菩薩日幢菩薩月幢菩薩遠塵幢菩薩遍照幢菩薩持威光菩薩寶威光菩薩大慧威光菩薩智金剛

威光菩薩離垢威光菩薩日威光菩薩月威光菩薩福山威光菩薩智照威光菩薩等勝威光菩薩持藏菩薩虛空藏菩薩紅蓮華藏菩薩寶藏菩薩日藏菩薩月藏菩薩功德清淨藏菩薩法印藏菩薩遍照藏菩薩齊藏菩薩紅蓮華勝藏菩薩日眼菩薩清淨眼菩薩離垢眼菩薩無著眼菩薩普見眼菩薩善利眼菩薩金剛眼菩薩寶眼菩薩虛空眼菩薩普眼菩薩天冠菩薩法界光影末尼珠冠菩薩妙覺冠菩薩遍照冠菩薩出生一切佛藏冠菩薩出現一切世間冠菩薩普遍照冠菩薩無能勝冠菩薩等覆一切如來師子座冠菩薩普周法界虛空光影冠菩薩梵主頂髻菩薩龍主頂髻菩薩一切佛化光影頂髻菩薩妙覺頂髻菩薩一切願海音聲末尼珠王

頂髻菩薩一切三世平等音聲頂髻菩薩大光菩薩離垢光菩薩寶光菩薩遠塵光菩薩明光菩薩一切如來神變光影末尼幢王末尼寶網等覆頂髻菩薩一切如來法輪音聲頂髻菩薩一切如來放大光輪末尼寶珠雷音頂髻菩薩一切空中衆雜顯照末尼寶珠莊嚴頂髻菩薩法光菩薩淨光菩薩日月光菩薩神變光菩薩天光菩薩福德高幢菩薩智慧高幢菩薩神通高幢菩薩光明高幢菩薩香華高幢菩薩末尼高幢菩薩覺慧高幢菩薩梵高幢菩薩普照高幢菩薩梵聲菩薩持吼聲菩薩海聲菩薩世主聲菩薩諸大山王互相擊聲菩薩一切法界遍滿聲菩薩一切法海雷聲菩薩降伏一切魔輪菩薩大悲理趣雲雷聲菩薩安慰一切衆生苦聲菩薩

法涌菩薩勝涌菩薩智涌菩薩福妙高涌菩薩德慧涌菩薩名稱涌菩薩普照涌菩薩大慈涌菩薩智現涌菩薩如來族姓涌菩薩光勝菩薩妙勝菩薩生勝菩薩遍照勝菩薩虛空勝菩薩寶勝菩薩高幢勝菩薩智勝菩薩高主王菩薩世主王菩薩梵主王菩薩山主王菩薩不動主王菩薩尊主王菩薩妙覺主王菩薩寂靜音菩薩無著音菩薩持聲音菩薩海潮音菩薩本願覺音菩薩道場聲音菩薩智高覺菩薩虛空覺菩薩離垢覺菩薩無著覺菩薩覺悟覺菩薩照三世覺菩薩寶覺菩薩廣覺菩薩普明覺菩薩照法界理趣覺菩薩如是等輩而爲上首有十俱胝佛土極微塵數等菩薩摩訶薩一切皆住不退轉位皆悉成就空界無量成就法界無障平等信解隨業所起異熟信解隨因所起諸果如印起印成一切法平等性智成見諸法猶如光影及以影像平等之性成見諸法同於谷響音聲表了平等之性一切已得不可思議解脫勝定安住健行諸三摩地安住能引無邊佛身色像圓滿諸陀羅尼於一毛孔普能示現一切佛土於一毛孔普能示現若沒若生出胎出家方便示行難行苦行詣菩提座摧伏魔軍成等正覺轉正法輪最後示現入大涅槃成就於一結加趺坐普於十方一切世界能遍滿智普於十方一切世界一切如來所有衆會現一如來於一如來所有衆會普能示現一切如來於一切法無邊中說皆悉善巧皆到一切法無邊際入無邊中種種幻網普能示現無邊無際劫數有情於自身中

普能悟入住持一切有情之身勝解善巧於一身中普能悟入住持一切如來之身勝解善巧於一佛身普能悟入示現一切如來之身無餘一切他有情身皆悉善巧於自身中普能悟入示現十方一切世界皆悉善巧於一法身普能示現周遍一切三世有情能以一身入三摩地示現無邊有情身出於一身中現證等覺普能示現一切有情相似之身於其一切有情身中普能示現一有情身又能於一有情身中普現一切有情之身有情身中能現法身能法身中現有情身能於一切菩薩願中悟入住持無願善巧能爲有情示現諸佛現證等覺願力處所現證等覺爲已成熟諸有情類隨所應化能現無上正等菩提能息一切劫數無願於其一切有情身中普能示現願力自在移轉識身安立智身普能示現自身斷滅他有情身所願圓滿普能示現一切有情成熟大願能於一一世界之中各各示現一切劫數行菩薩行無有斷絕於一毛孔以大願力能現周流一切佛土於不可說不可說世界一一世界中普能現身成等正覺於一句法普能示現宣說無餘一切法界無不周遍能雨廣大法流所起妙甘露味普能顯照諸明解脫震吼真實法雷音聲充足一切諸有情界圓滿大願普能悟入靜慮解脫神通明智所行境界暫一起心能於十方一切世界生類死生流轉處所示現一切已生有情身相差別於無滯礙知自心智知他心智一有情心一切有情心行動智皆得善巧一刹那頃悟入如來十力妙智

皆得善巧普能悟入一切三世所到劫數無滯礙智現他有情相續妙智皆得善巧能於一一心刹那頃示現十方一切世界所流行處一切有情皆得善巧又復能於一有情想無餘悟入一切有情諸所作業現見妙智皆得善巧於一有情所出言音悟入示現一切有情言音妙智皆得善巧緣於一身普能示現一切世界所有諸身皆得善巧於一如來所有衆會悟入示現一切如來所有衆會說法受持皆得善巧能於一切如來衆會悟入示現唯一如來所有衆會說法受持皆得善巧皆得一切妙陀羅尼悟入住持善決定辯宣說一切有情界根皆得善巧一有情心爲所緣境不可說轉證大菩提覺悟一切有情心智皆得善巧以一言音普能告教一切世界能遍了知一切有情意樂差別能顯照他有情相續皆得善巧能以一心隨念悟入一切衆生先際劫數普現所作業果異熟隨其所應開悟有情悉令現見皆得善巧普能莊嚴一切世界皆得善巧於一切世悟入善巧於一切佛平等性覺菩薩大願自體行願普能了知放法光明皆得善巧能令不可說世界普入一極微塵皆得善巧能令一極微塵量等一切世界皆得善巧於一佛土普能示現一切佛土皆得善巧内一切海廣大水聚置一毛孔經法界量世界往來而不損惱有情之類皆得善巧令不可說世界所有入於自身普現一切有情所作皆得善巧能内無數不可思議不可稱量無有邊際不可宣說小鐵圍山大鐵圍山及餘大山置一毛孔普

經一切世界往來而不驚怖有情之類皆得善巧促不可說不可說劫以爲一劫能延一劫爲不可說不可說劫於中普現成壞差別皆得善巧爲所應化諸有情類普於一切別世界中隨其所宜或現水災或現火災或現風災皆得善巧以右足指挑擲無數不可思議無量世界而不損惱諸有情類皆得善巧一切皆巳住法雲地能持十方所化有情所有廣大災横憂惱飢饉險難皆得善巧而不損惱諸餘有情以神通力能於無佛諸世界中現佛與世如是無量無邊功德皆悉成就復與五百菩薩摩訶薩俱賢護菩薩而爲上首一切皆住不退轉位爾時吠舍釐大城中有黎呫毗童子名曰寶釧與二萬一千黎呫毗童子俱前後圍遶往鷲峯山詣如來所頂禮雙足退右邊坐瞻仰世尊目不暫捨恭敬而住揭闍大城有一居士名曰耆摩與五百鄔波索迦俱前後圍遶往鷲峯山詣如來所頂禮雙足退坐一面瞻仰世尊目不暫捨恭敬而住復有居士名善調伏與五千居士俱前後圍遶往鷲峯山詣如來所頂禮雙足退坐一面瞻仰世尊目不暫捨恭敬而住復有居士名曰商主與大眷屬俱前後圍遶往鷲峯山詣如來所頂禮雙足退坐一面瞻仰世尊目不暫捨恭敬而住瞻波大城有長者子名曰善臂與八萬四千長者子俱前後圍遶往鷲峯山詣如來所頂禮雙足退坐一面瞻仰世尊目不暫捨恭敬而住復有摩納縛迦名那羅達多與五百摩納縛迦俱前後圍遶往鷲峯山詣如來所頂禮雙足退坐一面瞻

仰世尊目不暫捨恭敬而住復有摩納縛迦名曰樂欲與五百摩納縛迦俱前後圍遶往鷲峯山詣如來所頂禮雙足退坐一面瞻仰世尊目不暫捨恭敬而住摩揭陀王名未生怨與五千衆俱前後圍遶乘護財象王往鷲峯山乃至乘地乘於護財到臺觀已下象雙足登鷲峯山五千衆俱詣如來所頂禮雙足退坐一面瞻仰世尊目不暫捨恭敬而住娑羅痆斯大城有長者子名曰善國與五百長者子俱前後圍遶往鷲峯山詣如來所頂禮雙足退坐一面瞻仰世尊目不暫捨恭敬而住復有帝釋天王索訶界主大梵天王四護世王大自在天子日月天子善勇猛思天子蘇室利摩天子及餘無數不可思議不可稱量無邊天子是一一天子各與無數俱胝百千眷屬天子俱前後圍遶往鷲峯山詣如來所頂禮雙足一一天子各隨所能設不可思議妙供養已退坐一面瞻仰世尊目不暫捨恭敬而住爾時世尊一一毛孔一一隨好一一相中出十佛土極微塵等種種色光是一一光普照十方一一方分各十佛土俱胝極微塵等世界無不周遍從一一世界召集無數俱胝那庾多百千菩薩是一一菩薩乘妙寶臺縱廣俱胝百踰膳那寶閣圍遶末尼眞珠寶索綺飾高幢旛蓋之所莊嚴無量無數不可思議俱胝那庾多百千天女前後圍遶往鷲峯山詣如來所頂禮雙足持世界量諸天華雲寶雲衣雲腹行堅固旃彈那雲諸天妓樂歌讚等雲雰散供養退坐一面瞻仰世尊目不暫捨恭敬而住爾時於此三千大千

世界廣大威德天龍藥叉健達縛阿素洛揭路茶緊捺洛牟呼洛伽釋梵護世人非人等諸菩薩衆堋塞而住乃至無有如毛端量所不充滿爾時衆中賢護菩薩從座而起偏覆一肩右膝著地合掌恭敬而白佛言世尊我於少分請問如來應正等覺唯願開許答所請問作是語已爾時世尊告賢護菩薩摩訶薩言賢護隨汝所欲恣汝請問我當隨答令汝心喜說是語已爾時賢護菩薩摩訶薩白佛言世尊由於何處由行何行由何軌則由何善根由何精進由何所依由何巧慧由何妙智由何憶念由何所趣由何所引由何持諦由何甲冑令諸菩薩摩訶薩衆於其無上正等菩提無轉無退無有遍退及於無上正等菩提勇猛增進云何如來有所行行熾然精進云何如來有其妙智云何大慧及智善巧云何淨戒云何具念隨所聞法能不忘失云何生念隨其宿世所作善根悉能解了云何宿住而得善巧悉能開覺他諸有情云何具覺諸根殊勝云何具相見佛聞法承事衆僧云何安住所餘世界普能覩見無邊無際世界諸佛聽聞彼法一切能持究竟通利及廣爲他宣說開示云何當得猶如火燄能燒一切諸不善根云何當得猶如明月能證一切鮮白淨法云何當得譬如山王能持一切殊勝善根云何當得譬如金剛甚深堪忍不可破壞云何當得無所怖畏猶若山峯云何當得善淨音聲辯無滯礙云何當得具足多聞析一切法決定善巧云何當得面貌善淨常含微笑遠離顰蹙云何當得遠離妬悋云

何當能音聲告教無邊世界云何能以無邊無際世界所有置一毛孔其中有情不能了知我等今者爲何所至唯應度者能正解了云何十方一切如來大衆會中普能顯現成熟有情不移本處云何能現於一毛孔從覩史多天宮處没住胎出生踰城出家現行苦行詣菩提座降伏魔軍成等正覺轉妙法輪入大涅槃現正法住云何當得一刹那心能遍了知一切有情一切心行作是語已爾時世尊告賢護菩薩摩訶薩曰善哉善哉賢護善哉汝今乃能請問如來如是深義汝於今者所行之行爲欲利益多衆生故爲欲安樂多衆生故哀愍世間諸大衆故爲諸天人作大義利得安樂故汝於今者成就大悲是故賢護汝今諦聽極善作意吾當爲汝分别解說賢護菩薩摩訶薩言如是世尊願樂欲聞佛告賢護菩薩摩訶薩言賢護有三摩地名寂照神變菩薩所行佛地所攝菩薩摩訶薩安住此中能得如是及餘無量殊勝功德賢護云何名爲寂照神變三摩地耶謂能如實覺一切法通達其相通達無顛倒相通達有顛倒相增益無顛倒相損減有顛倒相不執自住地不取他住地不恃怙壽命於其生死而不流轉遍知諸事修奢摩他現前修習毗鉢舍那觀業現前其心安住念無散動尋伺寂靜遠不善品親近善品止息貪欲嗔恚愚癡除去無明習近於明遍知因果遠離無知永盡於愛永斷憘貪於佛決定於法無疑於僧深信言無破壞和會密意趣向遠離言辭美妙面貌端正遠離味染不造諸惡資助離

繫遠離於繫於世雜事不生愛樂於其生死見深過患於其涅槃見勝功德由勝意樂樂般涅槃無有諂曲無有幻誑無有詐僞無詐語言無詐現相無詐研求常樂遠避財利恭敬勇猛精進最極堪忍無有懈怠永斷諸蓋恒常欣遇十善業道戒蘊無缺定蘊無動無依而入等持等至於能圓滿波羅蜜多無有厭足靜慮解脱等持等至轉變自在於諸神足隨樂遊戲一切智智自在而轉善分别覺性不愚頑性不瘖瘂非他所使長時事中性能遠離得善士住不觀惡士遠離愚夫欣遇聰叡任持念力任持智力不樂在家出家雜處樂居遠離於空無相無願法中能正堪忍於一切法如實通達賢護身名寂照神變三摩地菩薩於此三摩地中正勤修學得一切法無障礙智復次賢護寂照神變三摩地者謂一切法平等性智一切言説不現行智棄捨家事不樂三界無有退弱於一切法心無執著攝受正法密護諸法於法異熟深生信解於毗奈耶方便善巧息諸諍論無違無競忍受平等趣平等性擇法善巧決法善巧法句善巧析法句智知前際智知後際智三輪淨智身安住智心安住智護威儀智於法清淨超過所縁諸蘊遍智界平等智諸處顯照諸受永斷趣證無生於因照了業果滅壞見法修道欣遇如來猛利慧性分别字智音聲遍知證得歡喜法喜無減調柔正直遠離頻感儒和善順美悦先言命曰善來離諸懈惰恭敬尊重導聽師教於其生死無有喜足於白淨法具足充滿其命清淨不捨靜住安立

勝地不壞正念諸蘊善巧諸界善巧諸處善巧趣證神通捐諸煩惱永害一切習氣相續趣向昇進修習成辦於出衆罪方便善巧於諸見纏能永摧伏於諸隨眠斷而不出具宿生念於業異熟無有疑惑於法心生皆不委任於諸事業不作加行於諸内處而不作意於諸外處而不現行不自高舉不輕懱他於諸善中無所執著於諸異生終不委任尸羅等流難辨能辨具大光蘊能自了知離諸掉動立衆威儀無有瞋恚離麤獷語不損惱他隨護善友遠離怨害具淨尸羅無所損害言辭柔輭不依三界守護親密於一切法空無我性隨順堪忍一切智智猛利樂欲智光照了堅固尸羅入諸等至常樂獨處無分別智喜足圓滿心無擾濁離見所作得陀羅尼趣入妙智於處非處具正解行因理趣門教授教誡能正修行隨順忍地遠離不忍安立智地永斷無知安立妙智瑜伽師地菩薩所行達一切法自性妙智焚盪其心不生不續無滯著智不運重擔如來妙智療治貪欲除去瞋恚永斷愚癡和合正理遠離非理悕欲善法行勝意樂親近覺悟不捨於斷防護白法善根上首方便善巧永斷諸相移轉諸想引發契經善毗奈耶於諦決擇趣證解脱言辭定一緣不能引生起如實若知若見樂求多聞智無厭足其心清淨其身清淨其語清淨言無疑惑習近於空親近無相於無願性無所取執得無所畏於諸有苦而不輕毀亦以財寶而惠施之於諸貧匱而不訶擯於諸犯戒起哀愍覺與利益事以法攝受惠捨於財

於諸持戒無諂讚歎能捨一切自所有物以勝意樂而延請之如說而作數數發起猛利加行殷重歡喜而領受之成譬喻智先際善巧名假施設能悟入智永害施設不悕恭敬怨不恭敬於利無求於衰不慼不欣其譽毀而不恚稱而不愛譏而不劣於樂不躭於苦不背不執諸行於其實讚而不躭著於不實讚而不執受避非所行行所行處親近軌範遠非軌範於少善根諸有情類終不輕毀於佛聖教能正護持其言省略其性柔輭世俗言辭方便善巧能摧怨敵應時而行威儀清淨威儀端嚴於義非義成善巧智了達世間了達諸論言辭辯了樂行捨施能常舒手心無執著具足慚愧於諸不善心常厭毀恒不捨離杜多功德任持正行現行端嚴於諸尊重恭敬起迎奉施牀座摧伏憍慢心等策勵通達其義攝受於智止息無智悟入心智於心自性能隨覺智於引不引及引發中成善巧智一切有情言辭妙智安立種種言辭妙智決擇義智遠離無義辦諸靜慮而於其中無有愛味觀察一切有情之心知有情根勝劣妙智能正觀察是處非處能正分別一切作業於其非業非異熟中悟入妙智種種勝解悟入不忘於種種界及非一界能正現見金剛喻定無所觀見具梵音聲等持等至於其一一有名無名諸宿住事能隨念智能正觀察遍行行智漏盡永斷得證時智無礙天眼普正觀察現一切色神通遊戲於色非色平等入智了達種種言音支分能隨悟入陀羅尼智一切色像谷響音聲平等性智隨其

所應宣説正法一切有情善説歡喜根迴轉智觀時非時入實際智凡所説法終不唐捐能滿一切波羅蜜多於諸有情策勵摧伏善巧之智於諸威儀無所分別無雜法界流趣妙智害諸分別種種分別

寂照神變三摩地經

音釋

呫他叶切 鈔古猛切與鑛同 疕女八切 堲塞堲初力切遮遏也塞悉則切充滿也 顰蹙顰毗賓切蹙子六切顰蹙愁貌 叡俞芮切明達也 獷古猛切惡也 盪徒朗切滌也

六經同卷

清刻龍藏佛說法變相圖

造塔功德經序

翻經沙門釋圓測撰

夫塔者梵之稱譯者謂之墳或方或圓厥製多緒乍琢乍璞文質異宜並以封樹遺靈扃鈐法藏冀表河砂之德庶酬塵劫之勞豈伊

弓劒衣冠言申永慕禹陵孔壁用顯緘藏而
已哉將有量等大千覆三界而高梵世取均
菴果偶棗葉而譬針鋒洪纖兩途福應無二
大小千計淨心終一何只黃金白玉架逈爭
暉火齊水精浮空競彩夕震祥飆之響入鏤
鐸以流清晨霏仙露之甘上彫盤以凝泫至
乃位隆三果勲重四禪高升有頂之宮行届
無災之地斯教之弘旨也此經以永隆元年
冬十一月十五日請天竺法師地婆訶羅（此云日照）與西明寺沙門圓測等五人於弘福道場
奉詔宣譯至其年十二月八日終其文義庶
斯法寶周給大千俾彼慧燈照融三界云爾

佛説造塔功德經

唐中天竺三藏法師 地婆訶羅奉 勑譯

如是我聞一時佛在忉利天宫白玉座上與大比丘大菩薩等及彼天主無量衆俱時大梵天王那羅延天大自在天及五乾闥婆王等各與眷屬俱來至佛所欲問如來造塔之法及塔所生功德之量會中有菩薩名觀世音知其意即從座起偏袒右肩右膝著地合掌向佛而作是言世尊今此諸天乾闥婆等故來至此欲請如來造塔之法及塔所生功德之量惟願世尊爲彼解說利益一切無量衆生爾時世尊告觀世音菩薩言善男子若此現在諸天衆等及未來世一切衆生隨所在方未有塔處能於其中建立之者其狀高妙出過三界乃至至小如菴羅果所有表刹上至梵天乃至至小猶如針等所有輪蓋覆彼大千乃至至小猶如棗葉於彼塔内藏掩如來所有舍利髮牙髭爪下至一分或置如來所有法藏十二部經下下至於一四句偈其人功德如彼梵天命終之後生於梵世於彼壽盡生五淨居與彼諸天等無有異善男子如我所說如是之事是彼塔量功德因緣汝諸天等應當修學爾時觀世音菩薩復白佛言世尊如向所說安置舍利及以法藏我已受持不審如來四句之義惟願爲我分別演說爾時世尊說是偈言

諸法因緣生　我說是因緣
因緣盡故滅　我作如是說

善男子如是偈義名佛法身汝當書寫置彼塔内何以故一切因緣及所生法性空寂故

是故我說名爲法身若有衆生解了如是因緣之義當知是人即爲見佛爾時觀世音菩薩及彼諸天一切大衆乾闥婆等聞佛所說皆大歡喜信受奉行

佛說造塔功德經

佛說不增不減經

元魏天竺三藏菩提留支譯

如是我聞一時婆伽婆住王舍城耆闍崛山中與大比丘衆千二百五十人俱諸菩薩摩訶薩無量無邊不可稱計爾時慧命舍利弗於大衆中即從座起前至佛所到已頂禮佛足退坐一面合掌白佛言世尊一切衆生從無始世來周旋六道往來三界於四生中輪迴生死受苦無窮世尊此衆生聚衆生海爲有增減爲無增減此義深隱我未能解若人問我當云何答爾時世尊告舍利弗善哉善哉舍利弗汝爲安隱一切衆生安樂一切衆生憐愍一切衆生利益一切衆生饒益安樂一切衆生諸天人故乃能問我是甚深義舍利弗汝若不問如來應供正遍知如是義者有多過咎所以者何於現在世及未來世諸天人等一切衆生長受衰惱損害之事永失一切利益安樂舍利弗大邪見者所謂見衆生界增見衆生界減舍利弗此大邪見諸衆生等以是見故生盲無目是故長夜妄行邪道以是因緣於現在世墮諸惡趣舍利弗大險難者所謂取衆生界增堅著妄執取衆生界減堅著妄執舍利弗此諸衆生堅著妄執是故長夜妄行邪道以是因緣於未來世墮諸惡趣舍利弗一切愚癡凡夫不如實知一法界故不如實見一法界故起邪見心謂衆生界增衆生界減舍利弗如來在世我諸弟子不起此見若我滅後過五百歲多有衆生愚無智慧於佛法中雖除鬚髮服三法衣現沙門像然其內無沙門德行如是等輩實非

沙門自謂沙門非佛弟子謂佛弟子而自説言我是沙門眞佛弟子如是等人起增減見何以故此諸衆生以依如來不了義經無慧眼故遠離如實空見故不如實知如來所證初發心故不如實知修習無量菩提功德行故不如實知如來所得無量法故不如實知如來無量力故不如實知如來無量境界故不信如來無量行處故不如實知如來不思議無量法自在故不如實知如來不思議無量方便故不如實知分别如來無量差别境界故不能善入如來不可思議大悲故不如實知如來大涅槃故舍利弗愚癡凡夫無聞慧故聞如來涅槃起斷見滅見以起斷想及滅想故謂衆生界減成大邪見極重惡業復次舍利弗此諸衆生依於滅見復起三見此

三種見與彼滅見不相捨離猶如羅網何謂三見一者斷見謂畢竟盡二者滅見謂即涅槃三者無涅槃見謂此涅槃畢竟空寂舍利弗此三種見如是縛如是執如是觸以是三見力因緣故展轉復生二種邪見此二種見與彼三見不相捨離猶如羅網何謂二見一者無欲見二者畢竟無涅槃見舍利弗依無欲見復起二見此二種見與無欲見不相捨離猶如羅網何謂二見一者戒取見二者於不淨中起淨顛倒見舍利弗依畢竟無涅槃見復起六種見此六種見與無涅槃見不相捨離猶如羅網何謂六見一者世間有始見二者世間有終見三者衆生幻化所作見四者無苦無樂見五者無衆生事見六者無聖諦見復次舍利弗此諸衆生依於增見復起

二見此二種見與彼增見不相捨離猶如羅網何謂二見一者涅槃始生見二者無因無緣忽然而有見舍利弗此二種見令諸衆生於善法中無願欲心勤精進心舍利弗是諸衆生以起如是二種見故正使七佛如來應正遍知次第出世爲其說法於善法中若生欲心勤精進心無有是處舍利弗此二種見乃是無明諸惑根本所謂涅槃始生見無因無緣忽然而有見舍利弗此二種見乃是極惡根本大患之法舍利弗依此二見起一切見此一切見與彼二見不相捨離猶如羅網一切見者所謂若内若外若麤若細若中種種諸見所謂增見減見舍利弗此二種見依止一界同一界合一界一切愚夫不如實知彼一界故不如實見彼一界故起於極惡大邪見心謂衆生界增謂衆生界減爾時慧命舍利弗白佛言世尊何者是一界而言一切愚癡凡夫不如實知彼一界故不如實見彼一界故起於極惡大邪見心謂衆生界增謂衆生界減舍利弗言善哉世尊此義甚深我未能解惟願如來爲我解說令得解了爾時世尊告慧命舍利弗此甚深義乃是如來智慧境界亦是如來心所行處舍利弗如是深義一切聲聞緣覺智慧所不能知所不能見不能觀察何况一切愚癡凡夫而能測量惟有諸佛如來智慧乃能觀察知見此義舍利弗一切聲聞緣覺所有智慧於此義中唯可仰信不能如實知見觀察舍利弗甚深義者即是第一義諦第一義諦者即是衆生界衆生界者即是如來藏如來藏者即是法身舍

利弗如我所説法身義者過於恒沙不離不脱不斷不異不思議佛法如來功德智慧舍利弗如世間燈所有明色及觸不離不脱又如摩尼寶珠所有明色形相不離不脱舍利弗如來所説法身之義亦復如是過於恒沙不離不脱不斷不異不思議佛法如來功德智慧舍利弗此法身者是不生不滅法非過去際非未來際離二邊故舍利弗非過去際者離生時故非未來際者離滅時故舍利弗如來法身常以不異法故以不盡法故舍利弗如來法身恒以常可歸依故以未來際平等故舍利弗如來法身清涼以不二法故以無分別法故舍利弗如來法身不變以非滅法故以非作法故舍利弗即此法身過於恒沙無邊煩惱所纏從無始世來隨順世間波浪漂流往來生死名爲衆生舍利弗即此法身猒離世間生死苦惱棄捨一切諸有欲求行十波羅蜜攝八萬四千法門修菩提行名爲菩薩復次舍利弗即此法身離一切世間煩惱使纏過一切苦離一切煩惱垢得清淨住於彼岸清淨法中到一切衆生所願之地於一切境界中究竟通達更無勝者離一切障離一切礙於一切法中得自在力名爲如來應正遍知是故舍利弗不離衆生界有法身不離法身有衆生界衆生界即法身法身即衆生界舍利弗此二法者義一名異復次舍利弗如我上説衆生界中示三種法皆眞實如不異不差何謂三法一者如來藏本際相應體及清淨法二者如來藏本際不相應體及煩惱纏不清淨法三者如來藏未來際

平等恒及有法舍利弗當知如來藏本際相應體及清淨法者此法如實不虛妄不離不脱智慧清淨眞如法界不思議法無始本際來有此清淨相應法體舍利弗我依此清淨眞如法界爲衆生故説爲不可思議法自性清淨心舍利弗當知如來藏本際不相應體及煩惱纏不清淨法者此本際來離脱不相應煩惱所纏不清淨法惟如來菩提智之所能斷舍利弗我依此煩惱所纏不相應不思議法界爲衆生故説爲客塵煩惱所染自性清淨心不可思議法舍利弗當知如來藏未來際平等恒及有法界者即是一切諸法根本備一切法具一切法於世法中不離不脱眞實一切法住持一切法攝一切法舍利弗我依此不生不滅常恒清涼不變歸依不可思議清淨法界説名衆生所以者何言衆生者即是不生不滅常恒清涼不變歸依不可思議清淨法界等異名以是義故我依彼法説名衆生舍利弗此三種法皆眞實如不異不差於此眞實如不異不差法中畢竟不起極惡不善二種邪見何以故以如實見故所謂減見增見舍利弗此二邪見諸佛如來畢竟遠離諸佛如來之所訶責舍利弗若有比丘比丘尼優婆塞優婆夷若起一見若起二見諸佛如來非彼世尊如是等人非我弟子舍利弗此人以起二見因緣故從冥入冥從闇入闇我説是等名一闡提是故舍利弗汝今應學此法化彼衆生令離二見住正道中舍利弗如是等法汝亦應學離彼二見住正道中佛説此經已慧命舍利弗比丘比丘尼

優婆塞優婆夷菩薩摩訶薩及諸天龍夜叉
乾闥婆阿修羅迦樓羅緊那羅摩睺羅伽人
非人等一切大衆皆大歡喜信受奉行

佛說不增不減經

佛說堅固女經

隋三藏法師那連提耶舍譯

如是我聞一時佛在都婆羅國舍婆提城祇樹給孤獨園爾時佛告諸比丘汝今諦聽當爲汝說有女人欲發阿耨多羅三藐三菩提心者先當作如是念一切女人所有諂曲嫉妬貪瞋邪僞一切惡事以發阿耨多羅三藐三菩提心因緣故於未來世更不復生以是義故諸女人等必定須發阿耨多羅三藐三菩提心佛說是語時衆中有一優婆夷名曰堅固即從座起整理衣服合十指掌而白佛言世尊我今爲欲利益一切衆生故爲欲施一切衆生安樂故爲欲憐愍一切世界衆生故爲欲度脫一切天人故發阿耨多羅三藐三菩提心世尊我於過去無始生死未來無際流轉不生怖畏但爲不斷佛種故不斷如來種故不斷一切智種故發阿耨多羅三藐三菩提心修菩薩行世尊我今爲欲安隱一切衆生故發菩提心無救護者爲作救護故無親友者爲作親友故無歸依者爲作歸依故無舍宅者爲作舍宅故是時長老舍利弗在大衆中作如是念此堅固妹爲與一切衆生作親友故發阿耨多羅三藐三菩提心以是發心因緣故世間則有聲聞辟支佛作是念已即告女言妹汝以發菩提心故於未來世得見聲聞辟支佛是時堅固女白舍利弗言我從昔來流轉生死未曾得發如是菩提之心今始得發我今獲大善利善得人身善得壽命於過去世遇善知識未曾一念發聲聞辟支佛心以是因緣今復能爲一切衆生

發阿耨多羅三藐三菩提心爾時舍利弗告堅固女言汝今善得利益善得人身善得壽命乃能發阿耨多羅三藐三菩提心如汝所説應如説行時堅固女即白大德舍利弗言如我所説我必定修行爾時舍利弗復問堅固女言云何菩薩如説修行女言舍利弗菩薩不樂聲聞地不樂辟支佛地但樂如來身如來地一切智地如是大德舍利弗是名菩薩摩訶薩如説修行復次大德舍利弗菩薩摩訶薩若布施時願得阿耨多羅三藐三菩提不求聲聞辟支佛地若持戒若忍辱若精進若禪定若修智慧時願求阿耨多羅三藐三菩提不求聲聞辟支佛地是名菩薩摩訶薩如説修行舍利弗語堅固女言如説修行者得何利益當爲我説時堅固女聞此語已

白舍利弗言何者是利汝欲得見舍利弗言妹欲見發阿耨多羅三藐三菩提心利益女言彼心相如幻云何見有利益舍利弗言若汝有智慧者即於此身能盡苦得阿羅漢若汝此身不能盡苦得阿羅漢者汝之智慧即爲大錯女言大德舍利弗若我此身得阿羅漢者我之智慧即是顛倒以我此身不取阿羅漢故於當來世得阿耨多羅三藐三菩提是故當知我之智慧不名顛倒時舍利弗語堅固女言汝經幾時當得阿耨多羅三藐三菩提女言大德舍利弗我非佛非阿羅漢不知幾時當得阿耨多羅三藐三菩提如舍利弗今得阿羅漢無漏智慧應知我幾時當得阿耨多羅三藐三菩提舍利弗言我無智慧不知汝幾時當得阿耨多羅三藐三菩提女

言我願生生世世不用如舍利弗智慧從他而解從他生信我願得如來應正遍知智慧自知自覺爾時富樓那彌多羅尼子作是念我等住小乘地得小智慧若見如來智乃知我等所得智慧最爲狹劣住小地小智慧爾時大德舍利弗心念我等雖得阿羅漢果不能廣利益衆生爲大丈夫事惟有大丈夫具丈夫法者能多利益無量衆生如堅固女爲自利益及利益一切衆生故發阿耨多羅三藐三菩提心作是念已即問女言阿耨多羅三藐三菩提者名爲何法堅固女言大德舍利弗阿耨多羅三藐三菩提者一切法中最上最勝更無過者是名阿耨多羅三藐三菩提復次舍利弗所言阿耨多羅三藐三菩提者我不見彼法爲阿耨多羅三藐三菩提舍利弗言若不見有法名阿耨多羅三藐三菩提者汝云何發菩提心欲覺菩提女言欲令行邪道衆生住正道故我發阿耨多羅三藐三菩提心舍利弗聞此語已又問女言佛得阿耨多羅三藐三菩提時不見法不見道不見果汝見何利益欲覺菩提女聞是已語舍利弗言如是我得阿耨多羅三藐三菩提時國土中所有弟子如舍利弗目揵連等見此事故我欲覺無上菩提舍利弗言妹不可得法中云何欲覺女言如是如是舍利弗我正欲覺此不可得法不可得法非得非不得故以是故我欲覺阿耨多羅三藐三菩提覺阿耨多羅三藐三菩提已轉大法輪轉法輪時令三千大千世界衆生普得聞知爾時舍利弗問堅固妹言我云何知汝當來得阿耨多

羅三藐三菩提轉大法輪時其聲遍滿三千大千世界時堅固女即以右足大指按地應時三千大千世界地大震動惟舍利弗所坐之處其地不動時舍利弗作是念今此女人作大神通乃能令此三千大千世界地皆震動何故惟我坐處其地不動爲是佛力爲是我力爾時世尊知舍利弗心生念已告舍利弗言於此地中乃往過去有千女人同號堅固皆於汝所坐處發阿耨多羅三藐三菩提心現大神通受菩提記於未來世彌勒出時亦於此處有千女人同號堅固發阿耨多羅三藐三菩提心現大神力受菩提記當得作佛號勝堅固如來應正徧知時堅固女白佛言世尊若佛菩提非過去得非現在得非未來得者云何世尊説有過去現在未來三世諸佛佛言如是如是佛非過去得非現在得非未來得所以説有過去未來現在諸佛者此但假名説有三世非謂諸佛有去來今爾時堅固女白佛言世尊以此法自覺自知不從他聞因緣故須發阿耨多羅三藐三菩提心佛言善哉善哉能如是知未來當得阿耨多羅三藐三菩提女言世尊無有見如是法不得菩提者是故我今必定當得阿耨多羅三藐三菩提佛言妹汝未來世教化衆生耶女言世尊無有見如是法不教化者是故我今必定當能教化衆生佛言汝於來世作大導師耶女言世尊無有見如是法不作導師是故我今必定當得作大導師爾時天帝釋持曼陀羅華於佛前立以所持華與堅固女作如是言汝持此華以散佛上時堅固女受

此華已以散佛上以佛神力住於虚空爾時世尊即便微笑諸佛法爾若微笑時青黄赤白紫玻瓈色種種雜光從口中出其光徧照至于梵天還至佛所遶佛三帀還從頂入爾時阿難白佛言世尊諸佛非以無事及小因緣而便微笑何因緣故如是微笑佛告阿難汝見此堅固女不是女於此命終捨女人身得成男子於星宿劫中得阿耨多羅三藐三菩提號曰普見如來應供正徧知其普見佛初會說法有二十百千萬億人得盡諸漏棄捨重擔證阿羅漢第二說法有一十五百千萬億人得阿羅漢第三說法有一十百千萬億人得阿羅漢從是已後無量百千萬億那由他衆得阿羅漢果如是阿難彼普見如來剎土之中無有地獄餓鬼畜生其國衆生悉皆成就十善業道不修商賈農作其佛國土有無量功德是故若有善男子善女人發阿耨多羅三藐三菩提心者於彼人所不應起輕慢心唯有如來明知此事非餘聲聞辟支佛等所能了知是故阿難若有愛樂我者尊重我者不應於菩薩所生輕懱心佛說此法已長老阿難大德舍利弗堅固優婆夷及一切天人等聞佛說法皆大歡喜

佛說堅固女經

佛說大乘流轉諸有經

唐三藏法師義淨奉　制譯

如是我聞一時薄伽梵在王舍城羯蘭鐸迦池竹林園中與大苾芻衆千二百五十人俱并大菩薩摩訶薩無量百千人天大衆一心恭敬圍遶而住爾時世尊爲說自證微妙之法所謂初中後善文義巧妙純一圓滿清淨鮮白梵行之相爾時摩揭陀主影勝大王往竹林中禮世尊足右遶三帀在一面坐時影勝王白佛言世尊云何有情先所造業久已滅壞臨命終時皆悉現前又復諸法體悉空無所造業報而不散失唯願世尊哀愍爲我分別解說爾時世尊告影勝王曰大王當知譬如男子於眠夢中見與人間端正美女共爲綢密既眠覺已憶彼夢中所見美女大王於意云何於眠夢中人間美女是實有不王言非有世尊告曰大王於意云何此之男子於彼夢中所見美女心生憶念戀慕不捨可說此人是大博識明智者不王言不爾此是愚人非明智者何以故由彼夢中人間美女畢竟體空不可得故豈能與彼而所綢密令此男子情懷愛戀生憶念耶佛言大王如是愚癡無識凡人眼見色時心生喜樂便起執著起執著已隨生顧戀生顧戀已情懷染愛起染愛故隨貪瞋癡發身語意造作諸業然此諸業作已滅壞此滅壞時曾不依止東方而住亦不依止南西北方四維上下至命終時意識將滅所作之業皆悉現前譬如男子從睡覺已憶彼夢中所見美女影像皆現如是大王前識滅已後識生時或生人中或生

天上或墮旁生餓鬼地獄大王後識生時無間生起彼同類心相續流轉分明領受所感異熟大王曾無有法能從此世轉至後世然有死生業果可得大王當知前識滅時名之爲死後識支起號之爲生大王前識滅時無有去處後識支起無所從來所以者何本性空故大王前識前識性空死死性空業業性空後識後識性空生生性空而彼業果曾不散失大王如是應知一切有情皆由愚惑不知非有妄起顧戀輪迴生死爾時世尊欲重宣此義說伽陀曰

諸法唯假名　但依名字立　離於能詮語
所詮不可得　皆以別別名　詮彼種種法
於名法非有　是諸法自性　由名名性空
於名名不有　諸法名本無　妄以名詮名
諸法皆虛妄　但從分別生　此分別亦空
於空妄分別　我說諸世間　以眼見於色
皆由邪計想　是名爲俗諦　我說一切法
皆是藉緣生　是名近勝義　智者當觀察
眼不見於色　意亦不知法　是名勝義諦
愚者不能知

爾時世尊說此法已摩揭陀主影勝大王深心頂受時諸苾芻及大菩薩人天等衆皆大歡喜信受奉行

佛說大乘流轉諸有經

佛説大意經 亦名大意抒海經

劉宋天竺三藏　求那跋陀羅　譯

聞如是一時佛在舍衛國祇樹給孤獨園與千二百五十比丘俱佛告諸比丘昔有國名歡樂無憂王號曰廣慈哀國有居士名摩訶檀妻名旃陀生一子姿容端正世間少雙墮地便語便誓願言我當布施天下救濟人民其有孤獨貧窮者我當給護令得安隱父母因名爲大意見其有異姿不與人同恐是天龍鬼神欲行卜問大意知之便報言我自是人非天龍鬼神也但念天下人民窮厄者欲護視之耳説此竟便止不復語至年十七乃報父母言我欲布施勤苦人令得安隱父母念言子初生時已有是願便告子言吾財無數自恣意所施與不相禁制也大意報言父母財物雖多猶不足我用唯當入海採七寶以給施天下人民耳數言如是父母即聽使行大意便作禮辭行入海道經他國國中有婆羅門財富無量見大意光顏端正甚悅樂之告言我相敬重今有小女欲以相上願留止此大意報言我辭家入海欲採七寶未敢相許且須來還於是遂進採得七寶即遣人持寶還其本國轉復到海際求索異物忽見一大樹高八十由延廣亦八十由延大意便上樹遥見一銀城宫闕殿舍皆是白銀天女侍則妓樂自然有一毒蛇遶城三帀見大意便舉頭視之大意自念言人爲毒所害者皆由無善意故耳便坐自思惟定意須臾頃蛇即低頭眠卧大意欲入城守門者便入白王言外有賢者欲見於王王身自出迎之歡喜

而言唯願仁者留住此一時三月得展供養答言我欲行採寶不宜久留王報言我不視國事唯願留住大意便止留王即供設衣服飲食妓樂牀卧之具乃歷九十日竟大意辭王欲去王便取珍琦七寶欲以送之大意言我不多用是七寶聞王有一明月珠意欲求之王言我不惜是珠但恐道路艱險難以自隨大意言夫福之將人不畏艱險王言此珠有二十里中寶隨之便以貢於仁者在意所欲若後得道願爲弟子得給供養踰於今日也大意便受珠歡喜而去於是大意轉前行見一金城宮闕殿舍皆是黃金七寶之樹自然音樂天女侍從轉倍於前亦有毒蛇遶城六帀見大意便舉頭視之復坐定意蛇復低頭而卧大意欲入城守門者即入白王王即出迎與相見請前語言願留一時三月展於供養大意便止留王即待遇施設飲食衣服天女衆妓以娛樂之乃歷六十日辭王欲去王守請使留其意不樂止遂辭王而去王復取珍琦七寶以送之大意不肯受告言我不樂衆寶聞王有一明月珠願以相惠王言不敢愛之但恐道遠阻險難以自隨耳報言夫福之所將何有難險王即報言此珠有四十里中珍寶追之便以貢上仁者願後得道爲弟子神足無比得展供養過於今日便歡喜受珠而去於是大意轉前行復見一水精城宮闕殿舍皆是水精七寶之樹自然音樂天女侍從轉倍於前亦有一毒蛇遶城九帀見大意即復舉頭視之即復坐深自思惟入定蛇即復低頭睡卧大意欲進時守門者入白

王王即出迎請前語言願留一時三月大意即留王復盡意供養施設飲食衣服妓樂以娱樂之乃歷四十日即復辭王去王便取珍琦七寶欲以送之大意不受報言我不用是衆寶聞王有一明月珠願以相惠王便報言此珠有六十里中寶追之便以上仁者若後得道願爲弟子智慧無比當復供養過於今日便受珠歡喜而去於是大意轉前行復見一瑠璃城宫闕殿舍皆是瑠璃七寶之樹自然音樂天女侍從轉倍於前亦見一毒蛇遶城十二帀見大意便舉頭視之大意即復坐深思惟入定蛇復低頭睡卧大意欲進時守門者入白王王出迎請前乞留一時三月大意即留王身自供養飲食衣服妓樂以娱樂之乃歷二十日辭王欲去王即取珍琦七寶以送之大意不受其珍寶言我聞王有一明月珠儻以相惠王報言此珠有八十里中珍寶追之便以上於仁者願後得道時我爲弟子淨意供養過於今日令長得智慧大意便受珠歡喜而去大意念言吾本來求寶今以如志當從是還便尋故道欲還本國經歷大海海中諸神王因共議言我海中雖多衆珍名寶無有如此輩珠便勑使海神要奪其珠神便化作人與大意相見問言聞卿得奇異之物寧可借視之乎大意舒手示其四珠海神便摇其手使珠墮水中大意念言王與我言時但道此珠難保我幸已得之今爲此子所奪非趣也即謂海神言我自勤苦經涉險阻得此珠來汝反奪我今不相還我當抒盡海水耳海神知之問言卿志何高乃爾海深

三百三十六萬由延其廣無涯奈何竭之譬如日終不墮地大風不可攬束日尚可使墮地風尚可攬束大海水終不可抒令竭也大意笑答之言我自念前後受身生死壞積其骨過於須彌山其血流五河四海未足以喻吾尚欲斷是生死之根本但此小海何足可抒復說言我憶念昔供養諸佛誓願言令我志行勇於道決所向無難當移須彌山竭大海水終不退意使一其心以器抒海水精誠之感達於第一四天王來下助大意抒水三分已抒其二於是海中諸神王皆大振怖共議言今不還其珠者非小故也水盡泥出子便壞我宮室海神便出衆寶以與大意大意不取告言不用是輩但欲得我珠耳促還我珠終不相置也海神知其意感便出珠還之

大意得珠過取婆羅門女還其本國恣意大布施自是之後境界無復飢寒窮乏者四方士民皆去其舊土襁負歸仁如是布施歷載恩逮蜎飛蚑行蠕動靡不受潤其後壽終上爲帝釋或下爲飛行皇帝積累功德自致成佛三界特尊皆由宿行非自然也佛告諸比丘大意者我身是時居士摩訶檀者今現悦頭檀是時母旃陀者今現夫人摩耶是時歡樂無憂國王者即摩訶迦葉是時婆羅門女者俱夷是時女父者彌勒是時銀城中王者阿難是也時金城中王者目揵連是時水精城中王者舍利弗是也時瑠璃城中王者比丘須陀是也時第四天王助大意抒海水者即優陀是也時奪其珠者即調達是也時四城門守者即須颰般特蘇曷披拘留是時遶

四城毒蛇者即是共殺酸陀利四臣是也阿難整衣服作禮白佛言是時大意以何功德乃致是四寶城處處得供養及獲四明月珠衆寶隨之佛言乃昔惟衛佛世大意嘗以四寶爲佛起塔供養三尊持齋七日是時有五百人同時共起寺或懸繒然燈者或燒香散華者或供養比丘僧者或誦經講道者今皆來會此阿難及四輩弟子聞經歡喜前爲佛作禮

佛說大意經

受持七佛名號所生功德經

唐三藏法師玄奘奉　詔譯

如是我聞一時薄伽梵在室羅筏住誓多林給孤獨園與無量無數聲聞菩薩摩訶薩俱及諸天人阿素洛等一切大衆前後圍遶爾時世尊告舍利子吾今愍念一切有情略說受持七佛名號所生功德令受持者當獲殊勝利益安樂汝應諦聽極善思惟吾當爲汝分別解說舍利子言唯然世尊願樂欲聞佛告舍利子於此東方有一佛土名曰離垢衆德莊嚴彼土有佛名曰輪遍照吉祥如來應正等覺明行圓滿善逝世間解無上丈夫調御士天人師佛薄伽梵今現在彼哀愍世間爲諸大衆說微妙法開示初善中善後善文義巧妙純一圓滿清白梵行若有得聞彼佛名者便超百千俱胝大劫生死長夜流轉劇苦隨在所生常識宿命有能受持彼佛名者不失如前所獲功德復於百千俱胝大劫隨所生處心離愚癡於天人中受諸妙樂有能建立彼佛形像供養恭敬尊重讃歎不失如前所獲功德復於無量俱胝大劫隨在所生常得值佛速證無上正眞菩提復次舍利子於此東方復有佛土名曰妙覺衆德莊嚴彼土有佛名妙功德柱吉祥如來應正等覺明行圓滿善逝世間解無上丈夫調御士天人師佛薄伽梵今現在彼哀愍世間爲諸天人說微妙法開示初善中善後善文義巧妙純一圓滿清白梵行若有得聞彼佛名者便得超越一切八難隨在所生常識宿命有能受持彼佛名者不失如前所獲功德復於無量

俱胝大劫隨在所生心常聰慧恒居善趣受諸妙樂有能建立彼佛形像供養恭敬尊重讃歎不失如前所獲功德復於無量俱胝大劫隨在所生常得值佛修行一切波羅蜜多成大導師度無量衆復次舍利子於此東方復有佛土名衆生生彼土有佛名一寶蓋王如來應正等覺明行圓滿善逝世間解無上丈夫調御士天人師佛薄伽梵今現在彼哀愍世間爲諸大衆說微妙法開示初善中善後善文義巧妙純一圓滿清白梵行若有得聞彼佛名者便得遠離一切憂苦禄位財寶無有退失唯除宿世定惡業因有能受持彼佛名者不失如前所獲功德隨在所生具大威德神通自在身帶光明形貌端嚴衆所樂見有能建立彼佛形像供養恭敬尊重讃歎不失如前所獲功德復於無量俱胝大劫常不枉生無佛世界修菩薩行大誓莊嚴成無上覺饒益一切復次舍利子於此東方復有佛土名自在力彼土有佛名善逝定迹如來應正等覺明行圓滿善逝世間解無上丈夫調御士天人師佛薄伽梵今現在彼哀愍世間爲諸大衆說微妙法開示初善中善後善文義巧妙純一圓滿清白梵行若有得聞彼佛名者心便寂靜離諸諠雜有能受持彼佛名者不失如前所獲功德復於無量俱胝大劫隨所生處身四威儀若語若默心常在定有能建立彼佛形像供養恭敬尊重讃歎不失如前所獲功德復於無量俱胝大劫隨在所生常得值佛速能究竟諸等持門成兩足尊度無量衆復次舍利子於此東方復有佛

土名最勝寶彼土有佛名寶華光吉祥如來應正等覺明行圓滿善逝世間解無上丈夫調御士天人師佛薄伽梵今現在彼哀愍世間爲諸大衆說微妙法開示初善中善後善文義巧妙純一圓滿清白梵行若有得聞彼佛名者便得具足勝念慧行處四衆中說法無畏言詞威肅聞皆敬受有能受持彼佛名者不失如前所獲功德復於無量俱胝大劫隨在所生具念慧行成猛利智得勝聞持有能建立彼佛形像供養恭敬尊重讚歎不失如前所獲功德復於無量俱胝大劫隨所生處常值如來辯才無礙廣宣妙法漸次修習福慧資糧成天人尊度無量衆復次舍利子於此南方有一佛土名寂靜珠彼土有佛名超無邊迹如來應正等覺明行圓滿善逝世間解無上丈夫調御士天人師佛薄伽梵今現在彼哀愍世間爲諸大衆說微妙法開示初善中善後善文義巧妙純一圓滿清白梵行若有得聞彼佛名者其心泰然無所擾亂有能受持彼佛名者不失如前所獲功德復能速證月光勝定證此定已尋復能證殑伽沙等三摩地門有能建立彼佛形像供養恭敬尊重讚歎不失如前所獲功德復於諸佛所說法門能遍受持深達義趣照了無礙如日光明隨在所生常得值佛因以速證無上菩提復次舍利子於此南方復有佛土名最上香彼土有佛名妙香王如來應正等覺明行圓滿善逝世間解無上丈夫調御士天人師佛薄伽梵今現在彼哀愍世間爲諸大衆說微妙法開示初善中善後善文義巧妙純

一圓滿清白梵行若有得聞彼佛名者身心調暢離諸麤重惡業消滅煩惱輕微有能受持彼佛名者不失如前所獲功德復於來世隨在所生具三十二大丈夫相一切有情同所瞻仰有能建立彼佛形像供養恭敬尊重讃歎不失如前所獲功德復於來世隨在所生常得出家具清淨戒遊諸佛土聞法受持具足修行一切功德由是速證阿耨多羅三藐三菩提佛告舍利子若諸有情得聞如是七佛名號受持供養必獲如前所說功德所以者何如是七佛名號色像皆由本願大悲所成故令衆生聞持供養皆獲如是利益安樂時薄伽梵說是經已舍利子等諸大聲聞及諸菩薩摩訶薩并諸天人阿素洛等一切大衆聞佛所說皆大歡喜信受奉行

受持七佛名號所生功德經

音釋

飆卑遥切旋風也 鏤盧候切雕刻也 泫胡畎切露光也 髭即移切口上須曰髭 綢直由切綢繆也 抒神與切挹也 襁居兩切負兒衣也 蚑詰利切蟲行貌 諠許袁切諠譁也

金剛光焰止風雨陀羅尼經

唐南天竺三藏法師菩提流志譯

清刻龍藏佛說法變相圖

金剛光焰止風雨陀羅尼經

唐南天竺三藏法師 菩提流志 譯

如是我聞一時薄伽梵與其大衆前後圍遶遊摩伽陀國行在中路遇大黑雲霒霴彌溥嵐颲惡風雷電霹靂驟澍雹雨語具壽慶喜言汝當取一新淨甕子滿中盛水眞言攝逐如是婆修吉龍王及諸毒龍惱亂世間壞諸苗稼華果子實作災害者皆應攝逐俱入甕內止斯風雲雨雹霹靂便禁禦之汝受如是眞言法等依法作治爾時如來說示東方止雨眞言曰

怛姪他一 矩矩矩矩二 鉢羅弭捨塞桑乙切 民禁俱森切下同 鞞三 補嘿摩焰你始四 那儼論陀弭彌井切五 莎嚩無可切下同 訶六

南方止雨眞言

努努努努米伽一滿陀滿陀二滿陀彌奴禮切三鉢囉弭舍書柘切塞民四禁鞞五諾乞使拏焰你奴枳切始六那儼論陀弭七莎嚩訶八

西方止雨眞言

止止止止一鉢囉鉢囉鉢囉鉢囉二鉢囉弭舍塞民三禁鞞四播室止摩焰你始五那儼論陀弭六莎嚩訶七

北方止雨眞言

那迷那迷一虎虎虎虎二暑輸主切暑暑暑暑三矩矩矩矩四鉢囉弭舍塞民禁鞞五婆嚩無可切哆婆迷伽魚伽切六婆嚩哩灑七婆弭窒丁聿切下同婆蘗惹八婆捨聹奴頂切下同九婆塞養寧養切十婆麼攞嚩歌娜十一婆那誐建養寧養切十二嗢烏骨切怛囉焰你始十三那儼論陀弭十四莎嚩訶十五

十方止雨眞言

怛姪他一羯囉莽羯囉莽二羯囉莽羯囉莽三僧羯囉莽僧羯囉莽四僧羯囉莽僧羯囉莽五曝那誐囉惹六過塞民禁鞞七婆嚩哆婆迷伽八婆嚩哩灑九婆蜜窒婆蘗惹十婆捨聹婆細野同上十一婆縛攞嚩歌娜十二婆那誐建養同上十三鉢囉弭捨鉢囉弭捨十四曝那誐囉惹十五過塞民禁鞞十六勃陀薩底曳二合囊十七底瑟侘僧噌度死十八摩者攞十九莎嚩訶二十

爾時如來說此眞言已告具壽慶喜言汝先於佛前及迴路地各淨塗飾二肘曼拏羅先置水甕佛前壇上執持楊枝內水甕中奮聲緊捷誦此眞言周旋攪水攝取婆修吉龍王及諸毒龍盡入甕中二十一遍當以水甕路地壇中口到合地則使一切非時災害暴雨雷雹霹靂一時皆止具壽慶喜復有眞言止

諸災障熱風冷風旋嵐惡風能護一切苗稼華果子實滋味東方止風真言

怛姪他一歌攞歌攞二滿陀上聲布哩摩焰你始三訥瑟吒只多四弭醯侘乾五那健那誐嚩旦六米伽嚩旦七嚩哩灑嚩旦八蜜窋嚩旦九蘖喇惹嚩旦十阿捨聹嚩旦十一細養嚩攞嚩旦十二娑建養嚩旦十三莎嚩訶十四

南方止風真言

虎嚕虎嚕一滿陀諾訖使拏焰你孏二訥瑟吒只路三弭醯侘乾四那健那誐嚩旦五米伽嚩旦六嚩哩灑嚩旦七蜜窋嚩旦八蘖喇惹嚩旦九阿捨聹嚩旦十細養嚩攞嚩旦十一建養嚩旦十二莎嚩訶十三

西方止風真言

枳理枳理枳理枳理枳理一滿陀鉢室止麼焰你始二訥瑟吒只路三弭醯侘乾四那健那誐嚩旦五米伽嚩旦六嚩哩灑嚩旦七蜜窋嚩旦八蘖喇惹嚩旦九阿捨聹嚩旦十細養嚩攞嚩旦十一建你養嚩旦十二莎嚩訶十三

北方止風真言

弭理弭理弭理弭理弭理一滿陀嗢路邏焰你始二訥瑟吒只路三弭醯侘乾四那健那誐嚩旦五米伽嚩旦六嚩哩灑嚩旦七蜜窋嚩旦八蘖喇惹嚩旦九阿捨聹嚩旦十細養嚩攞嚩旦十一建養嚩旦十二莎嚩訶十三

具壽慶喜當以此等四方真言如前作法則令一切災障惡風壞苗子者皆悉止之具壽慶喜復有真言能止一切惡龍毒氣猝風雷雹暴雨壞苗子者止猝風雷雹瀑雨真言曰

吒吒囉吒囉一枳理枳理二嚠囉嚠囉嚠囉

三弭理弭理四者者者者五底瑟詫僧栿髗
切度斯六莎嚩訶七
禁禦毒龍眞言
度度度度一摩訶度度邏曳二莎嚩訶三嚕
嚕栿度斯曝半娜誐四縒嚩路縒迷伽五娑
嚩哩灑六縒蜜窋娑蘖喇惹七娑阿捨聹八
縒塞蘇得切養九嚩攞皤歌娜十娑那誐建養
十一莎嚩訶二十
具壽慶喜若欲修治此諸眞言三昧耶者先
於十方佛像尊前以衆香水團圓塗飾二肘
曼拏羅復於路處淨地塗潔二肘曼拏羅取
一新淨一㪷甕子滿盛淨水置佛前壇上當
以隨時香華供養惟以沉香白栴檀香薰陸
香等燒焯供養手執楊枝内水甕中高聲緊
捷誦是眞言攝諸毒龍惡風暴雨災害毒氣
盡入甕内禁禦止之二十一遍加持水甕禁
禦切勒持斯水甕路地壇上口倒合地待風
雨止寂淨晴明乃除去甕
具壽慶喜復有飲光眞言
那謨勃陀耶一那謨達摩耶二那謨僧伽耶
三怛姪他四唵五歌囉歌囉歌囉歌囉六歌
歌歌歌歌歌歌七納莫迦始野播野八怛
他誐路耶九阿囉歌羝三藐三勃陀耶十悉
殿都十一漫怛囉播那莎訶二十
佛告阿難若有惡龍降下霖雨多時不晴於
其路地塗潔護摩燒處隨時採取衆妙香華
一千八十朵持用獻佛獻佛已訖便以此華
於其路地面西趺坐高聲緊捷一誦眞言加
持一華持用護摩盡此華已一切惡龍毒氣
災害霖雨惡風等障一時晴止除諸有情饑

饉災厄護益一切苗稼華果了實滋味具足成就若不晴者倍前如法一設二設乃至五設必定晴止持眞言者沐潔身服斷諸語論以大慈心如法治法而得成就佛告阿難復有眞言力能遮止一切惡龍諸惡蟲獸食苗子者亦能除遣一切鬼神吸人精氣者悉皆馳散能與世間一切有情作大安樂苗稼果實而常滋盛得大豐熟根本滅諸災害眞言

那莫薩嚩無可切怛他蘖帝飄毗遙切一阿囉訶弊毗棃切二三藐三勃悌弊同上三那謨皤誐嚩諦四舍枳耶二合母娜曳五怛他誐跢耶六唵入嚩攞入嚩攞七祇丸曳切哩皤縛娜八捐寧立切跛比沒切跢米倪九摩訶戰拏十娜誐紇恒沒切哩娜耶十一播吒你十二虎嚕虎嚕十三吹那陀吹十四播者播者十五播者耶播者耶十六薩嚩薩寫息箇切下同聹十七那捨耶那捨耶十八薩嚩訥瑟吒娜誐矩攞崩翁十九縛攞鉢囉嚩囉二十戰拏謎倪二十一摩訶嚩攞播囉羯囉迷二十二塞桑色切怖哩跢二十三嘮捺囉薄訖得嚟二十四摩陀摩陀二十五入嚩羅摩羅陀哩抳二十六戰拏微無計切誐嚩底二十七鉢囉嚩囉弭麽曩二十八馱哩抳吽吽二十九嚩攞嚩底三十微無計切伽魚伽切嚩底三十一娑囉娑囉三十二弭娑囉弭娑囉三十三鉢囉娑㘓覩三十四薩嚩薩寫窒丁吉切哩拏三十五嚩娜塞播哆耶三十六補澀跛叵攞三十七鉢怛囉散陀囉抳三十八阿播薩半覩三十九薩嚩那誐訥瑟吒四十薩嚩皤嚩娜四十一弭誐跢米誐嚩底吽吽泮四十二那誐弭陀囉抳泮四十三入嚩理聹泮四十四入嚩攞摩理聹泮泮泮四十五

爾時如來說此眞言時世間一切諸惡毒龍

宮殿火起是諸毒龍爲火所燒皆悉頭痛身膚爛壞舉節疼痛一時惶懼往詣佛前頭面禮足合掌恭敬一時同聲白言世尊如來今者說此眞言令諸龍輩極大怖惱世尊我諸龍等無有過罪常爲惡持眞言法者每皆惱亂我諸龍等或縛或打或禁或逐我等眷屬令出本宮由斯我皆生大瞋怒則使非時起大惡風猝暴惡雨雷雹霹靂世尊以斯苦緣損壞一切苗稼華果子實滋味皆令減少世尊是故持眞言者常於六趣一切有情起大慈悲利樂之心世尊以此起大慈悲威力則令一切災害疫毒惡風惡雨悉皆消滅世尊我諸龍等今於佛前各立誓願若此眞言所在方處有受持者更不損壞一切苗稼華果子實若有常能如法書寫如是眞言受持讀誦依法結界護諸苗稼華果子味我諸龍輩則當往中而皆守護風雨順時一切苗稼華果子實皆令具足滋味甘甜永不施行一切非時惡風暴雨雷雹霹靂霜霧毒氣而作災害及能遮止一切怨賊諸惡鬼神種種蟲獸不令侵暴一切衆生一切苗稼華果子實我諸龍輩各相勑語不令損壞作諸災害是時如來告諸龍言善哉善哉汝諸龍等應當如是種種守護贍部洲界一切有情獲大安樂

爾時如來復謂具壽慶喜言如是眞言後末世時能作護持一切苗稼華果子味復能除遣一切疫毒疾病災難若有惡龍數數猝起災氣惡風雷雹暴雨於是之時應當往詣高山頂上或詣田中當作四肘方曼拏羅香水黃土瞿摩夷如法塗飾標郭界位開廓四門

以鬱金香泥四面四角中央圖畫八葉開敷蓮華以秔米粉染分五色燃飾界道四門莊彩赤犢子新瞿摩夷和白麵溲如法揑作五龍王身當壇東面三頭龍王頭上出三蛇龍頭南面五頭龍王頭上出五蛇龍頭西面七頭龍王頭上出七蛇龍頭北面九頭龍王頭上出九蛇龍頭中央一頭龍王頭上出一蛇龍頭是等龍王身量十二指面目形容狀如天神皆半加坐八葉蓮華上種種衣服如法莊嚴四門四角置香水甕一一龍前置於香爐置七種三白飲食盤淨磁甕子盛乳酪酥盛秔米麨於五龍王前如法敷獻種種時華散布供養以沉水香蘇合香燒焯啓獻加持稻穀華白芥子溥散壇上五金剛橛四是佉陀羅木一是鑌鐵量等四指如是五橛眞言加持一百八遍金剛木橛釘四面那伽質多金剛鐵橛釘中央那伽質多壇四角豎十六肘竿幢素絹帛上寫是眞言繫四幢頭誦斯眞言二十一遍加持四幢而豎置之面畏心恍觀視十方高聲捷利誦斯眞言三十五遍眼所及處則成結界護祐十方田野園苑一切苗稼華果子實乃至未除壇幢已來常得擁護一切苗稼華果子實不爲一切蝗蟲諸惡鳥獸惡風暴雨雷電霹靂諸惡毒龍而作災害殃壞損傷令彼國中所有一切五穀苗稼華果子實悉皆豐熟一切龍王而皆擁護又以眞言加持淨沙一百八遍田中園苑皆遍散撒一切苗稼華果樹上如是加持亦當不爲一切蝗蟲二足多足種種蟲獸而作災暴食噉苗稼華果子實

又法當處田中園中隨其大小如法塗治護摩方壇取構木檓木本末端直兩把量截加持然火當以大麥油麻秔米白芥子酥日别三時一誦眞言加持一燒一百八遍如是相續至滿七日則便除遣一切惡龍藥叉羅刹諸惡鬼神所遊世間行諸災者悉皆馳散及得一切蝗蟲鳥獸食人苗稼華果子實者亦皆除滅

又法春二月三月秋七月八月高山頂上或於田中高勝望處或仰天樓上七日七夜如法清潔塗飾八肘曼拏羅四面别豎一竿幢四幢頭上繫懸一丈六尺素帛長旛於旛掌面各畫釋迦牟尼如來形像佛右畫執金剛祕密主菩薩左畫阿伽悉底仙人旛掌向下寫斯眞言經文紫檀木金剛橛四枚長三把量眞言加持二十一遍釘四幢下標結方界以時衆妙華香飲食果子敷獻寅時卯時辰時巳時未時申時酉時亥時觀視十方田野苗稼燒香啓請十方一切諸佛諸大菩薩一切天仙龍神八部降會加被誦斯眞言一百八遍如是修治滿七日夜則得除滅一切惡風暴雨雷雹災障復得除滅二足四足多足蝗蟲鳥獸食噉苗稼華果子實盡皆馳散復得除遣一切毒蛇虎狼等難一切災障悉皆除滅具壽慶喜復有根本心眞言

那謨勃陀耶一唵呬里弭里二戰抳尼例切弭哩理三戰抳戰抳蔓無繁切陀耶四莎嚩訶五

佛告阿難此心眞言若有人能信解受持高山頂上以此眞言加持石榴杖一千八十遍右手執杖左手結龍坐印隨十方面觀視天

地田野苗稼奮怒大聲一誦眞言一杖擬擊期剋止禦方別一千八十遍則令一切惡毒龍等身毛悚豎戰怖不安毒心息滅而便止除一切惡風惡雨毒氣雷雹霹靂

又法三月一日八日於其曠野高勝望處淨潔治地作四肘曼拏羅香水黃土瞿摩夷淨潔塗飾白栴檀香泥重遍塗飾標列界道開廓四門紫檀木金剛橛八枚一時加持二十一遍釘置四角四門爲界新箭五隻加持七遍布揷四面鑌鐵三叉戟壇心豎置五色線索加持七遍四面圍遶而爲外界四角中央置閼伽白栴檀香鬱金香水甕口揷諸枝華葉四門中央各置香爐五盤種種三白飲食四門中央如法敷獻而復散布時諸香華安悉香蘇合香沉水香白栴檀香薰陸香燒焯供養稻穀華白芥子如法加持獻散壇上白芥子水加持七遍散撒十方以爲結界於七日中六時時別觀視十方田野苗稼奮聲誦心眞言一千八十遍滿七日夜則得却後八箇月中周遍十方一踰膳那則無一切藥叉羅刹鬼神諸惡蟲類食噉苗稼華果子實者皆悉除散時眞言者當淨洗浴以香塗身著淨衣服如法修習西門跪坐眞言加持石榴杖一百八遍右手把杖左手結龍坐印左手大拇指橫屈掌中以中指無名指屈壓大拇指上頭指直伸微屈小拇指直伸是眞言者遶壇八方立誦眞言各一七遍即便面向雲雨起處一誦眞言加持手杖一撥擊敵惡風雲雨遣大山谷而下落之如是撥遣一千八十遍彼諸惡龍息滅毒心風雨止之若不止

者又應准前倍復加法彼諸惡龍悉皆頭痛心痛身痛熱沙著身如刀割切身肢所苦是諸惡龍生大怖懼慶喜以此法故贍部洲界一切惡龍八箇月中依法而住降大甘雨若有熱風泠風暴雨雷雹霹靂數數亂起作災害者紫檀木金剛橛一枚量長四把眞言加持一千八十遍當壇心上一眞言加持一釘一百八遍沒入橛盡惡風惡雨雷雹霹靂一時禁止若須雨者當拔橛去又以新淨劒眞言加持二十一遍右手執劒左手結龍坐印當正立之觀視雲雨所起之處一眞言劒一擬擊敵惡雲惡雨所起之處則令彼諸惡毒龍等皆見火焰遍徹虛空是諸惡龍悉皆怖懼戰慄不安惡毒心息又加持鬱金香泥劒兩面上畫大身孽嚕荼王便加持劒一千八十遍右手執劒左手結龍坐印面向八方方別輪劒奮怒大聲誦心眞言一百八遍彼諸惡龍自宮殿中皆見大身孽嚕荼王摶逐於身出自宮殿一時馳走更不非時起諸惡風雷雹暴雨當壇南面作護摩爐加持躑躅華白芥子酥如法護摩一千八十遍十二箇月不起非時惡風雷雹雨雪災障順眞言者遣雨則雨又加持蠟揑作三頭龍王狀若天神身量八指頭上出三蛇龍頭著諸衣服周遍身上純金莊嚴復當如法塗飾三肘曼拏羅淨瞿摩夷香水黃土淨潔泥飾白粉界道唯開西門香華香水三白飲食敷置供養一㪷淨甕眞言加持二十一遍置壇心上根本眞言心眞言加持龍王一千八十遍置甕内淨帛四尺眞言七遍蓋甕口上結龍坐印二手

合腕搩開十指如蓮華開敷二大指二小指並相著二頭指相去四寸一加持印一印甕口上一百八遍稻穀華白芥子眞言七遍散置壇上燒諸名香啓召供養右手把石榴杖一誦心眞言一稱摩那斯龍王名一加持杖按甕口上一千八十遍當便與此素龍王授名摩那斯龍王主諸毒龍當誓願言攝禦禁止一切災風惡雲惡雨雷雹霹靂諸惡毒龍一時順伏摩那斯龍王俱來入甕則斷禁止災惡毒氣如是修治則得一切諸惡毒龍災風毒氣惡雲惡雨雷雹霹靂一時順伏而皆止之作斯法已時眞言者誦心眞言一一遍後當稱摩那斯龍王名滿三落叉（此云三十萬）則得摩那斯龍王領諸眷屬一時變形爲婆羅門身現眞言者佛前是時當以閼伽香水供獻讚歎說諸佛名種種功德聞已歡喜龍言仁者有何相須便告龍言贍部洲中多爲諸惡毒氣惡風惡雲暴雨雷雹霹靂災壞一切苗稼華果子實滋味由是相須龍言隨意若作法時我即隨至任爲所使降澍甘雨爾時復有大身孽嚕茶王從坐而起合掌恭敬一心向佛曲躬而立白言世尊我有金剛觜光焰睒電眞言如是眞言神力威猛能燒能壞諸惡毒龍身心膚肉亦能禁止一切災害惡風暴雨雷雹霹靂亦能增長大地一切卉木藥草苗稼華果子實滋味亦能禁伏諸毒蟲類今欲佛前於大衆中廣爲利樂一切有情心滿足故說惟願如來慈哀加被爾時如來便告大身孽嚕茶王言我已加被汝金剛觜光焰睒電眞言現在十方殑伽沙俱胝那庾

多百千如來應正等覺亦已加被汝大身孽
嚕茶王當速說之爲得治罰諸惡毒龍故爾
時大身孽嚕茶王得佛勅已即說金剛𦦨光
焰睒電眞言
那謨囉怛那怛羅夜耶（凡羅字口傍作者彈舌呼之下皆准此）一
戰拏跋馹囉播拏曳（二）摩訶藥起細那播跢
曳（三）那莫塞（桑乞切下同）窒（丁吉切二合）嚟路枳耶（二合）
地播跢曳（四）那摩室者咄嚕喃（尼咸切五）摩訶囉
腎講（如占切六）唵（七）跋馹囉頓制（尼例切下同八）頓制頓
制（同上九）摩訶頓制（同上十）覲置覲置（十）跋馹囉
始佉囉頓制（十二）摩抳迦娜迦弭質怛囉皤囉
拏（十三）弭步使跢舍哩嚟（十四）𤙖𤙖𤙖（十五）泮泮泮
泮（十六）那誐（銀迦切下同）囉若弭捺囉嚩（無可切下同）抳
（十七）紇哩娜焰弭塞怖吒耶（十八）跋馹囉頓制囊
（十九）𤙖𤙖𤙖𤙖𤙖（二十）泮泮泮泮泮（二十一）入嚩理

跢跋馹囉頓制（同上）囊（二十二）歌娜歌娜（二十三）誐
嚕拏博迄灑你播諦囊（二十四）皤塞弭矩嚕（二十
五）訥瑟吒那健（二十六）𤙖𤙖𤙖𤙖𤙖（二十七）泮泮
泮泮泮（二十八）暴暴（二十九）半娜倪（魚枳切下同）捺囉
（三十）塞怖吒塞怖吒（三十一）塞怖吒（知訖切）覲（三十二）
那誐癈（無計切）喇麼抳（三十三）矩路陀囉惹（三十四）
摩訶嚩攞播囉訖囉麼（三十五）入縛攞入嚩攞
（三十六）鉢囉入嚩羅鉢囉入嚩羅（三十七）𤙖𤙖𤙖
𤙖𤙖（三十八）泮泮泮泮泮（三十九）暴暴（四十）誐嚕拏
囉惹（四十一）跋囉頓拏（四十二）素韈喇拏博迄灑
（四十三）摩訶嚩囉（四十四）摩抳迦娜迦（四十五）弭質
怛囉耄理馱囉（四十六）薄乞灑野暴（四十七）訥瑟
吒那健（四十八）比比嚩嚩暴暴（四十九）嚩庾嚩羅
歌乾（五十）𤙖𤙖泮（五十一）輸灑野輸灑野（五十二）暴
始跢嚩羅歌乾（五十三）誐嚕拏塢喇弭拏（五十四）

鈝鈝泮五十五暴暴五十六半那娜倪捺囉五十七跛馹囉頓拏五十八弭注喇拏野五十九弭寍丁聿切入嚩攞六十鈝鈝泮六十一滿惹野滿惹野六十二薩播捨哩囉抳六十三摩底羯囉麼死給牟舍切六十四暴半曩倪捺囉六十五摩底跛馹囉頓制娜六十六母喇陀南奴金切六十七塞桑訖切怖吒夜弭六十八歌囉歌囉六十九鉢囉歌囉鉢囉歌囉七十鈝鈝泮七十一摩詑摩詑七十二薩嚩那健七十三鈝鈝泮七十四怛他誐跢嚩者娜七十五摩怒塞麼囉七十六鈝鈝泮七十七跛馹囉播抳七十八娑麼野七十九摩努播攞耶八十鈝鈝泮八十一室嚹路枳耶二合地播底八十二嚩者娜八十三摩努播攞耶八十四鈝鈝泮八十五娑囉娑囉八十六塞麼囉塞麼囉八十七娑麼耶摩努播攞耶八十八室哩喇怛娜薩底曳二合曩八十九鈝鈝泮九十莎嚩

訶九十一紇哩跛馹囉頓拏九十二薩嚩那誐弭捺囉嚩拏迦囉九十三鈝鈝泮九十四莎嚩訶九十五室哩喇怛娜摩努播攞耶九十六鈝鈝泮九十七莎嚩訶九十八沒囉歌麼但拏訶跢耶九十九鈝鈝泮一百莎嚩訶一弭瑟努斫羯囉歌跢耶二鈝鈝泮三莎嚩訶四摩醯濕嚩囉五室哩戍攞歌跢耶六鈝鈝泮七莎嚩訶八誐嚕拏諦惹歌跢耶九鈝鈝泮十莎嚩訶十一誐嚕拏弭羯囉麼十二歌哆耶十三鈝鈝泮十四莎嚩訶十五矩誐矩攞十六那舍那耶十七鈝鈝泮十八莎嚩訶十九薩嚩捨你匿寧吉切喇馱播迦耶二十鈝鈝泮二十一莎嚩訶二十二薩嚩婆庚三薄乞灑迦耶二十三鈝鈝泮二十四莎嚩訶二十五薩婆迦攞米伽魚迦切捨你二十六你麼囉拏耶二十七鈝鈝泮二十八莎嚩訶二十九摩訶跛馹囉三十入嚩攞耶

三十一莎嚩訶三十二薩嚩訥瑟吒弭那捨迦耶三十三莎嚩訶三十四誐噜拏紇哩娜耶野三十五莎嚩訶三十六誐噜拏頓拏野三十七莎嚩訶三十八素鉢喇拏慱乞灑三十九你播跢耶四十莎嚩訶四十一唵四十二度噜度噜四十三莎嚩訶四十四唵四十五毋噜毋噜四十六莎嚩訶四十七唵四十八覩噜覩噜四十九莎嚩訶五十唵五十一哩哩哩哩哩五十二虎虎虎虎五十三泮泮泮泮泮五十四莎嚩訶一百五十五

爾時大身孽噜茶王說是眞言時乃有八十俱胝那庾多百千惡毒龍王一時爲火所燒悶絶踠轉于地遍體流汗慞惶戰慄俱時奔走投如來前同聲唱言苦哉苦哉苦痛若斯白言世尊我等龍輩聞此眞言悉皆身肢爲火所燒受大苦惱心識慞惶餘命無恃惟願善逝救脫我等熱惱苦痛世尊今此龍衆更不惱亂贍部洲中一切有情一切苗稼華果子實終不損壞世尊若此眞言所在方處有能書寫受持讀誦如法修行恭敬供養者我諸龍等一時往中恭敬供養同於如來設利羅塔爾時世尊告諸龍言汝等勿怖應當常依此眞言行更勿惱亂贍部洲界一切有情一切苗稼華果子實所有滋味莫令減少所有非時毒氣惡風霜雹暴雨雷電霹靂更勿爲之汝等諸龍則得長夜獲大安隱無諸苦惱亦不慞惶爾時如來復告大身孽噜茶王汝今當說此眞言法爾時大身孽噜茶王承佛告已則便合掌白言世尊如是眞言獨一能護諸有情界一切苗稼華果子實藥草滋味皆令增長世尊贍部洲中若有非時惡風

惡雨雷雹霹靂災害起者持眞言人往高山頂上或仰天樓上或阿蘭若或諸城邑一切村落高勝望處遍觀十方一切苗稼華果子實山谷湫河奮怒大聲誦此眞言方別七遍眼所及處所有一切非時惡障熱風冷風颷風暴雨霜雹霹靂悉皆止息不壞苗稼華果子實藥草滋味白月八日高勝望處淨治於地隨其大小如法塗地作曼荼羅香水黃土和瞿摩夷精細塗飾標郭界院開廓四門新箭五隻加持七遍揷豎四門壇中心上紫檀木金剛橛四枚五色線索纏繫四橛一時加持二十一遍釘壇四角加持香爐置壇心上以安悉香蘇合香燒以供養加持稻穀華散布壇上四門當心敷置新淨三白飲食持用供養加持白芥子香水五遍普散十方以爲結界東門趺坐顰眉心忙怒聲緊捷誦此眞言一百八遍復坐門門如是各誦二十一遍日日如是至十五日周圓十方一踰膳那所有一切惡毒龍等欲起非時諸惡毒氣熱風冷風颷風暴雨霜雹霹靂等則便禁止并及一切藥叉羅刹諸惡鬼神行諸疾疫災害障者悉皆馳散及一切守宮百足蜈蚣蚰蜒毒蟲之類一切蝗蟲食人苗稼華果子實者悉皆散滅乃至未解壇界已來常得依時降澍甘雨一切苗稼華果子實皆當茂盛滋味增長如是眞言若作諸法誦持七遍法即成就又持蠟摸捏大身孽嚕荼王結加趺坐身量八指兩翅股開首戴華鬘面狀神面觜狀鷹觜右手把九頭四足蛇龍王左手執三頭四足蛇龍王純金莊嚴彩色間飾身諸衣服如

天衣服復隨大小作曼荼羅淨潔塗飾衆妙繒帛作方坐褥敷置壇上坐置大身孽嚕茶王像持諸華香三白飲食敷列供養持眞言者出入淨浴以香塗身著淨衣服食三白食像前每日六時時别結加趺坐作大身孽嚕茶王觀燒安悉香誦念金剛嚮光焰睒電眞言二十一遍四面面别八盞油燈持眞言者常不出壇晝夜像前消息睡眠如是修習滿三七日或七七日則得大身孽嚕茶王夢中現身一一教是種種事法所求諸願悉皆滿足任眞言者種種命事其像淨處安置供養若天旱時即啓持像往龍湫所居於岸滸隨心如法精飾塗摩曼荼羅置像壇上以諸華香如法供養壇前加持白芥子七遍乃一加持一散湫中一百八遍隨時降雨若不雨者倍前加法時諸龍等則自宫内十方方面見大火起復見無量孽嚕茶王來入宫中復見熱沙從空雨下復見湫水而欲枯竭此諸龍王皆大怖畏或降甘雨或走離湫若有非時熱風冷風颲風暴雨霜雹霹靂不晴止者右手持大身孽嚕茶王像觀視雲雨雷雹起處觀置是像請現大身孽嚕茶王飛空騰往摶逐一切作諸惡風暴雨霜雹雷電霹靂者面畏心恱奮怒大聲誦斯眞言一百八遍得周十方七踰膳那禁止一切惡風暴雨雷電霹靂災害等障若數數有大猝惡風災殃起者持孽嚕茶王像城門樓上或内門樓上觀置像現騰往摶逐奮怒大聲誦斯眞言一百八遍一切諸毒惡龍神等悉皆馳走世尊若修治者常能晨朝日初出時誦此眞言二十一

遍者是人則得一切諸法最勝成就爾時復有大梵天王那羅延天王摩醯首羅天王及四天王一時合掌從座而起詣如來前右遶三帀於一面立一時齊聲白言世尊我等諸天亦有如是金剛雹鎚焰真言能摧一切惡毒龍王及龍種族亦摧非時一切惡風災水暴雨霜雹霹靂種種災癘成熟一切苗稼華果子實滋味我等天王當爲利益一切有情欲如來前廣演說之惟願如來加被我等爾時世尊告諸天言我已加被汝諸天王我爲利益一切有情獲大安樂汝等當說

爾時諸天王衆得佛勑已一時同聲即說金剛雹鎚焰真言

那謨囉怛那怛囉夜耶一那謨婆誐魚迦切下同嚩無可切下同帝舍枳經也切野毋娜曳二怛他誐跢耶三那麽室戰拏跛馹囉播拏曳四摩訶藥迄叉細那播跢曳五摩訶嚩羅鉢囉羯囉麽耶六那麽塞桑乙切二合窒丁吉切下同𡁠路枳野七毋喇怛曳八那麽室者咄嚕喃九摩訶囉腎諵如占切十那謨跛馹囉捨你十一入嚩理跢嘮捺囉吒歌娑耶十二唵十三麽他麽他十四鉢囉麽他鉢囉麽他十五入嚩理跢十六弭訖哩多十七嚩訖得登乙切囉十八惹耶惹耶十九摩訶嚩攞二十弭哩耶二十一鉢囉羯囉麽二十二矩嚕陀囉惹二十三沒囉歌迷二十四素沒囉歌迷二十五沒囉歌麽莎嚩𡁠二十六暴那誐他鉢𧿒二十七弭縒桑哿切羅弭縒羅二十八摩底沒囉歌麽怛制尼例切娜二十九暮喇馱南奴金切三十播吒耶弭三十一吽泮三十二歌囉歌囉三十三弭瑟努斫羯囉歌跢三十四暴半娜倪魚枳切捺囉三十五摩底羯囉

麽三十六摩底弭瑟努知矩切斫羯緊拏三十七始囉瞋陀弭三十八覩置覩置三十九理理理理理許許泮四十一母虎母虎四十二母泗演覩四十三薩嚩訥瑟吒那健四十四塞破吒耶四十五紇哩娜焰四十六摩醯濕嚩囉入嚩理路四十七窒哩戍攞陀囉囉四十八歌那歌那四十九許許泮五十阿止母止覩置五十一皤嚩皤嚩五十二屈俱鬱切數跛古切梶屈同上數抳五十三折咄嚕喃五十四摩訶囉胥諸振切講五十五入嚩理路五十六鑠訖底五十七陀囉陀囉五十八許許泮五十九塞怖囉塞怖囉六十弭塞怖囉弭塞怖囉六十一轗喇者轗喇者六十二那捨耶薩嚩訥瑟吒那健六十三紇哩娜焰塞怖吒耶六十四許許泮六十五僧歌囉僧歌囉六十六訥瑟吒捨揹寧立切六十七嚩路米健六十八施路尾微吉切窋丁聿切六十九入嚩囒跋塞

桑邑切弭矩嚕七十矩嚕矩嚕七十一許許泮七十二莎嚩訶七十三娑麽耶麽奴塞麽囉七十四暴那誐他鉢羝七十五弭馹懍彈舌呼之皤耶弭馹懍皤耶七十六暴暴七十七覩置覩置七十八許許泮七十九莎嚩訶八十跛馹囉捨揹那捨耶八十一許許泮八十二莎嚩訶八十三薩縛那誐紇哩娜耶八十四弭塞怖吒迦耶八十五許許泮八十六莎嚩訶八十七勃陀弭路枳路耶八十八莎嚩訶八十九沒囉歌麽拏耶九十莎嚩訶九十一弭瑟努暮喇曳九十二莎嚩訶九十三摩醯濕嚩囉九十四入嚩理路九十五窒哩戍攞耶九十六莎嚩訶九十七折咄嚕麽訶囉惹九十八縒麽耶陀囉耶九十九莎嚩訶一百部惹誐耶一莎嚩訶二那誐地跛多曳三莎嚩訶四唵五地利地利六莎嚩訶七入嚩理多薄訖怛囉耶八莎嚩訶九曾麽歌哩

灑同上拏耶十莎嚩訶十一毋置毋置十二鉢囉毋置十三莎嚩訶十四泮泮泮泮泮十五莎嚩訶一百十六

爾時諸天王等説此眞言時一切諸惡毒龍神等一時熱惱宛轉于地身體爛壞肢節疼痛悉皆惶怖投如來前俱時唱言苦哉苦哉重苦若斯白言世尊我諸龍衆今爲世間諸天王等毀壞我身斷我識命形體甚惡羞是大衆惟願如來救護我若世尊我諸龍衆從今已去誓不惱亂贍部洲界一切有情不作災害爾時如來告諸龍言汝等勿怖汝諸龍衆隨此眞言理教行門贍部洲界一切有情更勿惱亂汝諸龍衆則得安隱永無惱苦爾時諸天王等復白佛言世尊此金剛雹錐焰眞言若當有人暫能信解受持讀誦一七二七三七遍者則令一切諸惡毒龍舉體熱惱肢節疼痛若每日時高迥望處加持白芥子二十一遍散撒十方則得周圓七踰膳那不使諸惡毒龍神等起諸惡風暴雨霜雹又得一切惡毒龍神等并及種族悉皆降伏若有非時一切惡風暴雨霜雹雷電霹靂災害起者加持金剛杵一百八遍輪擲舞杵擊撥一切災風暴雨霜雹雷電於大山谷而降下之若每晨朝居淨室中面東趺坐左手結龍坐印誦此眞言四十九遍不間斷者則得方圓七踰膳那常無一切諸惡毒龍起災惡風霜雹霹靂作諸災難加持鍾磬二十一遍觀視風雨雷雹起時又一加持一打鍾磬一百八遍乃至二三百遍則得一切惡毒龍輩身肢熱惱悉皆墜落爾時如來高聲告讚諸天王言善哉善哉汝諸天王能爲利益贍部洲界

一切有情得大安樂爾時如來說此語已具壽慶喜一切天人藥叉羅刹乾闥婆阿素洛孽嚕荼緊那羅莫呼羅伽人非人等聞佛所說皆大歡喜信受奉行

金剛光焰止風雨陀羅尼經

音釋

颲力折切暴風也　驟鋤祐切疾也　澍之戍切霖霪也　㖮盧困切　窋知律切　𣢩枯駕切　聹乃挺切　焯之藥切爇也　溲踈有切水調粉麵也　麨尺少切乾糧也　撒桑葛切散之也　樒彌畢切香木也　悚息拱切與聳同　鑌必鄰切鐵名出罽賓國　閼烏葛切　搩陟華切張申也　䞘其乞切　湫即由切水池也

大毗盧遮那成佛神變加持經

唐中天竺三藏輸波迦羅共沙門一行譯

清刻龍藏佛說法變相圖

大毗盧遮那成佛神變加持經卷第一

唐中天竺三藏輸波迦羅共沙門一行譯

入眞言門住心品第一

如是我聞一時薄伽梵住如來加持廣大金剛法界宮一切持金剛者皆悉集會如來信解遊戲神變生大樓閣寶王高無中邊諸大妙寶王種種間飾菩薩之身爲師子座其金剛名曰虛空無垢執金剛虛空遊步執金剛虛空生執金剛被雜色衣執金剛善行步執金剛住一切法平等執金剛哀愍無量衆生界執金剛那羅延力執金剛大那羅延力執金剛妙執金剛勝迅執金剛無垢執金剛刃迅執金剛如來甲執金剛如來句生執金剛住無戲論執金剛如來十力生執金剛無垢眼執金剛金剛手祕密主如是上首十佛刹

微塵數等持金剛衆俱及普賢菩薩慈氏菩薩妙吉祥菩薩除一切蓋障菩薩等諸大菩薩前後圍繞而演說法所謂越三時如來之日加持故身語意平等句法門時彼菩薩普賢爲上首諸執金剛祕密主爲上首毗盧遮那如來加持故奮迅示現身無盡莊嚴藏如是奮迅示現語意平等無盡莊嚴藏非從毗盧遮那佛身或語或意生一切處起滅邊際不可得而毗盧遮那一切身業一切語業一切意業一切處一切時於有情界宣說眞言道句法又現執金剛普賢蓮華手菩薩等像貌普於十方宣說眞言道清淨句法所謂初發心乃至十地次第此生滿足緣業生增長有情類業壽種除復有芽種生起爾時執金剛祕密主於彼衆會中坐白佛言世尊云何

如來應供正遍知得一切智智彼得一切智智爲無量衆生廣演分布隨種種趣種種性欲種種方便道宣說一切智智或聲聞乘道或緣覺乘道或大乘道或五通智道或願生天或生人中及龍夜叉乾闥婆乃至說生摩睺羅伽法若有衆生應佛度者即現佛身或現聲聞身或現緣覺身或菩薩身或梵天身或那羅延毗沙門身乃至摩睺羅伽人非人等身各各同彼言音住種種威儀而此一切智智道一味所謂如來解脫味世尊譬如虛空界離一切分別無分別無無分別如是一切智智離一切分別無分別無無分別世尊譬如大地一切衆生依如是一切智智天人阿脩羅依世尊譬如火界燒一切薪無猒足如是一切智智燒一切無智薪無猒足世尊

譬如風界除一切塵如是一切智智除去一切諸煩惱塵世尊喻如水界一切衆生依之歡樂如是一切智智爲諸天世人利樂世尊如是智慧以何爲因云何爲根云何究竟如是說已毗盧遮那佛告持金剛祕密主言善哉善哉執金剛善哉金剛手汝問吾如是義汝當諦聽極善作意吾今說之金剛手言如是世尊願樂欲聞佛言菩提心爲因悲爲根本方便爲究竟祕密主云何菩提謂如實知自心祕密主是阿耨多羅三藐三菩提乃至彼法少分無有可得何以故虛空相是菩提無知解者亦無開曉何以故菩提無相故祕密主諸法無相謂虛空相爾時金剛手復白佛言世尊誰尋求一切智誰爲菩提成正覺者誰發起彼一切智智佛言祕密主自心尋求菩提及一切智何以故本性清淨故心不在內不在外及兩中間心不可得祕密主如來應正等覺非青非黃非赤非白非紅紫非水精色非長非短非圓非方非明非暗非男非女非不男女祕密主心非欲界同性非色界同性非無色界同性非天龍夜叉乾闥婆阿脩羅迦樓羅緊那羅摩睺羅伽人非人趣同性祕密主心不住眼界不住耳鼻舌身意界非見非顯現何以故虛空相心離諸分別無分別所以者何性同虛空即同於心性同於心即同菩提如是祕密主心虛空界菩提三種無二此等悲爲根本方便波羅蜜滿足是故祕密主我說諸法如是令彼諸菩薩衆菩提心清淨知識其心祕密主若族姓男族姓女欲識知菩提當如是識知自心祕密主

云何自知心謂若分段或顯色或形色或境界若色若受想行識若我若我所若能執若所執若清淨若界若處乃至一切分段中求不可得祕密主此菩薩淨菩提心門名初法明道菩薩住此修學不久勤苦便得除一切蓋障三昧若得此者則與諸佛菩薩同等住當發五神通獲無量語言音陀羅尼知衆生心行諸佛護持雖處生死而無染著爲法界衆生不辭勞倦成就住無爲戒離於邪見通達正見復次祕密主住此除一切蓋障菩薩信解力故不久勤修滿足一切佛法祕密主以要言之是善男子善女人無量功德皆得成就爾時執金剛祕密主復以偈問佛

云何世尊說　此心菩提生　復以云何相
知發菩提心　願識心心勝　自然智生說
大勤勇幾何　次第心續生　心諸相與時
願佛廣開演　功德聚亦然　及彼行修行
心心有殊異　惟大牟尼說

如是說已摩訶毗盧遮那世尊告金剛手言

善哉佛眞子　廣大心利益　勝上大乘句
心續生之相　諸佛大祕密　外道不能識
我今悉開示　一心應諦聽　越百六十心
生廣大功德　其性常堅固　知彼菩提生
無量如虛空　不染汙常住　諸法不能動
本來寂無相　無量智成就　正等覺顯現
供養修行行　從是初發心

祕密主無始生死愚童凡夫執著我名我有分別無量我分祕密主若彼不觀我之自性則我我所生餘復計有時地等變化瑜伽我建立淨不建立無淨若自在天若流出及時

若尊貴若自然若内我若人量若遍嚴若壽者若補特伽羅若識若阿賴耶知者見者能執所執内知外知社怛梵意生儒童常定生聲非聲秘密主如是等我分自昔以來分別相應希求順理解脱祕密主愚童凡夫類猶如羝羊或時有一法想生所謂持齋彼思惟此少分發起歡喜數數修習祕密主是初種子善業發生復以此爲因於六齋日施與父母男女親戚是第二芽種復以此施授與非親識者是第三疱種復以此施與器量高德者是第四葉種復以此施歡喜授與妓樂人等及獻尊宿是第五敷華復以此施發親愛心而供養之是第六成果復次祕密主彼護戒生天是第七受用種子復次秘密主以此心生死流轉於善友所聞如是言此是天大天與一切樂者若虔誠供養一切所願皆滿所謂自在天梵天那羅延天商羯羅天黒天自在天日天月天龍尊等及俱吠濫毗沙門釋迦毗樓博义毗首羯磨天閻魔閻魔后梵天梵天后世所宗奉火天迦樓羅子天自在天后波頭摩德义迦龍和脩吉商佉羯句嗥劒大蓮俱里劒摩訶泮尼阿地提婆薩陀難陀等龍或天仙火仙大圍陀論師各各應善供養彼聞如是心懷慶悅殷重恭敬隨順修行秘密主是名愚童異生生死流轉無畏依第八嬰童心祕密主復次殊勝行隨彼所說中殊勝住求解脱慧生所謂常無常空隨順如是説祕密主非彼知解空非空常斷非有非無俱彼分別無分別云何分別空不知諸空非彼能知涅槃是故應了知空離於斷常

爾時金剛手復請佛言惟願世尊說彼心如是說已佛告金剛手祕密主言祕密主諦聽心相謂貪心無貪心瞋心慈心癡心智心決定心疑心暗心明心積聚心鬭心諍心無諍心天心阿脩羅心龍心人心女心自在心商人心農夫心河心陂池心井心守護心慳心狗心狸心迦樓羅心鼠心歌詠心舞心擊鼓心室宅心師子心鵂鶹心烏心羅刹心刺心窟心風心水心火心泥心顯色心扳心迷心毒藥心羂索心械心雲心田心鹽心剔刀心須彌等心海等心穴等心受生心祕密主彼云何貪心謂隨順染法云何無貪心謂隨順無染法云何瞋心謂隨順怒法云何慈心謂隨順修行慈法云何癡心謂隨順修不觀法云何智心謂順修殊勝增上法云何決定心謂尊教命如說奉行云何疑心謂常收持不定等事云何闇心謂於無疑慮法生疑慮解云何明心謂於不疑慮法無疑慮修行云何積聚心謂無量爲一爲性云何鬭心謂互相是非爲性云何諍心謂於自己而生是非云何無諍心謂是非俱捨云何天心謂心思隨念成就云何阿脩羅心謂樂處生死云何龍心謂思念廣大資財云何人心謂思念利他云何女心謂隨順欲法云何自在心謂思惟欲我一切如意云何商人心謂順修初收聚後分析法云何農夫心謂隨順初廣聞而後求法云何河心謂順修依因二邊法云何陂池心謂隨順渴無猒足法云何井心謂如是思惟深復甚深云何守護心謂唯此心實餘心不實云何慳心謂隨順爲已不與他法云

何狸心謂順修徐進法云何狗心謂得少分以爲喜足云何迦樓羅心謂隨順朋黨羽翼法云何鼠心謂思惟斷諸繫縛云何歌詠心云何舞心謂修行如是法我當上昇種種神變云何擊鼓心謂修順是法我當擊法鼓云何室宅心謂順修自護身法云何師子心謂修行一切無怯弱法云何鵂鶹心謂常暗夜思念云何烏心謂一切處驚怖思念云何羅刹心謂於善中發起不善云何刺心謂一切處修發起惡作爲性云何窟心謂順修爲入窟法云何風心謂遍一切處發起爲性云何水心謂順修洗濯一切不善法云何火心謂熾盛炎熱爲性云何泥心云何顯色心謂類彼爲性云何扳心謂順修隨量法捨棄餘善故云何迷心謂所執與所思異云何毒藥心謂順修無生分法云何羂索心謂一切處住於我縛爲性云何械心謂二足止住爲性云何雲心謂常作降雨思念云何田心謂常如是修事自身云何鹽心謂所思念彼復增加思念云何剔刀心謂唯如是依止剔除法云何須彌等心謂常思惟心高舉爲性云何海等心謂常如是受用自身而住云何穴等心謂先決定後復變改爲性云何受生心謂諸有修習行業彼生心如是同性祕密主一二三四五再數凡百六十心越世間三妄執出世間心生謂如是解唯蘊無我根境界淹留修行拔業煩惱株杌無明種子生十二因緣離建立宗等如是湛寂一切外道所不能知先佛宣說離一切過祕密主彼出世間心住蘊中有如是慧隨生若於蘊等發起離著當

觀察聚沫浮泡芭蕉陽焰幻等而得解脫謂蘊處界能執所執皆離法性如是證寂然界是名出世間心祕密主彼離違順入心相續業煩惱網是超越一劫瑜祇行復次祕密主大乘行發無緣乘心法無我性何以故如彼往昔如是修行者觀察蘊阿賴耶知自性如幻陽焰影響旋火輪乾闥婆城祕密主彼如是捨無我心主自在覺自心本不生何以故祕密主心前後際不可得故如是知自心性是超越一劫瑜祇行復次祕密主真言門修行菩薩行諸菩薩無量無數百千俱胝那庾多劫積集無量功德智慧具修諸行無量智慧方便皆悉成就天人世間之所歸依出過一切聲聞辟支佛地釋提桓因等親近敬禮所謂空性離於根境無相無境界越諸戲論等虛空無邊一切佛法依此相續生離有爲無爲界離諸造作離眼耳鼻舌身意極無自性心生祕密主如是初心佛說成佛因故於業煩惱解脫而業煩惱具依世間宗奉常應供養復次祕密主信解行地觀察三心無量波羅蜜多慧觀四攝法信解地無對無量不思議逮十心無邊智生我一切諸有所說皆依此而得是故智者當思惟此一切智信解地復越一劫昇住此地此四分之一度於信解爾時執金剛祕密主白佛言世尊願救世者演說心相菩薩有幾種得無畏處如是說已摩訶毗盧遮那世尊告金剛手言諦聽極善思念祕密主彼愚童凡夫修諸善業害不善業當得善無畏若如實知我當得身無畏若於取蘊所集我身捨自色像觀當得無我

無畏若害蘊住法攀緣當得法無畏若害法住無緣當得法無我無畏若復一切蘊界處能執所執我壽命等及法無緣空自性無住此空智生當得一切法自性平等無畏祕密主若真言門修菩薩行諸菩薩深修觀察十緣生句當於真言行通達作證云何爲十謂如幻陽焰夢影乾闥婆城響水月浮泡虛空華旋火輪祕密主彼真言門修菩薩行諸菩薩當如是觀察云何爲幻謂如呪術藥力能造所造種種色像或自眼故見希有事展轉相生往來十方然後非去非不去何以故本性淨故如是真言幻持誦成就能生一切復次祕密主陽焰性空彼依世人妄想成立有所談議如是真言想唯是假名復次祕密主如夢中所見晝日牟呼栗多刹那歲時等住

種種異類受諸苦樂覺已都無所見如是夢真言行應知亦爾復次祕密主以影喻解了真言能發悉地如面緣於鏡而現面像彼真言悉地當如是知復次祕密主以乾闥婆城譬解了成就悉地宮復次祕密主以響喻解了真言聲如緣聲有響彼真言者當如是解復次祕密主如因月出故照於淨水而現月影像如是真言水月喻彼持明者當如是說復次祕密主如天降雨生泡彼真言悉地種種變化當知亦爾復次祕密主如空中無衆生無壽命彼作者不可得以心迷亂故而生如是種種妄見復次祕密主譬如火爐若人執持在手而以旋轉空中有輪像生祕密主應如是了知大乘句心句無等等句必定句正等覺句漸次大乘生句當得具足法財出

生種種工巧大智如實遍知一切心想

入曼荼羅具緣眞言品第二

爾時執金剛祕密主白佛言希有世尊說此諸佛自證三菩提不思議法界超越心地以種種方便道爲衆生類如本性信解而演說法惟願世尊次說修眞言行大悲胎藏生大曼荼羅王爲滿足彼諸未來世無量衆生爲救護安樂故爾時薄伽梵毗盧遮那於大衆會中遍觀察已告執金剛祕密主言諦聽金剛手今說修行曼荼羅行滿足一切智智法門爾時毗盧遮那世尊本昔誓願成就無盡法界度脫無餘衆生界故一切如來同共集會漸次證入大悲藏發生三摩地世尊一切支分皆悉出現如來之身爲彼從初發心乃至十地諸衆生故遍至十方還來佛身本位本位中住而復還入時薄伽梵復告執金剛祕密主言諦聽金剛手曼荼羅位初阿闍梨應發菩提心妙慧慈悲兼綜衆藝善巧修行般若波羅蜜通達三乘善解眞言實義知衆生心信諸佛菩薩得傳教灌頂等妙解曼荼羅盡其性調柔離於我執於眞言行善得決定究習瑜伽住勇健菩提心祕密主如是法則阿闍梨諸佛菩薩之所稱讚復次祕密主彼阿闍梨若見衆生堪爲法器遠離諸垢有大信解勤勇深信常念利他若弟子具如是相貌者阿闍梨應自往勸發如是告言

佛子此大乘　眞言行道法　我今正開演
爲彼大乘器　過去等正覺　及與未來世
現在諸世尊　住饒益衆生　如是諸賢者
解眞言妙法　勤勇獲種智　坐無相菩提

眞言勢無比　能摧伏大力　極忿怒魔軍
釋師子救世　是故汝佛子　應以如是慧
方便作成就　當獲薩婆若　行者悲念心
發起令增廣　彼堅住受教　當爲擇平地
山林多華果　悅意諸清泉　諸佛所稱歎
應作圓壇事　或在河流處　鵝鴈等莊嚴
彼應作慧解　悲生曼荼羅　正覺緣導師
聖者聲聞衆　曾遊此地分　佛常所稱譽
及餘諸方所　僧坊阿練若　華房高樓閣
勝妙諸池苑　制底火神祠　牛欄河潬中
諸天廟空室　仙人得道處　如上之所說
或所意樂處　利益弟子故　當畫曼荼羅
祕密主彼揀擇地除去礫石碎瓦破器髑髏
毛髮糠糟灰炭刺骨朽木等及蟲蟻蜣蜋毒
螫之類離如是諸過遇良日晨定日時分宿
直諸執皆悉相應於食前時值吉祥相先當
爲一切如來作禮以如是偈警發地神
汝天親護者　於諸佛導師　修行殊勝行
淨地波羅蜜　如破魔軍衆　釋師子救世
我亦降伏魔　我畫曼荼羅
彼應長跪舒手按地頻誦此偈以塗香華等
供養供養已眞言者復應歸命一切如來然
後治地如其次第當具衆德爾時執金剛祕
密主頭面禮世尊足而說偈言
佛法離諸相　法住於法位　所說無譬類
無相無爲作　何故大精進　而說此有相
及與眞言行　不順法然道　爾時薄伽梵
毗盧遮那佛　告執金剛手　善聽法之相
法離於分別　及一切妄想　若淨除妄想
心思諸起作　我成最正覺　究竟如虛空

凡愚所不知　邪妄執境界　時方相貌等
樂欲無明覆　度脫彼等故　隨順方便說
而實無時方　無作無造者　彼一切諸法
唯住於實相　復次祕密主　於當來世時
劣慧諸衆生　以癡愛自蔽　唯依於有相
恒樂諸斷常　時方所造業　善不善諸相
盲冥樂求果　不知解此道　爲度彼等故
隨順說是法

祕密主如是所說處所隨在一地治令堅固取未至地瞿摩夷及瞿摸怛羅和合塗之次以香水真言灑淨即說真言曰

南麽三曼多勃馱喃一凡真言中有平聲皆稍上聲呼之已下字準此呼之阿鉢囉二合底丁以切下同三迷二伽伽那三迷三三麽多奴揭帝四鉢囉二合吃嘌二合底微輸上聲睇五達摩馱睹微戍達你六莎訶七

行者次於中　定意觀大日　處白蓮華座
髮髻以爲冠　放種種色光　通身悉周遍
復當於正受　次想四方佛　東方號寶幢
身色如日暉　南方大勤勇　遍覺華開敷
金色放光明　三昧離諸垢　北方不動佛
離惱清涼定　西方仁勝者　是名無量壽
持誦者思惟　而住於佛室　當受持是地
以不動大名　或用降三世　一切利成就
白檀以塗畫　圓妙曼荼羅　中第一我身
第二諸救世　第三同彼等　佛母虛空眼
第四蓮華手　第五執金剛　第六不動尊
想念置其下　奉塗香華等　思念諸如來
至誠發殷重　演說如是偈　諸佛慈悲者
存念我等故　明日受持地　幷佛子當降

如是說已復當誦此真言曰

南麼三曼多勃馱喃一 薩婆怛他蘖多引二 地瑟姹二合引 那引 地瑟祉二合 帝三 阿者麗四 微麼麗五 娑麼二合 羅孏平聲六 缽囉二合 吃㗚二合 底缽囉履輸上聲 睇七 莎訶八

持真言行者　次發悲念心　依於彼四方
繫念以安寢　思惟菩提心　清淨中無我
或於夢中見　菩薩大名稱　諸佛無有量
現作衆事業　或以安慰心　勸囑於行者
汝念衆生故　造作曼荼羅　善哉摩訶薩
所畫甚微妙　復次於餘日　攝受應度人
若弟子信心　生種姓清淨　恭敬於三寶
深慧以嚴身　堪忍無懈倦　尸羅淨無缺
忍辱不慳悋　勇健堅行願　如是應攝取
餘則無所觀　或十或八七　或五二一四
當作於灌頂　若復數過此

爾時金剛手祕密主復白佛言世尊當云何名此曼荼羅曼荼羅者其義云何佛言此名發生諸佛曼荼羅極無比味無上味是故説爲曼荼羅又祕密主哀愍無邊衆生界故是大悲胎藏生曼荼羅廣義祕密主如來於無量劫積集阿耨多羅三藐三菩提之所加持是故具無量德當如是知祕密主非爲一衆生故如來成正等覺亦非二非多爲憐愍無餘記及有餘記諸衆生界故如來成正等覺以大悲願力於無量衆生界如其本性而演説法祕密主無大乘宿習未曾思惟真言乘行彼不能少分見聞歡喜信受又金剛薩埵若彼有情昔於大乘真言乘道無量門進趣已曾修行爲彼等故限此造立名數彼阿闍梨亦當以大悲心立如是誓願爲度無餘衆

生界故應當攝受無量衆生作菩提種子因緣

持眞言行者　如是攝受已　命彼三自歸
令說悔先罪　奉塗香華等　供養諸聖尊
應授彼三世　無障礙智戒　次當授齒木
若優曇鉢羅　或阿說他等　結護而作淨
香華以莊嚴　端直順本末　東面或北面
嚼已而擲之　當知彼衆生　成器非器相
三結修多羅　次繫等持臂　如是授弟子
遠離諸塵垢　增發信心故　當隨順說法
慰喻堅其意　告如是偈言　汝獲無等利
位同於大我　一切諸如來　此教菩薩衆
皆已攝受汝　成辦於大事　汝等於明日
當得大乘生　如是教授已　或於夢寐中
覩見僧住處　園林悉嚴好　堂宇相殊特
顯敞諸樓觀　幢蓋摩尼珠　寶刀悅意華
女人鮮白衣　端正色姝麗　密親或善友
男子如天身　群牛豐牸乳　經卷淨無垢
遍知因緣覺　幷佛聲聞衆　大我諸菩薩
現前授諸果　度大海河池　及聞所樂聲
空中言吉祥　當與意樂果　如是等好相
宜應諦分別　與此相違者　當知非善夢
善住於戒者　晨起白師已　師說此句法
勸發諸行人　此殊勝願道　大心摩訶衍
汝今能志求　當成就如來　自然智大龍
世間敬如塔　有無悉超越　無垢同虛空
諸法甚深奧　難了無含藏　離一切妄想
戲論本無故　作業妙無比　常依於二諦
是乘殊勝願　汝當住斯道

爾時住無戲論執金剛白佛言世尊願說三

世無礙智戒若菩薩住此者令諸佛菩薩皆歡喜故如是說已佛告住無戲論執金剛等言佛子諦聽若族姓子住是戒者以身語意合爲一不作一切諸法云何爲戒所謂觀察捨於自身奉獻諸佛菩薩何以故若捨自身則爲捨彼三事云何爲三謂身語意是故族姓子以受身語意戒得名菩薩所以者何離彼身語意故菩薩摩訶薩應如是學次於明日以金剛薩埵加持自身爲世尊毗盧遮那作禮應取淨缾盛滿香水持誦降三世眞言而用加之置初門外用灑是諸人等彼阿闍梨以淨香水授與令飲彼心清淨故爾時執金剛祕密主以偈問佛

種智說中尊　願說彼時分　大衆於何時
普集現靈瑞　曼荼羅闍梨　殷勤持眞言

爾時薄伽梵　告持金剛慧　常當於此夜
而作曼荼羅　傳法阿闍梨　如是應次取
五色修多羅　稽首一切佛　大毗盧遮那
親自作加持　東方以爲首　對持修多羅
至齋而在空　漸次右旋轉　如是南及西
終竟於北方　第二安立界　亦從初方起
憶念諸如來　所行如上說　右方及後方
復周於勝方　阿闍梨次迴　依於涅哩底
授學對持者　漸次以南行　從此右旋繞
轉依於風方　師位移本處　而居於火方
持眞言行者　復修如是法　弟子在西南
師居伊舍尼　學者復旋繞　轉依於火方
師位移本處　而住於風方　如是眞言者
普作四方相　漸次入其中　三位以分之
已表三分位　地相普周遍　復於一一分

差別以爲三　是中最初分　作業所行道
其餘中後分　聖天之住處　方等有四門
應知其分劑　誠心以殷重　運布諸聖尊
如是造衆相　均調善分別　内心妙白蓮
胎藏正均等　藏中造一切　悲生曼荼羅
十六央俱梨　過此是其量　八葉正圓滿
鬚蘂皆嚴好　金剛之智印　遍出諸葉間
從此華臺中　大日勝尊現　金色甚暉曜
首持髮髻冠　救世圓滿光　離熱住三昧
彼東應畫作　一切遍知印　三角蓮華上
其色皆鮮白　光焰遍圍遶　皓潔普周遍
次於其北維　導師諸佛母　晃曜眞金色
縞素以爲衣　遍照猶日光　正受住三昧
復於彼南方　救世佛菩薩　大德聖尊印
號名滿衆願　眞陀摩尼珠　住於白蓮上

北方大精進　觀世自在者　光色如皓月
商佉軍那華　微笑坐白蓮　髻現無量壽
彼有大名稱　聖者多羅尊　青白色相雜
中年女人狀　合掌持青蓮　圓光靡不遍
暉發猶淨金　微笑鮮白衣　右邊毗俱胝
手垂數珠鬘　三目持髮髻　尊形猶皓素
圓光色無比　黃赤白相入　次近毗俱胝
畫得大勢尊　彼服商佉色　大悲蓮華手
滋榮而未敷　圍繞以圓光　明妃住其側
號持名稱者　一切妙瓔珞　莊嚴金色身
執鮮妙華枝　左持鉢胤遇　近聖者多羅
住於白處尊　髮冠襲純帛　鉢曇摩華手
於聖者前作　大力持明王　晨朝日暉色
白蓮以嚴身　赫奕成焰鬘　吼怒牙出現
利爪獸王髮　阿耶揭利婆　如是三摩地

觀音諸眷屬　復次華臺表　大日之右方
能滿一切願　持金剛慧者　鉢孕遇華色
或復如緑寶　首戴衆寶冠　瓔珞莊嚴身
間錯互嚴飾　廣多數無量　左執拔折羅
周環起光燄　金剛藏之右　所謂忙莽雞
亦持堅慧杵　嚴身以瓔珞　彼右次應置
大力金剛針　使者衆圍繞　微笑同瞻仰
聖者之左方　金剛商羯羅　執持金剛鎖
自部諸使俱　其身淺黃色　智杵爲幖幟
於執金剛下　忿怒降三世　摧伏大障者
號名月黶尊　三目四牙現　夏時雨雲色
阿吒吒笑聲　金剛寶瓔珞　攝護衆生故
無量衆圍繞　乃至百千手　操持衆器械
如是忿怒等　皆住蓮華中　次往西方畫
無量持金剛　種種金剛印　形色各差別

普放圓滿光　爲諸衆生故　眞言主之下
依涅哩底方　不動如來使　持慧刀羂索
頂髮垂左肩　一目而諦觀　威怒身猛焰
安住在盤石　面門水波相　充滿童子形
如是具慧者　次應往風方　復畫忿怒尊
所謂勝三世　威猛焰圍繞　寶冠持金剛
不顧自身命　專請而受教　已說初界域
諸尊方位等　持眞言行人　次往第二院
東方初門中　畫釋迦牟尼　圍繞紫金色
具三十二相　被服袈裟衣　坐白蓮華臺
爲令教流布　住彼而說法　次於世尊右
顯示遍知眼　熈怡相微笑　遍體圓淨光
喜見無比身　是名能寂母　復於彼尊右
圖寫毫相明　住鉢頭摩華　圓照商佉色
執持如意寶　滿足衆希願　暉光大精進

救世釋師子　聖尊之左方　如來之五頂
最初名白傘　勝頂最勝頂　衆德火光聚
及與捨除頂　是名五大頂　大我之釋種
應當依是處　精心造衆相　次於其北方
布列淨居衆　自在與普華　光鬘及意生
名稱遠聞等　各如其次第　於毫相之右
復畫三佛頂　初名廣大頂　次名極廣大
及無邊音聲　皆應善安立　五種如來頂
白黃眞金色　復次三佛頂　白黃赤兼備
其光普深廣　衆瓔珞莊嚴　所發弘誓力
一切願皆滿　行者於東隅　而作火仙像
住於熾焰中　三點灰爲標　身色皆深赤
心置三角印　而在圓焰中　持珠及澡瓶
右方閻摩王　手秉壇拏印　水牛以爲座
震電玄雲色　七母幷黑夜　妃后等圍繞

涅哩底鬼王　執刀恐怖形　縛嚕拏龍王
羂索以爲印　初方釋天王　安住妙高山
寶冠被瓔珞　持跋折羅印　及餘諸眷屬
慧者善分布　左置日天衆　在於輿輅中
勝無勝妃等　翼從而侍衛　大梵在其右
四面持髮冠　唵字相爲印　執蓮在鵝上
西方諸地神　辯才及毗紐　塞建那風神
商羯羅月天　是等依龍方　畫之勿遺謬
持眞言行者　以不迷惑心　佛子次應作
持明大忿怒　右號無能勝　左無能勝妃
持地神奉瓶　虔敬而長跪　及二大龍王
難陀跋難陀　對處廂曲中　通門之大護
所餘釋種尊　眞言與印壇　所說一切法
師應具開示　持眞言行者　次至第三院
先圖妙吉祥　其身鬱金色　五髻冠其頂

猶如童子形　左持青蓮華　上表金剛印
慈顔逾微笑　坐於白蓮臺　妙相圓普光
周帀互暉映　右邊應次畫　網光童子身
執持衆寶網　種種妙瓔珞　住寶蓮華座
而觀佛長子　左邊畫五種　與願金剛使
所謂髻設尼　優婆髻設尼　及與質多羅
地慧幷請召　如是五使者　五種奉教者
二衆共圍繞　侍衛無勝智　行者於右方
次作大名稱　除一切蓋障　執持如意寶
捨於三分位　當畫八菩薩　所謂除疑怪
施一切無畏　除一切惡趣　救意慧菩薩
悲念具慧者　慈起大衆生　除一切熱惱
不可思議慧　次復捨斯位　至於北勝方
行者以一心　憶持布衆綵　而造具善忍
地藏摩訶薩　其座極巧麗　身處於焰胎
雜寶莊嚴地　綺錯互相間　四寶爲蓮華
聖者所安住　及與大名稱　無量諸菩薩
謂寶掌寶手　及與持地等　寶印手堅意
上首諸聖尊　各與無數衆　前後共圍繞
次復於龍方　當畫虛空藏　勤勇被白衣
持刀生焰光　及與諸眷屬　正覺所生子
各隨其次第　列坐正蓮上　今說彼眷屬
大我菩薩衆　應善圖藻繢　諦誠勿迷忘
謂虛空無垢　次名虛空慧　及清淨慧等
行慧安慧等　如是諸菩薩　常勤精進者
各如其次第　而畫莊嚴身　略說大悲藏
曼荼羅位竟

爾時執金剛秘密主於一切衆會中諦觀大日世尊目不暫瞬而說偈言

一切智慧者　出現於世間　如彼優曇華

時時乃一現　眞言所行道　倍復甚難遇
無量俱胝劫　所作衆罪業　見此曼荼羅
消滅盡無餘　何況無量稱　住眞言行法
行此無上句　眞言救世者　止斷諸惡趣
一切苦不生　若修如是行　妙慧深不動
時普集會一切大衆及諸持金剛者以一音聲讚歎金剛手言
善哉善哉大勤勇　汝已修行眞言行
能問一切眞言義　我等咸有意思惟
一切現爲汝證驗　依住眞言之行力
及餘菩提大心衆　當得通達眞言法
爾時執金剛秘密主復白世尊而說偈言
云何彩色義　復當以何色　云何而運布
是色誰爲初　門標旗量等　廂衛亦如是
云何建諸門　願尊說其量　奉食華香等
及與衆寶瓶　云何引弟子　云何令灌頂
云何供養師　願說護摩處　云何眞言相
云何住三昧　如是發問已　牟尼諸法王
告持金剛慧　一心應諦聽　最勝眞言道
出生大乘果　汝今請問我　爲大有情說
染彼衆生界　以法界之味　古佛所宣說
是名爲色義　先安布內色　非安布外色
潔白最爲初　赤色爲第二　如是黃及青
漸次而彰著　一切內深玄　是謂色先後
建立門幖幟　量同中胎藏　廂衛亦如是
華臺十六節　應知彼初門　與內壇齊等
智者於外院　漸次而增加　於彼廂衛中
當建大護者　略說三摩地　一心住於緣
廣義復殊異　大衆生諦聽　佛說一切空
正覺之等持　三昧證知心　非從異緣得

依如是境界　一切如來定　故說爲大空
圓滿薩婆若

大毗盧遮那成佛神變加持經卷第一

音釋

啅陟握切　鵂鶹鵂許尤切鶹力求切鵂鶹怪鳥也　杌五忽切　蜣蜋蜣去羊切蜋呂張切蜣蜋轉糞丸蟲也　分劑分符問切劑才詣切分劑限量也　輿輅輿羊諸切輅洛故切輿輅並車名　繢黃外切畫也

大毗盧遮那成佛神變加持經卷第二

唐中天竺三藏輸波迦羅共沙門一行譯

入曼茶羅具緣真言品第二之餘

爾時毗盧遮那世尊與一切諸佛同共集會各各宣說一切聲聞緣覺菩薩三昧道時佛入於一切如來一體速疾力三昧於是世尊復告執金剛菩薩言

我昔坐道場　降伏於四魔　以大勤勇聲
除衆生怖畏　是時梵天等　心喜共稱說
由此諸世間　號名大勤勇　我覺本不生
出過語言道　諸過得解脫　遠離於因緣
知空等虛空　如實相智生　已離一切暗
第一實無垢　諸趣唯想名　佛相亦復然
此第一實際　以加持力故　爲度於世間
而以文字說

爾時執金剛具德者得未曾有開敷眼頂禮一切智而說偈言

諸佛甚希有　權智不思議　離一切戲論
法佛自然智　而爲世間說　滿足衆希願
真言相如是　常依於二諦　若有諸衆生
知此法教者　世人應供養　猶如敬制底

時執金剛說此偈已諦觀毗盧遮那目不暫瞬默然而住於是世尊復告執金剛秘密主言復次秘密主一生補處菩薩住佛地三昧道離於造作知世間相住於業地堅住佛地復次秘密主八地自在菩薩三昧道不得一切諸法離於有生知一切幻化是故世稱觀自在者復次秘密主聲聞衆住有緣地識生滅除二邊極觀察智得不隨順修行因是名聲聞三昧道秘密主緣覺觀察因果住無言

說法不轉無言說於一切法證極滅語言三昧是名緣覺三昧道祕密主世間因果及業若生若滅繫屬他主空三昧生是名世間三昧道爾時世尊而說偈言

祕密主當知　此等三昧道　若在佛世尊
菩薩救世者　緣覺聲聞說　摧害於諸過
若諸天世間　真言法教道　如是勤勇者
爲利衆生故

復次世尊告執金剛祕密主言祕密主汝當諦聽諸真言相金剛手言唯然世尊願樂欲聞爾時世尊復說頌曰

等正覺真言　言名成立相　如因陀羅宗
諸義利成就　有增加法句　本名行相應
若唵字𤙖字　及與發磔迦　或頡唎娩等
是佛頂名號　若揭嘌佷拏　佉陀耶畔闍
訶那摩囉也　鉢吒也等類　是奉教使者
諸忿怒真言　若有納麼字　及莎縛訶等
是修三摩地　寂行者標相　若有扇多字
微戍陀字等　當知能滿足　一切所希願
此正覺佛子　救世者真言　若聲聞所說
一一句安布　是中辟支佛　復有少差別
謂三昧分異　淨除於業生

復次祕密主此真言相非一切諸佛所作不令他作亦不隨喜何以故以是諸法法如是故若諸如來出現若諸如來不生諸法法爾如是住謂諸真言真言法爾故祕密主成等正覺一切知者一切見者出興于世而自此法說種種道隨種種樂欲種種諸衆生心以種種句種種文種種隨方語言種種諸趣音聲而以加持說真言道祕密主云何如來真

言道謂加持此書寫文字祕密主如來無量百千俱胝那庚多劫積集修行真實諦語四聖諦四念處四神足十如來力六波羅蜜七菩提寶四梵住十八佛不共法祕密主以要言之諸如來一切智智一切如來自福智力自願智力一切法界加持力隨順衆生如其種類開示真言教法云何真言教法謂阿字門一切諸法本不生故迦字門一切諸法離作業故佉字門一切諸法等虛空不可得故哦字門一切諸法一切行不可得故伽(重聲呼)字門一切諸法一合相不可得故遮字門一切諸法離一切遷變故車字門一切諸法影像不可得故若字門一切諸法生不可得故社字門一切諸法戰敵不可得故吒字門一切諸法慢不可得故咤字門一切諸法長養不可得故拏字門一切諸法怨對不可得故荼(重聲呼)字門一切諸法執持不可得故多字門一切諸法如如不可得故他字門一切諸法住處不可得故娜字門一切諸法施不可得故馱(重聲呼)字門一切諸法法界不可得故波字門一切諸法第一義諦不可得故頗字門一切諸法不堅如聚沫故麼字門一切諸法縛不可得故婆字門一切諸法一切有不可得故野字門一切諸法一切乘不可得故囉字門一切諸法離一切諸塵染故邏字門一切諸法一切相不可得故縛字門一切諸法語言道斷故奢字門一切諸法本性寂故沙字門一切諸法性純故娑字門一切諸法一切諦不可得故訶字門一切諸法因不可得故祕密主仰若拏那麼於一切三昧自在

速能成辦諸事所爲義利皆悉成就爾時世尊而說偈言

眞言三昧門　圓滿一切願　所謂諸如來
不可思議果　具足衆勝願　眞言決定義
超越於三世　無垢同虛空　住不思議心
起作諸事業　到修行地者　授不思議果
是第一眞實　諸佛所開示　若知此法教
當得諸悉地　最勝眞實聲　眞言眞言相
行者諦思惟　當得不壞句

爾時執金剛祕密主白佛言希有世尊佛說不思議眞言相道法不共一切聲聞緣覺亦非世尊普爲一切衆生若信此眞言道者諸功德法皆當滿足唯願世尊次說曼荼羅所須次第如是說已世尊復告金剛手而說偈言

持眞言行者　供養諸聖尊　當奉悅意華
潔白黃朱色　鉢頭摩青蓮　龍華奔那伽
計薩囉末利　得蘗藍瞻蔔　無憂底羅劍
鉢吒羅娑羅　是等鮮妙華　吉祥衆所樂
採集以爲鬘　敬心而供養　栴檀及青木
苜蓿香鬱金　及餘妙塗香　盡持以奉獻
沉水及松香　嚩藍與龍腦　白檀膠香等
失利婆塞迦　及餘焚香類　芬馥世稱美
應當隨法教　而奉於聖尊　復次大衆生
依教獻諸食　奉乳糜酪飯　歡喜曼荼迦
百葉甘美餅　淨妙沙糖餅　布利迦間究
及末塗失羅　娩諸迦無憂　播鉢吒食等
如是諸餚饍　種種珍妙果　蹇茶與石蜜
糖蜜生熟酥　種種諸漿飲　乳酪淨牛味
又奉諸燈燭　異類新淨器　盛滿妙香油

布列為照明　四方繒旛蓋　種種色相間
門標異形類　幷懸以鈴鐸　或以心供養
一切皆作之　持真言行者　存意勿遺忘
次具迦羅奢　或六或十八　備足諸寶藥
盛滿衆香水　枝條上垂布　間挿華果實
塗香等嚴飾　結護而作淨　繫頸以妙衣
缾數或增廣　上首諸尊等　各各奉兼服
諸餘大有情　一一皆獻之　如上修供養
次引應度者　灑之以淨水　授與塗香華
令發菩提心　憶念諸如來　一切皆當得
生於淨佛家　結法界生印　及與法輪印
金剛有情等　而用作加護　次應當自結
諸佛三昧耶　三轉加淨衣　如真言法教
而用覆其首　深起悲念心　三誦三昧耶
頂戴以羅字　嚴以大空點　周帀開焰鬘
字門生白光　流出如滿月　現對諸救世
而散於淨華　隨其所至處　行人而尊奉
曼荼羅初門　大龍廂衛處　於二門中間
安立於學人　住彼隨法教　而作衆事業
如是令弟子　遠離於諸過　作寂然護摩
護摩依法住　初自中胎藏　至第二之外
於曼荼羅中　作無疑慮心　如其自肘量
陷作光明壇　四節為周界　中表金剛印
師位之右方　護摩具支分　學人住其左
蹲踞增敬心　自敷吉祥草　藉地以安坐
或布衆綵色　彤輝極嚴麗　一切繢事成
是略護摩處　周帀布祥茅　端末互相加
右旋皆廣厚　遍灑以香水　思惟火光尊
哀愍一切故　應當持滿器　而以供養之
爾時善住者　當說是真語

南麼三曼多勃馱喃一噁揭娜二合曳平聲二莎訶三

復以三昧手　次持諸弟子　慧手大空指
略奉持護摩　每獻輒誠誦　各別至三七
當住慈愍心　依法真實言

南麼三曼多勃馱喃一阿去聲急呼摩訶引扇底丁以切下同蘖多二扇底羯囉三鉢囉二合睒摩達磨你入聲惹多四阿婆去聲嚩薩嚩三合婆嚩五達麼娑麼多鉢囉二合鉢多一合六莎訶七

行者護摩竟　應教令嚫施　金銀衆珍寶
象馬及車乘　牛羊上衣服　或復餘資財
弟子當至誠　恭敬起殷重　深心自忻慶
而奉於所尊　以修行淨捨　令彼歡喜故
巳爲作加護　應召而告言　今此勝福田
一切佛所說　爲欲廣饒益　一切諸有情
奉施一切僧　當獲於大果　無盡大資財
世說常隨生　以供養僧者　施具德之人
是故世尊說　應當發歡喜　隨力辦殽饍
而施現前僧

爾時毗盧遮那世尊復告執金剛祕密主而說偈言

汝摩訶薩埵　一心應諦聽　當廣說灌頂
古佛所開示　師作第二壇　對中曼荼羅
圖畫於外界　相距二肘量　四方正均等
內向開一門　安四執金剛　居其四維外
謂住無戲論　及虛空無垢　無垢眼金剛
被雜色衣等　內心大蓮華　八葉及鬚蘂
於四方葉中　四伴侶菩薩　由彼大有情
往昔願力故　云何名爲四　謂總持自在
念持利益心　悲者菩薩等　所餘諸四葉

作四奉教者　雜色衣滿願　無礙及解脫
中央示法界　不可思議色　四寶所成瓶
盛滿衆藥寶　普賢慈氏尊　及與除蓋障
除一切惡趣　而以作加持　彼於灌頂時
當置妙蓮上　獻以塗香華　燈明及閼伽
上蔭幢旛蓋　奉攝意音樂　吉慶伽陀等
廣多美妙言　如是而供養　令得歡喜已
親對諸如來　而自灌其頂　復當供養彼
妙善諸香華　次應執金篦　在於彼前住
慰喻令歡喜　說如是伽他　佛子佛為汝
決除無智膜　猶如世醫王　善用於金籌
持真言行者　復當執明鏡　為顯無相法
說是妙伽他　諸法無形像　清澄無垢濁
無執離言說　但從因業起　如是知此法
自性無染汙　為世無比利　汝從佛心生
次當授法輪　置於二足間　慧手傳法螺
復說如是偈　汝自於今日　轉於救世輪
其聲普周遍　吹無上法螺　勿生於異意
當離疑悔心　開示於世間　勝行真言道
常作如是願　宣唱佛恩德　一切持金剛
皆當護念汝　次當於弟子　而起悲念心
行者應入中　示三昧耶偈　佛子汝從今
不惜身命故　常不應捨法　捨離菩提心
慳悋一切法　不利衆生行　佛說三昧耶
汝善住戒者　如護自身命　護戒亦如是
應至誠恭敬　稽首聖尊足　所作隨教行
勿生疑慮心

爾時金剛手白佛言世尊若有諸善男子善女人入此大悲藏生大曼荼羅王三昧耶者彼獲幾所福德聚如是說已佛告金剛手言

祕密主從初發心乃至成如來所有福德聚是善男子善女人福德聚與彼正等祕密主以此法門當如是知彼善男子善女人從如來口生佛心之子若是善男子善女人所在方所即爲有佛施作佛事是故祕密主若樂欲供養佛者當供養此善男子善女人若樂欲見佛即當觀彼時金剛手等上首執金剛及普賢等上首諸菩薩同聲說言世尊我等從今已後應當恭敬供養是善男子善女人何以故世尊見彼善男子善女人同見佛世尊故爾時毗盧遮那世尊復觀一切衆會告執金剛祕密主等諸持金剛者及大衆言善男子有如來出世無量廣長語輪相如巧色摩尼能滿一切願積集無量福德住不可害行三世無比力真言句如是言已金剛手祕密主等諸執金剛及大會衆同聲說言世尊今正是時善逝今正是時爾時毗盧遮那世尊住於滿一切願出廣長舌相遍覆一切佛刹清淨法幢高峯觀三昧時佛從定起爾時發遍一切如來法界哀愍無餘衆生界聲說此大力大護明妃曰

南麽薩婆怛他(引)蘖帝弊(毗也切下同)(一)薩婆佩野微蘖帝弊(二)微濕嚩(二合)目契弊(三)薩婆他(引)唅(四)欠羅吃沙(二合)摩訶(引)沫麗(五)薩婆怛他(引)蘖多(六)奔昵也(二合)你(入聲)闍(引)帝(七)件件(八)怛囉(二合)磔怛囉(二合)磔(九)阿鉢囉(二合)底(丁以切)訶諦(十)莎訶

時一切如來及佛子衆說此明已即時普遍佛刹六種震動一切菩薩得未曾有開敷眼於諸佛前以悅意言音而說偈言

諸佛甚奇特　說此大力護　一切佛護持
城池皆固密　由彼護心住　所有爲障者
毗那夜迦等　惡形諸羅刹　一切皆退散
念眞言力故

時薄伽梵廣及大法界加持即於是時住法界胎藏三昧從此定起說入佛三昧耶持明曰

南麽三曼多勃馱喃　阿三迷二呾[口*履]二合三迷三三麽曳四莎訶

即於爾時於一切佛刹一切菩薩衆會之中說此入三昧耶明已諸佛子等同聞是者於一切法而不違越時薄伽梵復說法界生眞言曰

南麽三曼多勃馱喃一達摩馱睹二薩嚩二合娑嚩句痕三

金剛薩埵加持眞言曰

南麽三曼多伐折羅二合赧一伐折羅二合呾麽二合句痕二

金剛鎧眞言曰

南麽三曼多伐折羅二合赧一伐折羅二合迦嚩遮鉡二

如來眼又觀眞言曰

南麽三曼多勃馱喃一怛他引揭多斫吃芻二合尾也二合嚩路迦也三莎訶

塗香眞言曰

南麽三曼多勃馱喃一微輸上聲馱健杜引納婆二合嚩二莎訶

華眞言曰

南麽三曼多勃馱喃一摩訶引妹呾[口*履]也二合二毗庾二合蘗帝三莎訶

燒香真言曰

南麼三曼多勃馱喃一達摩馱睹弩蘗帝二莎訶

飲食真言曰

南麼三曼多勃馱喃一阿羅羅一迦羅羅沫隣捺娜弭沫隣捺泥三摩訶引沫履四莎訶

燈真言曰

南麼三曼多勃馱喃一怛他引揭多喇旨二合薩叵二合二羅儜嚩婆去聲娑娜三伽伽猱陀哩耶二合四莎訶

閼伽真言曰

南麼三曼多勃馱喃一伽伽那三摩引三摩二莎訶

如來頂相真言曰

南麼三曼多勃馱喃一伽伽那難多薩登二合囉儜二上聲微輸上聲馱達摩你入聲闍引多三莎訶

如來甲真言曰

南麼三曼多勃馱喃一伐折羅二合入嚩二合羅二微薩普二合羅鉡三莎訶

如來圓光真言曰

南麼三曼多勃馱喃一入嚩二合羅引摩履你二怛他引蘗多引喋旨二合三莎訶

如來舌相真言曰

南麼三曼多勃馱喃一摩訶摩訶二怛他蘗多爾訶嚩二合三薩底也二合達摩鉢羅二合底以丁切瑟恥二合多四莎訶

息障品第三

爾時金剛手又復請問毗盧遮那世尊而說偈言

云何道場時　淨除諸障者　修眞言行人
無能爲惱害　云何持眞言　云何彼成果
如是發問已　大日尊歎言　善哉摩訶薩
快說如是語　隨汝心所問　今當悉開示
障者自心生　隨順昔慳悋　爲除彼因故
念此菩提心　善除妄分別　從心思所生
憶念菩提心　行者離諸過　常當意思惟
不動摩訶薩　而結彼密印　能除諸障礙
祕密主復聽　繫除散亂風　阿字爲我體
心持訶字門　健吒以塗地　而作七空點
依於縛史方　闔以捨囉梵　思念於彼器
大心彌盧山　時時在其上　阿字大空點
先佛所宣說　能縛於大風　大有情諦聽
行者防駛雨　思惟羅字門　大力火光色
威猛熾焰鬘　忿怒持過伽　隨所起方分
治地與陰雲　斷以慧刀印　昏蔽尋消散
行者無畏心　或作葪羅劒　以是金剛櫱
一切同金剛　復次今當說　息一切諸障
念眞言大猛　不動大力者　住本曼荼羅
行者或居中　而觀彼形像　頂戴三昧足
彼障當淨除　息滅而不生　或以羅爾迦
微妙共和合　行者造形像　而以塗其身
彼諸執著者　由斯對治故　彼諸根熾然
勿生疑惑心　乃至釋梵尊　不順我教故
尚當爲所焚　況復餘衆生

爾時金剛手白佛言世尊如我解佛所說義我亦如是知諸聖尊住本曼荼羅位令有威神由彼如是住故如來教勅無能隱蔽何以故世尊即一切諸眞言三昧耶所謂住於自種性故是故眞言門修菩薩行諸菩薩亦當

住於本位作諸事業又祕密主若說諸色彼
諸聖尊曼荼羅位諸尊形相當知亦爾是則
先佛所說祕密主於未來世劣慧無信衆生
聞如是說不能信受以無慧故而增疑惑彼
唯如聞堅住而不修行自損損他作如是言
彼諸外道有如是法非佛所說彼無智人當
作如是信解爾時世尊而說偈言
一切智世尊　諸法得自在　如其所通達
方便度衆生　是諸先佛說　利益求法者
彼愚夫不知　諸佛之法相　我說一切法
所有相皆空　常當住眞言　善決定作業

普通眞言藏品第四

爾時諸執金剛祕密主爲上首諸菩薩衆普
賢爲上首稽首毗盧遮那佛各各言音請曰
世尊樂欲於此大悲藏生大曼荼羅王如所
通達法界清淨門演說眞言法句爾時世尊
無壞法爾加持而告諸執金剛及菩薩言善
男子當說如所通達法界淨除衆生界眞實
語句時普賢菩薩即時住於佛境界莊嚴三
昧說無礙力眞言曰
南麽三曼多勃馱喃一 三麽多引 奴揭多二
嚩囉闍達摩哩入聲 闍多三 摩訶引 摩訶引四 莎
訶
時彌勒菩薩住發生普遍大慈三昧說自心
眞言曰
南麽三曼多勃馱喃一 阿爾單若耶二 薩婆
薩埵引 捨耶弩蘗多三 莎訶
爾時虛空藏菩薩入清淨境界三昧說自心
眞言曰
南麽三曼多勃馱喃一 阿去聲 迦奢三麽多弩

蘖多二微質怛𡁠引嚩羅達羅三莎訶

爾時除一切蓋障菩薩入悲力三昧說眞言曰

南麽三曼多勃馱喃一阿去聲薩埵係多引毗庾合二蘖多二怛嚂合二嚂嚂三莎訶

爾時觀世自在菩薩入於普觀三昧說自心及眷屬眞言曰

南麽三曼多勃馱喃一薩嚩怛他引蘖多嚩盧吉多上聲二羯嚕儜麽也三囉囉件若四莎訶

得大勢眞言曰

南麽三曼多勃馱喃一髯髯索二莎訶

多羅尊眞言曰

南麽三曼多勃馱喃一羯嚕奴嗢婆上聲二合吠平聲二多囇哆履抳三莎訶

大毗俱胝眞言曰

南麽三曼多勃馱喃一薩婆陪也二怛囉合二散你平聲件薩破合二吒也三莎訶

白處尊眞言曰

南麽三曼多勃馱喃一怛他引蘖多微灑也二三婆去聲吠三平聲鉢曇摩合二摩履你平聲四莎訶

何耶揭嚟嚩眞言曰

南麽三曼多勃馱喃一件佉引陀畔闍二薩破合二吒也三莎訶

時地藏菩薩住金剛不可壞行境界三昧說眞言曰

南麽三曼多勃馱喃一訶訶訶二素上聲怛努三莎訶

時文殊師利童子住佛加持神力三昧說自

心眞言曰

南麽三曼多勃馱喃一係係俱摩囉迦二微目吃底丁以切二合鉢他悉體他以切下同多三薩麽二合囉薩麽二合囉四鉢囉二合底丁以切然五莎訶

爾時金剛手住大金剛無勝三昧說自心及眷屬眞言曰

南麽三曼多伐折羅赧一戰拏麽訶路灑赧平聲二鈝

忙莽計眞言曰

南麽三曼多伐折羅赧一怛履二合吒轉舌呼怛履二合吒二若衍底丁以切三莎訶

金剛鎖眞言曰

南麽三曼多伐折羅赧一滿陀滿陀也二慕吒慕吒也三伐折路二合嗢婆二合去聲吠四薩嚩怛囉引鉢囉二合底丁以切訶諦五莎訶

金剛月黶眞言曰

南麽三曼多伐折羅赧一頡唎二合鈝發吒輕呼二莎訶

金剛針眞言曰

南麽三曼多伐折羅赧一薩婆達麽你入聲唎吠二合達你平聲二伐折囉二合素旨嚩入聲囉泥三莎訶

一切持金剛眞言曰

南麽三曼多伐折羅赧一鈝鈝鈝二發吒發吒發吒不起足髯髯三莎訶

一切諸奉教者眞言曰

南麽三曼多伐折羅赧一係係緊質囉引也徙二訖嘌二合佷儜三二合訖嘌佷儜佉那佉那四鉢履布羅也五薩嚩二合鉢囉二合底丁以切然六莎訶

時釋迦牟尼世尊入於寶處三昧説自心及
眷屬真言曰
南麼三曼多勃馱喃一薩婆吃麗二合奢你入聲
素捺那二薩婆達摩嚩始多鉢囉二合鉢多三
伽伽那三摩引三麼四莎訶
毫相真言曰
南麼三曼多勃馱喃一嚩囉泥去聲二嚩囉鉢
囉二合鉢帝𤙖三莎訶
一切諸佛頂真言曰
南麼三曼多勃馱喃一鍐鍐鍐二𤙖𤙖三癹
吒癹吒四莎訶
無能勝真言曰
南麼三曼多勃馱喃一地入聲𠼪二合地入聲𠼪二合
二𠼪𠼪三馹𠼪二合馹𠼪二合四莎訶
無能勝妃真言曰
南麼三曼多勃馱喃一阿鉢囉二合爾帝二若
衍底丁以切怛抳帝三莎訶
地神真言曰
南麼三曼多勃馱喃一鉢㗚二合體他以切梅無蓋
切曳平聲二合二莎訶
毗紐天真言曰
南麼三曼多勃馱喃一微瑟儜二合吠二莎訶
嚕捺羅真言曰
南麼三曼多勃馱喃一嚕捺囉二合也二莎訶
風神真言曰
南麼三曼多勃馱喃一嚩也吠平聲二莎訶
美音天真言曰
南麼三曼多勃馱喃一薩囉婆嚩二合底丁以切
曳二莎訶
禰哩底真言曰

南麽三曼多勃馱喃一邏吃灑二娑去聲地鉢多曳三莎訶

閻魔真言曰

南麽三曼多勃馱喃一梅無蓋切嚩娑嚩二合哆也二莎訶

死王真言曰

南麽三曼多勃馱喃一没嘌二合怛也二合吠平聲二莎訶

黑夜神真言曰

南麽三曼多勃馱喃一迦囉囉怛唎二合曳平聲二莎訶

七母等真言曰

南麽三曼多勃馱喃一忙怛哩二合弊毗也切二莎訶

釋提桓因真言曰

南麽三曼多勃馱喃一鑠吃囉二合也二莎訶

嚩嚕拏龍王真言曰

南麽三曼多勃馱喃一阿去聲半鉢多曳平聲二莎訶

梵天真言曰

南麽三曼多勃馱喃一鉢囉二合闍鉢多曳平聲二莎訶

日天真言曰

南麽三曼多勃馱喃一阿去聲你怛夜二合耶二莎訶

月天真言曰

南麽三曼多勃馱喃一戰捺羅二合也二莎訶

諸龍真言曰

南麽三曼多勃馱喃一謎伽引設濘曳平聲二莎訶

難陀跋難陀眞言曰

南麼三曼多勃馱喃一難徒鉢難捺瑜二莎訶

時毗盧遮那世尊樂欲說自教跡不空悉地一切佛菩薩母虛空眼明妃眞言曰

南麼三曼多勃馱喃一伽伽上聲那嚩囉落吃灑二合姊二平聲伽伽那糝迷三薩婆覩嗢蘖二合多四避婆去聲羅婆吠平聲五入嚩二合羅去聲那謨阿目伽難去聲六莎訶

復次薄伽梵爲息一切障故住於火生三昧說此大摧障聖者不動主眞言曰

南麼三曼多伐折羅赧一戰拏摩訶路灑儜二薩破吒也三鈝怛囉二合迦四悍漫引

復次降三世眞言曰

南麼三曼多伐折羅赧一訶訶訶二微薩麼二合曳三薩婆怛他引揭多微灑也三婆嚩四怛囉二合路枳也二合微若也五鈝若六莎訶

諸聲聞眞言曰

南麼三曼多勃馱喃一係覩鉢羅二合底丁以切也二微蘖多三羯磨涅入聲闍多四鈝

諸緣覺眞言曰

南麼三曼多勃馱喃一嚩

普一切佛菩薩心眞言曰

南麼三曼多勃馱喃一薩婆勃馱菩提薩埵訶嘌捺耶二寗夜二合三吠奢你四那麼薩婆尾泥五去聲莎訶

普世天等諸心眞言曰

南麼三曼多勃馱喃一路迦路迦羯囉也二薩婆提婆那伽藥吃沙二合健達婆阿蘇囉蘖嚕茶緊捺囉摩護囉伽你三訶嘌二合捺耶四

寗夜二合羯履灑二合也五微質怛羅二合蘖底六

莎訶

一切諸佛真言曰

南麼三曼多勃馱喃一薩婆他二微麼麼三

微枳囉儜四達摩馱睹喤入聲闍多五參參訶

六莎訶

不可越守護門者真言曰

南麼三曼多勃馱喃一訥囉馱二合履沙二合摩

訶路灑儜二上聲佉那也薩鑁平聲引怛他蘖多

然矩嚕三莎訶

相向守護門者真言曰

南麼三曼多勃馱喃一係摩訶鉢囉二合戰

拏阿毗目佉三蘖嘌二合訶拏二合佉那耶四緊

質囉也徙五三麼耶麼拏娑麼二合囉六莎訶

結大界真言曰

南麼三曼多勃馱喃一薩婆怛羅二合弩蘖帝

二滿馱也徙瞞三引摩訶三摩耶喤入聲闍去聲帝

四娑麼二合囉孄五阿鉢囉二合底丁以切訶諦六

馱迦馱迦七折囉折囉八滿馱滿馱九捺奢

你癉十薩婆怛他引蘖多弩壤帝十一鉢羅二合

嚩囉達摩臘馱微若曳平聲十二薄伽嚩底丁以切十

二微矩麗微矩麗十四麗嚕補履十五毗矩履十六

莎訶

菩提真言曰

南麼三曼多勃馱喃一阿上聲

行真言曰

南麼三曼多勃馱喃一阿去聲

成菩提真言曰

南麼三曼多勃馱喃一暗

涅槃真言曰

南麼三曼多勃馱喃一惡

降三世眞言曰

南麼三曼多伐折羅赧一訶去聲

不動尊眞言曰

南麼三曼多伐折羅一悍

除蓋障眞言曰

南麼三曼多勃馱喃一阿去聲急呼

觀自在眞言曰

南麼三曼多勃馱喃一娑上聲

金剛手眞言曰

南麼三曼多伐折羅赧一縛急呼

妙吉祥眞言曰

南麼三曼多勃馱喃一瞞

虛空眼眞言曰

南麼三曼多勃馱喃一儼輕呼

法界眞言曰

南麼三曼多勃馱喃一藍

大勤勇眞言曰

南麼三曼多勃馱喃一欠平聲

水自在眞言曰

南麼三曼多勃馱喃一鑁去聲

多羅尊眞言曰

南麼三曼多勃馱喃一躭

毗俱胝眞言曰

南麼三曼多勃馱喃一勃𠼝二合

得大勢眞言曰

南麼三曼多勃馱喃一參

白處尊眞言曰

南麼三曼多勃馱喃一半

何耶揭哩婆眞言曰

南麽三曼多勃馱喃一舍
耶輸陀羅眞言曰
南麽三曼多勃馱喃一闇
寶掌眞言曰
南麽三曼多勃馱喃一參
光網眞言曰
南麽三曼多勃馱喃一髯
釋迦牟尼眞言曰
南麽三曼多勃馱喃一婆上聲
三佛頂眞言曰
南麽三曼多勃馱喃一鉡吒嚂
白傘佛頂眞言曰
南麽三曼多勃馱喃一監
勝佛頂眞言曰
南麽三曼多勃馱喃一苫

最勝佛頂眞言曰
南麽三曼多勃馱喃一賜
火聚佛頂眞言曰
南麽三曼多勃馱喃一怛噒二合
除障佛頂眞言曰
南麽三曼多勃馱喃一阿啉二合
世明妃眞言曰
南麽三曼多勃馱喃一躭舍半舍闍
無能勝眞言曰
南麽三曼多勃馱喃一鉡
地神眞言曰
南麽三曼多勃馱喃一微
髻設尼眞言曰
南麽三曼多勃馱喃一枳履
鄔波髻設尼眞言曰

南麼三曼多勃馱喃一你履

質多童子真言曰

南麼三曼多勃馱喃一弭履

財慧童子真言曰

南麼三曼多勃馱喃一係履

除疑怪真言曰

南麼三曼多勃馱喃一訶娑難

施一切衆生無畏真言曰

南麼三曼多勃馱喃一羅娑難

除一切惡趣真言曰

南麼三曼多勃馱喃一特懵二合娑難

哀愍慧真言曰

南麼三曼多勃馱喃一微訶娑難

大慈生真言曰

南麼三曼多勃馱喃一諂勑減切

大悲纏真言曰

南麼三曼多勃馱喃一闇

除一切熱惱真言曰

南麼三曼多勃馱喃一縊

不思議慧真言曰

南麼三曼多勃馱喃一汙

寶處真言曰

南麼三曼多勃馱喃一難上聲

寶手真言曰

南麼三曼多勃馱喃一衫

持地真言曰

南麼三曼多勃馱喃一噞

復次真言曰

南麼三曼多勃馱喃一髯輕呼鼻聲

寶印手真言曰

南麼三曼多勃馱喃一泛普含切

堅內意真言曰

南麼三曼多勃馱喃一被

虛空無垢真言曰

南麼三曼多勃馱喃一含

虛空慧真言曰

南麼三曼多勃馱喃一鄰

清淨慧真言曰

南麼三曼多勃馱喃一蘗丹者痕切

行慧真言曰

南麼三曼多勃馱喃一地藍

安慧真言曰

南麼三曼多勃馱喃一件

諸奉教者真言曰

南麼三曼多勃馱喃一地室唎二合哈沒藍二合

諸菩薩所說真言曰

南麼三曼多勃馱喃一吃沙二合拏囉闍劒

淨居天真言曰

南麼三曼多勃馱喃一滿弩輕呼囉麼二達摩三婆去聲嚩微婆上聲嚩迦那四三三五莎訶

羅刹娑真言曰

南麼三曼多勃馱喃一吃嚂二合計履

諸荼吉尼真言曰

南麼三曼多勃馱喃一訶唎二合訶

諸藥叉女真言曰

南麼三曼多勃馱喃一藥吃叉二合尾你夜二合達㘑

諸毗舍遮真言曰

南麼三曼多勃馱喃一比旨比旨

諸部多真言曰

南麼三曼多勃馱喃一喁縊喁伊上聲懵散寧去聲

諸阿脩羅眞言曰

南麼三曼多勃馱喃一囉乇知切䂕囉乇同上呼聲特懵䖩没囉没囉合二

諸摩睺羅伽眞言曰

南麼三曼多勃馱喃一蘖囉藍蘖囉藍二

諸緊那羅眞言曰

南麼三曼多勃馱喃一訶上聲散難微訶上聲散難

諸人眞言曰

南麼三曼多勃馱喃一壹車去聲鉢㘕二麼砮輕呼麼曳迷三莎訶

祕密主是等一切眞言我已宣說是中一切眞言之心汝當諦聽所有阿字門念此一切諸眞言心最爲無上是一切眞言所住於此眞言而得決定

大毗盧遮那成佛神變加持經卷第二

音釋

嬄匹計切　蘖博陌切　揷楚洽切刺入也　閼伽梵語也此云水閼焉割切　箆邊迷切　赧奴板切　薊古麗切　橜其月切杙也　黶於琰切　髯汝鹽切　啉力耽切　懵莫孔切

大毗盧遮那成佛神變加持經卷第三

唐中天竺三藏輸波迦羅共沙門一行譯

世間成就品第五

爾時世尊復告執金剛祕密主而說偈言

如眞言教法　成就於彼果　當字字相應
句句亦如是　作心想念誦　善住一落叉
初字菩提心　第二名爲聲　句想爲本尊
而於自處作　第二句當知　即諸佛勝句
行者觀住彼　極圓淨月輪　於中諦誠想
諸字如次第　中置字句等　而想淨其命
命者所謂風　念隨出入息　彼等淨除已
作先持誦法　善住眞言者　次一月念誦
行者前方便　一一句通達　諸佛大名稱
說此先受持　次當隨所有　奉塗香華等
爲成正覺故　回向自菩提　如是於兩月
眞言當無畏　次滿此月已　行者入持誦
山峯或牛欄　及諸河潬等　四衢道一室
神室大天室　彼曼荼羅處　悉如金剛宮
是處而結護　行者作成就　即以中夜分
或於日出時　智者應當知　有如是相現
吽聲或鼓音　若復地震動　及聞虛空中
有悅意言辭　應知如是相　悉地總如意
諸佛兩足尊　宣說於彼果　住是眞言行
必定當成佛　應一切種類　常念持眞言
古佛大仙說　故應當憶念

悉地出現品第六

爾時世尊復觀諸大衆會爲欲滿足一切願故復說三世無量門決定智圓滿法句

虛空無垢無自性　能授種種諸巧智
由本自性常空故　緣起甚深難可見

於長恒時殊勝進　隨念施與無上果
譬如一切趣空虛　雖依虛空無著行
此清淨法亦如是　三有無餘清淨生
昔勝生嚴修此故　得有一切如來行
非他句有難可得　作世遍明如世尊
說極清淨修行法　深廣無盡離分別

爾時毗盧遮那世尊說是偈已觀察金剛手等諸大衆會告執金剛言善男子各各當現法界神力悉地流出句若諸衆生見如是法歡喜踊躍得安樂住如是說已諸執金剛爲毗盧遮那世尊作禮如是法主依所教勑復請佛言唯願世尊哀愍我等示現悉地流出句何以故於尊者薄伽梵前而自宣示所通達法非是所宜善哉世尊唯願利益安樂未來衆生故時薄伽梵毗盧遮那告一切諸執金剛言善哉善哉善男子如來所說法毗柰耶稱讚一法所謂有羞若有羞善男子善女人見如是法速生二事謂不作所不應作衆所稱讚復有二事謂所未至今至得與佛菩薩同處復有二事謂住尸羅生於人天善哉善哉諦聽善思念之我當宣說眞言成就流出相應句諸流出相應句眞言門修菩提諸菩薩速於是中當得眞言悉地若行者見曼荼羅尊所印可成就眞言發菩提心深信慈悲無有慳悋住於調伏能善分別從緣所生受持禁戒善住衆學具巧方便勇健知時非時好行惠捨心無怖畏勤修眞言行法通達眞言實義常樂坐禪樂作成就秘密主譬如欲界有自在悅滿意明乃至一切欲處天子於此迷醉出衆妙雜類戲笑及現種種雜類

受用遍受用授與自所變化他化自在天等而亦自受用之又善男子如摩醯首羅天有勝意生明能作三千大千世界衆生利益化一切受用遍受用授與淨居諸天亦復自受用之又如幻術眞言能現種種園林人物如阿修羅眞言現幻化事如世呪術攝毒及寒熱等摩怛哩神眞言能作衆生疾疫災癘及世間呪術攝除衆毒及寒熱等能變熾火而生清涼是故善男子當信如是流出句眞言威德此眞言威德非從眞言中出亦不入衆生不於持誦者處而有可得善男子眞言加持力故法爾而生無所過越以三昧不越故甚深不思議緣生理故是故善男子當隨順通達不思議法性常不斷絕眞言道爾時世尊復住三世無礙力依如來加持不思議力依莊嚴清淨藏三昧即時世尊從三摩鉢底中出無盡界無盡語表依法界力無等力正等覺信解以一音聲四處流出普遍一切法界與虛空等無所不至眞言曰

南麽薩婆怛他引蘖帝驃毗庚切一微濕嚩二合目契弊毗也切二薩婆他三阿阿引闇惡四

正等覺心從是普遍即時一切法界諸聲聞從正等覺標幟之音而互出聲諸菩薩聞是已得未曾有開敷眼發微妙言音於一切智離熱者前而說頌曰

奇哉眞言行　能具廣大智　若遍布此者
成佛兩足尊　是故勤精進　於諸佛語心
常作無間修　淨心離於我　爾時薄伽梵
復說此法句　於正等覺心　而作成就者
於園苑僧房　若在巖窟中　或意所樂處

觀彼菩提心　乃至初安住　不生疑慮意
隨取彼一心　以心置於心　證於極淨句
無垢安不動　不分別如鏡　現前甚微細
若彼常觀察　修習而相應　乃至本所尊
自身像皆現　第二正覺句　於鏡曼荼羅
大蓮華王座　深邃住三昧　總持髮髻冠
圍繞無量光　離妄執分別　本寂如虛空
於彼中思惟　作攝意念誦　一月修等引
持滿一落叉　是爲最初月　持真言法則
次於第二月　奉塗香華等　而以作饒益
種種衆生類　又復於他月　捨棄諸利養
時彼於瑜伽　思惟而自在　願一切無障
安樂諸群生　樂欲成如來　所稱讚圓果
或滿足一切　有情衆希願　應理無障蓋
而生是攀緣　傍生相噉食　所有苦永除
常令諸鬼界　飲食皆充滿　地獄中受苦
種種諸楚毒　當願速除滅　以我功德故
及餘無量門　數數心思惟　發廣大悲愍
三種加持句　想念於一切　心誦持真言
以我功德力　如來加持力　及與法界力
周遍衆生界　諸念求義利　悉皆饒益之
彼一切如理　所念皆成就

於是薄伽梵即於爾時說虛空等力虛空藏轉明妃曰

南麼薩婆怛他(引)蘖帝驃(毗庚切一)微濕嚩(二合)目契弊(毗也切二)薩婆他(三)欠(四)嗢弩蘖帝薩叵(二合)囉係門(五)伽伽娜劒(六)莎訶

持此三轉隨彼所生善願皆亦成就

行人於滿月　次入作持誦　山峯牛欄中
寒林或河洲　四衢獨樹下　忙怛哩天室

一切金剛色　嚴淨同金剛　彼中諸障者
攝伏心迷亂　四方相周帀　一門及通達
金剛互連屬　金剛結相應　門門二守護
不可越相向　擬手而上指　朱目奮怒形
殷勤畫隅角　輸羅焰光印　中妙金剛座
方位正相直　其上大蓮華　八葉鬚蘂敷
當結金剛手　金剛之慧印　稽首一切佛
數數堅誓願　應護持是處　及淨諸藥物
於此夜持誦　清淨無障礙　或於中夜分
或於日出時　彼藥物當轉　圓光普暉焰
真言者自取　遊步於大空　住壽大威德
於生死自在　行於世界頂　現種種色身
具德吉祥者　展轉而供養　真言所成物
是名爲悉地　以分別藥物　成就無分別

祕密主一切世界諸現在等如來應正等覺通達方便波羅蜜彼如來知一切分別本性空以方便波羅蜜力故而於無爲以有爲爲表展轉相應而爲衆生示現遍於法界令得見法安樂住發歡喜心或得長壽五欲嬉戲而自娛樂爲佛世尊而作供養證如是句一切世人所不能信如來見此義利故以歡喜心説此菩薩真言行道次第法則何以故於無量劫勤求修諸苦行所不能得而真言門行道諸菩薩即於此生而獲得之復次祕密主真言門修菩薩行菩薩如是計都揭伽傘蓋履屣真陀摩尼安膳那藥盧遮那等持三落叉而作成就亦得悉地祕密主若具方便善男子善女人隨所樂求而有所作彼唯心自在而得成就祕密主諸樂欲因果者祕密主非彼愚夫能知真言諸真言相何以故

說因非作者　彼果則不生　此因因尚空
云何而有因　當知真言果　悉離於因業
乃至身證觸　無相三摩地　真言者當得
悉地從心生
爾時金剛手白佛言世尊唯願復說此正等覺句悉地成就句諸見此法善男子善女人等心得歡喜受安樂住不害法界何以故世尊法界者一切如來應正等覺說名即不思議界是故世尊真言門修菩薩行諸菩薩得是通達法界不可分析破壞如是說已世尊告執金剛祕密主言善哉善哉祕密主汝復善哉能問如來如是義汝當諦聽善思念之吾今演說祕密主言如是世尊願樂欲聞佛告祕密主以阿字門而作成就若在僧所住處若山窟中或於淨室以阿字遍布一切支分持三落叉次於滿月盡其所有而以供養乃至普賢菩薩文殊師利執金剛等或餘聖天現前摩頂唱言善哉行者應當稽首作禮奉閼伽水即時得不忘菩提心三昧又以如是身心輕安而誦習之當得隨生心清淨身清淨置於耳上持之當得耳根清淨以阿字門作出入息三時思惟行者爾時能持壽命長劫住世願囉闍等之所愛敬即以訶字門作所應度者授與鉢頭摩華自持商佉而互相觀即生歡喜爾時毗盧遮那世尊復觀一切大會告執金剛祕密主言金剛手有諸如來意生作業戲行舞廣演品類攝持四界安住心王等同虛空成就廣大見非見果出生一切聲聞及辟支佛諸菩薩位令真言門修行諸菩薩一切希願皆悉滿足具種種業利

益無量衆生汝當諦聽善思念之吾今演說祕密主云何行舞而作一切廣大成壞果持眞言者一切親證耶爾時世尊而說頌曰

行者如次第　先作自眞實　如前依法住
正思念如來　阿字爲自體　并置大空點
端嚴遍金色　四角金剛標　於彼中思念
一切處尊佛　是諸正等覺　說自眞實相
修行不疑慮　自眞實相生　當得爲世間
一切衆利樂　具廣大希有　住於如幻句
無始時宿植　無智諸有迫　行者成等引
一切皆消除　若觀於彼心　無上菩提心
持眞言業故　於淨非淨果　應理常無染
如蓮出淤泥　何況於自體　得成人中尊

爾時毗盧遮那世尊又復住於降伏四魔金剛戲三昧說降伏四魔解脫六趣滿足一切智智金剛字句

南麼三曼多勃馱喃一　阿去聲急呼　味囉鈝欠帶欠字聲呼之

時金剛手祕密主等諸執金剛普賢等諸菩薩及一切大衆得未曾有開敷眼稽首一切薩婆若而說偈言

此諸佛菩薩　救世諸庫藏　由是一切佛
菩薩救世者　及與因緣覺　聲聞害煩惱
能遍所行地　起種種神通　彼得無上智
正覺無上智　是故願廣說　此教諸方便
及與布想等　種種衆事業　諸志求大衆
無上眞言行　見法安住者　當得歡喜住
說如是偈已　大日世尊言　普皆應諦聽
一心住等引　大金剛地際　時加持下身
爲說此法故　而現菩提座　最勝阿字句

大因陀羅輪　當知內外等　金剛曼荼羅
中思惟一切　說名瑜伽座　阿字第一命
是爲引攝句　常安大空點　能攝授諸果
行者於一月　結金剛慧印　三時作持誦
摧毀無智城　得不動堅固　天脩羅莫壞
乃至隨自意　增益事成就　行者一切常
曼荼羅中作　金色光明身　上持髮髻冠
正覺住三昧　名大金剛句　金剛蓮華力
素鵝及金地　眞陀末尼寶　是等衆器物
觀大因陀羅　而作諸悉地　今說攝持法
一切一心聽　行者一緣想　八峯彌盧山
上觀妙蓮華　立金剛智印　瑜伽者於上
字門威焰光　而用置其頂　安住不傾動
百轉所持藥　行者應服之　先世業生疾
是等悉除愈　佛子應復聽　第一嚩字門
雪乳商佉色　而自齋中起　鮮白蓮華臺
而於彼中住　甚深寂然定　秋夕素月光
如是曼荼羅　諸佛說希有　思惟以純白
輪圓成九重　住於霏霧中　除一切熱惱
淨乳猶珠鬘　水精與月光　普遍而流注
一切處充滿　行者心思惟　出離諸障毒
如是於圓壇　等引作成就　乳酪生熟酥
頗胝迦珠鬘　藕水等衆物　次第成悉地
當得無量壽　應現殊特身　一切患除息
天人咸恭敬　多聞成總持　善惠淨無垢
由斯作成就　速登悉地果　是名寂災者
吉祥曼荼羅　第一攝持相　安以大空點
羅字勝眞實　佛說火中上　所有衆罪業
應受無擇報　瑜祇善修者　等引皆消除
所住三角形　恍意遍彤赤　寂然周焰鬘

三角在其心　相應觀彼中　囉字大空點
智者如瑜伽　以此成衆事　日曜諸眷屬
及作一切火　攝取發怨對　消枯衆支分
是等所應作　皆如智火輪　訶字第一實
風輪之所生　及與因業果　諸種子增長
彼一切摧壞　并以大空點　今說彼色像
深玄大威德　示現暴怒形　焰鬘普周遍
住曼荼羅位　智者觀眉間　深青半月輪
次動幢旛相　而於彼中想　最勝訶字門
住彼曼荼羅　成就所應事　作一切義利
應現諸衆生　不捨於此身　逮得神境通
遊步大空位　而成身祕密　天耳眼根淨
能開深密處　住此一心壇　而成衆事業
菩薩大名稱　初坐菩提場　降伏魔軍衆
諸因不可得　因無性無果　如是業不生
彼三無性故　而得空智慧　大德正遍知
宣說於彼色　佉字及空點　尊勝虛空空
兼持慧刀印　所作速成就　法輪及羂索
竭伽那刺遮　并目竭嵐等　不久成斯句

爾時毗盧遮那世尊觀大衆會告執金剛祕密主而說偈言

若於真言門　修行諸菩薩　阿字爲自身
內外悉同等　諸義利皆捨　等礫石金寶
遠離衆罪業　及與貪瞋等　當得俱清淨
同諸佛牟尼　能作諸利益　離一切諸過
復次於嚩字　行者依瑜伽　解作業儀式
利益衆生故　內身救世者　一切皆如是
心水湛盈滿　潔白猶雪乳　當生決定意
出於一切身　悉遍諸毛孔　流注極清淨
從此內充溢　遍滿於大地　以是悲愍水

觀世苦衆生　諸有飮用者　或復身所觸
一切皆決定　得成就菩提　思惟在等引
一切囉字門　周輪生焰光　寂然而普照
瑜祇光外轉　而遍一切處　利世隨樂欲
行者起神通　上身囉字門　嚩字臍輪中
出火而降雨　俱時而應現　地獄極寒苦
囉字能消除　嚩字蠲熾然　住眞言法故
囉字爲下身　訶字爲標幟　作業速成就
救重罪衆生　住大因陀羅　作水龍事業
一切攝除等　眞言者勿疑　風遍一切處
一切悉開壞　此種種雜類　各各衆事業
色曼荼羅中　依法而作之　觸心而念持
逮得意根淨　輕擧習經行　中誦獲神足
宴坐觀阿字　想在於耳根　念持滿一月
當得耳清淨

祕密主如是等意生悉地句祕密主觀此無有形色種種雜類衆行衆生於思念頃繞轉誦之能作如是一切善業種子復次祕密主如來無所不作於眞言門修行諸菩薩同於影像隨順一切處隨順一切衆生心悉住其前令諸有情咸得歡喜皆由如來無分別意離諸境界故而說偈言

無時方造作　離於法非法　能授悉地句
眞言行發生　是故一切智　如來悉地果
最爲尊勝句　應當作成就

成就悉地品第七

時吉祥金剛　奇特開敷眼　手轉金剛印
流散如火光　其明普遍照　一切諸佛剎
微妙音稱歎　法自在牟尼　說諸眞言行
彼行不可得　眞言從何來　所去至何所

諸佛說如是　更無過上句　一切法歸趣
如衆流赴海
如是說已世尊告執金剛祕密主言
摩訶薩意處　說名曼荼羅　諸真言心位
了知得成果　諸有所分別　悉皆從意生
分辯白黃赤　是等從心起　決定心歡喜
說名內心處　真言住斯位　能授廣大果
念彼蓮華處　八葉鬚蘂敷　華臺阿字門
焰鬘皆妙好　光暉普周遍　照明衆生故
如合會千電　持佛巧色形　深居圓鏡中
應現諸方所　猶如淨水月　普現衆生前
知心性如是　得住真言行　次於其首上
頂會交際中　標以大空點　而思惟闇字
妙好淨無垢　如水精月電　說寂靜法身
一切所依持　諸真言悉地　能現殊類形
得天樂解脫　逮見如來句　羅字爲眼界
輝燭猶明燈　俛頸小低頭　舌近於齶間
而以觀心處　當心現等引　無垢妙清淨
圓鏡常現前　如是真實心　古佛所宣說
照了心明道　諸色皆發光　真言者當見
正覺兩足尊　若見成悉地　第一常恒體
從此次思惟　轉此囉字門　邏字大空點
置之於眼位　見一切空句　得成不死句
若欲廣大智　或起五神通　長壽童子身
成就持明等　真言者未得　由不隨順之
真言發起智　是最勝實知　一切佛菩薩
救世之庫藏　由是諸正覺　菩薩救世者
及諸聲聞等　遊涉他方所　一切佛刹中
皆作如是說　故得無上智　佛無過上智

轉字輪曼荼羅行品第八

爾時毗盧遮那世尊觀察一切大會以修習大慈悲眼觀察衆生界住甘露王三昧時佛由是定故復說一切三世無礙力明妃曰

怛姪他一伽伽娜三迷二阿鉢囉二合底丁以切三迷三薩婆怛他引薩多三麼哆弩蘖帝四伽伽那三摩五嚩羅落吃灑二合嬭平聲六莎訶

善男子以此明妃如來身無二境界而說偈言

由是佛加持　菩薩大名稱　於法無罣礙
能滅除衆苦

時毗盧遮那世尊尋念諸佛本初不生加持自身及與持金剛者告金剛手等上首執金剛言善男子諦聽轉字輪曼荼羅行品眞言門修行諸菩薩能作佛事普現其身爾時執金剛從金剛蓮華座旋轉而下頂禮世尊而讚歎言

歸命菩提心　歸命發菩提　稽首於行體
地波羅蜜等　敬禮無造作　歸命證空者

祕密主如是歎已而白佛言唯願法王哀愍護念我等而演說之爲利益衆生故如所說眞言修圓滿故如是說已毗盧遮那世尊告執金剛祕密主言

我一切本初　號名世所依　說法無等比
本寂無有上

時佛說此伽他如是而作加持以加持故執金剛者及諸菩薩能見勝願佛菩提座世尊猶如虛空無戲論無二行瑜伽相是業成熟即時世尊身諸支分皆悉出現是字於一切世間出世間聲聞緣覺靜慮思惟勤修成就悉地皆同壽命同種子同依處同救世者

南麽三曼多勃馱喃 一阿

善男子此阿字一切如來之所加持眞言門修菩薩行諸菩薩能作佛事普現色身於阿字門一切法轉是故祕密主眞言門修菩薩行諸菩薩若欲見佛若欲供養欲證發菩提心欲與諸菩薩同會欲利益衆生欲求悉地欲求一切智智者於此一切佛心當勤修習

爾時毗盧遮那世尊復決定說大悲藏生曼荼羅王敷置聖天之位三昧神通眞言行不思議法彼阿闍梨先住阿字一切智門持修多羅稽首一切諸佛東方申之旋轉而南方以及西方周於北方次作金剛薩埵以執金剛加持自身或以彼印或以嚩字入於內心置曼荼羅如是第二曼荼羅亦本寂加持自身故無二瑜伽形如來形空性形次捨所行道二分聖天處遠離三分住如來位東方申修多羅周帀旋轉所餘二曼荼羅亦當以是方便作諸事業復以大日加持自身念廣法界而布衆色眞言行者應以潔白爲先而說伽陀曰

以此淨法界　淨除諸衆生　自體如如來
遠離一切過　如是而觀想　思惟囉字門
寂然光焰鬘　淨月商佉色　第二布赤色
行者當憶持　思惟字明照　本無大空點
煥炳初日輝　最勝無能壞　第三眞言者
次運布黃色　定意迦字門　當隨於法教
身相猶眞金　正受害諸毒　光明遍一切
金色同牟尼　次當布青色　超度於生死
思惟麽字門　大寂菩提座　身色如虹霓
除一切怖畏　最後布黑色　其彩甚玄妙

思惟訶字門　周遍生圓光　如劫火猛焰
寶冠舉手印　能怖一切惡　降伏諸魔軍
爾時世尊毗盧遮那從三昧起住於無量勝
三昧於定中顯示遍一切無能害力明妃於
一切如來境界中生其明曰
南麽薩婆怛他引蘖帝弊毗也切一薩婆目契弊
同上二阿娑迷三鉢囉迷四阿者麗五伽伽泥
薩麽二合囉孏半聲六薩婆怛羅引二合弩蘖帝七
莎訶
次調彩色頂禮世尊及般若波羅蜜持此明
妃入遍從座而起旋繞曼荼羅入於內心以
大慈大悲力念諸弟子阿闍梨復以羯麽金
剛薩埵加持自身以嚩字門及施願金剛已
當畫大悲藏生大曼荼羅彼安詳在於內心
而造大日世尊坐白蓮華首戴髮髻鉢吒爲
裙上披綃縠身相金色周身焰鬘或以如來
頂印或以字句謂阿字門東方一切諸佛以
阿字門及大空點伊舍尼方一切如來母虛
空眼應書伽字火天方一切諸菩薩畫眞陀
摩尼寶或置迦字夜叉方觀世自在蓮華印
弁畫一生補處菩薩眷屬或作娑字焰摩方
越三分位置金剛慧印持金剛祕密主弁眷
屬或書嚩字彼復棄三分位畫一切諸執金
剛印或書字句所謂訡字次涅哩底方於大
日如來下作不動尊坐於石上手持羂索慧
刀周帀焰鬘擬作障者或置彼印或書字句
所謂哈字風天方降三世尊摧大障者上有
光焰大勢威怒猶如焰摩其形黑色於可怖
中極令怖畏手轉金剛或作彼印或書字句
所謂訶字長聲次於四方畫四大護帝釋方名

無畏結護者金色白衣面現少忿怒相手持檀茶或作彼印或置字句所謂作嚩字夜叉方名壞諸怖結護者白色素衣手持揭伽弃有光焰能壞諸怖或畫彼印或置字句所謂博字龍方名難降伏結護者赤如無優華色披朱衣面像微笑在光焰中而觀一切衆會或置彼印或置字句所謂索字焰摩方名金剛無勝結護者黑色玄衣毗俱胝形眉間浪文上戴髮冠自身威光照衆生界手持檀茶能壞大爲障者或作彼印或置字句所謂吃識(二合)字及一切眷屬使者皆坐白蓮華上眞言者如是敷置已次當出外於第二分畫釋迦種牟尼王被袈裟衣三十二尊師相爲説最勝教施一切衆生無畏故或袈裟鉢印或以字句所謂婆字次於外曼荼羅以法界性加持自身發菩提心彼捨三分位當三作禮心念大日世尊如前調色於第三分帝釋方作施願金剛童子形三昧手持青蓮華上置金剛慧杵以諸瓔珞而自莊嚴上妙綃縠爲裙極輕細者用爲上服身鬱金色頂有五髻或置密印或置字句眞言曰

南麼三曼多勃馱喃(一)鑁

於其右邊光網童子一切身分皆悉圓滿三昧手執持寶冠慧手持鉤或置彼印或書字句所謂染字依焰摩方除一切蓋障菩薩金色髮冠持如意寶或畫彼印或置字句所謂惡字(長聲)夜叉方地藏菩薩色如鉢孕遇華手持蓮華以諸瓔珞莊嚴或置彼印或置字句所謂伊字龍方虛空藏白色白衣身有光焰以諸瓔珞莊嚴手持揭伽或置彼印或置字

句所謂伊字長聲
眞言者宴坐 安住於法界 我即法界性
而住菩提心 向於帝釋方 結金剛慧印
次作金剛事 殷勤修供養 現諸佛救世
三昧耶印等 念一切方所 三轉持眞言
依法召弟子 向壇而作淨 授彼三自歸
住勝菩提心 當爲諸弟子 結法界性印
次結法輪印 一心同彼體 繒帛覆面門
而起悲愍心 令作不空手 圓滿菩提故
耳語而告彼 無上正等戒 次當爲彼結
正等三昧印 授彼開敷華 令發菩提意
隨其所至處 而教於學人 作如是要誓
一切應傳授 具德持金剛 又請白世尊
唯願人中勝 演說灌頂法 爾時薄伽梵
安住於法界 而告金剛手 一心應諦聽
我說諸法教 勝自在攝持 師以如來性
加持於自體 或復以密印 次應召弟子
令住法界性 大蓮華王中 以四大菩薩
所加持寶瓶 結支分生印 而用灌其頂
髻中應授與 大空闇字門 心置無生句
胸表無垢字 或一切阿字 髮髻金色光
住白蓮華臺 等同於仁者

大毗盧遮那成佛神變加持經卷第三

大毗盧遮那成佛神變加持經卷第四

唐中天竺三藏輸波迦羅共沙門一行譯

密印品第九

爾時薄伽梵毗盧遮那觀察諸大衆會告執金剛祕密主言祕密主有同如來莊嚴具同法界趣標幟菩薩由是嚴身故處生死中巡歷諸趣於一切如來大會以此大菩提幢而標幟之諸天龍夜叉健達婆阿蘇囉揭嚕荼緊那囉摩睺羅伽人非人等敬而遠之受教而行汝今諦聽極善思念吾當演說如是說已金剛手白言世尊今正是時世尊今正是時爾時薄伽梵即便住於身無害力三昧住斯定故說一切如來入三昧耶遍一切無能障礙力無等三昧力明妃曰

南麼三曼多勃馱喃一 阿三迷二 呾㗚合二三迷三 三麼曳四 莎訶

祕密主如是明妃示現一切如來地不越三法道界圓滿地波羅蜜是密印相當用定慧手作空心合掌以定慧二虛空輪並合而建立之頌曰

此一切諸佛　救世之大印　正覺三昧耶
於此印而住

又以定慧手爲拳虛空輪入於掌中而舒風輪是爲淨法界印眞言曰

南麼三曼多勃馱喃一 達摩馱睹二 薩嚩合二婆嚩句痕三

復以定慧手五輪皆等迭翻相鉤二虛空輪首俱相向頌曰

是名爲勝願　吉祥法輪印　世依救世者
悉皆轉此輪

眞言曰
南麽三曼多勃馱喃一伐折羅二合呾麽二合句
痕
復舒定慧二手作歸命合掌風輪相捻以二
空輪加於上形如揭伽頌曰
此大慧刀印　一切佛所說　能斷於諸見
謂俱生身見
眞言曰
南麽三曼多勃馱喃一摩訶揭伽微囉闍二
達磨珊捺囉奢二合迦娑訶闍三薩迦耶捺嘌
二合瑟致二合掣叱曳切諸入聲迦四怛他引蘖多地
目吃底丁以切二合你上聲社多五微囉引伽達摩
你入聲社多鉡六
復以定慧二手作虛心合掌屈二風輪以二
空輪絞之形如商佉頌曰

此名爲勝願　吉祥法螺印　諸佛世之師
菩薩救世者　皆說無垢法　至寂靜涅槃
眞言曰
南麽三曼多勃馱喃一暗
復以定慧手相合普舒散之猶如健吒二地
輪二空輪相持令火風輪和合頌曰
吉祥願蓮華　諸佛救世者　不壞金剛座
覺悟名爲佛　菩提與佛子　悉皆從是生
眞言曰
南麽三曼多勃馱喃一阿去聲急呼
復以定慧手五輪外向爲拳建立火輪舒二
風輪屈爲鉤形在傍持之虛空地輪並而直
上水輪交合如跋折羅頌曰
金剛大慧印　能壞無智城　曉寤睡眠者
天人不能壞

真言曰

南麼三曼多伐折羅赧一鈝

復以定慧手五輪內向爲拳建立火輪以二風輪置傍屈二虛空相並頌曰

此即摩訶印　所謂如來頂　適纔結作之

即同於世尊

真言曰

南麼三曼多勃馱喃一鈝鈝

復次以智慧手爲拳置於眉間頌曰

此名毫相藏　佛常滿願印　以纔作此故

即同人中勝

真言曰

南麼三曼多勃馱喃一阿去聲急呼痕惹急呼下同

住瑜伽座持鉢相應以定慧手俱在臍間是名釋迦牟尼大鉢印

真言曰

南麼三曼多勃馱喃一婆上聲急呼

復次以智慧手上面而作持無畏形頌曰

能施與一切　衆生類無畏　若結此大印

名施無畏者

真言曰

南麼三曼多勃馱喃一薩婆他二爾娜爾娜三佩也那奢那四莎訶

復次以智慧手下垂作施願形頌曰

如是與願印　世依之所說　適纔結此者

諸佛滿其願

真言曰

南麼三曼多勃馱喃一嚩羅娜伐折囉二合引怛麼二合迦二莎訶

復次以智慧手爲拳而舒風輪以毗俱胝形

住於等引頌曰
以如是大印　諸佛救世尊　恐怖諸障者
隨意成悉地　由結是印故　大惡魔軍衆
及餘諸障者　馳散無所疑
眞言曰
南麼三曼多勃馱喃一摩訶沫羅嚩底丁以切二捺奢嚩路嗢婆一合吠摩訶昧怛囉也二合三毗庚二合嗢蘖二合底丁以切四莎訶
復次以智慧手爲拳而舒火輪水輪以虛空輪而在其下頌曰
此名一切佛　世依悲生眼　想置於眼界
智者成佛眼
眞言曰
南麼三曼多勃馱喃一伽伽那嚩羅落吃灑二合儜上聲二迦嚕儜麼那三怛他蘖多斫吃芻二合四莎訶
復次以定慧手五輪內向爲拳而舒風輪圓屈相合頌曰
此勝願索印　壞諸造惡者　眞言者結之
能縛諸不善
眞言曰
南麼三曼多勃馱喃一係係摩訶播奢二鉢羅二合娑嘮那履也二合三薩埵馱睹四微模訶迦五怛他蘖多地目吃底丁以切二合你入聲社多六莎訶
復次以定慧手一合爲拳舒智慧手風輪屈第三節猶如環相頌曰
如是名鉤印　諸佛救世者　招集於一切
住於十地位　菩薩大心者　及惡慧衆生
眞言曰

南麼三曼多勃馱喃一阿去聲薩婆怛囉鉢羅底訶諦二怛他蘖黨矩奢三菩提浙[口+履]耶二合鉢履布囉迦四莎訶

即此鉤印舒其火輪而少屈之是謂如來心印彼真言曰

南麼三曼多勃馱喃一壤怒嗢婆二合嚩二莎訶

復以此印舒其水輪而豎立之名如來齊印彼真言曰

南麼三曼多勃馱喃一阿没㗚二合覩嗢婆二合嚩二莎訶

即以此印直舒水輪餘亦豎之名如來腰印彼真言曰

南麼三曼多勃馱喃一怛他引蘖多三婆嚩二莎訶

復以定慧手作空心合掌以二風輪屈入於內二水輪亦然其二地輪令少屈而伸火輪此是如來藏印彼真言曰

南麼薩婆怛他蘖帝弊毘也切下同一嚂嚂[口+落][口+落]二莎訶

即以此印散其水輪向上置之名大界印彼真言曰

南麼三曼多勃馱喃一麗魯補履微矩麗二莎訶

即以此印其二火輪鉤屈相合散舒風輪名無堪忍大護印彼真言曰

南麼薩婆怛他蘖帝弊一薩婆佩也微蘖帝弊二微濕嚩目契弊三薩婆他四唅欠五囉吃灑二合摩訶沫麗六薩婆怛他引蘖多本抳也二合你入聲社帝七吽吽八怛囉二合吒怛囉吒

九阿鉢囉二合底丁以切訶諦十莎訶
復以風輪而散舒之空輪並入於其中名普
光印彼真言曰
南麼三曼多勃馱喃一入嚩二合羅摩履你平聲
二怛他蘗哆嘌旹二合三莎訶
又以定慧手作空心合掌以二風輪持火輪
側名如來甲印屈二水輪二空輪合入掌中
壓二水輪甲上是如來舌相印真言曰
南麼三曼多勃馱喃一怛他蘗多爾訶嚩二合
薩底也二合二達摩鉢囉二合瑟耻多三莎訶
以此印令風水輪屈而相捻空輪向上而少
屈之火輪正直相會地輪亦如是名如來語
門印彼真言曰
南麼三曼多勃馱喃一怛他蘗多摩訶嚩吃
怛囉二合二微濕嚩二合壤曩摩訶那也二合三莎
訶
如前印以二風輪屈入掌中向上名如來牙
印彼真言曰
南麼三曼多勃馱喃一怛他蘗多能去聲瑟吒
二合羅二囉娑囉娑鈝囉二合三參鉢囉二合博迦
四薩婆怛他蘗多五微灑也參婆上聲嚩六莎
訶
又如前印相以二風輪向上置之屈第三節
名如來辯說印彼真言曰
南麼三曼多勃馱喃一阿振底夜二那部二合
多路波縛三麽哆上聲三鉢囉二合鉢多二合微輸
引馱娑嚩二合囉四莎訶
復次以定慧手和合一相作空心合掌二地
輪空輪屈入相合此是如來持十力印彼真
言曰

南麼三曼多勃馱喃一捺奢麼浪伽輕呼達羅二鉡參去聲䯒三莎訶

又如前印以二空輪風輪屈上節相合是如來念處印彼眞言曰

南麼三曼多勃馱喃一怛他引蘖多娑麼嘌二合底二薩埵係哆弊毘夜切嗢蘖多三伽伽那參忙參麼四莎訶

又如前印以二空輪在水輪上名一切法平等開悟印彼眞言曰

南麼三曼多勃馱喃一薩婆達麼三麼哆鉢囉二合鉢多二合二怛他蘖哆弩蘖多三莎訶

復以定慧手合爲一以二風輪加火輪上餘如前是普賢如意珠印彼眞言曰

南麼三曼多勃馱喃一參麼哆弩蘖多二微囉惹達摩你入聲社多三摩訶摩訶四莎訶

即此虛心合掌以二風輪屈在二火輪下餘如前是慈氏印彼眞言曰

南麼三曼多勃馱喃一阿爾單惹也二薩婆薩埵奢夜弩蘖多三莎訶

又如前印以二虛空輪入中名虛空藏印眞言曰

南麼三曼多勃馱喃一阿去聲迦奢參麼哆弩蘖多二微質怛藍二合嚩羅達羅三莎訶

又如前印以二水輪二地輪屈入掌中二風輪火輪相合是除一切蓋障印彼眞言曰

南麼三曼多勃馱喃一阿去聲薩埵係哆弊毘夜切二嗢蘖多三怛嚂嚂嚂四莎訶

如前以定慧手相合散舒五輪猶如鈴鐸如虛空地輪和合相持作蓮華形是觀自在印眞言曰

南麼三曼多勃馱喃一薩婆怛他蘖哆嚩路
吉多二羯嚕儜麼也三囉囉囉鋛若四莎訶
如前以定慧手作空心合掌猶如未開敷蓮
是得大勢印彼眞言曰
南麼三曼多勃馱喃一髯髯娑急呼二莎訶
如前以定慧手五輪内向爲拳舉二風輪猶
如針鋒二虛空輪加之是多羅尊印彼眞言
曰
南麼三曼多勃馱喃一哆囉哆嚦抳二羯嚕
拏嗢婆吠平聲二合三莎訶
如前印舉二風輪參差相壓是毗俱胝印彼
眞言曰
南麼三曼多勃馱喃一薩婆佩也怛囉二合散
你入聲二鋛娑破二合吒也三莎訶
如前以定慧手空心合掌水輪空輪皆入於
中是白處尊印彼眞言曰
南麼三曼多勃馱喃一怛他蘖多微灑也三
婆上聲吠鉢曇摩二合忙履你入聲二莎訶
如前印屈二風輪置虛空輪下相去猶如穬
麥是阿耶揭哩嚩印彼眞言曰
南麼三曼多勃馱喃一佉那也畔惹娑破二合
吒也二合二莎訶
同前印伸二水輪風輪餘如拳是地藏菩薩
印彼眞言曰
南麼三曼多勃馱喃一訶訶訶二蘇上聲怛努
三莎訶
復以定慧手作空中合掌火輪水輪交結相
持以二風輪置二虛空輪上猶如鉤形餘如
前是聖者文殊師利印彼眞言曰
南麼三曼多勃馱喃一係係矩忙囉二微目

吃底二合鉢他悉體二合多三娑麼二合囉娑麼囉
四鉢囉二合底然五娑訶
以三昧手爲拳而舉風輪猶如鉤形是光網
鉤印彼眞言曰
南麼三曼多勃馱喃一係係矩忙羅二忙耶
蘖多娑嚩二合婆去聲嚩悉體他以切二合多三莎訶
即如前印一切輪相皆少屈之是無垢光印
彼眞言曰
南麼三曼多勃馱喃一係矩忙囉二微質怛
囉二合蘖底矩忙囉三麼弩娑麼二合囉四莎訶
如前以智慧手爲拳其風火輪相合爲一舒
之是髻室尼刀印彼眞言曰
南麼三曼多勃馱喃一係係矩忙履計二娜
耶壤難娑麼二合囉三鉢囉二合底然四莎訶
如前以智慧手爲拳而伸火輪猶如戟形是
優波髻室尼戟印彼眞言曰
南麼三曼多勃馱喃一頻去聲娜夜壤難二係
矩忙引履計三莎訶
如前以三昧手爲拳而舒水輪地輪是地輪
慧幢印彼眞言曰
南麼三曼多勃馱喃一係娑麼二合囉壤那計
覩二莎訶
以慧手爲拳而舒風輪猶如鉤形是請召童
子印彼眞言曰
南麼三曼多勃馱喃一阿去聲羯囉灑二合也二
薩鑁矩嚕阿去聲然三矩忙囉寫四莎訶
如前以定慧手爲拳舒二風輪屈節相合是
諸奉教者印彼眞言曰
南麼三曼多勃馱喃一阿去聲急呼微娑麼二合也
濘曳平聲二莎訶

如前以定慧手爲拳而舒火輪屈第三節是除疑怪金剛印彼真言曰

南麼三曼多勃馱喃一微麼底掣鵄曳切諸迦二莎訶

舉毗鉢舍那臂作施無畏手是施無畏者印彼真言曰

南麼三曼多勃馱喃一阿佩延娜娜二莎訶

如前舒智手而上舉之是除惡趣印彼真言曰

南麼三曼多勃馱喃一阿弊毗夜切達囉儜二薩埵馱敦三莎訶

如前以慧手掩心是救護慧印彼真言曰

南麼三曼多勃馱喃一係摩訶摩訶二娑麼二合囉鉢囉二合底然三莎訶

如前以慧手作持華狀是大慈生印彼真言曰

南麼三曼多勃馱喃一娑嚩二合制姤嗢蘖二合多二莎訶

如前以慧手覆心稍屈火輪是悲念者印彼真言曰

南麼三曼多勃馱喃一羯嚕儜沒灑二合昵多二莎訶

如前以慧手作施願相是除一切熱惱印彼真言曰

南麼三曼多勃馱喃一係嚩囉娜嚩囉二鉢囉二合鉢多二合三莎訶

如前以智慧手如執持真多摩尼寶形是不思議慧印彼真言曰

南麼三曼多勃馱喃一薩磨舍鉢履布囉二莎訶

如前以定慧手爲拳令二火輪開數是地藏旗印彼眞言曰
南麽三曼多勃馱喃一訶訶訶微娑底二合曵平聲二莎訶
慧手爲拳而舒三輪是寶處印彼眞言曰
南麽三曼多勃馱喃一係摩訶摩訶二莎訶
以此慧手舒其水輪是寶手菩薩印彼眞言曰
南麽三曼多勃馱喃一羅怛怒二合嗢婆上聲嚩二莎訶
以定慧手作反相叉合掌定手空輪慧手地輪相交設若於三昧亦復如是餘如跋折羅狀是持地印彼眞言曰
南麽三曼多勃馱喃一達囉尼尼仁切達囉二莎訶

如前作五股金剛戟形是寶印手印彼眞言曰
南麽三曼多勃馱喃一羅怛娜二合你入聲喇爾二合多二莎訶
即以此印令一切輪相合是發堅固意印彼眞言曰
南麽三曼多勃馱喃一伐折囉二合三婆嚩二莎訶
如前以定慧二手作力是虛空無垢菩薩印彼眞言曰
南麽三曼多勃馱喃一伽伽娜難多愚者羅二莎訶
如前輪印是虛空慧印彼眞言曰
南麽三曼多勃馱喃一斫吃囉二合嚩入聲喇底丁以切二莎訶

如前商佉印是清淨慧印彼真言曰
南麽三曼多勃馱喃一達磨三婆婆縛二莎
訶
如前蓮華印是行慧印彼真言曰
南麽三曼多勃馱喃一鉢曇摩二合羅上聲耶二
莎訶
同前青蓮華印而稍開敷是安住慧印彼真
言曰
南麽三曼多勃馱喃一壤弩嗢婆二合嚩二莎
訶
如前以二手相合而屈水輪相交入於掌中
二火輪地輪向上相持而舒風輪屈第三節
令不相著猶如穬麥是執金剛印彼真言曰
南麽三曼多伐折囉赧一戰拏麽訶路灑拏
𤙖二

如前印以二空輪地輪屈入掌中是忙莽雞
印彼真言曰
南麽三曼多伐折囉赧一怛嘌二合吒輕呼怛嘌
吒若衍底丁以切二莎訶
如前以定慧手諸輪反又相糺向於自體而
旋轉之般若空輪加三昧虛空輪是金剛鎖
印彼真言曰
南麽三曼多伐折囉赧一𤙖滿馱滿馱二慕
吒耶慕吒耶三伐折路嗢婆二合吠平聲四薩婆
怛囉鉢囉二合底丁以切訶帝五莎訶
以此金剛鎖印少屈虛空輪以持風輪而不
相至是忿怒月黶印彼真言曰
南麽三曼多伐折囉赧一曷唎二合𤙖癹吒輕呼
二莎訶
如前以定慧手為拳建立二風輪而以相持

是金剛針印彼眞言曰
南麽三曼多伐折囉赧一薩婆達磨你入聲吠
達你二伐折囉合二素旨嚩囉泥三莎訶
如前以定慧手爲拳而置於心是金剛拳印
彼眞言曰
南麽三曼多伐折囉赧一薩破合二吒也伐折
囉合二三婆吠平聲二莎訶
以三昧手爲拳舉翼開敷智慧手亦作拳而
舒風輪猶如忿怒相擬形是無能勝印彼眞
言曰
南麽三曼多伐折囉赧一訥達哩沙合二摩訶
盧灑拏二佉捺耶薩鑁薩他蘗單然矩嚕三
莎訶
以慧手爲拳作相擊勢持之是阿毗目佉印
彼眞言曰
南麽三曼多伐折囉赧一係阿毗目佉摩訶
鉢羅合二戰拏二佉引那也緊旨羅也徙三三
麽耶麽弩薩麽合二囉四莎訶
如前持鉢相是釋迦鉢印彼眞言曰
南麽三曼多勃馱喃一薩嚩吃麗合二奢你入聲
素捺耶二薩婆達摩羅始多鉢羅二三合鉢多
伽伽那三迷四莎訶
釋迦毫相印如上又以慧手指峯聚置頂上
是一切佛頂印彼眞言曰
南麽三曼多勃馱喃一鑁鑁二鈝鈝鈝三發
吒四輕呼莎訶
以三昧手爲拳舒火風輪而以虛空加地水
輪上其智慧手伸風火輪入三昧掌中亦以
虛空加地水輪上如在刀鞘是不動尊印
如前金剛慧印是降三世印　如前以定慧

手合爲一相其地水輪皆向下而伸火輪二峯相連屈二風輪置於第三節上並虛空輪如三目形是如來頂印佛菩薩母　復以三昧手覆而舒之慧手爲拳而舉風輪猶如蓋形是白傘佛頂印　如前刀印是勝佛頂印　如前輪印是最勝佛頂印　如前鉤印慧手爲拳舉其風輪而少屈之是除業佛頂印　如前佛頂印是火聚佛頂印　如前蓮華印是發生佛頂印　如前商佉印是無量音聲佛頂印以智慧手爲拳置在眉間是眞多摩尼毫相印　如前佛頂印是佛眼印復有少異所謂金剛標相智慧手在心如執蓮華像直伸奢摩他臂五輪上舒而外向距之是無能勝印定慧手向内爲拳二虛空輪上向屈之如口是無能勝明妃印以智慧手承頰是自在天印　即以此印令風火輪差戾伸之是普華天子印　同前印以虛空輪在於掌中是光鬘天子印　同前印以虛空風輪作持華相是滿意天子印　以智慧手虛空水輪相加其風火輪地輪皆散舒之以掩其耳是遍音聲天印　定慧相合二虛空輪圓屈其餘四輪亦如是是名地神印　如前以智慧手作施無畏相以空輪在於掌中是請召火天印即以施無畏形以虛空輪持水輪第二節是一切諸仙印隨其次第相應用之

如前以定慧手相合風輪地輪入於掌中餘皆上向是焰摩但荼印慧手向下猶如健吒是焰摩妃鐸印　以三昧手爲拳舒風火輪是暗夜天印　即以天印又屈風輪是嚕達羅戟印　如前印作持蓮華形是梵天明

妃印　如前印屈其風輪加火輪背第三節是嬌末離爍底印　即以此印令風輪加虛空上是那羅延后輪印　三昧手爲拳令虛空輪直上是焰魔七毋鎚印　仰其定手如持劫鉢羅相是遮文荼印　如前揭伽印是涅哩底刀印　如前輪印以三昧手爲之是那羅延輪印　以轉定慧手左右相加是難徒跋難陀二雲印　如前伸三昧手虛空地輪相加是商羯羅三戟印　如前伸三昧手虛空地輪相持是商羯羅后印　即以此印直舒三輪是商羯羅妃印　以三昧手作蓮華相是梵天印　因作潔白觀是月天印　以定慧手顯現合掌屈虛空輪置水輪側是日天鞏輅印　合般若三昧手地輪風輪內向其水火輪相持如弓是社耶毗社耶印

如前幢印是風天印仰三昧手在於齋輪智慧手空風相持向身運動如奏音樂是妙音天費拏印　如前羂索印是諸龍印　如前妙音天印而屈風輪交空輪上是一切阿脩羅印眞言曰

南麽三曼多勃馱喃一蘖羅邏延二莎訶

內向爲拳而舒水輪是乾闥婆印眞言曰

南麽三曼多勃馱喃一微輸馱薩嚩二合羅嚩係係二平聲莎訶

即以此印而屈風輪是一切藥叉印眞言曰

南麽三曼多勃馱喃一藥乞叉濕嚩二合羅二莎訶

又以此印虛空輪地輪相持而作火風是藥叉女印眞言曰

南麽三曼多勃馱喃一遮底藥乞叉二合尾你

耶(二合)達履(二)莎訶
內向爲拳而舒火輪是諸毗舍遮印真言曰
南麽三曼多勃馱喃(一)比舍比遮蘖底(丁以切二)
莎訶
改屈火輪是諸毗舍支印真言曰
南麽三曼多勃馱喃(一)比旨比旨(二)莎訶
如前以定慧手相合並虛空輪而建立之是
一切執曜印真言曰
南麽三曼多勃馱喃(一)蘖囉(二合)醯濕嚩韈(二合)
履耶(二合一)鉢囉(二合)鉢多(二合)孺底(丁以切)麽耶(三)
莎訶
復以此印虛空火輪相交是一切宿印真言
曰
南麽三曼多勃馱喃(一)娜吃灑(二合)怛囉(二合)你(入聲二)
囊捺你(平聲)曳(三)莎訶

即以此印屈二水輪入於掌中是諸羅刹娑
印真言曰
南麽三曼多勃馱喃(一)羅吃灑(二合)娑地鉢多
曳(二)莎訶
伸三昧手以覆面門爾賀嚩觸之是諸荼吉
尼印真言曰
南麽三曼多勃馱喃(一)頡履(二合)訶(二)(急呼)
祕密主如是上首諸如來印從如來信解生
即同菩薩之標幟其數無量又祕密主乃至
身分舉動住止應知皆是密印舌相所轉衆
多言說應知皆是真言是故祕密主真言門
修菩薩行諸菩薩已發菩提心應當住如來
地畫曼荼羅若異此者同謗諸佛菩薩越三
昧耶決定墮於惡趣

大毗盧遮那成佛神變加持經卷第四

音釋

捻奴協切指捻也 釳許乙切 穬古猛切與麰同麥也 糺居黙切紋也

鞘私妙切刀室也 靺七達切 頡胡結切

大毗盧遮那成佛神變加持經卷第五

唐中天竺三藏輸波迦羅共沙門一行譯

字輪品第十

爾時薄伽梵毗盧遮那告持金剛祕密主言諦聽祕密主有遍一切處法門祕密主若菩薩住此字門一切事業皆成就

南麽三曼多勃馱喃　阿

南麽三曼多勃馱喃　娑

南麽三曼多伐折羅赧嚩　迦佉哦伽　遮車惹社　吒吒拏荼　多他娜馱　波頗麽婆　野囉邏嚩　奢沙娑訶吃灑（二合此轉皆上聲短呼之）

南麽三曼多勃馱喃　阿

南麽三曼多勃馱喃　娑

南麽三曼多伐折羅皺嚩　迦佉哦伽　遮車惹社　吒吒拏荼　多他娜馱　波頗麽婆　野囉邏嚩　奢沙娑訶吃灑（二合右此一轉皆去聲長呼之）

南麽三曼多勃馱喃　暗

南麽三曼多勃馱喃　糝

南麽三曼多伐折羅皺鑁　劍欠儼傪　占襜染瞻　颭諂喃湛　檐探喃淡　噡唌鑁唵　闍藍藍鑁　睒衫參頷吃衫（二合共口邊字皆帶第一轉本音呼之）

南麽三曼多勃馱喃　噁

南麽三曼多勃馱喃　索

南麽三曼多伐折羅皺嗼　脚却虐噱　灼綽弱杓　磔坼搦擇　咀託諾鐸　博泊漠嚩　藥喀落嗼　鑠嗦索矐吃索（二合皆帶第一轉音入聲呼之）

伊縊塢烏　哩哩里狸　翳藹汙奧
仰壤嗱曩莽　喁穰儜囊忙　喩鬗喃南鑁
嗟弱搦諾莫

祕密主如是字門道善巧法門次第住眞言道一切如來神力之所加持善解正遍知道菩薩行海過去未來現在諸佛世尊已說當說今說祕密主我今普觀諸佛剎土無不見此遍一切處法門彼諸如來無有不宣說者是故祕密主若欲了知眞言門修菩薩行諸菩薩於此遍一切處法門應勤修學於舸遮吒多波初中後相加以等持品類相入自然獲得菩提心行成等正覺及般涅槃有此等所說字門相與和合眞言法教初中後俱眞言者若如是知隨其自心而得自在於此一一句決定意用之以慧覺知當授無上殊勝句如是一輪輪轉字輪眞言者了知此故常照世間如大日世尊而轉法輪

祕密曼荼羅品第十一

爾時薄伽梵毗盧遮那以如來眼觀察一切法界入於法界俱舍以如來奮迅平等莊嚴藏三昧以現法界無盡嚴故以是眞言行門度無餘衆生界滿足本願故時佛在三昧中於如是無盡衆生界從衆聲門出隨類音聲如其本性業生成熟受用果報顯形諸色種種語言心所思念而爲說法令一切衆生皆得歡喜復於一一毛孔法界增身出現出已等同虛空於無量世界中以一音聲法界語表演說如來發生偈

能生隨類形　諸法之法相　諸佛與聲聞
救世因緣覺　勤勇菩薩衆　及人尊亦然

衆生器世界　次第而成立　生住等諸法
常恒如是生　由具智方便　離於無慧疑
而觀此道故　諸正遍知説

爾時法界生如來身一切法界自身表化雲遍滿毗盧遮那世尊纔生心頃諸毛孔中出無量佛展轉加持已還入法界宮中於是大日世尊復告持金剛祕密主言祕密主有造曼荼羅聖尊分位種子標幟汝當諦聽善思念之吾今演説持金剛祕密主言如是世尊願樂欲聞時薄伽梵以偈頌曰

眞言者圓壇　先置於自體　自足而至臍
成大金剛輪　從此而至心　當思惟水輪
水輪上火輪　火輪上風輪　次應念持地
而圖衆形像

爾時金剛手昇於大日世尊身語意平法平等觀念彼未來衆生爲斷一切疑故説大眞言王曰

南麽三曼多勃馱喃一阿三忙引鉢多二合達摩馱覩二蘖登疾孕切蘖哆喃三薩婆他引四暗欠暗惡五糝索六含鶴七嚂落八鍐嚩急呼九莎訶鉡十嚂落訶囉二合鶴一十莎訶嚂落二十莎訶

持金剛祕密主説此眞言王已時一切如來住十方世界各舒右手摩執金剛頂以善哉聲而稱歎言善哉善哉佛子汝已超昇毗盧遮那世尊身語意地爲欲照明一切方所住平等眞言道諸菩薩故説此眞言王何以故毗盧遮那世尊應正等覺坐菩提座觀十二句法界降伏四魔此法界生三處流出破壞天魔軍衆次得世尊身語意平等身量等同

虛空語意量亦如是逮得無邊智生於一切
法自在而演說法所謂此十二句眞言之王
佛子汝今現證毗盧遮那世尊平等身語意
故衆所知識同於正遍知者而說偈言
汝問一切智　大日正覺尊　最勝眞言行
當演說法教　我往昔由是　發覺妙菩提
開示一切法　今至於滅度　現在十方界
諸佛咸證知
爾時具德金剛手心大歡喜諸佛威神所加
持故而說偈言
是法無有盡　無自性無住　於業生解脫
同於正遍知　諸救世方便　隨於悲願轉
開悟無生智　諸法如是相
時執金剛祕密主復說優陀那偈請問毗盧
遮那世尊於此大悲藏生大曼荼羅決斷所
疑爲未來諸衆生故
已斷一切疑　種智離熱惱　我爲衆生故
請問於導師　曼荼羅何先　唯大牟尼說
阿闍梨有幾　弟子復幾種　云何知地相
云何而擇治　云何當作淨　云何彼堅住
及淨諸弟子　唯願導師說　云何已淨相
以何而作護　云何加持地　事業誰爲初
修多羅有幾　云何作地分　幾種修供養
云何華香等　此華當獻誰　香亦復如是
云何而奉獻　應以何華香　諸食與護摩
各以何軌儀　及諸聖天座　願說此教法
身相顯形色　唯次第開演　所尊之密印
及與自敷座　何故名爲印　是印從何生
灌頂復幾種　三摩耶有幾　眞言者幾時
勤修眞言行　當具菩薩道　云何見眞諦

悉地有幾種　及與成就時　云何昇大空
云何身祕密　不捨於此身　而得成天身
種種諸變化　彼復從何生　日月火方等
曜宿星時分　所現諸不祥　生死受衆苦
云何令不起　所起盡除滅　而得常親近
諸佛兩足尊　幾種護摩火　幾事而增威
諸佛差別性　唯願導師說　無餘諸世界
及與出世間　彼果及數量　殊勝三摩地
成熟在何所　未成熟云何　復齊於幾時
業生得解脫　正覺一切智　離熱惱世尊
告金剛手言　善若大勤勇　祕密曼荼羅
決定聖天位　大悲根本生　無上摩訶衍
諸佛最祕密　如汝之所問　大力持金剛
我今略宣說　曼荼羅初業　佛子應諦聽
十二支句生　大力持明王　所應最先作
住於本三昧　解了瑜伽道　而作衆事業
阿闍梨有二　通達印眞言　彼相亦如是
深祕顯略分　能知深廣義　可傳者方授
正覺之長子　遠離於世樂　第二求現法
深著癡攀緣　世間曼荼羅　一切爲斯作
諸佛二足尊　灌頂傳教者　說四種弟子
時非時差別　一者時念誦　非時俱非俱
具有一切相　佛說親弟子　最初如地相
即所謂心地　我已說作淨　如前修事業
若離於過患　心地無所畏　當得成眞淨
離一切諸過　堅住如是知　見自三菩提
若異於此者　非能清淨地　若住妄分別
行者淨其地　祕密主非淨　以離菩提心
故應捨分別　淨除一切地　我廣說法教
所有曼荼羅　是中所先事　愚癡不知解

非名世間覺　亦非一切智　乃至不能捨
分別諸苦因　應當爲弟子　而淨菩提心
護以不動尊　或用降三世　若弟子不爲
妄執之所動　當成最正覺　無垢喻虛空
初加持是地　依於諸佛教　第二心自在
唯此非餘教　四種蘇多羅　謂白黃赤黑
第五所應念　所謂虛空色　空中而等持
印定曼荼羅　第二持線經　置於道場地
一切如來座　及諸佛智子　悅意妙蓮華
世間稱吉祥　緣覺諸聲聞　所謂遍知者
當知所敷座　芰荷青蓮葉　世界諸天神
梵衆以爲初　赤色鉢曇華　彼稱爲座王
降此如所應　念居其地分　供養有四種
謂作禮合掌　并及慈悲等　世間與華香
從手發生華　奉諸救世者　結支分生印

而觀菩提心　各各諸如來　彼所生子等
以是無過華　芬妙復光顯　法界爲樹王
供養人中尊　眞語以加持　三昧自在轉
勝妙廣大雲　法界中出生　從彼雨衆華
常遍諸佛前　其餘世天等　亦當散此華
奉獻隨相應　本眞言性類　如是塗香等
亦隨其所應　空水輪相持　是謂吉祥印
彼所奉華等　當自心獻之　若諸世天神
應知在齊位　或金剛拳印　若復蓮華鬘
而在空中獻　導師救世者　乃至諸世天
各如其次第　護摩有二種　所謂內及外
業生得解脫　復有芽種生　以能燒業故
說爲內護摩　外用有三位　三位三中住
成就三業道　世間勝護摩　若異此作者
不解護摩業　彼癡不得果　捨離眞言智

如來部眞言　及諸正覺說　當知白與黃
金剛具衆色　觀自在眞言　純素隨事遷
四方相重普　輪圓如次第　三隅半月輪
而說形亦然　初應知色像　所謂男女身
或復一切處　隨其類形色　不思議智生
是故不思議　應物有殊異　智智證常一
乃至心廣博　當知是其量　座印亦如是
以及諸天神　如諸佛所生　印等同彼生
以此法生印　印持諸弟子　故略說法界
用是爲標幟　灌頂有三種　佛子至心聽
若祕印方便　則離於作業　是名初勝法
如來所灌頂　所謂第二者　令起作衆事
第三以心授　悉離於時方　令尊歡喜故
如所說應作　現前佛灌頂　是則最殊勝
正等覺略說　五種三昧耶　初見曼荼羅
具足三昧耶　未傳眞實語　不授彼密印
第二三昧耶　入覩聖天會　第三具壇印
隨教修妙業　復次許傳教　說具三昧耶
雖具印壇位　如教之所說　未達心灌頂
祕密慧不生　是故眞言者　祕密道場中
具第五要誓　隨法應灌頂　當知異此者
非名三昧耶　善住若觀意　眞言者覺心
不得於三處　說彼爲菩薩　得無緣觀行
方便利衆生　爲植衆善本　故號人中勝
於諸法本寂　常無自性中　安住如須彌
是名爲見諦　此空即實際　非虛妄言說
所見猶如佛　先佛如是見　逮得菩提心
悉地最無上　從此有五種　諸悉地差別
所謂入修行　及勝進諸地　世間五神通
諸佛緣覺等　修業無間息　乃至心續淨

未熟令成熟　爾時悉地成　於彼一時頃
淨業心俱等　眞言者當得　悉地隨意生
悉地昇空界　如幻無畏者　呪術網所惑
同於帝釋網　如乾闥婆城　所有諸人民
身祕密如是　非身亦非識　又如於睡夢
而遊諸天宮　不捨於此身　亦不至於彼
如是瑜伽夢　住眞言行者　所生功德業
身相猶虹霓　眞言如意珠　出生意語身
隨念雨衆物　而無分別想　猶十方虛空
離諸有爲行　眞言者不染　一切分別行
解了唯有想　如是遍觀察　爾時眞語者
諸佛同隨喜　正覺兩足尊　說三種護摩
所謂內及外　增威亦如是　諸尊殊類性
觀察當證知　此間諸眞言　今說彼限量
福德自在等　衆知識天神　彼所說明呪
及與大力印　彼皆現世果　故說有分量
雖成不堅住　悉是生滅法　出世間眞言
無作本不生　業生悉已斷　戰勝離三過
麟角無師者　及佛聲聞衆　菩薩諸眞言
彼量我當說　超越於三時　衆緣所生起
可見非見果　從意語身生　世間之所傳
果數經一劫　等正覺所說　眞言過劫數
大仙正等覺　佛子衆三昧　清淨離於想
有想爲世間　從業而獲果　有成就熟時
若得成悉地　自在轉諸業　心無自性故
遠離於因果　解脫於業生　生等同虛空

復次祕密主諦聽彼密印形相敷置聖天之位威驗現前三昧所趣如是五者往昔諸佛成菩提法界虛空行本所誓願度脫無餘衆生界爲欲利益安樂彼眞言門修菩薩行諸

菩薩故金剛手言如是世尊願樂欲聞時薄伽梵以偈頌曰

最初正等覺 敷置曼荼羅 密中之祕密
大悲胎藏生 及無量世間 出世曼荼羅
彼所有圖像 次第說當聽 四方普周帀
一門及通道 金剛印遍嚴 中羯磨金剛
其上妙蓮華 開敷含果實 於彼大蓮印
大空點莊嚴 八葉悉圓整 善好具鬚蘂
十二支生句 普遍華臺中 其上兩足尊
導師成正覺 以入曼荼羅 眷屬自圍繞
當知此最初 悲生曼荼羅 從此流諸壇
各如其本教 事業形悉地 安置諸佛子
復次祕密主 如來曼荼羅 猶如淨圓月
內現商佉色 一切佛三角 在於白蓮華
空點爲標幟 金剛印圍繞 從彼眞言主
周帀放光明 以無疑慮心 普遍而流出
復次祕密主 觀世自在者 祕密曼荼羅
佛子一心聽 普遍四方相 中吉祥商佉
出生鉢曇華 開敷含果實 上表金剛慧
承以大蓮印 布一切種子 善巧以爲種
多羅毗俱知 及與白處尊 明妃資財主
及與大勢至 諸吉祥受教 皆在曼荼羅
得自在者印 殊妙作標相 何耶揭唎婆
如法住三角 曼荼羅圍繞 嚴好初日暉
當在明王邊 巧慧者安立 復次祕密主
今說第二壇 正等四方相 金剛印圍繞
一切妙金色 內心蓮華敷 臺現迦羅奢
光色如淨月 亦以大空點 周帀自莊嚴
上表大風印 霹靂猶玄雲 鼓動幢旛相
空點爲標幟 其上生猛焰 同於劫灾火

而作三角形　三角而圍之　光鬘相周普
晨朝日暉色　是中鉢頭摩　朱顆猶劫火
彼上金剛印　流散發焰暉　持以許字聲
勝妙種子字　先佛説是法　勤勇曼荼羅
部母商誐羅　及金剛部王　金剛鉤索支
大德持明王　一切皆於此　大曼荼羅中
印壇諸佛子　形色各如次　隨類而相應
諸業善成就　復次我所説　金剛自在者
謂虛空無垢　金剛輪及牙　妙住與名稱
大忿大迅利　寂然大金剛　并及青金剛
蓮華及廣眼　妙金剛金剛　及住無戲論
無量虛空步　是等曼荼羅　所説白黃赤
乃至黑色等　印形及所餘　三戟一股印
二首皆五峯　或執金剛鬘　隨色類區別
一切作種子　大福德當知　不動曼荼羅

風輪與火俱　依涅哩底方　大日如來下
及種子圍繞　微妙大慧力　或復羂索印
具慧者安布　降三世殊異　謂在風輪中
繞以金剛印　而住於三處　復次祕密主
先説曼荼羅　諸佛菩薩母　安置壇形像
方正眞金色　金剛印圍繞　最勝曼荼羅
今當示尊相　彼中大蓮華　暉焰徧黃色
中置如來頂　超越於中分　而至三分位
應作如來眼　自住光焰中　徧布彼種子
次一切菩薩　大如意寶尊　説波曼荼羅
圓白而四出　徧寂極清淨　滿一切希願
復次應諦聽　釋迦師子壇　謂大因陀羅
妙善眞金色　四方相均等　如前金剛印
上現波頭摩　周徧皆黃暉　大鉢具光焰
金剛印圍繞　袈裟錫杖等　置之如次第

五種如來頂　諦聽今當說　白傘以傘印
具慧者勝頂　圍以大慧刀　普遍皆流光
最勝頂輪印　除障頂鉤印　大士頂髻相
是名火聚印　廣生跋折羅　發生以蓮華
無量聲商佉　觀察知像類　毫相摩尼珠
佛眼次當觀　頂髻遍黃色　圍以跋折羅
無能勝妃印　以手持蓮華　無能勝大口
而在黑蓮上　淨境界之行　所謂淨居天
置彼諸印相　佛子應諦聽　所謂思惟手
善手及笑手　華手虛空手　畫之如法則
地神迦羅奢　圓白金剛圍　請召火天印
當以大仙手　迦攝驕答摩　末建拏竭伽
婆私倪剌婆　各如其次第　應畫葦陀手
而居火壇內　閻摩但荼印　常處風輪中
没栗底鈴印　黑夜計都印　澇達羅輸羅
大梵妃蓮華　俱摩利鑠底　毗瑟女輪印
當知焰摩后　以没揭羅印　嬌吠離耶后
周劫跋羅印　如是等皆在　風曼荼羅中
烏鷲及婆栖　野干等圍繞　若欲成悉地
依法以圖之　涅哩底大力　毗紐勝妙輪
鳩摩羅爍底　難徒跋難陀　密雲興電俱
皆具清潭色　夾輔門廂衛　在釋師子壇
商羯羅三戟　妃作鉢胝印　月天迦羅奢
淨白蓮華敷　日天金剛輪　表以輿輅像
社耶毗社耶　當知大力者　俱以大弓印
在因陀羅輪　風方風幢印　妙音樂器印
縛嚕拏羂索　而在圓壇中　汝大我應知
種子字環繞　如是等標誌　如次曼荼羅
釋師子眷屬　今已略宣說　佛子次諦聽
施願金剛壇　四方相均普　衛以金剛印

當於彼中作　火生曼荼羅　內心復安置
妙善青蓮印　智者曼殊音　本眞言圍之
如法布種子　而以爲種子　復於其四傍
嚴飾以青蓮　圖作勤勇衆　各如其次第
光網以鉤印　寶冠持寶印　無垢光童子
青蓮而未敷　妙音具大慧　所說諸使者
當知彼密印　各如其所應　髻設尼刀印
優波輸羅印　質但羅杖印　地慧以幢印
彼招召使者　以鴦俱尸印　一切如是作
圍以青蓮華　所有諸奉教　皆差揭梨印
復次南方印　除一切蓋障　大精進種子
謂眞陀羅尼　住於大輪中　翼從端嚴衆
當知彼眷屬　祕密之標誌　次第應圖畫
我今廣宣說　除疑以寶瓶　置一股金剛
聖者施無畏　作施無畏手　除一切惡趣
發起手爲相　救意慧菩薩　悲手常在心
大慈生菩薩　應以執華手　悲念在心上
垂屈火輪手　除一切熱惱　作施諸願手
甘露水流注　遍在諸指端　具不思議慧
持如意珠手　皆住蓮華上　在曼荼羅中
北方地藏尊　密印次當說　先作莊嚴座
在因陀羅壇　大蓮發光焰　間錯備衆色
於彼建大幢　大寶在其端　是名爲最勝
密印之形像　復當殷勤作　上首諸眷屬
無量無數衆　彼諸慕達羅　寶作於寶上
三股金剛印　寶掌於寶上　一股金剛印
持地於寶上　二首金剛印　寶印手寶上
五股金剛印　堅意於寶上　羯磨金剛印
一切皆應住　彼曼荼羅中　西方虛空藏
圓白悅意壇　大白蓮華座　置大慧刀印

如是堅利刃　鋒銳猶冰霜　白種子爲種
智者當安布　及畫諸眷屬　印形如法教
虛空無垢尊　應當以輪印　輪像自圍繞
具足在風壇　虛空慧商佉　在風曼荼羅
清淨慧白蓮　在風曼荼羅　行慧之印相
當以硨磲寶　上揷青蓮華　在風曼荼羅
安慧金剛蓮　在風曼荼羅　略說佛祕藏
諸尊密印竟
入祕密曼荼羅法品第十二
爾時世尊又復宣說入祕密曼荼羅法優陀
那曰
眞言遍學者　通達祕密壇　如法爲弟子
燒盡一切罪　壽命悉焚滅　令彼不復生
同於灰燼巳　彼壽命還復　謂以字燒字
因字而更生　一切壽及生　清淨遍無垢

以十二支句　而作於彼器　如是三昧耶
一切諸如來　菩薩救世者　及佛聲聞衆
乃至諸世間　平等不違逆　解此平等誓
祕密曼荼羅　入一切法教　諸壇得自在
我身等同彼　眞言者亦然　以不相異故
說名三昧耶
入祕密曼荼羅位品第十三
爾時大日世尊入於等至三昧觀未來世諸
衆生故住於定中即時諸佛國土地平如掌
五寶間錯懸大寶蓋莊嚴門標衆色旒蘇其
相長廣寶鈴白拂名衣旛珮綺絢垂布而校
飾之於八方隅建摩尼幢八功德水芬馥盈
滿無量衆鳥鴛鴦鵝鶴出和雅音種種浴池
時華雜樹敷榮間列芳茂嚴好八方合繫五
寶瓔繩其地柔輭猶如綿纊觸踐之者皆受

快樂無量樂器自然諧韻其聲微妙人所樂聞無量菩薩隨福所感宮室殿堂意生之座如來信解願力所生法界標幟大蓮華王出現如來法界性身安住其中隨諸衆生種種性欲令得歡喜時彼如來一切支分無障礙力從十智力信解所生無量形色莊嚴之相無數百千俱胝那由他劫布施持戒忍辱精進禪定智慧諸度功德所資長身即時出現彼出現已於諸世界大衆會中發大音聲而說偈言

諸佛甚奇特　權智不思議　無阿賴耶慧
含藏說諸法　若解無所得　諸法之法相
彼無得而得　得諸佛導師

說如是音聲已還入如來不思議法身爾時世尊復告執金剛祕密主言善男子諦聽内心曼荼羅祕密主彼身地即是法界自性眞言密印加持而加持之以本性清淨故羯磨金剛所護持故淨除一切塵垢我人衆生壽者意生儒童造立者等株杌過患方壇四門四向通達周旋界道内現意生八葉大蓮華王抽莖敷蘂綵絢端妙其中如來一切世間最尊特身超越身語意地至於心地逮得殊勝悅意之果於彼東方寶幢如來南方開敷華王如來北方鼓音如來西方無量壽如來東南方普賢菩薩東北方觀自在菩薩西南方妙吉祥童子西北方慈氏菩薩一切蘂中佛菩薩母六波羅蜜三昧眷屬而自莊嚴下列持明諸忿怒衆持金剛主菩薩以爲其莖處於無盡大海一切地居天等其數無量而環繞之爾時行者爲成三昧耶故應以意生

香華燈明塗香種種肴膳一切皆以獻之優
陀那曰
眞言者誠諦　圖畫曼荼羅　自身爲大我
囉字淨諸垢　安住瑜伽座　尋念諸如來
頂授諸弟子　阿字大空點　智者傳妙華
令散於自身　爲說內所見　行人宗奉處
此最上壇故　應與三昧耶

祕密八印品第十四

爾時毗盧遮那世尊復觀諸大衆會告執金
剛祕密主言佛子有祕密八印最爲祕密聖
天之位威神所同自眞言道以爲標幟圖具
曼荼羅如本尊相應若依法敎於眞言門修
菩薩行諸菩薩應如是知自身住本尊形堅
固不動知本尊巳如本尊住而得悉地云何
八印謂以智慧三昧手作空心合掌而散風
輪地輪如放光焰是世尊本威德生印其曼
荼羅三角而具光明彼眞言曰
南麽三曼多勃馱喃一　嚂落二　莎訶
即以此印而屈風輪在虛空輪上如嚩字形
是世尊金剛不壞印其曼荼羅如嚩字相有
金剛光彼眞言曰
南麽三曼多勃馱喃一　鑁嚩二急呼　莎訶
復以初印而散水輪火輪是名蓮華藏印其
曼荼羅如月輪相以波頭摩華而圍繞之彼
眞言曰
南麽三曼多勃馱喃一　糝索二　莎訶
即以此印屈二地輪入於掌中是如來萬德
莊嚴印其曼荼羅猶如半月形以大空點圍
之彼眞言曰
南麽三曼多勃馱喃一　頷鶴二　莎訶

復以定慧手作未開敷華合掌建立二虛空輪而稍屈之是如來一切支分生印其曼茶羅如迦羅捨滿月之形金剛圍之彼眞言曰

南麼三曼多勃馱喃一暗噁二莎訶

即以此印屈其火輪餘相如前是世尊陀羅尼印其曼茶羅猶如彩虹而遍圍之垂金剛旛彼眞言曰

南麼三曼多勃馱喃一勃馱陀羅尼二上聲娑没嘌二合底沫羅馱那羯㘑三馱囉也薩鑁四薄伽輕呼嚩底五阿去聲迦引囉嚩底六三麼曳七莎訶

復以虛心合掌開散火輪其地輪空輪和合相持是謂如來法住印其曼茶羅猶如虛空以雜色圍之有二空點彼眞言曰

南麼三曼多勃馱喃一阿去聲吠娜尾泥二莎訶

同前虛心合掌以智慧三昧手互相加持而自旋轉是謂世尊迅疾持印其曼茶羅亦如虛空而用青點嚴之彼眞言曰

南麼三曼多勃馱喃一摩訶引瑜伽輕呼瑜擬宜以切寧上聲二瑜詣說㘑三欠若唎計四莎訶

祕密主是名如來祕密印最勝祕密不應輒授與人除已灌頂其性調柔精勤堅固發殊勝願恭敬師長念恩德者內外清淨捨自身命而求法者

持明禁戒品第十五

爾時金剛手復以偈頌請問大日世尊持明禁戒爲眞言門修菩薩行諸菩薩故

云何成禁戒　云何住尸羅　云何隨所住
修行離諸著　修行幾時月　禁戒得終竟

住於何法教　而知彼威德　離時方作業
及法非法等　云何而速成　願佛說其量
先佛所宣說　令得於悉地　我問一切智
正覺兩足尊　爲未來衆生　人中尊證知
是時薄伽梵毗盧遮那哀愍衆生故而說偈
言
善哉勤勇士　大德持金剛　所說殊勝戒
古佛所開演　緣明所起戒　住戒如正覺
令得成悉地　爲利世間故　等起自眞實
不生疑慮心　常住於等引　修行戒當竟
菩提心及法　及修學業果　和合爲一相
遠離諸造作　具戒如佛智　異此非具戒
得諸法自在　通達利衆生　常修無著行
等礫石衆寶　乃至滿落叉　所說眞言教
畢於時月等　禁戒量終竟　最初金輪觀
住大因陀羅　當結金剛印　飲乳以資身
行者一月滿　能調出入息　次於第二月
嚴整水輪中　應以蓮華印　而服醇淨水
次於第三月　勝妙火輪觀　噉不求之食
即以大慧刀　燒滅一切罪　而生身意語
第四月風輪　行者常服風　結轉法輪印
攝心以持誦　金剛水輪觀　依住於瑜伽
是爲第五月　遠離得非得　行者無所著
等同三菩提　和合風火輪　出過衆過患
復一月持誦　亦捨利非利　梵釋等天衆
摩睺毗舍遮　遠住而敬禮　一切爲守護
皆悉奉教命　彼常得如是　人天藥草神
持明諸靈仙　翊侍其左右　隨所命當作
不善爲障者　羅刹七母等　見持眞言者
恭敬而遠之　見是處光明　馳散如猛火

隨所住法教　皆依明禁故　等正覺眞子
一切得自在　調伏難降者　如大執金剛
饒益諸群生　同於觀世音　經逾六月已
隨所願成果　常當於自他　悲愍而救護

阿闍梨眞實智品第十六

爾時持金剛者次復請問大日世尊諸曼荼羅眞言之心而說偈言

云何爲一切　眞言實語心　云何而解了
說名阿闍梨　爾時薄伽梵　大毗盧遮那
慰喩金剛手　善哉摩訶薩　令彼心歡喜
復告如是言　解祕中最祕　眞言智大心
令爲汝宣說　一心應諦聽　所謂阿字者
一切眞言心　從此遍流出　無量諸眞言
一切戲論息　能生巧智慧　祕密主何等
一切眞語心　佛兩足尊說　阿字名種子
故一切如是　安住諸支分　如相應布已
依法皆遍授　由彼本初字　遍在增加字
衆字以成音　支體由是生　故此遍一切
身生種種德　今說所分布　佛子一心聽
以心而作心　餘以布支分　一切如是作
即同於我體　安住瑜伽座　尋念諸如來
若於此法教　解斯廣大智　正覺大功德
說爲阿闍梨　是即爲如來　亦即名爲佛
菩薩及梵天　毗紐摩醯羅　日月天水天
帝釋世間主　黑夜焰摩等　地神與妙音
梵志及常俗　亦名梵行者　漏盡比丘衆
吉祥持祕密　一切智見者　法自在財富
若住菩提心　及與聲智性　不著一切法
說名遍一切　即是眞語者　持吉祥眞言
眞實語之王　持執金剛印　所有諸字輪

若在於支分　當知住眉間　吽字金剛句
娑字在膺下　是謂蓮華句　我即同心位
一切處自在　普遍於種種　有情及非情
阿字第一命　縛字名爲水　囉字名爲火
吽字名忿怒　佉字同虛空　所謂極空點
知此最眞實　說名阿闍梨　故應具方便
了知佛所說　常作精勤修　當得不死句

布字品第十七

爾時世尊復告金剛手言

復次祕密主　諸佛所宣說　安布諸字門
佛子一心聽　迦字在咽下　佉字在齶上
哦字以爲頭　伽字在喉中　遮字爲舌根
車字在舌中　若字爲舌端　社字舌生處
吒字以爲脛　咤字應知髀　拏字說爲腰
荼字以安坐　多字最後分　他字應知腹
娜字爲二手　馱字名爲脇　波字以爲背
頗字應知胷　麼字爲二肘　婆字爲臂下
莽字住於心　耶字陰藏相　囉字名爲眼
邏字爲廣額　縊伊在二眥　塢烏爲二脣
翳藹爲二耳　汙奧爲二頰　暗字菩提句
噁字般涅槃　知是一切法　行者成正覺
一切智資財　常在於其心　世號一切智
是謂薩婆若

大毗盧遮那成佛神變加持經卷第五

音釋

糝（桑感切）　鹵占（竹咸切）　啗（鹵占啗五丑切）　⿰口窆（方斂切）　⿰口乏（⿰口窆⿰口乏乎梵切）　⿰口燮（七犯切）　⿰口梵（梵音）　⿰口赧（奴板切）　屩（居勺切）　噱（其虐切）　磔（陟華切）　⿰目隺（余六切）　搦（尼厄切）　黰（之忍切）　憇（去猘切）　旒（力求切旒蘇五綵毬也）　絢（黃絹切文也）　醇（常倫切至也）　髀（旁禮切股也）　眥（貸四切目際也）

大毗盧遮那成佛神變加持經卷第六

唐中天竺三藏輸波迦羅共沙門一行譯

受方便學處品第十八

爾時執金剛祕密主白佛言世尊願說諸菩薩摩訶薩等具智慧方便所修學句令歸依者於諸菩薩摩訶薩無有二意離疑惑心於生死流轉中常不可壞如是說已毗盧遮那世尊以如來眼觀一切法界告執金剛祕密主言諦聽金剛手令說善巧修行道若菩薩摩訶薩住於此者當於大乘而得通達祕密主菩薩持不奪生命戒所不應爲持不與取及欲邪行虛誑語麤惡語兩舌語無義語戒貪欲瞋恚邪見等皆不應作祕密主如是所修學句菩薩隨所修學則與正覺世尊及諸菩薩同行應如是學爾時執金剛祕密主白佛言世尊薄伽梵於聲聞乘亦說如是十善業道世間人民及諸外道亦於十善業道常願修行世尊彼有何差別云何種種殊異如是說已佛告執金剛祕密主言善哉善哉祕密主汝復善哉能問如來如是義祕密主應當諦聽吾今演說差別道一道法門祕密主若聲聞乘學處我說離慧方便教令成就開發邊智非等行十善業道彼諸世間復離執著我故他因所轉菩薩修行大乘入一切法平等攝受智慧方便自他俱故諸所作轉是故祕密主菩薩於此攝智方便入一切法平等當勤修學爾時世尊復以大慈悲眼觀察諸衆生界告金剛手菩薩言祕密主彼諸菩薩盡形壽持不奪生命戒應捨刀杖離殺害意護他壽命猶如己身有餘方便於諸衆生

類中隨其事業爲解脫彼惡業報故有所施作非怨害心復次祕密主菩薩持不與取戒若他所攝諸受用物不起觸取之心況復餘物不與而取有餘方便見諸衆生慳悋積聚不修施福隨其像類害彼慳故離於自他爲彼行施因讚時施獲妙色等祕密主若菩薩發起貪心而觸取之是菩薩退菩提分越無爲毗奈耶法復次祕密主菩薩持不邪婬戒若他所攝自妻自種族標相所護不發貪心況復非道二身交會有餘方便隨所應度攝護衆生復次祕密主菩薩盡形壽持不妄語戒設爲活命因緣不應妄語即爲欺誑諸佛菩提祕密主是名菩薩住於最上大乘若妄語者越失佛菩提法是故祕密主此法門應如是知捨離不真實語復次祕密主菩薩受持不麁惡罵戒應當以柔輭心語隨類言辭攝受諸衆生等何以故祕密主菩提薩埵初行利樂衆生或餘菩薩見住惡趣因者爲折伏之而現麁語復次祕密主菩薩受持不兩舌語戒離間隙語離惱害語犯者非名菩薩不於衆生起離坼之心有異方便若彼衆生隨所見處生著如其像類說離間言謂令住於一道所謂一切智智道復次祕密主菩薩持不綺語戒以隨類言辭時方和合出生義利令一切衆生發歡喜心淨耳根道何以故菩薩有差別語故或餘菩薩以戲笑爲先發起衆生欲樂令住佛法雖具出無義利語如是菩薩不著生死流轉復次祕密主菩薩應當持不貪戒於彼受用他物中不起染思何以故無有菩薩生著心故若菩薩心有染思

彼於一切智門無力而墮一邊又祕密主菩薩應發起歡喜生如是心我所應作令彼自然而生極爲善哉數自慶慰勿令彼諸衆生損失資財故復次祕密主菩薩應當持不瞋戒遍一切處常修安忍不著瞋喜於怨及親其心平等而轉何以故非菩提薩埵而懷惡意所以者何以菩薩本性清淨故是故祕密主菩薩應持不瞋恚戒復次祕密主菩薩應當捨離邪見行於正見怖畏他世無害無曲無諂其心端直於佛法僧心得決定是故祕密主邪見最爲極大過失能斷菩薩一切善根是爲一切諸不善法之母是故祕密主下至戲笑亦當不起邪見因緣爾時執金剛祕密主白佛言世尊願說十善道戒斷極根斷云何菩薩王位自在處於宮殿父母妻子眷屬圍繞受天妙樂而不生過如是說已佛告執金剛言善哉善哉祕密主汝當諦聽善思念之吾今演說菩薩毗尼決定善巧祕密主應知菩薩有二種云何爲二所謂在家出家祕密主彼在家菩薩受持五戒句勢位自在以種種方便道隨順時方自在攝受求一切智所謂具足方便示現舞伎天祠主等種種藝處隨彼彼方便以四攝法攝取衆生皆使志求阿耨多羅三藐三菩提謂持不奪生命戒及不與取虛妄語欲邪行邪見等是名在家五戒句菩薩受持如所說善戒應其諦信當勤修學隨順往昔諸如來學處住有爲戒具足智慧方便得至如來無上吉祥無爲戒蘊有四種根本罪乃至活命因緣亦不應犯云何爲四謂謗諸法捨離菩提心慳悋惱害

衆生所以者何此性是染非持菩薩戒何以故

過去諸正覺　及與未來世　現在人中尊
具足智方便　修行無上覺　得無漏悉地
亦説餘學處　離於方便智　當知大勤勇
誘進諸聲聞

説百字生品第十九

爾時毗盧遮那世尊觀察諸大會衆説不空教隨樂欲成就一切眞言自在眞言之王眞言導師大威德者安住三三昧耶圓滿三法故以妙音聲告大力金剛手言勤勇士一心諦聽諸眞言眞言導師即時住於智生三三昧而説出生種種巧智百光遍照眞言曰

南麼三曼多勃馱喃暗

佛告金剛手　此一切眞言　眞王救世者
成就大威德　即是正等覺　法自在牟尼
破諸無智暗　如日輪普現　是我之自體
大牟尼加持　利益衆生故　應化作神變
乃至令一切　隨思願生起　悉能爲施作
神變無上句　故當一切種　淨身離諸垢
應理常勤修　志願佛菩提

百字果相應品第二十

爾時毗盧遮那世尊告執金剛祕密主言祕密主若入大覺世尊大智灌頂地自見住於三三昧耶句祕密主入薄伽梵大智灌頂即以陀羅尼形示現佛事爾時大覺世尊隨住一切諸衆生前施作佛事演説三三昧耶句佛言祕密主觀我語輪境界廣長遍至無量世界清淨門如其本性表示隨類法界門令一切衆生皆得歡喜亦如今者釋迦牟尼世

尊流遍無盡虛空界於諸剎土勤作佛事祕密主非諸有情能知世尊是語輪相流出正覺妙音莊嚴瓔珞從胎藏生佛之影像隨衆生性欲令發歡喜爾時世尊於無量世界海門遍法界般勤勸發成就菩提出生普賢菩薩行願於此妙華布地胎藏莊嚴世界種性海中受生以種種性清淨門淨除佛剎現菩提場而住佛事次復志求三藐三菩提句以知心無量故知身無量知身無量故知智無量知智無量故即知衆生無量知衆生無量故即知虛空界無量即知虛空界無量故祕密主由心無量故得四種無量得已成最正覺具十智力降伏四魔以無所畏而師子吼

佛說偈言

勤勇此一切　無上覺者句　於百門學處

諸佛所說心

百字位成品第二十一

爾時執金剛祕密主得未曾有而說偈言

佛說眞言救世者　能生一切諸眞言
摩訶牟尼云何知　誰能知此從何處
誰生如是諸眞言　生者爲誰唯演說
大勤勇士說中上　如此一切願開示

爾時薄伽梵　法自在牟尼　圓滿普周遍
悉遍諸世界　一切智慧者　大日尊告言
善哉摩訶薩　大德金剛手　吾當一切說
微密最希有　諸佛之祕要　外道不能知
若悲生曼荼　得大乘灌頂　調柔具善行
常悲利他者　有緣觀菩提　常所不能見
彼能有知此　內心之大我　隨其自心位
導師所住處　八葉從意生　蓮華極嚴麗

圓滿月輪中　無垢猶淨鏡　於彼常安住
眞言救世尊　金色具光焰　住三昧害毒
如日難可觀　諸衆生亦然　常恒於內外
普周遍加持　以如是慧眼　了知意明鏡
眞言者慧眼　觀是圓鏡故　當見自形色
寂然正覺相　身生身影像　意從意所生
常出生清淨　種種自作業　次放彼光現
圓照如電焰　眞言者能作　一切諸佛事
若見成清淨　聞等亦復然　如意所思念
能作諸事業

復次祕密主眞言門修菩薩行諸菩薩如是自身影像生起無有殊勝過三菩提如眼耳鼻舌身意等四大種攝持集聚彼如是自性空唯有名字所執猶如虛空無所執著等於影像彼如來成正覺互相緣起無有間絕若從緣生彼即如影像生是故諸本尊即我我即本尊互相發起身所生身尊形像生祕密主觀是法緣通達慧通達慧緣法彼等遍爲作業無住性空祕密主云何從意生意能生影像祕密主譬如若白若黃若赤作意者作時染著意生彼同類如是身轉祕密主又如內觀意中曼荼羅療治熱病彼衆生熱病即時除愈無有疑惑非曼荼羅異意非意異曼荼羅何以故彼曼荼羅一相故祕密主又如幻者幻作男子而彼男子又復作化祕密主於意云何彼何者爲勝時金剛手白佛言世尊此二人者無相異也何以故世尊非實生故是二男子本性空故等同於幻如是祕密主意生衆事及意所生如是俱空無二無別

百字成就持誦品第二十二

爾時世尊告執金剛祕密主言諦聽祕密主眞言救世者身身無有異分意從意生令善淨除普皆有光彼處流出相應而起遍諸支分彼愚夫類常所不知不違此道乃至身所生分無量種故如是眞言救世者分說亦無量譬如吉祥眞陀摩尼隨諸樂欲而作饒益如是世間照世者身一切義利無所不成祕密主云何無分別法界一切作業隨轉祕密主亦如虛空界非衆生非壽者非摩奴闍非摩納婆非作者非吠陀非能執非所執離一切分別及無分別而彼無盡衆生界一切去來諸有所作不生疑心如是無分別一切智智等同虛空於一切衆生內外而轉爾時世尊又復宣說淨除無盡衆生界句流出三昧句不思議句轉他門句

若本無所有　隨順世間生　云何了知空
生此瑜伽者　若自性如是　覺名不可得
當等空心生　所謂菩提心　應發起慈悲
隨順諸世間　住於唯想行　是即名諸佛
當知想造立　觀此爲空空　如下數法轉
增一而分異　勤勇空亦然　增長隨次第
即此阿字等　自然知加持

阿嚩　迦佉哦伽　遮車若社　吒咤拏茶
多他那駄　波頗麼婆　野囉邏縛　奢沙
娑訶　仰壤拏曩莽

祕密主觀此空中流散假立阿字之所加持成就三昧道祕密主如是阿字住於種種莊嚴布列圖位以一切法本不生故顯示自然形或以不可得義現嚩字形或諸法遠離造作故現迦字形或一切法等虛空故現佉字

形或行不可得故現戕字形或諸法一合相不可得故現伽字形或一切法離生滅故現遮字形或一切法法無影像故現車字形或一切法生不可得故現若字形或一切法離戰敵故現社字形或一切法離我慢故現吒字形或一切法離養育故現咤字形或一切法離怨對故現拏字形或一切法離災變故現荼字形或一切法離如如故現多字形或一切法離住處故現他字形或一切法離故現那字形或一切法界不可得故現馱字形或一切法勝義諦不可得故現波字形或諸法不堅如聚沫故現頗字形或一切法離繫縛故現麼字形或一切法諸觀不可得故現婆字形或一切法諸乘不可得故現野字形或一切法離一切塵故現囉字形或一切法無相故現邏字形或一切法離寂故現奢字形或一切法本性鈍故現沙字形或一切法諦不可得故現娑字形或一切法離因故現訶字形祕密主隨入此等一一三昧門祕密主觀是乃至三十二大人相等皆從此中出仰壞拏囊莽等於一切法自在而轉此等隨現成就三藐三佛陀隨形好

百字真言法品第二十三

復次祕密主於此三昧門以空加持於一切法自在成就最正覺是故此字即爲本尊而說偈言

祕密主當知　阿字第一句　明法普周遍
字輪以圍繞　彼尊無有相　遠離諸見相
無相衆聖尊　而現相中來　聲從於字出
字生於真言　真言成立果　諸救世尊說

當知聲性空　即空所造作　一切衆生類
如言而妄執　非空亦非聲　爲修行者說
入於聲解脫　即證三摩地　依法布相應
以字爲照明　故阿字等類　無量眞言想

說菩提性品第二十四

譬如十方虛空相　常遍一切無所依
如是眞言救世者　於一切法無所依
又如空中諸色像　雖可現見無依處
眞言救世者亦然　非彼諸法所依處
世問成立虛空量　遠離去來現在世
若見眞言救世者　亦復出過三世法
唯住於名趣　遠離作者等　虛空衆假名
導師所宣說　名字無所依　亦復如虛空
眞言自在然　現見離言說　非火水風等
非地非日光　非月等衆曜　非晝亦非夜
非生非老病　非死非損傷　非刹那時分
亦非年歲等　亦非有成壞　劫數不可得
非淨染受生　或果亦不生　若無如是等
種種世分別　於彼常勤修　求一切智句

三三昧耶品第二十五

爾時執金剛祕密主白佛言世尊所說三三昧耶云何說此法爲三三昧耶如是言已世尊告執金剛祕密主言善哉善哉祕密主汝問吾如是義祕密主汝當諦聽善思念之吾今演說金剛手言如是世尊願樂欲聞佛言有三種法相續除障相應生名三三昧耶云何彼法相續生所謂初心不觀自性從此發慧如實智生離無盡分別網是名第二心菩提相無分別正等覺句祕密主彼如實見已觀察無盡衆生界悲自在轉無緣觀菩提心

生所謂離一切戲論安置衆生皆令住於無相菩提是名三三昧耶句

復次祕密主　有三三昧耶　最初正覺心
第二名爲法　彼心相續生　所謂和合僧
此三三昧耶　諸佛導師說　若住此三等
修行菩提行　諸道門上首　爲利諸衆生
當得成菩提　三身自在轉

祕密主三藐三佛陀安立教故以一身加持所謂初變化身復次祕密主次於一身示現三種所謂佛法僧復次祕密主從此成立說三種乘廣作佛事現般涅槃成熟衆生祕密主觀彼諸眞言門修菩提行諸菩薩若解三等於眞言法則而作成就彼不著一切妄執無能爲障礙者除不樂作懈怠無利談話不生信心積集資財者復有不作二事謂飮諸酒及寢牀上

說如來品第二十六

爾時執金剛祕密主白世尊言

云何爲如來　云何人中尊　云何名菩薩
云何爲正覺　導師大牟尼　願斷我所疑
菩薩大名稱　棄捨疑慮心　當修摩訶衍
行王無有上

爾時薄伽梵毗盧遮那觀察諸大會衆告執金剛祕密主言善哉善哉金剛手能問吾如是義祕密主汝當諦聽善思念之吾今演說摩訶衍道頌曰

菩提虛空相　離一切分別　樂求彼菩提
名菩提薩埵　成就十地等　自在善通達
諸法空如幻　知此一切同　解諸世間趣
故名爲正覺　法如虛空相　無二唯一相

成佛十智力　故號三菩提　唯慧害無明
自性離言說　自證之智慧　故說名如來

世出世護摩法品第二十七

復次祕密主往昔一時我爲菩薩行菩薩行住於梵世時有梵天來問我言大梵我等欲知火有幾種時我如是答言

所謂大梵天　名我慢自然　次大梵天子
彼名皺縛句　世間之火初　其子名梵飯
子名畢怛囉　吠濕婆捺羅　復生訶嚩奴
合毗嚩訶那　皺說三鼻覩　及阿闥末拏
彼子鉢體多　補色迦路陶　如是諸火天
次第以相生　復次置胎藏　用忙路多火
欲後澡盥身　嚩訶忙囊火　浴妻之所用
以曹蘗盧火　若生子之後　用鉢伽蒲火
爲子初立名　用皺體無火　飲食時所用
當知戍脂火　爲子作髻時　應用殺毗火
次受禁戒時　三謨婆嚩火　禁滿施牛時
用素哩邪火　童子婚嫌時　以瑜赭迦火
造作衆事業　跛那易迦火　供養諸天神
以皺嚩句火　造房以梵火　惠施扇都火
縛羊之所用　阿縛賀寧火　觸穢之所用
以微吠脂火　熟食之所用　以娑訶娑火
拜日天時用　合微誓耶火　拜月天時用
所謂你地火　滿燒之所用　阿密栗多火
彼於息災時　用那嚕拏火　作增益法時
說栗旦多火　降伏怨對時　當以忿怒火
召攝諸資財　用迦摩奴火　若焚燒林木
應用使者火　所食令消化　用社吒路火
若授諸火時　所謂薄叉火　海中有火名
縛拏婆目佉　劫燒盡時火　名曰瑜乾多

爲汝諸仁者　已略說諸火　修習韋陀者
梵行所傳讀　此四十四種　爾時我宣說
復次祕密主　我於往昔時　不知諸火性
作諸護摩事　彼非護摩行　非能成業果
我復成菩提　演說十二火　智火最爲初
名大因陀羅　端嚴淨金相　增益施威力
焰鬘住三昧　當知智圓滿　第二名行滿
普光秋月華　吉祥圓輪中　珠鬘鮮白衣
第三摩嚕多　黑色風燥形　第四盧醯多
色如朝日暉　第五沒嘌拏　多髭淺黃色
脩頸大威光　遍一切哀愍　第六名忿怒
眇目霏煙色　聳髮而震吼　大力現四牙
第七闍吒羅　迅疾備衆綵　第八迄灑耶
猶如電光聚　第九名意生　大勢巧色身
第十羯攞微　赤黑奄字印　第十一火神
梵本闕名　十二謨賀那　衆生所迷惑
祕密主此等　火色之所持　隨其自形色
藥物等同彼　而作外護摩　隨意成悉地
復次於內心　一性而具三　三處合爲一
瑜祇內護摩　大慈大悲心　是謂息災法
彼兼具於喜　是爲增益法　忿怒從胎藏
而造衆事業　又彼祕密主　如其所說處
隨相應事業　隨信解焚燒

爾時金剛手白佛言世尊云何火爐三摩地云何而用散灑云何順敷吉祥草云何具綵衆物如是說已

爾時金剛手　白佛言世尊　云何火爐定
云何用散灑　順敷吉祥草　云何具衆物
佛告祕密主　持金剛者言　火爐如肘量
四方相均等　四節爲緣果　周帀金剛印

藉之以生茅　繞爐而右旋　不以末加本
應以本加末　次持吉祥草　依法而右灑
以塗香華燈　次獻於火天　行人以一華
供養没粟荼　安置於坐位　復當用灌灑
應當作滿施　持以本眞言　次息災護摩
或以增益法　如是世護摩　說名爲外事
復次内護摩　滅除於業生　了知自末那
遠離色聲等　眼耳鼻舌身　及與語意業
皆悉從心起　依止於心王　眼等分別生
及色等境界　智慧未生障　風燥火能滅
燒除妄分別　成淨菩提心　此名内護摩
爲諸菩薩說

說本尊三昧品第二十八

爾時執金剛祕密主白佛言世尊願說諸尊色像威驗現前令眞言門修菩薩行諸菩薩觀緣本尊形故即本尊身以爲自身無有疑惑而得悉地如是說巳佛告執金剛祕密主言善哉善哉祕密主汝能問吾如是義善哉諦聽極善作意吾今演說金剛手言如是世尊願樂欲聞佛言祕密主諸尊有三種身所謂字印形像彼字有二種謂聲及菩提心印有二種所謂有形無形本尊之身亦有二種所謂清淨非清淨彼證淨身離一切相非淨有想之身則有顯形衆色彼二種尊形成就二種事有想故成就有相悉地無想故隨生無相悉地而說偈言

佛說有想故　樂欲成有相　以住無想故
獲無相悉地　是故一切種　當住於非想

說無相三昧品第二十九

復次薄伽梵毗盧遮那告執金剛祕密主言

祕密主彼眞言門修菩薩行諸菩薩樂欲成就無相三昧當如是思惟想從何生爲自身耶自心意耶若從身生身如草木瓦石自性如是離於造作無所識知因業所生應當等觀同於外事又如造立形像非火非水非刃非毒非金剛等之所傷壞或忿恚麤語而能少分令其動作若以飲食衣服塗香華鬘或以塗香栴檀龍腦如是等類種種殊勝受用之具諸天世人奉事供給亦不生喜何以故愚童凡夫於自性空形像自我分生顛倒不實起諸分別或復供養或加毀害祕密主當如是住循身念觀察性空復次祕密主心無自性離一切想故當思惟性空祕密主心於三時求不可得以過三世故如是自性遠離諸相祕密主有心想者即是愚童凡夫之所分別由不了知有如是等虛妄橫計如彼不實不生當如是思念祕密主此眞言門修菩薩行諸菩薩證得無相三昧由住無相三昧故如來所說眞語親對其人常現在前

世出世持誦品第三十

復次祕密主今說祕密持眞言法

一一諸眞言　作心意念誦　出入息爲二
常第一相應　異此而受持　眞言闕支分
內與外相應　我說有四種　彼世間念誦
有所緣相續　住種子字句　或心隨本尊
故說有攀緣　出入息爲二　當知出世心
遠離於諸字　自尊爲一相　無二無取著
不壞意色像　勿異於法則　所說三落叉
多種持眞言　乃至衆罪除　眞言者清淨
如念誦數量　勿異如是教

囑累品第三十一

爾時世尊告一切衆會言汝今應當住不放逸於此法門若不知根性不應授與他人除我弟子具標相者我今演說汝等當一心聽若於吉祥執宿時生志求勝事有微細慧常念恩德生渴仰心聞法歡喜而住其相青白或白色廣首長頸額廣平正其鼻脩直面䩉圓滿端嚴相稱如是佛子應當殷勤而教授之爾時一切具威德者咸懷慶悅聞已頂受一心奉持是諸衆會以種種莊嚴廣大供養已稽首佛足恭敬合掌而說是言唯願於此法教演說救世加持句令法眼道遍一切處久住世間爾時世尊於此法門說加持句真言曰

南麼三曼多勃馱喃一 薩婆他勝勝二 恒駿二合恒駿三 顚顚四 達嚟達嚟五 娑他二合跛也 娑他二合跛也六 勃馱薩底也二合嚩七 吽達摩薩底也二合嚩八 僧伽薩底也二合嚩九 吽吽十 吠那尾吠十一 莎訶

時佛說此經已一切持金剛者及普賢等上首諸菩薩聞佛所說皆大歡喜信受奉行

大毗盧遮那成佛神變加持經卷第六

音釋

拆丑隔切毀也 簸補過切 盥古玩切澡手也 瞢武亘切 蘖魚列切 媾古候切合也 赭章也切 䩉扶甫切頰骨也

大毗盧遮那成佛神變加持經卷第七（此是供養儀式）

唐中天竺三藏輸波迦羅共沙門一行譯

供養念誦三昧耶法門眞言行學處品第一

稽首毗盧遮那佛　開敷淨眼如青蓮
我依大日經王說　供養所資衆儀軌
爲成次第眞言法　如彼當得速成就
又令本心離垢故　我今隨要略宣說
然初自他利成就　無上智願之方便
成彼方便雖無量　發起悉地由信解
於滿悉地諸勝願　一切如來勝生子
彼等佛身眞言形　所住種種印威儀
殊勝眞言所行道　及方廣乘皆諦信
有清信解上中下　世尊說彼證修法
哀愍輪迴六趣衆　隨順饒益故開演
應當恭敬決定意　亦起勤誠深信心
若於最勝方廣乘　知妙眞言調伏行
隨善逝子所修習　無上持明別律儀
解了其緣衆支分　得受傳教印可等
見如是師恭敬禮　爲利他故一心住
瞻仰猶如世導師　亦如善友及所親
發起殷勤殊勝意　供養給侍隨所作
善順師意令歡喜　慈悲攝受相對時
稽首諸勝善逝行　願尊如應教授我
彼師自在而建立　大悲藏等妙圓壇
依法召入曼荼羅　隨器授與三昧耶
道場教本眞言印　親於尊所口傳授
獲勝三昧耶及護　爾乃應當如說行
然此契經之所說　攝正眞言平等行
哀愍劣慧弟子故　分別漸次之儀式

於造勝利天中天　從正覺心所生子
下至世天身語印　入此眞言最上乘
遵諸密行軌範者　皆當敬重不輕毀
以能饒益諸世間　是故勿生捨離心
常應無間而繫念　彼等廣大諸功德
隨其力分相應事　悉皆承奉而供養
佛聲聞衆及緣覺　說彼教門盡苦道
授學處師同梵行　一切勿懷毀慢心
善觀時宜所當作　和敬相應而給侍
不造愚童心行法　不於諸尊起嫌恨
如世導師契經說　能損大利莫過瞋
一念因緣悉焚滅　俱胝曠劫所修善
是故殷勤常捨離　此無義利之根本
淨菩提心如意寶　滿世出世勝希有
除疑究竟獲三昧　自利利他因是生

故應守護倍身命　觀具廣大功德藏
若身口意嬈衆生　下至少分皆遠離
除異方便多所濟　內住悲心而現瞋
於背恩德有情類　常行忍辱不觀過
又常具足大慈悲　及與喜捨無量心
隨力所能法食施　以慈利行化群生
或由大利相應心　爲俟時故而棄捨
若無勢力廣饒益　住法但觀菩提心
佛說此中具萬行　滿足清白淳淨法
以布施等諸度門　攝受衆生於大乘
令住受持讀誦等　及與思惟正修習
智者制止六情根　常當寂意修等引
毀壞事業由諸酒　一切不善法之根
如毒火刀霜雹等　故當遠離勿親近
又由佛說增我慢　不應坐臥高妙牀

取要言之具慧者　悉捨自損損他事
我依正三昧耶道　今已次第略宣說
顯明佛說修多羅　令廣知解生決定
依此正住平等戒　復當離於毀犯因
謂習惡心及懈惰　妄念恐怖談話等
妙眞言門覺心者　如是正住三昧耶
當令障蓋漸消盡　以諸福德增益故
欲於此生入悉地　隨其所應思念之
親於尊所受明法　觀察相應作成就
當自安住眞言行　如所說明次第儀
先禮灌頂傳教尊　請白眞言所修業
智者當師許可已　依於地分所宜處
妙山輔峯半巖間　種種龕窟兩山中
於一切時得安隱　芰荷青蓮遍嚴池
大河涇川洲岸側　遠離人物衆憒閙
條葉扶踈悅意樹　多饒乳木及祥草
無有蚊蝱苦寒熱　惡獸毒蟲衆妨難
或諸如來聖弟子　嘗於往昔所遊居
寺塔練若古仙室　當依自心意樂處
捨離在家絕諠務　勤轉五欲諸蓋纏
一向深樂於法味　長養其心求悉地
又常具足堪忍慧　能安饑渴諸疲苦
淨命善伴或無伴　常與妙法經卷俱
若順諸佛菩薩行　於正眞言堅信解
具淨慧力能堪忍　精進不求諸世間
常樂堅固無怯弱　自他現法作成就
不隨餘天無畏依　具此名爲良助伴

增益守護清淨行品第二

彼作成就處所已　每日先住於念慧
依法寢息初起時　除諸無盡爲障者

是夜放逸所生罪　殷勤還淨皆悔除
寂根具悲利益心　誓度無盡衆生界
如法澡浴或不浴　應令身口意清淨
次於齋室空靜處　散妙華等以莊嚴
隨置形像勝妙典　誠心思念十方佛
心目現觀諦明了　當依本尊所在方
至誠恭敬一心住　五輪投地而作禮
歸命十方正等覺　三世一切具三身
歸命一切大乘法　歸命不退菩提衆
歸命諸明真實言　歸命一切諸密印
以身口意清淨業　殷勤無量恭敬禮

作禮方便真言曰

唵一南麽薩婆怛他引蘖多二迦引耶嚩引吃質二合多三播娜鑁無犯切娜難迦嚕弭四

由此作禮真實言　即能遍禮十方佛

右膝著地合爪掌　思惟說悔先罪業
我由無明所積集　身口意業造衆罪
貪欲恚癡覆心故　於佛正法賢聖僧
父母二師善知識　以及無量衆生所
無始生死流轉中　具造極重無盡罪
親對十方現在佛　悉皆懺悔不復作

出罪方便真言曰

唵一薩婆播波薩怖二合吒二娜訶曩伐折囉二合引也三莎嚩訶

南無十方三世佛　三種常身正法藏
勝願菩提大心衆　我今皆悉正歸依

歸依方便真言曰

唵一薩婆勃䭾菩提薩怛鑁二合引二設囉挐平聲蘖車弭三伐折囉二合達磨四頡唎二合五

我淨此身離諸垢　及與三世身口意

過於大海刹塵數　奉獻一切諸如來

施身方便眞言曰

唵一薩婆怛他引蘖多二布闍鉢囉二合跋無渴切嘌多二合曩夜怛忙去聲二合難三涅嚩夜二合哆夜弭四薩婆怛他引蘖多室柘二合地底瑟咤哆引五薩婆怛他六蘖多若難謎阿引味設覩七

淨菩提心勝願寶　我今起發濟群生

生苦等集所纏繞　及與無知所害身

救攝歸依令解脫　常當利益諸含識

發菩提心方便眞言曰

唵一菩提質多二毋多播引合三娜夜弭三

是中增加句言菩提心離一切物謂蘊界處能執所執捨故法無有我自心平等本來不生如大空自性如佛世尊及諸菩薩發菩提心乃至菩提道場我亦如是發菩提心此增加句亦同眞言當誦梵本

十方無量世界中　諸正遍知大海衆

種種善巧方便力　及諸佛子爲群生

諸有所修福業等　我今一切盡隨喜

隨喜方便眞言曰

唵一薩婆怛他引蘖多二本去聲喏尼也切若曩三努暮捺那布闍迷伽參暮捺囉二合四薩叵二合囉拏三麼曳五吽

我今勸請諸如來　菩提大心救世者

唯願普於十方界　恒以大雲降法雨

勸請方便眞言曰

唵一薩婆怛他引蘖多引二睇灑儜布闍迷伽娑慕捺囉二合三薩叵二合囉寧三麼曳四吽

願令凡夫所住處　速捨衆苦所集身

當得至於無垢處　安住清淨法界身
奉請法身方便眞言曰
唵一薩婆怛他引蘖多二捺睇灑夜弭三薩
婆薩怛嚩二合係多引嘌他去聲二合耶四達麼馱
覩薩體他以切二合呧嘌婆二合五　韈覩
所修一切衆善業　利益一切衆生故
我今盡皆正迴向　除生死苦至菩提
迴向方便眞言曰
唵一薩婆怛他引蘖多二濕哩也二合怛囊布
闍迷伽參慕捺囉二合三薩叵囉二合儜三麼曵
四許
復造所餘諸福事　讀誦經行宴坐等
爲令身心遍清淨　哀愍救攝於自他
心性如是離諸垢　身隨所應以安坐
次復結三昧耶印　所謂淨除三業道

應知密印相　諸正遍知說　當合定慧手
並建二空輪　遍觸諸支分　誦持眞實語
入佛三昧耶明曰
南麼薩婆怛他引蘖帝驃一微濕嚩二合目契
弊二唵阿三迷三呾囉二合三迷三麼曵平聲四
莎訶
纔結此密印　能淨如來地　地波羅蜜滿
成三法道界　所餘諸印等　次第如經說
眞言者當知　所作得成就　次結法界生
密慧之標幟　淨身口意故　遍轉於其身
般若三昧手　皆作金剛拳　二空在其掌
風輪皆正直　如是名法界　清淨之祕印
法界生眞言曰
南麼三曼多勃馱喃一達摩馱睹二薩嚩二合
婆嚩句痕三

如法界自性　而觀於自身　或以眞實言
三轉而宣說　當見住法體　無垢如虛空
眞言印威力　加持行人故　爲令彼堅固
觀自金剛身　結金剛智印　止觀手相背
地水火風輪　左右互相持　二空各旋轉
合於慧掌中　是名爲法輪　最勝吉祥印
是人當不久　同於救世者　眞言印威力
成就者當見　常如寶輪轉　而轉大法輪
金剛薩埵眞言曰
南麼三曼多伐折羅赧(一)　伐折羅(二合引)　呾麼(二合)句痕(二合)
誦此眞言已　當住於等引　諦觀我此身
即是執金剛　無量天魔等　諸有見之者
如金剛薩埵　勿生疑惑心　次以眞言印
而擐金剛甲　當觀所被服　遍體生焰光
用是嚴身故　諸魔爲障者　及餘惡心類
覩之咸四散　是中密印相　先作三補吒
止觀二風輪　糺持火輪上　二空自相並
而在於掌中　誦彼眞言已　當觀無垢字
金剛甲冑眞言曰
南麼三曼多伐折羅赧(一)　唵(二)　伐折羅(二合)迦嚩遮(三)　𤙖
羅字色鮮白　空點以嚴之　如彼髻明珠
置之於頂上　設於百劫中　所積衆罪垢
由是悉除滅　福慧皆圓滿
彼眞言曰
南麼三曼多勃馱喃　覽
眞言同法界　無量衆罪除　不久當成就
住於不退地　一切觸穢處　當加此字門
赤色具威光　焰鬘遍圍繞　次爲降伏魔

制諸大障故　當念大護者　無能堪忍明
無堪忍大護明曰
南麽薩婆怛他引蘖帝弊一薩婆佩也微蘖
帝弊二微濕嚩目契弊薩婆他引三唅欠四囉
吃灑二合摩訶引沫麗五薩婆怛他引蘖多奔
抳也二合涅社帝六餅餅哩囉二合引七吒哩囉吒
上聲引八阿鉢囉二合底訶諦九莎嚩訶
由纔憶念故　諸毗那也迦　惡形羅剎等
彼一切馳散

供養儀式品第三

如是正業淨其身　住定觀本真言主
以真言印而召請　先當示現三昧耶
真言相應除障者　兼以不動慧刀印
稽首奉獻閼伽水　行者復獻真言座
次應供養花香等　去垢亦以無動尊
辟除作淨皆如是　加持以本真言主
或觀諸佛勝生子　無量無數衆圍遶
右攝頌竟下當次第分別說
現前觀囉字　具點廣嚴飾　謂淨光焰鬘
赫如朝日暉　念聲真實義　能除一切障
解脫三毒垢　諸法亦復然　先自淨心地
復淨道場地　悉除衆過患　其相如虛空
如金剛所持　此地亦如是　最初於下位
思惟彼風輪　訶字所安住　黑光焰流布
彼真言曰
南麽三曼多勃馱喃　唅
次上安水輪　其色如雪乳　嚩字所安住
頗胝月電光
彼真言曰
南麽三曼多勃馱喃　鑁

復於水輪上　觀作金剛輪　想置本初字
四方遍黃色
彼眞言曰
南麼三曼多勃馱喃　阿
是輪如金剛　名大因陀羅　光焰淨金色
普皆遍流出　於彼中思惟　導師諸佛子
水中觀白蓮　妙色金剛莖　八葉具鬚蘂
衆寶自莊嚴　常出無量光　百千衆蓮繞
其上復觀想　大覺師子座　寶王以校飾
在大宮殿中　寶樹皆行列　遍有諸幢蓋
珠鬘等交絡　垂懸妙寶衣　周布香華雲
及與衆寶雲　普雨雜華等　繽紛以嚴地
諧韻所愛聲　而奏諸音樂　宮中想淨妙
賢瓶與閼伽　寶樹王開敷　照以摩尼燈
三昧總持地　自在之婇女　佛波羅蜜等

菩提妙嚴華　方便作衆伎　歌詠妙法音
以我功德力　如來加持力　及以法界力
普供養而住
虛空藏轉明妃曰
南麼薩婆怛他引蘖帝驃一微濕嚩二合目契
弊二薩婆他三欠四嗢蘖帝薩叵二合囉傒門
五伽伽娜劍六莎訶七法應多誦
由此持一切　眞實無有異　作金剛合掌
是則加持印　一切法不生　自性本寂故
想念此眞實　阿字置其中　次當轉阿字
成大日牟尼　無盡刹塵衆　普現圓光內
千界爲增數　流出光焰輪　遍至衆生界
隨性令開悟　身語遍一切　佛心亦復然
閻浮淨金色　爲應世間故　加趺坐蓮上
正受離諸毒　身被綃縠衣　自然髮髻冠

若釋迦牟尼　彼中想婆字　復轉如是字
而成能仁尊　勤勇袈裟衣　四八大人相
釋迦種子心曰
南麽三曼多勃馱喃　婆
字門轉成佛　亦利諸衆生　猶如大日尊
瑜伽者觀察　一身與二身　乃至無量身
同入於本體　流出亦如是　於佛右蓮上
當觀本所尊　左置執金剛　勤勇諸眷屬
前後華臺中　廣大菩薩衆　一生補處等
饒益衆生者　右邊華座下　眞言者所居
若持妙吉祥　中置無我字　是字轉成身
如前之所觀
文殊種子心曰
南麽三曼多勃馱喃　瞞
若觀世自在　或金剛薩埵　慈氏及普賢

地藏除蓋障　佛眼并白處　多利毗俱知
忙莽商羯羅　金輪與馬頭　持明男女使
忿怒諸奉教　隨其所樂欲　依前法而轉
爲令心喜故　奉獻外香華　燈明閼伽水
皆如本教說　不動以去垢　辟除使光顯
本法自相加　及護持我身　結諸方界等
或以降三世　召請如本教　所用印眞言
及此普通印　眞言王相應
聖者不動尊眞言曰
南麽三曼多伐折羅赧一戰拏摩訶路灑儜
上聲二薩破吒也三鈝怛囉二合迦四悍引漫五
當誦三遍
當以定慧手　皆作金剛拳　正直舒火風
虛空持地水　三昧手爲鞘　般若以爲刀
慧刀入住出　皆在三昧鞘　是則無動尊

密印之威儀　定手住其心　慧手普旋轉
應知所觸物　即名爲去垢　以此而左旋
因是成辟除　若結方隅界　皆令隨右轉
所餘衆事業　滅惡淨諸障　亦當如是作
隨類而相應　次以眞言印　而請召衆聖
諸佛菩薩說　依本誓而來
召請方便眞言曰
南麽三曼多勃馱喃一阿上聲急呼薩婆怛羅二合引鉢囉二合底訶諦二怛他上聲蘖黨矩奢三菩提浙㗚耶鉢㗚布囉迦四莎訶七遍
以歸命合掌　固結金剛縛　當令智慧手
直舒彼風輪　俛屈其上節　故號爲鉤印
諸佛救世者　以茲召一切　安住十地等
大力諸菩薩　及餘難調伏　不善心衆生
次奉三昧耶　具以眞言印　印相如前說
諸三昧耶敎
三昧耶眞言曰
南麽三曼多勃馱喃一阿三迷二怛㗚三迷三三麽曳四莎訶應誦三遍
以如是方便　正示三昧耶　則能普增益
一切衆生類　當得成悉地　速滿無上願
令本眞言主　諸明歡喜故　所獻閼伽水
先巳具嚴備　用本眞言印　如法以加持
奉諸善逝者　用浴無垢身　次當淨一切
佛口所生子
閼伽眞言曰
南麽三曼多勃馱喃一伽伽娜三摩引三摩二莎訶當誦二十五遍以不動尊印示之
次奉所敷座　具密印眞言　結作蓮華臺
遍置一切處　覺者所安坐　證最勝菩提

爲得如是處　故持以奉獻
如來座眞言曰
南麽三曼多勃馱喃　阿引聲急呼
其中密印相　定慧手相合　而普舒散之
猶如鈴鐸形　二空與地輪　聚合以爲臺
水輪稍相遠　是即蓮華印　復次當辟除
自身所生障　以大慧刀印　聖不動眞言
當見同於彼　最勝金剛焰　焚燒一切障
令盡無有餘　智者當轉作　金剛薩埵身
眞言印相應　遍布諸支分
金剛種子心曰
南麽三曼多勃馱喃　鑁
念此眞實義　諸法離言說　以具印等故
即同執金剛　當知彼印相　先以三補吒
火輪爲中鋒　端銳自相合　風輪以爲鉤
舒屈置其傍　水輪互相交　而在於掌內
金剛薩埵眞言曰
南麽三曼多伐折羅赧一戰拏麽訶引路灑
赧二平聲　𤙖
或用三昧手　作半金剛印　或以餘契經
所說之軌儀　次當周遍身　被服金剛鎧
身語之密印　前已依法說　以佉字及點
而置於頂上　思惟此眞言　諸法如虛空
彼眞言曰
南麽三曼多勃馱喃　欠
應先住此字門然後作金剛薩埵身
次應一心作　摧伏諸魔印　智者應普轉
眞語共相應　能除極猛利　諸有惡心者
當見遍此地　金剛熾焰光
降伏魔眞言曰

南麽三曼多勃馱喃一摩訶引沫羅嚩柢二
捺奢嚩路喦婆二合吠三平聲摩訶引昧怛㘑也
二合毗庾二合呾蘖二合底四莎訶

當以智慧手　而作金剛拳　正直舒風輪
加於白毫際　如毗俱知形　是則彼標幟
此印名大印　念之除衆魔　纔結是法故
無量天魔軍　及餘爲障者　必定皆退散
次用難堪忍　密印及眞言　而用結周界
威猛無能覩

無能堪忍眞言曰

南麽三曼多勃馱喃一三莾多努蘖帝二滿
馱也徙瞞三引摩訶三摩耶㘑闍去聲帝四娑麽
二合囉彌五阿鉢囉二合底訶諦六馱迦馱迦七
捺囉捺囉八滿馱滿馱九捺奢你嚩十薩婆
怛他引蘖多引𠻬壞帝十一鉢囉二合嚩囉達摩
臘夃馱微若曳平聲十二薄伽嚩底十三微矩麗微
矩麗十四麗魯補㘑微矩麗十五莎訶當誦三遍

或以第二略說眞言曰

南麽三曼多勃馱喃一麗魯補㘑微矩麗二
莎訶當誦七遍

先以三補吒　風輪在於掌　二空及地輪
內屈猶如鉤　火輪合爲峯　開散其水輪
旋轉指十方　是名結大界　用持十方國
能令悉堅住　是故三世事　悉能普護之
或以不動尊　成辦一切事　護身處令淨
結諸方界等

不動尊種子心曰

南麽三曼多伐折囉赦悍

次先恭敬禮　復獻於閼伽　如經說香等
依法修供養　復以聖不動　加持此衆物

結彼慧刀印　普皆遍灑之　是諸香華等
所辦供養具　數以密印灑　復頻誦真言
各說本真言　及自所持明　應如是作已
稱名而奉獻　一切先遍置　清淨法界心
所謂囕字門　如所所開示
所稱名中塗香真言曰
南麼三曼多勃馱喃一微輪上聲馱健社引嗢
婆二合嚩二莎訶三當誦遍
次說華真言曰
南麼三曼多勃馱喃一摩訶引妹呾㘑也二合
二毗庾嗢一合蘗帝三莎訶
次說焚香真言曰
南麼三曼多勃馱喃一達摩馱睹弩蘗帝二
莎訶三當誦遍
次說然燈真言曰

南麼三曼多勃馱喃唵一怛他引揭多引唎
旨二合二薩叵二合囉儜嚩婆去聲娑娜三伽伽猱
那哩耶二合四莎訶三當誦遍
次說諸食真言曰
南麼三曼多勃馱喃一阿訶囉阿訶囉二沫
隣捺泥三摩訶引沫履四莎訶三皆誦遍
及餘供養具　所應奉獻者　依隨此法則
念以無動尊　當合定慧掌　五輪互相叉
是則持眾物　普通供養印　真言具慧者
敬養眾聖尊　復作心儀式　清淨極嚴麗
所獻皆充滿　平等如法界　此方及餘剎
普入諸趣中　依諸佛菩薩　福德而生起
幢旛諸瓔蓋　廣大妙樓閣　及天寶樹王
遍有諸資具　眾香華雲等　無際猶虛空
各雨諸供物　供養成佛事　思惟奉一切

諸佛及菩薩　以虛空藏明　普通供養印
三轉作加持　所願皆成就
持虛空藏明增加句云
依我功德力　及與法界力　一切時易獲
廣多復清淨　大供莊嚴雲　依一切如來
及諸菩薩衆　海會而流出　以一切諸佛
菩薩加持故　如法所修事　積集諸功德
迴向成悉地　爲利諸衆生　以如是心說
願明行清淨　諸障得銷除　功德自圓滿
隨時修正行　是則無定期　若諸真言人
此生求悉地　先依法持誦　但作心供養
所爲既終竟　次經於一月　具以外儀軌
而受持真言　又以持金剛　殊勝之諷詠
供養佛菩薩　當得速成就
執金剛阿利沙偈曰

無等無所動　平等堅固法　悲愍流轉者
攘奪衆苦患　普能授悉地　一切諸功德
離垢不遷變　無比勝願法　等同於虛空
彼不可爲喻　隙塵千萬分　尚不及其一
恒於衆生界　成就果願中　於悉地無盡
故離於譬喻　常無垢翳悲　依於精進生
隨願成悉地　法爾無能障　作衆生義利
所及普周遍　照明恒不斷　哀愍廣大身
離障無罣礙　行於悲行者　周流三世中
施與成就願　於無量之量　令至究竟處
奇哉此妙法　善逝之所到　唯不越本誓
授我無上果　若施斯願者　恒至殊勝處
廣及於世間　能滿勝希願　不染一切趣
三界無所依　右此偈即同言當誦梵本真
誦持如是偈讚已　至誠歸命世導師

惟願衆聖授與我　慈濟有情之悉地
復次爲欲利他故　親佛化雲遍一切
我所修福佛加持　普賢自體法界力
坐蓮華臺遍十方　隨順性欲導衆生
依諸如來本誓願　淨除一切内外障
開現出世衆資具　如其信解充滿足
以我功德所莊嚴　及淨法界中出生
如來神力加持故　成就衆生諸義利
備足諸佛之庫藏　出無盡寶不思議
三誦虛空藏轉明　及密印相如前說
此眞言乘諸學者　是故當生諦信心
一切導師所宣說　不應誹謗生疑悔

持誦法則品第四

如是具法供養已　起利無盡衆生心
稽首諸佛聖天等　住相應座入三昧
四種靜慮之軌儀　能令内心生喜樂
以眞實義加持故　當得眞言成等引
若作眞言念誦時　今當次說彼方便
智者如先所開示　現前而觀本所尊
於其心月圓明中　悉皆照見眞言字
即應次第而受持　乃至令心淨無垢
數及時分相現等　依隨經教已滿足
志求有相之義利　眞言悉地隨意成
是名世間具相行　四支禪門復殊異
行者應生決定意　先當一緣觀本尊
持彼眞言祕密印　自作瑜伽本尊像
如其色相威儀等　我身無二行亦同
由住本地相應身　雖少福者亦成就
瑜伽勝義品中說　次應轉變明字門
而以觀作本尊形　速見身祕之標幟

契經略說有二相　正遍知觀最爲先
次及菩薩聖天觀　妙吉祥尊爲上首
亦依彼乘位而轉　以相應印及眞言
文殊種子所謂滿字門已於前品中說
本尊三昧相應者　以心置心爲種子
彼應如是自觀察　安住清淨菩提心
衆所知識之形像　隨順彼行而勿異
當知聖者妙音尊　身相猶如鬱金色
頂現童眞五髻相　左伐折羅右青蓮
以智慧手施無畏　或作金剛與願印
文殊師利眞言曰
南麼三曼多勃馱喃一係係俱摩羅迦二微目吃底二合鉢他悉體多三薩麼二合囉薩麼二合囉四鉢囉二合嚩底然五莎訶
合定慧手虛心掌　火輪交結持水輪
二風環屈加大空　其相如鉤成密印
而用遍置自支分　爾乃修行衆事業
當知諸佛菩薩等　轉字瑜伽亦復然
或餘經說眞言印　如是用之不違背
或依彼說異儀軌　或以普通三密門
若能解了旋轉者　諸有所作皆成就
普通種子心曰
南麼三曼多勃馱喃　迦
契經所說迦字門　一切諸法無造作
當以如是理光明　而觀此聲眞實義
眞陀摩尼寶王印　定慧五輪互相交
金剛合掌之標式　普通一切菩薩法
一切菩薩眞言曰
南麼三曼多勃馱喃一薩婆他二微沫底三微枳囉儜上聲四達摩馱睹涅闍多上聲五參參

訶六莎訶
佉字合衆色　增加大空點　如前所宣説
置之於頂上　當得等虛空　説諸法亦然
復於其首内　想念本初字　純白點嚴飾
最勝百明心　眼界猶明燈　大空無垢字
住於本尊位　正覺當現前　乃至諦明了
應當如意見　又觀彼心處　圓滿淨月輪
炳現阿字門　遍作金剛色　説聲眞實義
諸法本無生　於中正觀察　皆從此心起
聲字如華鬘　輝焰自圍遶　其光普明淨
能破無明害　加字以爲首　或復餘字門
皆當修是法　念以聲眞實　或所持眞言
環列在圓明　單字與句因　隨息而出入
或修意支法　應理如等引　緣念成悉地
普利衆生心　方迺作持誦　懈極然後色

或以眞言字　運布心月中　隨其深密意
思念聲眞實　如是受持者　復爲一方便
諸有修福聚　成就諸善根　當習意支法
無有定時分　若樂求現法　上中下悉地
應以斯方便　先作心受持　正覺諸世尊
所説法如是　或奉香華等　隨力修供養

是中先持誦法略有二種一者依時故二者依相故時謂所期數滿及定時日月限等相謂佛塔圖像出生光焰音聲等當知是眞言行者罪障淨除之相也彼如經所説先作意念誦已復持滿一落叉從此經第二月迺修具支方便然後隨其本願作成就法若有障者先依現相門以心意持誦然後於第二月具支供養應如是知

復爲樂修習　如來三密門　經于一月者

次說彼方便　行者若持誦　大毗盧遮那
正覺真言印　當依如是法
大日如來種子心曰
南麼三曼多勃馱喃　阿
阿字門所謂一切法本不生故已如前說
是中身密印　正覺白毫相　慧手金剛拳
而在於眉間
如來毫相真言曰
南麼三曼多勃馱喃一　阿（去聲急呼）痕若（急呼）
如前轉阿字　而成大日尊　法力所持故
與自身無異　住本尊瑜伽　加以五支字
下體及齋上　心頂與眉間　於三摩呬多
運相而安立　以依是法住　即同牟尼尊
阿字遍金色　用作金剛輪　加持於下體
說名瑜伽座　鑁字素月光　在於霧聚中
加持自齋上　是名大悲水　囕字初日暉
彤赤在三角　加持本心位　是名智火光
唅字劫災焰　黑色在風輪　加持白毫際
說名自在力　佉字及空點　相成一切色
加持在頂上　故名為大空
此五種真言心第二品中已說（又此五偈傳度者頗以經意足之使文句周備也）
五字以嚴身　威德具成就　熾然大慧炬
滅除衆罪業　天魔軍衆等　及餘為障者
當見如是人　赫奕同金剛　又於首中置
百光遍照王　安立無垢眼　猶燈明顯照
如前住瑜伽　加持亦如是　智者觀自體
等同如來身　心月圓明處　聲鬘與相應
字字無間斷　猶如韻鈴鐸　正等覺真言
隨取而受持　當以此方便　速得成悉地

復次若觀念　釋迦牟尼尊　所用明字門
我今次宣說
釋迦種子所謂婆字門已於前品中說
是中聲實義　所謂離諸觀　彼佛身密印
以如來鉢等　當用智慧手　加持三昧掌
正受之儀式　而在於齋輪
釋迦牟尼佛真言曰
南麽三曼多勃䭾喃一薩婆吃麗二合奢喔素
捺那二薩婆達摩嚩始多引鉢囉引二合鉢多
二合伽伽娜三摩引三麽四莎訶三
如是或餘正等覺密印真言各依本經所
用亦當如前方便以字門觀轉作本尊身
住瑜伽法運布種子然後持誦所受真言
若依此如來行者當於大悲胎藏生曼荼
羅王得阿闍梨灌頂乃應具足修行非但
得持明灌頂者之所堪也其四支禪門方
便次第設餘經中所說儀軌有所虧缺若
加此法修之得離諸過以本尊歡喜故增
其威勢功德隨生又持誦畢已輒用本法
而護持之雖餘經有不說者亦當通用此
意令修行人速得成就
復次天尊之所住　曼荼羅位之儀式
如彼形色壇亦然　依此瑜伽疾成就
當知悉地有三種　寂災增益降伏心
分別事業凡四分　隨其物類所當用
純素黃赤深玄色　圓方三角蓮華壇
北面勝方住蓮座　憺怕之心寂災事
東面初方吉祥座　悅樂之容增益事
西面後方在賢座　喜怒與俱攝召事
南面下方蹲踞等　忿怒之像降伏事

若知祕密之標幟　性位形色及威儀
奉華香等隨所應　皆當如是廣分別
淨障增福圓滿等　捨處遠遊摧害事
真言之初以唵字　復加莎訶寂災用
若真言初以唵字　後加吽發攝召用
初後納麼增益用　初後吽發降伏用
吽字發字通三處　增其名號在中間
如是分別真言相　智者應當悉知解

真言事業品第五

爾時真言行者隨其所應如法持誦已復當如前事業而自加持作金剛薩埵身思惟佛菩薩衆無量功德於無盡衆生界與大悲心隨其所有資具而修供養供養已又當一心合掌以金剛諷詠及餘微妙言辭稱歎如來真實功德次持所造衆善迴向發願作如是言如大覺世尊所證知解了積集功德迴向無上菩提我今亦復如是所有福聚與法界衆生共之咸使度生死海成遍知道自利利他法皆滿足依於如來大住而住非獨爲己身故求菩提也乃至往返生死劑諸衆生同得一切種智以來常當修集福德智慧不造餘業願我等得到第一安樂所求悉地離諸障礙一切圓滿故復更思惟令我速當具足若內若外種種清淨妙寶而自莊嚴相續無間普皆流出以是因緣故能滿一切衆生所有希願

右略說如是若廣修行者當如普賢行願及餘大乘修多羅所說以決定意而稱述之或云如諸佛菩薩自所證知與大悲願我亦如是發願也

次當奉獻閼伽作歸命合掌置之頂上思惟諸佛菩薩眞實功德至誠作禮而說偈言

諸有永離一切過　無量功德莊嚴身
一向饒益衆生者　我今悉皆歸命禮

次當啓白衆聖說是偈言

現前諸如來　救世諸菩薩　不斷大乘教
到殊勝位者　惟願聖天衆　決定證知我
各當隨所安　後復垂哀赴

次當以三昧耶眞言密印於頂上解之而生是念諸有結護加持皆令解脫以此方便故先所奉請諸尊各還所住不爲無等大誓之所留止也復用法界本性加持自體思惟淨菩提心而住金剛薩埵身是中明印第二品中已說若念誦竟以此三印持身所有眞言行門終畢法則皆悉圓滿又應如方便觀法界字以爲頂相被服金剛甲冑由斯秘密莊嚴故即得如金剛自性無能沮壞之者諸有聞其音聲或見或觸皆必定於阿耨多羅三藐三菩提一切功德皆悉成就與大日世尊等無有異也復次起增上心修行殊勝事業於清淨處嚴以香華先令自身作觀世音菩薩或住如來自性依前方便以眞言密印加持然後以法施心讀誦大乘方廣經典或以心誦而請諸天神等令聽受之如所說偈言

金剛頂經說　觀世蓮華眼　即同一切佛
無盡莊嚴身　或以世尊師　諸法自在者
隨取一名號　作本性加持

觀自在種子心曰

南麼三曼多勃馱喃　娑(呼急)

字門眞實義　諸法無染著　音聲所流出

當作如是觀　此身中密相　所謂蓮華印
如前奉敷座　我已分別說
次說觀自在眞言曰
南麼三曼多勃馱喃一薩縛怛他引蘖多縛路吉多二羯魯拏麼也三羅羅羅鉡若短聲四莎訶
前以法界心字置之在頂又用此眞言密印相加隨力所堪讀誦經法或造制底曼荼羅等所爲已畢次從座起以和敬相應接諸人事又爲身輪得支持故次行乞食或檀越請或僧中所得當離魚肉葷菜及供養本尊諸佛之餘乃至種種殘宿不淨諸酒木果等漿可以醉人者皆不應飲敬次奉摶食用獻本尊又作隨意食法若故有餘更出少分爲濟饑乏乞求故當生是心我爲任持身器安隱行道受是段食如膏車鎋令不敗傷有所至到不應以滋味故增減其心及生悅澤嚴身之想然後觀法界心字遍淨諸食以事業金剛加持自身是中種子如鑁字眞言所說復誦施十力明八遍方乃食之說此明曰
南麼薩嚩勃馱菩提薩埵喃一唵麼蘭捺泥去聲二帝儒忙栗寧三莎訶
如是住先成就本尊瑜伽飯食訖已所餘觸食以成辦諸事眞言心供養所應食者當用不空威怒增加聖不動眞言當誦一遍受者歡喜常隨行人而護念之彼眞言曰
南麼三曼多伐折囉赧一怛囉二合吒輕呼阿謨伽二戰拏摩訶路灑儜三娑破二合吒野鉡四怛囉二合麼野五怛囉二合麼野六鉡七怛囉二合吒八悍漫九

彼食竟休息少時復當禮拜諸佛懺悔衆罪爲淨心故如是修常業乃至依前讀誦經典恒依是住於後日分亦復如是初夜後夜思惟大乘無得間絶至中夜分以事業金剛如前被金剛甲敬禮一切諸佛大菩薩等次當運心如法供養而作是念我爲一切衆生志求大事因緣故應當愛護是身少時安寢非爲貪著睡眠之樂先當正身威儀重累二足右脇而卧若支體疲懈者隨意轉側無咎爲令速寤常當係意在明又復不應偃卧牀上次於餘日亦如是行之持眞言者以不虧法則無間勤修故得眞言門修菩薩行之名號若於數時相現等持誦法中作前方便乃至具修勝業猶不成就應自警悟倍加精進勿得生下劣想而言是法非我所堪如是展其志力自利利他常不空過以行者勤誠不休息故衆聖玄照其心則蒙威神建立得離諸障是中有二事不應捨離謂不捨諸佛菩薩及饒益無盡衆生心恒於一切智願心不傾動以此因緣必定得成隨類悉地也

常依内法而澡浴　不應執著外淨法
於觸食等懷疑悔　如是皆所不應爲
若爲任持是身故　隨時盥沐除諸垢
於河流等如法教　與眞言印共相應
以法界心淨諸水　隨用不動降三世
眞言密印護方等　住於本尊自性觀
復當三轉持淨土　恒以一心正思惟
念聖不動眞言等　智者默然應澡浴

淨法界心及不動尊種子刀印皆如前説

降三世種子心曰

南麽三曼多伐折囉赧喃洄

此中訶字門　聲理如前說　少分差別者
所謂淨除相　降伏三界尊　身密之儀式
當用成事業　五智金剛印

次說降三世眞言曰

南麽三曼多伐折羅赧一　訶訶訶二　微薩麽三曳平聲薩婆怛他引揭多微灑也三　婆嚩四　怛麗二合路枳也二合微若也五　𤙖若六急呼　莎訶

如是澡浴灑淨已　具三昧耶護支分
思惟無盡聖天衆　三奉掬水而獻之
爲淨身心利他故　敬禮如來勝生子
遠離三毒分別等　寂調諸根詣精室
或依水室異方便　心住如前所制儀
自身三等爲限量　爲求上中下法故
行者如是作持誦　所有罪流當永息
必定成就摧諸障　一切智句集其身
彼依世間成就品　或復餘經之所說
供養支分衆方便　如其次第所修行
未離有爲諸相故　是謂世間之悉地
次說無相最殊勝　具信解者所觀察
若眞言乘深慧人　此生志求無上果
隨所信解修觀照　如前心供養之儀
及依悉地流出品　出世間品瑜伽法
彼於眞實緣生智　内心支分離攀緣
依此方便而證修　常得出世間成就

如所說優陀那偈言

甚深無相法　劣慧所不堪　爲應彼等故
兼存有相說

右阿闍梨所集大毗盧遮那成佛神變加持經中供養儀式具足竟傳度者頗存會

意又欲省文故删其重複真言旋轉用之
修行者當綜括上下文義耳

大毗盧遮那成佛神變加持經卷第七

音釋

擐胡慣切貫也 瞞毋官切 猱奴刀切 攘汝陽切奪也 彤徒紅切赤也 蹲踞蹲徂尊切踞居御切 鎋胡戛切車軸頭鐵也

蘇婆呼童子經

唐中天竺三藏輸波迦羅共沙門一行譯

清刻龍藏佛說法變相圖

蘇婆呼童子經卷上

唐中天竺三藏輸波迦羅共沙門一行譯

請問律分品第一

爾時執金剛菩薩大藥叉將威力難思光超千日一心而住於大會中有一童子名曰蘇婆呼大悲淳厚即從座起虔誠頂禮執金剛足已曲躬合掌白言大威尊者我今抱疑日久欲有少問唯見聽許爾時執金剛大藥叉將言汝所疑者今恣汝問我為汝決疑情斷除蘇婆呼童子曰我今恣問尊威聽許我久疑者遍觀一切世間出家在家善男女等為求出離生死海故求覓陀羅尼速成就法節食持誦專心勤苦如是修行仍不成就唯願尊者分別解說不成就因緣及成就法尊威悲光能除衆生極重苦源所演真言復能破

障菩薩修因行其六度至極等妙行願不虛所施言教皆為衆生進趣菩提何因衆生持誦真言不復獲果尋師所求真言悉地上中下法從日至月月至經年從年極至一形具修苦行晝夜不闕亦無効驗若以依法作不成者此眞言句不可依也若須依者先已行訖一無證効世尊設教若能持誦眞言即得智慧得離無明無明斷故即寂滅解脫若如此者何故不得悉地果願應棄眞言當順無明何須勤苦持誦真言求於悉地一切聖人教不虛施衆生與心動念舉意求者菩薩得他心智滿衆生願與第一樂何故衆生求不滿願苦者不獲樂果令無量衆生墮疑謗中我聞一切聖人皆不妄語所施言教衆生聞者依法修行即見正道獲報無邊云何作業而得果耶為法不具耶為不依時節耶為不得口耶為不得月耶為不得星耶為不得處所耶為處所不淨耶為供養不具足耶為不得同伴耶為不專心耶為放逸耶為坐多耶為惛沉耶為思想多耶為身不淨耶為衣不淨耶為然燈不是耶為食器不如法耶為華不如法耶為安食不如法耶為酥酪乳不如法耶為請佛菩薩金剛天等鬼神等不如法耶為持誦人犯觸食耶為持誦人經過穢處耶為持誦人共婦人同牀坐卧耶為持誦人犯食五辛耶為持誦人盜佛法僧物耶為持誦人劫奪一切衆生弃欺孤窮人耶為不行六度耶為不供養佛法僧耶為不供養一切善知識及一切衆生耶為輕賤一切衆生耶為呼摩不如法耶為眞言字句有加減耶為

藥味不周備耶爲器不如法耶爲下香水不如法耶爲不浴尊像耶爲不經行耶爲不坐禪耶爲洗手脚不淨耶爲不嚼楊枝耶爲嗽口不淨耶爲洗淨不如法耶爲採華不如法耶爲弟子不如法耶爲弟子師主心有異耶爲弟子不如法辦食耶爲持誦人觸手汙淨食耶爲呼摩時口吹火耶爲柴不如法耶爲將殘食供養佛耶爲持誦人爲喫殘食耶爲持誦人二時不讀經耶爲違背師僧耶爲反逆父母耶爲不受師主教勑耶爲持誦人多談世事耶爲求名利耶爲求名聞耶爲熾然世法作業耶爲白月作法不如法耶爲黒月作法不如法耶爲五星失度不作法耶爲日月博蝕不作法耶爲結界不如法耶爲護身不如法耶爲坐起不如法耶爲出入不如法耶爲喫食不如法耶爲正食時不想五部尊神主耶爲不想本部尊王耶爲大供養時結護一切諸食器及飲食等不如法爲魔得便耶爲入精舍不作開門法耶爲欲念誦時爲逢黄門共語耶爲是共處女寡女語耶爲當不擇地坐耶如是等汙觸犯事我今都不覺知何況未來衆生曉悟此事惟願尊者與大悲心救護衆生指授儀則念誦法門兼作呼摩三種悉地速證効驗令未來衆生一一依此行咸昇解脱爾時執金剛菩薩大藥叉將當聞蘇婆呼童子如是問已須臾自言善哉善哉童子愍念諸衆生慈悲遍覆由如月光普照世間緣汝此心極大悲故已超一切諸大菩薩菩提心莊嚴法門不求已樂利益有情能忍大苦是故菩薩見衆生苦菩薩亦苦

見衆生樂菩薩亦樂我觀汝心終不能已利衆生故發如是問汝今一心思惟諦受我法吾當爲汝分別解說若有持誦一切眞言法先於諸佛深起敬心次發無上菩提之心爲度衆生廣發大願遠離貪癡憍慢等業復於三寶深生珍重亦應虔誠遵崇大金剛部當須遠離殺盜邪婬妄言綺語惡口兩舌亦不飲酒及以食肉口雖念誦心意不善常行邪見以邪見故變爲不善得雜染果譬如營田依時作種子若燋終不生芽愚癡邪見亦復如是假使行善終不獲果是故應當遠離邪見恒依正見而不動搖修行十善深微妙法若有天龍阿修羅等及食血肉諸惡鬼類遊行世間損害有情惱持誦人令心散亂正持妙眞言法時彼等即生恐怖使念誦人令退菩提欲令彼等不損傷者應須此三昧耶曼荼羅以諸大聖衆及與諸天所居住處是故名爲大曼荼羅又復須入作諸事法妙曼荼羅又能使諸天神及魔官等令調伏者是故重更須入最勝明王大曼荼羅又入諸眞言大曼荼羅如上所說妙三昧耶者令持誦人得滅罪故是以應須數入又入諸使者等妙曼荼羅及餘無量明王妃等如是普入福聚諸明所居住處曼荼羅已一切諸魔還見彼人心懷大怖各自馳散由數入諸曼荼羅故爲聖衆加被故諸魔見此念誦人猶如金剛自在奮迅所居住處猶如火聚並皆馳散不能爲害世間所說及出世間諸明眞言速得成就若不入此大曼荼羅者不具慈悲及菩提心不敬諸佛歸外餘天念持佛法眞言者

即當自害若念誦人或不辦遍入諸曼荼羅者於中隨辦一三昧耶深心恭敬禮拜灌頂師主請乞灌頂得灌頂已隨其部中任作一業能使一切藥叉龍王及諸惡魔毗那夜迦猛害天等不能惱亂持誦人先須持戒譬如芽種皆依地生由勤溉灌令芽生長世尊所說別解脫法清淨尸羅具應修行若是俗流唯除僧服自餘律儀悉皆無差必須遠離諸雜染法具行善逝敷演教門真言法則亦復如是念誦人若生疲倦應讀大乘經典又欲作滅罪者向於空閑及清淨處或以香泥或用妙砂印塔以滿十萬唯多最甚內安緣起法身偈或於舍利塔及尊像前用塗香散華燒香然燈懸幢旛蓋及以妙音讚歎供養諸佛恒不斷絕先須得好同伴若無伴得成就者無有是處譬如車乘闕其一輪假令能善御者亦不能進念誦無伴亦復如是縱使勤苦作業終亦不成然彼伴侶須具智慧淨潔端嚴族姓生者勇健無怖能調諸根樂捨力者能忍饑渴寒暑苦惱不生退者樂供養和尚闍梨常懷恩義於三寶處深心恭敬如是等行人甚難值遇若具如是等伴或一二三四五唯多更甚持真言者畢獲成福當須覓如是等伴

請問分別處所分品第二

復次蘇婆呼童子念誦人若求速成就者應覓諸佛曾經所住處或菩薩住處或緣覺聲聞所住之處如是等地諸天龍等常為供養及以衛護是故念誦人先洗身心當具律儀常應居住如是勝處若也不遇如是福地亦

應居止於大河邊或近小河及陂濼有名華滋茂之地亦得當離閙閬勿與雜居其水清流充滿盈溢無諸水族惡毒蟲者或居山間閑淨之處地生輭草豐足華果或住山腹及巖窟中無諸猛畏毒獸之類如是等處皆應深掘取一肘量淨除所有荊棘瓦礫糠骨毛髮灰炭鹹鹵及諸蟲窟乃至深掘如不盡者應當棄之更求餘處得已修治一如前法所掘之處塡以淨土於其地上建立精舍極須牢固勿使有暴風入室泥飾壁孔勿令有蚤蟻倖住舍上好蓋莫令漏水四壁安窻極令明淨其室安門東西南北方唯除南面不應置門營造成已用牛糞塗其室中隨彼法事相應之方安置尊像其尊容彩畫或刻成以銅及金銀任力所辦皆得供養其所畫物應用白氎細輭密緻匠者織成兩頭勿令割截闊幅無髮未曾經用先須淨洗復香水灑所畫彩色不應和膠置於新器牛毛爲筆其畫像人澡浴清淨應受八戒日日如是爲受八戒如法畫像成已應用塗香燒香華鬘飲食燈明安置像前讚歎禮拜廣供養已然後作法所求速得如意成就

復次蘇婆呼童子念誦人若是俗人應與剃頭唯留頂髮所著衣服皆須赤色或著白衣及以草衣或著樹皮衣芻摩布衣須持四種應器木鐵瓦匏等鉢極須團圓細密無鈌勿使破漏應持此器次第家家乞食得食足已近於清泉之所以水淨洮其飯若欲食時先出鉢中飯分爲五分一分準擬路行饑人來者即是一分施水中衆生一分施陸地衆生

一分施七世父母及餓鬼衆生第五分足與不足自食正欲食時觀此鉢中飯作不淨觀然後食之但療饑病勿貪美味食訖了巳即向河池泉清淨澡浴漱口以柳木揩齒出水著衣入其精室禮佛三拜發願畢即出淨室便即經行三五十迴然後讀大般若波羅蜜多經所居之處去村邑不遠不近衆多人處無外道及豐足飲食常樂惠施歸信三寶處安居不與外道我慢人家住止倚恃豪族無智人中刼剥僧利無慈無悲口道行善心懷毒蛇依傍佛僧專求名利如是等人愼勿親近深敬遠離此等一分衆生或見念誦人尊崇釋教法時此類衆生心常懷毒瞋恚罵詈未得謂得未證謂證多求人過常伺覔便與惱亂之心冀不得伴合甚是善哉能分别善惡只可時時相見方便化彼人令生道芽未見即說深妙義味爲善根未熟故且爲說淺近之義令漸修行方得入大念誦人若是婆羅門種彼致此難汝是婆羅門種云何持誦釋教眞言汝應自學及以教他自受施他自祭天神亦爲他祭如斯六法是汝本宗復應事火及以事火及以是王亦須取妻生男續種汝行此法方得解脫云何持誦釋教眞言念誦人若是剎利族種彼致此難汝是族姓剎利之種應須祭祀捨施自學如斯三法是汝本宗復須紹繼摧伏怨敵汝行此法方得解脫如是眞言汝不應學念誦人若是毗舍之種彼致此難汝是毗舍之種及雜業下賤之類與易求利廣貪他財返貴求賤翻弄斗秤妄語爲業是汝本宗云何求得持誦眞言

汝不應學釋教眞言念誦人若是輸達囉之種彼致此難汝是輸達囉最下之種應作農田常應供養淨行婆羅門如是等種種諸難惱亂行者欲令退心者彼等外道惡人非直損他亦乃自損外道之法過午時食修聖道行者與彼不同是故不應往過外道家而行之乞食若有五辛酒肉家修行眞言者假使一劫受饑餓苦亦不合於此而食何以故與旃陀羅居共無異故亦不應過往門首共彼人語何況食耶若食彼食共彼人何異不名淨行亦同旃陀羅當須善分別知行坐住止甚須作意觀察然後方往來去若論善惡因果之法有智無智刹利婆羅門毗舍輸達羅等無差別良由世間妄分別故假立名字若能修善當證涅槃若不說因果莫論四姓一切造罪者皆入惡道受苦非但四姓

復次蘇婆呼童子衆生無始已來垢穢之身不由食淨以身心淨故斷除惡業修諸善法方可獲得身心清淨譬如有人身患瘡癬但念除差以藥塗之行人喫食亦復如是但除饑渴不樂滋悅又譬喻云如有人父子入大砂磧路遥迢遰饑渴所逼其人當食子肉行者喫食亦復如是但除饑病勿著其味觀前施主持飯來時心懼慚愧施物難消當食此飡如食子肉想喻如秤物隨重頭下其物若輕少便即頭高物若均平其秤亦平念誦人亦復如是不得過量不應極少譬如朽舍將欲崩倒不令壞故以柱支持行人喫食亦復如是但爲存身求覓實果不貪世間久住身故而飡食味譬如車行當以油塗爲增善故

應須食耶是故世尊說如是法欲界有情依食而住行者常須觀察己身由如芭蕉所喫飲食勿貪其味於四種鉢隨取其一觀前四時次第乞食世尊所說智慧方便調伏六根勿令放逸女人令色巧笑嬌言性愛矜莊行步妖艷姿態動男子心迷惑亂持真言者寧以火星流入眼中失於雙目盲無所見不以亂心觀視女色分別種種相好美艷令念誦者使無威力隨緣乞食勿生住著以正思惟調伏其心以牟尼行而入他舍不擇上中貧賤之家又不應入新產婦家牛馬驢駝豬犬羊產皆不應往衆多人飲酒婬女伴合放逸之處不應往衆多小兒戲翫之處亦不觀視於俗家婚禮處有惡狗家及以技兒作音樂處若久諳朋類有詐稱好心我持真言章句未曾禀承明師強道我解真言祕藏好生論端無智人中我曾聞解甚與汝爲師若逢智人所問如似啞羊誑他實心好人受財物養活妻兒心中三毒煩惱癡恚我慢高於有頂道心無一分詐稱我解佛法欺慢三尊亦欺一切長幼士道類如此等人過愆無邊略而言之如上等處皆不得往而行乞食餘處任往乞得食已即還本處以水洗足一依前件分食法供養本尊一通無礙一分自食餘者水陸過去七代父母及餓鬼於前已釋更不具名依時而食勿犯過中日三澡浴知時及節獻華塗香供養以香泥指手而以讚歎莫闕三時所供養物莫令汙觸夜三時唯燒香供養以香泥指手勿以觸手而結手印念誦之時應坐茅草若不辨諸雜供養者以奉華

水亦得華香者一切水生及野澤山間種種雜華香者皆充供養行住坐立通許念誦唯除卧時不許念誦已訖恒思六念觀察彼等種種功德勿令散亂

請問除障分品第三

復次蘇婆呼童子念誦人若起一念貪瞋癡等一切煩惱與心相合者名爲生死煩惱若除此心即得清淨諸佛常讃是法名爲解脫譬如淨水必無垢穢以塵坌故令水渾濁性本元淨以客塵煩惱渾心令濁眞性不現若欲令不亂濁者當取數珠念誦人守心一境數珠有多種謂活兒子　蓮華子　阿嚧陀羅阿叉子　水精　赤銅　錫　瑠璃　金銀　鑌鐵　商佉　木槵任取一色已爲數珠處心執持數珠已念誦或用右手或左手應念眞言專心誦持勿令錯亂繫心於本尊或思眞言幷手印等猶如入定心勿散亂調伏諸根端坐尊前觀想成已微動兩脣念持眞言人心溢盪猶如風電獼猴擲樹海波潮浪諂曲自在躭著諸境是故應須攝心不動持誦眞言若心疲倦惛沉眠睡心悶迷錯者應起經行或觀四方或水灑面令遣醒悟或經行之次無故憶本師僧或憶舊亡父母或憶同學或想婬心即動不定念誦之人即責身心是皆無主由業流轉一切諸趣無所依止捨此身後復受餘形善惡業緣因斯不絶生老病死憂悲苦惱愛别離苦求不得苦怨憎會苦五盛陰苦隨所至方終不得免蚊蝱蚤虱蛇蝎壁宫寒熱饑渴如是等苦處皆有諸天共同無逃避路欲退轉擬向餘方者以

斯觀門將爲對治若貪恚盛者修白骨觀及
胮脹爛壞諸不淨觀瞋火盛作慈悲觀若無
明盛作緣生觀有時怨家翻爲善友有時親
友翻爲怨家以平等心若欲往者平等復變
以爲怨家觀此親友皆不定相智者不應妄
起戀著中間心欲往親友時以斯法門應須
對治欲念誦時及行住坐卧畢不得與外道
婆羅門刹利毗舍首陀弃黄門童男童女處
女寡婦等共相談論法事畢已若欲語時然
後共伴侣談論善法若餘雜語者皆是魔之
得便非是正論若涕唾時當須遠棄棄已便
應澡豆嗽其口若大小便易並須澡浴所獻
香華然燈供養禮拜佛日夜六時讃歎三寶
常生謙下一切衆生興發悲意作救苦之心
如上精勤念誦所修功德皆應迴向無上菩

提譬如衆流歸趣大海入彼海已便爲一味
迴向菩提亦復如是一切功德合集共成佛
果譬如有人耕田種稻唯求子實不望藁稈
子實成熟收穫子已藁稈不求而自然得行
者欲獲菩提種子功德不爲世樂求無上菩
提以喻其實諸餘世樂況喻草稈不求自獲
世樂者天上人中或二十八天王或人間作
轉輪王王四天下若復有人爲求小利請往
於彼不應爲前人一切退本願彼前人宣如
是語而答於彼待我獲果長壽之身及獲種
種諸餘資具以無猒心當利衆生滿足所求
種種願已然後往彼不須珍重請我往彼以
我薄福而說諂辭求他供養以爲活命違背
眞言密教而受邪命佛無此教我終不順復
次蘇婆呼童子凡持眞言者當須遠離世間

八法以善翻稱惡名及以苦樂得利失利毀謗讚譽此世八法能生十一切不善法故譬如大海不宿死屍乃至剎那終不住海念誦人若起不善思惟速應遠離乃至一念勿使在心譬如室內然燈燭者只為防風以無風故燈焰轉明持誦真言復加勤苦勇猛精進令善法增長亦復如是復次蘇婆呼童子持誦之者於四威儀常須作意勿使身心調戲躁動失其志節不得拍手音樂歌舞婚禮博戲及往觀看亦不毀謗在家及行諂曲言辭說人長短非時睡眠無義談話尋學文章及諸邪法瞋恚忿恨慳貪憍慢放逸懈怠皆須遠離亦不飲酒及以食肉葱蒜薤韭胡麻羅蔔并步底那（此云驢駒蹄）胡麻油等並不應食亦不喫一切殘食祭祀鬼神食并供養食和尚殘食皆不應食若食此等食者不名持真言人念誦無驗復次蘇婆呼童子以勤念誦晝夜不間呼召發遣皆須如法若欲念誦時數以茅草於上坐臥欲睡之時先作慈悲喜捨之觀并於三寶及舍利塔深心恭敬以求滅罪若不作如是觀行臥者不名念誦人如臥死屍復次蘇婆呼童子念誦人常服三白食或菜根果乳酪及酥大麥麵餅油滓酪漿相和食之種種糜粥亦可若欲成就者麻滓和酪漿食之依法作必得證驗

請問分別金剛杵及藥證驗分品第四

復次蘇婆呼童子為汝及為未來善男子發心念誦秘密真言門者說持跋折羅汝當諦聽聞已廣為人說欲作跋折羅者量長八指或長十指或長十二指或長十六指其量最

極長者二十指
若欲成就大貴自在及求持明悉地者即用金作跋折羅
欲求富貴純用銀作跋折羅
若欲海龍王者以熟銅作跋折羅
若欲入脩羅宮者用妙砂石作跋折羅
若欲通成一切者以金銀銅和作跋折羅
若欲成就摧藥叉衆者以鐵作跋折羅
若欲得無病及求錢財者以失利般尼木或毗魯婆木而作跋折羅
若欲療一切病鬼魅所著者佉他羅木作跋折羅
若欲成就藥叉女母姊妹法者用摩度迦木作跋折羅
若欲求滅罪法者用阿說他木作跋折羅
若欲摧伏怨敵法者用害人木作跋折羅
若欲降伏極惡怨敵之者用人骨作跋折羅
若欲成就幻化法者用水精作跋折羅
若欲成就令人相憎者用苦楝木作跋折羅
若欲成就龍女敬念法者用龍木作跋折羅
若欲成就鬼類令人枯瘁鬪諍事法者用毗梨勒木作跋折羅
若欲成就天龍藥叉乹闥婆阿脩羅法者用天木作跋折羅
若欲成就變形法者用泥作跋折羅
若欲成就起屍法者用迦談木作跋折羅
若欲成就求財法者用遏迦木作跋折羅或用龍木或無憂木皆得用之
若欲成就對敵法者用失利般尼木作跋折羅或阿沒羅木或遏順那木或柳木皆得用

之

若欲求成就意樂諸欲者用白檀木作跋折囉或用紫檀木皆得用之

如上所說諸色類金剛杵法者一一皆須而作五股淨妙端嚴勿使缺減行者欲念誦時以香泥塗幷散上妙好華而供養發大慈心手執金剛念誦眞言法事畢已復重供養上已其杵置本尊足下後誦念時亦復如是若不執持妙金剛杵而作念誦者終不成就何以故以鬼神不懼善神不加被是故一切法事難得成驗若不辦造金剛杵者亦須應作彼印然後一心如法念誦亦得成就勿生放逸徒喪功夫不如別修餘業

復次蘇婆呼童子凡念誦眞言成就藥法者都有十七種物第一雄黃第二牛黃第三雌黃第四安善那第五朱砂第六咄他香第七跋折羅第八牛酥第九菖蒲第十茂拏刈哩迦第十一衣裳第十二古叉第十三鹿皮第十四橫刀第十五羂索第十六鎧甲第十七三叉

如上所說之物皆具三種成就假使餘眞言法中所說成就諸物皆不離此三種臨時所樂事法任意作之無不獲剋果者

復次蘇婆呼童子世間有諸障難毗那耶迦爲覓過故常求念誦人便於中好須作意方便智慧善分別知魔黨合有幾部總而言之都有四部何等爲四

一者摧壞部　二者野干部　三者一牙部　四者龍象部

從此四部流出無量毗那夜迦眷屬如後具

列摧壞部主名曰大將其部之中有雜類形狀有七阿僧祇以爲眷屬護世四天王所說眞言有人持誦者彼類恒作障難野干部主名曰象頭於其部中形狀難可具名有十八俱胝以爲眷屬摩醯首羅天王所說眞言有持誦者彼類恒作障難一牙部主名曰嚴髻其部之中種種身形面貌可畏有一百四十俱胝眷屬以爲隨從大梵天王所說眞言憍尸迦日月天王那羅延天王諸風天等所說眞言有持誦者彼等雜類恒作障難龍象部主名曰頂行於其部內有種種形不可知名有一俱胝那由他一千波頭摩以爲眷屬釋教所說深妙眞言有持誦者彼等恒作障難又阿利帝兒名曰愛子般指迦所說眞言持誦者彼作障難又摩尼賢將兒名曰滿賢於摩尼部中所說眞言有持誦者彼作障難如是諸類毗那夜迦各各於本部中而作障難不樂修道持眞言者不令成就自變化而作本眞言主來就念誦人道場中受於供養時明主來見是事已即却還本宮作如是念云何如來許彼誓願惱亂念誦人令法不成有如是障難假使梵王及憍尸迦諸天龍等不能破彼毗那夜迦障難念誦人唯堅心進意發大誓願世尊所說有大明眞言之教我今依法修行要破此難是故念誦人遍數滿已復應更作成就諸事妙曼荼羅作此法已彼障難者便即退散無敢停足

復次蘇婆呼童子念誦人不承師訓持誦眞言供養及以呼摩不依法教彼等諸魔尋得其便而作障難令念誦人心常猶預念念生

疑爲誦此明眞言供誦彼耶發如是念誦時彼亦得便即多語無義談世俗事或說興易或說田農或論名利令心散亂譬如有人尋水而行影入水中形影相逐不相捨離彼毗那夜迦等入念誦人身中恒不相離亦復如是復有毗那夜迦澡浴之時得便入身或有毗那夜迦正念誦時得便入身有毗那夜迦念誦之人正眠卧時得便入身有毗那夜迦正供養時得便入身譬如日光照火珠而便火出毗那夜迦入行者身亦復如是念誦之時令心散亂增長貪癡無明等火亦復如是復有毗那夜迦者名曰水行正洗浴時法若有闕彼即得便遂入身中令念誦人種種病起所謂饑渴咳嗽懈怠多睡四肢沉重無故多瞋復有毗那夜迦名曰食香正獻塗香時法若有闕彼魔入身即令念誦人遂有病起所謂思想憶生緣處或思餘處或思寡婦而生懈怠或思舊耽欲之處休廢道業或思舊日廣用財寶耽酒嗜肉伴合朝廷分別貴賤觀諸色境好貪美欲而退道心復有毗那夜迦名曰燈頂正獻燈火時法若有闕得便入身遂令念誦人種種病起所謂心痛壯熱損心復有毗那夜迦名曰笑香正獻華之時法若有闕彼即得便遂令念誦人種種障起所謂壯熱鼻塞噴嚏眼中淚出支骨酸疼及與伴侶相諍離散復有毗那夜迦名曰嚴髻正念誦人法若有闕彼即得便遂令念誦人有諸病起所謂壯熱便利不出諸毗那夜迦入身即令心生迷惑以西爲東以南爲北作諸異相或即吟詠或無緣事欲得遊行心懷異

想有所不決便起邪見作如是言或説無有大威眞言亦無天堂無有善惡亦無纏縛及得解脱説持誦者唐捐其功便生邪見與善相隔撥無因果以手斷草及弄土塊眠時齒齒或起欲想及欲娶妻自愛樂者彼不相愛自不樂者彼即愛樂既不順意卧而不睡欲往侵他婦兒竟夜不眠設若得睡夢見大蟲師子虎狼猪狗所趣駝驢猫兒及鬼野干鷲鳥鷺鷥烏及獯胡或時夢見著故破衣不淨之人或時夢見裸形禿髮黑體之人或夢見裸形外道或見枯池及以枯井或見髑髏或見骨聚或見壞棄舍屋宅或見石磓或見恐怖惡人手執槍刀及雜器仗欲來相害當見如是惡相即知彼等毗那夜迦令作障難行者等即用軍荼利忿怒明王眞言辟魔印等而作護身如上所説諸魔障難悉得消滅不能惱亂若有念誦彼眞言者諸毗那夜迦終不得便

復次蘇婆呼童子念誦人欲救著障人令解脱者即應有群牛所居之處或一樹下或神廟中或四衢道或空閑室或於林間得如上諸地任揀取一所一如治地法畢即取牛糞和香水塗地乾已復取香水重塗其地然後以五色土下依曼荼羅用五色土其壇頓方量闊三肘安立四門於中二肘方量作坑坑内布以茅草坑外兩肘各分位座安置明王眞言主等於八方各畫本方大神復取四口新瓶不得黑色太燋或生者盛滿香水及以五寶并赤蓮華諸雜草華香者皆充供養果樹嫩枝等皆插瓶内以五色線纏繫瓶項安

於四方然後應請彼明王等以諸供具而供養之復以酒肉蘿蔔及以衆多波羅羅食供養彼等八方大神及祠一切毗那夜迦將彼著障之人令入坑中面向東坐念誦人於壇西面面向東坐誦眞言一百八遍已然後取彼所置四角瓶水還以阿密唎囉枳當伽此云赤色明王主及結唎吉囉明王并捺囉弭良拏明王等眞言持誦數過一百八遍已與灌彼頂如是四瓶次第應灌作此法已彼著障人者即得解脱此曼荼羅非獨能除一切毗那夜迦亦能利益官事之人及女人難嫁與易之人不獲資利農營不收子實魍魎所著及患壯熱孩子鬼魅所著及吸精噓鬼得便者夜卧常見惡夢癎病所纏及有十種病等作此曼荼囉與彼灌頂諸如色類悉皆獲利所規求者並皆滿足諸餘疾病亦復能差又復能消滅無量罪障

蘇婆呼童子經卷上

音釋

闠音潰市外門也　緻直利切密也　匏薄交切瓠也　磧七迹切水中有石者　坌蒲悶切塵坌也　盪徒朗切震也　胖匹江切　脹胖脹知亮切　藁古老切　稈古旱切藁稈禾稭也　蒜蘇貫切　薤胡戒切蒜薤並葷菜也　淬側氏切　瘁秦醉切憔悴也　噴嚏噴普悶切嚏都計切噴嚏鼻液也　獯許云切　磓都回切聚石也

蘇婆呼童子經卷中

唐中天竺三藏輸波迦羅共沙門一行譯

請問分別成就相分品第五

復次蘇婆呼童子於諸障難得解脫已身心清淨無諸垢穢譬如明月而埋於雲雲除散滅麗乎光天於虛空中朗然顯現念誦人所修種種功德除斷毗那夜迦所作障難悉皆消滅亦復如是所持真言悉得成就譬如種子因地及時幷雨溉灌潤澤調順得好風雨然後芽生乃至成熟然其種子若在倉中芽尚不生況復枝葉及華果實持誦真言不依法則及不供養以不清淨故真言字句或有加減聲相不正不獲廣大諸妙悉地亦復如是譬如興雲下雨隨衆生福而下多少持誦之人所施功勞獲得成就亦復如是若有行者於清淨處依時及節所制之法所犯罪者漸漸消滅福聚圓滿能獲真言𠰍及成就若罪不滅功德不圓不依法則真言不成翻此應知復次蘇婆呼童子其念誦人中間所有闕犯或有間斷棄本所誦別持餘明自所持者授與他人念誦遍數雖滿不成復更應須每日三時如法供養念誦數滿一十萬遍即應如法呼摩供養當以大麥用稻穀華或用油麻或用白芥子隨取其一與酥相和真言數滿四千或七八千或優曇鉢羅木或阿說他木或波羅賒木或遏迦木或龍木或無憂木或蜜魯婆木或尼居陀木或奄沒羅木或佉陀囉木或賒彌迦木或鉢落叉木或阿波末迦木或末度迦木或諆母迦木如上所說諸木之中隨取一木麤細如指長短十指許

酥蜜酪搵柴兩頭每日呼摩數如上說有闕犯者還得清淨然後方誦眞言悉地無所障礙復次蘇婆呼童子行者所持眞言餘持誦者繫縛明王或斷或釘破令不成就者即須應作本尊形像置於當路部主足下面須相對然以結利吉羅等諸部明王大威眞言誦持以酥蜜灌浴本尊如是十日作此法已彼餘明所縛即解脫復次蘇婆呼童子於眞言中所制諸法並皆修行一無遺闕仍不成者即應以猛毒作彼尊形以結唎吉羅等諸部明王眞言截其像形段段爲片和白芥子油每日三時而作呼摩如是七日即得悉地若不成就應入夢中示見障因說眞言字有加減或法不具然諸明王自說此法有用行者示現相好猶如海潮終不違時其實眞言終不相破亦不相斷及與繫縛其眞言法亦如是是故行者不應相破明及眞言乃至繫縛及以禁斷曼荼羅不應授與加減眞言亦復如是不應迴換彼法不迴換彼法不應阿吠設那不應打縛爲害彼故不應呼摩及損肢節權滅惡族不應令他癡鈍迷悶不應科就鬼之類亦勿令人發毒相憎及損猒縛不應治療嬰兒之魅不應捕網諸衆生類令所損害復次蘇婆呼童子餘外宗說有十種法眞言得成所謂行人眞言伴侶所成就物精勤處所淨地時節本尊財物具此十法眞言得成又餘宗說具三種法眞言得成謂眞言行人伴侶又餘宗說具四種法眞言乃成謂處所精勤時節又餘宗說具五種法眞言乃成謂眞言所成就物處所本尊財物如是諸宗

或說十法或說八法或說六或四或三或二各於本法演說不同然此釋教具二種法眞言乃就一者行人二者眞言行人具行戒律正勤精進於他利養不起貪嫉於身命財常無戀著眞言文學勿令脫錯加減聲相圓滿分明所成就法皆悉具足於佛菩薩所居之處依法念誦即便當獲意樂成就譬如師子饑餓所逼以大勢力殺害大象若殺野干及諸小獸所施勢力與彼殺象一無所異行者成就上中下事所發精進亦復如是行者若住閙閙之處時即有蚉䖟蠅蚤唼齧聞種種音樂之聲或聞諸人歌舞吟詠小男小女婦人等鐶釧瓔珞種種音聲若住人間河澗及以大海者即有寒熱不等因即有病苦惱逼身又值猛獸發大惡聲或欲相害令人驚怕或住海邊見海潮波及聞大聲令行者恐怖若住江河池沼即饒蛇蚖蝮蝎毒蟲之類皆是持眞言人障礙之處如是種種障礙緣等當須遠離覓好勝處勤加勞心固意勿使逢境心即散亂不定一念退心還從初始善行方便覓時覲節勿以執愚惡人惡魔得其便耶莫令癡人獲罪苦果

請問念誦眞言軌則觀像印等夢證分品第六

復次蘇婆呼童子念誦之人不應太緩不應太急聲亦如此不大不小不應間斷勿共人語令心緣於異境名其字體不應訛錯譬如大河日夜流出恒無休息持誦之人所修福報供養禮拜讚歎一切功德日夜增流亦復如是念誦之人心若攀緣雜境或起懈怠或

生欲想應速迴心觀眞言字句或觀本尊或觀手印譬如觀行之人置心眉間令不散亂後時對境心即不動彼人即名觀行成就念誦之人亦復如是所緣心處若不動摇即得持誦眞言成就是故行者欲求悉地當須攝心一境其心調伏即生歡喜隨其歡喜即身輕安隨身輕安即身安樂隨身安樂即得心定隨其心定即念誦人心無疑慮隨其念誦即便罪滅隨其罪滅即心清淨即心清淨故即獲成就是故如來作如是説一切諸法以心爲本由心清淨獲人天殊勝快樂由心雜染便墮地獄乃至傍生貧窮之苦由心極淨乃證遠離地水火風生老病死不著二邊寂滅解脱由少淨眞言亦成當離無常敗壞之樂是故諸法皆從心生非自然現亦不自他復非自在天作耶非無因緣亦不從我能生諸法但由無明流轉生死四大和合假名爲色色非是我我非是色色非我所我所非色如是四蘊應如是空色是無常猶如聚沫受如浮泡想如陽焰行如芭蕉識如幻化如是之見名爲正見若異見者名爲邪見復次蘇婆呼童子若持眞言者念誦數足即知自身欲近悉地何以得知當於眠卧之時夢中合有好相或見自身登高樓閣或昇大樹或騎師子或乘白馬或騎大白虎或昇大高山或騎犛牛或乘白象或於空中聞大雷聲或騎白牛或騎黄牛或得錢財或得華鬘或得好淨五絲衣或得酒肉或得水類之果或得白青紅赤色蓮華或得如來尊容或有如來舍利或得大乘經藏或身處於大會共佛菩薩

聖僧同座而食或得駱駝或得犢子或得滿車載物或得白拂或得鞋履或得横刀或孔雀尾扇或得金瓔珞或得寳珠傷佉或得端正美女或遇巳身父母或得金寳嚴身之具或得卧牙牀覆以白衣或見自身汎過大海或度江河龍池陂樂或得飲酪或見以血澡浴自身或見自身入寺塔僧房或見如來處座爲人天八部說法身亦就會聽佛說法或見緣覺爲說十二因緣法或見聖僧爲說四果證法或見菩薩爲說六波羅蜜法或見大力諸天王爲說天上快樂法或見優婆塞說猒離世俗法或見優婆夷說猒離女人法或見國王或見大力阿脩羅衆或見大淨行婆羅門或見英俊丈夫或見端正婦人或見大富正直善心長者或見巳親眷屬聚會一處或見苦行仙人或見持明諸仙或見妙持誦人或見呑納日月或見身卧於大海海中衆生流入腹中或見飲四洲海水或見乘龍灑水潤於四洲或見自身飛空或見身端坐須彌山四洲龍王皆來頂禮或見自身墮於屎坑或見自飲人精或見喫人肉血或見入大火聚或見女人隱入巳身復次蘇婆呼童子凡持眞言者功行欲畢見如是等殊特夢巳應知一月及半月當獲大悉地若論持誦眞言夢想境界不可說盡略粗知耳精進不退即獲如是上上境界

請問悉地想分品第七

復次蘇婆呼童子我今說成就轉近悉地法者其念誦人當生發愛樂心不得攀緣雜染之境亦不辭饑渴寒熱等苦於諸地外相之

境心不動摇逄境不亂一切蚊䖟及蛇等諸惡毒蟲皆不敢害毗舍闍鬼及諸餓鬼富單那等諸餘鬼類不敢近念誦影中何況觸身所出言教人皆信受轉加聰明善綴文章於諸書筭轉成巧妙以樂善法勤行淨行復見地中伏藏身無病苦及汙垢膩身有香氣若有人見及以聞者悉生敬念一切諸貴妃女自來呼召以心淨故於虛空中聞諸天語復見彼形及乾闥婆夜叉之類其持誦者見其勝妙好相已即應自知我近於真言悉地即應被成就法事復次蘇婆呼童子念誦人起首求悉地者應具戒或二三日亦須斷食然後作成就法

爾時蘇婆呼童子白執金剛菩薩言尊者先說不由食故獲得清淨今云何復言應須斷食世尊亦說如膏車省牛氣力車即易牽衆生亦耳若不食飲身命難全何況前進修道求望果實爲身力故我今未知斷食意義前後不同唯尊大悲爲我略決少分時執金剛菩薩告蘇婆呼童子言我今爲汝及未來衆生除去疑惑諦聽善思念之勿生疑慮汝所問者先說不由食故獲得清淨今復云何而令斷食汝言如是深心諦聽童子言善哉唯然受教願樂欲聞我所出語者不爲心淨故教令斷食但諸衆生以皮纒縛血肉髓腦肝膽腸胃心腎脾肺脂膩痰癊屎尿種種穢物常流不停如是之身地水火風假合成立如四毒蛇置之一篋欲令彼等屎尿涕唾臭穢不令出故爲遣斷食非爲妨道而遣斷已若持真言者心生婬想如上所說不淨之身以

慧觀察所起欲心即便消滅於身命財亦不戀著有持真言者具斯觀門此等人類念誦之法速疾證驗即知自身去悉地不遠自心知已應取白月八日或十四日或十五日一依如前得好上地用細瞿摩塗地淨已次塗香等安置尊像及彼尊容香華飲食及遏迦水供養訖已便即讚歎供養十方佛菩薩次復供養本部之王次復供養自部明王然後所供養本所持尊次復重發妙菩提心與廣大慈悲願為一切衆生常溺四趣令得出故又應讀大乘明經或吉祥偈或法輪經或如來祕密經或大燈經於中任隨讀一部然後即須結八方界幷結虚空及地界等又以真言自身被甲如上所說諸曼荼羅以淨彩色隨意作一護八方神要須安置彼等能摧諸障難

復次蘇婆呼童子應以師子座明王真言其茅座安曼荼羅内先護其身所成就物安於壇上持誦人於彼物上須臾之間復香水灑以相應法呼摩一千遍先取三箇阿說他葉擬所成就物置於葉上以白淨氎布而覆其上即應如法專心念誦乃至當現三種相已即名成就何等三相煖煙火光是名瑞相即名三種悉地成就其三種相現時不可一時頓現瑞有下中上何以如是有一人欲得世間求覓名利富貴自在去處令他人敬念如上一人是第一得煖氣悉地者是有第二中人猒離世間八苦所惱自觀已身非久住處法恐畏造罪彌多墮落三塗所以欲得轉形滅其身影得中壽身世間人不可得煙悉地

者是有一人不欲下中生處直擬出於三界欲得永離諸苦作持明仙人變四大軀求清淨微細之身龍天八部所不能見何況人耶若欲見身隨意自在處於天人之座爲衆說法或一小劫或一大劫或無量劫說法不絕利益衆生不可盡求如是辯才欲紹菩薩位故譬如人死冷觸遍身却得中陰來入身中却得甦活壽命百年又如日光以照火珠便出其火亦如此等於後有如是等上上人能勤苦念誦精進不懈獲真言悉地成就以菩提心光照無明闇慧珠便出四辯俱發證得三明三毒永滅八苦俱無得八聖道九惱休息得九次第定十惡屛除得十一切入諸力具足如金剛菩薩神通自在無有障礙當獲金剛不壞之身是名得火光悉地者是是名成就之法若論心內成就事者其相若現即便悉地云何心內悉地或於佛像頂上見華鬘動或見尊容眉動或見嚴身諸瓔珞動或見空中雨種種天華或於空中微有香風動諸林中或下細微香氣之雨或覺地動或聞空中有聲作如是言汝所求者今當說之或見燈焰明盛其色潤澤耀如金光增長高餘一丈或見油盡燈光轉盛或覺自身毫毛頻頻悚豎心生歡喜或聞空中天樂之聲或見空中本尊及其眷屬圍遶下來若見如上斯等相貌者報知自身必獲悉地無疑即應速辦香華於淨器中盛滿香水復安五寶是爲遏伽珍重奉獻即以深心恭敬胡跪叩頭量本功夫應求願果即自陳說彼尊所言善哉佛子汝所求願豈不小耳若有衆生發心修

菩薩行佛身尚獲何處慮此頗不隨於汝從今巳去恣汝所欲終不違耶因汝得頗一切衆生亦復如是速發菩提早求解脫既得頗巳歡喜深心頂禮胡跪讃歎復以遏伽如法供養所持眞言對彼尊前誦之然後即應如法發遣一切持眞言者法皆如是勿使錯悞枉棄功夫

請問下鉢私那分品第八

復次蘇婆呼童子若念誦人問下鉢私那者應當如是法請召所謂手指或銅鏡及清水横刀燈焰寶等虚空尊像童子眞珠火聚石等於如是處鉢私那下者請召來巳當即自說天上人間及過去未來現在超越三世善惡等事一一具說法若有闕持眞言字數或有加減或不經誦不具正信亦不供養於不淨地天不晴明童子身分或臏或少有斯過等私那不下若欲請初應持誦私那眞言持誦功畢即於白月八日或十四日或十五日是日不食以瞿摩塗地如牛皮形即將童子清淨澡浴著新白衣坐於其上以華香等而爲供養自亦於内面向正東而坐茅草又若欲令彼鏡中相貎現者相先取其鏡以梵行婆羅門呼摩之灰揩鏡令淨或七八遍乃至十遍置於曼荼羅上仰著鏡中即現出世間事又於横刀中看事法者亦同如鏡

若欲於手指面上看吉凶者先以紫礦水清淨其指後以香油塗之即現諸吉凶事若欲於水中看者淨漉其水置於瓶中或甕中然後遣一童子於中看之即皆見一切吉凶

又欲令見下於寶等及眞珠中看者即以淨

水灑於寶等及珠上端心淨住念誦眞言百八遍即現一切相貌

又若欲令尊像所下者以華供養即自現之燈之中亦如前法乃至夢中爲說諸事如上所說下私那法具修行若不下者即應一日斷食具持八戒發大慈悲或於制底或於端嚴像前取部母眞言或取部主眞言作如是復誦念法極須專心不得搖身及眠坐於茅草持前部母部主眞言等任誦一遍數滿落叉或二落叉意將足若此法者呼我唵字枯木尚入其中令遣下語何況人耶

又若欲童子所下即揀取十箇或八或七或六或五或四或三或二或年十二或八歲者身分血脉及諸骨節悉皆不現圓滿具足眼目端正青白分明手指纖長脚掌齊平八處表裏圓滿身相具足鬚髮青黑人所見者心生愛樂若得如是等童男於白月八日或十四日或十五日澡浴清淨著新淨衣以香華然燈塗香燒香與受八戒其日斷食令坐其前曼荼羅內次即以香華然燈塗香燒香種種飲食供養本尊及護八方大神及阿脩羅諸餘鬼類一一皆須供養又以妙華散彼童子身上及香塗身然後念誦之人手執香爐頂禮本尊念誦眞言先置缾字中間應呼揭唎忻拏之句又呼阿毗舍云過入字又呼乞灑鉢羅二合云速私那下巳即有此相現時爲眼目歡悅視物不瞬無出入息即當知私那合即取遏伽水及燒香供養心念最勝明王眞言即應敬問尊者是何類神自他有所疑惑即應速問彼自當說三世之事求利失利及苦樂等

所聞之教宜速受持勿生疑惑所問事畢即發遣若具此法私那速下若不依法即不得成就爲人所笑復私那白下者彼童子等面貌熈怡容顏滋潤眼目廣長遶黒睛外微有赤色精神意氣有大人相無出入息眼亦不瞬即當應知是眞私那

若魔等下者即别有相貌眼赤復圓如人瞋視眼睛不轉張口恐怖亦無出入息眼亦不瞬即當應知夜叉等下即須發遣若不肯去者即應便誦妙吉祥偈或誦不淨忿怒金剛眞言或讀大集陀羅尼經如上讀誦若不去者即應以師子座眞言用過伽水或波羅賒木共酥相和呼摩百八遍或以胡麻或稻穀華酥蜜相和呼摩百遍最後以軍荼利眞言呼摩七遍或三遍即便捨去智者善解如是妙法復能一一如法修行不以勞苦而獲成就

分别苦難分品第九

復次蘇婆呼童子有念誦人過去殺阿羅漢今世返逆父母幷破和合僧以懷瞋心出佛身血惡習氣故今生求人過惡觸事不閑詐作解相如是等人不値善友善友惡故反生邪見又破窣覩波及殺畢定菩薩自汙羅漢母教人令殺或盜僧財物或多或少世尊說是五逆無間罪人若犯者一罪增一倍若具犯五逆者轉增五倍命終當入無間地獄受十大劫苦復現身造罪不知邊際癡心高慢不懺首過轉生我見而欲誦持眞言祕藏假使勤苦念誦眞言終亦不獲悉地以障重故未對首懺謝其罪故未償佛物法僧物及一

切衆知識等物凶突頑愚曾未改悔一毛頭分故何能持誦眞言求獲悉地果耶四趣長遠一墮於中何時當得出離解脫此等苦類一切衆生不受惡道業者世尊不應說有一闡提及地獄等苦何解須求得解脫苦心毀體而求悉地又諸佛所說微妙經典瞋心損壞或放火焚燒或棄水中或棄不淨廁中或謗法身或殺持戒比丘比丘尼優婆塞優婆夷或欲打罵欺陵惡言謗毀求其長短持火燒伽藍精舍毀壞尊容及僧房等此等之罪斯人報盡命終當墮十方一切阿鼻地獄等皆受千劫然後墮餓鬼中鬼身畢已復墮傍生傍生畢已最後獲得人身六根不具常生下賤家乞匃而活役使身力恒以傭擔死屍求財活命食飲不充其口恒受饑餓不擇食飲或噉狗猪猫鼠等肉以充其命若逢善友即發菩提若值闡提愚癡等人還造惡業復墮地獄還經數劫世尊所說諸佛如來還供養如來何以故求福故何況凡夫專事頑愚不求福耶菩薩憐愍衆生而得佛身不捨一切衆生見者觀視敬念無有猒足菩薩不害衆生一生之命何況多命以不害故而得無諸病苦身得具足得佛之後復增壽命施食亦爾得壽命長衆生遇佛影中皆得安樂保全身命菩薩常謙下衆生承接供養若有所須不違前意皆悉給之若前人解法以身牀座令坐其上以聽妙法得以奉行不生退轉求佛常身何況凡夫一無所解福無毫分輕慢一切而事高心不遵智者行壇果業今說罪福二等粗略言之有罪之人先求懺悔對

首發露其過一一具述覆藏不述罪亦難滅然後尋好明師遵承供養珍重看仰請求入三昧耶法尊許得入壇已於後漸漸諮問眞言法則得已修行當得悉地無善心者虛費語功唯地獄苦楚能迴此等類

復次蘇婆呼童子若念誦人先於三寶處起恭敬心謙下卑順向前胡跪合掌白尊者言我今懺悔一切罪障願悉消滅於今已後更不重造願尊慈悲攝受我等於佛法中發無上菩提至得佛已來勿值惡魔壞我菩提眞實之見願尊證知從今向去更不歸餘邪魔外道惡人亦不禮拜雜類諸天神等唯佛菩提及三寶所繫心一念誓不移易常發如是等願其所作念誦事法速得悉地亦得救攝衆生代受苦惱衆所須之物我雖薄福隨其力辦悉令充足以我發菩提心念誦眞言威力令我摧伏猛害毒惡人類不能爲害自然消滅令一切衆生悉無畏懼我今以眞心念誦諸天善神衛護故眞言威力不可思議一切衆靈欽敬恐怖何況凡夫惡人而不摧滅者耶行者凡持眞言者無故以手斷草木以脚踐踏蓮華及諸壇地并契印等亦復禮拜諸藥等類亦勿喫供養及祭祀鬼神之食或喫所棄著地食勿共婦人語及畜生等於清淨處行非爲法事以明及藥捉諸蛇類或乘象或及生驢欲令走故以杖打之致於病難及遭苦難人處不發慈悲念如是之人念誦眞言亦難成就不名智人譬如虛空終不可量於三寶及衆人處行益及損獲善惡報亦復如是又勿作網羅羂索及諸方便傷害衆

生及畜猫狸羖羊籠禁鸚鵡及諸鳥類如是之人今世後世念誦眞言亦不成就是故不應受用供養世尊之物所供養食亦不應踐脚踏墮地之食不堪供養物不應頂戴亦不應禮拜大自在天及日月天火天那羅延天假令遭苦亦不應禮彼所設教不應誦亦不應供養有人持誦彼天者持誦之人亦莫生瞋但莫隨喜當加憐愍墮邪見人亦勿誦彼眞言讚歎彼德設若有財供養以慈悲至願一切衆生當住正見發如是願凡所作業先當禮拜一切諸佛及所居處次禮一切金剛護法善神衆譬如初月雖未圓滿然諸人等致敬禮拜念誦之人常須尊敬菩薩緣覺金剛及聲聞衆雖未覺滿漸漸當成菩提滿月是故當須致敬禮拜諸菩薩一切聖衆彼等菩薩能荷負一切衆生以救濟故發大慈悲已淳熟故有愚癡下劣衆神力不可思議具大精進眞言祕藏從此而出若不拜者非但眞言不成亦毁謗諸佛譬如從華乃成果實華如菩薩果喻菩提是故應須頂禮歸依佛法僧寶菩薩雖復行於欲者示現行欲於剛强者示現剛强於柔輭者示現柔輭慈悲然後菩薩無憎愛云何不禮彼等菩薩以行種種眞言法則隨類能滿諸衆生願故復能了知一切業果是故應禮尊師

蘇婆呼童子經卷中

音釋

搵烏沒切　齧五結切噬也　濼匹各切陂澤也　腎時忍切水藏也　膹時正切多也　礦古猛切　傭餘封切賃也　羖公戶切牡羊

蘇婆呼童子經卷下

唐中天竺三藏輸波迦羅共沙門一行譯

請問分別道分品第十

復次蘇婆呼童子我今爲念誦人說八聖道法謂正見正分別正語正業正命正勤正定正念此是諸佛所行之道念誦之人行此道者眞言乃成於此報盡復生人天勝上妙處過去諸佛行此道故成等正覺現在未來諸佛亦復如是身口意業所修功德常依正教不生疲倦欲如是修行乃名正業飲食衣服卧具及受湯藥常懷知足不生染著是名正命不讚已身不毀他人遠離諸過如避火坑及以猛獸常樂寂靜是名正語不學占相吉凶男女等事天文地理調鷹調馬及以調象射藝書筭世間言論無益之典遠離斯過是名正分別不觀象鬪馬鬪牛羊雞犬等鬪男女相扠相撲亦不往觀離如上之戲是名正念不說王臣盜賊鬪戰相殺婬女之論及以謎語說往昔之事念誦之人乃至未成就中間不應入城村落邑里及生緣伽藍制底處外道神祀所居之處若園林池河如此等處並不應往若不作如前七惣事業常居山林高峻崖峯四絕之頂晝夜不懈念誦眞言無不獲果是名正勤復次蘇婆呼童子若念誦人不獲如前上妙勝處應居空閑神廟或居樹下或住河邊或居山側或泉池林間或無人處或居空室一心念誦或一年之中除安居外春秋二時隨意遊行山林河邊泉池空室專心念誦譬如比丘夏月安居念誦之人亦復如是行人念誦雖滿遍數正夏安居勿

作成就之法雖不作法念誦不得間斷解夏已後如法護身方可作成就之法慎勿法外行事復次蘇婆呼童子今爲念誦人說呼摩法置爐差別之法此法或作團圓或作三角或作四方或如蓮華之形並須有基爐口安脣泥拭細滑外邊基階並須牢固若作善事及求錢財令他敬念作息灾法者其爐須圓若求成就一切諸事或求女人及童子女等者其爐須蓮華之形若作阿毗者囉之法或爲走等事者其爐須作三角若欲調伏諸龍及餘鬼類或令火燒或令苦者其爐須方基脣及爐以瞿摩泥復用茅草布於基上及安基下所塗之處塗華香等隨所辦物供養三寶及本部主并諸明王本眞言主等爐中生火不應以口吹以扇扇火然後取稻穀華和酥或胡麻和酥以本部明王眞言念誦而作呼摩七遍或八或十乃至一十一遍供養明王其作法人面向東坐取酥蜜酪等共和一器中取呼摩木向器中搵於兩頭擲於爐內燒之如是日月不停或七日三七四七五七六七七七日或一月或百日或百二十日其驗證現若如上作法不得成者以年爲期三年六年或十年十二年作不退者畢得大悉地必須如法呼摩正燒火法之時應觀火色於其爐中火色爆焰聲合成不成者自有相貌現耳其火無煙焰如金色右旋宛轉焰烽熾多其色或白或如紅色或焰極赤猶如珊瑚色滋潤其焰上衝復流下廣或如日月光其焰形狀飄幢傘蓋吉祥字形螺貝蓮華或如呼摩酥杓等形或似三股五股金剛杵形

或如橫刀如草束形或似車形或如蠅拂聲吹笛觱篥等聲或如螺聲得如上種種音聲其氣猶如燒酥之香復無爆烈其火不扇自然得如斯相現必當獲得廣大悉地又觀燒火不成就相貌法者正燒火之時或起煙多亦復爆烈其焰難發假令發時亦不增盛後時頓滅由若無火焰色憔悴黑如闇雲如波羅賒形猶如一股之叉又如皺箕男根牛角之形其火出聲狀如驢鳴又復迸火燒念誦人爐內香煙如燒死人之氣現如斯相已念誦之人悉地難得行者見斯不祥之相即應以赤身明王或吉利吉羅或以不淨忿怒等明王眞言而作呼摩其不吉相即當消滅必須如法非是輕爾念誦人愼勿剃除三處之毛亦不應火燒復塗藥遣落及以手拔譬如有人手執金刀若不善解執持自當損害持眞言者不依法則婬亂熾盛以除三處之毛呈示女人發生欲想非但眞言不成如執利刀自害其身念誦人縱不依法則者其部主明王眞言主等皆是菩薩終不損害人左右侍從見彼過故即便損害當須謹卓勿行非違自招其禍復次蘇婆呼童子若念誦人及欲成就并作諸法無有障難求悉地者以諸飲食祭祀諸天修羅藥叉龍等伽路羅共命鳥等羯吒布單那乾闥婆部多諸鬼魅等或居地或在虛空行者右膝著地啓請言曰居妙高山天諸部多居歡喜園及餘天宮居日月宮或居河海所或居陂澤泉水或居村落及諸神廟或居空室或居天室或住伽藍制底或居外道草庵或居象室或居庫藏或住

街巷或居四衢道邊或依獨樹或在大路或住塚間或居屍陀林或寄大樹林或居師子大蟲遊戲之處或住大砂磧中或居諸洲上妙處所皆諮屈請與諸眷屬降臨來此我所營辦華鬘塗香燒香飲食及燈明願垂歆饗我所求事滿足其果以供養諸鬼神已後應別日供養護方諸神如前辦供胡跪合掌即應召請謹請東方憍尸迦天與諸眷屬來降道場願垂受供次請東南方火天仙等與諸眷屬來降道場願垂受供次請南方閻摩羅法王等與諸眷屬來降道場願垂受供次請西南方泥唎底部多大王等與諸眷屬來降道場願垂受供次請西方嚩嚕拏龍王等與諸眷屬等來降道場願垂受供次請西北方風神王等與諸眷屬來降道場願垂受供次請北方多聞天王等與諸眷屬來降道場願垂受供次請東北方伊舍羅天王等與諸眷屬來降道場願垂受供次請上方梵天王等與諸眷屬來降道場願垂受供次請地居所有諸大神王等與諸眷屬來降道場各住本方所辦供養願垂納受復願常時衛護於我如是供養諸鬼神等及護方神王行者無諸難事意所求願皆悉滿足

請問分別諸部分品第十一

復次蘇婆呼童子世尊爲利益未來一切衆生故說三俱胝五洛叉眞言及明名曰持明藏又聖觀自在說三俱胝五洛叉眞言於此部中眞言王名曰阿耶吉唎婆(此云馬頭)此部曼荼羅名曰你毗耶(合二)復有七眞言王十二臂爲眞言王六臂上髻滿如意願四面不空羂

索二臂猶如日光照耀世間此等七眞言王並是馬頭曼荼羅所管復有八明妃謂目睛妙白居白觀世獨髻金顏名利稱苾唎俱胝此等皆是蓮華部中明妃復說種種妙曼荼羅及諸手印我利益貧窮衆生及摧諸鬼類故說七俱胝眞言及曼荼羅復有十使者七明妃又有六十嬪又有八大心眞言又有軍荼利等無量忿怒又最勝明等無量眞言王是故此部名曰廣大跋折囉復有大神名曰般支迦說二萬眞言此神有妃名曰彌佉羅說一萬眞言名曰般支部復有大神名曰摩尼跋陀羅說十萬眞言多聞天王說三萬眞言復有諸天及阿脩羅等於世尊前說無量明及諸眞言其中有入金剛部內者亦有入蓮華部者亦有入般支迦部者亦有入於摩尼部亦有非部所管者如上所說眞言略教種種法則於五部中並應修行復有諸天所說眞言世尊印可許者亦應修行如是法則者若乗此法者即得相願成就復次世尊於內亦於有勝上妙寶從此復流究竟法寶中復生八大丈夫不退衆寶如是三寶世之所稱是故念誦人若欲滅罪生福希速得現前滿願者先歸命三寶又若欲持誦金剛部內眞言者初歸三寶已次稱那陀㧕荼跋折囉波拏曳摩訶藥叉栖那波多曳次後即誦眞言蓮華部內亦然般支迦部亦然摩尼部亦如上法初歸三寶次歸部王然後乃可念誦眞言若不歸依釋教復行聲聞乗緣覺乗者信不具足內懷腐朽外示精進復懷慳貪悋者不應執我此跋折囉若有苾芻苾芻尼及

優婆塞迦優婆斯迦毀呰深妙大乘言此所說皆是魔教復懷愚癡爲言執金剛菩薩言是大藥又復不敬禮諸大菩薩心生輕慢爲利故詐解持誦如是妙眞言者如是等愚人不久當自損害軀命亦如前說佛菩薩終不害人然於部内有諸毒猛鬼神見彼癡人謗持金剛杵者便生瞋怒即害彼命摩醯首羅天說十俱胝眞言那羅延天王說三萬眞言大梵天王說六萬眞言日天子說三十萬眞言伽路荼王說八萬一千眞言摩醯首羅大妃說八千眞言火神王說七百眞言摩登伽天王復說三千眞言諸龍王妃說五千眞言羅刹大將說一萬眞言四天大王說四十萬眞言阿脩羅王說二十萬眞言忉利天王說三十萬眞言各各俱說眞言手印及曼荼羅依法受持若爲此教非眞不成亦當自害

請問分別八法分品第十二

復次蘇婆呼童子念誦人所有成就之法總有八種何等爲八謂成眞言法成金水法成長年法出伏藏法入脩羅宫法合成金法土成金法成無價寶法是名八法於中有三成眞言法入脩羅宫法得長年法是三種法是名上上悉地法或無價寶法土成金法出伏藏法此三種法是名爲中合成金法成金水法第三二法是名下法若有衆生眞有戒慧樂此法者如是之人樂上上成就若有衆生多貪財欲者如是之人樂中成就若有衆生多愚癡故反價求利者如是之人得下成就上上之人唯求上驗勿應求中下證若遭窮貧者應求中品亦勿求上驗亦莫求下證下

下之人依前求之亦勿改易若欲獲得如上所說種種成就應須修福具福之人求前八種之樂延命長壽威力自在端正聰慧皆得成就若人戀家業修善法敬念三寶常不離心憶眞言念誦不間如是之人速得成就念救衆生復能滅已身罪并能獲今世及後世樂眞言之外更無異法能與衆生樂者譬如大火下降及與霜雹能損衆物無可避脫眞言威力降下衆生心田能除苦惱及諸罪障碎壞無餘善功德芽日日滋茂如意寶樹能益有情種種意願眞言妙藏亦復如是或與成就菩薩位地乃至佛果或與成就明仙位地或與富樂色力長年有諸菩薩觀諸有情遭諸苦難及餘怖畏王難惡賊火雹等苦即自變身爲眞言主形救濟衆生令脫苦難使安無怖快樂恣情盡報壽命若復有人雖處居家受諸欲樂佛說眞言發心欲持設得少法似行不行念誦多有違犯作其事法多不備具彼人每日不喜念誦遍數足與不足中間即停心貪餘部眞言法則無驗却就舊業而剋期心心不休廢數當漸滿忽覺少驗心生歡喜歡喜已即發露以首諸過其罪即滅離五欲障還具戒體清淨之身還入靜室更誦眞言滿十萬遍已即須作求成就法不久即得如意所樂眞言悉地於後所作一切諸餘眞言法則皆得成就

復次蘇婆呼童子若念誦人正澡浴時用淨土和水遍塗其身然後入於清淨大水隨意洗已或面向東面北洗手足已以其兩手置於膝內以水遍灑於身吸水勿使有聲即用

右手作掬水法於其手掌勿令有沫呪水三遍吸水三遍勿使有聲以手母指兩邊拭口及以灑身即作護身作護身訖然後齒間垢穢舌中覺觸或復欬嗽涕唾更須如上呪水口吸乃至拭口澡浴畢已即往淨室中間不應與餘外人或男或女出家在家淨婆羅門童男童女及黄門等語及與相觸若有相觸者一依如前澡浴及飲水拭口然後莫共人語即入淨室念誦設使急事不得停休要須數滿然後出於精舍亦勿受他利養乞食已作業日夜不闕如是之人妙眞言神唐然入身若求成就者念誦之時有施主惠施衣裳金銀珍寶安乘嚴具塗香燒香飲食卧具如上等物乃至分毫不應納受復次蘇婆呼童子念誦人大小便利畢已應用五聚土三聚洗後一聚洗前其一聚獨洗即出惡處就於淨處分土十聚先用三聚獨洗左手復用七聚洗其兩手已後更取三聚二手内外通淨洗令淨然後已重任用土水清淨洗之譬如春時風揩樹木自然火出以省功力遍燒草木以念誦火用淨戒風以勤相揩盡燒罪草亦復如是復如寒霜日曜即消以用戒日念誦之光曜消罪霜亦復如是譬如室内久來有闇若將燈入即便闇滅以念誦燈照罪障闇悉得消滅念誦眞言乃至呼摩便獲成就若此法不成就者應近江河潬上取淨好砂印成十萬窣堵波安置河邊以香泥塗塔如是一一塔前各誦本眞言至誠懺悔作滅罪法無始已來所造罪障悉皆消滅此世當獲成就現報念誦之人持戒爲本精進忍辱於

諸佛所深心恭敬發菩提心勿使退轉恒須念誦莫有懈怠譬如國王具七種法能治人民及自安樂持誦之人具此七法即滅諸罪乃獲成就初應念誦如法勿有闕錯以次呼摩以呼摩故本尊歡喜即便施與如意樂果

復次蘇婆呼童子念誦之人若欲成就攝喜人法乃至欲取百由旬外者皆是藥叉之婦力耶爲愛欲故求成此法藥叉女者假令悉地者還與藥叉之婦譬如衒賣女色者爲規財故共男子欲其藥叉婦亦復如是雖復共居一劫終無善意伺人其過損害食噉以愚癡人貪餘色故欲行此法成已非直犯斯邪行之咎亦乃自當有損諸念誦人法他不可廢有業相當者任行此法於佛法中有心趣向者勿行此軌非利益事是愚人法爲初學人示現說之非是正道

復次蘇婆呼童子有諸菩薩金剛及天龍藥叉脩羅等對於佛前及緣覺聲聞衆中各自說眞言世尊爲我證明如來爲利益諸有情故皆悉證許復慈加被我今說眞言皆有三品成上品者謂昇空而去入脩羅窟自在變形作藥叉女夫主者長年成幻化法自變已身爲寄跡等成中品者獲得錢財乃至自在富貴舉意從心下品者令人相憎及能攝來從國令去乃至令枯下中下者爲療鬼魅龍鬼嬰兒令人惛沈多睡兩手或展或舒令攫拳縛抱及遣耳語及阿引吠設那鞭打令去乃至損害及令衆人共誦眞言或令衆人以脚踏地令著鬼魅悶絶躃地置於四衢道頭以白氎蓋來者令看復令一人從脚徐挽白

氈隨起氈盡還復本心及療鼠毒攝閉人呼召諸龍縛衆多人令不得動療治被毒及能移毒以毒毒人毒成人眼亦復治却被之人禁令不引發遣毒蛇不令傷人作人及成使者示現人龍以爲音樂著魅者令差如是等類皆是外法不可依行復有毒蛇類合有八十其中有二十舉頭而行於中六種住即盤身復有十二種雖螫人無毒數内復有十三蚍蛇中之毒於外之地餘雖螫人有時被毒有時無毒復有蝦蟇辟宫蝪蜥蜘蛛等類及雜毒蛇蟲如是分別其數雖多然所行猛烈毒者數不過六種一者其蟲屎穢溺人便有毒二者溺著人身便即有毒三者觸毒蟲行時不令人見若觸人身即便有毒四者涎唾著人即便有毒五者眼毒其蟲以眼視人便即有毒六者齧毒其蟲著人者便即得毒持眞言者不畏彼毒如是諸蟲上中下品分別合成數種之毒是故餘天神說如是諸蟲或以毒惛醉而放猛毒或以大瞋而放猛毒或恐怖而放猛毒或飢餓而放猛毒或懷怨而放猛毒或死時至而放猛毒其齧毒復有四種一者傷二者血塗三者極損四者命終其齧毒者云何知耶所齧之處有一齒痕其毒微少爲是名傷血塗之毒其狀云何有二齒痕致使有血名曰血塗極損之毒有三齧痕令使傷肉名曰極損命終之毒其狀云何所齧之處有四齧痕便纏其身是名命終此之一毒縱使外道眞言妙藥無能治差譬如猛火燒身或以刀割被毒之苦亦復如是持眞言者其毒即滅譬如大火興盛若以雨灑其

火便滅眞言攝毒亦復如是智者妙解種種類即以持誦大威眞言共諸毒戲一無怖畏如師子王入於牛羣無有顧視恐懼之心復次蘇婆呼童子世間人等常有種種鬼魅病苦或天魅或龍魅或阿脩羅魅或乾闥婆魅或伽嚕荼魅或緊那羅魅或摩呼羅伽魅或藥叉魅或羅叉娑魅或持明所魅或餓鬼魅或毗舍遮魅或宮槃茶魅如上種種諸鬼魅等求見祭祀故或戲弄故或殺害故或遊行世間多求利故或常噉血肉故或伺求人過失故或常瞋怒故或繫捉衆生故或煩惱熾盛故或飢餓故或擊衆生令他心亂故或歌或舞故或喜或悲故或懷愁惱故或時亂語故如上種種異相令人恠笑病等應以金剛鉤或以甘露瓶忿怒金剛等眞言作法療治即得除差如上病患之徒又火神眞言風神眞言摩醯首羅眞言大梵天王眞言忉利天王眞言那羅延天王眞言四天王眞言日月天王眞言藥叉王眞言金翅鳥王眞言彼等鬼魅不懼如上餘外天神眞言者若聞金剛鉤之名號者自然退散何況作法持眞言而療治不愈者智者知彼魅鬼性行及療治法然後無畏諸佛菩薩所說眞言以如來加被力故餘外天神眞言不能破壞如上眞言之者又欲滅罪之者於空閑靜處應以香泥或以近江河處以砂造制底中安緣起法身之偈梵天藥叉持明大仙迦樓羅乾闥婆類部多等類聞此法已恭敬頂禮一時合掌而作是言希有尊者愍念衆生希有如是微妙悲行或見尊者手執赫爠大跋折羅或執堅

固鐵杵或執猛利火輪或見手執不空羂索或見手執三股大叉或見手執大横刀或見手執弓箭或見手執棒或見其器仗殊異令人怖畏或見相好端嚴令人可樂或見尊者爲藥叉將我等歸命大慈悲者我等修行諸天脩羅人非人等恒常護念深心恭敬依教修行不敢忘失若世間閻浮提内及四天下有四衆比丘比丘尼優婆塞優婆夷童男童女得聞此法者現世得離苦難若能如法依教修行一切眞言與此教相應報得悉地無有疑耶得聞上法何況依教修行而不獲果我等八部眷屬常恒護衛修道人故一切惡魔毗那夜迦藥叉等類不得其便若有貧窮衆生依此法教持明眞言者現世遠離貧窮苦惱富貴自在人所欽敬一切鬼神冥加護衛若欲進求勝上出世解脱者前件已列任意所樂依教修行勤精不退不久獲得持明悉地威耀世間如日出現無有障礙心無亂動除不至心日夜不懈我等眷屬常不離左右助益其力畢獲成功時執金剛主告言汝等大龍八部能隨我語衛護眞言及大乘藏并一切衆生助成修道者我亦往昔作天身龍身并受一切大力之身於彼身中以威力故常護佛法於僧寶及大乘藏眞言密典并愍衆生佐助修道人力不令惡人得其便故不使國王大臣生瞋怒故從凡至金剛已來此願不曾退廢今獲如是執金剛忿怒自在之身我若左顧右眄觀察十方兩目視瞬一切世間界地六震動上至有頂下至水際於中有魔宫眷屬光明失色猶如聚墨在珂貝

邊所有宫殿碎壞猶如微塵脩羅種類四散逃避自然殄滅魔家眷屬迷悶躃地或有身體猶如火燒或身乾枯者或有卧屎尿中者或被山壓身者或卧氷山中者或卧鐵圍山中者卧須彌峯倒垂欲墜生恐怖者或卧大河陂中生恐怖者或卧海底不見日月光者或卧空中被日所炙受苦惱者或飢寒者或受貧窮者或受地獄苦者或受餓鬼身者或受畜生身者或受飛鳥身者或受毒蛇身者或失本身形生者或身火出自燒而受苦者或兩目出火自燒面者或男身上生女根出不淨臭穢者或女身上生男根不羞恥者或屎尿從口出者或被猛獸食噉者或被蛇螫受苦痛者或食飯口中出火燒舌齒燋者或手脚墮落者或身體洪爛者或病卧者或氣

欲斷者或死者受牟稍苦者或受火輪苦者或受劒戟苦者或被白象踏者或被水牛觝殺者或被人殺者汝等天人雜類應知此等天魔常障修道人故我今現少右顧左視三昧神通其魔眷屬即受如斯苦惱何況入火三昧現奮迅神通從徃至今常護此修道持眞言人故及護佛法并一切衆生得如此力令魔怕懼不得正視我面况世間惡人能不怕者若有比丘或在家菩薩能發丈夫恭敬佛法僧寶及護大乘典并祕密藏修持眞言者能制國王大臣及一切惡人等勿令得便毀呰惡言者此等獲福得神通威力共我無異一切魔王怖懼生其苦惱與前件無別當得果報至我住處汝等天龍八部人非人等今於我前發大誓莊嚴護衆生心并護法藏

佐助其力以汝善心深厚故善哉善哉甚善汝亦不久當獲執金剛身得奮迅自在無礙降魔勞怨若我同等時執金剛主告蘇婆呼童子汝當於世流行勿使忘失時蘇婆呼童子言如尊所教展轉流行不敢忘失時會大衆皆悉起立蘇婆呼童子人天八部大梵天王并及四衆圍遶數帀頂禮恭敬頭面著地各發誓願願我及一切衆生得聞此法依教修行速獲如是大威神身力重頂禮執金剛主足已各乘本座辭退還宮忽然不現

蘇婆呼童子經卷下

音釋

觱篥觱畢吉切篥力質切觱篥葭管也　欬嗽欬苦蓋切嗽蘇奏切欬嗽上氣也　揩苦皆切摩也　攫居縛切持也　螫施隻切蟲行毒也　蜴蜥蜴羊益切蜥先的切蜴蜥守宮也　眄彌究切視也　矟所角切矛屬　觝都禮切觸也

一字佛頂輪王經

一名五佛頂經

唐三藏法師菩提流志奉　詔譯

清刻龍藏佛說法變相圖

一字佛頂輪王經卷第一 一名五佛頂經

唐三藏法師菩提流志奉　詔譯

序品第一

如是我聞一時薄伽梵在摩竭提國菩提樹下金剛道場成正覺處大寶帳中其地寶帳如來所感具足嚴淨純以無量上妙珍奇種種莊嚴自然成顯衆色交映出大光明奇特寶輪清淨圓滿以無量色間雜莊飾周遍場地而顯現之衆妙雜色寶蓋幢旛光明晃曜七寶羅網妙香華瓔彌覆其上雨於一切無極大寶自在顯現諸所寶樹枝葉光茂華蘂妙香佛神力故令此場地廣博嚴淨光明普照一切奇特妙寶積聚無量善根莊嚴道場其菩提樹高顯殊特瑠璃爲幹妙寶枝條寶葉垂布猶若重雲雜色寶華互相間錯大寶

摩尼以爲其果樹光明照一切佛刹種種現化施作佛事普現大乘一字佛頂輪王最妙章句菩薩道教佛神力故演出種種梵音妙聲讃揚如來一字明頂輪王呪無量功德其師子座金剛所成高廣妙好摩尼寶王而爲其臺一切寶華奇妙寶珠間錯莊飾眞珠羅網圍覆於上諸莊嚴寶流光如雲照燭十方諸佛菩薩顯現如來方便之教爾時世尊處于此座於一切法成最正覺智見三世悉皆平等其身赫奕放無量俱胝殑伽沙數日輪光王照明十方無邊無際一切刹海諸佛道場各於道場光明中演一字頂輪王一切法教導化調伏一切有情光遍十方無處不至過現未來一切諸佛所有神變於光明中靡不咸覩一切佛土不思議事所有莊嚴悉皆顯現與大苾芻衆皆阿羅漢能善調伏捨諸重擔盡有漏結無復煩惱戒品清白心淨解脱慧淨解脱善修佛慧所作已竟大德自在盡獲已利到於彼岸名稱普聞其名曰具壽舍利弗具壽迦葉波具壽那提迦葉具壽伽耶迦葉具壽大迦葉波具壽大目乾連具壽滿慈子具壽孫難陀具壽鄔波難陀具壽跋地利迦具壽阿泥樓馱具壽迦旃延子具壽摩訶俱郗羅具壽憍梵鉢提具壽大憍梵鉢提具壽孫那羅具壽大孫那羅具壽善現具壽憍陳如具壽制底君惹羅具壽羅睺羅具壽慶喜如是大聲聞衆俱復有無央數大菩薩摩訶薩皆得成就諸波羅蜜功德大海深廣無際如來行地一切智願甚深密教盡已圓滿善知有情一切所行以金剛智如應説

法巧入一切如來功德諸法大海充洽於身周遊一切佛刹海會禮事供養諸佛如來一切諸地陀羅尼智辯才大海皆已洞達無量無邊神通現化三摩地門特達無礙其名曰金剛幢菩薩摩訶薩觀世音菩薩摩訶薩得大勢至菩薩摩訶薩金剛密跡主菩薩摩訶薩金剛勝意菩薩摩訶薩堅固意菩薩摩訶薩虛空無垢菩薩摩訶薩離垢意菩薩摩訶薩普賢菩薩摩訶薩無盡意菩薩摩訶薩虛空勝藏菩薩摩訶薩超三界菩薩摩訶薩無勝持菩薩摩訶薩治世間菩薩摩訶薩天冠菩薩摩訶薩曼殊室利童子菩薩摩訶薩月光童子菩薩摩訶薩不思慧菩薩摩訶薩虛空藏菩薩摩訶薩除一切障菩薩摩訶薩大迅疾菩薩摩訶薩彌勒菩薩摩訶薩寶髻菩薩摩訶薩寶掌菩薩摩訶薩善臂菩薩摩訶薩與如是等菩薩摩訶薩俱復有三千大千世界無量無數諸天天王所謂帝釋天王大梵天王燄摩法王水天王風天王多聞天王蘇使麼天王他化大自在天王那羅延天王伊舍那天王如是乃至光燄天子廣果天子淨居天子與如是諸天王等大威德者并其眷屬俱復有無量百千諸大成就呪仙所謂成就輪呪仙成就劒呪仙成就金剛杵呪仙成就蓮華呪仙成就鉞斧呪仙成就如來種族大明呪仙成就蓮華種族呪仙成就金剛種族呪仙成就大自在天呪仙成就那羅延天呪仙成就鬼母種族呪仙成就摩呼羅伽呪仙成就迦樓羅呪仙成就龍呪仙成就荼枳尼鬼呪仙成就藥叉呪仙成就寶賢滿賢

呪仙成就多聞天王呪仙成就水天呪仙成就梵天呪仙與如是等成就呪仙大威德者而爲上首具復有無量百千如來族衆呪王使者蓮華族衆呪王使者摩尼族衆呪王使者金剛族衆呪王使者與如是等呪王使衆大威德者爲上首俱復有出世世間一切塔神法神虛空神華果滋味神苗稼神山神海神河神洲神城神邑神宅神街神巷神樹神叢林神屍陀林神宮殿神與如是等諸大神王大威德者爲上首俱復有百億日天子月天子星宿天子等大威德者爲上首俱復有一切天龍藥叉羅刹乾闥婆阿素洛迦樓羅緊那羅摩呼羅伽畢舍遮鬼步多鬼訶利諦鬼母等大威德者爲上首俱復有難你濕婆羅鬼王爲上首俱主無量百千諸鬼而爲眷屬又摩醯首羅天王爲上首俱主無量百千瘧鬼而爲眷屬又荼枳尼鬼王爲上首俱主無量百千荼枳尼鬼而爲眷屬於衆會中及有他方無量諸天天子阿素洛阿素洛子大毗那夜迦等大威德者爲上首俱如是三千大千世界一切諸天諸大呪仙龍神鬼等以佛神力菩提樹處周圍五百踰膳那共集衆俱會座而坐不相殘惱如來於時告彌勒菩薩摩訶薩及諸菩薩摩訶薩言善男子此樹乃是一切菩提所莊嚴樹我最初坐此樹下時則破四魔得證無上正等菩提汝等亦應坐斯地處令汝當證諸佛無上正等菩提說是語已寂然不動爾時金剛密跡主菩薩以佛威德承寔往昔本所願力即從座起偏袒右肩整理衣服長跪合掌恭敬瞻仰白言世

尊我今啓問如來應正等覺一字佛頂輪王呪教以何方便設少功力則得成就一切如來一字佛頂輪王出世世間無礙最勝大明呪法圖畫像法澡浴之法加行印壇入三摩地上中下法成就法處坐法卧法誦法持法輪結印法祕密深法證神通法除業障法大安隱法大豐饒法降魔怨法一切如來種族諸呪眞實之法自灌頂法護摩壇法諸時分法諸擇地法乃至廣盡一切有情及有情界菩薩成就行法呪法令是贍部洲界一切有情得大安樂是諸有情以於一字佛頂輪王如來呪力一切當得作大佛事由此因緣贍部洲界一切有情得大安樂即能成就頂輪王法及得成就一切天一切天神種族呪法一切龍一切龍種族呪法一切藥叉一切藥叉種族呪法一切羅刹一切羅刹種族呪法一切乾闥婆一切乾闥婆種族呪法一切阿素洛一切阿素洛種族呪法一切迦樓羅一切迦樓羅種族呪法一切緊那羅一切緊那羅種族呪法一切摩呼羅伽一切摩呼羅伽種族呪法乃至世間出世間法盡皆成就無所障礙爲諸有情作大歸處除諸垢障成我呪法及成觀世音菩薩諸大菩薩大威德者印壇呪法及成一切如來所説無量種類難成印壇呪法處故惟願如來應正等覺愍導有情爲我演説爾時世尊告金剛密跡主菩薩言善哉善哉密跡主汝能爲當來一切有情作大利益於我問是一字佛頂輪王最上章句成就一切如來所説呪壇法等令諸呪者住勤修趣是故密跡主汝當諦聽諦聽善

思念持我今爲汝分別解說一切如來一字佛頂輪王無上法毋令諸佛子得法眼淨我見往昔一切如來已說未來一切如來當說我及十方現在刹土一切如來今說

爾時釋迦牟尼如來應正徧知明行圓滿善逝世間解無上丈夫調御士天人師佛世尊即以佛眼盡周觀察十方過現未來一切刹土一切有情有情界及此三千大千世界一切有情有情界一一往昔發因願力善根處告諸菩薩摩訶薩言善男子憶念一切如來一字佛頂輪王呪一切最勝大三摩地最不思議神通力處是法能於一切世界作大佛事時諸菩薩摩訶薩得佛教誥各憶念於一字佛頂輪王三摩地法惟除觀世音菩薩金剛密跡主菩薩何以故佛神力故爾時世尊坐菩提樹下金剛福地便入一切如來一字佛頂輪王神變大三摩地俱時十方現在刹土一切如來皆坐菩提樹下金剛福地亦各同入一切如來一字佛頂輪王神變三摩地當時世尊入是神變三摩地時盡周憶念十方三世一切刹土一切有情有情界及此三千大千世界一切有情有情界則以無量俱胝殑伽沙等大劫所修積集布施淨戒安忍精進靜慮般若苦行無邊善根從三十二大丈夫相放大光明所謂頂上眉毫眼耳鼻鬚頰脣口齒齗齶牙頷肩肘臂手胷乳心臍胷上相字髀膝脛踝腕掌背指如來千輻轉輪法印如來如意印如來槊印如來錫杖印如來心印如來難勝奮怒頂輪王三摩地難勝印如來大慈如來大悲如來三摩地如來無

畏授衆記莂如來大明呪王如是相處一一各放無量種光其光各有種族光明圍繞莊嚴最於頂上出放無量無數奇特殊勝百千光明其光各有種種雜色所謂青黄赤白紅雜色光是光晃曜徧照十方無量無數種種佛刹及此三千大千世界一切地獄傍生諸界黑業有情一切罪惱盡皆銷滅一切行化持呪菩薩遇斯光者悉皆成就如斯現者盡是如來無量大福光照滋澤現不思議經須臾時作大利樂拔諸有情一切苦業光復映蔽殑伽沙數一切佛刹一切魔界魔之宫殿魔所光明是等世界光皆徧照上至有頂下至阿毗地獄是中有情遇斯光者各相警慰身心愉喜其光還來繞佛三帀各復本相是時釋迦牟尼如來放斯光已從三摩地安徐而起觀諸佛刹及觀會衆如師子王告金剛密跡主菩薩言汝今諦聽一字佛頂輪王大明呪王佛眼呪王四鄔瑟膩灑明呪呪王此等呪王是如來手是如來脣是如來口轉法輪王施大利濟一切有情若此世界一切菩薩摩訶薩等及諸苾芻苾芻尼鄔波索迦鄔波斯迦諸族姓男族姓女等具能依法讀誦受持如是一字佛頂輪王大明呪者所有一切諸天世人種種神鬼悉無能害作諸破壞是人當得一切安壽無量福樂行大慈悲住不退地無諸惱疾火不能害水不能溺刀不横害毒藥毒蛇亦不中害我此一字出生三摩地頂輪王呪若有新學大乘菩薩摩訶薩及諸人等信向誦持書寫佩者則得安隱爲諸無量大威德天常擁護之諸惡天龍毗那

夜迦不相障惱若書寫者當淨洗浴著鮮潔衣如法齋戒坐於壇側樺木皮上雄黃書呪施諸苾芻及苾芻尼置袈裟角恭敬佩之若有國王王族妃后大臣僚佐諸族姓男族姓女等而樂佩者各戴頭上或繫項上或腕臂上則得安隱除諸障惱魍魎乇疾常為諸天觀敬讚歎當不墮於諸惡道界密跡主是大呪王亦能滅諸災星變怪作大安樂亦能攝伏一切天龍八部神鬼亦能成就當諸呪者無上業緣復告金剛密跡主菩薩言是一切如來白傘蓋佛頂輪王呪高頂輪王呪勝頂輪王呪光聚頂輪王呪同等住於一切如來三摩地中神力皆等無量廣大猶不能及一字佛頂輪王最上大三摩地明呪之力是呪何故最上無等假如佛眼明呪佛毫相呪摧碎頂輪王呪難勝奮怒王呪合說是呪以此因緣得名最上無等等侶又從大悲大丈夫大師子吼一切諸大菩薩摩訶薩等不能摧壞一切諸佛神通威德慶護加被作大智光破諸黑暗堅深淨慧能作吉祥福相威德世間最勝無垢清淨勇猛堅固現四無畏能作離生四無礙智四念住智無忘失智廣大無量能作無間金剛十力大光威德滅諸垢障入諸佛智能成一切諸大菩薩萬行功德如來相好一切智智能作一切勇猛寂靜法定法幢高無障礙大威德處能與一切業惡有情作道聖諦大慈大悲大喜捨處能現一切如來神力無上菩提大明鏡智三摩地處爾時世尊為顯一字佛頂輪王大威德力欻變身相如大轉輪王具足七寶眷屬圓滿一時

顯現一一寶中各放大光輪照無邊一切法寶俱時出現放雜寶光是大轉輪王坐於座上身容赫奕放種種光映照一切如鎔金聚即說一字佛頂輪王呪曰

娜(乃賀切下同)莫繞(蘇賀切下同)曼彈(多可切下同一)勃馱南(二)唵吽(二合三)勃琳(琳字重彈舌呼二合)吽(四)

爾時如來說是呪時殑伽沙等三千大千世界一時六返震動如贍部洲旋嵐猛風吹諸叢林草木動等是中一切蘇彌山王亦皆大動一切河海盡皆涌沸以佛神力一切魔宮大火遍起是中諸魔爲火所逼悉皆惶怖稱佛歸依一切地獄苦皆消息會中有情各及眷屬無有一能闚瞻仰者是會一切諸大菩薩如彌勒等亦無有能闚瞻觀者其觀世音菩薩金剛密跡主菩薩以佛威神欻然之間悶絶躃地是時彼諸大威德天所謂大自在天那羅延天帝釋天俱廢羅天婆魯拏天餤摩法王乃至一切諸天天神一切神鬼大威德者所執輪戟杵索棒杈及諸侍從各手器仗悉皆墜落是諸菩薩佛加持力憶念一切如來一字佛頂輪王菩提神通大三摩地是時一切諸天龍神藥叉羅剎乾闥婆阿素洛迦樓羅緊那羅摩呼羅伽天神鬼等一時戰怖身毛悚竪無敢觀瞻大法輪王姿貌威光時惟等心歸佛世尊

南無佛陀南無佛陀爾時世尊爲令觀世音菩薩金剛密跡主菩薩及諸大衆得醒解故疾須臾間隱易是身還如來相告彌勒菩薩摩訶薩言我今復說一切佛眼大明母呪爲息可畏難調伏者爲欲成就出世世間一切

佛頂大輪王呪一切事位滅諸諍論是呪乃是一切諸佛種族毋呪復是一切諸大菩薩生養育毋又是諸佛佛眼明呪即說呪曰

娜莫薩縛(無可切下同)鞞詑(他可切下同)誐(魚迦切)鞞瓢(毘遮切下同)一囉褐繫(毘藥切下同)二三藐三勃勝繫三唵許(二合)四嚕嚕五塞(僧乙切)普嚕六入嚩攞(勒哥切下同)底(丁禮切)瑟䭾侘(丑價切下同)悉䭾盧七(輕呼)者禰(奴禮切下同)八薩嚩喇詑娑䭾你九窣(二合)嚩訶十

說此一切佛眼呪已其觀世音菩薩金剛密跡主菩薩以呪威力即醒起身其諸威德一切天衆各復本心愉躍安樂各各持所本自器仗等心歸佛瞻仰讚言希有世尊希有善逝時觀世音菩薩金剛密跡主菩薩合掌瞻敬白言世尊如來今日何故特化大轉輪王身大光明聚甚奇希有本未曾見如來告言

大善男子此是一字佛頂大法輪王執持諸佛形相神變三摩地門大善男子譬如汝等集大壇現種種威德諸神變像不思議事如來亦爾如是振現大法輪王奇特色身姿貌威德大善男子此頂輪王是真一切如來安住最勝三摩地身所有一切諸大菩薩無能超越一切呪王亦無過者大善男子若所在方處持此呪者五百踰膳那出世世間一切呪王悉無成住汝等同此方處所說加持大呪亦無成住若有念是一字佛頂輪王呪者則得出世世間一切大呪悉盡成辦汝等所說一切呪法誦持無驗若以此呪而常助誦速得成就五百踰膳那一切菩薩金剛呪神天龍八部皆不住入現相成就又他一切最大呪王威德神力亦不能得映及此大一字

佛頂輪王呪何以故是呪威神最尊最特無等侶故十地一切諸大菩薩亦怖是呪威德神力何況諸天小威力者若常誦是一字佛頂輪王呪時每當先誦此佛眼呪七遍滿已又乃安誦是一字佛頂輪王呪時數畢己又誦佛眼呪數一七遍則得安隱無諸嬈惱爾時世尊復於座上現一切諸佛光明加被白傘蓋頂輪王呪王之身即於頂上合現一蓋徧覆三千大千世界虛空空際光皎奇特亦不觸惱空居有情是時觀世音菩薩金剛密跡主菩薩合掌瞻敬白言世尊如是神變是何物相欻遍大千狀如傘蓋住佛頂上不見邊際無復識解爾時世尊又告金剛密跡主菩薩等言我今正入一切如來無量光明白傘蓋頂輪王三摩地由是現此過現一切諸

如來共說白傘蓋頂輪呪王呪狀之體此白傘蓋是真一切如來無量色寶無邊音聲一切如意寶鐸網羅普周莊嚴顯現不思議諸佛世尊光明傘蓋我今現此一切如來白傘蓋頂輪王爲令蠲除一切有情種種罪障令此一切諸佛如來白傘蓋頂輪王一切菩薩大威德者盡思共度亦不了知縱諸佛子住過百千俱胝大劫觀察思惟此白傘蓋前際後際中際亦不了知是時釋迦牟尼如來仰觀頂上白傘蓋頂輪王振佛神力欻變白傘蓋頂輪呪王身色即說呪曰

娜莫縒曼鞸一勃䭾南二唵吽二合三鞸詑諴妬瑟䁈女利切灑竦價切下同四櫰烏可切下同曩輕音嚩盧引枳鞸姹祓盧没切下同䭾五唵吽二合六麼麼七虎吽二合溺你即切八

說是呪時三千大千世界六返震動於時世尊告諸菩薩摩訶薩此白傘蓋頂輪呪王能成能攝一切呪等是呪王力不空無障勇猛無礙無等等故爾時世尊復謂金剛密跡主菩薩言我今又入一切諸佛光明威德大三摩地顯說光聚頂輪王呪威德神力爲滅一切有情種種罪障爲令斷壞出世世間一切呪力是呪是眞無量諸大菩薩所讃歎處又是無量俱胝殑伽沙數諸佛如來光聚頂輪王呪是呪所有威德神通光明之力亦以一字佛頂輪王威德神力金剛呪句即說呪曰

娜莫縒曼驒一勃馱南二唵吽二合三驒詑誐姤引瑟膩灑四懷曩輕音嚩路枳驒姹𥘅馱五諦劭儒照切下同囉姤六虎吽二合七入嚩攞入嚩攞八馱哿古我切下同馱哿九娜囉娜囉十弭娜囉弭弭娜囉弭十一瞋娜瞋娜十二頻娜頻娜十三虎吽二合虎吽二合泮泮十四窣嚩二合訶十五

說此呪時於是如來則以無量廣大威德頂放大光滿照三千大千世界盡變其地普大成現大寶蓮華如來會中雜色寶光重重晃曜當佛頂上一切寶華而爲傘蓋蓋大千界滿覆空際以衆寶網圍繞莊嚴妙香華瓔半滿月等寶鐸金鈴處處垂布大寶摩尼其諸雜拂間錯莊飾周圍三千大千世界一切珍奇而爲墻壁無價諸寶飾爲階陛一切户牖衆寶莊嚴其諸雜寶出大光燄相映交皎是會一切諸大菩薩覩斯神變見未曾見踊躍歡喜得大安樂出世世間一切呪法已成就者皆悉斷壞何以故以大光聚力似一字佛頂輪王呪密跡主此一切如來光聚光照頂

輪王呪能照三千大千世界上至有頂下至阿毗地獄一切大明及盡映蔽諸魔宮殿魔衆光明密跡主是光王呪心所憶念破斷他呪即皆破斷惟除一字佛頂輪王呪白傘蓋頂輪王呪高頂輪王呪勝頂輪王呪佛眼毋呪佛五字心呪其餘出世世間一切諸呪悉能破斷打撲調伏攝喚於前若有呪者得大證驗暫讀暫誦光王呪者則能摧伏一切鬼神調御驅譴密跡主是光王呪勿於不淨臭穢腥臊屎尿之處讀誦受持不於無佛舍利制底之處讀誦受持亦勿對於一切諸呪壇會呪像諸有情前妄誦斯呪何以故是光聚王呪以似一字佛頂輪王呪力大威德故惟除佛舍利塔處佛説法處空閑淨處高山頂處名山窟處海岸勝處海迴洲處何以故是光聚王呪威德猛大能壞自他道力功德皆無成望若有善男子善女人樂持讀誦是光聚王呪者住前等處應如法持時別先誦一字佛頂輪王呪及佛眼呪各七徧已然則誦斯光聚王呪得大威德四儀安隱身膚光澤辯智聰悟密跡主是光聚王呪若成就者則等成就一字佛頂輪王呪大三摩地汝復應知此光聚王呪光明功德乃是一切諸佛光明威德神力能現增長一切有情福善威德蠲衆罪障能盡碎斷一切諸呪威德神力能善調伏一切他諸惡有情故能善作成一切事故能作光明照一切故爾時世尊復謂金剛密跡主菩薩言我今又入一切如來勇猛出現神通三摩地顯説高頂輪王呪神通威德除於三界諸惱有情一切罪障是呪是真

一切如來力加持處爲令一切諸大菩薩修行出現無量威德勇猛精進得大安樂即説呪曰

娜莫縒曼靻一勃馱南二唵𤙖二合三入縛攞入嚩攞四揖你執切弊并世切引揖同上驃并笑切引五誐姤瑟膩灑六度那七度那七虎𤙖二合八

説是呪時三千大千世界六返震動一切天龍藥叉羅刹乾闥婆阿素洛迦樓羅緊那羅摩呼羅伽等一時悶絶失大威德一切諸惡毗那夜迦爲火燒惱呌呼惶怖密跡主此高頂輪王呪乃是一切諸佛如來最大神通勇猛精進三摩地力若善男子樂欲成就一字佛頂輪王呪者應令内外嚴飾清潔以樺木皮或以紙素竹帛等上雄黄書斯高頂輪王呪佩帶肩臂并持斯呪速得成就若有國王王族妃后大臣僚佐清信男女一切人民信斯呪者亦令書寫戴頂頸臂爲諸人衆互相敬諾而不侵擾災垢銷滅當得辯才吉相圓滿若有軍將及諸兵衆敬信斯呪亦令書寫持繫旍旗及戴頭臂往他軍陣他自臣伏互不殘害何以故以諸如來力加持故密跡主是高頂輪王呪若諸菩薩修持之者則得無量如來加持勇猛威力一切諸魔諸天神鬼怖不親近而作惱害若有成就是高頂輪王呪者則得無量勝福威力得同一字佛頂輪王呪力何以故以諸如來三摩地力等加持故爾時世尊告金剛密跡主菩薩言我今又入一切如來不思議神通大三摩地顯説勝頂輪王呪神通威德爲滅一切惡趣地獄一切有情種種苦故爲現一切諸佛如來神通

威德大不思議大三摩地即說呪曰

娜莫縒曼䶨一勃馱南二唵𤙖二合三入嚩攞入嚩攞四惹曜腭聲重呼瑟膩灑五入嚩攞入嚩攞六畔馱畔馱七娜麼娜麼八訥嚕莽謨朗切訥嚕莽同上九郝呼各切十歌呼可切下同曩十一虎𤙖二合十二

說是呪時此大千界及諸佛剎一切皆大六返震動以佛威德現斯神變一切有情普不驚怖令諸地獄衆惡有情種種劇苦盡皆止息其諸餓鬼一時皆得飽食甘饍密跡主此勝頂輪王呪乃是殑伽沙等諸佛如來神通變化之所演說爲諸怕怖一切有情得安樂故說密跡主是呪所在方處有暫觀讀一切諸魔則不入中何況持者若有善男子晝夜精勤讀誦受持此勝頂輪王呪者不久當得不思議界神通神變三摩地門爲諸天人恭敬觀禮獲不思議功德蘊身若有信是學大乘者復能信向一字佛頂輪王明勝章句能常精懇讀誦受持當則速證一切如來深不思議平等神通最勝神通智三摩地踰諸有情福壽昌勝所求如意爲人所尊密跡主如是精勤受持勝頂輪王呪者是人不久亦獲神通一切天魔毗那夜迦惡神鬼等悉不親近若遇斯人則皆怖走失大威德密跡主若人信修證成是呪即同證成一字佛頂輪王明呪章句能起神通入於地獄度脫一切有情罪苦密跡主是呪無量無邊神通功德我今略說少分之耳若我廣說於無量劫讚斯功德亦不能盡爾時世尊告諸菩薩摩訶薩言善男子是五頂輪王明呪章句從一切如來神通威力大三摩地出生流現我縱百千

俱胝大劫說是等呪神通功德亦不能盡我今但為利益度脫一切有情略說少耳若如來住於百千俱胝大劫說五頂輪王種族呪等亦不能盡五種族呪一一邊際密跡主若有善男子住於無量佛世尊所以上衣服卧具湯藥飲食財寶一切等物日日三時持獻供養經百千劫所得功德百千萬分不如有人於三七日依法持是五頂輪王明勝章句功德之一何以故讀誦受持是五頂輪王明勝章句得成就者此人決定當得不退菩薩地色相威德三界殊特堅固精進度生老死欲界帝釋一切諸天大威德者見是成就五頂輪王呪人不起於座而迎禮者頭破七分如阿梨樹枝大自在天帝釋天那羅延天多聞天王及諸天等身所光明威德神力皆被

證是五頂輪王持呪之人光明威德映蔽不現是人威光常曜赫奕踰於諸天億百千萬倍復有大福純善德人信向意樂成是呪者則當如法書寫此經讀誦受持常以塗香末香燒香華果飲食而供養之斯人若見信佛神通十力威德一切深法行菩薩乘者即當為說勿懷慳惜則得成就於百千劫不墮地獄得宿命智乃至阿耨多羅三藐三菩提常為一切天龍八部觀敬衛護一切諸魔不相嬈害所演教命人皆敬受若命終時如入靜慮密跡主有善男子種族高貴父母眞正好宿日生具足諸根身姝端好膚色赤白骨節不現臂手傭纖不麁不陋不肥不瘦指甲紅赤脚鹿王相兩踝平滿齒不踈缺亦不黃黑鮮白齊密眼不角睞瑕瞖黃綠鼻不匾㔸脣

不褰縮面不窊䀎體膚光潤不患疥癩風濕漏癬應以七寶莊嚴耳璫不貪色欲不爲毗那夜迦而作惱亂福德智慧清淨圓滿性自歸佛菩薩法僧不信不事諸天天神邪神鬼等常不懈怠攝心精進惟樂修學大乘道教意欲圓滿菩薩大願超衆魔境趣菩薩地如是之人合得是經成就此呪密跡主若見斯人敬爲善友應以種種方便爲說是呪功德修行法教當令是人速得成就是大五頂輪王明勝法地密跡王是呪王經於無量佛刹難得見聞若得聞者皆是如來神力加被若得斯經則是如來種族親屬何以故此如來呪三摩地王實難思議於諸呪中最上最勝爲大第一是等有情應當決定生最上心成此五頂輪王呪若有有情求得此經清淨如法或復書寫或復讀誦是呪是經當知斯人則便當得是五頂輪王呪三摩地王永斷愛流無明結賊瞋恚癡害頑嚚之心則爲諸天恭敬供養而侍護故

畫像法品第二

爾時釋迦牟尼如來復以佛眼觀是會衆告金剛密跡主菩薩摩訶薩言善男子汝復諦聽此一字佛頂輪王像是像無量殑伽沙俱胝諸佛同共宣說於出世世間一切變像此像最上利益一切障累有情是像乃是一切如來神通變化形容相好冠瓔衣服運度一切罪垢有情登涅槃岸最三摩地畫斯像者先曾入此頂輪王灌頂無勝法壇於阿闍梨手授具足呪句印法或復入於勝頂王壇已成就者爲阿闍梨印讃許可求證出世大涅

槃處如是行人乃堪畫像正命令於淨行婆羅門善信童女或命大姓種族父母眞正善信童女教淨護持撚治織縫莫麤惡絲持和織畫勿刀截斷闊量四肘長量六肘或闊三肘長量五肘若力不逮如是織作亦任貨求鮮淨好者勿還價直貨得物已以淨香水如法熏浴乃中圖畫色盞新淨勿皮膠水調和彩色用以香膠調色畫采或取如來種族部中教法軌則畫像亦得畫是像者當於一切佛神通月畫飾莊采所謂正月五月九月則斯等月月初一日或十五日起首畫模其畫像處於佛堂殿或於山間仙人窟處是處占相方圓百步無諸臭穢水復無蟲清潔淨美當所畫地日日如法香水塗灑其畫匠人諸根端好性善眞正具信五根若畫采時授八戒齋一出一浴著新淨衣斷諸談論先正當中畫菩提樹種種寶莊枝葉華果如如意樹間雜各異七寶枝條衆寶華葉白珠爲蘂赤珠爲鬚衆寶瑠璃以爲諸果或有枝出種種寶菓或有枝出種種寶芽或有枝起種種寶雲或有枝雨甘露雨滴或有枝掛天諸寶衣或有枝懸寶鐸鈴磬或有枝出珊瑚琥珀赤珠碼碯其枝枝間畫雲光電枝葉華上又畫白鶴孔雀迦陵頻伽鸚鵡舍利共命之鳥及諸好鳥地畫七寶遍皆莊采如是地樹下畫釋迦牟尼如來備三十二大人相八十妙好身背圓光坐師子座結加趺坐作說法相目觀一字頂輪王頂放雜色大光明焰當以右手屈上揚掌其大拇指與中指頭相捻餘三指微屈散伸左手仰左膝上施之無畏佛右

側畫普賢菩薩面目熙怡結加趺坐手執白拂佛左側畫彌勒菩薩面目熙怡結加趺坐手執白拂當佛座前右邊畫一字頂輪王身金色相瞻仰如來左手執開蓮華於華臺上側竪畫一金輪右手揚掌身背圓光當佛座前左邊畫白傘蓋頂輪王身金色相觀一字頂輪王左手當胷執開蓮華於華臺上畫白傘蓋右手執半開不開蓮華身背圓光又白傘蓋頂輪王後畫高頂輪王身金色相瞻一字頂輪王左手執弭惹布羅迦果右手執青優鉢羅華身背圓光復一字頂輪王後畫光聚頂輪王身金色相瞻一字頂輪王左手執開蓮華於華臺上畫佛心印火焰圍繞右手當胷執如意珠身有圓光作種種色又光聚頂輪王後畫勝頂輪王身金色相左手執開蓮華於華臺上直竪畫劒右手執如意寶珠身背圓光瞻一字頂輪王是五頂輪王面目熙怡身狀莊采一如菩薩頭冠瓔珞環釧衣服而莊嚴之皆半加趺坐坐白蓮華又一字頂輪王右畫主兵神面目熙怡瞻一字頂輪王左手胷側執槊槊上畫懸繒帶右手執金剛杵身被衣甲半加趺坐又當佛座前右邊畫觀世音菩薩身白黄色結加趺坐左手胷側執開蓮華右手揚掌曲躬瞻佛又當佛座前左邊畫金剛密跡主菩薩身紫赤色結加趺坐左手胷側執金剛杵右手揚掌曲躬瞻佛次普賢菩薩後畫曼殊室利童子菩薩左手胷側執開蓮華於華臺上竪畫三股金剛杵右手屈肘仰掌以大指中指頭相捻餘三指微屈散伸次畫無垢慧菩薩左執開蓮華

於華臺上竪倒畫螺右手屈上側揚於掌次畫寂靜慧菩薩左手胷側執金剛杵右手仰右髀上次畫無量慧菩薩左手胷側執開蓮華於華臺上側竪畫輪右手把如意珠次畫虛空藏菩薩左手當胷執華右手執如意珠仰右髀上次畫虛空無垢藏菩薩左手執金剛杵右手揚掌次畫大慧菩薩左手執開蓮華於華臺上畫如意珠火燄圍繞右手側內揚掌是等菩薩面貌熙怡身金色相各以寶冠瓔珞環釧種種衣服而莊采之坐寶蓮華半加趺坐次彌勒菩薩後畫佛眼菩薩面目慈輭仰觀會衆左手執開蓮華於華臺上畫佛心印於印兩側各畫一眼右手把如意珠次畫佛毫相菩薩面目慈輭左手把開蓮華於華臺上畫佛毫相印火燄圍繞右手虛拳當右脇上觀一字頂輪王次畫如來槊菩薩面目慈輭左手當齊右手把槊槊上畫懸繒帶次畫如來牙菩薩面目慈輭左手執開蓮華於華臺上畫佛牙印右手當胷次佛眼菩薩座下畫孫那利大明呪王面目慈輭左手執金剛杵右手把蓮華目觀如來是等菩薩身金色相各以華冠瓔珞環釧種種衣服莊采嚴飾坐寶蓮華半加趺坐又金剛密跡主菩薩後畫軍吒利金剛童子畫金剛將童子畫善臂金剛童子畫姥栿馱綫迦金剛童子是四童子身艷赤色各執金剛杵顏貌熙怡俱以華鬘寶瓔珞環釧天妙衣服莊采嚴身坐蓮華座半加趺坐又觀世音菩薩後畫馬頭觀世音大明呪王身赤紫色面目瞋怒左手胷側竪執鉞斧右手屈上把蓮華蓮葉莖

等蛇爲瓔珞腕著寶釧臂著寶襻首戴華冠腰著衣服坐寶蓮華瞻一字頂輪王次馬頭觀世音後畫蓮華孫那利菩薩身白黃色顏貌慈輭右手把羂索左手下伸坐蓮華座次孫那利菩薩後畫鉢剌拏捨嚩唎神身青綠色顏貌慈輭而有四手一把羂索一把鉞斧一把寶果一施無畏坐蓮華座次頂輪王左畫難勝奮怒王四面四臂身白色相示肬肚相形手臂脚𡕝象侏儒腰畫虎皮蛇爲耳璫德叉迦龍王以爲腰繩婆修吉龍王以爲絡髆諸惡毒蛇嚴身臂脛辮髮爲冠遍身火燄立赤蓮華上右第一手把金剛杵右第二手以中指無名指小指把拳大指壓上頭指直伸屈肘向上左第一手把三戟叉左第二手把鉞斧正中大面怒目張口吐出衆光目觀

如來右邊側面觀一字頂輪王左邊側面目觀呪者頂上一面觀佛會衆次奮怒王下畫地天神面目熙怡身白色相左手當胷把於寶匣右手屈上掌寶澡鑵口盡出蓮華枝葉長跪而坐坐寶地上次地天神後畫熙連禪河神面目熙怡身豔白色合掌恭敬頭上畫七蛇龍頭次熙連禪河神後畫七頭迦里迦龍王畫七頭毋止鱗馱龍王長跪而坐瞻仰如來一捧寶華一捧寶珠密跡主是二龍王已曾供養無量無數一切諸佛又於金剛密跡主菩薩座下畫最勝明王金剛菩薩身赤黃色顰眉怒目眉間一眼狗牙上出半加趺坐右手拄一長刀左手當胷執金剛杵次畫可畏金剛菩薩身赤黃色顰眉怒目狗牙上出半加趺坐右手拄三戟叉仰屈左手把獨

股金剛杵次畫黃眼金剛菩薩身白黃色面貌熈怡半加趺坐右手屈肘向內側揚掌左手伸屈當左脇上把開敷蓮華於華臺上竪畫三股金剛杵次畫軍吒利金剛菩薩八臂三目狗牙上出半加趺坐身作青色一手把三股金剛杵一手執三戟又一手把輪一手把鉞斧一手施於無畏一手把羂索二手結印次後立畫大度底使者身赤白色面目瞋怒一手把羂索一手當胷竪把鉞斧又最勝明王金剛菩薩座下又畫九頭阿難龔龍王畫五頭無熱惱龍王畫七頭娑伽羅龍王各長跪坐瞻仰如來一捧寶珠二捧蓮華是等龍王面目熈怡狀如天神頭上畫出龍頭次大慧菩薩右畫半拏囉婆枲抳觀世音母菩薩身白色相右手執開蓮華於華臺上畫如意寶珠左手仰左胜上施於無畏此觀世音母菩薩座下畫多羅菩薩身白黃色右手把青優鉢羅華左手施於無畏次畫毗俱胝菩薩身白紅色三眼四臂一手把如意寶杖一手把君持一手把數珠一手把蓮華次佛毫相菩薩後畫麼莫雞金剛母菩薩身艷白相右手把般若梵夾左手掌寶施之無畏身狀顏貌一如般若菩薩此金剛母乃是一切諸佛菩薩金剛母故次金剛母後畫央俱施金剛菩薩右手執金剛杵左手仰伸胜上次畫執金剛拳金剛菩薩左手當胷執金剛拳印右手仰伸胜上次畫金剛雹金剛菩薩左手執金剛杵右手揚掌是等金剛面目慈輭具大明呪大威德力衛護一切如是金剛及諸菩薩各以冠瓔環釧衣服種種莊飾坐蓮華

座半加趺坐菩提樹上及二側邊畫諸天天子鼓奏天樂及畫八淨居天衆騰繞樹上各乘去雲各手把捧散種種華而供養佛次於佛左東北角邊面畫提頭賴吒天王左手執槊右手側揚掌次於佛左東南角邊面畫毗嚕伲迦天王左手執槊右手側揚掌次於佛右西南角邊面畫毗嚕博乞灑天王左手執槊右手掌金剛杵次於佛右西北角邊面畫多聞天王左手執槊右手執金剛杵是等護世天王各以衣甲被飾莊彩半加趺坐又提頭賴吒天王後畫伊舍那天神及畫步多鬼王又毗嚕伲迦天王後畫火天神及畫苦行仙人又毗嚕博乞灑天王後畫羅刹王及畫僕從又多聞天王後畫風天神及畫僕從又當菩提樹上空中右邊復畫大梵天王後畫二梵衆天左邊空中又畫帝釋天王後畫二釋衆天又於毗嚕伲迦天王右畫餤摩王坐於牛上牛卧畫之如是天神鬼等各以自服種種莊彩次難勝奮怒神下左畫持呪者長跪曲躬手把香鑪觀頂輪王又佛座下於壇邊面畫熙連禪河於是世尊告金剛密跡主菩薩言此像乃是一字佛頂輪王大變像法是一切佛同共宣說若有智者見遇斯像生希有想信喜觀禮燒香供養憶相讃持此人則得今世當世壽不空過於俱胝劫所造重罪則皆殄滅若有受持一切佛頂呪者佛種族呪者諸天菩薩種族呪者一切金剛種族呪者及餘呪者若已成驗若未成驗對斯像前如法塗壇種種供養作本呪法速得本呪最上成就所求願故爾時釋迦牟尼如來復

謂金剛密跡主菩薩言汝復告諦聽白傘蓋頂輪王變像畫法是殑伽沙俱胝佛爲今拔濟諸有情説若畫像者所治織法貨畫像法皆准前方圓三肘中畫菩提樹當於樹下畫釋迦牟尼如來具大人相身真金色示説法相結加趺坐師子座佛右畫金剛密跡主菩薩面目熈怡身紫赤色右手把金剛杵左手把白拂佛左畫淨居天王面貌熈怡身白紅色左手當胷把開蓮華右手把掐數珠次當佛前准前畫白傘蓋頂輪王於菩提樹上左右各畫一矩律娑天狀如躶形孩子身白紅色手持寶索各乘佳雲樹上空中左右共坐畫六淨居天衆各捧散華皆乘佳雲又於佛右畫持呪者長跪瞻仰手把香鑪上下四面畫雜寶華密跡主此名白傘蓋頂輪王變像畫法當能成濟一切有情諸福業事復告金剛密跡主菩薩言我又次説光聚頂輪王變像畫法是像是諸佛説於出世世間得最勝上成益有情無上道法若畫像者所治織法貨畫像法亦准前法其量三肘或方一肘中畫寶山種種莊飾山下畫菩提樹當於樹下畫釋迦牟尼佛身金色相具大人相結加趺坐頂放種種色光明餤示説法相坐白蓮華寶師子座佛右畫金剛密跡主菩薩面目熈怡身紫赤色右手把金剛杵左手把白拂佛左畫觀世音菩薩面目熈怡身白黄色右手執蓮華左手執白拂當佛座前准前畫光聚頂輪王樹左右各畫一矩律娑天色狀准前手持寶索各乘佳雲樹上空中左右各共坐畫六淨居天衆各掌散華俱乘佳雲又佛座

下右邊畫持呪者長跪瞻佛手把香鑪是菩提樹地畫作七寶又佛座下畫大海水其中多畫蓮華魚獸密跡主此光聚頂輪王像能導有情成果諸法得令脫難故復告金剛密跡主菩薩言我又次說高頂輪王像此像亦是一切諸佛爲當憐愍一切有情利益故說若畫像者所治織法貨畫像法亦准前法方圓三肘或方一肘中畫菩提樹當於樹下畫釋迦牟尼佛身眞金色具大人相結加趺坐示說法相右手伸右膝上施於無畏左手仰伸齋下頂放衆光佛右畫金剛密跡主面目熈怡身紫赤色右手執金剛杵左手執白拂佛左畫觀世音菩薩面目熈怡身白黃色右手把蓮華左手把白拂當佛座前准前畫高頂輪王樹上左右各畫一炬律娑天狀相准前手持寶索各乘住雲又上空中左右各共坐畫六淨居天衆俱乘住雲各掌散華供養於佛又佛座下右邊畫持呪者長跪瞻佛手把香鑪密跡主此高頂輪王像成進有情一切願法脫諸難故復告金剛密跡主菩薩言我又次說勝頂輪王像此像乃是一切諸佛爲當憐愍諸有情說若畫像者所治織法貨畫像法亦准前法方量三肘或方一肘中畫菩提樹當於樹下畫釋迦牟尼佛身眞金色具大人相結加趺坐作說法相右手揚掌左手伸左膝上頂放衆光坐師子座佛右畫金剛密跡主菩薩面目熈怡身紫赤色右手執金剛杵左手執白拂佛左畫淨居天王面目熈怡身白紅色右手執蓮華左手執白拂當佛座前准前畫勝頂輪王又於樹上左右准

前各畫一矩律娑天各持寶索皆乘住雲又上空中左右各共坐畫六淨居天衆俱乘住雲各捧散華供養於佛又於佛座右邊畫持呪者長跪瞻佛手執香鑪密跡主此勝頂輪王像拔脫有情一切障苦汝盡應知諸佛菩薩各有無量變奕色身導誘現化示此變像爲欲成就是當呪者是故智者常應正發慈心悲心喜心捨心施心忍心淨戒心精進心靜慮心般若心無上正等菩提法心爲當拔濟一切有情隨所方得白氎綃布木板一肘半肘皆任模畫莊飾供養則得最大無上善根當成五頂輪王三摩地位住證十地乃至菩提更不退故

一字佛頂輪王經卷第一

音釋

鉞王月切大斧也　殑伽梵語也此云天堂來河名也殑其陵切　齗齶齗魚斤切齶逆各切齗齶上下齒根肉也　肘陟柳切臂節也　[月*坒]部禮切股也　脛胡定切脚脛也　踝戶瓦切腿兩旁曰內外踝　槊色角切矛屬　樺胡化切木名　[亻*口*牛]胡紺切　闚缺規切小視也　悚息勇切懼也　譴詰戰切責也　臊蘇曹切膏臭也　旍子盈切旌同　廙羊至切恭也　姝春朱切美也　[月*庸]昌庸切圓直也　矬徂禾切短也　睞落代切目童子不正也　匾匜匾補典切匜土兮切匾匜淵薄貌　窊翈窊烏瓜切不滿貌翈胡甲切　捻奴協切　釧樞絹切　股公土切　柭勤没步內二切　縿竹貫切　鬘莫班切　襻普患切衣系也　羂扃縣切絹也　肬音耽　膊伯各切肩髆也　辮婢免切　靘疾正切與淨同　枲想里切　抳尼氏切　憕諸孟切開張畫繒也　掐苦洽切爪刺也　躶郎果切赤體也

一字佛頂輪王經卷第二

唐三藏法師菩提流志奉　詔譯

分別成法品第三

爾時金剛密跡主菩薩合掌恭敬白言世尊如來無上應正等覺願垂哀愍爲修行者略説頂輪王成就行法甚深理趣廣大威德復白佛言世尊一切諸呪皆依此中云何當成所修持者是時世尊謂金剛密跡主菩薩言善哉善哉密跡主汝能於我善發此問汝今諦聽諦聽善思念之我當爲汝説諸佛行法理趣金剛法句從無量佛最勝偈句理法所生爲得利益成就呪者是時釋迦牟尼如來普觀大衆以大梵聲讚伽他曰

釋迦大師子　無量菩提門　理趣自在行
當爲最上使　見苦迫有情　樂修行此法
天人共戴仰　當成無上尊　修習是深法
稱歎大妙呪　信樂於大乘　心行應菩提
住塔淨堂室　河沜及泉側　迥樹山窟中
山林多華處　獨坐堅淨心　潔身口清淨
是處常止住　依法持禁戒　一心憶持呪
識呪三摩地　出生及成就　種種證相法
證法呪成已　破滅生死家　所願皆圓滿
不久獲菩提　常用三種意　持戒并善伴
成就此不難　則此身得證　不動心堅淨
常憶佛菩提　佛頂輪王法　則此身得證
若有呪者伴　勤修爲有情　難思衆多相
則此身得證　誠心呪印塔　誦呪修大法
一一分明解　則此身得證　堅固具精進
廣大心無量　作法最增上　則此身得證
身諸相圓滿　質直具眞智　能忍苦飢渴

是人應成就　智者若當得　此經及法門
彼亦不久時　最勝證成就

爾時世尊謂金剛密跡主菩薩言我滅度後當有頑癡罪惡有情住於我所幢相法類苾芻苾芻尼鄔波索迦鄔波斯迦常好隨逐愚癡邪見諸惡談論貪著美味懈怠少德如來十力四無所畏四無礙解大慈大悲大喜大捨眞如法界四聖諦法靜慮威德無畏大乘說不信忍無力順修菩薩律行方便法教誹謗毀呰不敬不信諸佛菩薩三摩地門神通威德此等之人持作斯法不得成就則加謗我及謗菩薩唱言此法非佛所說是魔所說妄說菩薩教行大乘若更見有善男子善女人持此呪者故謗惱亂作諸障礙因此殃咎當得無間無量重罪是故密跡主有善男子善女人等願欲修行菩薩大行堅固信向一心正願常樂書寫大乘經典讀誦供養解其義味若見斯人則爲解釋如寶雨經一一法門修學菩薩加行法行則得成就是故密跡主呪何所成要從身心勤懇布施持戒忍辱精進定慧清淨一心修習方得成就

分別密儀品第四

於時金剛密跡主菩薩復白佛言世尊云何行是一字頂輪王呪沐浴淨法觀想心法世尊垂哀願爲解釋由此法支法具足故速得一字頂輪王呪成就證門爾時世尊告金剛密跡主菩薩言汝復諦聽我爲利益薄德尠福少精進者說一切呪修治法時每日三時洗淨浴法不貪諸欲念心無亂惟一想佛慈心備緣十方法界一切有情持以淨土和乾

瞿摩夷末呪之澡手洗淨沐身若澡浴時著浴襯衣結印護身

護身呪曰

唵件一二合 麽麽麽麽麽二 虎件三二合 溺你昔切四

當誦此呪七遍護身若懺罪障求趣神通當用白土其土無蟲勿赤勿黑勿臭勿穢若求豐饒用黃白土其土無蟲亦勿臭穢若降伏法用赤黑土若欲尊他當用不白不黑土若欲他人敬伏讚歎用青赤土如此等土智者善知

取土呪曰

唵件二合 娜囉上聲 虎件二合

呪土七遍乃掘取土作一切法若遇清潔靈聖河泉水有衆鳥於四岸上多華果樹入中澡浴福勝吉祥

加持洗浴呪曰

唵件一二合 入嚩無可切下同攞二 虎件三二合

當誦七遍護身灌頂如法洗浴是水雖聖若有畏難及有婦人小兒畜獸種種踐穢則不堪浴

加持土呪曰

唵件一二合 跛比沒切囉上二 入嚩攞二 虎件二合

若欲浴時呪土七遍置土淨處勿令穢唾

被甲呪曰

唵件一二合 入嚩攞諦惹而者切下同二 虎件二二合

若當浴時以右手頭指中指無名指小指急把拳覆置心下以大指直豎按於心上誦被甲呪呪拳指七遍想成被甲

被束甲冑呪曰

唵件一二合 入嚩攞二 播囉上 訖囉上二合 麽三

虎許四二合
是呪又呪心上拳指身體七遍安徐入水令
水至腰
一切頂輪王心呪曰
唵許二合一卓嚕許二合二畔馱三窣嚩二合訶四
是呪入水火誦七遍則當禁止毗那夜迦水
中龍黿不相災害及能成護一切事業又重
呪土七遍分爲三分三種揩洗先以一分從
脚塗揩洗至于膝次以一分從膝塗揩洗至
于脅次以一分從脅塗洗乃至肩臂手面背
等浴已著衣又以斯呪呪水七遍三遍濺灑
頭頸身分靜默斷語又誦此呪作護身法次
誦難勝奮怒王呪次誦佛毫相呪次誦佛眼
明呪次誦摧碎頂輪王呪如是呪等護持一
切最爲殊勝若佛種族呪中作法佛眼呪上
是五頂輪呪中作法亦佛眼呪爲最爲上若
結壇地界及十方界自護護伴當用摧碎頂
輪王呪及一切頂輪王心呪
淨身口呪曰
娜莫薩嚩勃馱一菩地薩埵南二唵許二合三
戌輪律切睇努四輪詩注切馱柰奴笛切野五窣嚩
二合訶六
是呪若入壇時著淨衣已呪水三遍漱口濺
灑頭耳肩心整儀直視發大悲心大步徐行
直入壇內如是智者恒著新淨氍布等衣或
麻布衣修斯呪法常以一切頂輪王心呪呪
一切物輪王像前持供獻已坐茅草上一心
想像諸佛菩薩誦呪結印啓召發願瞬目瞻
像結蓮華印想佛坐印如是作持何謂爲故
願得佛座菩薩座故

把數珠呪曰

唵件(二合一)遏部瓶(二)弭惹曳(三)悉地悉馱遏梯(汀稽切四)窣嚩(二合)訶(五)

是佛族呪用菩提珠每念持珠皆呪三遍速得成向正等菩提三等證法其一切呪陀羅尼法亦如此三成就等法求富貴豐饒用金銀珠求當成熟一切勝事用玻瓈珠所穿珠索童女合持各誦本呪呪珠貫繫

呪數珠呪曰

娜謨皤(蒲餓切)伽(渠迦切又音迦字居柰切又音柰字奴箇切下並同)嚩底(丁禮切一)悉睇娑馱野(二)娑馱野(三)悉馱遏梯(同上四)窣嚩(二合)訶(五)

是佛族呪呪珠貫已搯珠合掌又呪七遍如是事作名受持珠常坐茅草心靜寂黙著苴麻衣持誦課數作安隱法若時數畢當又呪持室利木或榓欏木或白栴檀木或榓木或楓香木横十二指量兩頭齊斫截作安隱法作富饒法皆上成就若酸棗木佉陀羅木迦羅彌羅木等横十二指量兩頭銛斫截作調伏法亦上成就無斯三木但得其葉葉無蟲者作亦成就當以瞿摩夷和諸香水每日塗灑坐卧等處及灌頂處所用水時皆淨細濾内外衣服常淨澣濯如斯作法若不成就則加一切頂輪王心呪遍遍同誦又不成就復加佛眼呪等三皆同誦心莫縱慘是佛眼呪過去諸佛已說示故我今復說爲當成就救五逆者持此一字佛頂輪王呪得大證成何況性淨具信根者受持讀誦而不成就若持呪者無此五頂輪王像對坐持念如佛說像想像目前一心瞻仰合掌禮已加趺端坐定

想心呪曰
娜謨囉上聲怛娜二合怛囉二合耶野一攘者攞弭
嚟二窣嚩訶三
誦一七遍結大根本印呪七遍隨想思印金剛所成想印壇地成大海水深廣無浙觀想大海呪曰
唵吽二合一弭麼路娜地二虎吽二合三
誦一七遍觀想大海深廣無浙清淨明徹無有動濁顯現分明當海心中有大寶山觀想寶山呪曰
唵吽二合一攘者攞二虎吽二合三
誦一七遍觀想七寶須彌寶山周圓高廣無量無邊具足衆寶光飾顯現稱其山上有大蓮華衆寶所成觀想寶蓮華呪曰
唵吽二合一虎吽二合迦麼攞二窣嚩二合訶

誦一七遍觀想無量百千大葉七寶蓮華臺鬚蘂葉光飾顯現其臺廣大亦如山等蘂葉相稱於其臺上有大寶帳觀想寶帳呪曰
娜莫薩嚩嚲詑伽哆得箇切下同南一唵吽二合二薩嚩吐土固切蘖羝三薩僧乙切亘囉上聲呬摩吽牟甘切二合四誐魚戈切誐同上娜金居淹切五窣嚩二合訶六
誦一七遍觀想寶帳一切寶飾自然成顯東西南北四維上下廣博無量半月滿月大寶摩尼奇諸寶華寶鐸金鈴處處彌布間錯莊嚴眞珠羅網妙香華瓔周帀垂覆共諸寶中出種種光互相交映復於光中見諸如來神通自在當寶帳上想有傘蓋廣大無量稱寶帳上以衆寶珠寶華雜拂而爲莊飾寶網瓔珞四布垂繞於寶帳中想有釋迦牟尼如來處師子座結加趺坐具足三十二大人相八

十妙好身放圓光作說法相瞬目瞻視一字頂輪王菩薩如上說諸菩薩聲聞天等想皆有之分明顯現及想自身在寶帳內於佛右邊長跪曲躬手執香鑪誦本持呪啓佛會衆幷啓十方一切諸佛坐寶帳中顯現分明顧受供養復當想持種種香雲種種香華香食香水供獻佛會則發願言惟願聖衆各以神力哀愍護我住受供養乃待周畢次誦一切頂輪王心呪一百八遍又別想成東西南北四維上下深廣如海七寶浴池滿中香水浴釋迦牟尼如來眞報佛身及當一時想浴十方一切眞報佛身幷佛種族菩薩呪神本所呪神想總浴已又想種種栴檀塗香一時塗飾一切佛身及佛種族菩薩呪神又想種種奇妙繒綺金縷袈裟頭冠瓔珞及諸衣服一時嚴貫一切佛身及佛種族菩薩呪神重復想啓帳內會坐又想獻列諸上飲食一時供養一切諸佛及佛種族菩薩神已仁者則以此所善根心口發露誠懺衆罪迴向菩提想請諸佛於寶帳中轉大法輪仁者當即如在帳內佛右跪坐識觀鼻端想心無惑右手掐珠左手當胸結數珠印課誦呪數課滿已置於數珠淨香篋中印呪護持重燒焯香想諸香華如法供養則誦本呪解其方界合掌頂禮依方發遣如是觀法三十六月斷諸談論心莫憀劮隨逐諸境亂濁觀想清淨依法每日三時則得見證一字頂輪王大三摩地門

分別秘相品第五

爾時釋迦牟尼如來復告金剛密跡主菩薩言此一字頂輪王呪成就行法諸佛共說爲

得利益一切有情成斯佛頂輪王教法密跡主過去現在一切如來所説句偈教行法門等無差别皆擇空寂幽閑勝處我復略説簡大名山聖所居處或仙神巖窟或空淨新室或獨樹林泉於斯勝處一心善淨修行是法於不善法極盡斷除於善淨法生建淨義是二法句蔓莚能生善不善業是故所食飲食滋味辛甘醋淡勿欲貪餮躭嗜過飽若貪爲使不能持誦供養燒火定心不生是故呪者離貪欲食恒初夜分隨力轉讀華嚴寶雨及餘一切摩訶衍經觀其行法制禦心田修習此教爲無爲法若布瑟置迦每中夜分敷淨茅草四周結界結印誦呪印護持身如師子王頭南面東右脇枕手疊伸足卧若扇底迦每中夜分頭東面北右脇枕手疊伸足卧若穰毗柘嚕迦每卧分時頭西面南右脇枕手疊伸足卧若睡夢見上菩提樹栴檀香樹弭攞樹欝頭末羅樹名證中品向速成相若有夢見乘白鶴孔雀金翅鳥等身出光燄名證上品向速成相若有夢見上士寶幢樓閣寶臺踏華鬘上或見手把箜篌詣入僧衆上塔乘船名證下品向速成相若有夢見旃茶羅人豬狗馲駝驢死人等若觸若乘是障不成如是等相智者應知若毗那夜迦作諸障惱則以粳米和烏油麻日日三時一呪一燒各一千八遍滿三七日則得本神夢覺現身教告語言汝去某處酥蜜相和日夜三時一呪一燒各一千八遍滿三日夜則得夢見此教調伏毗那夜迦所有眞法我已受獻喫汝食去所有眞道與當成辦若夢覺已加念呪神

願爲我現大丈夫相勿爲我現天女儀狀亂我心境妄生貪劫癡愛染心又持護身覆復安睡則得夢見本神儀狀或諸神變種種勝事心亦無取妄生喜覺若持誦時勿念過去種種嬉謔雜欲漏法亦勿思計未來衆事說諸餘法散亂動心惟一係想入呪文句一一妙理若心貪生觀身膖壞若心瞋生慈心觀住若心癡生則十二因緣觀住若心起緣顛倒生住則至觀想呪神在頂持以香花先前供獻結加趺坐如法念誦若少不依如所法式則爲障礙毗那夜迦破壞食噉所修功德如是人者若誦念已護身結界端身直項結加趺坐瞬目平視舌拄上齶以右手背壓左手掌伸置臍下觀照四大色畢竟空體無眞實復觀五蘊其性亦空如法界性無我無人亦無受者可得之法心即寂靜復觀靜心心亦無住呪者誦呪每時數畢常作斯觀若見種種神變境像特勿取著自靜見心則得滅除一切罪垢若有未曾入此一字佛頂輪王大種族壇爲阿闍棃教授法者自持斯法則便常爲毗那夜迦如影逐身障喫呪者所獻香華飲食香水火食呪聲不令得到本所呪神法無成驗此頂輪王若成就者則常不爲姥𪘨馱吒迦毗那夜迦王作生障難況餘一切毗那夜迦能障難耶是故智者欲得成就此呪法者當以難勝奮怒王呪或以輪王僕從二十種呪於持誦時燒火食時障護其身若不依法一一護身則難成就常爲諸惡天龍藥叉羅刹惡峈仙類荼枳尼鬼畢舍遮鬼及諸餓鬼處處隨逐伺求其便破壞虛耗是

呪法中莫以曼陀羅華弭羅華遏伽華等持獻供養及諸佛頂供養法中亦不供養應以惹底華頞鉢羅華拘物頭華蓮華諭底迦華及餘種類香馞名華持此華等常以供養五頂輪王若有呪者經一二三精修此法不證悉地倍應勤懇專精修習乃至七度各正月五月九月詣海河潬日日三時印砂佛塔隨力印修并轉大乘諸餘經典觀我一切所行之跡修學斯法印是塔數滿三十萬爲滅先世十重業障復隨此一一塔前塗香末香諸妙華香而獻供養於一一塔前坐誦呪一百八遍智者如是如法修持不成就者爲宿障重又加日日印一肘塔一千已上若五重罪亦得銷滅而證成就況餘微薄諸宿障耶如斯依法精勤修習但誦持呪亦得銷滅何況印塔又法詣住江河海浒採以蓮華一呪一擲江河水中滿十萬箇則得成向何況倍加可不成就若非是處作修法者則不成辦如斯呪法薄尠福人使加印塔乃得成就福植德人但所依教誦持供養遂期成就如是成者勤誦持呪以爲根本是故諸善男子堅固精進身心清淨求菩提者畢定成就密跡主未曾見呪虛辭說道我提是呪在經自成要假精進爲於菩提師僧父母及苦衆生勤功修習合掌頂禮依法誦呪翦除垢障乃得成就如是頂禮爲得成就廣大功德如是頂禮無量果報無量福聚是故數數合掌頂禮乃得口善身善意善成就功德劫初有情性質純善福德高勝隨作隨成不等今我釋迦牟尼如來出濁惡世間得解脫時及弟子等證

解脱時是故智者相續除斷猜疑網心具足精進淨修福事即便成證若有宿殖福德增勝依法修行速獲成就若無宿殖福德尠薄依法修持久乃成就此最上呪若證成就則得高勝無等等故譬假瑠璃寶比蓮華光寶功力價直倍數不及無諭匹故則知一字佛頂輪王力不思議勇猛殊特呪者應常持鉢乞食若得飯餅應淨淘擇分爲三分一分獻佛呪神諸天若食獻已持施水陸一切有情一分給施外來乞者若無乞者施與禽獸一分自持依法而食若有作求安隱法時面北坐食若有作求富饒法時面東坐食若有作求調伏法時面南坐食呪者每日慈心弘願普覆一切有情受衆苦者誓當度脱若大苾芻鄔波索迦持梵行者若心慈悲獨行持法則無障礙是故智者樂欲安隱富饒調伏速成證者應常定心恭敬合掌頂禮佛塔淨治灑地持以牛糞和黄土泥塗摩壇地誦以一切佛頂輪王心呪或誦摧碎頂王呪呪白芥子淨灰七遍布散十方結爲方界持以四橛繫於線索呪之七遍四角圍釘結方地界安布坐位種種獻列護身結印請召供養誦呪燒火自身成驗先初供養釋迦牟尼如來次當供養一字明頂輪王次當次第供養諸頂輪王次當供養觀世音菩薩及所種族次當供養金剛密跡主菩薩及所種族次當供養與願頂王及所種族如是供養一一次第皆持香華前供養已次當供養世間天神如斯供獻名三種族供養法則愚癡嬰人無所曉解種種謗毁一切呪者說諸呪法盡是誑語

智者若遇如是癡人應自思觀是諸佛說必不虛謬但自專至修行供養扇底迦法布瑟置迦法櫰毗柘嚕迦法若布瑟置迦法作誦呪時燒火食時面東一心加趺端坐呪後每加窣嚩訶三字若扇底迦法作誦呪時燒火食時面北定心結加趺坐亦每呪後加窣嚩訶三字若櫰毗柘嚕迦法作誦呪時燒火食時面南瞋怒左脚踏右脚側上蹲坐亦每呪後加虎鉼二字若欲常作扇底迦法以烏油麻和白芥子作火食法若欲常作布瑟置迦法亦以烏油麻和白粳米作火食法若欲拔去佛法中刺作櫰毗柘嚕迦法以毒藥和榔伽里根作火食法若布瑟置迦法以弭攞木櫰輸迦木櫰縒娜木菩提木薩惹迦木等常然燒火若扇底迦法以你劬陀木頞頭末羅木櫰說他木天門冬草等常然燒火若櫰毗柘嚕迦法以佉地羅木無患木苦楝木迦囉弭攞木等常然燒火攘調他怨惡心迴伏故名櫰毗柘嚕迦斷除災障一切寧靜故名扇底迦頗得圓滿求者如意故名布瑟置迦如是等法於一切處呪者善思依法修習爲此教法得最上故爲欲辟除此教法中一切災障應作是法除斯法者餘不應作此所呪者慈心一切梵行清淨莫如外道髮長甲長則得清潔若髮長備蟣蝨俱生隨生障咎念誦不成若甲長則裏停垢穢拈華燒香便即汚觸隨亦生罪日月蝕時特勿觀說亦勿譏謗和尚闍棃過與非過若所供養呪神之時忽見呪神受天快樂勿愛願同見有國土無主紛亂特勿住中修法念誦又勿住於神龍護

地藥叉羅刹常集住地死屍陀林地無佛法地虎狼住地多蚊虻地無雨方地多饒風地多賊住地屠殺住地酤酒住地賣經像地賣凶具地婬女住地及衆難地皆勿住中營法念誦作求諸法悉不成就念誦法中燒火法勝天神喜滿譬如飽食歡喜充適是故佛說一切念誦品品法中火法爲最亦不論以國王下劣如藥叉相亦不談論軍陣相殺通國使命媒搆咒戲縛人治病皆不應作如向所說念誦燒火一切法事廣功廣成少功少成亦勿施他酒肉毒藥刀劒弓箭斧槊之具亦勿讚殺快殺方便殺謀殺亦勿占說他吉凶事亦勿教他迷禱癡法及所恐怖一切有情不安隱法皆勿應作住清閑處以智方便想修諸法若有緣遇不淨步多鬼處有屍鬼處藥叉羅刹等處常一出入想爲清淨於念誦處結加趺坐想諸妙法成香水池沒身澡浴結浴咒印印身想爲塗香遍身塗飾一至念誦不應動搖謾視聽察謦唾談論若破威儀動搖謦欬即重輪結浴印印身持以淨水洗手嗽口乃復誦念亦得上中下而皆成就

成像法品第六

爾時世尊復告金剛密跡主菩薩言我見來世一切咒者薄德少福樂著嬉戲不善伴侶耽湎愽効於戒缺漏智見狹劣不樂學求頂王廣教出世上法惟樂世法我爲斯人說頂輪王世成就法心不猜動依法修習則定成向密跡主成世法者應常每日依時請召日神月神星神隨所住神一心念誦攝喚來住結界護身誦咒作法則得世間諸法成就若

不護身結界結印則爲奪人精氣鬼奪所呪力六分偷五或全偷奪或爲荼枳尼鬼奪所呪力若恐偷奪則誦一切頂輪王心呪難勝王呪定得却全本所呪力密跡主是故一切呪者心常寂靜堅持六念係修呪法發菩提心即得成就離菩提心畢無成辦何以故假菩提心大威力故密跡主是故呪人制令不食青黑之食亦不應於佛牀法牀僧牀和尚闍棃父母等牀坐卧喫食亦不頽食大搏飯食嚼食作聲半出入食顧視語食共傳器食手指揩齒皆不應作呪者應知如法摩壇正加趺坐端儀黙食若念誦時若作法時若請召時應斷一切善不善語如法誦念亦勿與他一牀坐卧傳著衣服鞵屩韈等其所食器純用赤白銅器椀食若已食訖則水淨洗重以土灰裏外揩拭常不作諸嘲誂戲論若喜違犯隨罪俱生呪難成驗若作大法恒候年吉月吉日時依法營造三種品法謂佛神通月修最第一證向頂王廣大悉地每白黑二月八日十四日食三白食加以香華新淨飲食持獻供養如法念誦位速成證趣成就者如法依法當畫像變命教童女香湯澡浴受八戒齋治絲造織方應度量勿刀截斷方量五肘或復三肘於吉日時起首畫彩或以板畫其匠畫時洗浴清潔著鮮淨衣受八戒齋先當正中畫釋迦牟尼佛坐師子座結加趺坐具衆相好頂放大光作說法相身有圓光次佛右邊畫觀世音菩薩身黄白色首戴寶冠冠有化佛面有微怒一手把白拂一手把數珠又於眉間竪畫一目以天衣服瓔珞環

釧種種莊嚴坐蓮華座結加趺坐次佛左邊畫金剛密跡主菩薩身青色相首戴寶冠面目瞋怒一手把金剛杵一手把白拂亦以衣服瓔珞鐶釧種種莊嚴坐蓮華座結加趺坐次後畫最勝明王金剛畫大度底使者畫可畏金剛畫黃眼金剛畫大笑金剛畫大拳金剛畫軍吒利金剛是等金剛各有大力最上調伏皆執器仗坐蓮華座半加趺坐各以種種衣服瓔珞而莊嚴之次觀世音菩薩後畫馬頭觀世音王畫意樂圓滿王畫白衣觀世音菩薩毋畫多羅菩薩畫毗俱胝菩薩畫佛眼菩薩等是等菩薩各各執持本所器仗坐蓮華座半加趺坐亦以衆妙衣服瓔珞皆莊飾之次佛左邊畫難勝大奮怒神畫大字神次佛右邊畫佛眼神畫相好神是等四神身皆金色坐蓮華座半加趺坐密跡主如是等像色相器仗如前所說是大變像名如來身最頂輪王大成就像一切諸呪等同通用皆盡成證於時世尊謂曼殊室利童子言我昔見汝未證地時誦以是呪供養此像像放大光照此三千大千世界三界上中衆生意樂歡適曼殊室利汝爲光照昇證三地得五神通是故說像不可思議是如來身大三摩地由是我以此三摩地力普大三界爲諸有情利益成就神通變示頂輪王身如如意寶爾時世尊告曼殊室利童子汝善能以大被甲冑善巧方便安住有情示濟有情無量變化現於佛身菩薩身緣覺身聲聞身等攝取衆生說諸勝法覺悟有情是時曼殊室利童子合掌恭敬白言世尊佛有幾名現頂輪王大

三摩地流此世界於時世等告曼殊室利童
子汝問一字頂輪王名者所謂名印捺羅名
帝釋名布嬾娜羅名大梵天名毗瑟怒天名
摩醯首羅名自然名劫比羅名步鞞娜名姥
你名底嘌詑迦嘌灑名大地地名治世地名
弭野縒名一切行名一切門名寂靜名涅槃
名變化名所變化名難摧名大天名阿素洛
名救度名勝首名最勝名那野迦名毗那夜
迦名福德名性伽羅名一切事成熟名救世
名作樂名作安隱名空第一義諦名不生名
應名聞名能施名具悲名具知名三摩地名
具慈名婆嚕拏名師子名牛王名禰嚩名龍
王名藥叉名苦行仙名大苦行仙名能者名
觸者名世間母名質多羅名三目名千目名
跛弭怛囉名補鞞名大三摩地名出生三摩
地名涌三摩地名遍知名人中師子王名調
御丈夫名出生第一義諦名證見名相證相
名三界主名世間主名無垢稱名五眼名相
似眼名蓮華蔓名光明名火名步多主名斷
欲名無欲名無瞋名破瞋名遣瞋名摧垢名
勇猛將名大王名護世名治地名帝釋像名
香象名白蓮華名解空名見空名現彼名見
道者名生者名無生者名分別名無分別名
盡分別名破分別名護世間名善國名許可
名燄摩王名施財名水天名俱廢囉天名提
頭賴吒名善現名蘇彌盧名金剛名諭金剛
名妙妙行名勇猛名大勇猛名所生名大所
生名常住名無常名常無常名頂輪呪名大
呪王名藥名大藥名論者名大論者名上名
無上名白名演白者名丈夫名說丈夫名娑

伽羅名大娑伽羅名海名大海名法水住名日月名羅摩名樂相具足名相莊嚴名雲名大雲名樹名大樹名無等名羅睺羅名將名大將名衆主名大衆主名人主名大人主名持水名大持水名龍象名師子名勇施名未曾有名不思議名大不思議名富貴名大富貴名具富名大具富名實應供名滅煩惱名解術名行術名作變化名具錢財名法具箭名一非一名活非活名山名大山名無能壞名樂行慈名具足神通名具力名具智名無等侶名具足光汝曼殊室利童子有一類人知我不生不滅眞如實際寶法法界涅槃實智無二無相意生儒童作者受者知者見者作如是解童子此娑婆世界衆生稱我爲大離欲如來佛調御丈夫天人師童子我常如是於此世間成熟有情示如是名童子如是等名成熟衆生乃有五阿僧祇百千數名一切聲聞愚癡衆生雖稱我名亦不識我如是異名童子我爲如是成熟一切有情亦於諸經說是異名童子復有一類有情知我無邊殑伽沙等世界中無量種異名如來說法如如衆生調伏成熟如來亦不去來分別出現色相童子以不去來無作分別則能出現無量法事陀羅尼門爾時世尊復告曼殊室利童子言童子若有修持是頂輪王法者應常占候吉白月五日八日十三日十四日十五日好星宿時清潔洗浴著新淨衣若是俗人受八戒齋依持法軌清淨修飾塗結壇場布獻香華燒設火食先供養佛及觀世音菩薩金剛密跡主菩薩摩訶娑攞神并諸菩薩一

切聲聞辟支佛諸天衆等如斯供養則得一切大威德天大威呪神大明呪神歡喜觀視此等諸天雖復日日請召恭敬如法供養於此法中不應禮拜何以故以五頂王尊大一切力不思議童子持此呪者雖不禮拜一切諸天語勿毁滅諸呪天神何以故爲諸天神部族相攝護持法故是知呪者亦不應向死喪家初產生家不淨人家旃陀羅家田獵人家賣凶具家賣經像家外道人家酤酒家往詣顧宿受他供養亦不持以一切殘臭宿食而供養之及自食噉呪者當知每日三時自誓歸依佛法大菩薩僧發菩提心淨治三業念佛念法念僧念戒念施念天者是俗人常於清旦受八戒齋不殺盜婬妄語飲酒脂粉塗身坐卧大牀不過中食以如眞智無作之心虔敬修習則得成辦爾時釋迦牟尼如來復告金剛密跡主菩薩言又有轉輪王像於出世世間一切呪像最上無等准前月日畫者端肅具持十善以細白氎方量三肘或復二肘先畫寶山於寶山中畫釋迦牟尼佛具足衆相身眞金色作說法相佩通身光坐白蓮華師子座上頂放大光於佛右邊畫呪者貎長跪瞻仰手把香鑪於佛背後畫七寶山於山下畫大海水遍於水中畫蓮華葉等是像莊嚴准前所說密跡主此頂輪王像一切佛說爲當呪者得大利益略說是像若有見者隨喜供養隨滅衆罪得大功德諸天龍神歡喜觀敬當定成就一切勇猛頂王呪力得無數佛種種歌讃供養功德是妙變像無量無數一切諸佛常共讃歎若有信樂晝夜精

進恭敬供養則得無始一切罪障漸皆銷滅身業清淨成就頂王功德智海超過一切最勝殊特爲諸天人供養恭敬無量讚歎當證佛地更無退轉證此呪者奮目瞋喝一切天龍八部鬼神皆得惶怖四散馳走其天帝釋見是人來分座同坐其諸大天亦皆分座三界諸天見是人來傲𡠹不起迎接敬廙則皆頭破如蘭香枝若我於億俱胝大劫讚說是呪亦不能盡成此呪者是人名證最上悉地當爲住壽三十三天大娜羅鉢底三摩地命安常住不被死殃受天位畢變身如佛證五神通棄此天界以無量天前後圍遶往諸佛刹種種變化導誘衆生隨諸佛刹現帝釋身或現金剛身或現大梵天身或現伊首羅天身或現童男童女身或入地獄鬼畜生趣隨現諸身救脫諸衆生或諸山林城邑聚落爲作房舍種種衣食供給施濟常作依怙三界度脫一切衆生具五神通行菩薩行爲人中尊

一字佛頂輪王經卷第二

音釋

泝音判水涯也　尠息淺切少也　襯初覲切近也　胄直又切兜鍪也　黿魚袁切　瀸子結切水灑也　苴千余切麻有子者曰苴　榓覓筆切香樹也　弭緜婢切　銛思廉切利也　澣胡管切濯垢衣也　像大浪切與蕩同放像也　焯職畧切與灼同燒也　劮弋質切與逸同縱也　餮他結切貪食也　謔迄却切戲調也　胮匹絳切胮脹也　頞烏骨切　底都礼切　馞蒲沒切　潬蕩旱切水中沙處爲潬　猜倉才切疑也　蟣蝨蟣舉豈切蝨色櫛切　媒搆媒謨杯切謀也搆居候切合也　謦棄挺切謦欬也　嗽先奏切欬嗽也　鞵戶皆切與鞋同　屩訖約切履也　嘲誂嘲陟交切言相調也誂徒了切戲弄也　鏆音貫臂鐶也　𡠹音畔

一字佛頂輪王經卷第三

唐三藏法師菩提流志奉　詔譯

印成就品第七

爾時釋迦牟尼如來告於大衆諸善男子應當受持一切如來三摩地無量無數大勇猛力一切如來安住呪身一切如來眞實種族無量無邊未曾有法無極威德出生流布大印印呪是中能生一切菩薩一切證地神通大法頂三摩地門能破俱胝一切魔軍能攝一切諸大菩薩大雄力者助護持者能令一切可畏有情生大慈心諸善男子我今略說成辦一切諸業威德大印印呪爾時金剛密跡主菩薩合掌恭敬白言世尊願爲解說一切如來流布威德大印印呪爲當利益一切有情以少功績遂成大證是時世尊告金剛密跡主菩薩言汝當諦聽靜思念持我今爲汝分別解釋諸佛世尊大精進印印呪之法

一切如來心精進印之一

以左右手八指右壓左相叉入掌急合握拳以二大指相並平伸壓右頭指側中節上勿使頭屈印呪曰

娜莫薩嚩(無可切下同)勃馱(一)菩地薩埵南(二)櫰弭羅(三)虎吽(二合四)淹(丘淹切五)

是印若改二大拇指頭雙上下來去則名稽召如來種族印印呪曰

娜莫縒曼䩭(一)勃馱南(二)唵吽(二合三)爾娜軄(而職切四)

是二印呪名如來最精進心力能度脫一切地獄餓鬼畜生亦能助成一切如來功績業事攝諸菩薩帝釋梵王伊首羅天𠋫魔王水

天風天多聞天王乃至十地大自在菩薩摩訶薩等

觀世音菩薩印呪之二

准前心印惟改左大拇指屈入掌中握右頭指頭右大拇指依前定伸印呪曰

娜莫縒曼䩭一勃馱喃二唵𤙖二合三懷嚧力四

是印若改右大拇指頭上下來去則名請召觀世音菩薩種族印

金剛密跡主菩薩印呪之三

准前心印當改左大拇指如前伸壓其右大拇指屈入掌中握右頭指頭左大拇指依前定伸印呪曰

娜莫縒曼䩭一勃馱喃二唵𤙖二合三跛日羅上四姪亭一切力二合五

是印若改左大拇指頭上下來去則名請召金剛密跡主菩薩種族印

一字頂輪王印呪之四

又當合掌以二無名指二小指右壓左相叉入掌其二中指直竪伸各屈第一節令頭相拄其二大拇指相並入掌平伸又以二頭指平屈壓二大指甲背上頭指相拄印呪曰

娜謨皤蒲餓切下同伽嚩底丁禮切一懷跛囉二合底歌姤二瑟膩灑野藥可切下同二唵𤙖二合四䩭詑誐魚迦切下同姤五瑟膩灑六懷娜嚩路枳䩭七姥馱來沒切八研訖囉上聲二合韈亡過切囉底九虎𤙖二合十入嚩攞入嚩攞十一馱賀哥可切馱賀十二度娜度娜十三弭度娜弭度娜十四怛囉上聲二合縒野十五摩囉野十六頞烏骨切下同娑那野十七歌娜歌娜十八畔惹畔惹十九暗暗二十惡惡二十一各各二十二

補弄(彈舌輕呼二合)企(輕以切)抳(尼旨切下同二十三)補弄(二合同上)
企抳(二十四)軍拏里頞(女井切下同一十五)檥播囉(上聲)爾
跢塞(僧乙切)怛囉(二十六)馱履膩(二十七)虎𤙖(二十八)

此一字頂輪王大根本印呪乃是過去殑伽沙等一切如來已共說持未來一切如來當共說持現在一切如來今共說持爲欲攝御諸有情故同等說持智者所在處援結此印一切姤惡障礙毗那夜迦悉不親近密跡主此一字頂輪王大根本印一切諸佛住於百千俱胝殑伽沙劫讚說此印功德神力亦不能盡復以種種言詞譬喻說是大印亦不能盡若當智者輪持此印誦一字頂輪王呪即常不爲俱胝百千魔魔族伺求惱亂是人却後百千俱胝大劫不墮惡道何以故是人所得福蘊功德我於百千俱胝大劫說亦不盡此大一字頂輪王呪若當有人以一淨心精持戒行常誦持者所得念力慧力智力於百千俱胝劫所受生處常不退失何以故如是大印有大威德有大功用無量力故

高頂輪王印呪之五

又以左右二無名指二小指右壓左相叉入掌次以二中指直竪頭相拄其二拇指相並伸壓二無名指中節側上又以二頭指當中指側中節上屈頭相拄印呪曰

娜莫縒曼韗(一)勃馱南(二)唵𤙖(二合三)入嚩路
入嚩攞揖(寧執切)弭(泯野切)揖(同上)妙(弥遙切二合四)誐姤
鄔瑟膩灑(五)度娜度娜虎𤙖(二合六)

白傘蓋頂輪王印呪之六

准前高頂王印當改二手中指微屈第一節平頭相拄次開二頭指相去半寸印呪曰

娜莫縒曼鞞一勃馱喃二唵𤙖二合三麼麼麼麼四虎𤙖二合溺你昔切五

光聚頂輪王印呪之七一名金輪佛頂印

准前高頂輪王印惟改二頭指磔開直豎伸頭各去中指頭一寸二分印呪曰

娜莫縒曼鞞一勃馱南二唵𤙖二合三鞞詑誐妬鄔瑟膩灑四懷娜嚩路輕呼枳鞞五姥馱上同馱諦劭儒照切下同囉妬六虎𤙖二合七入嚩攞入嚩攞八馱賀馱賀九娜囉弭娜囉弭十瞋娜瞋娜頻娜頻娜十一虎𤙖二合泮十二窣嚩訶十三

勝頂輪王印呪之八

准前白傘蓋頂輪王印惟改二頭指於中指第一節下平屈頭相拄印呪曰

娜莫縒曼鞞一勃馱南二唵𤙖二合三惹劭瑟膩灑四入嚩攞入嚩攞五畔馱畔馱六娜麼娜麼七咄嚕二合𤙖八咄嚕二合𤙖九咄嚕二合𤙖十矐呼各切丁一歌曩輕呼虎𤙖二合十二

轉法輪印之九用一字頂輪王呪

先以左右二小指平屈頭相拄次以一無名指各屈掌中其二中指各微屈豎頭相拄其二頭指當中指中節側上頭相拄其二大指各壓二無名指上開二掌腕相去四寸是一法印能轉十二行相法輪滅諸垢障與如來等

雹摧煩惱印之十用一字頂輪王呪

准頂輪王印改二中指直豎合頭又以二頭指捻在二中指背後頭相拄是一法印亦名坐印密跡主是五大印名一切如來頂輪王呪種族王印大印一名高頂輪王印二名白傘蓋頂輪王印三名光聚頂輪王印四名轉

法輪印五名雹摧煩惱印是之印等名大頂
輪王印
如來大心印呪之十一
准前第一如來心印惟改二大拇指雙屈入
掌中是一法印名如來心大精進印呪者若
掌輪結是印誦頂輪王呪一呪一印心上滿
一百八遍則能摧滅過現一切根本重罪常
以是印作一切法擁護於身印呪曰
娜莫縒曼韗一勃馱南二唵件二合三遇那嚇
弭囉四窣嚩二合訶五
是一法呪功力同前第一印呪於作法處互
用亦得是呪有大威猛力故
一切頂輪王心印呪之十二
又合掌當心大虛掌內復以左右八指各平
屈頭相拄其八指間相去三分以二大指亦
相去三分平直豎伸印呪曰
娜莫縒曼韗一勃馱南一唵件二合三卓嚕二合
件四畔馱五窣嚩訶六
是法印呪亦能成辦一切事業自護護他結
修諸法無障惱故
如來錫杖印呪之十三
又以右手大拇指橫屈入掌以頭指中指無
名指小指急握作拳屈肘當前平伸其左手
把袈裟角出頭四寸屈肘當前平伸印呪曰
娜莫縒曼韗一勃馱南二唵件二合三度柰奴箇
切爾韗囉拏四虎件二合五
是法印呪若遇諸惡一切有情則結是印用
擁護身
如來鉢印呪之十四
先以右手當心仰掌次以左手覆合右手掌

上其左小指頭與右大指頭相拄其左大指頭與右小指頭相拄印咒曰

娜莫縒曼驒一勃馱南二唵二合鉡三路迦居奈切又奈字奴箇切播羅地瑟恥驒四馱羅馱羅野五摩訶努皤嚩六勃馱播怛囉二合七窣嚩訶八

是法印咒具大精進常爲一切如來神力而加護之輪結是印并誦此咒一一遍終稱憶地獄餓鬼有情滿百八遍則得地獄一切餓鬼飽食諸食若曠野行結持此印并誦是咒則得曠野一切鬼神不相燒惱

如來相好印咒之十五

又以左右二中指二無名指二小指右壓左相叉入掌各摶掌直伸其三頭指頭側相拄是二大指各摶頭指側上以印倒垂仰掌置於額上二頭指頭正當眉間印咒曰

娜莫薩嚩驒詑伽同上底同上一瓢同上櫰囉褐繄作吡藥切下同二三藐三勃睇繄三醯醯二醯字怒聲呼之四畔馱畔馱五底瑟侘賸價切下同底瑟侘六馱囉上野馱囉上聲野七你㖮彈舌呼之馱八你㖮馱同上秫拏麼抳九窣嚩訶十

是法咒印名大丈夫天人相好若有常能輪結此印即速成就一切悉地具大威德若以印印頂即名如來頂印若以印印鼻名如來鼻印頂鼻印咒曰

娜莫縒曼驒一勃馱南二唵二合鉡二合二縊烏異切哩抳虎鉡二合三泮四窣嚩訶五

是如來頂鼻印常結護身當於百千俱胝大劫所生之處不患頂鼻諸疾等病

如來眼印咒之十六

又以二手合掌以二大指雙屈入掌次以二

頭指各屈頭第一節以頭壓二中指側中節
上其二頭指頭相去一寸是如來眼印於頂
輪王壇清淨輪結能作大益滅諸重罪成進
一字頂輪王呪者悉地若已過世百千俱胝
劫所修功德以印威力盡悉攝來積集功德
蘊印呪曰
娜莫縒曼䮕詑伽上聲底上同瓢上同寰囉褐縏一
三藐三勃睇縏二唵𤙖二合三嚕嚕四塞上同普
嚕五入嚩攞六底瑟侘七悉馱灘者泥八薩
嚩遏詑婆馱聹九窣嚩訶十
密跡主此如來眼大明王呪是十俱胝佛同
共宣說我於往昔爲菩薩時於十俱胝佛所
受得斯呪若當呪者常能以大精進心誦持
是呪則得一切菩薩呪神盡悉現前一切金
剛種族呪品亦皆成就是故密跡主持一字
頂輪王呪者應先每誦斯呪七遍或二三七
遍是如來眼大明王呪如來今爲一切有情
得大安樂離垢清淨故說呪者若遇暴惡性
人呪手摩面默誦斯呪對共論理得彼熙喜
亦能摧伏一切魑魅魍魎惡鬼神等密跡主
若人誦持一字頂輪王呪者一所祈法二所
祈法不成證者則應加此大明王呪齊等雙
誦滿二十萬遍決定成就一字頂輪王呪最
上悉地若未經是一二作法而雙誦者則隨
殃損呪者身故
如來眉毫印呪之十七
准如來眼印惟改二頭指各當中指背上節
頭離中指節各一分印呪曰
娜莫縒曼䮕一勃馱南二紇㘑二合三虎𤙖二合
四

此如來眉毫印呪乃是過去一切如來已同宣說我今亦說輪此印時大自在天俱摩羅天俱呬野天等皆不嬈惱何況諸小魑魅鬼神而作惱耶

如來口印呪之十八

准如來心印惟改二大拇指並甲豎伸等屈頭節令去右頭指側三麥顆間以印置於面門是二大拇指背頭節正當脣間印呪曰

娜莫縒曼彈(一)勃馱南(二)枳覆枳覆(三)虎𤙖(二合)(四)

是一印呪備大燄炬能速助辦一切事業呪者若常輪結斯印當置口前誦此口呪二三七遍後誦一字頂輪王呪者以印呪力三界人天見聞語論悉皆敬愛是故此人應常和雅真輭法語斯人於當百千俱胝劫不患口疾是大自在天毗瑟怒天及諸天龍八部鬼神聞此人語亦皆敬伏況餘諸小魑魅鬼神

難勝奮怒王印呪之十九

當以右膝著地左脚踏地作欲起向前倿身勢仰面怒目邪視左邊當以右臂手指右邊向後側臂邪伸緊急怒臂欲向地勢其五指散努磔開手掌似覆似側次左臂左邊向後擡臂緊急努屈臂手向上其五指少散竪努磔開掌面向前結是印時發大努聲稱虎𤙖(二合)二字三七聲者諸有障罪則皆破滅欲界魔王及魔軍將悉皆摧碎我昔初詣熈連禪河沐浴身已趣此菩提樹下坐金剛座是時當有無量百千俱胝魔王及魔族眾各持種種惡穢怒相嬈惱怖我時難勝奮怒王忽於我前從地湧出作天女相瞋結斯印摧諸魔

衆種種怖相一時散滅無能惱者當是夜中至明曉時我即圓證無上正智觀見世間一切沙門婆羅門無有證者摧魔印呪曰

娜莫縒曼䭾一勃䭾南二唵吽三合虎嚕虎嚕四戰拏尼加切理摩嶝都亘切倪魚枳切五虎吽二合窣䋸訶六

密跡主此難勝奮怒王呪是我所説若當呪者遇大恐怖惡鬼神處而欲護身結界擁護造修法者應勤精進持結此印并誦此呪趣修此法則無障惱速得成就

如來槊印呪之二十

端身結加趺坐以左手仰掌横屈齋下其四指相著直伸是大拇指微屈直伸搏著頭指根側次以右手大拇指與頭指頭相捻其中指無名指小指相著並伸微少似屈是大拇指頭指與左手小指頭相拄是一法印智者若常持結於當受生永不退失信進慧力如來行力得諸如來而加護念印呪曰

娜莫縒曼䭾一勃䭾南二唵吽三合弭惹曳摩訶鑠底四突彈舌呼之䭾𠼝五虎吽二合泮六弭惹以你泮七忙誐黎泮八窣嚩訶九

是一法呪每日三時誦三七者速於三界得無障礙勝成就故

如來齋印呪之二十一

准如來槊印惟改右手大拇指頭指頭去離左手小指頭一麥顆間是一法印亦名諸佛大神力印智者若常憶持輪結此印并誦斯呪則得消除一日二日瘧病瘻黄之病腹頭痛病及諸等病又得一切災障自然殄滅當受福命安隱豐樂印呪曰

娜莫縒曼韈一勃馱南二唵鉡二合三旨置旨置四窣嚩訶五

是一法呪能現如來種種色類不可思議神通變化安慰有情

如來甲印呪之二十二

當以右手當心以大拇指橫屈掌中以頭指中指無名指小指急握大指作拳是一法印名最一切頂輪王心印智者若常以印印於頂項左右肩髆及印心上則令持者得大威力呪者雖復如法精進修持於法若無斯印則無莊飾如形裸陋如國無王如屋無人如食無鹽如池枯涸如地空無叢林華草如事火外道婆羅門無法可依如王乘車無控御者智者如是雖復精勤若無甲印則爲魔嬈無所成効印呪曰

娜莫縒曼韈一勃馱南二唵鉡二合三部引入嚩攞四虎鉡二合五

是一法呪名如來金剛句三摩地常用護身如王被甲嚴加器仗則不怖畏惡賊兵衆如此智者亦復如是每日三時量力量法如法勤修是甲印呪則速成就無所怖故

如來髮髻印呪之二十三

准前甲印惟改伸中指直竪以印安頂令直聳竪印呪曰

娜莫縒曼韈一勃馱南二穰縕俱切鬱律彈舌呼之二合三

是一印呪名如來髻三摩地門力能成作一切事業

如來耳印呪之二十四

准前甲印惟改伸頭指直竪以印竪安耳門

與上耳輪齊印呪曰

娜莫縒曼軃一勃馱南二虎極輕呼引聲迦居娜切短呼三

是一印呪名如來耳三摩地門若常輪結速得除滅一切耳病當證天耳通

如來牙印之二十五

當以右手頭指中指無名指小指急屈把拳右莫使露甲又以大拇指直伸壓頭指正側上其大拇指上第一文與頭指外背齊以印置左牙頷右亦如是印呪曰

娜莫縒曼軃一勃馱南二唵許二合三軃記誐軃四鄧瑟縿知禮切嚇五虎許二合泮六窣嚩訶七

是一印呪名如來牙印三摩地門有大威力以誦斯呪輪印印牙於當來世得佛齒牙

如來頭印呪之二十六

又以右手大拇指横壓中指無名指小指甲上頭指直伸捻頭頂上印呪曰

娜莫縒曼軃一勃馱南二唵許二合三暮欶馱顊四窣嚩訶五

是一印呪名如來頭三摩地門

如來脣印呪之二十七

又以右手大拇指豎伸搏著頭指側以頭指直豎伸其中指似曲其無名指向掌屈如鉤形其小拇指屈如初月印呪曰

娜莫縒曼軃一勃馱南二阿阿三嚩無可切四嚩同上合憨呼甘切五

是一印呪名如來脣三摩地門持者當得滅除罪故

如來舌印呪之二十八

又以右手頭指中指無名指小指並相搏著當於心上仰掌平伸其大拇指橫屈掌中其四指頭向外指之印呪曰

娜莫縒曼驒一勃馱南二唵吽二合三娜囉四你梵蒲紺切惹五虎吽二合泮六窣嚩訶七

是一印呪名如來舌三摩地門持者當得如來舌相福圓滿故

如來肋印呪之二十九

又以右手屈肘當肋以無名指小指雙屈頭拄大拇指面其頭指中指並著直豎伸向前

又肋印呪曰

娜莫縒曼驒一勃馱南二唵吽二合三虎吽二合恪苦愣切四

是一印呪名如來肋三摩地門

如來髆印呪之三十

准前甲印惟改臂直伸向上印呪曰

娜莫縒曼驒一勃馱南二畔惹欀引呬呼以切吽泮三窣嚩訶四

是一印呪名如來髆三摩地門具大神力男猛殊特成衆法故

如來嬭印呪之三十一

准前甲印惟改屈臂以印拳面仰當心上印呪曰

娜莫縒曼驒一勃馱南二風腩空切誐訖嚇二合撲普木切三

是一印呪名如來嬭三摩地門

如來小腹印呪之三十二

又以右手臍下一寸橫伸仰掌五指相並次伸左手五指相並以指壓右手掌上其二手則著肚印呪曰

娜莫縒曼鞞一勃馱南二唵許二合三努輕呼縿
努同上縿四塞同上普縿塞同上普縿塞五同上密捺
奴乙切囉二合跛顊六跛同上囉二合末娜顊七瞋娜
顊頻娜顊八虎許二合泮九窣嚩訶
是一印呪名如來腹三摩地門
如來脊印呪之三十三
又以右手大拇指壓頭指無名指小指甲等
勿使甲露次以中指橫壓大拇指上印呪曰
娜莫縒曼鞞一勃馱南二縊同上迦囉曩輕三迦
同上囉乾馱質咄嚧娜囉四麼抳覩抳五窣嚩
訶六
是一印呪名如來脊三摩地門
如來脞印呪之三十四
准前脊印又改壓中指頭甲伸出頭指頭壓
大拇指上印呪曰

娜莫縒曼鞞一勃馱南二唵許二合三覩詑者
四窣嚩訶五
是一印呪名如來脞三摩地門
如來膝印呪之三十五
又以二手合掌各以小指右壓左屈入掌中
印呪曰
娜莫縒曼鞞一勃馱南二唵許二合三娜暴圪
魚訖切顊四跛同上囉二合你跛同上鞞野五窣嚩訶
六
是一印呪名如來膝三摩地門
如來脚踝印呪之三十六
又以二手合掌各以無名指右壓左屈入掌
中印呪曰
娜莫縒曼鞞一勃馱南二褱鞞隸三鞞隸頞
鞞隸四跋日囉五暮訖使抳六窣嚩訶七

是一印呪名如來脚踝三摩地門

如來脚印呪之三十七

又以二手合掌各以中指右壓左屈入掌中印呪曰

娜莫縒曼䶬一勃馱南二唵許二合三跋日囉四商矩囉五部使羝六娜囉七入嚩攞虎許二合八窣嚩訶九

是一印呪名如來脚三摩地門

如來幢印呪之三十八

又以右手大拇指橫壓中指無名指小指甲上以頭指直伸磔豎伸臂直上印呪曰

娜莫縒曼䶬一勃馱南二割䅗知價切輕呼三

是一印呪名如來幢印三摩地門

如來卧具印呪之三十九

准前幢印惟改頭指當胷下指印呪曰

娜莫縒曼䶬一勃馱南二檁絸同上律彈舌呼之三

是一印呪名如來卧具三摩地門

如來乘印呪之四十

准前幢印改屈臂手當心前側臂平伸印呪曰

娜莫縒曼䶬一勃馱南二虎許二合三誐沒琳琳字彈舌呼之二合四唵許二合五

是一印呪名如來乘三摩地門

如來授記印呪之四十一

又以右臂屈肘當胷側臂平伸其頭指中指無名指小指急把拳其大拇指豎屈頭去頭指側二分間是一法印過去一切如來未來一切如來現在一切如來皆以此印而授記剃是故智者常結是印與諸有情授菩提記印呪曰

娜莫縒曼鞸一勃馱南二唵吽三二合虎吽二合四特騰邑切梵蒲暗切二合五

是一印呪能成一切如來事業以印呪力生生常得念力進力戒定慧力福勝蘊力不爲一切魑魅鬼神而嬈惱故

如來見諸法性印呪之四十二

又以右手屈肘向上以中指屈頭與大拇指頭相拄其頭指無名指小指相並直上竪伸印呪曰

娜莫縒曼鞸一勃馱南二唵吽三二合跛囉二合悉地迦同上𡃤四窣嚩訶五

是一印呪名如來見諸法性三摩地門

如來光燄印呪之四十三

准前見印惟改頭指無名指小指向掌散開微屈如月初生印呪曰

娜莫縒曼鞸一勃馱南二唵吽三二合入嚩𡃤抳四窣嚩訶五

是一印呪名如來光燄三摩地門顯諸法故

如來光照印呪之四十四

又以右手大拇指竪伸搏著頭指側以頭指直竪伸其中指小指各伸向掌屈如月初生其無名指向掌屈如鉤形印呪曰

娜莫縒曼鞸一勃馱南二唵吽三二合虎吽二合虎吽四二合莽牟朗切莽泮五窣嚩訶六

是一印呪名如來光照照諸三摩地門圓滿現故

如來三摩地印呪之四十五

又以左手五指相並當齊下二麥顆地側橫仰掌平伸次以右手四指相並亦側橫仰掌平伸以手背壓左手掌上其右大拇指橫屈

掌中印呪曰

娜莫縒曼韃一勃䭾南二唵𤙖二合一懷底捨野四弭訖囉二合迷五窣嚩訶六

是一印呪名如來齋三摩地門

如來金剛光燄印呪之四十六

准前三摩地印攺當心上印呪曰

娜莫縒曼韃一勃䭾南二虎𤙖二合三入嚩攞四跋日囉五緊䁔你一切一嚩六䁔同上琳二合主七

密跡主此金剛光燄印呪亦名過去未來現在一切如來金剛光燄心三摩地大明呪王一切登地大菩薩等及諸天龍八部鬼神大威德者皆無能越況餘下劣魑魅鬼神

如來大慈印呪之四十七

准前脊印又攺壓指頭甲出無名指頭壓大拇指甲上我爲一切垢重有情說大慈印令生慈心我昔坐於菩提樹下以大慈心持結此印得諸魔軍而自散伏結此印者應以一切佛力法力阿羅漢力慈念心力持結此印則得一切極重罪垢速皆消滅印呪曰

娜莫縒曼韃一勃䭾南二怛地你也切他三炬蒸輕呼倪同上顊四盎烏浪切矩嚩麽嚩者五鉢喇二合拏捨嚩嚩六嚕乞灑嚕乞灑摩𤙖二合七牟甘切矩摩嚩室嚩二合野八摩理泥奴計切九窣嚩訶十

是一印呪名如來大慈力呪若有呪者常起慈心持此呪者則當不爲一切毗那夜迦虎狼怨賊鬪諍災難横干嬈惱以印呪力速證慈心三摩地故

如來大悲印呪之四十八

又以二手合掌虛於掌内以二大拇指屈入掌中印呪曰

娜莫縒曼軃勃馱南二唵鉡二合三軃僜盧亘切彈舌呼倪同上顊四虎鉡二合泮五窣嚩訶六

是一印呪名如來大悲三摩地門

如來無垢印呪之四十九

准前慈印又改無名指頭於大拇指下壓却

次以小指頭壓大拇指甲上印呪曰

娜莫縒曼軃一勃馱南二虎鉡二合三暮唎達泥二合四虎嚕五虎鉡二合泮六窣嚩訶七

是一印呪智者常誦呪諸飲食乃服持喫能滅衆罪又當不被毗那夜迦食中惱害

如來甘露印呪之五十

又以右手大拇指橫壓頭指中指無名指小指甲等印呪曰

娜莫縒曼軃一勃馱南二唵鉡二合三印倪同上顊四部跢顊五窣嚩訶六

是一印呪能令持者證甘露法大解脱門

如來大師子吼印呪之五十一

合掌當心以左右二手大拇指各屈掌中又各以二頭指二中指二無名指二小指屈握大拇指作拳甲背相著是八指頭勿著於掌印呪曰

娜莫縒曼軃一勃馱南二唵鉡二合三迦同上此攞惹置攞四虎鉡二合泮五

是一印呪名大師子吼成就金剛頂輪王教能廣示現不可思議諸未曾有越意事故

如來相字印之五十二

又以左右二手八指各伸磔開右壓左相叉相壓中節其八指頭各直豎伸勿著歧間其二大拇指亦各邪磔豎伸頭相去寸半以印當胷三寸間著印呪曰

娜莫縒曼䪁一勃馱南二示諸切二三
是一印呪名如來大丈夫相三摩地門
如來洛訖瑟弭吉祥印之五十三
又以左右手腕合相著其十指各磔開直豎
微伸屈頭各相去一寸半間如開蓮華印呪
曰
娜莫縒曼䪁一勃馱南二唵鉢二合三素蘇吉切
沒囉二合歌弭四二合洛訖濕弭五洛訖濕弭六
窣嚩訶七
是一印呪名如來吉祥三摩地門能令持者
得大法財衆人敬讚
如來般若波羅蜜印呪之五十四一名供養印
又以二手合掌虛於掌內如未開蓮華朵印
呪曰
娜莫縒曼䪁一勃馱南二唵鉢二合三室嚕底
四塞同上密㗚二合底五弭惹曳六窣嚩訶七
密跡主此一印呪名如來般若波羅蜜三摩
地門所有三世一切如來諸大菩薩獨覺聲
聞等皆從此般若波羅蜜印呪三摩地生成
證阿耨多羅三藐三菩提地是知此印呪有
大威德名生三世一切如來諸大菩薩一切
金剛獨覺聲聞之母爾時世尊告金剛密跡
主菩薩言此等印呪從一切如來大丈夫相
莊嚴身分支節所生汝善男子如來復有無
量俱胝百千呪印是一一印各有無量僕從
印等成此一字頂輪王呪王我今但爲當來
世時成此呪者得大利益略説此之印呪少
分密跡主當後世時少有有情成解此呪印
法儀用汝當讀誦依法受持是等呪印爲當
來世一切有情分別解説一字頂輪王僕從

印呪功績力故若善男子樂成此大一字頂輪王呪者應常清潔恒誦此呪輪結此印是人當得無量百千稱歎功德消滅一切黒闇垢障爲諸如來大菩薩等歡喜憐愍於所生處得宿命智身相心智皆得圓滿無諸夭疾能與有情作大光明能於惡界度脱有情得大辯智具大精進光明威德眷屬圓滿洞解世間一切工巧亦能治救一切有情煩擾癡病常得十方一切如來加被護念現獲菩薩清淨法身若當有人日日常輪持結此等印呪稱已之名則當不被一切毗那夜迦遍怖嬈惱一切罪障自然殄滅若於現身證成此大一字頂輪王呪者則當來世定得證佛無上正等菩提大三摩地故密跡主此等印呪皆是一切如來種族眞實印呪法炬今釋迦牟尼如來謂令成就一字頂輪王呪者說是印呪三摩地門

一字佛頂輪王經卷第三

音釋

磔陟格切張伸也 抋蒲結切捩也 魑魅魑抽知切魅明祕切魑魅老精物也 倰閭承切 痿於危切痿黃痺濕病也 髆伯各切肩甲也 裸郎果切與躶同 肋歷德切脅幹也 嬭女蟹切

一字佛頂輪王經卷第四

唐三藏法師菩提流志奉 詔譯

大法壇品第八之一

爾時世尊告金剛密跡主菩薩言汝當諦聽我爲利益一切有情略説一字頂輪王大祕密曼拏攞此曼拏攞於世出世間爲最爲上如於如來三十二大人相頂相爲最又如如來天上人中爲大導師是一字頂輪王大曼拏攞亦復如是於諸呪壇爲大輪王而最第一能滅一切不吉祥相能摧一切諸惡天龍藥叉羅刹阿素洛等及諸有情能與一切學大乘者蠲衆罪垢證成一切勝福業事大涅槃門其作壇時每候白月一日八日十四日或十五日或好吉星宿日時於明曉時香湯淨浴著新潔衣於舍利塔前或於山間或於邑東或於邑北瞻察閑淨泉池河側簡擇勝地量三十二肘或十六肘或十二肘或復八肘可其肘數先寬治掃其阿闍梨執金剛杵處壇地心面東安立問諸弟子汝等決定求學諸佛祕密法藏不生疑不時諸弟子一時答言我某甲等志學諸佛甚深法藏的定誠信不生疑心如是三問三答竟已是時阿闍梨重復呪印香鑪而執持之面東長跪呪香焚燒啓白十方一切諸佛一切頂輪王菩薩一切菩薩一切金剛諸天龍神及諸業道一切神祇等悉證知我今請此地是我方地我於是地建立七日七夜一字佛頂輪王大曼拏攞道場法會供養十方法界一切諸佛菩逝世尊甚深般若波羅蜜多一切祕密甚深法藏難思法門諸大菩薩一切金剛諸天神

等各并眷屬請證成就我欲護身結界法事在此方地東西南北四維上下所有破壞佛法毗那夜迦惡鬼神等皆遠出去七里之外若護佛法善神鬼等於佛法中作利益者任當安住（作三白已）則結一切頂輪王心印護身誦摧碎頂輪王呪呪白芥子香水七徧用散十方結封壇界然後可其肘數方圓掘去惡土瓦石根木骨草及諸惡物坑深一肘以淨好土豎築平治起基半肘壇東北面令少下墊其壇四角中心當各又穿一小圓孔深於半肘中埋七寶五穀等物其七寶者一金二銀三眞珠四珊瑚五琥珀六薩頗胝迦寶（此云似水精）七瑠璃其五穀者一大麥二小麥三稻穀四小豆五胡麻其七寶片等分如豆和五穀各一合分以淨白絹和同裹持呪之七遍以五色線繫頭埋置五孔之中留其線頭出地面上長五指量一埋已後永更不許重出取之如法平填以新淨瞿摩夷和黃白土香水熟泥逐日旋轉如法塗拭又呪白芥子散方結界復可壇外界從東北角至東南角及西南角西北角各豎一竿皆長丈二（無問竹木）又從東北角竿向上一丈繫繩竿上引至三角亦如是繫至東北角帀竟即從東北角間錯懸列種種神旛及繒綺羅旛華條鈴帶金銀蓮華四布莊嚴十六肘界外四面方別又量取四尺之地如法治飾繫繩封界禮設行道又結印護身入壇誦摧碎頂輪王呪呪白芥子及呪燒火食灰一百八遍次誦一切頂輪王心呪呪白芥子灰等數亦如上復當持是白芥子灰從壇東北角右轉誦呪周帀拋散四

維上下結淨壇界又誦摧碎頂輪王呪呪佉陀羅木橛四枚各長九寸一百八遍次誦一切頂輪王心呪如前呪橛已從東北角一呪一釘橛滿一七下釘餘三角橛等法亦如是又於西面長跪而坐呪安悉香沉水香七遍燒之結佛眼印誦佛眼呪印呪香鑪七遍手執香鑪復作是言我今某甲啓白十方一切諸佛一切般若波羅蜜一切頂輪王菩薩一切觀世音菩薩一切諸大菩薩一切金剛藏菩薩一切天龍八部護塔護法諸善神王等證知我苾芻某甲作一字佛頂輪王灌頂大三昧壇法王功德如意成就請求加祐（作是語已）又從壇東北角周帀右轉輪結一切如來心精進印一字頂輪王印轉法輪印一切頂輪王心印如來眼印難勝奮怒王印摧碎頂輪王印如是七印東西南北四維上下次第輪結結壇方界又於壇心面東安立以一切頂輪王心印摧碎頂輪王印皆於頂上一尺上高右轉三帀及印於地名結上方下方大界又作軍荼利金剛結界之法一遍如是結界名一字佛頂輪王灌頂法壇大三摩地結界之法然後出壇與其畫匠及一曽入壇授法弟子結印護身語云汝持五色線繩隨我入壇從東北角逐日迴轉擘量壇位内外街道分爲四院惟開西門分爲内心院方闊四肘都分一十二隔其當心隔方闊二肘中畫釋迦牟尼如來面西瞬目結加趺坐作說法相坐寶蓮華師子寶座頂放大光當於佛前右邊畫一字頂輪王菩薩瞻仰如來半加趺坐左手執開蓮華於華臺上側豎畫一七寶金

輪繞輪鋒刃畫大火燄右手揚掌於佛左側立畫具壽善現於佛右側立畫具壽慶喜擘四面隔爲十二隔佛右北隔畫雹煩惱王菩薩右手胷側把開蓮華於華臺上竪畫一股金剛杵右手胷側揚掌佛左南隔畫光聚頂輪王菩薩左手胷側把開蓮華於華臺上畫佛心印右手胷側以大拇指頭指直伸其中指無名指小指屈於掌内次雹煩惱王菩薩東隔畫高頂輪王菩薩左手屈上把開蓮華於華臺上側竪畫八輻金輪右手胷側揚掌次光聚頂輪王菩薩東隔畫白傘蓋頂輪王菩薩左手屈上把開蓮華於華臺上畫於傘蓋右手當胷把開蓮華次當佛前西面南隔畫一方圓一尺二寸八輻寶輪繞輪輞刃遍畫火燄次北隔畫勝頂輪王菩薩左手當胷把開蓮華於華臺上竪畫一劒繞劒刃上畫大火燄右手屈外把青優鉢羅華次東北隔畫曼殊室利菩薩左手胷前側把青優鉢羅華右手屈上向内揚掌次曼殊室利菩薩南隔畫一切義成就菩薩左手當腹側上把開蓮華於華臺上竪畫五色螺右手胷側揚掌東北角隔畫摧碎頂輪王菩薩左手胷側把開蓮華於華臺上畫金剛幢旛右手屈上向内揚掌右畫佛眼菩薩左手當嬭把開蓮華於華臺上畫佛心印於印兩邊各畫一眼右手屈上向内揚掌東南角隔畫會通三頂輪王菩薩左手當胷把開蓮華於華臺上竪畫金剛杵右手當胷向外揚掌右畫如來毫相菩薩左手當嬭側把開蓮華於華臺上畫佛毫相印右手四指虛屈作拳大指直伸搏右

脇側西南角隅畫會同一切超頂輪王菩薩伸以左手仰左髀上把開蓮華右手當胷仰拳四指大指直伸右畫如來槊菩薩右手執槊於槊刃下畫懸繒帶左手微屈四指搏腹側上西北角隅畫堅無邊頂輪王菩薩左手覆屈搏左脇側把開蓮華於華臺上竪畫寶螺右手當嬭側手揚掌右畫如來牙菩薩伸以左手置左髀上把開蓮華於華臺上畫如來牙印右手當胷虛拳四指大指直伸是諸菩薩身光色相如前所說各以華冠瓔珞環釧種種衣服而莊飾之佩通身光蓮華座上半加趺坐分第二院當闊二肘四面共分二十四隅東北角隅南第一隅畫東方寶星如來左手覆當胷上把袈裟角右手揚掌南第二隅畫北方阿閦如來左手仰伸齋下把袈裟角右手覆伸置右髀上施無畏相南第三隅畫西方無量光如來以右手背壓左手掌伸置齋下南第四隅畫南方開敷蓮華王如來覆伸左手齋下把袈裟角右手屈上仰上揚掌南第五隅畫一切佛心印光燄圍繞如是四佛身金色相佩通身光於寶蓮華師子座上結加趺坐

北面西北角隅東第一隅畫毗俱胝菩薩面有三目身有四臂一把蓮華一把君持一把數珠一仰伸齋下右畫二侍者各長跪坐蓮華座一捧華一散華東第二隅畫多羅菩薩左手仰掌橫伸齋下把青優鉢羅華右手屈上仰掌右畫二侍者菩薩二俱合掌長跪坐蓮華座東第三隅畫觀自在菩薩左手當胷把蓮華右手仰伸齋下又畫白衣觀世音菩

薩母左手把開蓮華右手伸於臍下東第四隅畫得大勢至菩薩左手搏臍下把半開蓮華右手當胷側揚掌右畫摩訶濕廢多菩薩左手仰掌置左胜上把於蓮華右手作摩頂勢東第五隅畫馬頭觀世音菩薩左手當胷把鉞斧右手把蓮華葉等右畫大吉祥菩薩左手搏臍把開蓮華右手仰伸置右胜上是等菩薩身光肉色如前所說各以華冠瓔珞鐶釧種種衣服而莊嚴之處蓮華座半加趺坐南面東南角隅西第一隅畫金剛密跡主菩薩左手胷側把金剛杵右手揚掌右畫摩莫雞金剛母菩薩左手胷側把金剛杵右手仰掌屈伸臍下右畫計里枳攞金剛菩薩左手當胷把金剛杵右手揚掌西第二隅畫金剛種族生菩薩以右手背壓左手掌伸置臍下掌金剛杵右畫細那金剛童子左手當胷邪把金剛槌右手按右胜上西第三隅畫奮怒月黶金剛菩薩面目瞋怒右手胷側邪把金剛杵左手屈上拄三戟叉右畫軍荼利金剛童子左手當胷邪把金剛杵右手拄三戟叉西第四隅畫執金剛拳菩薩左手當胷邪把金剛拳印右手仰掌置右胜上右畫蓋臂金剛童子頭上畫金剛杵頭以二手臂左右交叉相壓各把金剛杵西第五隅畫執金剛鉤菩薩左手當胷邪把金剛鉤印右手仰掌置右胜上右畫執金剛鎖菩薩左手當胷把金剛鎖印右手仰伸臍下右畫姥狀陀縿迦金剛童子左手把金剛杵右手當胷側揚掌是等金剛身光色相如前所說各以華冠瓔珞環釧種種衣服如法莊嚴皆蓮華座上半

加趺坐西面西南角隔北第一隔畫最勝三界菩薩面有三目狗牙上出面目大怒左手當胷邪把金剛杵右手拄一長刀右畫不動使者面目瞋怒左手把羂索右手當胷邪竪把劒北第二隔畫彌勒菩薩左手把蓮華於華臺上畫澡鑵右手揚掌右畫難勝大奮怒王神面目大怒左手當胷邪把金剛杵右手把劒外作擬勢門北第一隔畫曼殊室利童子菩薩左手當胷把開蓮華於華臺上畫三股金剛杵右手屈上仰掌向外左邊畫二侍者一名鄔跛計始你菩薩二名計始你菩薩一執槊一執刀皆右手執次門北第二隔畫普賢菩薩右手當胷邪竪把劒左手屈外仰掌右畫始嚩麼欱明呪王邪立怒身伸以左手作敎用勢右手當胷作黃白色是等菩薩佩通身光色相如前所說各以華冠瓔珞環釧種種衣服而莊飾之皆蓮華座上半加趺坐東北角隔畫東方無畏神身青緑色面目瞋怒右手當嬭把棒左手作拳按左髀上左右各畫一侍者一立把棒一跪合掌把羂索東南角隔畫南方滅怖畏神身赤黃色面目瞋怒左手搏齋邪竪把棒右手當胷微虛作拳左右各畫一立侍者一把三戟叉一把金剛杵西南角隔畫西方難勝神身白黃色面目瞋怒左手當胷把羂索右手作拳按右膝上右畫一侍者長跪而坐執三戟叉西北角隔畫北方解除怖畏神身紫赤色面目瞋怒右手胷側邪竪把刀左右各畫一立侍者一執刀一執輪是四方神各以華鬘瓔珞環釧種種衣服如法莊嚴皆蓮華座半加趺坐分

第三院亦闊二肘純畫青地金繩交道寶華莊嚴分第四院亦闊二肘純畫青地金繩交道寶華莊嚴分第四院亦闊二肘四面共分四十二隅東方面隅畫淨居天他化自在天及畫一切天等東南方面隅畫帝釋天王畫火天神及畫一切天仙而爲眷屬南方面隅畫那羅延天阿難陀龍王琰摩王及畫鬼子母毗舍遮鬼布單那鬼而爲眷屬西南隅畫大吉祥天羅刹王衆及歩多鬼衆而爲眷屬西方面隅畫水天王并其眷屬於水天王左右隅畫難陀龍王跋難陀龍王而爲眷屬西北方面隅畫風天神畫諸明呪仙及畫薜嚕荼王衆而爲眷屬北方面隅畫摩醯首羅天畫摩訶細那呪神鄔摩天女及畫諸藥叉等而爲眷屬東北方面隅畫大梵天王伊首羅天衆及畫鳩槃荼鬼諸種族鬼而爲眷屬又東門南第一隅畫日天子及畫七星天衆前後圍繞西門南第二隅畫月天子及畫七星天衆前後圍繞又西門北第二隅畫度底使者畫畢栗沙迦神及畫餘諸使者又東門首畫滿賢藥叉神寶賢藥叉神提頭賴吒天王等又南門首畫毗樓勒叉天王及畫七星天衆左右圍繞又西門首畫毗樓博叉天王畫半支迦大藥叉神又北門首畫多聞天王及畫七星天衆左右圍繞是四天王身服莊飾如前所說是諸天仙龍王神等各以自服本所器仗而莊嚴之總半加趺坐

其內第一院當闊二寸半四面周帀豎畫金剛杵杵頭相拄一一杵上遍畫火燄其第二院界亦闊二寸半四面皆畫七寶界道外第

三院界當闊三寸四面周帀遍皆竪畫金剛杵杵頭相拄遍於一一杵上畫大火燄其第四院界當闊四寸四面亦畫七寶界道外第五院界當闊六寸四面周帀皆遍竪畫金剛杵杵頭相拄亦遍一一杵上畫大火燄其内外院地皆塗青地其壇四面内外兩門南皆側開一門當令呪者出入行動如是畫壇於絹上或細布上可其肘量如法圖畫其匠每日清潔洗浴著新淨衣受三歸戒以白芥子調和彩色依圖彩畫誦一切頂輪王心呪呪諸彩色及呪香華飲食香水餘供養物等持布獻之若圖畫已即以一切頂輪王根本心印呪摧碎頂輪王印呪各呪印白芥子一七遍於内外院右轉散灑結壇四方四維大界已復可壇上安一七寶綵傘蓋其内第三院外四角頭准前法用竪竿繫繩惟以諸佛菩薩旛諸妙綵華鈴帶珠珮等四面懸列間錯莊嚴於其四門四角各雙對懸金剛之旛外第五院四門四角亦各對懸四天王旛諸神王旛於内外院上方四面以新大旛圍繞作額下方外院四面遍敷新淨氈褥席等於内院釋迦牟尼佛前置一香水瓮内外四角各置一香水瓮内外院四門亦各對置二香水瓮其香瓮等受一㪷各於瓮中置五穀子七寶片等滿盛香水等於口中揷一切枝華葉等其内外院四面界上共布二百枝雜色瑠璃泡華金銀雜華又以四銀盤一盛燒香一盛於華一盛白芥子小石子等一盛種種末香當置外院西門兩側内外三院四門四角各置香鑪燒衆名香是時呪者每欲結印誦

呪請召皆須洗手漱口又復呪持香水白芥子右轉散灑結印護身西門跪坐又呪香鑪七遍手執香鑪復啓白言我今某甲供養十方一切諸佛五頂輪王一切甚深般若波羅蜜多無邊法藏難思法門及曼殊室利菩薩普賢菩薩彌勒菩薩觀世音菩薩金剛密跡主菩薩諸大菩薩一切金剛族衆菩薩天龍八部護塔護法諸善神王一切使者悉請降臨證知我今某甲作持一字佛頂三摩地呪壇法事無上功德如意成就請求加祐如是三白即結一字頂輪王印一切頂輪王心印摧碎頂輪王印皆以印頂戴恭敬及摧碎頂輪王印呪印七遍印左肩右肩咽下心上左右膝上眉間髪際及印頂上頂後如是等處皆印三度名結身界若護同伴及護弟子法亦准

此及以右手大拇指中指持掐數珠左手執金剛杵印銀盤内白芥子誦一切頂輪王心呪摧碎頂輪王呪各呪一百八遍已還放數珠及金剛杵置銀盤上又結摧碎頂輪王印印白芥子小石子等七遍次結一字頂輪王印印白芥子小石子等亦一七遍次結一切頂輪王心印如前印於白芥子小石子即持芥子銀盤從壇場内東北角右轉散白芥子如是周帀四維上下如法散竟持其石子從壇外院東北角拋其石子如是周帀四維上下各拋一石石所到處名爲外界芥子到處名爲内界還復入壇結摧碎頂輪王印印於壇地誦呪七遍名結地界四角四方以印空中右轉七帀誦呪七遍名結八方大壇城界入壇中院又結手印印頂上一尺右轉七帀誦

呪七遍名結上方空界及作軍吒利金剛結界之法竟又四角四門燒香已即當如法啓首結請佛印以左右二無名指二小指右壓左相叉右掌中直豎二中指頭相拄其二頭指直開相去四寸半並二大指直豎去中指八分印呪誦一字頂輪王呪至第四遍是二頭指漸漸屈入於掌呪滿七遍并手印和南頂禮向内散印是印力能請召一切如來蓮華座迎印以二小指豎相著其二大指亦豎相並著其餘六指均勻散開豎伸微曲如初月形似開蓮華誦一字頂輪王呪滿一七遍即並屈二大指向於掌内頂禮迎之向内散印請坐印以右手五指豎㻪頭相捻以左手頭指中指無名指握右手五指上大指壓上直伸小指誦一切頂輪王心呪七遍請坐於座散去坐印請釋迦牟尼佛坐壇心位次請一字頂輪王亦依前法次從東行北頭第一請乃至南行頭位畫法亦准前次從北行西頭第一請乃至東頭位畫法亦准前次從南行東頭第一請乃至西頭位畫法亦准前次從西行南頭第一請次乃至北頭位畫法亦准前次請中院亦依前法次請外院亦依前法如是請召一切諸佛一切頂輪王菩薩及諸菩薩金剛菩薩諸天神隨結本印若請佛者結前請佛之印若請一字頂輪王菩薩及餘頂輪王菩薩當結一切頂輪王同請喚印若請一切菩薩及金剛菩薩帝釋梵王并諸天等皆結一切如來心精進印其迎印坐印准同前印内院中院外院皆依畫位稱一一佛名稱一一菩薩名稱一一金剛名稱諸天

名結印誦呪稱名禮請如是一一請佛菩薩金剛諸天神等隨請隨想會壇住位總奉請竟

結大三昧勑語結界印

准前請佛印改二頭指各捻中指背上節屈二大指各附頭指下節其二手掌相去四寸以印頂戴恭敬頭上緩緩隨日右轉三帀誦一切頂輪王心呪呪加畔馱畔馱四字七遍即應勑云三昧結界威儀具足啓請聖衆如法住位安座而坐又於西門合掌頂禮長跪恭敬手執香鑪燒諸名香想諸畫佛菩薩金剛一切天神如真報身各坐於座動視觀佛佛説法相復口啓白奉請結界願諸聖衆各依本位威儀具足如法而住說是語已即取銀盤種種香末兩手掬香誦一切頂輪王心呪呪香末七遍從内院散釋迦牟尼如來上及五頂輪王諸菩薩上次當遍散第三院一切佛上及散一切菩薩金剛等乃至盡散諸天神等普同供養復取銀盤内華兩手捧掬呪七遍已如散香法普同供養如是供養名香三昧陀羅尼供養名華三昧陀羅尼供養作是法已復以左手執金剛杵右手把數珠口云我今某甲頂戴恭敬一切般若波羅蜜多無邊法藏恒沙萬德今從十方一切諸佛敬受此法說是語已即舉兩手頂戴恭敬如斯作法名頂戴恭敬受持之法又放數珠金剛杵等置銀盤上頂禮世尊手執香鑪焚香供養繞壇三帀辭佛却出又内第三院及外第二院以種種香華酥蜜乳酪沙糖乳粥酪粥油麻粥秔米飯餅食果子如是食果皆新鮮好

以金銀銅盤疊等如法莊盛一一隨位四面布獻又以酥蜜乳酪乳粥酪粥種種香華一切飲食及果子等外院隨位四面行列而供養之内院四面四角各然蠟燭外院四面然燈供養布爲燈鬘又取一切飲食華果各等少分如置淨水盛於鑵中持詣淨樹下處或竹叢下誦呪三呼一切鬼神來食我之甘露飲食傾棄於地即迴而去如是施法加人福祚

此壇廣法從初作日乃至竟日種種儀則修壇方法阿闍梨法教弟子法入壇之法灌頂之法准諸大灌頂經壇法用同智者應知作是法人并及同伴親弟子等皆一出一入澡浴清淨壇内莊嚴勿亂語笑一心念佛各三對衣皆新淨者一對入壇一對喫食一對於外經行上廁是阿闍梨又更入壇内外兩院右遶行道周帀觀看諸莊嚴物何者如法何不如法使命弟子隨復莊嚴或自莊飾已出壇如法洗手漱口又准前結一字頂輪王勑語大三昧耶印誦一字頂輪王呪遍遍之後加畔馱畔馱四字四方四角中央以印空中右轉三帀呪聲勿絶四維帀已即重啓云一字頂輪王三昧結界威儀具足白諸聖衆如法安住受諸供養乃待周畢如是作法名大結界安慰定坐復次呪者又於西門合掌頂禮遶壇行道門别禮拜梵音讚歎想是壇場種種莊嚴如菩提樹金剛道場説法之會生奇特想想本尊佛及一切佛菩薩金剛諸天呪神呪仙龍王一一次第如眞身者又於第四院西門長跪結印誦呪呪印香鑪七遍乃

執香鑪燒諸名香誦呪普爲一切天龍八部國王王族大臣僚佐及過去今生一切師僧父母十方檀越六趣四生一切有情同修行者及爲自身各燒一丸之香至心想像香雲飲食一切華果供養釋迦牟尼佛五頂輪王菩薩曼殊室利菩薩一切義成就菩薩摧碎頂輪王菩薩佛眼菩薩會通三頂輪王菩薩如來毫相菩薩乃至如來牙菩薩觀世音菩薩金剛藏菩薩及外院諸佛一切菩薩一切金剛一切天仙各及眷屬皆坐本位如在目前一一之前如法供養復當運心想是香雲遍至十方一切佛刹菩提道場種種法會一一供養一切諸佛菩薩金剛一切天仙如是香雲於一一佛刹化作香宮殿樓閣七寶池臺微妙音聲一切佛事供養海雲一切寶華曼陀羅華曼殊沙華俱物頭華瞻蔔迦華供養海雲一切末香供養海雲一切塗香供養海雲一切燒香供養海雲一切奇特大摩尼寶供養海雲一切諸天種種甘露飲食供養海雲一切諸天種種奇妙衣服瓔珞供養海雲一切諸天上妙華鬘寶冠環釧供養海雲遍滿十方法界一切佛土而供養之及遍十方六道四生一切病惱有情一切地獄受苦有情處出和雅音稱讚三寶隨聞隨得離諸地獄種種苦受滿衆生願病苦有情香雲入體除去一切身心病惱如是供養於諸念誦亦常作之頂禮諸佛一切菩薩遶壇行道合掌讚歎發大弘願辭佛却出壇外其受法人諸根端好性復純正發菩提心香湯淨浴著新淨衣如法皆與發露懺悔過現身業口業

意業五逆十惡諸罪授三歸戒問言汝等決定能學諸佛一字頂輪王祕密法藏不生疑惑是受法人等一時答言我今某甲誓當至學一切諸佛甚深法藏決定誠信不生疑惑如是三問三答是時阿闍梨誦一切頂輪王心呪把線隨受法人數結於呪索一呪一結滿四十九結繫受法人右臂之上一一如是女繫於左又以摧碎頂輪王呪呪白芥子一呪一打受法人頂滿三七下或一七下復與結印爲印左肩右肩咽下心上眉間髮際頂上頂後左右膝等又誦一字頂輪王呪呪受法人一百八遍誦佛眼呪呪淨白練一百八遍繫[亻+密]受法人眼即取銀盤内華教云兩手如法捧華從壇西門執手引向外第五院西門住立教發大願擲手散華乃解眼帛語云汝所散華著某佛某菩薩某金剛某天神使者等上好記莫忘復教合掌恭敬禮拜其一一弟子法皆如是若有散華三迴總不著諸位者特勿解眼帛去即隨擯出是大罪人不合入壇教令懺悔無始今生一切罪障是諸弟子散華總竟重爲啓白諸佛菩薩金剛神等方始重引准前散華著者解眼不著者至竟擯出更勿重入見壇其諸弟子已散華者令壇西門外西東行列長跪合掌一心瞻佛其阿闍梨亦自如法發願讚歎散華供養已整理威儀領諸弟子啓白禮讚引前一時繞壇行道念心無亂還坐本座

一字佛頂輪王經卷第四

音釋

墊都念切下也　縧他刀切編絲繩也　橛其月切杙也　擘博厄切分擘也　敋古獲切手打也　褥儒欲切裀褥也　瓮烏貢切罌也　珿初六切齊也　秔古行切稻之不黏者曰秔　[糸奓]竹下切音查　[朿犬]勒沒切音鹿

一字佛頂輪王經卷第五

唐三藏法師菩提流志奉　詔譯

大法壇品第八之二

次爲灌頂其壇西門外當如法作四肘嚴飾灌頂水壇如法結界懸繒旛華如法安置一盤飲食四角然燈當是壇心置一牀子敷白茅草令受法人於上結加趺坐又使二人一執紫傘蓋蓋阿闍梨頭上一執白傘蓋當水壇上蓋灌頂人頭上阿闍梨當自擎取大壇中心佛前香水瓫誦一字頂輪王呪呪香水瓫一百八遍出於壇外一一次第喚引弟子到灌頂壇右遶三帀教令牀上面東結加趺坐其阿闍梨亦自上壇牀邊端立又問是弟子云纔所散華著何佛菩薩金剛諸天身位之上弟子答云著某佛某菩薩某金剛天等身位之上隨其所答教作其本散華著佛菩薩金剛等印印中著華教令至心隨念某佛菩薩金剛等名其阿闍梨亦各爲結某佛菩薩金剛等印印弟子頂隨誦某佛菩薩金剛等呪與灌於頂爲發願言願是某甲從今已去常爲諸佛一切菩薩一切金剛攝受加被蠲衆罪垢速證某佛菩薩金剛等法及一字頂輪王最上悉地灌頂竟已教云散華解散其印著衣入壇頂禮謝佛還坐本座其餘弟子法皆准此若有入此壇中灌頂授法得作諸呪大灌頂阿闍梨師又得一切諸佛菩薩金剛獨覺聲聞諸天呪仙大明呪王悉皆見知加被擁護是人當得受於菩薩地住乃至無上正等菩提更不退轉次以內外四角四門香水瓫如前呪之灌同伴人頂亦皆蠲衆

生無量垢障諸佛護持若有見此一字頂輪王壇信向隨喜潔身恭敬遶壇禮讚亦得消除一切罪障及當入受一切法壇即當不爲一切毗那夜迦姥𤞉陀𠼪迦等作生障惱十地菩薩大威德者亦不能壞速令成向一切呪法所入此壇灌頂受法之者應自捨身誓爲一切諸佛弟子阿闍梨弟子誓願恭敬給侍諸佛及阿闍梨處應所先施阿闍梨上下各服其壇南門外門東側邊准同下說如法修飾布瑟置迦火壇之法其阿闍梨於火壇東當又整儀面東跪坐當以酥蜜胡麻人沉水香末白檀香末蘇合香安息香熏陸香稻穀華各等分相和呪七遍已先請火天坐火爐中以右手㩓一呪一燒滿七遍已即心裏請云大火天神且出鑪外側邊安坐今欲供養諸佛般若波羅蜜多一切頂輪王菩薩諸菩薩等作斯語已即請一切頂輪王菩薩至火鑪中蓮華上坐其阿闍梨即以左手執金剛杵一一次第單喚弟子近阿闍梨左邊合掌作禮胡跪仰掌以金剛杵定印弟子手掌心中當以前酥蜜香等右手㩓擲一呪一燒一稱弟子之名滿一七遍語云汝復還歸本座而坐其餘弟子法皆准此印堂燒食一一總竟即啓一字頂輪王菩薩還歸本座而坐次請壇中心釋迦牟尼佛至火爐中蓮華上坐准前一呪一燒酥蜜香等滿一百八遍竟准前啓佛還歸本座而坐其次准前請召之法一一次第請諸佛菩薩金剛諸天神等各結本印各誦本呪結蓮華印一一迎坐火爐心中各誦本呪一呪一燒前酥蜜香等滿一

百八遍或三七遍皆通供養一一次第燒焯火食獻供養已一一隨作本印迎送還坐本座如是諸位各各迎請供養送法如前無別次從東面北頭第一請一一乃至南頭位盡次從北面西頭第一請一一乃至東頭位盡次從南面東頭第一請一一乃至西頭位盡次從西面南頭第一請一一乃至北頭位盡其外兩院法亦准此内院請法如是供養一切火食總周畢竟復次一爲於國王王族二爲大臣僚佐三爲過現一切師僧父母四爲業道冥官五爲十方施主六爲十方法界六道四生三塗八難一切有情如是六種所爲燒焯火食供養者皆隨所爲稱名啓白同誦一切頂輪王心呪一呪一燒各三七遍竟其阿闍梨乃復自爲燒二十一遍及爲道場處

主人亦燒二十一遍竟時阿闍梨又淨洗手把持香鑪燒諸名香右轉繞壇行道一帀於西門前合掌禮拜至誠謝云今所供養香華飲食多不如法深大慚愧諸佛聖衆作斯語已又復禮拜其阿闍梨即便輪結當部中印及結諸佛菩薩金剛天印不須誦呪一一次第顯示徒衆而爲供養種種法事已又入道場繞壇行道種種讚歎禮拜懺悔廣發弘願竟已是阿闍梨又喚最長灌頂受法弟子當以左手把弟子右手大拇指誦佛眼呪作翁底迦法燒焯火食一百八遍令是受法第一弟子蠲衆障累隨其所作一切法壇自在無礙任所修爲其阿闍梨又執香鑪燒諸名香繞壇行道無量讚歎發弘願已西門禮拜仰啓愧謝今此會作種種法事香華飲食皆不

如法慚愧聖衆願大慈悲布施歡喜則結解印左轉誦一字頂輪王呪後加悶遮悶遮四字七遍准前請召之法先從壇心中院座主乃至外院一一各用本印呪等啓白發遣各還本土周盡竟已其阿闍梨手執炬火領於弟子入壇一一指示語此是某佛某菩薩某金剛某天神等像坐位一一指示竟即誦除壇呪三七遍即便收拾一切旛華供養物等以淨稀泥左轉塗掃畫壇地却特莫至見日出之時密跡主此地得名金繩界道七寶合成諸佛居上演説大法轉法輪處可於此地建立佛堂塔等爲最爲上若人住上業受有損其壇内財物阿闍梨分爲三分一分施入常住供養衆僧一分給施貧下乞人一分阿闍梨自受取用寫經畫像其諸飲食亦分三分一分施外衆僧一分施於貧下乞人一分施於水陸鳥獸是入壇者皆不應食此供養食若所請喚發遣之時皆誦一字頂輪王呪佛眼呪等密跡主此一字頂輪王呪能斷他呪一切障礙毗那夜迦盡皆怖走作斯壇處方圓五百踰繕那一切他呪悉不成就諸魔鬼神怖不中住菩薩呪神一切諸天呪仙龍王藥叉羅剎乾闥婆阿素洛緊那羅迦樓羅摩呼羅伽等見此依法受持一字頂輪王呪人禮敬觀讃尊重如佛是故智者應常想憶諸佛菩薩金剛塗壇供養密跡主如是圖畫佛形像菩薩形像金剛形像乃至天龍鬼神形像是名上壇其中壇者肘量院位一切莊嚴亦各依前一一次第當以五色粉作開敷蓮華爲佛華座位菩薩華座位金剛華座位

乃至諸天龍神鬼座位各於一一華座臺上皆以其粉各作本佛印作菩薩印作金剛印乃至諸天龍神鬼印是等印上繞有火燄是名中壇其下壇者肘量院位一切莊嚴亦各依前一一次第亦以五色粉作佛座位菩薩座位金剛座位惟作華座乃至諸天龍神鬼座位如是三壇種種法事上法中法下法摩壇請召一切供養誦呪行道皆逐日轉吉相成就密跡主又有隨心供養成就壇法准前啓白方量四肘如法泥拭分爲二院畫寶界道界闊三寸分内中院方闊二肘當院中心畫一肘白粉開敷蓮華於華臺面畫一尺量十二輻七寶金輪繞輪網刃周畫火燄於四角地各畫如意寶瓶又於瓶口畫寶枝葉華果分第二院當闊二肘壁開四門除四門位分十二隔東門南隔畫天帝釋金剛杵印南門東隔畫火天神印南門西隔畫閻羅王印西門南隔畫羅刹王印西門北隔畫龍王印北門西隔畫風天神印北門東隔畫多聞天王印東門北隔畫伊首羅天印其四角隅各畫三金剛杵十字交叉如是印等蓮華臺上如法畫之此諸印上繞畫火燄是二院地皆塗青地中置一字頂輪王像四面懸列種種旛華外四角頭置香水瓶及以華香末香燒香乳粳米飯酥蜜酪等隨心供養日日依法斷諸談論潔身護身誦呪祈求懇誠作法則速成就又法以白氎或白綾羅作一傘蓋於蓋上頂四邊貼金如法莊飾繫置七尺竿頭插壇心上每日三時燒沉水香誦呪呪蓋滿一千萬乃於十五日倍潔身服作大供養手

執傘蓋面東趺坐調調誦呪呪令傘蓋放大光燄即證身通壽娜羅鉢底地證諸法義詣諸佛刹百千衆生喜覩爲伴一切如來諸大菩薩共所歌讚

又法詣深山處簡擇勝地啓白如前掘地築治作四肘壇基高一寸如法摩飾可壇心上畫廣四尺四寸面開敷七寶千葉蓮華壇四院界等闊三寸畫寶界道惟開西門於四角上各畫寶珠皆繞珠上周畫火燄每日如法清潔身服燒沉水香護身結界於華臺上安詳趺坐誦一字頂輪王呪滿一千萬數即從地中涌出一千大仙神衆是時呪者則證神通身出光燄照五由旬五頂輪王一切深法一時證悟爲大娜羅鉢底無量呪仙而爲其伴壽命一劫變身如天又法清潔身服以紫檀木或白檀木或屍陀林棺木釘鐵作三股金剛杵以牛五淨汁浸重重浴治次以香水重重灌洗呪一千八遍置壇心上廣設供養繞壇四布百盞酥燈供養諸佛五頂輪王大菩薩等每日六時治潔身服勤加結界輪印護身右手掐珠左手把杵准前安詳蓮華臺上淨心誦呪呪杵乃至杵上出大光燄則得一切呪仙諸天神龍藥叉皆來禮讚觀視敬廣將往色究竟天容貌變如金剛菩薩壽命一劫過彌勒佛聞甚深法若命終時樂欲生於一切佛刹即隨往生又法以粳米飯和酪酥等每日三時一呪一燒一千八遍滿百日已又於白月十五日一日一夜不食不語以酥蜜酪一呪一燒稱毗沙門名諸藥叉名滿一千八遍毗沙門王及諸藥叉則皆集會來

問行者今何所爲行者答言我今所欲一切財寶長年藥等時諸藥叉爲取奉施滿所求願又法每日三時以沉水香末和酥蜜等稱諸天名一呪一燒一千八遍滿三七日則得諸天冥加敬護又法每日三時以安悉香碎如酸棗用和酥蜜酪稱藥叉名一呪一燒一千八遍滿七日夜則得一切藥叉冥自敬伏

供養成就品第九

爾時釋迦牟尼如來復觀大衆謂金剛密跡主菩薩言我見當世一切有情多有頑愚下劣精進心耽種種癡恚慢垢下見下行不能成就是無上法若有淨信純善有情愛樂此法發菩提心行常眞正具大精進我今惟爲是人略說此一字頂輪王無量殊勝功德威力是諸如來諸大菩薩金剛天等所讃道處亦是無量諸佛三摩地門所出生處能令持者超過三界一切魔界示天中天如來色身摧碎一切衆惡天龍藥叉羅刹外道諸惡法心伏恭敬所有諸佛菩薩金剛諸天呪法悉攝此中我於無量百千俱胝劫讃說此呪亦不能盡是一字頂輪王呪過去一切如來爲彼有情已說此法我亦曾於過去無量百千佛邊親聽受得此一字頂輪王教以是得爲諸法中尊我今亦爲汝說是呪法密跡主若當有人精心憶持此一字頂輪王呪則除無量八難怖畏破諸魔軍滅諸重罪前所說像隨畫一像以白檀香泥塗摩壇場日日三時依法澡浴著新淨衣三時誦呪三時供養常輪結印誦一字頂輪王呪滿二百萬乃候三月白月一日於斯像前嚴三肘壇白檀香泥

塗摩壇面如法持以種種塗香末香燒香香水飲食酥燈華等壇上布列如法獻供舉月一日誦一字頂輪王呪佛眼呪三時各誦一千八遍至十五日採惹底延華此地無是華當像項上繫爲傘蓋倍加供養繞壇四面然布酥燈一千八盞不食不語清潔身服結金剛座調調誦呪至後夜時忽於空中聞雷震聲則現三相一華蓋動二畫像身放大光明三像自動眼目顧視覩斯相已心所願求乞皆圓滿若常依法精勤誦滿一俱胝數梵云一俱胝此云一千萬乃名下士淨業承事供養佛人若常依法誦滿二俱胝數乃名中士給侍承事供養佛人若常依法誦滿三俱胝數乃名上士親侍承事供養佛人證大自在菩薩地住作法無礙力能調伏一切天龍八部神鬼若樂調伏天龍神者誦之四遍即各敬伏隨呪者意若欲證大菩薩摩訶薩地當詣海沙潬上或江河岸砂潬之上誦呪印塔塔長一肘一呪一印塔隨一一塔前置華香水燒香誦呪其塔數滿至十俱胝於最後塔放大光明入呪者身當是之時三千大千一切釋梵天他化自在天樂變化天廣果天淨居天色究竟天及諸天等并種族天各住於空雨衆香華種種歌讚及諸龍神藥叉羅刹一切神鬼亦皆湊會散華供養而讚歎之於是之時一切寒氷地獄諸苦有情皆得温適所有猛火地獄熱惱有情皆得清涼是時呪者得大威德身證神通爲天中天身金色相如盛年者證大智慧於空自在爲大娜羅鉢底其所同伴見作法者皆得隨從無量百千諸天呪仙共爲伴

從詣諸佛刹隨心皆至或處天帝釋宮分座同坐顏貌威光精進智慧一切天人無有匹者及證菩薩方便善巧甚深智慧調伏有情復增壽命無量數劫見諸如來出現成道爾時如來重說頌曰

彼不思議天人敬　斷諸貪垢邪見輪
身及智慧大精進　當獲神通利有情
成就神通證佛地　得壽人中法勝尊

密跡主此一字頂輪王大成就法昔寶髻佛爲凡夫時清潔身心專法修持得證成就金剛幢佛光明自在王佛如是過現十方一切異名無量無數一切諸佛等皆爲凡夫時一一懃懇專精修持此成就法皆證成就復有觀世音菩薩不動處菩薩曼殊室利菩薩普賢菩薩如是過現十方無量一切大菩薩等皆凡夫時清潔身心修持此成就法獲得菩提密跡主如汝往昔因地之時遇金剛幢如來法欲滅時憐愍有情難作能作種種勤苦修成佛眼大明母呪當世呪者得復如汝堅固精進發菩提心憐愍有情修此一字頂輪王成就法者決定成證復別修法應常對觀一字頂輪王像誦滿百萬乃於白月十五日加浴清淨著鮮淨衣一日一夜不食不語以白芥子和水呪一千八遍像前散灑周遍八方結爲壇界以諸飯食香水華香布置供養壇上四面懸諸旛蓋持好雄黃置於壇中蓮華心上面東趺坐呪是雄黃令現三相若得煖相即能調伏一切有情若得煙相即便證得隱空大仙若得光相持以塗身證如盛年爲娜羅鉢底身金色相以諸呪仙共相伴從

壽命一劫成就牛黃法亦如是又法伺候佛神通月舉白月一日一出一浴著新淨衣三時供養三時懺悔誦呪發願啓請諸佛轉大法輪六時時別誦一字頂輪王二千遍如是作法至十五日復加精潔一日一夜不食不語持以新淨僧伽棃衣或以錫杖或以鉢盂呪一千八遍置壇中心復以種種飲食華香施設供養周勤結界擁護於身面東趺坐調調誦呪呪僧伽棃衣令現光燄呪者覩已披著身上即證呪仙騰往佛刹神通自在能現衆身壽命一劫又法佛神通月詣於河泝沙潬之處印一肘佛塔數滿十萬至十四日加法護身復於像前廣設供養坐茅草席右手持一新淨之劒誦一字頂輪王呪乃候空中間出諸妙梵音讚聲其頂王像則放大光照呪者身於其空中無量天樂不鼓自鳴時阿素洛阿素洛女及諸呪仙呪仙種族亦皆集會無量讚歎是時呪者即證身通爲劒呪仙娜羅鉢底著諸天服騰往自在遊諸佛土壽命一劫又法詣山高勝頂上嚴飾壇界懸像面東結印護身誦一切頂輪王心呪呪種種果實諸藥以爲齋食勿食飲食又誦一字頂輪王呪呪屍陀林鐵鑄以爲輪輻輞具足其作輪匠六根端麗若鑄治已將一善伴詣阿素洛窟門於窟門前懸像結壇以佉陀羅木斫截然火燒設火食以白芥子無槵木葉黑芥子油如法相和坐茅草席右手把輪一呪一燒滿十萬遍則得破折阿素洛門內一切關鑰第二十萬時阿素洛宮殿則大火然第三十萬阿素洛童子衆等而自

出現恭敬白言大丈夫士今何作爲願入宮殿其所同伴亦皆隨入任所使爲呪者入時勿將伴去何以故恐相殘害若入去時右手把輪誦呪直入至宮殿中爲阿素洛尊阿素洛宮殿一切財寶悉屬呪者窟中一切阿素洛大仙阿素洛童女皆爲侍從若於世間遊行住者身亦得如阿素洛身壽命一劫若住窟中亦得壽命一大劫住若見那羅延輪憶念此呪須破即破須全即全往昔迦葉佛時有呪輪王住阿素洛窟名輪王手呪仙持輪出遊今猶現在供養諸佛復有一字頂輪王大成就法我昔因地曾爲大商主時名曰路摩爲成呪仙經過難處憐愍世間向諸比丘說佛本行詣海泝潬亦詣河泝一一如法印一肘佛塔數滿於千於一一塔前以淨華香持獻供養誦此一字頂輪王呪滿三百萬乃以屍陀林鐵使一巧匠相好端嚴清治潔身令持此鐵鑄八寸輪輻輞無疵輞刃鋒利又以牛糞汁中浸洗於輪呪一千八遍即便伺候佛神通月覓一良伴如法作法專呪是輪滿一俱胝令現火燄見已持把則證身通遊空自在往諸佛刹獲大威德壽命一大劫化導衆生是故密跡主汝亦應知詣大河泝如法清潔嚴諸壇場中置一字頂輪王像以諸華香當日日如法隨心供養誦一字頂輪王呪滿一俱胝數則一呪一印塔數滿六百然可作法不候時日覓一卒去米糶羅身支未壞無瘢痕者以諸香湯而淨浴之與著新淨衣服華鬘卧置壇內是時呪者結界護身結加趺坐呪令起坐心莫怖悚安詳問言米糶

羅曰爲我説示過去未來善惡之事長年仙樂之事作金銀法安怛陀那法娜羅鉢底法具爲我説令我明解若當呪者加以精進倍誦其呪專一作法即能證大轉輪頂娜羅鉢底三摩地是米爨羅神隨爲使者能與諸願

又法以鐵末一攥一呪布内滿口至百八遍又呪於口乃令舌長尺餘出現持以刀割米爨羅舌取右手持把則變爲劒是時呪者即得證爲劒仙騰往須彌山頂一切天見皆大驚怕伏爲伴從是天帝釋分座同座隨至天宫位皆如是常以六十千俱胝天衆前後導從是諸天等皆大威德身光赫奕復有諸天火天天王樂同爲伴如是證者以一字頂輪王呪威神力故以神足通於須臾時騰往百千俱胝佛刹種種遊戲所至佛刹皆六震動威光晃曜照諸地獄一切有情飢者得食裸者得衣苦者得樂復有無量諸天天女圍繞歌讃百千大劫遊諸佛刹供養諸佛若此界壞復當移詣他諸佛刹如是功德無量無邊證菩薩地利濟有情

又法准前結印護身誦一字頂輪王呪滿六百萬乃詣河浒又印二尺八寸佛塔一呪一印一千八塔一一塔前各置華香誦呪供養已又准前覓一米爨羅沐浴著衣護身結界卧置壇内以七寶末一攥一呪布於口滿滿百八遍呪令口中吐出寶珠光談顯赫呪者見已又復結印加法印身護身持取寶珠是時呪者則證大娜羅鉢底威德呪仙神通自在騰往遊戲他諸佛刹隨得無量大威德仙同爲眷屬恒共供養一切諸佛大菩薩等又

法准前護身結界及護同伴以淨乳粥和酥是抄一抄一呪布於口滿又呪米𩍐羅身令自起坐𠛗吐乳粥即持銅器承取乳粥呪者同伴各分半喫喫乳粥已則證身通而爲呪仙又法以右手掌覆按米𩍐羅口上呪令口出熱氣烝手手即作拳又呪一千八遍後以於拳擬一切有情悉自調伏的定無疑若得口出火燄大光即得證成大拳呪仙又法詣於蓮荷池泮治結壇界面西安置頂輪王像正於像前結加趺坐取以蓮華和酥蜜等像前誦一字頂輪王呪一呪一燒滿五百萬呪者則見頂輪王像眼目顧視肢手動揺呪者則得自然財寶安壽富貴無苦無惱除諸災難又加精進取以蓮華塗和酥蜜一呪一燒滿一千萬則證大娜羅鉢底三摩地若能倍滿二千萬則證贍部洲摩努使大娜羅鉢底三摩地行十善行若重倍倍依法作持當得證壽四禰縛中大娜羅鉢底三摩地所作皆辦如是法者我今略説的定不疑乃往古曼殊室利菩薩普賢菩薩觀世音菩薩得大勢至菩薩虛空手菩薩及我釋迦牟尼世尊皆於因地爲凡夫時怖於生死慕善知識求得斯法依教修習脱諸煩惱令得如是大自在處是時如來重説頌曰

輪王最上呪　若有證成者　此界及他土
一切無等過　容貌及威力　而證於最上
譬若如來身　殊特無倫匹　如斯頂輪呪
五頂相應法　成證超一切　如向已分别
如來本法印　及諸菩薩印　與於後世者
成飾此呪王　是等無等印　大力大勇猛

彼證法成就　大勇難思議　十地諸菩薩
所說呪印法　攝在此中用　天帝亦摧伏
況餘惡有情　示法不伏向　如是等爲首
我說成就法　是故成就者　勤修如法持
縱不證悉地　亦當離世間　佛深理趣門
一切諸呪法　無量佛所說　皆從此中現
爾時釋迦牟尼如來復觀大衆告金剛密跡主菩薩重說頌言
往昔諸佛說　寶髻王如來　經中所說義
皆集此解說　娜羅弭拏法　捨嚩羅練伽
摩嶝伽呪法　廣略皆此說　此等之成法
勿於破法者　愚頑邪見人　少分爲解說
慳貪悋法者　亦勿爲宣說　以何不說示
恐滅此法門　貧窮匱法人　不求菩提者
睡寤及行住　亦不同共處　若有樂求者
先與授三昧　教於壇呪法　身口之法則
觀想心法門　乃可爲解說　如是輪王法
過去佛建立　世間數量法　彩畫諸功巧
輪王天中法　而爲衆生說　一切佛所說
三種呪印法　呪者無深智　字句法無解
誦句文顛倒　貪瞋詖嬈惑　毗那夜迦惱
義無證成就　躭著呪文字　常樂空解說
不勤修誦持　義無證成就　徒雜陋穢人
勿說勿施與　顛倒著字法　壞滅此經教
所施是法人　義無證成就　是故於此人
勿妄示教法　好著名色欲　願急證斯法
世間爲大利　義無證成就　何待度衆生
世間受衆苦　獨住於山谷　爲名爲財利
發此心念誦　義無證成就　佛毀三種法
是故應迴心　爲法爲衆生　住持相應法

世有三匪心　一切皆自性　撥無因果説
一切不修得　云何是呪王　修到無爲地
是故觀二法　精進福同因　伏諸天仙類
智者不應謗　無智有過者　修者似少成
況眞實智者　益世不成佛　如是輪王法
三族成類品　敬祭一切天　不歸向頂禮
如是輪王法　次第之儀則　如上已教化
修者咸受持

一字佛頂輪王經卷第五

音釋

攥（子括切手把也）鑄（朱戍切鎔金入範也）鑰（弋灼切關下牡也）嶝（丁鄧切）詖（彼寄切佞也）

一字佛頂輪王經卷第六

唐三藏法師菩提流志奉　詔譯

世成就品第十

爾時釋迦牟尼如來於是之時復入一切佛不思議陀羅尼頂法光王境界神變三摩地中其殑伽沙一切諸佛俱是之時亦入一切佛不思議陀羅尼頂法光王境界神變三摩地中是時金剛密跡主菩薩從座而起合掌恭敬繞佛三帀却住一面瞻仰如來目不異顴是時釋迦牟尼如來與殑伽沙一切如來從三摩地安詳而起告金剛密跡主菩薩汝靜諦聽一切諸佛五頂輪王異呪同法能成頂輪王呪佛眼呪等無量威德無量業事能現種種大不思議利益衆生從一印中生差別印差別通用等皆成就無量事故

一切頂輪王根本心印之一

以左右二頭指二無名指二小拇指右壓左相叉入掌中作拳其二大拇指並雙屈頭入掌中其二中指直豎合頭是一法印通諸佛頂成就法用其諸一切惡天龍神藥叉羅剎阿素洛迦樓羅緊那羅摩呼羅伽毗那夜迦見輪是印悉皆怖走印呪曰

娜謨皤(蒲餓切下同)伽(上同)嚩(無可切下同)底(丁禮切下同)一　塢瑟膩灑(疎價切下同)野二　唵(二合)鈝三　卓嚕(二合)鈝四　畔馱五　窣嚩訶六

是一印呪具大威德若常輪結自護護他得大安樂蠲除衆苦利諸有情亦能營辦一切事法

一切頂輪王同請喚印之二

准根本印惟以二中指頭下上微微來去印

呪曰

娜謨皤伽同上嚩底一同上塢瑟膩灑野二翳呬四虛以切下同曳呬三薄伽畔四達磨邏去聲彈舌呼下同惹五跛同上囉二合底揞蚩也切麽麽稱已名字堨於割切儉引六健馱補澀跛度跛嚩麌鱸枕切者七慢牟蘭切遮避囉乞灑二合褱跛囉底吹嚲八嚩攞播邏去聲九訖囉二合摩野十窣嚩訶十一

是一印呪捧持白華呪之三遍請召一切諸佛五頂輪王菩薩種族壇中會坐

一切頂輪王供養印呪之三此中供養印准餘供養印用

娜謨皤伽嚩底一同上塢瑟膩灑野二縊烏異切摩鉡牟甘切二合健談三補澀帆脯甘切度帆同上四嚩琳你帆同上者五跛同上囉二合底丁以切揞六吹囉吹囉七薩嚩勃馱地瑟恥羝八達麼囉上聲惹九褱跛同上囉上聲二合底同上吹跢得箇切野十窣嚩訶十一

是一法呪若供養時持以塗香燒香香水華等及諸飲食皆呪三遍持獻供之

一切頂輪王請喚火天印之四

准根本印惟改屈二中指如半環勢頭勿相著是一法印請喚火天而供養之若獻供畢發送火天則却直伸二中指頭印呪曰

娜謨皤伽同上嚩底一同上塢瑟膩灑野二翳呬曳呬三諦劭如照切下同摩理禰奴禮切下同四褱䞘其栗切下同娜曳五窣嚩訶六

是一印呪燒火食時誦之三遍先請火天燒食供養後乃燒食供養諸佛菩薩金剛及諸呪神

一切頂輪王發遣火天印呪之五發遣印准前請印用

娜謨皤伽同上嚩底一同上塢瑟膩灑野二耶餘箇

切下同吔四耶吔四三諦劭摩理禰四檂起娜曳五
窣嚩訶六
是一印呪所獻火食都巳周畢誦三七遍發
遣火天
請召五頂輪王印呪之六此呪印准前請印用
娜謨皤伽上同嚩底一同上塢瑟膩灑野二唵鉡
二合三檂播囉上聲爾繟唵鉡二合四入嚩攞爾
唵鉡二合五惹曜腭聲重呼諓同上繟虎鉡二合六唵鉡
二合七姥秫馱顊索八唵鉡二合九麼麼麼十虎
鉡二合顊十一
是一印呪啓召五頂輪王及一切佛菩薩諸
呪仙神亦通塗香散華燒香供養法用
摧碎頂輪王印之七
准根本印惟改屈右中指頭拄左中指上第
一節文其左中指直竪伸之是一法印亦名

淨治地印力能成就一切諸事結界護身治
地灌頂悉皆通用印呪曰
娜謨皤伽上同嚩底一同上塢瑟膩灑野二唵鉡
二合三弭枳囉上聲拏四度曩輕呼度曩五同上度六引
是一印呪若爲毗那夜迦嬈惱障者常以是
呪灌頂護身結界結壇一切通用若作一字
頂輪王大法壇者淨屋舍時當誦此呪呪燒
火食灰白芥子等一百八遍相和持散屋舍
裏外四方淨界或以一切頂輪王心呪呪水
灰等周遍散灑或用木所誦持身呪心呪呪
之又誦摧碎頂輪王呪呪佉陀羅木橛四枚
一百八遍釘之四方結爲壇界
摧諸惡神鬼印之八
准根本印惟改屈左中指頭拄右中指上第
一節文其右中指直竪伸之是一法印亦名

一字頂輪王心印力能調伏障礙毗那夜迦諸惡鬼神常輪是印摧諸障難灌頂沐浴悉皆通用無諸障惱印呪曰

娜謨皤伽(同上)嚩底(一)(同上)塢瑟膩灑野(二)薩嚩弭趁娜(三)苾擴(途廣切)縒迦(同上)野(四)咄露(彈舌呼之)(二合)縿野(五)窣嚩訶(六)

是一法呪能摧一切衆惡神鬼并呪同伴蓋覆護身四方住立施爲大法

大難勝奮怒王印之九

准根本印惟改屈二中指右壓左各頭豎壓左右指背岐間是一法印若常輪結能滅衆罪得大安隱不作惡夢於扇底迦法偏用爲勝印呪曰

娜謨皤伽(同上)嚩底(一)(同上)塢瑟膩灑野(二)薩嚩怛(登乙切)邏(去聲二合)褱跛邏(去聲)爾皭野(三)唵吽(二合)(四)捨麽野捨麽野(五)扇底但底(六)達麽邏(去聲)惹(七)皤使底(八)摩訶苾地(二合)薩嚩唎(彈舌呼)詑娑馱額(九)窣嚩訶(十)

是一印呪以一新淨二㪷白磁甕子滿盛香水置壇中心呪一千八遍灌頂浴身能遣一切罪垢災厄毗那夜迦晝夜獲安蠲衆惡夢客跡主此名略說一印生差別印隨諸法用若廣解說如是流布呪者教行一一之法則有無量無數廣說何以故我於餘部已廣分別五頂輪王呪共佛眼呪法及諸呪法是故今於此中略說五頂輪王成就呪法以呪神力證所解脱是一切佛所佛子說言以精進力誓利衆生種種苦受世間安樂是知呪者爲利衆生斷諸疑網發勤精進而修習之則證成就

密跡主若當呪者以大精進久受持呪而不成證又當作一四肘方壇如法泥飾處壇中心畫彩一肘一百八葉七寶蓮華於華臺上畫七寶輪又東門首畫彩輪印次南門首畫彩三戟叉印次西門首畫彩龍王印次北門首畫彩三股金剛杵次四角中十字交叉畫二五股金剛杵印以二㪷淨白磁甕滿盛香水正置壇心蓮華臺上日日加以大難勝奮怒王呪呪一千八遍如法自持又呪七遍灌頂浴身心口發願准前大灌頂法發願云云日常三度滿三七日或七七日准前持誦即得一切障礙毗那夜迦惡星災怪悉皆散伏福德增長速證一字頂輪王呪大三摩地

密跡主是五頂輪王又有少法但憶誦持結如來頂印印於頂上呪印三遍則成擁護或以燒火食灰或以白芥子呪之七遍帶頭髻身亦成擁護

若有災厄魍魎諸疾合白線索一呪一結帶佩身頸則得除滅

若屍陀林作諸法者結印誦呪一百八遍則護蓋身任所作法

若扇底迦准下作法以酥一呪一燒則得法成若取伏藏以淨鍊酥一呪一燒一千八遍取無障礙或以白芥子一呪一燒一千八遍亦得無障

若欲開阿素洛門前摩隨心壇燒香供養誦三洛叉梵言一洛叉此云二十萬令阿素洛門關鑰折開又以白芥子鹽等分和自身嚕地羅每日三時兩指攥持一呪一燒一千八遍滿三七日是阿素洛窟宮殿皆大火起阿素洛女衆俱

出窟門迎賔呪者施長年藥與杵輪劒雄黃悉地或復恭敬請將窟內呪者若見惡阿素洛者當結如來頂印一呪印一向擲印滿一七遍則悶躃地

又法常食大麥乳糜摩壇誦呪滿三洛叉則於夢覺得長年藥而噉食之

又法於月蝕時摩壇燒香是時呪者特勿觀月銀器盛乳置壇中心專心呪乳月還如故即持飲服能除一切身中厄難

又法詣山頂住常食秔米乳飯面東趺坐結印誦呪滿三洛叉乃於三日三夜不食不語以菩提木齊截然火即當持此油麻酥酪等分相和於三日三夜一呪一燒勿使間斷滿三日夜欲明之時則得吉稱財寶自然

又於山頂作隨心壇正於壇心置舍利塔常於塔前面東趺坐每日一呪蓮華一置塔前滿一洛叉能轉短命薄福之人福壽增倍

又法詣於河泝純以白檀香泥塗蓮華上一呪一擲河中滿一洛叉亦蠲罪垢福慶逾遠

又法以白芥子和油每日三時一呪一燒一千八遍滿七日已則得他人而自敬伏

又法若欲淨行婆羅門恭敬讚伏當燒白華若欲刹利恭敬愛伏當燒黃華若欲田利之人愛敬順伏當燒黑華

若欲遣伏邪見惡人者以稻穀糠苦楝木葉毒藥等分相和一呪一燒則得遣伏若罰惡人以黑芥子一呪一燒則得摧伏

若欲調伏步多鬼畢舍遮鬼者以鬱金香一呪一燒時別一千八遍滿三日夜則自敬伏

若欲遣伏作病鬼者結印誦呪每呪遍復加

誦泮字

若人著於蟲毒藥毒悶惱疼痛呪者呪之每呪遍復加誦若顊二字七遍又加莫摩摩三字七遍又加枭字七遍又加綾穆二字七遍如是加字皆黙音誦攝禁於毒

若欲禁鬼呪復加誦底瑟侘底瑟侘字或加迦(居切)綾(娜)迦(上)(同)綾或加路訖灑(跡價切)(下同)路訖灑則禁身住若加喻(此字彈舌呼之下同)馱喻馱則禁鬼喉氣不通泄

又法取孔雀尾一百八枚繫束一處於日月蝕時摩壇安像當於像前置孔雀尾結印誦呪呪孔雀尾乃候日月還復如故執持是尾隨用摇拂能作一切吉祥之法若拂著毒人者毒漸除滅如是等法隨所作修一切皆成

若欲殃罰鬼神病者以鹽和油一呪一燒則殃鬼病

又法以瞿摩夷捏鬼形像置於像前持刀呪刀一截鬼形手脚肢節能令眞鬼肢節疼痛

若欲豐饒以諸乳木齊截然火持諸果子酥蜜相和一呪一燒則如所願

又法以白油麻和於酥蜜一呪一燒亦得如願

又法以骨路草寸截和酥一呪一燒滿一洛又則轉正業福命逾壽

又法以酥一呪一燒得大威德

又法酥乳相和一呪一燒得大安隱

又法酥酪相和一呪一燒得大財食如是火食每日三時時别一千八遍各滿七日則得成就

復次蜜跡主又有一字頂輪王法王大法樂

成就者於舍利處或高山頂燒香供養面東趺坐結印誦呪滿三洛叉乃燗稻穀華和酥酪蜜像前趺坐每日三時三指攥之一呪一燒一千八遍滿一洛叉則詣大山松栢林處三日三夜不食不語面東趺坐結袈裟角誦一字頂輪王呪呪之滿一洛叉若是俗人呪髮梳結滿一洛叉即 證安怛陁那世間遊行不爲人見

又法詣山頂住每食大麥乳糜常面於日結加趺坐誦呪滿一洛叉亦得證於安怛陁那

又法以左手爲拳呪滿一洛叉證如上法

又法若月蝕時塗隨心壇以赤黃牛酥盛赤銅器置於壇内把赤銅筯調調攪酥呪酥不絶令現三相一沸沫相呪人服者得大聞持二現煙相呪人服者得大安怛陁那三現光相呪人服者得證識通能知三世成就雄黃法亦如是

又法舍利塔處高山頂處阿蘭若處深山谷處河泉池處造作輪法劒法杵法杖法黒鹿皮法等皆各先呪一千八遍然乃依法作法誦呪皆證如上三種悉地三昧耶故

又法以未壞米𩫖羅清淨沐浴著新淨衣頭着華鬘塗八肘壇當壇中心頭東仰面卧是米𩫖羅又以佉陁羅木橛四枚深釘入地則便繫縛米𩫖羅兩脚兩手於四橛上呪者亦淨沐浴護身結界食三白食騎是米𩫖羅心上先呪米𩫖羅三萬一千八遍即當持以乳粥一抄一呪一布米𩫖羅口滿乃休但一心呪是米𩫖羅令自動起口吐乳粥呪者見已持赤銅椀隨即承取而自噉之則證呪仙

若呪金末布米𤙖羅口如前呪動口吐一切
寶莊嚴具取持佩帶亦證呪仙
若呪鐵末布米𤙖羅口如前呪動口吐其劒
取之持執亦證劒仙
若呪白芥子布米𤙖羅口如前呪動口吐瓔
珞取持佩帶則證呪仙
若呪油麻布米𤙖羅口如前呪動令說一字
頂輪王三摩地門又以右手揩米𤙖羅口上
如前呪之令現三相一自語相問所求事即
爲說之二起動相樂爲使者三口光出呪者
乘騎俱騰空界
復次密跡主是五頂輪王復有同成藥法是
諸佛說以少功力則得成就當以羯你迦囉
華蓮華鬚素嚕須蔥三物等分和擣爲末水
和爲丸盛銀合中於日月蝕時摩二肘壇壇
心安像置合像前呪是藥合令現三相若得
煖相帶者則能調伏一切人類若得煙相佩
者則證安怛陀那若得光相佩者則證世間
呪仙若聞雷聲霹靂之聲或像動揺名得證
於下品悉地若見惡相改修火法每日三時
以酥蓮華稻穀華等相和指𢷾一呪一燒時
別一千八遍滿於七日又准前法修印佛塔
滿一洛叉則加福祐得大成就
若作法時聞見訖哩迦羅縒蟲聲迦迦鳥等
好聲入壇作法則得成就
若誦呪遍常聯歸命一一誦持迴施有情得
最上證大福聚蘊若有愚智尠福有情三千
日中誦持斯法無諸艱苦乃得成就是故修
斯法者精信一心淨持戒行沐浴清淨不營
雜法惟持此法謂求佛果救濟衆生則得福

果最上證地常得大梵天王天帝釋等及諸大天大威德者冥夢擁護若有呪者不依斯教況如世間下劣愚民不依方書作長年藥自服食之求於延壽反夭滅身又如合鍊金銀匠人不解陰陽懸像法度又復不依教法不祕作法亦無所成爲他謀害又如採伏藏人不依方法外泄漏法則爲神鬼國王惡人殃害喪身密跡主此法亦復如是若有人能依教方法發菩提心讀誦受持聽聞思修則獲勝福一切成就何以故是法以於聞智信智思智修智眞智持智得是證成是故此法我以廣略爲當有情說是法故

護法品第十一

爾時世尊復觀會衆告金剛密跡主菩薩言於當世時多有有情下劣精進下劣修學我慢邪慢瞋癡具縛慳貪嫉妬懈怠邪命儀服徐行外示賢善內無眞見不依律教心無慚赧言常詖諂躭著名利魔所嬈惑惟說斷見空無有法如斯有情意思業思晝夜如是雖多功苦受持諸呪永無證效我今爲斯魔業有情破黑業故說往諸佛難勝奮怒王呪爲令利益此之有情得最上證有能精心每日三時受持誦者則得破滅一切障難魔所家業於時金剛密跡主菩薩歡喜踊躍禮佛雙足曲躬前立偈白世尊

救世大覺主　智者所恭敬　我今樂願聞
難勝奮怒呪

爾時世尊告金剛密跡主菩薩言汝善思念我今即說大難勝奮怒王呪曰

娜謨喇怛娜(二合)怛囉(二合)耶野(一)　娜莫薩嚩勃

馱二菩地薩得登訖切廢死計切二合翳同上三怛地
你也切他四爾泥爾泥五爾娜嚩黎六鞞詑誐
魚迦切鞞縒歌惹羝七薩嚩勃馱顰曬弭諦八
櫰慕祇虬曳切櫰跛此沒切囉二合底歌羝九櫰播
邏去音彈舌呼之下同爾輕聲羝十弭囉虁如稱切下同十一弭
誐鞞皤曳十二弭麼黎十三⿰月匿你一切捺囉去音二合塞
囉同上二合来十四皤嚩底曳迦弭嚇十五娜以羝十六
努囉地誐遜十七薩底曳二合十八顰囉矩黎十九摩
囉嚩攞二十弭那捨顰二十舍枳野姥泥二十二
塞僧沒切諦惹娑二十三嚩隸曩寐彌異切下同𡃤曳
拏二十四咯乞灑咯乞灑摩⿰合牛年甘切二合二十五縒跛
𡃤嚩琳彈舌呼二十六薩嚩諾都洛切二十七薩嚩迦同上琳
同上二十八囉去聲惹注嚧娜箇二十九近攘如養切二合
捨顰三十窒窟你聿切僧思孕切荷銒呲耶切趦囉二合
三十一縒哩塞𡃤跛三十二禰嚩健闥嚩三十三柰

奴箇切誐藥趦灑三十四囉趦灑縒三十五比跌丁吉
切𡃤二合比舍者步多鉢塞同上麼囉三十六布鞞
那迦同上緌布鞞那三十七迦同上驅區句切䄍怒塞
同上鞞囉迦同上三十八謎路攞訖𡃤二合姐丁寫切羯
麼拏三十九曼怛囉二合曜膀聲重呼誐四十注犾拏曜
同上誐四十一拏緊你曜同上二合劭同上歌邏去聲四十二
薩嚩皤野四十三訥瑟拄知主切四十四鉢捺囉二合暮
鉢薩俁愚句切四十五播野細瓢毗遥切四十六娜謨窣覩
皤伽轙亡過切底丁以切野二合四十七瑪柰囉避臀
虁二合四十八呬𡃤呬𡃤四十九喇怛娜二合矩攞縒
五十摩室𡃤二合羝五十一弭理弭理五十二櫰迦同上
捨馱覩俁同上者嚇五十三企輕以切𡃤企𡃤五十四
薩嚩鞞詑誐路𡃤野五十五室邏去聲嚩迦同上楞
迦同上囉步羝五十六泥弭揖寧執切二合乿弭耶切⿰犭复
野五十七沒囉二合歌麼鞞詑誐路五十八努誐羝

弭濕嚩二合振底耶二合五十九嚩攞皤邏去聲訖囉
二合謎六十那暮皤伽同上嚩姐同上皤邏去聲爾羝六十
一嚕絡趚灑嚕絡趚灑麽麽稱己名六十二馱羅尼健惹
寫六十三薩嚩訥瑟拄同上六十四鉢捺囉二合癖亡苦
切六十五皤耶細縶六十六窣嚩訶六十七

密跡主是難勝奮怒王呪能破一切魔王魔
衆能增勇猛大威德力能持呪力大三摩地
汝應知之難勝奮怒王心呪

娜莫颯路南一三藐三勃馱南二薩室囉嚩
迦同上僧蘇亘切歌南三薩嚩謎囉上聲皤耶底路
南四弭跛始諾塞同上諦惹娑五嘌地亭夜切二合
者始企同上曩塞同上怛詑六弭濕嚩二合部跛同上
囉二合腎壤同上二合耶同上韈嚩七訖囉二合緼俱鬱切
愻蘇問切那八嚩隷曩者九迦同上娜迦同上姥泥
十始乞灑二合耶十一迦始野跛寫十二倶攞尼諧切
囉比舍枳野僧同上歌寫十三寐理曳拏十四窣嚩
悉底皤嚩覩麽麽稱自名十五馱囉尼健惹臬野
二合十六薩嚩薩埵嚩二合難者十七薩嚩皤曜同上鉢
捺囉上聲二合米縶同上十八怛地你也切他十九惹曳弭
惹曳二十惹演底同上弭惹演底二十一櫰爾旦惹
曳惹演羝二十二櫰爾羝櫰播囉上聲爾羝二十三
摩囉細攘同上二十四跛同上囉上聲二合末娜顫曳二十
五窣嚩訶二十六

爾時如來說是呪時三千大千大地諸魔宫
殿一時皆大六反震動是時如來告金剛密
跡主菩薩言此呪是我所說稱讚七佛神通
十力功德爲令利益諸有有情受持成就一
字頂輪王呪及諸呪者令淨如法書寫佩帶
頸臂頂上則速成證呪神冥逐圍繞護念若
有詣往淨不淨處應先誦是難勝奮怒王心

呪三遍則常不爲一切天魔沙門婆羅門而作惱亂若藥叉羅刹毗那夜迦畢舍遮鬼鳩槃茶鬼諸惡神鬼若有起心不伏違逆此心呪者則不得入毗沙門城則巳背叛金剛種族及自種族是故密跡主此奮怒王心呪有大威德能成護衛一切事業諸佛菩薩悉皆隨喜

證學法品第十二

爾時世尊見知法界一切有情無明堅蓋垢障纏惑分剖未盡復告金剛密跡主菩薩言我爲一切苾芻苾芻尼信男信女等持此不可思議一字頂輪王印呪樂成就者說所修行三昧耶門應各持清淨戒支發菩提心請阿闍棃作受法壇灌頂授法淨如法行善根具足依善知識念修六念善巧方便觀知眞如實法法界如虛空性入深般若波羅蜜多無二無二行心不放効口不妄語常不卒暴瞋惱我慢故相朝誚謗說有情依學三世諸佛菩薩境界法行善解分別隨喜修習不惜軀命遠離人間住阿蘭若每日三時發菩提心歸佛法僧如法自誓受菩薩戒憶持不忘如所聽習思惟法義修四攝法塗掃佛塔摩壇供養發勤精進心口惟一内外清淨住無住相應常謙下恭敬和尚闍棃同學憐愍有情了達密義甚深法門恒樂精進濟度有情住於佛道如是相應則得證成一字頂輪王法於當來世身眞金色相好殊特具不思議純以七寶耳璫環釧華冠瓔珞而莊飾之身相光明過百千日映蔽衆相皆不現之密跡主如是證成一字頂輪王法人衆見者皆大

歡喜如如意樹所樂圓滿復次密跡主若有菩薩證此一字頂輪王法心樂變化天諸美食施雨地獄一切有情則皆圓滿亦得世間意樂喜滿若有發心爲諸有情修成一字頂輪王法者十地菩薩亦不能障我此一字頂輪王法密跡主是呪於諸呪中而最爲上若成就者菩薩萬行悉皆圓滿所有十重一切罪垢地獄之報悉皆除滅獲諸神通一刹那頃即遍遊往阿迦尼吒天行菩薩行得一切佛菩薩獨覺聲聞諸天喜目觀歎若欲遊往無量無邊一切世界導化衆生隨彼言音說諸法者亦皆遊往無量無邊種種世界隨所世界現種種身皆得端好隨其形類言詞靡特悉皆圓滿是時如來重說頌曰

成就輪王法　呪人　相好超特那羅天

諸呪仙王大威者　各手執劒若青蓮

相鬪紛騰如雲轉　威光勇奕映空天

若遇頂王法呪人　或心息伏等投然

密跡主我今復爲一切呪者略說三種地成就處一者上地二者中地三者下地淨不淨處如是三地各復有三智者善知言上地者所謂天上有三勝地成上悉地言中地者謂大河浒海浒山中如是三地成中悉地言下地者謂大泉池有蓮華處多華果林處屍陀林處如是三地成下悉地一切呪法亦如是說若惡國王處多賊難處雜惡同伴餓饉等處皆不同住修治作法所修治法復有三時不可修習善分別知一極熱時二瀑雨時三極寒時不於是時修治大法曰修治法復有三時善分別知一從五更至日辰時二從午

時至日未時三從酉時至夜亥時如是時中
誦念作法皆得圓滿
護摩壇品第十三
爾時世尊復告金剛密跡主菩薩言有三密
法善分别知若不解知所念誦法則不成證
所謂火壇法鑪法燒時食法謂是三法各别
有三法不同一若同一者則殃咎生是榱吡
柘嚕迦鑪燒時作法不作補瑟胝迦法扇底
迦法何以故如毒藥不盛甘乳若盛乳中乳
亦隨毒是故説三
扇底迦火壇方量四肘或復三肘如法泥拭
處壇中心圓掘鑪坑深十六指闊三十二指
正於坑底又作土臺高四指量又可臺面泥
捏十二輻輞角輪高十指量以白黃土泥如
法泥鑪於壇東門畫十二輻金輪南門畫三
戟又西門畫龍索印北門畫金剛杵印四角
各畫二金剛杵十字交叉起白月一日洗浴
清淨著白淨衣惟食乳飯乳粥酪粥盡斷言
論心清恬寂壇中誦念至日没時壇鑪南面
敷茅草席面北安坐當以櫁木栢木桑木楠
木如是等木隨得一木亦得通用長一搩手
兩頭齊截酥蜜相和塗揾兩頭一一呪之鑪
中方累如法然火又以青稞大麥小麥粳米
烏麻各皆等分和酥乳酪日日三時一呪一
燒時别一千八遍滿一七日或滿半月或滿
一月則得除滅一切罪障一切災厄福命增
壽一切安隱世間一切惡星變怪不吉祥相
亦皆散滅夜日没時是淨居天衆下遊此界
所集會時樂成世間安隱法故如是作法每
欲至時以白淨土稀泥遍鑪摩拭

補瑟置迦法者准前扇底迦法作壇畫印惟改鑪坑方圓二肘深亦二肘坑中土臺圓闊一肘量高四指可臺面上泥捏八葉蓮華是臺華葉皆令分明以赤黃土泥如法塗拭起白月一日潔身清淨著白淨衣食三白食斷諸談論壇中念誦至日出時住壇鑪西面東安坐坐茅草席發歡喜心以櫁木楠木桑木栢木長一搩手兩頭齊截以酥蜜乳酪相和皆揾兩頭一一呪持鑪中方累如法然火以粢秔米飯及烏油麻等二皆等分用和酥蜜酪乳一呪一燒一千八遍滿一七日或滿半月或滿一月如是作法即得成就

吉祥豐樂是日出時吉祥諸天下遊此界歡喜集時樂成世間求豐饒法如是作法每欲至時以淨赤黃土泥淨塗拭鑪又以摩羅木或楓香木或栢木日日三時斫截然火以骨露草截和鬱金香及酥蜜等燒焯火食爲補瑟胝迦求大豐饒諸衆善法又以波羅奢木齊截然火當以烏麻酥蜜白芥子相和燒呪火食亦得成就三種法故

榱毗柘嚕迦法者起黑月八日或黑月十四十五日著青赤衣作飾三肘三角火壇掘深一肘一角指東一角指西一角指南其壇上脣令闊三指脣高二指坑底泥捏一尺三戟又頭量高三指頭刃指南以黑土泥周遍塗拭至日午時夜半時住壇北面左足踏右足上端身蹲坐嚬眉努目瞋怒誦呪以酸棗木苦楝木長一搩手頭銛斫截於壇鑪中三角累然又以臭華黑芥子糠鹽人榱薩底計捨和自身嚕地羅一呪一燒一千八遍時別如

是滿終三日或滿七日則彼障礙惡神鬼等身患殀疾支節疼痛或身災没不能障惱如是作法若爲自身貪求財寶則不成就當復墜於阿鼻地獄是午時夜半時乃是諸惡藥叉羅刹神鬼遊行集時樂願成就世間一切調伏他法如是作法每欲至時皆以黑土泥遍鑪摩拭

密跡主是正月二月四月八月九月臘月此斯等月白月一日至十五日月朔時吉修求大法決定成就正月多諸難時作上中法若有雷電相應相現決定無障速證成就二月風難作安隱法有大風相四月雨難作降伏法有天雨相八月九月無寒熱時作富饒法當有雷雹霹靂難相惟於臘月作求法者無諸難相如是記難皆上成相是六箇白月時

一日至十五日當令修趣扇底迦法補瑟置迦法一切成就無上願事是六箇黑月時一日至十五日亦作補瑟置迦法檏毗柘嚕迦法一切成就願求法事如是二法若鬼宿日時若月蝕時如法建修得最上成惟日蝕時通上中下作成就法如是作法皆以白黑等月一日三日或於五日或於八日或十三日或十五日舉修諸物成就法事若作猛利成就法者還依猛利宿曜時作或准三種事法相作其所成就三事法品各如本法指授時分正月二月是春首時上雨初節應於是時通作上中一切事法三月四月後春夏時上雨中節應於是時作檏毗柘嚕迦法五月六月中夏熱時中雨下節無欲成者修下成法七月八月末夏秋時後雨中節應於是時作

扇底迦法九月十月末秋冬初首冬上節應於是時作補瑟置迦法如是春夏秋冬時等應宜成就三種悉地各上中下九品分別夜有三時初夜下時初夜相現是下成就中夜中時中夜相現是中成就後夜上時後夜相現是上成就於初夜時是作扇底迦法時於中夜時是作褱毗柘嚕迦法時於後夜時是作補瑟置迦法時如斯三時九品分別知其時節類法相應是三時分所說法相上中下事惟日月蝕時修諸法事不觀時節若樂猛利成就事法及褱毗柘嚕迦事法於日月蝕時如法作者得上相應凡法起首願祈成者皆令一日二日三日斷食不語其上中下修悉地法於十二月中類日應知每白月一日至十五日作扇底迦補瑟置迦一切成就解脫事法每黑月中一日至十五日作褱毗柘嚕迦降調伏法若有災難不應候時隨事作法亦得禳除密跡主是上中下應作法時不應作法時呪者善知則得成現三種法悉地是故密跡主若當呪者成就一字頂輪王祕密法者應常持以風香木櫁木栢木檀木嚌截然火持以烏麻和酥乳等日日三時燒焯供養則得呪神歡喜守護與三悉地密跡主如是得證三悉地者以身口心如法界性不變異性如如不動修習律法誦法火法則得昇證三種悉地一天上悉地二虛空悉地三地上悉地此證三地隨上中下所修持法得法願財密跡主若欲成就一切呪法應起正見慈悲一切供養諸佛不居世法求無上道徧功印塔則速成就證三種地現世滋增福

善圓滿所生處常受福樂復次密跡主此呪王呪是所過去無量無數同名異名一切如來皆凡夫時同得證是一字頂輪王呪無上菩提三摩地法成等正覺我亦證成是一字頂輪王呪無上菩提三摩地法成等正覺爾時世尊重以佛眼觀察無量無邊一切佛剎殷勤三告金剛密跡主菩薩言我餘呪部所說律法成法作法因法果法壇法火法於此法中任皆取用是軍吒利金剛部成就之法及佛部法觀世音部法金剛藏菩薩部法等說印呪法皆任取用以彼呪力毗那夜迦不能障惱所有金剛種族苾芻地逾羿麽印法亦於部而任取用密跡主是故呪者永不應食葱蒜韭油蘿蔔地肥等食世所臭食穢食宿食皆不應食若其食者則不證成悉地驗法如是等法略說少耳若我住劫廣演解說於少分中亦不窮極何以故是我本所證獲無上正等菩提之處亦是過去一切如來證於無上正等菩提之處是故密跡主縱諸如來菩薩摩訶薩等住百千億劫以種種方便說是一字頂輪王三摩地呪法少分之耳而亦不盡若當有人得此一字頂輪王法王如法修行受持讀誦恭敬供養從此生際乃至菩提更不退轉應知是人早已過去積集資粮菩提善根由此因緣是故今得此一字頂輪王法王具足圓滿時金剛密跡主菩薩諸大菩薩大苾芻衆諸天呪仙龍神藥叉羅刹乾闥婆阿素洛迦樓羅緊那羅摩呼羅伽及於世間一切人非人等一時聞佛說是經已皆大歡喜信受奉行

一字佛頂輪王經卷第六

音釋

煼楚絞切與炒同　筯遲據切　攪古巧切手動也　揞於感切手覆也　剖普厚切判也　搩陟格切與磔同　揾烏困切以手按物也　稞苦禾切青稞麥名　疼徒冬切痛也　蒜韭蒜蘇貫切韭舉有切蒜韭並葷菜名

蘇悉地羯羅經

唐中天竺三藏法師輸迦波羅譯

清刻龍藏佛說法變相圖

蘇悉地羯羅經卷第一

唐中天竺三藏法師輸迦波羅譯

請問品第一

爾時忿怒軍荼利菩薩合掌恭敬頂禮尊者執金剛足發如是問我曾往昔於尊者所聞諸明王曼荼羅法及以次第復聞明王并諸眷屬神驗之德願爲未來諸有情故惟願尊者廣爲解說以何法則持誦眞言次第速得成就其誦眞言法雖有一體所成就事其數無量云何眞言相云何阿闍梨云何成就諸弟子云何方所爲勝處云何眞言速成就云何調伏相云何誦眞言方便及次第云何華供養云何用塗香云何食供養復燒何等香云何然燈相云何扇底迦云何增益相云何降伏怨於是二種中各成何等事云何上中

下次第成就相云何法請召云何供養之云何作護身云何廣持誦何偈得眞言云何作灌頂眞言之儀式云何當受付云何字得滿云何得增益云何作護摩及以次第法復用何物等能令速成就云何成藥相云何淨持藥云何藥量分云何諸藥相云何成就諸物相云何而受諸物相云何能淨諸物法云何物量及多少彼諸物等并相貌惟願尊者具大慈悲一一分明當爲我說云何護諸成就物及以分別爲分數云何受用成就物惟願慈悲分別說云何失物令却得云何被破却令著彼云何先知作障礙相云何成就曼荼羅云何事相曼荼羅云何灌頂曼荼羅如上所問隨其要者惟願尊者大慈悲爲衆生故惟願慈悲分別廣說

眞言相分第二

爾時吉祥莊嚴一切持明王大聖供養者執金剛告彼大精進忿怒菩薩言善哉善哉大忿怒能於我所發如斯問應當一心諦聽最上甚深祕密妙法此蘇悉地經五種莊嚴一謂大精進二謂明王三能除障四能成就諸勇猛事五能成就一切眞言此蘇悉地經若有持誦餘眞言法不成就者當令兼持此經根本眞言即當速成諸眞言之法於三部中此經爲主亦能成辦一切事所謂護身結界召請供養相助決罰教授等事一切眞言一一次第能令得成復次或諸心眞言中三虎鈝字者亦能成辦如上所說一切法事謂三虎鈝字心眞言曰

囊(上聲)謨(上聲)囉怛囊怛囉(二合)夜也囊莽室戰(二合)

拏嚩日囉二合戰儜上聲曳莽訶上聲也乞沙二合細囊鉢多上聲曳唵蘇地也二合悉地也二合娑去大也蘇悉地羯囉許許許揥吒二合揥吒二合揥吒

復次上中下成就法如別經中說願等成就者應解眞言上中下法此蘇悉地經總通攝三部所作曼荼羅法佛部眞言扇底迦蓮華部眞言補瑟徵迦金剛部眞言阿毗遮嚕迦從腋至頂爲上從臍至腋爲中從足至臍爲下於眞言中亦應分別三種成就於此三部各分爲三善解了別於其三部諸眞言中明王眞言是上成就諸餘使者制吒制徵等眞言是下成就三事法者一扇底迦二補瑟徵迦三阿毗遮嚕迦如是三事於三部中各皆有三種應須善知次第之相

佛部之中用佛母號爲佛眼用此眞言爲扇底迦佛母眞言曰

那上聲謨婆去聲伽輕嚩帝嗚瑟膩二合沙也唵嚕嚕娑普二合嚕若嚩二合里底丁以切瑟咤二合悉馱路者寧去聲薩囉嚩引二合囉他娑去聲馱寧上聲娑去聲嚩訶

此是佛部母眞言佛眼是也蓮華部中觀音母號爲半拏囉嚩悉寧用此眞言爲扇底迦觀音母眞言曰

那囉舍二合囊上聲娑莽嘌二合囉舍囊便去聲室囉二合嚩娑莽二合囉妳囊上聲者寫莽舍二合薩囉嚩二合薩怛嚩引二合難去聲薩囉嚩二合微也二合地指枳瑳上聲迦唵微迦蘇迦吒微迦吒迦楨吒應切迦蘇婆去聲伽輕呼嚩底丁以切微若曳莎去聲嚩訶

此是蓮華部母眞言半拏囉嚩私寧是也金剛部中用執金剛母號爲忙莽鷄用此眞言

爲扇底迦金剛部毋眞言曰

那上聲謨上聲囉怛囊上聲二合怛囉二合夜也那上聲莽室戰二合拏嚩曰囉簸儜上聲曳莽訶藥乞沙二合細囊鉢多上聲曳唵俱上聲蘭達哩滿馱滿馱鈝拂吒二合

三遍此是金剛毋眞言忙莽鷄是也

復次佛部中用明王眞言明王號爲最勝佛頂用此眞言爲補瑟徵迦明王眞言曰

囊上聲莽三曼多毋馱難去聲唵悖論引囊莽

蓮華部中亦用明王號曰訶野吃利嚩用此眞言爲補瑟徵迦明王眞言曰

唵闍没嘌二合姤婆上聲二合嚩囊上聲莽莎去聲嚩訶

金剛部中亦用明王號曰蘇嚩用此眞言爲補瑟徵迦眞言曰

囊上聲謨囉怛囊上聲二合怛囉二合夜也囊上聲莽室戰二合拏嚩曰囉二合簸儜上聲曳莽訶去聲藥乞沙二合細囊鉢多上聲曳唵素唵二合婆上聲寧上聲素唵二合鈝蘖嘌二合恨儜二合蘖嘌恨儜二合鈝蘖嘌二合恨儜鈝阿去聲囊也護薄伽輕聲梵尾你夜二合囉引若鈝拂吒二合囊上聲莽

又佛毋部中用大忿怒號曰阿鉢囉氏多用此眞言爲阿毗遮嚕迦眞言曰

鈝拂吒二合地迦輕聲地迦地迦爾囊悉爾迦鈝拂吒二合

蓮華部中大忿怒號曰施嚩去聲嚩訶用此眞言爲阿毗遮嚕迦眞言曰

鈝拂吒二合阿唎二合鈝拂吒二合

金剛部中大忿怒號曰軍荼利用此眞言爲阿毗遮嚕迦眞言曰

囊上聲謨上聲囉怛囊上聲怛囉二合夜也囊上聲莽室

戰拏嚩日囉(合二)皺儜(上聲)曳莽訶藥乞沙(合二)細
囊鉢多曳唵闍沒嘌(合二)多軍(去聲)拏里佉佉却
醯却醯底瑟吒(合二)底瑟吒(合二)滿馱滿馱賀囊
賀囊(合二)徵娑鋪(合二)吒也徵娑鋪(合二)吒也薩囉
縛(合二)尾近囊(上聲)徵囊也迦(引)莽訶(去聲)言(上聲)儜
(上聲)鉢底(丁以切)餌尾旦多羯囉(引)也鈝抪吒(合二)
復次或有真言不入三部隨彼真言文字而
辨扇底迦等三種法事其真言中若有扇底
迦嚕字莎悉底句嚕字闕莽字鉢囉(合二)闕莽
字烏波闕莽字莎(去聲)訶(去聲)字者當知即是扇
底迦真言

若有補瑟徵句嚕字落乞澁民(二合)(彌寅切)那那
字烏(去聲)乳字麼羅字嚩嘌(合二)地字囉露波字吽
馱字但囊但寧(上聲)也(合二)字醯里寧(上聲)也字蘖
囉(引)莽字囊蘖囉字囉(引)瑟吒(合二)字囉尒闍
(合二)那那字囊(上聲)莽囊(上聲)莽字者當知即是瑟
徵迦真言

若有鈝字賀囊(上聲)字抪吒(合二)字莽他(合二)字畔
若字囉也吒也字烏瑳(去聲)那也字戌沙(上聲)也
忙囉也字却(引)那也字鴳攞也字齒曳(合二)那
也字婆(去聲)悉吽(合二)句嚕字者當知即是阿毗
遮嚕迦真言

復有真言句義慈善當知即入扇底迦用若
有真言句義猛怒當知即入阿毗遮嚕迦用
若有真言非猛當知即入補瑟徵迦用復次
若欲速成扇底迦者當用佛部真言若欲速
成補瑟徵迦者當用蓮華部真言若欲速成
阿毗遮嚕迦者當用金剛部真言復次此經
深妙如天中天亦有真言上中下若依此法
一切諸事無不成就此經雖屬第三金剛下

部以奉佛勑許通成故亦能成就上二部法譬如國王勑許依行此法亦爾准義應知若有眞言字數雖多初有唵字後有莎訶字當知此眞言速能成就扇底迦法或有眞言初有鈝字後有𢩮吒字或有𠺕普字此是詞聲有如上字者眞言速得成就阿毗遮嚕迦法或有眞言初無唵字後無莎訶字又無鈝字亦無𢩮吒字及無𠺕普等字者當知此等眞言速能成就補瑟徵迦法若復有人欲求攝伏諸餘鬼神及阿毗舍當用使者及制吒迦等所說眞言速得成就若有異部眞言說能成就一切事者但能成就本部所說不通餘部猶有經演彼有眞言爲除毒病故說不能除諸餘苦當即知其通一切用善知其部善識眞言所應用處亦應須知眞言功力復須善解修眞言法隨所求事隨稱彼法眞言之相誦彼眞言即得成就

分別阿闍梨相品第三

復次我今當說阿闍梨相一切眞言由彼而得是故明知闍梨者最爲根本其相者何謂支分圓滿福德莊嚴善解一切世出世法恒依法住不行非法具大慈悲憐愍有情貴勝生長調伏柔輭隨所共住皆獲安樂聰明智慧辯才無礙能懷忍辱亦無我慢常樂大乘及解妙義復深信樂祕密之門縱有小罪猶懷大怖身口意業善須調柔常樂轉讀大乘經典復依法教勤誦眞言而不間斷所求悉地皆悉成就復須善解晝曼荼羅常具四攝爲求大故不樂小緣永離慳悋曾入大曼荼羅而受灌頂復爲先師而歎德者汝從今往

堪授灌頂爲阿闍棃獲斯印可方合自手造曼荼羅須依次第亦合授與弟子眞言若依此者所受眞言速得成就不可懷疑不於如上阿闍棃處擅誦眞言徒用功勞終不獲果弟子之法視阿闍棃猶如三寶及菩薩等爲能授與歸依之處於諸善事而爲因首現世安樂當來獲果爲依阿闍棃故不久而得無上勝事所爲菩提以是義故比之如佛以爲弟子承事闍棃無有懈怠勤持不闕所授明王及明王妃當得悉地必無疑也

分別持誦眞言相品第四

復次我今演說持誦眞言速獲成就法相三業清淨心不散亂曾無間斷常修智慧能行一法成就衆事復離慳貪所出言辭無有滯礙處衆無畏所作速辦常行忍辱離諸諂佞無諸疾病常行實語解善法事年歲少壯諸根身分皆悉圓滿於三寶處常起信心修習大乘微妙經典諸善功德無懷退心如此之人速得成就於諸菩薩及以眞言常起恭敬於諸有情起大慈悲如此之人速得成就常樂寂靜不處衆嬈恒行實語作意護淨如此之人速得成就若聞金剛威力身得自在即以諦信心生歡喜如此之人速得成就若人少欲及以知足誦持眞言念所求事晝夜不絕如此之人速得成就若人初聞眞言法則身毛皆豎心懷踴躍歡喜如此之人成就法器若人夢中自見悉地如經所說心樂寂靜不與衆居如此之人速得成就若復有人於阿闍棃所敬重如佛如此之人速得成就若人持誦眞言久無效驗不可棄捨倍增廣願

轉加精進以成爲限如此之人速得成就

分別同伴相品第五

復次當說其同伴相福德貴族生者常樂正法不行非法復懷深信離諸恐怖精進不退奉持尊教常作實語諸根支分皆悉圓滿身無疾病不過極長復不極短不過極肥亦不極瘦不用太黑亦不極白離如此過福德同伴能忍諸苦善解眞言及曼荼羅法供養次第諸餘法則常修梵行能順諸事出言柔輭令人樂聞離諸我慢强記不忘有所奉行不相推托多聞智慧復有慈悲常念布施善解分別明王眞言常須念誦所持眞言與尊行同兼明結界護身等法如是之伴當速得成就三業調善曾於師所入曼荼羅歸依佛教不習邪法善知尊者所須次第不待言教隨有所求知時即送具如此者爲勝同伴身意賢善心無憂惱決定堅固終無退心得如是伴當速成就於多財利不生貪著具如是德說爲勝伴復於行者處心無捨離若欲成就諸餘藥等爲作强緣不應捨離自然聖戒具如是德說爲勝伴於行者處無所規求未得悉地成就以來終不捨離縱淹年歲復無悉地終不懷於捨離之心假有大苦及餘難事逼切身心亦不應捨具如是德說爲勝伴若有如前種種德行堪能成就最上勝事縱無前德但明眞言成就法則并復善解諸曼荼羅智慧高明復加精進勝持誦者如是之伴亦能成就最上勝事爲願成就最上勝事故其福德伴半月半月與持誦者而作灌頂及以護摩隨時所辦香華然燈諸餘次第擁護

揀擇隨所有爲並須助作非直助修如前尊事若持誦者有所虧失其福德伴依於經法以理教誨勿令有闕乃至廣爲開示因緣具如是者最爲勝伴行者每日持誦之時及所行事時有忘失其福德伴隨所見處相助作之便令周備若欲成就藥法之時須常以手而按其藥或以草幹而用按之念誦作法事務雖多修行之者持誦不得廢忘欲了之時其伴當須側近而立看彼尊者念誦既勞或恐忘作發遣神法置數珠法及餘法等見忘作處應助作之其伴常須持誦供養所作諸事而生福德並皆迴向持眞言者滿所求願有所指受惟共伴語既欲成就最勝事故更許一伴展轉合語不得參差其伴所食與尊者同非但同食亦令持者所食錯者如依法制具如是者堪爲最上勝事同伴第二同伴第三同伴亦然一如前說

揀擇處所品第六

復次演說持誦眞言成就處所於住何方速得成就佛成道降四魔處如是之處最爲勝上速得成就尼連禪河於彼岸側無諸難故其地方所速得悉地縱有諸難不能爲障所求之事無不悉地如是之處速得成就或於佛所轉法輪處或於拘尸那城佛涅槃處或於迦毗羅城佛所生處如上四處最爲上勝無障嬈故三種悉地決定成就又於諸佛所說勝處復有菩薩所說勝處八大塔處或於名山多諸林木復多果實泉水交流如是之處說爲勝處或於蘭若多諸華果復有水流人所愛樂如是之處說爲勝處復有蘭若多

諸麋鹿無人採捕復無羆熊虎狼等獸如是之處說為勝處或無苦寒復無大熱其處宜人心所樂者如是之處說為勝處或於山傍或於山峯頂或獨高臺或於山腹彼復有水如是之處說為勝處復有勝處青草遍地多諸華樹中有其木堪作護摩如是之處說為勝處或於安置舍利塔前或於山中安舍利處或四河邊或有蘭若種種林木而為嚴飾無多人處或於寒林煙不絕處或大河岸或於曾有多牛居處或於逈獨大樹之下神靈所依日影不轉或多聚落一切祠祀處或於十字大路之邊或龍池邊如是之處說為勝處或佛經行所至之國如是之方速得成就但有國土諸人民衆深信三寶弘揚正法如是之處速得成就復有國土多諸人衆并具慈悲如是之處速復成就既得如是上妙處所應須揀擇地中穢惡瓦石等物曼荼羅品中一一廣明如悉地法善須分別三部處所復須分別扇底迦法補瑟徵迦阿毗遮嚕迦如是三法復須分別上中下或即於是處隨心所置應塗灑掃作諸事業速得成就悉地之法

分別戒法品第七

復次廣說制戒持真言法則若依此戒不久當獲成就若有智者持諸真言先斷於瞋乃至天神不應生忿復於餘持真言者復不懷瞋於諸真言不應擅意乃至功能及諸法則而分別之應於諸真言及以法則深生敬重於諸惡人善須將護何以故能障大事及壞彼故於阿闍梨所縱見愆過身等三業猶不

生於憍慢之意亦口不談種種是非心意終不分別愆過之想有過尚然況依法耶縱懷大怒終不應以自所持眞言縛他明王及生損害并苦治罰亦復不應作降怨法未曾於阿闍梨處而受眞言者不應與彼許與受之於三寶處不生恭敬復是外道雖於阿闍梨所受得眞言亦不可與彼及至手印及以眞言并功能法及普行法並不得與未曾經入曼荼羅者亦不授與不應跳驀一切有情兩足之類乃至多足亦復如是又不應踐驀諸地印過所謂鎚輪棓杵螺拔折羅等及以素成並不應踐驀諸餘藥草根莖枝葉及以華實亦不應踐驀亦不棄於不淨之中若樂成就眞言法者應須依制不應詰難大乘正義若聞菩薩甚深希有不思議行應生諦信不懷疑心持眞言者不應與彼別持誦人更相試驗若緣小過者不應作降伏之法樂成就者不應歌詠共人調戲又爲嚴身塗香莊飾及帶華鬘亦不跳行不應河中浮戲而樂其身諸戲調笑皆不應作三業不善能不應作所謂虛誑語染汙心語離間和合惡口罵詈所作對答不假多言無益言談終不習學亦復不與外道同住及以難詰旃荼羅類皆不與語不應與於諸人談話惟除同伴當念誦時縱是同伴亦不與語持誦餘時自非所須不與伴語亦不以油塗身又不應喫五辛慈葱蘿蔔油麻及餘一切諸菜茹米粉豆餅并餘餌豆及油麻餅并作團食皆不應喫一切毗那夜迦所愛之食及供養殘食油麻粳豆粥及以乳粥皆不應食一切車乘若有因緣

許乘車騎乘不許及以鞍皆不乘騎所被蓋食并被觸食一切嚴身之具所謂鏡華并以粉藥傘蓋非因緣事不應以手揩手以脚揩脚不應一切水中及側近水大小便利不但以手承食而食亦不用鎚銅器食諸葉不翻盛食不應卧大小牀榻不得共人同卧欲卧之時安心寂靜清淨而卧不覆面卧亦不仰卧如師子王右脇而卧當卧之時不得張目而睡一日一食不得再食不應斷食不應多食不應全少於食有疑不須食之一切調戲及多人叢聚乃至女人皆應入中亦不得看他身口意等所愛好房及好飲食皆不應樂著應受惡房及惡飲食皆不應棄不應著紫色衣裳及不應著故破之衣及垢穢之衣念誦之時應著内衣亦不自謙有多愆犯無由得成就悉地復不可言宿世之業身嬰諸疾終應違闕念誦之業阿闍梨邊所受眞言終不應棄於其夢中或於虛空有聲告言汝不應持是眞言法亦不捨棄復不瞋彼何以故並是魔故惟須精進不應退轉心不惡思攀緣諸境縱放諸根恒常護淨而念誦之若求大成就自所持眞言不應攝伏魍魎鬼魅亦不應用護自他身亦不救難及禁諸毒所持眞言諸餘眞言亦不應作所有隨用眞言眞言皆不應頻頻而作念誦亦不共人競鬪效驗若欲求悉地當須三時持誦洗淨之時非但空水和眞言水而洗淨之

持誦淨水眞言曰

唵件　賀曩(上聲)嚩囉(二合)嚩日㘑儜(上聲)賀

澡浴之時應用淨土遍身塗洗應用眞言土

誦經七遍土眞言曰

唵嚩囉(二合)賀囉吽

水土之中多有障難毗那夜迦先須發遣然後用之誦此眞言而趂遣出於水土中遣障眞言曰

曩(上聲)謨(上聲)嚩囉(引)也吽賀曩(上聲)廣曩(上聲)莾他尾特膂(二合)娑瑜瑳(去聲)囉也㧊吒(二合)

又先取水以手和攪誦眞言訖而用洗浴眞言曰

曩(上聲)謨(上聲)囉怛曩(上聲二合)怛囉(二合)夜也那(上聲)莾室戰(二合)拏嚩日囉(二合)皺儜(上聲)曳摩訶藥乞沙(二合)細曩鉢多(上聲)曳那(上聲)謨(上聲)嚩日囉(二合)句嚕馱也鉢囉(二合)若嚩(二合)里多你(去聲)鉢多(去聲二合)能(去聲)瑟吒咤(二合)得迦(二合)吒婆(上聲)也珮囉嚩(去聲)也阿徙母(輕呼)娑囉嚩日囉鉢羅輸皺捨賀娑多(去聲二合)也怛你也(二合)唵闍沒嘌(二合)多軍(去聲)拏里佉佉佉佉佉曩佉曩(上聲)佉曩佉曩(上聲)佉(去聲)那佉(去聲)那佉佉(去聲)那那佉呬佉(去聲)呬佉(去聲)呬佉呬底(丁以切下同)瑟吒(二合)底瑟吒(二合)賀賀曩曩(上聲)娜賀娜賀鉢者鉢者蘖嘌(二合)恨儜蘖嘌恨儜(二合)滿馱滿馱蘖囉若(二合)蘖囉若(二合)怛囉若(二合)怛囉若(二合)微娑鋪(二合)吒也微娑鋪(二合)吒也婆伽梵曩(上聲)沒嘌(二合)多軍拏里慕(輕引)囉彈難(二合)多(上聲)拏(上聲)也嚩日囉(二合)儜(上聲)薩囉嚩(二合)尾近近曩(上聲)微曩也𠢚(引)寧(上聲)嚩(去聲)囉也摩訶(去聲)言(上聲)儜(上聲)鉢底餌尾旦多迦囉(去聲)也吽吽𢱢(二合)句嚕馱(引)曩(上聲)曩(上聲二合)曳娑嚩訶(去聲)

三遍用此眞言水隨意洗浴之時不應談話洗浴未已來當須心念次下心眞言浴時心眞言曰

唵闇没二合帝鈝𪘨吒二合

洗浴既了應以兩手掬水一掬用前心眞言眞言之經七遍用灌其頂如是三度應結頂髮亦誦眞言經餘七遍當頂作髮若是出家應以右手而作爲拳置於頂上如前遍數同結頂髮眞言曰

唵蘇悉地羯哩莎去聲訶

次應洗手取水三度漱口然後洗自本尊用本眞言誦經七遍誦漱口眞言遍身五處眞言曰

唵枳里枳里　嚩日囉二合鈝𪘨吒二合

洗浴都了想浴本尊復於其處當誦所持眞言隹誦多少然後可往常念誦處乃至未到彼所已來應離一切貪癡等隨不善業一心清淨敬想本尊而徐徐往堅持禁戒如前所制既到彼所即應如法作諸法事而念誦之常治摩曼荼羅所念誦疲困當轉讀大乘經典或作制多諸餘善事常不廢忘應三時歸依三寶三度懺悔諸餘罪業三時發菩提心三時發願願成勝事若如是作速得成就爲除罪故應常以香泥造俱胝像塔燒香散華讚歎供養作諸善業常行惠施具大慈悲於諸法教不生慳悋常懷忍辱精進堅固不退六念在心所聞經典諦思其義常須轉讀眞言功能常須供養眞言法經依經善盡妙曼荼羅應須念念發大菩提先令諦信比丘僧入次比丘尼次優婆塞次優婆夷隨次第而入並皆堅固發菩提心決定正見既入曼荼羅畢已應當授與結手印法及眞言等明藏法則復應廣爲宣說一切眞言法則或十四

日或月八日及月盡日或十一日十五日如
是日倍加供養香華食等一切供具及以持
誦并作護摩加持禁戒常須憶念倍加諸事
眞言成就作護摩時常須以手執持拔折羅
誦眞言之經餘千遍辦事金剛眞言曰
唵度曩(上聲)嚩日囉賀
欲作辦事諸業跋折羅者應用天火所燒之
木或苦楝木或取燒尸殘火糟木或紫檀木
隨取一木作跋折羅應施三服護摩之時及
念誦時常以右手而執持之能成諸事故號
拔折羅能成諸事若執所有一切毗那夜迦
及餘作障悉皆恐怖馳散而去紫檀香塗其
拔折羅置本尊前所說眞言持誦華香而供
養之其諸事業金剛祕密微細奇能成就諸
餘事等作諸事時常須右臂手常以眞言索

繼帶右手持珠索以香臂以香而塗持誦眞
言或一百遍或一千遍罥索眞言曰
唵句蘭達哩滿馱滿馱許泮吒(半音)
此明王大印號忙莽鷄能成一切明王眞言
亦能增益及能滿足眞言字句亦能成就諸
餘法事乃至護身清淨等事非但是諸明王
母亦是金剛之母若金剛部索用一嗚嚕(二合)
捺囉(二合)又穿於索中心而作爲結准金剛部
作索之法應知二部用蓮子等而作爲結佛
部索者應用佛母眞言若蓮華部索應用半
拏囉嚩斯泥眞言如前帶持此等索者毗那
夜迦不能爲障佛部索者應用佛母眞言其
眞言號爲佛眼眞言如前若蓮華部索應用
半拏羅嚩斯泥眞言如前帶持此等索者毗
那夜迦不能爲障身得清淨速得成就滿所

求願又作法時當用茅草而作指釧著於右手無名指上應當部三字半心真言或經百遍或千遍後安指上

佛部心真言曰

介囊一介迦(輕呼)

蓮華部心真言曰

阿去路力迦(輕呼)

金剛部心真言曰

嚩囉地嘞(二合)迦(輕呼)

若供養之時持誦之時護摩之時應著草釧以著此草鐶故罪障除滅手得清淨所作皆成復取白氎絲及以麻縷令童女染而紅色或鬱金色合令作線取結爲真言索持誦七遍而作一結一一如是乃至七結置本尊前以真言持經一千遍或持誦時及護摩時欲卧之時應以繫腰夜卧之時不失精穢故應須經持索真言曰

唵賀囉賀囉滿馱滿馱訖囉(二合)馱囉尼(上聲)悉馱囉賛(二合)莎嚩訶(去聲)

念誦之時及護摩時須上下著衣偏袒右肩若以卧時洗淨及浴之時不在此制所著上衣應真言之若大小便應著木履若於本尊前及和尚阿闍梨前并餘尊宿前不應著之於諸著之於諸尊處用身口意而供養之若樂悉地速得成者見制多及以比丘常應禮敬若遇外天形像之前但應合掌或誦伽他若見尊者亦應致禮若聞妙法深生敬信若聞菩薩不思議事或聞真言所成就諸事皆應以歡喜心懷踊躍若欲速成常應精進不生懈怠如前所制常須思念若不如是當違

制戒獲大重罪悉地不成身等諸根恒須護念不應貪愛復應常行如前所制不可廢忘若晨朝時造諸惡業至於暮間即作懺悔若於夜中造諸惡業至晨朝時誠心懺悔復須清淨念誦眞言及諸事等如依本戒應須如是不應遣度時日當於明王戒中常須作意不久住於悉地之中

供養華品第八

復次分別說三品法扇底迦法補瑟徵迦法阿毗遮嚕迦法及餘諸法是爲三品三部各有三等眞言所謂聖者說諸天說諸地居天說是爲三部聖者謂佛菩薩聲聞緣覺說者是爲聖者眞言諸天說者從淨居天乃至三十三天諸天所說是爲諸天眞言地居天說者從夜叉羅刹阿脩羅龍迦樓羅乾闥婆緊那羅摩睺羅部多畢舍遮鳩槃茶等所說是爲地居天眞言若作扇底迦法者應用聖者眞言若作補瑟徵迦法者應用諸天眞言若作阿毗遮嚕迦法者應用地居天眞言若求上成就者應用聖者眞言若求中成就者應用諸天眞言若求下成就者應用地居天眞言如是三部各有三種成就作三種法中俱當等用水陸所生諸種色華名色差別各依本部善分別之以眞言華當奉獻之發是願言此華清淨生處復淨我今奉獻願垂納受當賜成就獻華眞言曰

唵　阿歌囉　阿歌囉　薩嚩悉地耶　馱囉布尒底　莎婆訶

用此眞言眞言華三部供養若獻佛華當用白華香者而供養之若獻觀音應用水中所

生白華而供養之若獻金剛應以種種香華而供養之若獻地居天隨時所取種種諸華而供養之應獻華者忙攞底華皺吒羅華蓮華瞻蔔迦華龍蘂華以母縛句藍華俱勿頭華婆羅樹末利華舉亦迦華破理迦華句嚕縛劒華迦淡聞華末度擯抳迦華恒㖑拏華彥陀補濕波華本曩言華那縛忙里迦華阿輸劒華母注椐難華那莽難華注多曼折利通九種不得互用諸華如作法時求不得者隨所得華亦通供養若以華供獻應用當部華眞言華獻若無華獻應用蘇囉三枝葉或莽嚕閩華灘敦葉躭忙羅葉訖㖑瑟拏末利迦葉忙覩捺伽葉閼羅惹迦葉及蘭香等葉而賛獻之如無此等枝葉應用𠺕洛迦根甘松香根卷栢牛膝根及諸香藥根香果根等亦通供養所謂丁香荳蔻肉荳蔻甘蒲萄諸香果等亦通賛華用供養之若無如上華葉根果獻者曾聞獻供養華或自曾獻華隨所應令運想供養最爲勝上供養尊法雖有如前華果等獻若能至心虔恭合掌頂奉供養本尊華果如是心意供養最上更無過者常應作致如是供養勿懷疑惑則得成就

塗香藥品第九

復次今說三部塗香藥法隨諸眞言供養者能成就衆福其香藥名曰香附子　句吒曩吒青木香　𠺕洛迦　烏施囉　舍哩𠺕煎香沉香鬱金香　白檀香　紫檀香　𠺕囉拏肥嚕鉢羅拏劒　娑囉獻（云五玄私）柒比嘞迦鉢持莽劒（云栢木）帶囉鉢㖑抳迦利也劒（或丑）（里而囉云里佛剎子）丁香　娑羅門　桂皮天木鉢孕

瞿閦乳難爍囉盆泥　詞細羅　縛嚕劒迦
畢貪咤達囉訖囉母劒頗里迦聹囊里迦始
嚩擔臂蘇嚩嘌拏賖迦藍忙覩拝伽并皮多
利三薄娑但嘌拏忙斯（云甘松香）那莽難莽嚕闍
毋羅計施躭（云水蘇）忙羅本囊言醫羅米夜傑
囉曩却設癡羅嚩利嚩濕比迦但胡蘙你闍
設多補濕波（云茴香）訶蠑蔬蹄草　拏迦脚
（云白荳蔻）句藍若底（都以切云肉荳蔻）頗羅諸囉　劒劫
泮藍　娑縮你閣　地夜莽　劒戰荼都嚕
（云蘇合香）瑟劒鉢羅娑但婆嚩　計薩藍等類及
膠汁所謂龍腦香　言陀羅娑娑　遮囉娑
安悉香薰陸香　設落翅勢縛婆娑華勿勤
芻殿羅華迦宅嚂華逮折那藍華擯抳劒華
優鉢羅華得蘖嚂華捃難華迦羅末華等於
林邑蘭若水陸所生如上等應須善知三部

三品等用華供養用忙攞底華得蘖嚂華捃
難華末理迦華喻底迦華那龍蘂華如上等
華佛部供獻用優鉢羅華俱勿頭華蓮華娑
羅樹華勢破理羅闍底迦迦本那言華得蘖
嚂華如上等華觀音部中供養爲勝用青蓮
華鉢孕衢華葉枝條餘不說者等通金剛部
中供獻如上華中白色者作扇底迦法黃色
者作補瑟徵迦法紫色者作阿毗遮嚕迦法
如是華中味甘者作扇底迦法味辛者作阿
毗遮嚕迦法味淡者作補瑟徵迦法或有淨
處所生枝華或始生牙茅草或小草華或中
樹華大樹華種種諸華隨類當用其闍底蘇
末那華惟通獻佛若紅蓮華惟通獻觀音若
青蓮華惟通獻金剛各說爲上佛部中作扇
底迦法用闍底蘇末那華作補瑟徵迦法用

紅蓮華作阿毗遮嚕迦法用青蓮華餘二部中類此作之上色香華下色香華隨事分用或華條或用隨華以獻天后說爲上勝紫白二色羯羅末羅華用獻忿怒尊主及諸使者說爲上勝向吒葸華底洛迦華娑羅華迦嘌驪迦羅華阿娑曩拏嚕莽華尾螺華迦侘嚂華等隨取眞言一一遍通三障而供養之及上中下除災等三復以種種諸華合成爲鬘或以種種華聚供養遍通九種用諸華中惟除臭華刺樹生華苦辛味華不堪供養前廣列華無名之者亦不應用又木茎華計得劒華阿地目得迦華曹句藍華侒籔華等亦不應用長時供養通九種者紅華閦弭華鉢羅孕句華嚐路草等及稻穀華油麻相和供養如上所說種種華等供養最爲勝上如無此類諸華獻者但用白粳米擇碎揀者而供養亦迦等及餘有膠樹香者並隨本部善須合和用諸草香根汁香華等三物合和爲塗香佛部供養又諸香樹皮及白栴檀香沉水香天木香煎香等類并以香果如前分別合爲塗香蓮華部用又諸香草根華果葉等和合爲塗香金剛部用或有塗香具諸根果先人所合香氣勝者亦通三部或惟沉水香和少龍腦香以爲塗香佛部供養或惟白檀香和少龍腦香以爲塗香蓮華部用或惟欝金香和少龍腦香以爲塗香金剛部用又紫檀以爲塗香通於一切金剛等用肉荳蔻腳白羅葸底蘇末那或濕沙蜜蘇濕咩羅鉢孕瞿等以爲塗香用獻一切如使者天又甘松香濕沙蜜肉荳蔻以爲塗香用獻明王妃后又白檀

沉水鬱金以爲塗香用獻明王又諸香樹皮以爲塗香用獻諸使者又隨所得香以爲塗者獻地居天或單用沉水香以爲塗香通於三部九種法等及明王妃一切處用若有別作扇底迦法用白色香若補瑟徵迦法用黃色香若阿毗遮嚕迦法用紫色無氣之香若欲成大悉地者用前汁香及以香果若欲中悉地者用堅木香及以華若欲下悉地者用根皮香華果以爲塗香而供養之和合香分不應用於有情身分香謂甲麝紫鉚等香及以酒酢或過分者世所不應用供養之又四種香謂塗香末香顆香丸香隨用一香畫壇爲華日別供養欲獻之時誓如是言此香芬馥如天妙香清淨護持我今奉獻惟垂納受令願圓滿塗香眞言曰

阿歌羅阿歌羅一薩縛悉地二耶獻羅三布尒羝四莎嚩訶

誦此眞言塗香復誦所持眞言淨持如法奉獻於尊若求諸香而不能得隨取塗香而眞言之復用本部塗香眞言香已奉獻本尊

分別燒香品第十

復次今說三部燒香法謂沉水白檀鬱金香等隨其次第而取供養或三種香和通三部或取一香隨通部自列香名曰

室唎吠瑟吒　劒汁娑折云沙羅膝　囉娑乾陀羅素香　安息香　娑落翅香　龍腦香　薰陸香　語苫地夜日劒　祇哩惹蜜　訶棃勒　砂糖香附子　蘇合香　沉水香　縛落劒　白檀香　紫檀香五葉松木香　天木香　囊里　迦鉢哩閉攞縛烏施藍　石蜜

甘松香及香果等若欲成就三部眞言法者應合和香室唎吠瑟吒迦樹汁香遍通三部及通獻諸天安息香通獻藥又薰陸香通獻諸天天女娑折羅娑香獻地居天娑落翅香獻女使者乾陀羅娑香獻男使者龍腦香乾陀羅娑香娑折囉娑香薰陸香安息香薩落翅香室唎吠瑟吒迦香此七膠香和以燒之遍通九種說此七香最爲勝上膠香爲上堅木香爲中餘華葉根等爲下蘇合沉水鬱金等香和爲第一又加白檀砂糖爲第二香又加安息香薰陸爲第三香如是三種和香隨用其一遍通諸事又地居天等及以護衛應用薩折羅沙砂糖訶梨勒以和爲香供養彼等又有五香所謂砂糖勢麗翼迦薩折羅娑訶梨勒石蜜和合爲香通於三部一切事用

或有一香遍通諸事如上好香衆人所貴妙和香如無是香隨所得者亦通三部諸餘事用如上所說合和香法香法善須分別應其所用根葉華果合時持獻又有四種香應須知之所謂自性香籌丸香塵末香作丸香亦須要知應用之處若扇底迦法用籌丸香處若阿毗遮嚧迦法用塵末香若補瑟徵迦法用作丸香攝通一切用自性合籌丸香置以砂糖和塵末香樹膠香應用好蜜合和丸香或以酥乳砂糖及蜜和香自性香上應著少酥如求當部所燒之香若不得者隨所有香先通當部先誦此部香眞言香呪然後誦所持眞言合和香法不置甲麝紫欽等香亦不應用末你也等而和合香亦不過分致令惡氣而無香氣以此林野樹香膠香能轉一切

諸人意願諸天常食我今將獻哀愍垂受燒

香眞言

阿歌羅阿歌羅　薩嚩　苾地耶　馱羅

布尒羝　莎嚩訶

誦此眞言眞言香須誦所持眞言眞言香燒

如法獻故

蘇悉地羯羅經卷第一

音釋

齱卓皆切　閦初六切　咩迷爾切　鵶烏澗切　跳驀跳他弔切躍也驀莫白切越也　鎚直垂切與椎同　棓步項切與棒同　䭃諸仍切　豍必迷切豆名也　趚丑刃切逐也　歌虛我苦嫁二切　捃居運切　挊盧貢切弄司　閼烏葛切　聹乃頂切　苫舒贍切

蘇悉地羯羅經卷第二

唐中天竺三藏法師輸迦波羅譯

然燈法品第十一

復次當說三品然燈法以依法故令諸天仙歡喜成就以金以銀以熟銅或以瓷瓦而作燈盞此五種中隨法取用本神歡喜作燈炷白氎華作或新氎布作或耨句羅樹皮絲作或新淨布作用用上香油衆所樂者或用諸香酥油其扇底迦法用上香油補瑟徵迦法用次香油阿毗遮嚕迦法用下香油若諸香木油扇底迦用若油麻油補瑟徵迦用若白芥子油阿毗遮嚕迦用阿怛娑果油眞言妃后用及諸女仙用若諸果油眞言主用若樹果油諸天用及摩阿迦羅用若魚脂祀鬼用若諸畜生脂祀藥叉用若拔羅得雞油麻子油祀下類天用及四姊妹遮門茶等用若寒林中起吠多羅者用犬肉脂諸油之中犛牛酥上釋通三部又白牛酥扇底迦用黃牛酥補瑟徵迦用烏牛酥阿毗遮嚕迦用若有本部別分別之亦依彼用若諸藥中所生油補瑟徵迦用若諸香中所生油扇底迦用若惡香氣油阿毗遮嚕迦用如上略說燈法則善自觀之縱此不說當審用之雖有燈油不依部者以本部眞言而眞言之亦通供養燈能却障然淨除昏我今奉獻哀愍垂受燈眞言

唵　阿路迦野　阿路迦野　薩縛苾地耶馱囉布你羝　莎縛訶

誦此眞言已次誦本持眞言而眞言之復作淨法除諸過故如前品說准持修故

獻食品第十二

復次我說應獻食法令諸天仙悉皆歡喜速得成就略說獻食應用圓根長根諸果酥餅油餅諸羹臛等或種種粥及諸飲食此四種食通獻諸部末惹布囉迦果普通三部又以石榴果注那果亦通三部示其次第各通一部若味甘甜扇底迦用若味甘酢補瑟徵迦用若味辛淡阿毗遮嚕迦用若多羅樹果耶子果尾羅果你跛羅果及餘臭果衆所不樂亦不應獻或有上味果世復多饒而復最貴獻如此果獲上成就或有諸果其味次美世復易求價無所貴獻如此果獲中成就或有諸果其味苦辛淡等世復豐足價復最賤獻如此果獲下成就若欲加意奉獻應取女名所謂柿子杏子桃子等果以獻女天諸樹生果無苦味者獻眞言妃后室利泮羅果通獻三部一切忿怒縛拏果惟獻一切藥叉劫比貪果獻室利天鉢夜攞樹生果獻鉢囉使迦如是諸果更有多種諸有異名隨觀其味而用獻之或於村側或蘭若清淨處有諸草根其味甘美取之奉獻亦得成就徵那唎根通一切用復有奇美味草根枝葉亦通奉獻非天神人中亦用若山中所生根美味者佛部供獻又熟芋根亦通佛部又迦契嚕劍根徵那唎縛也賜根俱舉知根及餘圓根從水生者蓮華部用又一切藥圓根味苦辛淡及多種生芋金剛部用又色白香味極甘美如是圓根佛部供獻又色黃香味不太酸亦不太甘如是圓根蓮華部用又赤色香味苦辛淡氣臭不甘如是圓根金剛部用如是三部扇底迦法等及上中下並同通用略說圓根善

隨其部依上中下而用獻之如是分別速得成就斯圓根長根生長及所用如法類如是葱蒜韮根及餅吐極臭辛苦等不應用獻莎悉底食烏路比迦食布波食縛拏迦食及餘粉食或作種種胡麻團食或作種種白糖食歡喜團食莽度失食毗拏迦食儐抳拏句擇迦食阿輸迦縛侈也食指室羅食餅食遏羅比瑟吒迦食賒句雜也食鉢吒食布剌拏食莽沙布波食徵諾鐸迦食補沙縛多食羅縛抳迦食蘖部迦囉迦食俱矩知食囉莽迦食桁娑食昔底迦食鉢嘌香指里迦食室利布羅迦食吠瑟徵迦食瞋諾迦食叱那羅迦食遇拏補羅迦食質但羅布波食却若羅食遏拏鉢鉢吒失蔆伽吒迦食竭多食種種蘖多儐拏布波食囉若桁娑食娑若迦食竭嘌多布羅迦食劫謨徵迦食句娑里迦食三補吒食捨拏縛食訶哩儜釋句囊食弭囊食種種鉢羅抳悍嘌瑟吒迦食地比迦食若羅訶悉底你闍食羯羯羅儐拏迦食縛羅伽多食縛底徵迦食吒乞濕底迦食伽若羯哩抳迦食等如上等或用砂糖作或以酥油或以油然和作如其本部隨法而用依法奉獻速得成就米粉食佛部作扇底迦及上成就若一切麥麨食蓮華部作補瑟徵迦及中成就若油麻豆子食金剛部作阿毗遮盧迦及下成就等用一切諸食味中以白糖而所莊者佛部之中常當用獻若室利吠瑟吒迦食蓮華部用若歡喜團食金剛部用若布波迦食蘗叉用若女名食眞言妃后用女名食者麨謨里食鉢鉢徵食是諸食中最復美者求上成就

而用奉獻如其次味餘二部用此中不具隨所作食八部等用獻食之時先敷巾果葉而爲莊嚴先置莎悉底迦食路比迦食布波食如是先作三部共用復如本部所須飲食隨力獻之以秔米飯六十日熟秔米飯大麥乳飯不種自生秔米飯粟米飯應須獻者作法獻之及諸香味奇美羹臛并諸豆臛而奉獻之乳煮大麥飯及不種自生秔米飯求上成就秔米及飯六十日熟秔米飯求中成就粟米及飯求下成就扇底迦法爲上成就補瑟徵迦法爲中成就阿毗遮盧迦法爲下成就供養飯食根果飯粥依上中下而奉獻之扇底迦法上佛部補瑟徵迦法中蓮華部阿毗遮嚕迦法下金剛部最上悉地及與中下善須依法隨類應知羹臛之中味甘甜者扇底迦用味酢甜者補瑟徵迦法用味苦辛淡者阿毗遮嚕迦用乳粥扇底迦用石榴粥酪粥等補瑟徵迦用訖娑囉粥謂胡麻秔米豆子等阿毗遮嚕迦用如前各說諸食味等或隨方所種種有異觀上中下而奉獻之或有諸味衆所稱讚或自愛者應持獻佛或有本部眞言所說獻食次第宜當依之若異彼者不得成就食中顯者及以惡香金剛部用前說塗香燈食等各依本部扇底迦等當品依之觀眞言性爲喜爲怒

次復觀之然成何等事復細尋察滿何等願旣觀知巳前所獻食隨力獻之於獻法中見有用迦弭迦食者應獻莎悉底食烏路比迦食及餘力所辦食沙糖酪飯根果乳粥等是也此迦弭迦食通獻一切惟除阿毗遮嚕迦

於獻法中見有用徵質覩路食者應以迦弭
迦食中加三兩種上異飲食是也於獻法中
見有烏肥嚕食者以前迦弭迦食倍加多置
是也於獻法中見有用三白食者應以乳酪
酥飯是也復見有三甜食者酥蜜乳飯是也
於獻法中見有薩縛薄底迦食者娑也里迦
食陵祇里迦食薝沒棃耶食底羅比瑟吒麨
食酪飯相果於一前所說食中隨取一兩味
置之稻穀華諸華及葉盛以大器置水滿中
遠持誦處而棄是也於獻法中見有扇底迦
食者當用莎悉底乳粥稻穀華酥蜜乳及乳
煎大麥飯徵若布羅等食決然除災無懷疑
也於獻法中見有補瑟徵迦食者應用酪飯
酪粥歡喜團烏路比迦沙糖室唎吠瑟吒迦
等食決能滿願無懷疑也於獻法中見有阿
毗遮盧迦食者應用赤秔米飯或用句捺囉
嚩子或染作赤色飯或油麻餅娑布跛迦薝
沒棃也訖娑羅粥等決能降魔無疑也若持
藥叉真言無獻食法者應依此法而奉獻之
當用赤粳米飯根果蜜水及蜜沙糖米粉餅
等是也持女天真言等應獻羹飯豆子臛等
諸甜漿水鉢囉拏鉢哩瑟吒迦扂葉味等及
諸果子一切女天應獻是食也欲求上成就
本部獻法者應依此獻有諸飲食根果者等
衆所共談其味美者多而復貴如此上味求
上成就而奉獻之如上略說諸獻食法各隨
本部所求事法皆以略陳或於餘方飲食味
異觀其色味隨類獻之欲獻食時先淨塗地
香水遍灑淨洗諸葉復以蓮葉鉢羅勢葉諸
乳樹葉或新氎布等敷設其上復下諸餚饍

依用此葉扇底迦用水生諸葉及餘竒樹葉等或芭蕉等又補瑟徵迦用拔羅得計樹葉閼伽樹葉或隨時得者又阿毗遮嚕迦用雌樹名葉謂芭蕉始生葉或蓮葉及苦樹葉等又女仙眞言用鉢隸迦使乾樹葉又地居天等以草用之求上中下法善須知解先塗灑地復敷諸葉當淨洗手漱口嗽水次須下食先下沙悉底迦食次下圓根長根果次下諸粥次下羹臛次下乳酪隨本法依此下之若作曼荼羅及擬成就諸事得諸境界者應當倍加奉獻清淨飲食華果等類初持誦時隨其所辦隨所得味依彼本法而奉獻之若白黑二月八日十四日十五日日月蝕時地動時廣加供養若護摩時所須之物先辦置於本尊主前若持誦人每欲食時先出分食亦同致尊前如先作護摩而後食者應預作食而出置之先設供養所辦食已然後應當起首念誦獻諸華藥及諸飲食常須念之不應廢忘仍依本法若言一時念誦一時供養諸根果食若言二時念誦二時供養若言三時念誦三時供養如是依法當速成就持誦之人不獻飲食違本部者其人乃著魔障身無精光風燥飢渴恒惡思想不能成就本尊眞言皆由不獻本尊果食應當依前白黑二月等廣設供養奉獻本尊并諸眷屬初持誦時於前等日作扇底迦食遠持誦處四方棄之於此不說或本部不通縱有所通以諸下味而求上成及所制食臭惡之類皆不應用常獻酪飯其諸部中求上中下扇底迦等并通諸天眞言等者應如是供養若無本所制食

隨其所得以本部眞言而眞言之此藥香美堪本尊主我今奉獻垂哀愍受治食眞言曰

阿歌羅阿歌羅　薩縛　苾地耶　馱羅布爾詆　莎縛訶

此眞言遍通三部眞言食後誦所持眞言食而奉獻之

分別成就品第十六（此各藏本內原脫前三品）

我今復說三部悉地成就乘空自在而進此爲最上藏形隱跡爲中成就世間諸事三種成就隨上中下更分別之三部上成就法得持明仙乘空遊行成就五通又多種成或得諸漏斷盡或得辟支佛地或證菩薩位地或知解一切事或辯才多聞或成吠跢羅尸或成藥叉尼或得眞陀摩尼或得無盡伏藏具上等事名上中上成就之法三部中成就法藏跡於身得大勢力先來懈怠而得精進勤入脩羅宮得長壽藥成鉢嚩史迦天使或能使鬼或能成就娑羅坌爾迦樹神或成多聞未經所聞悟深義理或合藥或纔塗足頂即遠所涉無有疲乏如上所說悉名上成就之法三部下成就法令衆喜見或攝伏衆人或能徵罰惡人降諸怨衆及餘下事名下中下成就之法若欲成就藥物等者有三種成光燄爲上烟氣爲中熅煖爲下復次聖者眞言爲上成就諸天所說爲中成就世天眞言爲下成就復次佛部眞言爲上悉地蓮華部眞言爲中悉地金剛部眞言爲下悉地若欲以上眞言欲求下成就者得下成就或以下眞言祈求上者得上成就或以中眞言成上下者亦等成就眞言之中具此四德當知即悉

上中下分能成大果謂令成滿辟支佛位謂令成滿菩薩十地乃至成佛爲大果報復成大德行謂多諸眷屬前後圍繞滿如是願者爲大德行復能久住位謂得王處轉輪王處長壽仙處滿如是願者爲久住形儀廣大威光遠照教修廣大具此四德者雖是下品眞言能成上品若上品中不具此德雖是上品眞言下品用也諸佛菩薩所說眞言如是轉次多佛菩薩所說之者雖屬下品亦能成就上品等事或尊等所說眞言之中惟具一事者謂扇底迦法補瑟徵迦法阿毗遮嚧迦法雖具一事於中各有上中下品豈有下品眞言能成上事猶若青泥出妙蓮華固無疑也豈有上品慈善眞言能成忿怒下品成就如白檀木其性清涼若風擊相揩自然火起非無因緣也如是差互雖非次第諸餘悉地皆勿疑慮身分悉地爲上品成諸藥悉地品爲中品成富饒悉地爲下品成若復有人久至持誦下品眞言縱自無力於本尊邊轉求上品自成若於上品眞言之中心懷猶豫念持供養復不精誠雖於上品眞言由彼誦念心輕致招下品成就故知持誦皆由心意且如諸天之中亦有貧者諸鬼部内亦有富强此彼知然眞言亦爾一一眞言皆具三悉地謂上中下誠心念誦皆獲悉地

奉請品第十七

復次若欲入本尊室先覩尊顏合十指爪當小低頭復次器盛淨水隨所作事置本獻華復置塗香依於本法而作閼伽燒香熏之應誦眞言閼伽七遍則當奉請已依法供養盛

閼伽器當用金或用銅或以石作或以土木或取螺作或用束底或用荷葉以綴作器或乳樹葉如上所說閼伽器等當用之時須知次第若扇底迦當用白器補瑟徵迦當用黄器阿毗遮盧迦當用黑器作上中下悉地成就類前所說應可用之作扇底迦所用閼伽置少小麥補瑟徵迦應著胡麻阿毗遮嚕迦當致粟米又扇底迦置乳補瑟徵迦置酪阿毗嚕迦應置牛尿或著自血遍通用者應著稻華塗香及華胡麻茅草環用熟銅器盛以閼伽若無此器隨所得者亦遍通用請召之時應用當部明王眞言及慕捺羅若有本法已說請召眞言應當取用無取別者先請當部尊次請明王妃三部之中皆應如是本法若無請召眞言應用明王等眞言而請召之本法雖說請召眞言是下豈合請於部主若以本法眞言請召當速成就不應生難也本法若有請召眞言及發遣者當請之時此眞言主至部主所請云今有某甲爲某事奉請若發遣時亦復如是所作事已願尊證知隨意而去明王妃眞言用請女仙等明王眞言請諸眞言主或有眞言主不受明王眞言所請要以明王妃眞言然可依請如別部說致閼伽時應誦眞言大者一遍中者三遍下者七遍極小者二十一遍如上所說閼伽法則先兩膝著地應須手著淨茅草環捧閼伽燒香熏之作如是請仰惟尊者以本願故降赴道場願垂哀愍受此閼伽及微獻供有眞言主名曰獨勝奇加忿怒不受諸餘眞言召請用彼所說眞言然降所請彼諸眷屬亦不受

於餘眞言請不應用彼眷屬眞言而請召之但緣用心眞言或說根本或明王妃所說眞言而用請召部心眞言遍通三部彼請召當應降赴加毉醯字此更祕密速滿其願當請之時誠心作禮再三啓白大慈悲者請依本願來降道場若不誠心徒多念誦乃至眞言亦皆慇懃以兩手捧閼伽器頂戴供養爲上悉地置於心間爲中悉地置於臍間爲下悉地先觀本尊畫像其像若立持呪之人亦應立請畫像若坐亦應坐請又觀彼像曲躬立勢亦應斆之而奉請之當請之時先觀本尊所止之方而面彼請然便迴身置閼伽於尊像前復有祕觀所作扇底迦等諸餘方所而請召之或於餘時得諸華果稱本尊意應須奉請然可獻之當請之時合手爪指隨於本方但至誠心奉請或以兩手捧諸閼伽器而請召之然後敷獻所得之物若欲成就上中下事及扇底迦等皆須加以眞言及慕捺囉而作請召作成諸事等或有障起或魔與嬈或病者加當爾之時事緣既速不可當待辦閼伽器便即用心啓請本尊作除遣法如上所說隨其大小擬欲成就閼伽請之急難等之事誠心請之若復有人欲得歸仰諸部尊者應當常作召請法則持誦之人速得成就

供養品第十八

復次奉請尊已欲依部類或諸事業觀其大小依法則而供養之既奉請已作如是言善來尊者愍我等故降臨道場復垂哀愍當就此座坐受微獻供復起誠心頻與作禮而白尊言大悲垂愍成本願故而見降臨非我所

能啓請本尊如是三時皆應依此如前已說應須辦供先獻塗香次施華等復獻燒香次獻飲食次乃然燈如其次第用忿怒王眞言此等供物悉令清淨善悅人心各用本色眞言而眞言獻塗香已各列其名如依前說即奉閼伽如是華香及飲食等皆亦准此若塗香燒香華及飲食無可獻者但誦本色眞言及此手印以此獻之表云供物無可求得但納眞心後作閼伽以眞心故速滿其願離此之外有四供養遍通諸部一切處用一謂合掌二以閼伽三用眞言及慕捺羅四但運心此善品中隨力應作或復長時供養中置無過運心如世尊說諸法行中心爲其首若能標心而供養者滿一切願若成就諸餘事者應當發遣諸爲障者若不遣除後恐傷及所以先須作遣除法誦忿怒眞言或用當部成就諸事眞言遣除障已次應誦本部尊眞言而眞言水遍請護摩及輪手印

佛部請火天眞言

歛寫合寫　縛歌　曩野　莎嚩訶

誦此眞言三遍請召火天燒食供養

護摩眞言

唵阿那曳　歛寫合　縛歌曩野揖(如立切)比揖比你跛野　莎縛訶

次持牛酥以此眞言一眞言一燒滿於三遍供養火天

金剛部忿怒金剛眞言

唵枳里枳里　跛日羅　矩嚕馱吽抪

以此眞言一眞言食一燒火食作法除遣地中作諸障者又此眞言或同部尊遍灑華等

復用吉利枳羅忿怒眞言并印當誦眞言左手作印遍印塗香燒香飲食華等作淨除穢爲自身淨故應以右手掬持香水目觀香水誦心眞言灌自身頂作淨除穢復用一切事眞言并忿怒眞言爲淨座故眞言香水灑潔於座又誦七遍灑地方界能除諸穢而得清淨吉利枳羅眞言

唵枳里枳里跋日羅跋日里部訥畔陀畔馱虎吽泮

此上眞言護地方訖結虛空界應同次下蘇悉地眞言燒香執持當誦眞言黐馥空中除諸穢惡便得清淨蘇悉地眞言

唵素悉地迦履入縛里䶢難那牟謨羅䶢曵入縛囉入縛攞畔䭾䭾歌那歌那虎吽拺

此金剛部蘇悉地眞言遍通諸事結空界用佛部結空界眞言

唵入縛攞　虎吽

此佛部結空界眞言惟通當部

蓮華部結空界眞言

唵鉢頭弭你皤伽縛底慕歌野慕歌野若蘖暮歌䫌　莎縛訶

此蓮華部結空界眞言惟當部次應當用部心眞言香水散灑諸方復以明王根本眞言或心眞言或眞言王使者心眞言隨取其一用結方界或以此諸心眞言而作結界所結之處如置垣牆當部仙天常當護衛無能作障若諸部事有爲法者應依甘露軍荼利法而除遣之

又有五種護衛法則常於道場室內作之謂金剛牆金剛城金剛橛忿怒吉利枳羅忿怒

甘露軍荼利部母金剛牆眞言
唵縒囉縒囉跛日羅跋羅迦羅虎吽𢬵
金剛城眞言
唵弭塞　普囉　捺囉　訖灑跛日囉半惹
羅虎吽泮
金剛橛眞言
唵吠日囉枳羅虎吽泮
忿怒吉利枳羅眞言
唵　枳里枳里　跛日囉　虎餠泮
忿怒甘露軍荼利眞言
怛羅那野　那謨跛日羅　矩嚕馱野　摩
訶縛攞跛囉訖囉摩野　菩嚩弭趍那吡那
舍曩耶　唵　虎嚕虎嚕底瑟侘底瑟侘畔
馱畔馱吹那吹那　阿蜜喋羝　虎吽𢬵
若本法中有如是等金剛牆眞言應重結之

諸事旣了次應持誦持誦之時先誦當部母
眞言佛部母眞言
入縛囉　底瑟侘　悉馱路者泥　薩縛剌
詑　娑馱顊莎縛訶
蓮華部母眞言
唵迦制弭迦制迦臆迦制　迦䈇弭迦䈇
迦臆迦制瞻伽縛底弭惹曳　莎縛訶
金剛部母眞言
那謨露　迦馱　室利曳　那莫商迦䋘扇
底迦䋘綖䈇綖綖綖抳伽韈野　綖置摇
莎縛訶
先誦此母眞言能衛本尊能蠲衆罪除諸災
障與悉地門而得相應但誦佛部忙莽鷄眞
言亦通二部初後持誦諸天增衛若於本法
而巳說者持誦之時先念此者應隨本法而

念誦之或於本法有獨勝真言亦應先誦無緐别者如上所說供養次第乃至除穢護淨結界一切等事初持誦時及作法時扇底迦等所作事時皆應作之若以本部尊主真言或以本部心真言或以一切真言王真言或以蘇悉地法王真言或以一切事真言此五種真言三部遍有隨作諸事各於本部應取其一而用作之所謂自護及護同伴請召灑水潔淨結界以法相活其言不具爲增力故爲治罰真言故爲發覺故及餘諸事所不述者亦以當部母五真言中隨取其一而以用之當得悉地部心真言能護本尊及護己身護身之時應誦三遍或復七遍結其頂髮而作一髻若出家人結袈裟角或結綫索持繫護身或真言頭指遍點五處亦成護身所謂頂額兩髆咽下心上或以牛黃或白芥子或閼伽水隨取其一而用護身若阿毗遮嚕迦法應用部尊主真言而真言而護自身若作扇底迦法應用忿怒金剛真言護之若作補瑟徵迦法應用部尊主真言及忿怒金剛真言兼而護之若真言主現時持誦人怖者應用部尊王用護自身但作諸事之時常用二真言而護自身爲部尊主及忿怒真言念誦了時應當發遣發遣之時護彼真言主或部尊主真言或用部母或以部心亦護自身而作隨意若於穢處不淨等處緣事須往先誦烏樞沙摩真言作印印持五處任意而往仍須常誦真言不得廢忘澡浴之時先誦伏部真言護身乃至浴了不應廢忘伏部真言者忿怒甘露軍荼利也喫食之時用部尊主真

言護身念持欲卧之時用部母眞言護身若作諸法遂乃忘作護持法則令使魔興欲除魔故速應誦持當部明王眞言將護自身一切魔部不得其便如上備作護身結界及餘法已然後攝心安庠念誦念誦之人所坐之座以青茅草而作其座座高四指闊二磔手長十六指如此之座初念誦時及持誦時皆應受用或用迦勢草或用餘青草等或隨部法取乳樹木最爲要妙用作牀座量亦如上而淨剗治或用諸葉或以枝莖如上而制隨親事法取枝葉用爲座座上結加趺坐作扇底迦上成就法中加趺坐作補瑟徵迦中成就法垂兩足坐作阿毗遮嚕迦下成就法供養旣了應起誠心讚歎於佛次法次僧次歎觀自在次歎明王大威金剛伽陀曰

大慈救世尊　善導一切衆　福持功德海

我今稽首禮　眞如捨魔法　能淨貪瞋毒

善除諸惡趣　我今稽首禮　得法解脱僧

善住諸學地　勝上福德因　我今稽首禮

大悲觀自在　一切佛讚歎　能生種種福

我今稽首禮　大力忿怒身　善哉明持王

降伏難伏者　我今稽首禮

作是虔誠讚佛菩薩又復合掌起慇重心讚餘諸佛菩薩相好功德其讚歎文應用諸佛菩薩所説歎偈不應自作讚歎旣已起至誠心懺悔諸罪我歸命十方世界諸佛世尊羅漢聖僧及諸菩薩證知我等自從過去及以今生煩惱覆心久流生死貪瞋癡覆造諸惡業或於佛法菩薩聖僧父母尊處一切衆生有德無德於如上處所造諸惡一切罪業自

作教他見作隨喜身口意業廣聚諸罪今對諸佛菩薩志心懺悔所造衆罪如諸佛知並皆懺悔起志誠心盡形歸命佛法僧寶涅槃正路爲除衆生一切苦故歸命三寶如是歸依頭頂禮已歡喜踊躍發菩提心求於勝上解脫甘露悉地佛果世間衆生無量諸苦我當救度令離惡趣除諸煩惱令得解脫所有衆苦種種煎迫令起大悲發菩提心爲衆生而歸依無主衆生爲作歸主失路衆生爲作導師恐怖衆生爲作無畏苦惱衆生得安樂故衆生煩惱我爲除滅我從過現未來所發勝事心修諸善業六波羅蜜一切功德盡皆迴向施一切衆生歸於正路同昇妙果速成佛道乃至菩提不生懈怠發菩提心悲念衆生起大慈心彼有衆苦何時除滅爲淨心故常持六念心注一境而不散亂不應我執又如過現諸佛發願應如發願生諸淨業願與衆生成就諸德復願過現所生功德願與一切衆生獲無盡財復能捨施增益智慧成大忍辱常修善品識宿命智心懷大悲願諸生類所生之處具如上事次應合掌頂禮本部尊主憶念明王次依法則作諸事業先以右手而取數珠置左手中合掌捧之思念明王數珠而誦眞言

佛部淨珠眞言

唵遏部𧺆弭惹曳　悉睇悉馱刺挮莎縛訶

蓮華部淨珠眞言

唵　阿蜜栗諵　伽迷室唎曳　室唎摩里抳　莎縛訶

金剛部淨珠眞言

唵 枳里枳里 澇䁥嚄 莎縛訶
以右手大指捻無名指頭直舒中指小指微屈以頭指壓中指上節側左手亦然右手掐念珠通一切用若阿毗遮嚕迦豎其母指捻數珠印菩提子珠佛部用蓮華子珠觀音部用嚕挪囉叉子珠金剛部用三部各用此等數珠最爲勝上一切念誦應當執持或用木槵子或多羅樹子或用土珠或用螺珠或用水精或用眞珠或用牙珠或用赤珠或諸摩尼珠或用咽珠或餘草子各隨於部觀色類應取念持若作阿毗遮嚕迦法應用諸首而作數珠速成故復爲護持增驗故
佛部持珠眞言
唵 那謨皤伽縛底 悉䐈 悉䐈 娑馱野悉馱 剌抪 莎縛訶
蓮華部持珠眞言
唵 素麽 底底室唎曳 鉢頭麽理抳 莎縛訶
金剛部持珠眞言
唵 跋日羅 介旦 惹曳 莎縛訶
用前件珠印各依部中而念誦之念誦之時珠置當心不得高下捧數珠時微小低頭以至誠心頂禮三寶次八大菩薩次禮明王眷屬次應持誦眞言想眞言如對目前如是傾誠不應散亂心緣別境但諸眞言初有唵字及囊塞迦藍字者應靜心中作扇底迦念誦補瑟徵迦念誦皆應緩誦或心念誦或有眞言後有吽抪吒字者當知皆應殺作急聲作阿毗遮嚕念誦及餘忿怒念誦三部眞言應看字數多少字有十五應誦十五洛叉遍字

有三十二者應誦三洛叉過此數者應誦十千遍已上初誦之時滿如上數觀其部類或上中下或三種事或觀聖者說爲天所說爲地居天所說細觀部類當誦持之乃至成就如是初誦若不先誦遍滿念持所求下法尚不得成況求上中悉地成就以是義故作勝上心而先念誦但諸眞言初持誦時已如前說誦持遍數分爲十分然後念誦既滿祈請眞言主悉地因緣初而無相貌復從頭作第二第三祈請若有相貌即當依法念誦眞言若無境界棄不應誦祈請法則與請召法同祈請之時於其夢中見眞言王背面而去或不與語當應更須起首念誦如是再三若於夢中見眞言主與語當知此人不久成就若無境界不應誦持若强念持恐與人禍初持誦時於淨密處起首誦持從初日誦持乃至疲極遍數多少一須依定不應加減先說三時念誦法者晝初分後分於此二時應當持誦中分之時加以澡浴造諸善業於夜三時亦同於上中分之間消息之事於夜中時持誦作阿毗遮嚕迦法安坦馱囊法起來多羅法於夜分作說爲勝上若晝念誦夜作護摩若夜持誦晝作護摩多具諸藥念誦之前而作護摩持誦了後復作護摩若能如是最爲其上如前先出所說團食應作護摩無問前後恒依此法念誦護摩或於法中但作護摩而得成者當知亦須念誦眞言若如是者諸明歡喜法驗易成

持誦之人不生瞋怒不求欲樂不應自下伴不勤勞苦生怨不過勤求不生輕慢念誦之

時不作異語身雖疲極不縱放之制諸惡氣世間談話皆不思念不捨本尊縱見奇相而不怪之念誦之時亦不分別種種之相持誦了時應誦部尊主眞言或誦部母眞言誦此眞言當得衛護無違部法依於本法念誦了或過本數亦無所畏應起誠心作祈請云我依本法念誦數滿惟願尊者領受爲證於其夢中爲授教誨正念誦時若有謦欬昏佪欠呿忌眞言字即起就水作灑淨法縱搯數珠欠一欲帀有斯病至灑淨已還從首念被所障隔爲須一一皆從始念念搯數珠將畢之時伸禮一拜終而復始又伸一禮於畫像前或於塔前或於座所隨念誦處數珠一帀一覲尊顏而作一禮念誦了已安心淨慮或想眞言及其尊主三時念誦但初中後夜誠心作意遍數多少皆一例一類不增不減三時澡浴三時塗地獻華香水種種供養除去萎華應具三衣又內衣一日三時浣濯其衣乾燥香熏灑淨一一時中隨聽作一別置睡衣及以澡衣於此二時替換內衣日別一洗其衣乾燥聽以熏灑獻尊鉢器三時洗挑既除萎華續致新者三時常誦大乘般若等經及作制多塗曼荼羅先誦承事眞言既了請祈未得於中不廢闕一時二時乃至一曏應當念誦不得間斷若魔障者病嬰身心則不精誠便常放逸身心疲勞違於時節不依法則或時不浴作持念誦及以護摩不應作數攝心用行依法念誦其此數者應記爲數作護摩時念誦之時請召之時此三事中所有眞言遍數一一皆須依法滿數縱欲數滿欠一

未了而有障起更從頭數若不依法作皆不成若有依作曼荼羅時或日月蝕時於此二時加法念誦其福增高不久成就無有疑也若於八大靈塔或於過去諸佛菩薩行處最爲勝上或於正月十五日時亦爲勝時或於師主處受眞言先經承事便當念持不久速成於夢中見眞言主而指授者依彼法則亦速成就彼念誦人供養僧伽處所尊勝或當時分加精誠其數未滿惟此勝故眞言主悅而賜成就當知此法悉地雖速不久當壞以是義故先承事了而所得者說爲堅固先承事時應當廣供養於日月蝕時八日十五日復加獻供諸神仙衆如餘部說前等日加諸事業齋戒等事是日復加獻供本明眞言主瓶盛香水挿垂華枝或取閼伽器用甘露軍荼利眞言之自灌其頂能除魔障或於其日獻諸飲食塗曼荼羅及以護摩然燈等供並須加之或有法中但說持誦自然驗見者前所憕像舍利塔等忽然搖動或光餤出當知不久速得成就得成就時有何相貌所謂身輕病苦永除增益勝慧以無畏身威光現建夜夢常見清淨實事心恒安泰於誦念時及諸事業不生疲倦身出奇香惠施欽敬尊德於眞言主應生敬仰成就之時如現上事當知即是成就相貌先承事了依於法則供養本尊應加獻供及以護摩先承事法依數既了次應復作悉地念誦復先求願於其夢中而希境界作先承事法則所念誦處作悉地念誦不應移處有諸難事依前念誦應作持罰取部主尊眞言誦一千遍或持念誦本持

眞言經十萬遍若離此者還如前説知作承事正念誦時忽然錯誤誦餘眞言旣知錯誤誠心懺悔過由放逸故致斯誤頋尊捨過便伸頂禮復須從始而念誦之忽於穢處心放逸故誦本眞言便自覺巳應須治罰至持誦處誦部尊主眞言七遍半月一日不食次服五淨眞言經百八遍然後服之服此五淨半月之中所食穢惡之食當得清淨眞言增力

佛部五淨眞言曰

那謨皤伽縛底烏瑟膩沙野弭秫　睇弭羅制始米　扇底伽㗚　莎縛訶

蓮華部五淨眞言曰

那謨剌怛那　怛囉耶野　那莫阿利耶縛嚧枳底濕縛囉耶　菩提薩埵野　摩訶迦嚕抳迦耶　唵野輸制　娑婆訶

金剛部五淨眞言

那謨剌怛那　怛囉耶野　那謨室戰拏跋日囉播拏曳摩訶藥䞥灑栖那播䩭曳

唵　始棄始棄𦢳麽黎鉢羅䏲　鉢羅皤莎縛黎諦制諦饒縛底鉢羅皤縛底　莎縛訶

取黄牛乳酪酥糞尿各別眞言經百八遍和置一處復百八遍以波羅捨中盛之或諸乳樹葉或閼伽器以茅草攪誦眞言經百八遍後面向東蹲踞而坐頓服三合　如是度如藥合升合當服之時不應致語念誦之時像現聲語先應簡敵即誦部尊主眞言及印若是魔作自然而退或出語言與本法異當知魔作或出語言勸作惡事亦魔作若見惡夢即須先誦部母眞言經一百八遍若不先誦部母眞言不可念誦若念誦時其數減少不應

休止若增無過如上所説念誦次第皆須依之若異此法欲求悉地不可得也

蘇悉地羯羅經卷第二

音釋

瓷才資切瓦器也　犛莫交切長髦牛也　矐黑各切　熅於云切　斆胡孝切　欱呼盍切　馚馥馚符分切馥房六切馚馥香氣也　戇陟降切　欠呿呿丘據切欠呿張口運氣也　曏許亮切前時也

蘇悉地羯羅經卷第三

唐中天竺三藏法師輸迦波羅譯

光顯品第十九

復次今說增益神威令使歡喜所持真言而速成就先具香水澡浴身手於上時日加諸供養復取蘇摩那華一百八枚取一一華誦真言經二十一遍或經七遍或時三遍先觀真言字數多少而念誦之奉獻本尊次獻塗香及以燒香奇香氣者復獻飲食如先陳說加以沙糖及酪復作護摩燒木一百八橛木不過量次用乳酪和蜜護摩一百八遍次用酥酪和秔米飯百八遍而作護摩此三護摩經三七日或復五日或復三日此三日既了應取乳粥和以牛酥一百八遍復作護摩此既終取閼伽器誦以真言經一百八遍傾致少水而作護摩作此等法真言增威謂異真言截漸其威自得增益或真言損益或被羅嚫真言不行或被繫縛真言遮相交雜或真言字增加如上等患盡皆除云而得增威諸護摩中所說藥草隨取其一經一百夜而作護摩真言歡喜而得增威復取諸香和作香泥作本尊形獻忙攞底華燒膠樹香或堅木香一日三時誦以真言一百八遍真言歡喜而得增威作此尊形置荷葉上或芭蕉葉或乳樹葉或諸草葉非直盡日夜亦獻之法事了時如法發遣送致大河如上次第依此法則作者本尊歡喜速賜悉地

本尊灌頂品第二十

復次先承事了若欲真言主增加威德故應灌之取以金瓶或銀銅等或新瓦瓶盛滿香

水置於五寶華葉果香五種穀子種種塗香或堅諸香末以新綵帛繫其瓶項揷諸鞞樹枝或乳樹枝用部尊主眞言或用部母眞言一百八遍然後灌其眞言生頂應用金作或以沉檀而作其形置於座上而灌頂之灌頂既了復當獻華香等物或諸瓔珞種種供養具而供養之及作護摩并加念誦如是作者能令本尊增加威力速得悉地先承事者作念誦時應灌本尊閼伽器標相本尊而灌頂之或自浴了時復應想念本眞言主三度七度而灌頂之先承事時不應廢忘或時用酥或時用蜜盛滿瓶中內置七寶如法執持灌本尊頂所祈之願速得滿足

祈請品第二十一

復次廣說祈請法則於白黑二月八日十四日十五日或日月蝕時一日不食或經七日澡浴清淨著新淨衣離此晨日而祈請者應用白月誦扇底迦眞言而祈請之復於暮間以諸湯水及用眞言澡浴清淨除諸垢穢灑霑五處如法供養本眞言主復獻閼伽加誦眞言一百八遍用閼梨華粖大開者灑栴檀香水持奉獻之又廣獻食名烏那梨食食中加酪以忙攞底華作鬘供養先取牛酥而作護摩一百八遍次用娑護摩一百八遍用白氎縷或布線縷令童女合索一眞言一結當結七結復眞言七遍繫在臂肘上左脅而臥思念眞言主得進止已隨意而住安置房座上散華想念尊形於其夢中見自部主或見眞言主或見明王當知此相成就之相或見三寶或見諸菩薩或見四衆或見供養者悉

地之相或見自身誦持真言作諸事等或見身著白淨衣服或見他來恭敬供養當知勝上悉地纔近或見發山峯或見乘象或見度山河海或見昇果樹上或見乘師子或乘牛鹿與諸餘等或乘飛鵝孔雀一切飛禽或見美女身被瓔珞手持華瓶或香華蓋圍繞行道或見受得象馬車乘諸寶物等見是等相悉地之相或夢得華果根牛酥乳酪稻華等物所成就藥悉地之相先承事時夢示成就藥及得數珠得是相者當知即須更作持誦法或見熏馥自身或見澡浴清淨或見身帶瓔珞見是相已便作持誦當速悉地作持誦法取闍底華一百八枚用部母真言兼本真言和誦一百八遍而供養之復取白檀香真言百八遍知是祈請隨意臥夢本真言自當現相又取烏施羅藥擣和作真言形像以彈烏里迦蟻土和作其器滿盛牛乳置象乳中或用酥乳蜜和置像於中誦一百八遍三時供養如是供養本尊歡喜速得相現復於白黑二月八日十四日十五日或日月蝕日不食持齋廣作供養以七膠香及五堅香等二香等一誦真言一作護摩數滿一千二百遍已所祈之願速見前相祈請範則若依法作速得成就見其相貌不有疑也

受真言品第二十二

復次廣說受真言法雙膝著地先於尊者阿闍梨處廣作布施手捧妙華發殷重心於闍梨處三遍口受真言多者受誦不得應用紙葉牛黃寫之受取隨意誦之先入曼荼羅已後於餘時受真言於良日時於尊者阿闍梨

處廣作奉施如前受之知是正受眞言速得成就縱不先作承事之法便持誦者亦不得成就復以新瓶離諸病者置葉七寶五穀一一如法惟不著水作至誠心廣作供養阿闍棃先取紙葉書寫諸眞言主名置於瓶中莊嚴供養如灌頂法作此時或經一日或經三日不食齋戒於日暮間則以牛黄抄諸眞言名號置於瓶中獻以塗香華香燈食并以本眞言作護摩法一百八遍廣作勤求聖衆諦聽諦聽三日令其弟子洗浴身體香馥手著吉祥茅草指環以用眞言誦一百八遍眞言其瓶并以香熏飲心作禮令取一葉已復重頂禮如是受者速得悉地若更別誦諸餘眞言所受眞言退失悉地若於弟子處心生歡喜授與自所持悉地眞言應依軌則如法受之爲先誦持故弟子不失當得悉地先於眞言主處啓請陳表授此眞言與斯弟子願作加被速賜悉地手捧香華誦一百八遍或一千遍便呼弟子來受授與之復作是言我於今時迴本本明主授與弟子惟願照知爲作悉地弟子應言我於今時已受明主誓從今日乃至菩提而不廢忘如上所說師主弟子受眞言法當得成就離此受者不得悉地如此受得悉地眞言於中決定成就無疑中先悉地不先承事眞言既爾悉地等受藥法亦然或復有人先承事已次合念持依於法則迴授與人所受得者不先承事但作念持便得成就受眞言者爲悉地故先於師主處廣作奉施華果諸根名衣上服金銀摩尼諸雜寶物種種穀麥酥蜜乳酪男女童僕種種卧

具奇妙華鬘嚴身之具已成就藥象馬牛犢諸餘乘等乃至自身亦將奉施爲僕所使久經承事不憚劬勞合掌虔誠珍重奉施如是行施速得悉地應說如上種種之物先須奉施阿闍棃已然後於眞言妙句

滿足眞言品第二十三

復次持誦之人於其夢中見眞言主身諸支分加者應知眞言字加若支分減少者應知眞言字少委是相已作滿足法或見眞言與受持者異或加減字數不用心便生疑應依法作滿足之先以紙葉牛黄稱寫所錯眞言如法供養明王眞言及衛護已置眞言主座復取乳木並依本法但用空酥爲求明王而加助故應作護摩布茅草鋪先禮部尊主次禮部母次禮諸佛作如是啓惟願諸佛及諸聖衆加助衛如是啓已於茅草上頭向東卧於其夢中本尊示相牛黄所寫紙葉之上有減本尊牛黄題注字數滿足乃至加減點畫亦皆指定眞言不錯但云不錯或於夢中指受滿足依此作法衛護爲除魔故

增力品第二十四

復次謂欲增加威力應作護摩或用酥蜜或時用乳各各别作或用油麻護摩或用膠香和酥護摩或用蓮華和酥護摩或時空用娑闍羅娑或於山間常服五淨不食餘食取本部華滿十萬枚二眞言奉獻本尊妙好塗香及以香華然燈食等各誦眞言經一百八遍一日三時經於三日如是供養增加威力或用堅木然以爲燈一日三時經於七日能令眞言增加威力或時供養加弭迦食亦增威

力如上所說念誦護摩供養法則亦後能令增加威力

護摩品第二十五

復次廣說護摩法則令持誦者速得悉地於尊像前作護摩爐頂方一肘四面安椽量深半肘若作圓爐其惟然念誦之處若在房室應出於外望見尊形而穿作爐隨其事業依法作之乳木等物及以香華置於右邊護摩器皿置於左邊用護事真言灑諸物等坐茅草座攝心靜慮捧持閼伽啓請明王傾閼伽水少灑爐中復以一華一誦真言獻真言主爲除穢故應誦計利吉里真言并作手印爲衛護故軍荼利真言水灑作淨然乳木火既燒火已先請火天我今奉請火天之首天中之仙梵行宗敬降臨此處受納護摩次誦請召火天真言同上名火天已先以閼伽水三度灑淨取五穀酥酪等物誦以真言三遍護摩奉祀火天真言同上祀火天食一心標想遞送火天置於本座復誦計利吉里真言并作手印復淨其火一切護摩皆應如是次請本尊先誦本尊真言一遍安住本座依法供養願尊垂護摩之食所護摩木謂鉢羅輸木烏曇摩囉木鉢攞訖沙木尼倶陁木佉陁羅木閼伽木吠官訖那木閼伽沒羅木迦濕沒羅也木閃弭阿皺麼麼嘌伽木閼說賛那木此十二種木取枝量長兩指一析皆須濕潤新採得者通於一切護摩法用條端直者觀其上下一面置之香水淨洗細頭向外麤頭向身酥搵兩頭擲於爐內作扇底迦等二法時各依本法先出摶食而護摩如是軌模遍

通一切每日作食之時先出一分之食置在尊前待護摩時先應取用如念誦時置於兩手在雙膝間護摩之時亦應如是以沉香木量長四指麤如頭指揾蘇合香百八護摩此妙益眞言威加如是作時遍通諸部或用安息香和酥護摩復一百八遍時空用薩闍羅婆而作護摩一百八遍皆能增益眞言威力爲欲成就眞言法故作諸護摩先請部尊主次請本尊然後依法作護摩爲欲成就眞言法故作護摩先用部母眞言護衛本尊次護自身然後依法乃作護摩爲欲成就眞言故作護摩若法了時爲加增益眞言力故應當念誦部心眞言爲欲成就護眞言故故作護摩初時皆須大杓酌施欲了之時亦用大杓在其中間應用小杓爲欲成就眞言法故作諸護摩若法了時用部心眞言眞言閼伽而供養之如曼拏羅法中所護護摩次第法作亦應如是先作阿毗遮嚕迦法次作補瑟徵迦法次作扇底迦法護摩了已用本持眞言眞言淨水以手還巡散灑爐中如是三度護摩都了復啓火天重受餘供如法退還發遣列顯如請召法去降臨字置退還字所殘餘穀酥蜜酪等並和一處用祀火天眞言三遍而作護摩復觀本眞言字數多少而念誦之復作供養護衛本尊并護己身如法發遣

備物品第二十六

復次廣說諸成就支分謂欲成就諸眞言故先當備辦諸雜物分然後應作先承事法若已先承事者次應念誦所謂諸雜塗香雜燒香五種堅香謂沉水香白檀香紫檀香娑羅

羅香天木香七膠香者謂乾陀羅娑香薩闍羅娑香安息香蘇合香薰陸香設落翅香室唎吠瑟吒迦香白芥子毒藥鹽黑芥子胡麻油牛酥銅瓶銅椀五穀謂大麥小麥稻穀小豆胡麻五寶謂金銀眞珠螺貝赤珠五藥謂乾託迦哩藥勿哩訶底藥娑訶藥娑訶提婆藥稅多擬里疙里迦藥蜜五色線謂青黃赤白黑童子合線金剛杵燈炷燈盞瓦椀五種彩色佉陀羅木橛乳木杓牛黃鑌鐵紫檀護淨線浴衣黑鹿皮鉢孕瞿華稻穀華木履冐餌草大茅草設多布澀波迴香是採華筐緣飲食所須酥蜜沙糖石蜜等物穀珠如上所說種種諸物皆預備之然後應當作先承事及廣念誦

成諸相品第二十七

復次我今說成就物依是三部眞言悉地所謂眞陀摩尼寶瓶雨寶伏藏輪雌黃刀此等七物上中之上能令種種悉地成就增益福德乃至成滿法王之法況餘世事佛部蓮華部金剛部三部眞言皆有如是勝上成就於三部中隨受持者具獲五通爲上悉地言七物者若欲成就眞陀摩尼者法驗成已當作金臺量長一肘或用銀作莊嚴精細臺頭置摩尼珠其珠用紅玻璨光淨無翳或好水精如法圓飾成此寶者應念謂作臺圖樣此樣不具載若欲成就雨寶法者法驗成已但當誠心五由旬內能雨金銀種種雜寶若欲成就伏藏發起金銀諸珍濟給貧乏種種費用其藏無盡若欲成就輪仙法者鑌鐵作輪量圓兩指一磔輪安六輪輞椽銛利如是作法

速速得悉地若欲成就雌黄法者取光雌黄如日初出色光亦如融金色光是爲上好若成就刀法者取好鑌鐵刀量長兩肘以小指齊闊四指無諸瑕病其色紺青如枍施鳥翎若欲成就佛頂法者當以金作佛頂猶如畫印安置臺上其臺欂用薩頗胝迦寶若欲成就蓮華法者以金作八葉蓮華如兩指一搩手量或用銀作或熟銅作或白檀木作若欲成就拔折羅法者以好鑌鐵作拔折羅長十六指兩頭各作三股或紫檀木作或三寶作所謂金銀熟銅若欲成就雄黄法者當取雄黄色如融金塊成分析復上有光如是雄黄能成上事若欲成就牛黄法者當取黄牛牛黄爲上若欲成就刈哩迦藥者當取其藥色若金錢華者上好若欲成就素嚕多安膳那藥者如蚯蟮糞者上好若欲成就白氎布者取細輭者擇去毛髮以鬱金香染之若欲成就護身線者取白氎縷細細三合爲股復三股合索童女合撚皆須右合或縷金合若欲成就華鬘法者取闍底華作鬘若欲成就牛糞灰法者取蘭若所淨牛糞燒作白灰和龍腦香用若欲作成就木屐法者取室利鉢𠼪尼木作木屐上安置其蓋若欲成就傘蓋法者當以孔雀尾作以新端竹而作其華若欲成就弓箭槍矟獨股叉棓及諸器仗隨世用者隨意而作若欲成就世間鞍馬車乘牛羊一切鳥獸諸餘物等隨世人輩共將爲上隨意樂作或依本法如是制作若欲成就吠多羅者應取族姓家生盛年無病卒死體無瘢跡猶未脹壞諸根具足取如是屍而作成就

隨意所作上中下法所取之物亦復如是心無怖畏方作此法

取物品第二十八

復次我今說取物法白黑二月八日十四日十五日日蝕時地動時其日於其干前而取其物於念誦時得境界已而取諸物或澡浴清淨不食持齋求善境界而取諸物所說須物隨方處所有是物者而成就貴貨不酧價直而取諸物或時自覺增加威力堪忍飢寒種種異相當爾之時而取諸物其所諸物各依本性上中下品皆取好者如法得已應加精進作成就法

淨物品第二十九

復次令說淨諸物法用五淨洗不應洗者五淨灑之觀諸物量五淨和末雌黃和乳作末朱砂和牛屎作末牛黃和酥作末彩色和乳調和之惟安膳那藥空治作末刀輪等物用牛糞水洗之餘所說者應洗物等先牛尿洗次香水洗諸餘物等世所稱用應水洗之或香水洗已次用諸事眞言水灑淨次用部心眞言水灑淨次用部母眞言水灑淨但應洗者先五淨洗次胡麻水洗次香水洗如所應淨皆應如是

物量品第三十

復次廣說成就物者謂身莊嚴具諸器仗種種衣服如世常法所用量數治研細粖作成就法若欲成就雌黃法者五兩爲上法三兩爲中法一兩爲下法若欲成牛黃法者一兩爲上法半兩爲中法一分爲下法若欲成就安膳那法者三分爲上法二分爲中法一分

爲下法若欲成就酥法者七兩爲上五兩爲中三兩爲下法若欲成就灰法者五兩爲上法三兩爲中二兩爲下若欲成就鬱金香法者量比雌黄於安怛陀那法說種種丸藥成就者其數須作二十一丸爲上法十五丸爲中法七丸爲下法於本法中諸物量少應加其數或依都量或如本法或世所貴量數多少亦可依之應觀念誦功力及觀同伴多少應當具備如本尊恩眷屬境界許多任可成就悉地之法有上中下諸物數量亦復如是

灌頂壇品第三十一

復次廣說成就諸物祕密妙法令速悉地若欲起成就法者先應備辦護悉地具以護摩法加威本尊眞言及自灌頂作灌頂曼荼羅如法供養作灌頂已然後起首作成就法若作大灌頂曼荼羅者能得成就一切諸事如前所說明王曼荼羅淨地等法皆應如是其曼荼羅須方四角安置四門其量八肘或七肘或五肘惟開界道五色如法畫飾如其台量次外減半次外惟然於此西面四肘之外復作一曼荼羅其量五肘或四或三惟開東門或如根本大曼荼羅灌頂處所減半而作凡曼荼羅地勢皆北下卸說爲吉祥但曼荼羅地勢北下卸者說爲最勝或用一種彩色畫之於四角外作三肘拔折羅於中台內如法畫作八葉蓮華諸曼荼羅亦應如是蓮華葉外周帀畫作吉祥妙印於四門畫拔折羅復於諸角安吉祥瓶於外灌頂曼荼羅亦如是作凡欲灌頂必須四種所致瓶處並嚮界角隨所持誦眞言及與明等於其台內畫本

尊印并置一瓶所持眞言隨其部類畫本尊主印所謂佛頂蓮華金剛應知此法置爲祕密所持眞言不識名號及部不貫者應安一瓶名辦諸事或安成就義利之瓶或安一瓶名請眞言次外東面畫佛頂印右邊部母印印邊部心印次右鑠底印次左互印次右阿難次左須菩提諸餘眞言及明等印左右安置乃至兩角次於北面畫觀自在菩薩印右邊部母印左邊部心印次右落澁彌印次左多羅印次右成就義菩薩印次左大勢至菩薩印諸餘眞言及明等印左右安置乃至兩角次於南面畫金剛印右邊部母印左邊部心印次右金剛拳印次左食金剛印次右拔折羅印次左金剛棓印諸餘眞言及明等功左右安置乃至兩角次於西面門南畫梵王

印及梵吉祥明王并諸眷屬乃至南角門北畫魯達羅神印及妃印并諸眷屬及至北角次第三曼荼羅門畫八方神各與眷屬令滿其位於第二曼荼羅門外右邊畫孫難陀龍王左邊拔難陀龍王於第三曼荼羅門外右邊畫孫陀龍王左邊優孫陀龍王曼荼羅外畫甘露瓶印如是作曼荼羅法供養者應如法作三種護摩爲欲遣除毗那夜迦故應作阿毗遮嚕迦事爲自利益故應作補瑟徵迦事爲息諸災邪故應作扇底迦事應以當部成辦諸事眞言作阿毗遮嚕迦事或用甘露瓶眞言通三部用應以當部心明作補徵迦事應以當部母明作扇底迦事於曼荼羅所集聖者一切諸天各各以本眞言而三種護摩或以成辦一切事眞言而作護摩其護摩

處曼荼羅南門東作如護摩法酥等諸物以三事真言各禮百遍或其數為欲加威諸真言故應作如是三種護摩次第為三部諸真言等各祀七遍其三部主應加數祀或但三部各祀百遍如不辦者七遍三遍亦得滿足所持真言主於台曼荼羅內部尊足下安置於曼荼羅外東面別安訶利底母南面安置輸利尼西面安置醫迦熱吒北面安置句吒鬔利隨彼所樂而當奉獻如法供養諸真言已及護摩已前之安瓶隨所為者誦彼真言而用加被於本尊前所安之瓶還用彼真言而加被之其台內瓶應用明王真言而作加被當門為軍荼利所安置瓶亦須用彼真言加被於台曼荼羅東西角所安置瓶東北角者以部心真言東南角者用部母真言西北角者用能辦諸真言西南角者用一切真言如是加被此上瓶已及供養已次應右繞如前說灌頂法此亦如是安置吉祥瓶所謂穀實藥草華果香樹枝葉華鬘及寶置於瓶內新帛繒綵用纏其頭諸灌頂法皆應如是即令同伴灌行者頂其同伴者皆須持誦如法清淨或求阿闍梨配與灌頂為欲除遣諸作障故先用軍荼利瓶而用灌頂第四應用所持真言瓶而用灌頂其餘二瓶隨意而用如是畢已應以牛黃塗香熏香芥子線釧衣服皆應受用作灌頂已後為息諸障應作護摩已便即發遣或於淨處但一彩色作小曼荼羅極令方正其量二肘安置三障大印西面槊印如前安置淨瓶如法灌頂能令離諸障本尊歡喜不久速成此祕密最勝悉地

光物品第三十二

復次如法灌頂畢已應作護摩經三七日或一七日或經一月或隨其成就相應於本法所説每日三時用酥蜜酪和以胡麻或依本法祀乳粥或祀酪飯所成就物每日三時以香熏之以香水灑以眞言加被觀視其物以吉祥環貫置指上搗按其物以牛黄水或白芥子灑物上及餘節日加諸供具奉獻彼物若白月成者取十日若黒月成者取十四日如斯作法光顯其物皆用部母眞言復重加諸華香華鬘等物供養以香塗手置茅草環按所成物畢夜持誦於夜三時誦一百八遍如斯光顯成就之物從始至終皆應如是若具如此法速得成就

佛部光顯眞言

唵諦惹塞(僧乙切)尾你　悉睇娑馱野虎吽泮

蓮華部光顯眞言

唵抳(奴立切)比(并也切)　抳比你跛野摩訶室利曳莎縛訶

金剛部光顯眞言

唵入縛羅入縛攞野畔度哩　娑縛訶

於三部法皆用赤羯囉微囉華以眞言持誦散灑其物或用忙落底華或用白芥子首尾中間皆應如是散露其物或有境界及見異相亦如是散臨欲成就亦如是散便成光顯若欲成就酥等之物眞言香水用灑其物便成光顯以如是法而光顯物縱不成者不應間斷曼荼羅以爲光顯如前淨地用五種色作曼荼羅其量四肘而開一門內院東面先置輪印東北角置鉢印東南角置袈裟印次

於北面置蓮華印於西北角置灘拏梧印於東北角置軍持瓶印次於南面置拔折羅印於東南角置蘖那梧印於西南角置羯羅賒瓶印於西面置金剛鉤印金剛拳印於西南角置計利吉羅印於西北角置遜婆印復於東面輪右邊置佛眼部母印又於北面蓮華印右邊置半拏囉縛里寧部母印於南面置拔折羅印右邊置忙莽計部母印次於曼荼羅門外如前所說置能摧諸難軍荼利印依前供養復於北面置六臂印馬頭印多羅印戰荼捺羅印及諸當部所有眷屬次第安置其形皆白復於東面置如來鑠底印帝殊羅施印無能勝明王印無能勝妃印復於南面於當部內所有眷屬次第安之然於西面隨意安置三部諸印次於外院置俱尾羅等八方大神於其空處任意置三部內成就諸事真言主等次於中台置竹持部主印所成就物隨於本部法所說置於其中安置其部主中台上其物車邊置真言本所持印其物西邊安護摩爐次於西邊持誦人坐各各以本真言依法召請如前供養畢以三部母明次第護摩光顯其物然後以本真言護摩而作光顯於諸光顯法中護摩為最凡初護摩先以部母明持誦香水灑淨其物護摩既畢亦如是灑或用忙莽計心明或用四字明王真言通三部護摩而作光顯隨其所用真言為護摩者初但誦其真言次誦求請之句復中間誦其真言復誦求請之句後亦誦其真言還安求請之句如是真言之中三處上中下分安置求請之句最後安其虎吽抪吒莎呵

字所請句
闍縛攞放光闍嚩攞也令放光悉地成娑馱也令成你馳威耀你跛耶你跛跢南諸威光帝闍澗澤抜馱也令增長忙尾覽摩莫近遲阿尾賖遍入囉乞沙護持散你甜令稱現前俱嚕最吽泮吒 莎嚩訶

以如是等求請之句光顯其物前後中間種種重說亦無所妨護摩畢已次應持誦白羯囉華散其物上而作光顯或持誦赤羯囉尾囉華或用白芥子或用蘇摩那華而作光顯先用塗香塗手以按其物次以諸華持誦而散白芥子次然香熏之次後持誦香水而灑之應知如是次第初中後夜三時以本藏主眞言持誦香水眞言而灑次誦本持眞言而灑畢已如前護摩念誦乃至日出具此法者速得成就如是光顯諸物及光已身決定速得成就於物其物縱少亦獲大驗具此法者其物增多及得清淨是故應作光顯之法此名一切成就祕密之法於諸節日應作如是光顯之法餘日隨時而作光顯念誦遍數滿已欲作成就法時先應初夜具作光顯之法然後成就

分別悉地時分品第三十三

復次我今解說吉祥成就時節行者知已尋求悉地謂時節者八月臘月正月二月四月此等五月白十五日應作上成就其四月時必有雨難其二月時必有風難於正月時必有種種難惟有臘月無諸難事於八月時有雪雹霹靂之難如上所說之難皆成就相此五箇月但今求作成就法事亦當應作翦底迦事即此五月黑月十五日應作中下二成

就法亦當應作補瑟徵迦事阿毗遮嚕迦事於月蝕時成就最上之物於日蝕時通上中下成就之物或月一日三日五日七日或十三日應作成就諸一切事若作最上成就應取上宿曜時等或與三種事法相應其所成就亦依三事而作或如本法所説或依本尊指授然十二月一日至十五日於其中間應一切成就及事或取本尊指日或諸月中黒白十三日亦得成就七月八月是雨時後節應於此時作扇底迦法九月十月是冬初節應於此時作補瑟徵迦法三月四月是春後節應於此時作阿毗遮嚕迦法正月二月是春初節應於此時通一切事五月六月是雨初節要欲成作者下悉地如是春冬及雨後節亦應成就三種悉地此中九品分別隨類分配於初夜分下成就時於中夜分中成就時於後夜分上成就時於初夜分是作扇底迦事時於中夜分是作阿毗遮嚕迦事時於後分是作補瑟徵迦事時於此三事九品分別隨類相應知其時節於其時分所現之相辨上中下然於日月蝕時即當作法不觀時分凡猛利成就及阿毗遮嚕迦事日月蝕時最是相應凡起首成就二日二日一日斷食上中下事類曰應知

圓備成就品第三十四

復次當説本法闕少成就支旦若恐身力不濟勿須斷食念誦遍數滿已欲起成就更須念誦護摩華香供養種種讚歎觀念本尊取白氎縷童女合繩如前作法繫作七結誦明七百遍於晨朝時以繫其腰夢不失精佛部

眞言索俱摩嚩眞言
唵惹曳俱摩嚩儵訖羅畔馱顙莎嚩訶
蓮華部眞言索短嚨儗抳眞言
唵嚕訖釤　矩嚕矩嚨儗抳　莎縛訶
金剛部眞言索忙莽鷄眞言
唵句爛馱嚩畔馱畔馱　虎絣泮
初中後分間誦求請句若自本法無求請句應取安之然此三明當部用之其持誦繩每日繫持作法光顯若作曼荼羅時念誦之時於節日時皆須繫持今除難障又合眼藥蘇嚕多安膳那濕沙蜜龍腦香蓽茇丁香皮得伽羅香白生石蜜各取等分擣篩爲末以馬口沫相和篩擣研復以此明持誦百八遍成就之時數數洗面以藥塗眼除去懈怠及所惛沉有諸難起夢預敬見

佛部合眼藥眞言
唵入嚩攞路者泥　莎縛訶
蓮華部合眼藥眞言
唵　弭路枳顙莎縛訶
金剛部合眼藥眞言
唵畔度嚩揖跛羝莎縛訶
此三眞言本部持用合眼藥或單呪水數洗面眼亦得除於惛沉睡障若成就時念誦疲乏白檀香和水用部心明持誦七遍而飲三掬欲成就時先以水灑身應取善相方欲成就具善相者謂髙結輪鉤魚右旋印白蓮華幢涉悉底迦印滿瓶萬字印金剛杵華鬘或見端正婦人瓔珞嚴身或見懷妊婦人或擎衣物或見歡喜童女或見淨行婆羅門著新白衣或見乘車象馬根藥及果或見奇事或

聞雷聲或聞誦吠陀聲或聞吹螺角諸音樂聲或聞孔雀鶺鴒鸜鵒鶴吉祥鳥聲或聞善言慰諭之音謂起首安樂成就可意之言或見慶雲閃電微風細雨或雨天華或有好香及見暈蝕於此相中天所降者爲上成就於空現者是中成就於地現者爲下成就於此三相九品分別如上所現皆是吉祥及此不見者即不成就見此相巳深生歡喜以如是心後方便作成就事法

蘇悉地羯羅經卷第三

音釋

析（先的切分也）疙（魚乞切）栟（牙葛切）橕（抽庚切斜柱也）稍（色角切）

矛（王問切）齧（倪結切）暈（月傍氣也）

蘇悉地羯羅經卷第四

唐中天竺三藏法師輸迦波羅譯

奉請成就品第三十五

次説奉請成就之法如前所説時節星曜及瑞相等於作曼荼羅法中及成就法中廣巳陳説若不善相現時即以部母明護摩牛酥經一百八遍然後作法亦得成就悉地前所分別曼荼羅地亦應依彼而作成就若上成就於山上作若中成就於池邊作下成就隨處而作或與眞言相應處作若不於此處作成就稍遲於有舍利骨制底之中作一切内法眞言皆得成就佛生處等八大制底成就之中而最爲上然於菩提道場無一切難能與成就相應魔王尚於彼處不爲其難況餘諸類是故一切眞言決定成就凡是猛利成就於塚間作或於空室或於一神獨居之廟或逈獨樹下或於河邊當作成就若欲成就女藥叉者於林間作若欲成就龍王法者於泉邊作若欲成就富貴法者於屋上作若欲成就使者法時於諸人民集會處作若欲成就入諸穴法於窟中作此是祕密分別成就之處揀擇地定巳先應斷食如曼荼羅淨地之法或如念誦室法應淨其地處所清潔速得靈驗初以成就辦諸事眞言或用軍荼利眞言持誦白芥子等物散打其地辟除諸難以佉達羅木爲橛四枚其量二指折藏纖剡一頭如一股杵以紫檀香泥塗其橛上復以緋線纏之以跋折羅橛印作拳執之以此眞言持誦一百八遍釘於四角橛頭少現作一白播於曼荼羅東面懸長竹竿上以金剛牆

眞言持誦鐵末百遍作三股跋折羅頭皆相接圍繞曼荼羅爲金剛牆復以金剛鉤欄眞言持誦鐵末百遍亦作三股拔折羅各横置於竪拔折羅上繞曼荼羅爲金剛鉤欄外曼荼羅門以軍荼利眞言以拔折羅印而護其門第二重門以訶棃帝毋而護其門中台院門以無能勝而護其門此等護門三部通用或其一通護三門此三聖者皆摧諸邪無有能壞此是祕密護成就物其台中心埋五寶物若於人民集會之處作曼荼羅時其五寶物不應埋之但置所成物下不若於中庭及與室内或佛堂中作曼荼羅時亦復如是以上五處但持誦香水灑即便成淨不假掘地若於本念誦室中作此法速得成就於諸窟中不合作成就法於壞室中亦不合作欲作曼荼羅時七日已前於黄昏時以敬仰心觀念諸尊如對目前而奉請言於三部内一切諸尊及於本藏中諸尊與眷屬等我已久時念誦護摩堅持戒行以此眞言如供養諸尊願後七日降赴道場哀愍我故受此微供以大慈悲令我成就如是乃至滿其七日依時啓請然後作法又閼伽華香飲食及讃歎等每日暮時别供養一方護世神乃至三方皆應如是又以香塗手持誦其手以按其物而奉請之復以燒香熏物奉請又復斷食取好時日略作曼荼羅用奉請物或但用一色作圓曼荼羅惟開一門中置八葉蓮華其量二肘次餘外院隨意大小而作先於内院置三部主西門北置摩醯首羅及妃佛右邊置摩帝殊囉施左邊置佛眼次觀自在右邊置摩

室利左邊置六臂次金剛右邊置忙莽鷄左邊置明王心西邊門南置吉里利忿怒及金剛鉤如上所說皆於內院安置次於外院置八方神及置能辦諸事眞言主等內外二院心所敬重眞言主等樂皆應安致外門北邊置軍荼利門南置無能勝各以心眞言而請供養於蓮華上置成就物而供養之或於蓮華上置滿迦羅賒瓶於上置其成就之物或於蓮華上置合子於中盛物或蓮華上置其瓦器於中盛物其或於華胎中盛置蓮華上以手按持誦其物千遍或一百遍次後持誦華以擲物上次復以酥和安息香而燒熏上次復香水微灑物上次復以部毋明王持誦其物於曼荼羅所有諸尊各以彼等眞言持誦其物次復以牛酥護摩或用牛乳或以酥蜜胡麻和作護摩後以啓飲護摩於本法中所說諸物皆應護摩各以曼荼羅內所有眞言遍作護摩各以眞言持誦香水而灑其物如前所說光顯物法此亦如是持誦自眼用看其物心誦眞言如是作法其法物即成奉請凡一切物作奉請法速得成就或於本法所有一切供養及祭祀法一一皆應具作此奉請法曼荼羅中亦通受持其物亦通光顯其物於中若作成就諸作障者亦不得便亦通淨物依灌頂法亦通灌頂其物亦通灌頂自身此是祕密能辦諸事勝曼荼羅若作此法無不得成

補闕少法品第三十六

我今當說補闕少法從受持物已每日三時澡浴三時供養及作護摩手按其物三時換

衣節日斷食供養等法皆須增加三時禮拜懺悔隨喜勸請發願三時讀經及作曼荼羅三時歸依受戒三時護身如是作法定得成就或由放逸致有闕少即應部母明持誦二十一遍便成滿足若闕此法成就亦闕或若有闕更須念誦一十萬遍復應作此曼荼羅補前闕少然後方作成就其曼荼羅方四角安四門如前所說分布界道東西置佛右邊置佛毫左邊置佛鑠底右邊置佛慈左邊置佛眼右邊置佛輪王佛頂左邊置白傘蓋佛頂右邊置帝殊羅詩左邊置勝佛頂右邊置超越佛頂左邊置須菩提右邊置阿難於西南角致鉢於西北角置錫杖右邊置訶利底母左邊置無能勝於曼荼羅外置能辦諸事中央置輪於上置其所成就物或置本尊外院置八方神門兩邊置難陀及拔難陀龍王各以本眞言請或以部心明都請依法供養然後護摩其諸尊等或置其印或致其座以本眞言成淨火已護摩酥蜜一百八遍又以酪餅及用胡麻各以本眞言護摩百遍其事畢已復誦百遍此是祕密補愆過法所供養物皆須香美其所獻食用烏那羅供獻及砂糖和酪作此法者諸尊皆得滋充歡喜速得成就非但補闕亦應半月半月或於節日或復每日作此曼荼羅供養諸尊皆得滋充速與成就若不辦時隨力而作如前所說佛部曼荼羅法此蓮華部法亦皆同彼惟改圓作方其量隨意東西置觀音自在右邊置馬頭明王左邊置毗首嚕波右邊置三目左邊置四臂右邊置六臂左邊置十二臂右邊置能

滿諸願又右邊置耶輪末底左邊置大吉祥右邊置多羅左邊置戰捺羅近門右邊置濕吠多左邊置車夅羅縛悉顊中央置蓮華曼荼羅外置本部能辦諸事此是蓮華部補闕曼荼羅法如前所說佛部曼荼羅此金剛部亦復如是然須方作其量隨意東西面置執金剛右邊置明王左邊置忙莽雞右邊置軍荼利忿怒左邊置金剛鉤左邊置棓左邊置大力右邊置拳右邊置遜婆左邊置提防伽右邊置鉢椰顊乞差跛左邊置忿怒火頭右邊近門置金剛可畏眼左邊近門置金剛無能勝曼荼羅外置本部能辦諸事諸餘外院及供養法皆如前說此是金剛部補闕之法如是供養畢已求得好夢晨朝澡浴著白淨衣以稻穀華及青俱蘡草香美白華供養所作曼荼羅地然後以牛糞遍塗掃却復作三箙多護摩右邊置酪俱蘡草酥蜜胡麻及餘所有護摩之物皆置於右左置閼伽器缾酥杓當置於前隔酥次置杓前用成辦諸事眞言灑其物等諸部主尊安置供養用本眞言以閼伽請其本尊亦復安置自身前置酥酥前置火酥火中間置成就物置初自身次酥次物火次本持尊及部主尊如前五種之物置次應知部主左邊置帝闍寧明右邊置成辦諸事如前所說謂護摩法中次第安置初敷青俱蘡草置和酪餅散稻穀華獻縛悉底供以好美香供養然後依法作護摩事所成就物置於金器或銀熟銅石商佉螺木縛弭迦土器等敷阿說他樹葉於上置器或敷有乳樹葉或閼伽樹葉或芭蕉樹葉或蓮華蓮

葉或新淨白氎隨取數之又葉五重先敷地上置成就物復以葉五重而覆其物或可是散或種種衣或諸雜物次第應知所盛之器然後以不散亂心作皺多法以心光明其物及散灑之手執杓緩攣其酥置其物上誦本眞言至其莎字即瀉爐中呼其訶字還觸其物却至酥器如是去來三處觸物不得斷絶是名三皺多護摩法經一千遍或一百遍或觀眞言廣略或復成就上下動重乃至護摩二十一遍此名都說遍數之限三皺多時以杓遍霑其物皆令潤膩初置物時先以水灑次按持誦次復看次獻供養護摩畢已還須如是於成就曼荼羅所說三種成就之相作此法時若有相見即須禁之應知不久即得成就其物若大置於右邊應左手執者置左邊而三皺多之若成有情之物作其形像杓觸於頭而作護摩若欲成自身以杓觸頂而作護摩若爲他故作之皺多者但稱其名作護摩其成就物復有三種差別一但稱名二以物蓋隔之三但露現眼所觀見如是皆用其酥而作護摩若不獲酥當用牛乳或酥和乳或用三甜或觀成就差別應當用酪如本所說而用護摩或以油麻護摩器仗若成吠多羅者應用堅木香心護摩或用蘇合等護餘計香或觀其物差別及與成就差別當取諸類香物與法相應者而作護摩若成犬肉還用彼脂諸餘肉類彼復如是其成就物或盡置於前以此所三皺多法說護摩之法當應廣作三皺多法護摩其物如是作已速得成就三皺多已洗灌令淨然後如法灌頂畢

已供養護持置本尊前更加種種飲食供養本尊及當祭祀八方護世亦須如法供養護摩之地然後以諸澡豆及阿摩羅八日如法澡浴於其午時手按其物而加念誦又更别辦其線依前如法持誦臂釧衣灰芥子水一一皆須如前持誦欲作成就之時如是護身之物先須持誦擬充後用如是念誦護身諸物成就之時有所用處皆即有驗是故應須預先持誦備擬華等供養之物亦須如法持誦置於側近次則依作曼荼羅如法供養而作成就用能辦諸事眞言持誦五色界道線纒四橛上以上軍荼利眞言持誦瓶置外門前所纒之線兩頭俱繫瓶項稍令寛縱每出入時思念軍荼利舉線而入其線若以軍荼利眞言持誦亦得或取本法眞言持誦亦得

如前所說辟除難法先淨其處然後作法其時於外祭祀八方護世天神并諸眷屬於其瓶上置拔折羅或置有果枝條其瓶及線或用當部明王持誦或用部心或部母持誦以護其處或於當部所有契印各於本方而安置之以辟諸難其橛以金剛橛眞言持誦百遍其橛上一頭作三股杵形或一股形如是作已於淨室外四角釘之若曼荼羅於界道角釘之此名金剛橛法能辦諸事其曼荼羅或用乾末彩色或用種種香末或以濕色用牛毛筆畫於諸角外畫三股杵其諸界道遍作三股杵形還用金剛牆眞言持誦復於其界杵形之中更復横置一杵遍應如是側名金剛鉤欄還用金剛鉤欄眞言持誦如是作已無有能壞是故於中作成就法於諸門中

及門外各置拔折羅其成就法或於淨室中作或於露地作曼荼羅其量五肘或七或八或觀其所成就事隨事大小而作諸門當中置拔折羅於諸角上置瓶於外門前置能辦諸事瓶於内東西置法輪印右邊置佛眼印左邊置毫相印右置牙印左邊鑠底印右置五種佛頂次第左右安置於佛部中所有諸尊隨意次第左右安置最後兩邊置阿難及須菩提次下近門置無能勝次於外院東面置悉達多明王北面置大勢至尊南面置妙吉祥尊西面置軍熱羅尊東面右置梵天及與色界諸天左置因陀羅上至他化自在王乃至地居天神於東南方置火神與諸仙人以爲眷屬於南方置焰摩王與毗舍遮布單那諸魔怛羅而爲眷屬於西南方置泥唎帝神與諸羅刹而爲眷屬於西面門置縛嚕拏神與諸龍衆而爲眷屬門北置地神與諸阿脩羅而爲眷屬於西北方置風神與諸伽嚕拏而爲眷屬於北方置多聞天王與諸藥叉而爲眷屬於東北方置伊舍那神與諸鳩槃茶而爲眷屬復於西面一所之處置日天子及與曜等復於西面一所之處置月天子與宿圍繞於西門曲兩邊置難陀拔難陀龍王於佛部中所有使者等類眞言及明於其外院四面隨意安置然後依法啓請次第供養護摩念誦於最中央安其本尊或成就物如於曼荼羅法所說護身等事此亦如是次第應行此是佛部成就諸物曼荼羅法一切諸難無能得便於中作法速得成就一切諸尊增加衛護前以五彩色作曼荼羅惟改圓作

方於其內院東面處中置蓮華印右置七多羅明左置七吉祥明次左右置六大明王右置半拏羅縛悉顊左置邪輪末底近門兩邊置一髮明妃及馬頭明王於外門前置能辦諸事瓶於門及角置拔折羅中置蓮華於其外院置眞梵天及因陀羅摩醯首羅等淨居諸天及無垢行菩薩光鬘菩薩莊嚴菩薩無邊龍王菩薩遜陀羅及優波遜陀龍王及商結持明仙王與諸持明仙俱如前諸方護世於此部中所有使者諸類眞言及明隨意安置如前所説安置次第此亦如是一切諸難無能得便應當此中作成就法如前方作如前所界道於內院東面置蘇悉地羯羅右置呑金剛明妃左置金剛泰明妃右置遜婆明王左置計唎枳里明王右置拔折羅尊左置跋折羅但吒右置金剛母特伽羅鏈左置金剛商羯羅右置金剛鉤明妃左置忙莽鷄明妃於其外院東邊置勝慧使者金剛慧使者摩醯首羅及妃多聞天王及諸藥叉其於外門前置辦諸事瓶於金剛部中所有使者眞言及明部多毗舍遮乾闥婆摩睺羅伽及持明仙八方護世各於院次第安置然後啓請如法供養護摩念誦起首成就其所啓請諸尊應用明王眞言或用部母明請於曼荼羅所有諸尊名爲置瓶如前曼荼羅所有堪法此成就法亦皆如是若於此等曼荼羅中作成就者縱不具足護身之法亦得悉地爲彼諸尊自有誓願若請我等赴曼荼羅者以虔誠心如法供養我等當與彼所求願是故於此應知無難必爲加護若用部心眞言及以

部毋或用明妃能辦諸事真言并及部内護身真言而用啓請護身諸界速得成就此是三部祕密之法復次說通三部祕密曼荼羅如法界道置抜折羅中央置本部主印其前置本真言主或如前置羯羅詩瓶其物盛於器等之中置其瓶上内院東面置如來印北面置觀自在印南面置金剛印西面右邊置嚕達羅左邊置多聞天王如前所說明王曼荼羅此亦如是次第安置右邊置部毋明左邊辦事明蓮華金剛二部左右亦爾西面右面嚩唎右置洛乞濕彌東西兩角置鉢及支伐羅北面兩角置但拏柱及軍持瓶南面兩角置抜折羅及持伽羅西面角置輪羅及寶瓶於外門前別立置處所置無能勝東面門前置訶利帝毋南面門前置勾吒祇唎迦北面門前置翳迦契吒於其外院隨意遍置諸印如法啓請供養此是祕密都曼荼羅於中所作成就諸物皆得悉地頂行於此尚不得便何況諸餘毗那夜迦以諸美香華燈種種飲食持誦光顯然後供養如於念誦及於曼荼羅所說供養此亦如是應作若於淨室中作亦復如是其曼荼羅主種種供養應加四倍此是祕密之法供養畢已次應於外如法祭祀以酥然燈其炷鮮淨供養本尊一一之物皆須奉獻閼伽若是作法本尊速得有驗以明王真言持誦白芥子或用能辦諸事真言或用先持有功真言持誦近致成就物邊用辟諸難便即退散又用本印主印置於左邊或但持誦大力置於左邊於其八方所各置丈夫初於東方其人作帝釋裝束手執抜

折羅形色一如帝釋於南方其人作燄摩裝束手執但拏棓於西方其人作龍王裝束手執羂索於北方其人作毗沙門裝束手執伽陀棓於東北方其人作伊舍那裝束手執二股叉於東南方其人作大神裝束狀如仙人手執軍持及數珠於西南方其人作羅刹王裝束手執橫刀於西北方其人作風神裝束手執幢旗帝釋白色燄摩黑色龍王紅色毗沙門金色伊舍那白色火神火色羅刹王淺黑雲色風神青色其所著衣皆亦如是其人皆須受戒極令清淨有大膽勇善作護身之法形色端正盛年肥壯所執器仗皆須持誦於頸兩肩交絡華鬘備白芥子善知難相若有難至即散白芥子而用打之或擲華鬘或難衆多現大怖畏當以所執器仗而遥擬之彼若相逼以器仗擊散白芥子及擲華鬘以器仗擬及擊之時不得移動本處若移本處彼當得便是故應當須不動本處於本藏中所有護身之印難摧伏者持誦供養置已身邊若有極大猛害邪來應自用彼諸印以擲打之或以前來持誦有功真言誦白芥子散擊邪者必若不止即應出外以好飲食加以豐多如法祭祀彼諸難衆一切護法總有九種謂辟除諸難結地界結虛空界結曼荼羅界結方界所結金剛牆結金剛鉤欄護物護身以除諸邪作成就時如斯等法皆須憶念或若不辦前護方人應當置其當方器仗此亦不辦於諸方所置那邏遮器仗或張弓揣箭置諸方所或與助成就人明解藏法有智方便持誦有功戒行清潔立在門中助辦諸

事辟除諸邪乃至內院外院彼皆應助所有一切諸事至於暮間皆須辦足日纔沒已即起首作成就之法中間困時出曼荼羅外含水漱口軍荼利真言用持誦三掬或以本尊心真言持誦少許牛酥而用飲之所有疲極當得除愈復以蜜和和華菱用佛部母明持誦以塗其眼昏沉難起即便除愈先以誠心面向東立觀察諸尊歸命啓請於其三種吉祥瑞應於中隨得好相以歡喜心而作成就隨見先瑞成就亦爾是故行者應觀先瑞先當須臾觀察蘇悉地羯羅明王次則右繞辦諸事瓶入曼荼羅時隨所逢瓶皆右繞過到已頂禮尊及以遍觀各各以本真言而奉閼伽或以部心真言奉獻所請諸真言主當以明王真言請召所請明主當以明妃請召已視本印及請本真言明等或但都視一印誦其真言及明若如是作速得悉地其成就物有置閼伽器中或致瓶上或總合手內或但心念或致縛羅弭迦器或致葉上或致於內本尊之前所成諸器皆以牛黃塗之次用白芥子作護次持誦摩醉底華供養其物牛黃塗故便成禁住用其芥子便成作護以華供養須成光顯此三種法次第應作不得廢闕於本尊前置成就物於中不得餘物間隔成就之物用兩種法以爲作護一謂手印二白芥子令成就物速有驗故數獻閼伽華香等具及酪數應供養其助成就之人護其物故常在其處如是安置供養物已然後以手按之或以眼觀以其不散心徐徐持誦中間數數光顯其物如是相續竟夜持誦勿令間斷

其夜三時以閼伽等次第供養若須出外漱口令助成人替坐物前續次念誦其持誦人有所廢忘其所助人皆須補闕持誦之時若大邪至助成之人應拒其邪如不能禁行者應自散白芥子以辟其難助成之人持誦其物于時東方有是邪現謂大雷電應知帝釋之邪於東南方有是難現謂火色大人或如日盡應知即是火天之難於其南方有是邪現謂死屍形甚可怖畏高聲叫喚手執大刀皆悉劓鼻手執髑髏盛人血飲頭上火然應知即是餤摩之邪於西南方有是難現謂雨其屎尿穢曼荼羅及種種形甚可怖畏應知即是泥唎羝難於其西方有是難現謂雨雷電霹靂雹等應知即是龍王之難於西北方有是難現謂有大黑風起應知即是風神之難於其北方有是難現謂大藥叉及女藥叉惱亂行者應知即是多聞天王難於東北方有是難現謂象頭豬頭狗頭異形各持火山應知即是伊舍那難於其上方有諸天現具大威德應知即是上方天邪下方之難地動及裂應知即是阿脩羅邪作上成就方現斯邪如是等邪於中夜現凡上成就邪相還大中下成就准此應知於夜三時是其上中下相與時相應即是不相應即非成就其三種相謂煖相氣相光相如是三相應次第現若上成就即具三相若中成就具前二相若下成就惟現初相或若持讀虔誠於初夜時三相次第現者即以部母明禁住其光以明王心禁住其相及以持誦牛黃塗灑或以手按或用酥灑或以散華或散白芥子或但灑水

禁住其相便即受用亦果其顇或若初夜或即便禁住但作念誦至其本時方可受用其中成就准此應知於其初夜下悉地成於其中夜獲中成就於明相動時獲上成就其中成就中夜成者如法禁巳縱至明曉受用亦得其下成就准此應知各於本時其助成者若不受用亦不爲吉其物縱成不即受用又不禁住至其平曉亦不受用其物猶若萎華亦如穢食無所堪用以念誦故啓請眞言入其物中時既過巳其驗亦失又成就物雖初相現然不成就當時若禁其相以後還作光顯等法及諸節日供養灌頂便作成就經於三年若不成者當知此物不可得成上成就法限至三年若中成就至第六月若下成就不限其時損成就法亦復如是

被偷成就物却徵法品第三十七

我今當說被偷之物却徵之法其物成巳或作成就之時其物被偷偷物之時或見其形或但失物不見偷者于時不擇日宿亦不斷食發起瞋怒現前速應作此曼荼羅法用燒屍灰三角而作惟開西門於外門前置其本尊內院東角置蘇悉地羯羅明王右置金剛忿怒左置大怒左置金剛拳左置金剛鉤右置金剛計利吉羅左置毗摩右置熱吒左置賔蘖羅右置阿設寧左置商羯羅右置微若耶右門置迦利左門置難地目佉左置金剛軍右置蘇摩呼及置諸餘大忿怒等爲成就故次第安置如法啓請以赤色華及赤食等次第供養如前所說阿毗遮嚕迦法於此應作門外所置本尊應以美妙華等如法供養

於其外院置八方神及置本部諸餘使者等尊亦須如是供養於中央作護摩法其爐三角一一如前以牧纖佉陀羅以已身血塗而用護摩或用苦楝木或用燒屍殘柴而用護摩火著已後以燒屍灰和已身血而用護摩及以毒藥已身之血芥子油及赤芥子四種相和而用護摩復取此四種物作偷物者形而坐其上以左手片片割析而作護摩若有能伏瞋者及明法者應作此法其偷物者憧惶恐怖賫持親付行者便應施彼無畏于時與彼作扇底迦法若不作者彼便命終或所將物更復加添密置尊前又成就物盜將日久若欲追取即應作此通三部成辦諸事曼荼羅四方而作中央安置蘇悉地羯羅明王印內院南面置金剛忿怒大忿忙莽鷄金剛鉤食金剛拳金剛火金剛母特伽羅金剛怖畏金剛商羯鎖計利吉羅慧金剛無能勝及置諸大忿怒及諸使者諸大威德眞言王等於其南西次第安置內院北面置能滿諸願觀自在馬頭明王多面多手能現多形耶輸末底大吉祥洛乞濕弭濕吠多半拏羅縛悉頞路羅戰捺囉末羅所有眞言及明諸使者等各各次第如法安置內院東面置金輪佛頂等諸餘佛頂佛毫佛眼佛鑠底佛牙佛慈及無能勝等自餘明王及能辦諸事眞言等諸餘眞言及諸使者於其東面各各次第如法安置近門外者亦復如前依法安置於其外院八方神西門邊置梵天王及與眷屬西門北邊置摩醯首羅及妃言那鉢底等諸眷屬俱及七忙怛羅母及八龍王幷諸眷屬阿

脩羅等與諸眷屬歸依佛者大威德神於其
外院各如法次第安置至誠啓請次第供養
於外西面置護摩遮以蠟作其盜物者形置
箕中依阿毗遮嚧迦法啓請祭祀供養護摩
次以刀割其形而作護摩或依本部所說阿
毗遮嚕迦法依彼而作或本尊自盜及不與
成亦如是非從黒月五日至十四日來中間
作法說爲勝吉其形復以杖鞭及以火然種
種猛法打棓以末但那剌依金剛橛法用剌
身分血黒芥子油和鹽遍塗其身隨意苦楚
而置害之復以蓋屍之衣而覆其形以赤線
纏獻赤色華持誦自服努目視之於眞言中
置訶責句每日打之若將物來即當休止中
夜應作是猛利法用倶微那羅來塗黒芥油
而作護摩又以毒藥及已身血芥子油鹽及

黒芥子總與相和稱盜物者而作護摩經八
百遍或但用已身血和鹽而和護摩如是苦
持若不還物即應更作至死猛法於阿毗遮
嚕迦法中所說殺法遍作其法於眞言置其
殺句若將物來即止其法從乞歡喜彼若巳
用其物將餘物替亦止其事或巳用其物復
無物替但來悔謝亦止其事施彼歡喜彼或
損失及分與他隨殘所有持來還者亦止其
事施彼歡喜應當以金剛微那羅眞言而作
護摩或用大怒或用不淨忿怒而作護摩或
於當部所說却追失物眞言而作護摩然此
三種眞言通三部眞言

唵 阿趌(奇乙切) 那曳歔寫 縛吹曩野莎縛
訶

訶火天已持圓食一明一燒滿三圓食供養

火天

又護摩眞言

唵 阿趦那曳 歛寫 合寫縛歌曩野揖比揖比你跛野 莎縛訶

又持酥一明一燒亦滿三遍供養火天

金剛部瞋怒金剛眞言

唵 枳里 枳里 跋日囉 矩嚕馱吽泮

以此眞言一明燒火食作法

成就護摩法眞言

那謨剌怛 娜怛羅耶野 那莫室戰拏跋日囉播拏曳 摩訶藥叉栖那播䩭曳

唵 歌囉歌囉跋日囉摩詑 跋日囉度曩度曩 跋日囉馱歌馱歌 跋日囉播者播者 跋日囉娜囉娜囉 跋日囉娜囉耶娜囉耶 跋日囉弭那囉耶弭那囉耶 跋日囉瞋娜瞋那 跋日囉頻娜頻娜 跋日囉虎吽泮

誦此眞言作護摩法速得成就若得其物或得替物即護其物兼及護身當於節日次第而作光顯等法其中成就物下成就物皆以一分奉施世尊一分奉施阿闍梨處一分奉施先成就者一分奉施同伴等人一分自取分作兩分一分自用一分奉施比丘比丘尼鄔波索迦鄔波斯迦等諸有末物法皆如是先以閼伽奉獻尊等後取本分其先成就者分以閼伽供養倍其價直自取受用其價直者供養是也其阿闍梨若不在時其分還酧直而自受用其價直者心生慚愧即是價直出曼荼羅外奉先成就者時應作是言先成者受取本分手執閼伽第二第三應如是唱

若無取者即當持與同伴之人勿懷疑慮彼等以虔誠心故以供養故堅持戒故侍行人故即是先成之人是故其分彼等應受三唱之彼同伴者應如是報我等即是先成就者行人自分其物與同伴等其物若少不可分者即安膳那及牛黃等不可分也應當以心作其分量而自受用有如是物惟一人用不可分者輪刀等是隨其本法所說成就應如是作其幢像等亦不可分於本法成就之物其量縱少任意加本量而作成就與同伴等成依先成依之人物量而作成就縱減其半亦得成就或於本法所說分量皆須依行行人分物與同伴時應處分言汝等隨我種種驅使彼然諾已後當與之或若一身成就利益餘人依此藏教或餘法中若皆通許分與

同伴等時隨其功勞節限分物不應偏黨物成就已先應供養本尊深生慚愧慇懃再請然後可分一切諸部法皆如是中下成就准此應知深生慚愧恭敬供養及施財物所得進止依其處分以如是事酧還物價物成就已先獻閼伽如法分與誦本眞言及作手印以心觀念本尊及誦明王明妃眞言及至觀念然後受用其物隨意昇空至衆仙所彼無能壞及以輕懱縱有怨敵亦無能損彼成就者常念本尊不應廢忘其成就物常須心念或以眼視爲持明王眞言法故諸仙恭敬持明王妃故無諸怖畏作三摩耶印及作部印及明視物皆不應廢與仙相見應先起敬而問訊言善來安樂復後何至有所慰問善言而答遊行空時不應於神廟上過及獨一樹

并四衢道諸仙居處及以城郭祭祀之壇婆羅門集會處邪法仙衆所居之處亦不應過增上慢故經彼等過必當墮落爲放逸故而墮落者應持誦明王眞言及以思惟若已墮落及欲墮時便得本位虛空雖易形色天眼見道譬如聖者起心即至如亦在定不動即至是故遊彼先成就路以福力故自然衣服隨意宮殿用華林園觀種種諸鳥天女遊戲歌舞妓樂種種欲樂熾然光明猶如劫初如意寶樹能滿諸願爲居止故寶石爲座下流渠水輭草布地種種瓔珞發身娛樂具諸吉祥樹有甘露果乃至隨意樂憶念之處皆現其前縱如此已常須護身不應廢忘應住清淨園林及諸山頂并海洲島江河潬渚以遊戲故應住其處於彼便有如前勝境或與光成仙衆共住

成就具支法品第三十八

我今復說具足作悉地法其物不成者如法禁住護持藏棄如前更作先念誦法乃至還作成就之法如是作已若不成者重加精進又更念誦作成就法如是經滿七遍猶不成者當作此法決定成就所謂乞食精勤念誦發大恭敬巡八聖跡禮拜行道或復轉讀大般若經七遍或持勝物奉施僧伽或於入海河邊或於海島應作一窣堵波數滿一百於一一窣堵波前如法念誦滿一千遍最後第一百塔若放光者當知作法決定成就復作一千窣堵波於一一前念誦一一遍假使造無間罪其數滿已不須作法自然成就又一切眞言念誦一俱胝決定成就若作時念誦

者經十二年縱有重罪亦皆成就假使法不具足皆得成就又念誦遍數及時滿已即當應作增益護摩或復作成辦諸事曼荼羅於中而四種護摩或於山頂或於牛羣先所住處或恒河渚平治其地作曼荼羅量百八肘置一百瓶於其四門立柱爲門各於門前建立寶臺種種莊嚴以作名華枝條作鬘繫其門柱及角幢上遍圍其處以酥然燈滿百八盞布曼荼羅及一百八香爐燒諸名香亦置其處内院一面其量七肘外院一面三肘餘是中央所有啓請及供養等皆悉如前作護摩法次當别說於中以本真言置羯羅舍金瓶其瓶四面作護摩法於其内院東面遍置佛部諸尊其北面遍置蓮華部中諸尊於其南面遍置金剛部中諸尊於西面置嚕達囉神及多聞天王并眷屬如前所說使者等尊内院若不容受當置外院其護方神與諸眷屬各置本方位其三部主及嚕達羅多聞天王先置本處次復各置明王明妃辦事真言等并諸使者次第安置於外門前置軍荼利尊及置無能勝尊如是依法作曼荼羅或已用本部心而作啓請次第供養即於四方而作念誦然後其瓶四面所置之爐各依彼部中作護摩法是名增益諸尊護摩其供養食用那羅獻作法已一切諸尊便成增益如是念誦護摩已更以部母真言而護摩酥次佛本尊真言乳糜和酥而作護摩更以部母真言胡麻和三甜而作護摩又以部母真言用酥護摩作此法已得一切尊即便充足及成就增益圓滿具足悉皆歡喜速與成就若作

此曼茶羅乃至七度決定成就如前念誦及巡八塔乃至七遍作此曼茶羅若不成者即以阿毗遮嚕迦法苦治本尊以蠟作其形像取其眞言而念誦之先誦部母及明王眞言中間置本尊眞言阿毗遮嚕迦法護摩用芥子油塗其形像便著忙熱若伏他著遍身皆痛以瞋鞭打及以華打用前二眞言以其瞋心而作供養譬如治罰鬼魅治罰本尊法亦如是如斯之法依教而作不得自專若尊來見與其成就滿本願已則止前事作扇底迦法或以毒藥自已身血胡麻油鹽赤芥子總相和竟中夜護摩本尊于時慞惶唱言止止莫爲即與成就如是作法經三日已亦復不來與成就者又加勇猛以無畏心便割已肉護摩三遍本尊即來乞彼歡喜心所求願即與成就若有闕過一一而說假使犯五無間經於九夜割肉護摩決定而來與其成就此是與眞言鬪諍之法以無畏心如法護身方可而作必不空過得成就已即應速作扇底迦法若說愆過即須補闕於諸成就事中此曼茶羅爲最於中作三種事得三種果於中應作一切諸事及以護摩治罰本尊如治鬼魅每時供養皆用新物護摩之物亦復如是此法不應放逸澡浴清淨如法護身不應輕慢明解藏教方以此法治罰本尊若違此者即便自損

蘇悉地羯羅經卷第四

音釋

纖七廉切　剗初諫切削也　𢍰九萬切量也　簸補過切　揣初委切又音團　茇蒲撥切　辢郎葛切　劓魚器切截鼻也　髑髏髑徒木切髏盧侯切髑髏頂骨也　析先的切與析同

金剛頂瑜伽中略出念誦經

唐南天竺三藏法師 金剛智 譯

清刻龍藏佛說法變相圖

金剛頂瑜伽中略出念誦經卷第一

唐南天竺三藏法師 金剛智 譯

我以淨三業　爲利諸衆生　令得三身故
歸命禮三寶　金剛身口意　遍滿三界者
能爲自在主　演說金剛界　我盡稽首禮
雄猛阿閦鞞　降伏諸魔者　彼寶現最勝
及禮如理法　歸命阿彌陀　成就不空者
於金剛薩埵　利益衆生者　歸命虛空藏
能授灌頂者　依護大觀音　從瑜伽生者
祕毘首羯磨　至心我盡禮

我今於百千頌中金剛頂大瑜伽教主中爲修瑜伽者成就瑜伽法故略說一切如來所攝眞實最勝祕密之法凡欲修行者有具智慧者明了於三摩耶眞實呪法於諸壇場中從尊者阿闍黎受灌頂已清潔其身無所畏

懼深大牢強善調心勇志不怯弱恭敬尊重衆所樂見哀愍一切常行捨施住菩薩戒樂菩提心具如是功德者應依於師教勤修供養三摩耶應當守護無令退失於金剛阿闍黎不得生輕慢於諸同學不爲惡友於諸有情起大慈悲於菩提心永不猒離於一切壇法中具足種種智慧功德者許入念誦設護摩受灌頂等法於此金剛界大壇場說引入金剛弟子法其中且入壇者爲盡一切衆生界救護利樂作最上所成事故於此大壇場應入者不應揀擇器非器所以者何世尊或有衆生造大罪者是等見此金剛界大壇場已及有入者一切罪障皆得遠離世尊復有衆生耽著一切資財飲食欲樂猒惡三摩耶不勤於供養是彼人等於壇場隨意作事得入者一切所求皆得圓滿世尊或有衆生爲樂妓樂歌儛飲食隨意所行故爲不了知一切如來大乘無問法故入於餘外道天神廟壇中爲成就一切所求故至於一切如來部壇場戒攝取衆生事能生無上愛喜者怕怖畏故不入是彼等入住惡趣壇場道者亦堪入於金剛界大壇場爲護一切喜樂最上成就得意悅安樂故及爲退一切惡趣所入道門故於禪解脫等地勤修苦行亦爲彼等於此金剛界大壇場纔入亦得不難得一切如來眞實法何況諸餘所成若有諸餘求請阿闍黎或阿闍黎見於餘人堪爲法器離於過失廣大勝解心行敦德具足信心利樂於他見如是類巳雖不求請應自呼取告之善男子於大乘祕密行之儀式當爲汝說於大乘

教中汝是善器若有過去應正等覺及以未來現在依護者所住世間爲利益者彼皆爲了此祕法故於菩提樹下獲得最勝無相一切智勇猛釋師子由獲得祕密瑜伽故摧破大魔軍驚怖娆人者是故善男子爲得一切智故於彼應作正念持誦者如是多種喜利彼已心生慈念的知堪爲弟子應當爲彼善遍開示常念誦時作法事處諸山具華果者清淨悅意池沼河邊一切諸佛之所稱讚或在寺内或阿蘭若或於山泉間或有寂靜迥處淨洗浴處離諸難處離諸音聲憒閙處或於意所樂處於彼應當念誦凡修瑜伽者初從卧起即結發悟一切佛大契誦此密語

唵　跋折囉　底瑟咤

其契法以止觀二羽各作金剛拳以檀慧度二相鉤進力二度仰相拄直伸如針以契自心上誦前密語三遍即念諸佛從三昧覺悟應當觀察一切諸法猶如影像即思惟此偈義

諸法如影像　清淨無濁穢　無取無可說
因業之所生　如是了此法　離自性無依
利無量衆生　是如來意生

即從坐起欲行即誦此密語

跋折羅　鞞伽

若止住處即誦此密語

底瑟咤　跋折羅

若欲共人語即想舌上有藍字即誦此密語

嚂綱(上可切)囉　跋折囉婆沙

若洗面時誦此密語曰

唵　跋折囉　囉伽　邏伽耶　企藍壞(八者)

切栟五葛切嗟七我切婆含二合跋折羅都使野二合
護引
每一遍誦密語輙用水洗面如是乃至七度
誦七洗即得一切如來之所顧視若諸魔等
有暴惡者於此人所皆生歡喜亦可以密語
加持水七遍用之若欲嚼楊枝時應先誦一
切如來金剛微笑密語七遍已嚼之此能破
一切煩惱及隨煩惱密語曰
唵　跋折囉　賀娑訶上聲
結契法以觀羽作金剛拳已嚼之若欲便轉
即作甲冑契莊嚴已身即誦此密語
唵　砧吒替切
以此密語擁護已身
其契法以止觀二羽各結金剛拳伸進力度
於力度頭想唵字於進度頭想砧字於其心

上結以進力度三相繞之如繫甲狀又移置
背復至臍腰繞膝咽喉項頷額前項後皆三
繞如繫甲狀即便垂下從檀慧度次第解散
猶如天衣至心即止若欲洗淨時即以止羽
作金剛拳豎伸力度結此契已誦吽字先取
受用土夫持誦者求勝善事多被惡魔障閡
常伺其便或在便轉處或諸穢惡處皆爲其
害應以密語結契等加護勿令得便欲入廁
時即想已身爲嚂字左右想吽字又想其身
金剛火齒具有光焰即誦密語曰
唵　跋折囉　娜羅　摩訶努多涅嚩無可切
邏耶　薩婆含二合　娑悉弭句嚧薩婆努瑟詀
引　吽發
其契法以止羽結瞋金剛拳於彼應作怒眼
豎眉瞋貌惡瞻視置於頂上及兩眉心喉即

一切三界惡皆得消除又誦此密語曰

唵　句嚧涅哩瑟致(上聲)　奚(形伊切引)　吽發

此密語及契於一切處護身能遠離諸惡次於廁事了出洗淨訖已應結契誦密語以金剛水善漱口密語曰

唵　跋折羅　娜伽(上聲)　吒

其契法以觀羽結金剛拳伸願方便慧等三度即應漱口漱訖已便當洗浴夫洗浴法有四種每日隨意如法修行一者住三律儀二發露勸請三者以契供養四者以水洗浴此四種法智者應行若入水中應想天歡喜池於其池中想即以鑁字想如來部以吽字想金剛部以怛囉(上聲二合)字想寶部以纈唎字想蓮華部以婀字想羯磨部如是作已又想自所念誦密語天住於本部次想如來最上輪壇在於水中并念想五部在輪壇上以密語契等加淨彼水洗浴事畢即以兩手掬清淨水誦所持密語加之以供養一切諸佛諸大菩薩摩訶薩及本天等既供養已即想彼輪盡入己身想已如法出水住立岸邊以頭冠等契莊嚴其身以觀羽金剛手光焰執跋折囉以止羽執金剛光明磬披微細繒綵綺服天衣口含白荳蔻嚼龍腦香令口氣香以專注心於其中間起大慈悲不瞋恚不愛染不顧視穢惡及一切旃荼羅等即想行步履八葉蓮華及出現三世供具於自所持明想最上廣大供養又思惟自所持密語真性深理應往道場欲入時復先以如上法誦密語加水洗足漱口訖已從發初所結止羽金剛拳不散置於心上開門時即誦吽字密語作瞋

怒眼辟除一切障礙已然後以尊重心住正念禮十方諸佛及諸菩薩摩訶薩於一切法得自在勝慧境界者以五體投地敬禮已次以雙膝胡跪懺一切罪及勸請隨喜發願迴向功德等任力所能言之已敬禮次從座起復以右膝著地即結金剛持大契誦此密語

唵 跋折羅 物 文一切

其契法以止羽覆於下觀羽仰於上背相合舒以定慧檀智等度互相叉之誦此密語及結大契能令諸佛歡喜即得供養尊重禮拜一切如來及金剛薩埵等次於一切如來及諸菩薩所奉獻已身先於四方以此妙法全身著地合掌舒手各禮一拜初於東方誦此密語禮拜

唵 薩婆怛他揭多 一切如來 布儒 開口呼供養也 婆薩他娜耶 承事也 阿答摩南 已身也 涅哩耶多 奉獻也 夜彌 我今也 薩婆怛他揭多 拔折羅薩埵阿地瑟咤 守護 薩網 無可切 摩舍 二合於我 吽

論曰梵存初後二字餘方例此爲供養承事一切如來故我今奉獻已身願一切如來金剛薩埵加護於我又如上金剛合掌置於心上向南方以額禮拜即誦密語曰

唵 薩婆怛他揭多 布禳 而佉切供養也 毘曬迦耶 爲灌頂故 阿答摩南 已身 涅理耶多 奉獻也 耶冥 我今也 薩婆怛他揭多跋折羅阿羅怛那 寶也 毘詵者摩舍 二合願與我灌頂也 怛羅 二合重呼之

論曰爲供養一切如來灌頂故我奉獻已身願一切如來與我金剛寶灌頂又以金剛合掌置於頭上以口脣著地向西方禮拜即誦密語

唵　薩婆怛他揭多布穰(而佉切)鉢囉末多那耶(轉也)阿荅摩南涅哩夜多耶冥薩婆怛他揭多　跋折羅達摩(法也)鉢羅伐多耶摩含(二合)(願為我轉金剛法也)奚哩(引)

論曰為展轉供養一切如來故奉獻已身願一切如來為我轉金剛法輪又以金剛合掌從頭下置於心上以頂向北方禮拜誦此密語

唵　薩婆怛他揭多布穰羯磨尼阿荅摩南涅哩耶多夜弭薩婆怛他揭多跋折羅羯磨句嚧(為我作事業也)摩含(二合)婀(引)

論曰為供養一切如來事業故奉獻已身願一切如來為我作金剛事業於四方如上法禮拜已次隨其欲為除災害增益降伏阿毘遮囉等事差別各依本方結坐若欲為除災者面向北方應以結薩結加座而坐(謂補豎膝交脚坐是也)以慈悲眼分明稱密語不急不緩以正念憶持而起首念誦慈悲眼者如須彌盧及曼陀羅山堅固不移其眼不眴是名慈悲眼也能除諸惡鬼神及諸瘧病即說密語

唵　涅哩荼　涅哩瑟致(上聲)怛唎(二合)吒(半音呼之)

若為增益者應面向東方結蓮華座而坐結跏趺也以金剛眼顧視復以金剛語言而起首念誦金剛顧視者謂以愛重心歡悅之眼以此瞻視皆蒙隨順即說密語

唵　跋折羅　涅哩瑟底末咤

若欲降伏者應面向西結寶座而坐(並脚蹲坐臀不著地是也)即以明目而降伏之(明目者踴動數眴眼睫是也)以此眼視者皆得降伏即說密語

唵　涅哩瑟致(上聲)耶俱翅穰(而佉切)

若爲阿毘遮羅者應面向南以鉢㖿多里荼立(右脚正立敘引左脚如世丁字曲身倚立身是也)或以嘔俱吒坐(以右脚踏左脚上蹲踞不著地是也)作瞋怒眼舉眉斜目以此瞻視者諸惡鬼神皆爲摧滅以瞋意怒眼而誦即說密語曰

唵　句嚧陀涅哩瑟底(丁以切)奚(形以切)吽發

凡以瞋語音誦密語者謂如雲陰稱吽字以瞋語誦降伏密語即加吽發二字皆須音旨分明誦密語者如發字是也以瞋相作色威怒分明誦之若或結如來坐(全結加也)或結大菩薩坐(半結跏也)爲一切衆生淨治故欲求清淨住於正念者以心存念而誦此密語

唵　薩網(亡可切)婆縛(亡何切自性也)薩婆達磨(一切法也)薩網婆縛(亡何切)述(輸律切)度舍(我亦清淨)

論曰梵存初字以一切法自性清淨我亦自性清淨誦此密語已復以心念是諸衆生無始流浪生死由慳貪垢穢黑闇所覆眼目不開爲除滅慳貪障礙故令成就世間出世間諸悉地已作是思惟訖即誦此密語

唵　薩婆怛他揭多　餉悉陀　薩婆薩埵南　薩婆悉陀耶(一切成就也)三跛覞(奴見切)談(引)怛他揭多　遏地底瑟咤㦖

論曰梵存初字一切如來所共稱讚爲一切衆生一切悉地願皆成就凡所障礙皆從心起由往昔慣習慳貪力故爲除滅障礙故應當憶念菩提之心修瑜伽者須臾作是思惟已應當觀察世間由暴惡怖畏妄想所攝貪愛希望迷亂心行爲彼瞋火所焚身常遊行癡迷闇中沉溺其心愛染泥中以爲虛妄憍慢昏酒常醉止住邪見生死宅中不遇善知

識最上甘露味由自所作種種妄想工巧所成無量差別見諸衆生無明垢重所覆見如斯過無有依護應當哀愍於彼旣生哀愍心已與無量衆生爲救度故若持誦者應當現前作阿婆頗那伽三摩地次說入三摩地法若欲入定者不應動身及諸支體脣齒俱合兩目似合於佛像前應先思惟當欲入定作是思惟諸佛遍滿虛空猶如大地油麻津膩滿中於其身心嚴飾亦然作是念訖即結三摩耶等契即於己舌心身手中想吽字即想其字變爲金剛復想於右眼中想摩字於左眼中想吒半音呼 又想摩字變爲月吒字變爲日即以金剛所成眼應瞻仰一切佛由此法瞻視者得一切佛之所稱讚誦此密語

唵 跋折囉末

即以如上說金剛眼瞻視幷誦此密語訖即得應降伏者皆常隨順及有暴惡衆生一切障礙毘那夜迦由金剛法瞻視故彼當消滅次結三摩耶契法令止觀羽堅牢已以諸度初分相交是名金剛合掌置於頂二羽本分心喉爲加持已身故誦密語已次第置之密語

唵 跋折囉 若哩

復次其金剛合掌契盡諸度本分加背極牢結已號爲金剛縛契復置契於心上誦此密語

跋折囉 盤陀嚩也

又復結金剛縛契已豎忍願二度爲針置於心上即誦密語

三摩耶 薩埵

此是發悟一切諸佛及諸弟子等密語契次以其契針屈入掌中以智定檀慧度豎如針此名極喜三摩耶契即誦密語

三摩耶　護

復次結金剛縛已置於心上想自心上有怛囒字吒字為心門戶掣金剛縛契時想如開智門印三遍誦密語三度掣之密語曰

唵　跋折囉　伴陀開義也　怛囒二合吒上聲半音呼之

既於心開智門即想門內有大殿又想面前有婀字遍照光明為生菩提心具大智故令入已心殿中即以正定意結金剛召入契及結三摩耶契結召入契法結金剛縛契已以智定二度屈入掌中是名金剛召入契結契時即誦密語

唵　跋折羅　吠奢召入也　婀短呼也

由此修行瑜伽者即得生金剛召入智此智慧能了過去未來現在一切所作之事皆悉悟解未曾聞百千般契經其文字義皆得現前次准上復結金剛縛契已及智定二度屈入掌中以進力度置智定度背上是名金剛拳三摩耶契結此契時而誦此密語

唵　跋折囉　慕瑟致上聲　鋄亡凡切

如上所說以婀字置於心中者以鋄字常閉心殿門戶此密語是一切如來金剛身語以能執持故名金剛拳契解此契訖次即以止羽腕上置觀羽以檀慧度相鉤豎進力度作喝相貌是名三界威力決勝契亦名大力契欲結此契先應三遍稱吽字結之似雲陰雷聲取密語最後稱一吽發字即說此密語

唵　蘇毋婆二合　你蘇　毋婆二合　吽重呼之

訖哩呵拏(二合)訖哩呵拏(二合)吽訖里拏波耶吽阿那耶　胡(引聲)薄伽梵　跛折囉吽(短聲)發

此契於頭上右旋三帀若有諸魔作障礙者見此契已皆悉遠離復得一切處擁護已身又以此契觸諸燈香華飲食等一一皆稱吽字隨觸隨得清淨

復次金剛縛牢結已雙大母指及二小指豎合爲針是名金剛蓮華三摩耶契結此契時而誦密語

唵跛折羅　鉢頭摩　三摩耶薩埵鍐(三合)

以此印置於口上誦真言者即於蓮華部中得爲勝上次復以上勝智觀察内外皆無所有復觀三世等同虛空又想琰字爲黑色境持地風輪界復想劒字爲圍輪山以勝寶所飾又於虛空想鍐字爲毘盧遮那佛由具慈悲流注乳雨邊輪圍山便成甘露大海於其海中復想般喇字以爲黿形其黿猶如金色身之廣大無量由旬復於黿背上想奚哩(二合)其字變爲赤色赤光蓮華悅意殊妙其華三層層有八葉臺蕊具足於其臺上想波羅(二合)吽斂等三字以爲須彌山其山衆寶所成而有八角於山頂上又想鍐吽多囉奚哩(二合)惡(重呼之)等五字以爲大殿其殿四角正等具足四門其門左右有吉祥幢軒楯周環四重階道於其殿上有五樓閣懸雜繒綵珠網華鬘而爲莊飾於彼殿外四角之上及諸門角以金剛寶之所嚴飾想其外院復用種種雜寶鈴鐸映蔽日月懸珠瓔珞以爲嚴飾復於其外無量劫波樹行列復想諸天美妙音聲歌詠樂音諸阿脩羅莫呼落伽王等以金剛儛

之所娛樂於彼殿內有曼荼羅於中以八金剛柱而爲莊飾

於如來部輪中想三種子字中央想心字其字左右想阿(引聲)字以此三字成就天之微妙四面方等師子之座又於金剛部中種子字三字之中想俄(重聲)字於其左右想吽字以其三種子字所成金剛部以象爲座又於寶部中想三種子字於其中央想麽(重聲)字左右想怛囉字以其三種子字所成寶部之中以馬爲座又蓮華部有三種子字於其中央想摩舍(二合)字左右想纈唎異(三合)以此三種子字所成蓮華部中以孔雀爲座又羯磨部中有三種子字於其中央想劍字左右想阿(短聲)字以其三種子字所成羯磨部中想迦樓羅爲座旣想如上諸部座已次想一切如來及十六大菩薩幷四波羅蜜施設四種內供養四種外供養又爲守四門四菩薩隨方安置又如上所說諸佛及大菩薩守門菩薩等各各以本三摩地各各自心及隨已記印相貌如下所說皆想從毘盧遮那佛身中出現又想四面毘盧遮那佛以諸如來眞實所持之身及以如上所說一切如來師子之座而坐而其毘盧遮那示久成等正覺一切如來以普賢爲心復用一切如來虛空所成大摩尼寶以爲灌頂復獲得一切如來觀自在法智究竟波羅蜜又一切如來毘首羯磨不空離障礙教令所作已畢所求圓滿於其東方如上所說象座想阿閦鞞佛而坐其上於其南方如上所說馬座想寶生佛而坐其上於其西方如上所說孔雀座想阿彌陀佛而坐其上於

其北方如上所說迦樓羅座想不空成就佛而坐其上各於座上又想滿月形復於此上想蓮華座每一一蓮華座上佛坐其中

爾時金剛界如來以持一切如來身以爲同體一切如來普賢摩訶菩提薩埵三摩耶所生召攝一切薩埵召金剛加持三摩地已入一切如來大乘阿毘三摩耶心名一切如來心從自身心而即說密語曰

跋折囉　薩埵

纔說此密語時從一切如來心即是彼世尊以爲普賢月輪出以淨治一切衆生摩訶菩提心已各住於一切如來方面於彼諸月輪中而出一切如來金剛智已皆入毘盧遮那如來心中以其普賢故及堅牢故從金剛薩埵三摩地中以一切如來神力以爲同一密體遍滿虛空界量具足光明以爲五頂以一切如來金剛身口意所成五股跋折囉既成就已又從一切如來心出置於右掌中爾時復從跋折囉出種種色相光明照曜遍滿一切世界又想於諸光明峯上一切世界微塵等如來出現既出現已盡遍法界滿虛空中及一切世界周流海雲於一切如來平等性智神通現成等正覺能令發一切如來大菩提心成就普賢種種行相亦能奉事一切如來眷屬能令趣向大菩提場復能摧伏一切諸魔悟一切平等性證大菩提轉正法輪乃至救護一切世界衆生成就一切如來神通智最上悉地等現一切如來神變已爲普賢故復爲金剛薩埵三摩地極堅牢故同一密體成普賢大菩薩身已住於毘盧遮那佛心

而高聲唱是言奇哉曰
我是普賢　堅固薩埵　雖非身相　自然出現
以堅牢故　爲薩埵身
爾時普賢大菩薩身從佛心出已於一切如
來前依於月輪復請教示爾時世尊毘盧遮
那入一切如來智三摩耶金剛三摩地已現
一切如來尸羅三摩地慧解脱知見轉正法
輪展轉利益衆生大方便力精進大智三摩
耶盡遍一切衆生界救護一切爲自在主一
切安樂悦意受用故乃至一切如來平等性
智神通摩訶衍那阿毘三摩耶剋果成就最
上悉地故一切如來以此悉地跋折囉爲彼
普賢大菩薩應以一切如來轉輪位故以一
切如來身寶冠繒綵而灌頂之既灌頂已而
授與之爾時諸如來以彼執金剛之名灌頂

故便號爲執金剛是時執金剛菩薩屈其左
臂現威猛力士相右手執跋折囉向外抽擲
弄而執之高聲作是言曰
此跋折囉　是諸如來　無上悉地　我是金剛
授與我手　以我金剛　執持金剛
此是金剛薩埵三摩地一切如來菩提心智
第一
爾時世尊毘盧遮那復入不空王大菩薩三
摩耶出生加持薩埵金剛三摩地已從自心
而出召請一切如來三摩耶名一切如來心
即說呪曰
跋折囉　囉穰而伽切上聲
纔說此密語時於一切如來心中則彼執金
剛菩薩以爲一切如來之大鉤出已便即於
世尊毘盧遮那掌中而住爾時從彼大鉤身

中出現一切世界微塵等如來既出現已鉤召請入一切如來等事及一切佛神變作已由不空王故及由金剛薩埵堅牢故同一密合以爲不空王大菩薩身成就已住於世尊毘盧遮那佛心而高聲唱言竒哉曰

我是不空王　從彼金剛生　以爲大鉤召
諸佛成就故　能遍一切處　鉤召諸如來

時彼不空王菩薩從佛心出已便依於諸如來右邊月輪復請教示爾時世尊入一切如來鉤召金剛三摩耶三摩地已爲一切如來鉤召三摩耶盡遍衆生界一切攝召一切如來爲一切安樂悅意受用故乃至爲得一切如來三摩耶智所持增上悉地成就故即於彼不空王大菩薩如上於雙手而授之爾時一切如來以金剛鉤召名號而灌頂之是時金剛鉤召菩薩以彼金剛鉤召一切如來已而高聲唱言

我是諸如來　無上金剛智　能成就佛事
最上鉤召者

此是不空王大菩薩三摩耶一切如來鉤召智第二

爾時世尊復入摩羅大菩薩三摩耶出生加持薩埵金剛三摩地已即從已身出一切如來奉事三摩耶名一切如來心即說密語

跛折囉　囉伽

纔說此呪時從一切如來心中即彼世尊執金剛以爲一切如來華器仗既出已同一密體入於世尊毘盧遮那佛心中於彼便以爲金剛弓箭身而住於掌中即從彼金剛箭身一切世界微塵等如來身出現已爲作一切

如來奉事等及一切如來神變作已由至極殺故復由金剛薩埵三摩地極堅牢故同一密合以爲成就摩羅大菩薩身已即住於世尊毘盧遮那佛心中住已而高聲唱是言奇哉曰

我自性清淨　能以染愛事　奉事於如來

以離染清淨　染故能調伏

爾時彼摩羅大菩薩身即從毘盧遮那佛心而下於一切如來左邊月輪中而住已復請教示爾時世尊入一切如來愛染奉事三摩地加持金剛既入定已一切如來摩蘭拏金剛三摩耶盡遍衆生界喜愛一切安樂悅意受用乃至一切如來摩羅業最勝悉地果故彼金剛箭爲彼摩羅大菩薩如上雙手而授之是時一切如來皆號彼爲金剛弓以金剛弓名而灌頂之爾時金剛弓菩薩摩訶薩以其金剛箭殺一切如來時即以高聲唱如是言曰

此是一切佛　離垢愛染智　以染害離染

一切愛安樂

此是金剛弓大菩薩三摩地奉事一切如來智第三

爾時世尊復入歡喜王摩訶薩埵三摩耶所生薩埵加持金剛三摩地已從自身心而出一切如來歡喜名一切如來心即說密語

跋折羅　娑度

纔説此呪時從一切如來心即彼執金剛以爲一切如來善哉想已同一密合便入毘盧遮那如來心既入心已而爲金剛歡喜體住於雙手掌中爾時從彼金剛歡喜體中出現

一切世界微塵數等如來身既出現已作一切如來善哉等事一切如來神變已作以極歡悦故復以金剛薩埵三摩地極堅牢故同一密合便成歡喜王摩訶薩身住於毘盧遮那如來心而高聲唱如是言奇哉曰

我是最勝　一切智者　所共稱説　若諸妄想
分别斷除　聞常歡喜

爾時歡喜王摩訶薩身從佛心下於諸如來背後月輪中住復請教示爾時世尊入一切如來歡喜金剛三摩地已一切如來無上極歡喜智三摩耶爲盡遍衆生界一切歡喜一切安樂悦意受用故乃至一切如來無上踊躍獲最勝味悉地果故其金剛歡悦爲彼歡喜王摩訶菩提薩埵如上授與雙手爾時一切如來皆號之爲金剛踊躍以其金剛名而灌頂之于時金剛踊躍菩薩摩訶薩以其金剛歡悦相以善哉聲令諸佛歡喜已高聲作如是言曰

此是諸佛等　善哉能轉者　此殊妙金剛
能增益歡喜

此是金剛踊躍摩訶薩三摩耶一切如來作善哉智第四

已上四菩薩並是金剛部中阿閦佛眷屬都號爲一切如來摩訶三摩耶薩埵

爾時世尊復次從虚空藏心出現摩訶菩提薩埵三摩耶所生寶加持金剛三摩地已此一切如來灌頂三摩耶名一切如來心從自心而出即説密語

跋折囉　阿囉　怛那合二

纔出此呪時從一切如來心中遍滿虚空平

等性智善決了故金剛薩埵三摩地及堅牢故同一密合即彼執金剛以爲流出光明盡遍虛空猶彼盡遍虛空光明照曜故以盡遍爲虛空界爾時以諸佛加持力一切虛空界悉入世尊毘盧遮那心中善修習故金剛薩埵三摩地以爲遍虛空藏周流一切世界等量摩訶金剛寶所成身安住如來掌中是時從彼大金剛寶身中出現一切世界微塵等已而作一切如來灌頂等事一切如來神變於一切世間作已以盡遍世界藏善出生故於金剛薩埵三摩地極堅牢故同一密合成就虛空藏大菩薩既成就已住於毘盧遮那心而高聲唱如是言奇哉曰

我是自灌頂　金剛寶無上　雖無住著者
然爲三界主

時彼虛空藏摩訶菩提薩埵從毘盧遮那佛心下向一切如來前依於月輪復請教示爾時世尊入大摩尼寶金剛三摩地已一切如來有所樂求皆令圓滿三摩耶盡遍衆生界爲得一切利益故一切安樂悅意受用故乃至得一切如來事成就最上悉地故此金剛摩尼爲彼虛空藏大菩提薩埵以爲金剛寶轉輪故又以金剛寶瓔灌頂既灌頂已而於雙手授之是時一切如來以灌頂之號名金剛藏爾時金剛藏摩訶菩提薩埵將彼金剛摩尼於已灌頂處置已而高聲作是言曰

此諸如來許　能灌衆生頂　我是手授者
及受與我者　以寶而飾寶

此是寶生如來部金剛藏大菩薩三摩地一切如來灌頂寶智第一

爾時世尊復入大威光摩訶薩埵三摩耶所生寶加持金剛三摩地已彼自出一切如來光明三摩耶名一切如來心從自身心而出此密語

跋折羅 帝壤

纔出此密語時從一切如來心即彼薄伽梵執金剛以爲大日輪同一密合入於毘盧遮那佛心便成金剛日身住於如來掌中于時即從彼金剛日身中出現一切世界微塵等如來身出已放一切如來光明等事一切如來神變作已以極大威光故金剛薩埵三摩地摩訶菩提薩埵身成就已住於毘盧遮那心而高聲唱是言奇哉曰

無比大威光　能照衆生界　令諸佛依護
雖復淨即是　淨中能復淨

時無垢威光摩訶菩提薩埵身從佛心下已即依於如來右邊月輪中住復請教示爾時世尊入一切如來以圓光加持金剛三摩地已一切如來光明三摩耶盡遍衆生界無比威光爲一切安樂悅意受用故乃至一切如來自身光明爲最上悉地成就故將彼金剛日與彼大威光摩訶菩提薩埵於雙手而授之是時一切如來共號爲金剛光明以金剛而名灌頂之爾時金剛照曜菩薩摩訶薩以其金剛日照曜一切如來已而高聲唱是言曰

此是諸佛智　除滅無知闇　以微塵等量
超越於日光

此是金剛光明大菩薩三摩地一切如來圓光智第二

爾時世尊復入寶幢菩薩三摩耶所生寶加持金剛三摩地已能滿足一切如來所求三摩耶名一切如來之心從自心而出即說密語

跋折囉 計都

纔出此密語時從一切如來心即彼薄伽梵執金剛以種種殊妙雜色嚴具以爲寶幢出已同一密合入於毘盧遮那心便成金剛幢身既成就已而安住於佛掌中爾時從金剛

幢身中出一切世界微塵等如來身出已而建立一切如來寶幢等事作一切如來神變已以大寶幢故金剛薩埵三摩地極堅牢故同一密合以爲摩訶菩提薩埵身即住於毘盧遮那世尊心中而高聲唱是言奇哉曰

無比量幢 我能授與 一切利益 滿足悉地

一切所求 一切能滿

時彼寶幢摩訶菩提薩埵從佛心下已依於諸如來左邊月輪中住復請教示爾時世尊入一切如來建立加持金剛三摩地已能建立一切如來思惟三摩尼幢三摩耶爲盡遍衆生界能圓滿一切希求一切安樂悅意受用故乃至獲得一切如來大利益最上悉地果故彼寶幢如上授與雙手掌中是時一切如來以金剛表刹而名號之復以金剛名號而灌頂之爾時金剛表刹菩薩摩訶薩以彼金剛幢令一切如來於檀波羅蜜相應而高聲唱是言

此是諸如來 希求能圓滿 名爲如意幢

檀波羅蜜門

此是金剛幢菩薩三摩地一切如來檀波羅

密智第三

爾時世尊復入常愛歡喜根摩訶菩提薩埵三摩耶所生寶加持金剛三摩地已從自身心出此一切如來受三摩耶名一切如來心而說密語

跋折囉　訶娑

纔出此密語時從一切如來心即彼薄伽梵執金剛以爲一切如來微笑同一密合便入毗盧遮那如來心而成金剛微笑身於如來掌中而住爾時從彼金剛微笑身出現一切世界微塵等如來一切如來希有事等一切如來神變遊戲作已常愛歡喜根故金剛薩埵三摩地極堅牢故以爲大菩薩身既成就已住於世尊毗盧遮那心中已而高聲作是言奇哉曰

我是爲大笑　一切勝中上　恒常善住定

以爲佛事用

爾時常愛歡喜根摩訶菩提薩埵身從佛心而下依於一切如來背後月輪中而住復請教示于時世尊入一切如來希有加持金剛三摩地已出現一切如來三摩耶盡遍衆生界諸根無上安樂悅意受用故乃至獲得一切如來根淨治智神通果故彼金剛微笑爲彼常愛歡喜根摩訶菩提薩埵如上授與於雙手掌中爾時一切如來以金剛愛名而爲之號便以金剛名而爲灌頂于時金剛愛摩訶菩提薩埵以其金剛微笑於一切如來微笑而高聲唱是言曰

此是諸如來　示生現希有　大智能踊躍

二乘所不知

此是金剛愛摩訶菩提薩埵一切如來微笑希有智第四

以上寶部中四菩薩是一切如來大灌頂薩埵

金剛頂瑜伽中略出念誦經卷第一

音釋

瑜伽梵語也此云相應瑜容朱切伽丘迦切　閦鞞閦初六切鞞駢迷切　嚂魯甘切　䭔直追切　額雅格切顙也　閡五溉切與礙同　娜奴可切　邏郎可切　鑁六敢切　纈胡結切　荳蔻荳田候切蔻苦候切荳蔻卓實也　胊舒閏切目動也　臋徒渾切腿臋也　睫即葉切目旁毛也　㖢即委切　嗢烏沒切　慣古患切習也　嚹落蓋切　腕烏貫切手腕也　琰以冉切　喇盧達切　儛罔甫切與舞同

金剛頂瑜伽中略出念誦經卷第二

唐南天竺三藏法師 金剛智 譯

爾時世尊復入觀自在摩訶菩提薩埵三摩耶出生法加持金剛三摩地已從自身心出一切如來法三摩耶名一切如來心而說密語曰

跋折羅 達摩

纔出此語時於一切如來身中即彼薄伽梵執金剛由自性清淨一切法平等性智善決了故金剛薩埵三摩地極堅牢故以爲法光明由彼法光明出現一切世界周遍照曜便成法界時彼一切法界遍滿虛空界同一密合入於毘盧遮那佛心中周遍虛空界量成大蓮華身住於世尊手中爾時世尊從彼金剛蓮華身中出現一切世界微塵等如來身既出現已一切如來三摩地智神通等一切如來神通遊戲於一切世界作已觀自在故及金剛薩埵三摩地堅牢故同一密合以爲觀自在摩訶菩提薩埵身成就已住於毘盧遮那佛心中而高聲唱是言奇哉曰

我是第一義　本來自清淨　筏喻於諸法　能得勝清淨

時彼觀自在摩訶菩提薩埵身從佛心下已依於一切如來前月輪中而住復請教示爾時世尊入一切如來三摩地智三摩耶所生金剛三摩地已能清淨三摩耶盡遍衆生界自身清淨爲一切安樂悅意受用故乃至獲得一切如來法智神通果故即將彼金剛大蓮華如上授與觀自在菩薩摩訶薩爲轉正法輪故爲一切如來法身灌頂已而於雙手

授之爾時一切如來復以金剛眼名號而爲灌頂于時金剛眼菩薩摩訶薩彼蓮華葉以開敷故貪愛自性離清淨無染汙作是觀察已而高聲唱如是言曰

此是諸佛慧　能覺了貪愛　我及所授者於法而住法

此是蓮華部金剛眼大菩薩三摩耶一切如來觀察智第一

爾時世尊復入文殊師利摩訶菩提薩埵三摩耶所生法加持金剛三摩地已從自心出此一切如來大智慧三摩耶名一切如來心即說密語

跋折囉　底瑟那三合

纔出此語時於一切如來心即彼薄伽梵執金剛以爲智劒而出已同一密合入於毘盧遮那佛心中便爲劒鞘既成就已住於毘盧遮那佛手中于時從彼如來劒鞘身中出現一切世界等如來身一切如來智慧等及一切如來神變遊戲已由極妙吉祥故及金剛薩埵三摩地極堅牢故同一密合以爲文殊師利摩訶菩提薩埵身既成就已住於世尊毘盧遮那佛心而高聲作是言竒哉曰

我是諸佛語　號爲文殊聲　若以無形色音聲可得知

爾時文殊師利摩訶菩提薩埵從世尊心下已依一切如來右邊月輪中住復請教示爾時毘盧遮那佛入一切如來智慧三摩耶金剛三摩地已現一切如來斷除煩惱三摩耶爲盡遍衆生界斷除一切苦故及一切安樂悅意受用故乃至成就一切如來隨順音聲

圓滿慧最上悉地故彼金剛覺於文殊師利摩訶菩提薩埵如上於雙手授之于時一切如來以金剛覺而爲名號復以金剛名授其灌頂爾時金剛覺菩薩摩訶薩以其金剛劒揮斫已而高聲唱是言曰

此是諸如來　般若波羅蜜　能破諸怨敵
滅罪中爲最

此是金剛覺摩訶菩提薩埵三摩地一切如來智慧第二

爾時世尊復入纔發心能轉一切如來法輪摩訶菩提薩埵三摩耶所生法加持金剛三摩地已即從自心出此一切如來法輪三摩耶名一切如來心即說密語

跋折羅　曳都

纔出此語時從一切如來心即彼薄伽梵執金剛以爲金剛界大壇場出已同一密合入於毘盧遮那佛心中以爲金剛輪身即於如來手中住于時從彼金剛輪身出現一切世界微塵等如來身出已由纔發心能轉法輪故及金剛薩埵三摩地極堅牢故以爲纔發心轉法輪身成就已住於毘盧遮那佛心而高聲唱是言奇哉曰

於執金剛中　金剛輪爲上　彼以纔發心
而能轉法輪

爾時纔發心轉法輪摩訶菩提薩埵身從佛心下已依於一切如來左月輪中而住復請教示爾時世尊復入一切如來金剛眼輪三摩地已一切如來大壇場三摩耶爲盡遍衆生界入不退轉輪一切安樂悅意受用故乃至成就一切如來轉正法輪最上悉地故即

彼金剛輪而爲彼纔發心轉法輪摩訶菩提薩埵如上於手而授之爾時一切如來以金剛道場名而爲之號爾時金剛道場菩薩以其金剛輪爲一切如來不退轉故安立已復高聲唱是言曰

此是諸如來　能淨治一切　是名不退轉菩提之道場

此是金剛道場摩訶菩提薩埵纔發心能轉一切如來法輪智第三

爾時世尊入無言摩訶菩提薩埵三摩耶所生法加持金剛三摩地已即從自心出一切如來念誦三摩耶名一切如來心即說密語

跋折囉　婆沙

纔出此語時從一切如來心彼即以爲一切如來法文字出已同一密合入於世尊毘盧遮那佛心便爲金剛念誦身而住於世尊掌中爾時即從金剛念誦身出現一切世界微塵等如來身旣出已而作一切如來法界性等一切神變遊戲已而自語言極堅牢故同一密合以爲語言金剛菩提薩埵身已住於毘盧遮那佛心而高聲作是言奇哉曰

自然之祕密　我爲密語言　若說於正法遠離語戲論

爾時無言摩訶菩提薩埵身從佛心而下依於諸如來背後月輪中而住復請教示于時世尊復入一切如來祕密語言三摩耶三摩地爲一切如來語言智三摩耶盡徧衆生界語言悉地成就故一切安樂悅意受用故乃至獲得一切如來語言祕密性勝上悉地故即彼金剛念誦爲彼無言摩訶菩提薩埵如

上授與雙手爾時一切如來以金剛語言名而爲之號于時金剛語言菩提摩訶薩埵以其金剛念誦而與一切如來談論已而高聲唱是言曰

此是諸如來　金剛之念誦　於諸如來祕
能爲速成就

此是蓮華部金剛語言摩訶菩提薩埵三摩地一切如來離語言戲論智第四

已上四菩薩是蓮華部一切如來大智三摩耶薩埵

爾時世尊復入一切如來毘首羯磨摩訶菩提薩埵三摩耶所生羯磨加持金剛三摩地已即從自身心出現一切如來羯磨三摩耶名一切如來心即說密語

跋折羅　羯磨

纔出此語時從一切如來心即彼薄伽梵執金剛以爲一切羯磨平等性智善曉了故金剛薩埵三摩地極堅牢故即彼薄伽梵執金剛一切如來羯磨光明而出現已由彼一切如來羯磨光明照曜故諸世界得成一切羯磨界同一密合便入毘盧遮那佛心遍滿盡虛空界量由一切如來金剛羯磨界故以爲羯磨金剛身而住於世尊掌中爾時從彼羯磨金剛身出現一切世界微塵等如來身旣現已於一切世界一切如來羯磨等一切如來神變遊戲作已一切如來無邊羯磨故復以金剛薩埵三摩地極堅牢故以爲一切如來毘首羯磨摩訶菩提薩埵身即住於世尊毘盧遮那佛心而高聲唱是言奇哉曰

諸佛羯磨不唐捐　羯磨金剛而能轉

唯我住兹能廣爲　以無功用作佛事

于時大毘首羯磨摩訶菩提薩埵身從佛心下已依於如來前月輪中住復請教示爾時世尊入一切如來不空金剛三摩地已爲一切如來轉供養等無量不空一切羯磨儀式廣大三摩耶爲盡遍衆生界一切羯磨悉地及一切安樂悅意受用故乃至獲得一切如來金剛羯磨性智神通最上悉地故是彼羯磨金剛爲一切如來金剛羯磨摩訶菩提薩埵爲一切如來羯磨轉輪故復以一切如來金剛羯磨故爲其灌頂而於雙手授之爾時一切如來以爲金剛毘首名而爲之號復以金剛名而灌其頂于時金剛毘首菩薩摩訶薩即以彼羯磨金剛置於心上爲令作用一切如來羯磨事已而高聲唱是言曰

此是諸如來　最上毘首磨　我及所授者

羯磨能羯磨

羯磨部中金剛毘首羯磨大菩薩三摩地一切如來所作事業智第一

爾時世尊復入難勝鬬戰勇健精進摩訶菩提薩埵三摩耶所生羯磨加持金剛三摩地已入一切如來擁護三摩耶名一切如來心從自身心而出即說密語曰

拔折羅　阿囉二合乞沙二合

纔說此語時於一切如來心即彼薄伽梵執金剛以爲堅牢甲冑而出已同一密合便入世尊毘盧遮那佛心中復爲大金剛甲冑身而住於如來手中爾時從金剛甲冑身中出現一切世界微塵等如來身出已一切如來擁護儀式廣大羯磨等一切如來神變遊戲

作已由難勝鬭戰精進故及以金剛三摩地極堅牢故同一密合以爲難勝精進摩訶菩提薩埵身成就已住於毘盧遮那世尊心中而高聲唱是言奇哉曰

精進所成甲堅牢　堅牢於餘堅牢者
以堅牢故非色身　能爲最上金剛身

爾時彼難勝精進摩訶菩提薩埵身從佛心中下已依於諸如來右邊月輪中而住復請教示爾時如來入一切如來堅固金剛三摩地已入一切如來精進波羅蜜三摩耶爲盡遍衆生界救護一切安樂悦意受用故乃至獲得一切如來金剛身最上悉地果故彼金剛甲冑爲彼難勝精進摩訶菩提薩埵如上於雙手而授之爾時一切如來以金剛友名而爲之號復以金剛名號授其灌頂爾時金剛友菩薩摩訶薩以其金剛甲冑而被一切如來已而高聲唱是言曰

此是諸如來　最上慈甲冑　堅固精進護
名爲大親友

金剛友大菩薩三摩地一切如來慈護甲冑智第二

爾時世尊復入摧一切魔摩訶菩提薩埵三摩耶所生金剛三摩地已入一切如來方便三摩耶名一切如來心從自身心而出即說密語曰

跋折羅　藥叉

纔出此語時從一切如來心即彼薄伽梵以爲大牙器而出已同一密合入世尊毘盧遮那佛心便成金剛牙身已而住於如來掌中于時從彼金剛牙身中出現一切世界微塵

等如來身已一切如來調伏暴惡一切如來神變遊戲由極摧一切魔故及金剛薩埵三摩地極堅牢故以爲摧滅一切魔菩薩身已便住於毘盧遮那佛心而高聲唱是言奇哉曰

我是諸佛大方便　有大威德應調伏
若爲寂靜利衆生　摧滅魔故作暴惡

時彼摧滅魔大菩提薩埵身從佛心下依於諸如來左月輪中而住已復請教示爾時世尊入一切如來暴惡金剛三摩地已一切如來意調伏麤惡三摩耶爲盡遍衆生界無怖畏一切安樂悅意受用故乃至獲得一切如來大方便智神通最上悉地果故以彼金剛牙器仗爲摧滅一切魔摩訶菩提薩埵如上雙手而授之于時一切如來以金剛暴惡名而爲之號是時金剛暴惡摩訶菩提薩埵將彼金剛牙器仗置於已口中恐怖一切如來已而高聲唱是言曰

此是諸佛現　最上降伏者　金剛牙器仗
哀愍方便設

此是金剛暴惡大菩薩三摩地一切如來大方便智第三

爾時世尊復入一切如來拳摩訶菩提薩埵三摩耶所生羯磨加持金剛三摩地一切如來身口意金剛縛三摩耶名一切如來心從自心出已即說密語曰

跋折羅　散地(重音呼)

纔出此語時從一切如來心即彼執金剛以爲一切如來印縛出已同一密合入於毘盧遮那佛心而爲金剛縛身已而住於世尊掌

中于時從彼金剛縛身中出現一切世界微塵等如來身出已爲於一切世界一切如來印縛智等作一切神變已由一切如牢縛故及金剛薩埵三摩地極堅牢故同一密合以爲一切如來拳摩訶菩提薩埵身成已住於世尊毘盧遮那佛心而高聲唱是言奇哉曰

我是三摩耶　堅牢縛身者　諸願求成就
雖解脫示縛

于時彼一切如來拳摩訶菩提薩埵身從佛心下已依諸如來背後月輪中住復請教示

爾時世尊入一切如來三摩地已一切如來即縛三摩耶盡遍衆生界一切如來大神力現驗作事故一切悉地諸安樂悅意受用故乃至一切如來一切智智印爲生最上悉地果故彼金剛縛爲一切如來金剛拳摩訶菩提薩埵如上雙手授之于時一切如來以金剛拳名而爲之號復以金剛名授其灌頂爾時金剛拳菩薩摩訶薩以其金剛縛而縛之一切如來已高聲唱是言曰

此是諸如來　堅牢金剛縛　若爲一切印
速疾成就故　三摩耶極難　羯磨能超度

金剛拳大菩薩三摩地縛一切如來身口意智第四

於羯磨部中四菩薩三摩地都名一切如來羯磨智

爾時阿閦如來爲毘盧遮那世尊入一切如來智印故金剛波羅蜜三摩耶金剛加持金剛三摩地已即從自心出現一切如來金剛三摩耶名一切如來印即說密語曰

薩埵　跋折麗

纔出此語時於一切如來心出現金剛光明
於彼金剛光明諸門即彼執金剛一切世界
微塵等以爲如來身印一切智同一密合周
遍一切世界量以爲大金剛身已於世尊毘
盧遮那前依於月輪住而高聲唱是言奇哉
曰
諸佛與薩埵　金剛極堅牢　若以堅牢故
非身金剛身
如來部中金剛波羅蜜一切如來金剛三摩
耶智第一
爾時寶生如來以爲世尊毘盧遮那如來入
一切如來智印故寶波羅蜜三摩耶所生寶
金剛加持三摩地已即從心出現此金剛寶
三摩耶身印即說密語曰
阿羅(二合)怛那(二合)跋折麗

纔說此語時從一切如來心中出現寶光明
於彼寶光明即彼執金剛一切世界微塵等
以爲如來身印一切如來諸智同一密合周
遍一切世界量而爲大金剛寶身依於右邊
月輪中而高聲唱是言奇哉曰
諸佛金剛契　我是寶金剛　堅牢灌頂門
說如來身印
如來部中寶波羅蜜一切如來金剛寶灌頂
三摩耶智第二
爾時觀自在王如來以爲世尊毘盧遮那佛
契一切如來智故入法波羅蜜三摩耶所生
金剛加持三摩地已即從自身出現此法三
摩耶身契即說密語曰
達摩　跋折囉
纔出此語時從一切如來心出現蓮華光明

於彼蓮華光明即彼薄伽梵執金剛以為一切世界微塵數如來身一切如來智契已同一密合一切世界周遍量以為金剛蓮華身已依於毘盧遮那佛背後月輪中住而高聲唱是言奇哉曰

一切佛謂我　清淨法金剛　若以性清淨　雖染而清淨

如來部中法波羅蜜三摩耶所生加持金剛三摩耶智第三

爾時不空成就如來為世尊毘盧遮那一切如來遍智契故入一切波羅蜜三摩耶所生金剛加持三摩地已此一切三摩耶自已契從自心而出即說密語曰

羯磨　䟦折哩

纔出此語時從一切如來心一切羯磨光明於其一切如來光明即彼薄伽梵執金剛以為一切世界微塵等如來身遍契一切如來智已復同一密合遍滿一切世界量面向四方以為羯磨金剛身已依於世尊毘盧遮那左邊月輪中住而高聲唱是言

一切如來智　我多種羯磨　金剛若唯一　盡遍佛世界　能事業羯磨

一切如來三摩耶羯磨波羅蜜一切如來作佛事業智第四

都名一切如來摩訶波羅蜜

爾時毘盧遮那世尊復入一切如來受樂供養三摩耶所生金剛三摩地已此一切如來眷屬摩訶持明天女從自心而現即說密語曰

䟦折羅　邏細𦄘二合

纔出此語時從一切如來心出現金剛印於其金剛印峯即彼薄伽梵執金剛以爲一切如來微塵等如來身已同一密合爲金剛喜摩訶持明天女遍身似金剛薩埵女殊妙色相形貌威儀一切嚴具而爲莊飾一切如來部所攝是爲金剛薩埵女旣成就已即依於阿閦鞞世尊左邊月輪中住而高聲唱是言奇哉曰

我無比供養　餘無有能者　若以愛供養
能成諸供養

一切如來喜愛密供養菩薩三摩地一切如來安樂悅意智第一

爾時世尊復入一切如來寶鬘灌頂三摩耶出生金剛三摩地已此一切如來部摩訶持明天女從自心而出即說密語

跋折囉　麽隷

纔出此語時從一切如來心出現摩訶寶契從彼寶契即彼薄伽梵執金剛以爲一切世界微塵等如來身已同一密合復爲金剛鬘摩訶天女已依於世尊寶生左邊月輪中住而高聲唱是言奇哉曰

我是無寶　名寶供養　若於三界　爲勝諦王
即以供養　而爲教令

一切如來寶鬘灌頂供養一切如來覺分智第二

爾時世尊復入一切如來歌詠三摩耶所生金剛三摩地已從自心出現一切如來部摩訶天女即說密語

跋折囉　倪(俄以切)　坻

纔出此語時從一切如來心出現一切如來

法契從其法契即彼薄伽梵執金剛以爲一切世界微塵等如來身同一密合復爲金剛歌詠摩訶天女依於觀自在王佛左邊圓滿月輪中而住高聲唱是言奇哉曰

我是諸供養　以爲歌詠音　雖能令歡喜
假設如空響

一切如來歌詠供養菩薩三摩地一切如來偈頌三摩耶智第三

爾時世尊毘盧遮那復入一切如來作儛供養三摩耶所生一切如來部大天女從自心而出即現說密語

跋折囉　涅哩　帝曳合二

纔出此語時從一切如來心爲一切如來作務種種廣大儀式供養出巳從彼一切如來儛供養廣大儀式即彼薄伽梵執金剛以爲一切世界微塵等如來身巳依於世尊不空成就如來左邊滿月輪中而住高聲唱是言奇哉曰

廣大一供一切供　能作利益遍世間
若以金剛儛儀式　而能成就佛供養

一切如來儛供養一切如來無上供養羯磨智第四

巳上四部是一切諸如來密法供養

爾時阿閦鞞世尊復爲供養毘盧遮那如來隨外供養故入一切如來能爲滋茂三摩耶所生金剛名一切如來主香綵女從自心出即說密語

跋折羅　度鞞

纔出此語時復從一切如來心即彼薄伽梵執金剛以爲無量種種莊嚴供養雲集以此

無量衆香雲氣嚴雲遍滿一切金剛界已又從彼衆香供養嚴雲海中出現一切世界微塵數如來身已同一㝏合以爲金剛香天身依於世尊阿閦佛金剛摩尼峯樓閣左角邊月輪中住而高聲唱是言奇哉曰

我爲天供養　能令善滋茂　若入諸衆生
速得證菩提

一切如來香供養能令滋茂菩薩三摩地所生金剛攝智第一

爾時寶生如來世尊復爲供養毘盧遮那世尊隨外供養故入寶莊嚴具供養三摩耶所生金剛三摩地已從自心出現一切如來承旨天女即說㝏語

跋折羅　補瑟鞞二合

纔出此語時從一切如來心即彼薄伽梵執金剛以爲一切華供養莊嚴出現遍滿虛空已復從一切諸華供養莊嚴中出現一切世界微塵等如來身同一㝏合以爲金剛承旨天女之身依於毘盧遮那世尊金剛摩尼峯樓閣左角邊月輪中住而高聲唱是言奇哉曰

我是華供養　能爲諸嚴具　供養寶性已
速獲於菩提

一切如來金剛華供養菩薩三摩地一切如來寶莊嚴具供養三摩耶智第二

爾時觀自在王如來世尊爲供養毘盧遮那如來隨外供養故入一切如來光明供養三摩耶所生金剛三摩地已此一切如來女使從自心而出即說㝏語

跋折囉二合　虜計

纔出此語時從一切如來心即彼薄伽梵執金剛以爲一切世界光明供養莊嚴遍滿法界出現已從彼一切光明供養莊嚴中復出現一切世界微塵等如來身同一密合以爲金剛光明天身已於世尊金剛摩尼峯樓閣左角月輪中而住高聲唱是言竒哉曰

我是大供養　以爲清淨燈　若具法光明

速得諸佛眼

一切如來燈光明供養莊嚴菩薩三摩地一名如來光明遍法界智第三

爾時不空成就如來世尊爲供養毘盧遮那世尊隨外供養故入一切如來塗香供養三摩耶所生金剛三摩地已從自心出一切如來婢使即說密語曰

跋折囉　塞提

纔出此語時從一切如來心即彼薄伽梵金剛以爲一切如來塗香供養莊嚴出現從彼一切塗香供養莊嚴中復出現一切世界微塵等如來身同一密合以爲金剛塗香天身依於世尊金剛摩尼峯樓閣左角邊月輪中住而高聲唱是言竒哉曰

我塗香供養　是殊妙悅意　若以如來香

遍授一切身

一切如來塗香供養三摩耶菩薩三摩地是一切如來戒三摩地慧解脫解脫知見香等智第四

都名奉受一切如來教者天女

爾時世尊毘盧遮那如來復入一切如來三摩耶鉤三摩耶所生薩埵金剛三摩地已從自心出現此一切如來一切群衆印主即說

密語
跋折囉 俱奢若短聲
纔出此語時復從一切如來心即彼薄伽梵執金剛以爲一切如來一切群印出現從彼諸如來一切世界微塵等出現如來身已同一密合復爲金剛鉤摩訶菩提薩埵身已依於世尊金剛摩尼峯樓閣金剛中間月輪中而住鉤一切如來三摩耶已而高聲唱是言奇哉曰
我是諸如來 堅固三摩耶 若我鉤召已
祇奉一切壇
一切如來鉤菩薩三摩地一切如來三摩耶鉤召智第一
爾時世尊復入一切如來三摩耶引入摩訶菩提薩埵三摩耶所生三摩地已從自心出現導引一切如來入印使者即說密語
跋折羅 波捨短呼
纔出此呪時從一切如來心即彼薄伽梵執金剛以爲一切如來引入群印已即從一切如來引入群印出現一切世界微塵等如來身已同一切密合復爲金剛羂索摩訶菩提薩埵身依於世尊金剛摩尼峯樓閣寶門間月輪中而住引入一切如來已而高聲唱是言奇哉曰
我是諸如來 金剛固羂索 設入諸微塵
復令彼引入
一切如來金剛羂索大菩薩三摩地引入一切如來智第二
爾時世尊復入一切如來三摩耶鉤鎖摩訶菩提薩埵三摩耶所生薩埵金剛三摩地已

即從自心出現一切如來縛諸如來心使者
即說密語
跋折羅 娑怖二合吒
纔出此語時從一切如來心即彼薄伽梵金剛以爲一切如來三摩耶縛衆印而出已復從彼一切如來三摩耶縛衆印中出現一切世界微塵等如來身同一密合以爲金剛鉤鎖摩訶菩薩身已依於如來金剛摩尼寶峯樓閣法門間月輪中住而高聲唱是言奇哉曰

我是諸如來　金剛堅鉤鎖　雖一切縛解
爲生故受縛

一切如來三摩耶鉤鎖摩訶菩提薩埵三摩地一切如來三摩耶縛智第三

爾時世尊復入一切如來攝入摩訶菩提薩埵三摩耶所生薩埵金剛三摩地已即從自心出現此一切如來諸印僮僕即說密語
跋折羅 吠捨短呼之
纔出此語時從一切如來心即彼薄伽梵執金剛以爲一切如來諸呪群衆出現即於彼一切如來諸呪群衆中出現一切世界微塵等如來身同一密合以爲金剛攝入身依於世尊金剛摩尼寶峯樓閣羯磨門間月輪中住而高聲唱是言奇哉曰

我是諸如來　金剛攝牢固　能爲一切主
亦復作僮僕

一切如來攝入摩訶菩提薩埵三摩耶所生金剛三摩地名一切如來金剛攝入智第四
已上都名一切如來受教者
如上次第盡諸部眷屬壇場主及金剛薩埵

爲首一切菩薩等各各思惟本三摩地自巳形狀服飾所執記印然後思惟自巳所持明主菩薩色相又想諸佛世尊滿虛空界油麻等量若自巳身結跏趺坐置右手於左手上舌拄上齶住意於鼻端微細金剛大柱以念繩繫意令作堪任如調鍊淨蠟其心隨調種種任用又若水精石雲毋等本性明徹隨其色影而爲變現是心亦爾本性清淨但由妄業躭著世間技藝工巧隨彼轉變一切妄想之所莊飾寧可畨妄歸眞修習實相一切智智無上功德分別道用如是以決定慧味善巧意樂勇猛威德觀察自心散亂煩惱所薰蘊入界等攝所攝遠離法無我相應初始生猶如陽焰幻化乾闥婆城如空中響如旋火輪夢妄遠離過於一百六十世間心作是思惟巳於巳身心自知可驗彼是知道者見道者眞實所說愚夫繫著相者終不了知次須入觀止出入息初依瑜伽安那般那繫念修習不動身軀亦不動支分名阿娑頗那伽法久修行者如是思惟時入想巳身住在虛空一切諸佛遍滿法界以彈指印令從座起持誦者應思惟諦聽諸佛告言善男子無上正等菩提速宜現證汝若一切如來眞實未能了知云何堪忍能修一切苦行爾時聽聞一切佛語巳即依儀式從定而出即結從坐起印其印法金剛拳雙結巳檀慧度互相鉤進力度仰相拄即說密語

唵　跋折羅　底瑟吒

以此印起巳應觀十方佛海一一佛前巳身住在足下頂禮於一切如來禮訖以此密語

應當表白曰

唵 薩婆怛他揭多迦耶縛(夫我切) 袪(二合)質多鉢囉(二合)娜莫 跋折羅 婆那鉡(二合)迦阿嚧迷

梵存初字論曰以一切如來身口意如是我金剛敬禮次敬禮一切如來已作如是言願世尊示誨於我云何是眞實法云何安住奉行復應思惟一切如來各面告如是言善男子應以三摩地本性成就隨意念誦當觀察自心即說密語

唵 質多鉢嚩底(丁里切)迷曇羯嚧弭

誦此密語時觀於自心狀如月輪已復白一切如來世尊願教示於我欲見月輪相一切如來復告言善男子此心本性清淨隨彼所用隨意堪任譬如素衣易受染色本性清淨心增長智故以本性成就密語應發菩提心即說密語

唵 菩提 質儋 鬱波陀耶弭

誦此語時應結金剛縛契以此密語即想彼月輪極清淨堅牢大福德所成於佛性菩提從所生形狀如月輪澄靜清淨無諸垢穢諸佛及佛子稱名菩提心旣見智所成月即以心啓告顯發於諸如來世尊我見彼月輪極清淨爾時一切如來告言汝當親近一切如來普賢之心汝應善修習此一切如來普賢之心堅牢故於自心月輪中想金剛杵形像純眞金色具放光焰即是無垢清淨佛智又想其杵具五叉股持誦師承一切佛旨以其五叉股契想置其杵中而誦密語

底 瑟咤 跋折羅

次說結契法先金剛縛已竪忍願度想著以進力度於忍願傍如曲叉竪相去兩大麥許又以定智度及檀慧度兩兩相合竪如叉股是名五金剛契次修瑜伽者復以金剛羯磨契印心想廣展此金剛印即說密語

娑婆囉　跋折囉

說結羯磨印法以智定度各捻檀慧度頭申餘三度如三股跋折囉左仰右覆右在上已當其心上摩轉如輪其次想自心是菩提心身爲金剛所成以意念誦前密語即隨自意境界而盡展金剛身滿一切虛空世界其次以此密語收攝其金剛即說密語

唵　僧唱囉　跋折囉

其次彼金剛以此密語而堅牢之復說密語

唵　涅哩茶　底瑟咤　跋折囉

以此呪堅牢已持身如故其次思惟於一切虛空界所有一切如來身口意金剛界彼皆以諸佛神力加持入於自身金剛中作此念時而誦密語

唵　跋折囉哆麽(二合)俱舍三摩愈舍摩訶三摩愈舍　薩婆怛他羯多　阿毘三菩提跋折囉　哆麽(二合)俱舍

梵存初字論曰我是金剛身三摩耶身摩訶三摩耶身一切如來現證菩提爲金剛身其次以專定心想已身隨一切相好莊嚴披服交絡繒綵以一切佛冠而受灌頂以摩訶菩提薩埵身而想自身其次爲欲超過諸天色相堅牢故自已所念誦天三摩地加持灌頂以此儀式應善思惟次結印法金剛縛牢縛已直舒忍願度是也爲瑜伽加持故應置其

印於心次於額喉頂上而說密語

唵　跋折羅　薩埵　阿地瑟咤　薩縛麽含（二合）

以此瑜伽加持自身爲金剛凡加持契各隨本部置其處已於頂上解散之又說自所念誦夫灌頂者謂從心所起金剛寶印置於額上而灌頂結灌頂印法謂結金剛縛已豎智定度進力二度頭相拄屈其中分如摩尼寶狀是名授灌頂印而說密語

唵　跋折羅　阿羅（二合）怛那（二合）阿毘詵遮摩含（二合）

其次思惟自所念誦呪先令入自身而誦此四字密語

壞（而迦切上聲短呼）吽（重聲引）鋄（無凡切）護

以此瑜伽加持一切呪印速得成就次執金剛菩薩所說其灌頂印分擘已各存本勢於額前以進力度互三繞之如繫鬘法頂後亦爾結已從項上兩邊至肚起於檀慧度次第散解之誦此密語

唵　跋折羅　阿囉（二合）怛那麽隷阿毘詵者薩婆慕那羅（二合）冥涅哩　遲呬（四平聲）句嚧末羅迦婆制那鋄（亡凡切）

餘灌頂契同用此法散之次結金剛縛拍手印而令歡喜即說密語

唵　跋折囉　都屣扈

以此語法解結契令得歡喜當爲金剛體性或爲金剛薩埵此瑜伽方便於十六摩訶薩及彌勒等諸餘十地得自在者彼大菩薩各各自已三摩耶印等三摩地之所加持灌頂而以如上法應當思惟修習次第若復念誦

如來部呪或誦轉輪者即以如後所說法應加持灌頂其中修一切部瑜伽加持者謂薩埵金剛印結已置於心上結印法結金剛縛已豎忍願度如針是也而說呪曰

唵　跋折囉　薩埵　阿地瑟咤娑婆摩吽

是名金剛部加持語契復次若寶部結金剛寶契結契法結金剛縛已以智定度面相捻稍令曲屈以忍願度中分面相捻偃曲如寶是也置於額上即誦密語

唵　跋折囉　阿羅(二合)怛娜　阿地瑟咤娑婆麽舍怛囉

此名寶部金剛寶加持語契次結蓮華部三摩耶印其結印法結金剛縛已豎忍願度稍曲相拄如蓮華葉置於玉枕下而加持之即說呪曰

唵　跋折囉　波頭摩(二合)阿地瑟咤麽舍頡唎

是名蓮華部加持語契復次結羯磨部三摩耶印其結法結金剛縛印以忍願度屈入掌中以檀慧智定等度豎如針置於頂上而加持之即說密語

唵　跋折羅　羯磨　阿地瑟吒　薩嚩(引)(切)摩舍(二合)婀

是名羯磨部加持印

復次說一切部次第灌頂法金剛部如上說結金剛薩埵縛已置於頂前以自灌頂而誦此密語

唵　跋折囉　阿毘詵者　摩舍(二合)吽

寶部結如上說寶三摩耶印置於頂右以自灌頂而誦此密語

唵　跋折囉　阿囉怛那　阿毘詵者　摩
舍怛囉
蓮華部結如上說蓮華三摩耶印置於頂後
以自灌頂而誦此密語
唵　跋折囉　鉢頭摩　阿毘詵者　摩舍
頡唎
羯磨部結如上說羯磨三摩耶契置於頂左
以自灌頂而誦此密語
唵　跋折囉　羯磨　阿毘詵者　摩舍娜
既如上灌頂已准前誦上四字密語令入已
身復次如上說四印於自頭上繫灌頂髮次
第應住於瑜伽各依本部契如上分上觀羽
存本契勢於己頂上繫灌頂鬘額上頂後如
前三繞他皆倣此
金剛部結薩埵金剛已分為二應以金剛純
寶所成鬘繫自頭上而誦此密語
唵　跋折羅　摩羅　阿毘詵者　摩舍鍐平聲
寶部結寶金剛契已分為二應以諸寶所成
鬘繫自頭上誦此密語
唵　跋折囉　阿囉怛那　摩隷　阿毘詵者
摩舍鍐平聲
蓮華部結法金剛契分為二應以一切法所
成鬘繫自頭上而誦此密語
唵　跋折羅　達摩　摩隷阿毘詵者　摩
舍鍐平聲
羯磨部結羯磨金剛契已分為二應以一切
羯磨所成鬘繫自頭上而誦此密語
唵　跋折囉　羯磨　磨隷阿毘詵者　摩
舍鍐平聲

次如上所說灌頂鬘中間於頂上應置一切
如來金剛界自在契其契法結金剛縛契已
申忍願度少屈相拄以進力度置忍願度初
分外傍已而說此密語
唵　薩婆怛他揭多　鼻三菩提　跋折囉
阿毘詵遮摩　含鍐(平聲)
次想自身以爲一切如來寶冠莊飾已如上
誦四字密語
壞吽　鍐護(引)
誦此語令一切如來入於已身次結金剛縛
契如上以手合拍令歡喜誦此密語
唵　薩婆怛他揭多　鼻三菩提　跋折羅
都使野護
如是以一切如來身口意金剛差別契脩飾
自身已復想一想隨形相如莊嚴自身而誦

一切如來大乘阿毘三摩耶百字密語而令
堅固即說百字密語
唵　跋折囉　薩埵三摩耶　麽奴波邏耶
(金剛薩埵三摩耶願守護我)　跋折囉薩哆吠奴烏(二合)播底
(以爲金剛薩埵)瑟咤涅哩荼烏(二合)銘婆嚩(爲堅牢我)素覩
沙揄(二合)銘婆嚩(於我所歡喜)　阿努囉(上聲)訖覩(二合)銘
婆嚩素補使揄(二合)銘婆嚩　薩婆悉地　含
銘般囉野綽(授與我一切悉地)　薩婆羯磨素遮銘(及諸
事業)質多失唎耶(令我安隱)句嚧吽　呵呵呵呵護
(引)薄伽梵(世尊)薩婆怛他揭多(一切如來)拔折囉麽
迷悶遮(願金剛莫捨離我)　跋折哩婆嚩(令我爲金剛三摩耶薩埵)
摩訶三摩耶薩埵阿(去聲引)
如是堅牢已一切如來身口意金剛加持以
觀自身成等正覺次復於一切如來前而獻
自身誦此密語

唵 夜他 薩婆怛他揭多怛他舍如諸一切如來住
我今亦復如是
復次以正定心從上所說觀察自我身心一切真實大菩提心是色類種種功德莊嚴所生善巧方便之所建立意樂救拔盡遍世界而為嚴飾永盡遠離一切分別如上觀已即誦此密語
唵 怛他揭都舍我是如來
復次我今已入普賢摩訶菩提薩埵行位證得無住涅槃成就希有自身勝解不可說示於一切如來我今敬禮白言世尊願加持我現證等覺願為堅牢作此祈請已則想一切如來入於已心薩埵金剛中而誦此密語
唵 薩婆怛他揭多 阿毘三菩提涅 哩茶堅牢也 跋折囉 底瑟咤一切如來正等覺菩提金剛堅牢安住

金剛頂瑜伽中略出念誦經卷第二

音釋

鞘仙妙切刀室也 綫光結切 韄火亐切 蹇九輦切 羂古泫切

齶五各切齒根肉也 儋丁含切 擘博陌切鈲也 捻奴協切指捻也

金剛頂瑜伽中略出念誦經卷第三

唐南天竺三藏法師金剛智譯

復次如是思惟我成等正覺未久一切如來普賢心一切如來虛空所生大摩尼寶而灌頂之得一切如來觀自在法智波羅蜜一切如來毘首羯磨性不空無障礙教令所依希求皆悉成就圓滿我今應當於一切法界周流盡虛空界一切世界遍雲海中一切如來平等性智諸神通爲現證故於一一世間安立之處爲一切衆生故應發一切如來大菩提心成就普賢種種奉事一切如來種族諸大菩提道場應當示現降伏一切魔軍證一切如來平等性智摩訶菩提應轉法輪降伏一切外道乃至盡遍救護一切衆生應授彼等種種安樂悅意應當成就一切如來神通種智最上悉地及餘引喻一切衆生示現童子戲住王宮踰城出家現修苦行外道來詣我所復應思惟一切如來神變復當示現我亦未得一向離於戲論我當決定以一切如來三摩地所生能現一切清淨一切世間戲論爲一切世界清淨故應以此法觀察一切如來部漫荼羅所應作漫荼羅於中如法式坐修習加持自身以爲結摩訶菩提薩埵摩訶契（謂金剛薩埵契是也）具此契法加持已而起以止羽爲金剛拳觀羽執跋折羅示威猛相普遍觀察處置稱我跋折羅薩埵而按行之其作壇處或別作淨室或舊淨室擇地等法不異蘇悉地說及治地用瞿摩塗淨准常次以搓緊合雜繩具足端嚴稱其肘量智者隨其力能以繩絣其壇壇形四方四門以四吉祥莊

飾具以四道繩繒綵旛蓋懸以莊嚴於諸角分門闕出眺間以金剛寶間錯而絣外壇場若爲閻浮提自在王或爲轉輪王應畫壇場周圍過一由旬大威德阿闍黎漸小亦應作乃至四肘量智者觀察應堪孚化者隨意度量結其壇場亦無過失爲欲利益應所化者金剛薩埵置立壇場號爲金剛界等如經所說設於掌中隨意作彼等一切壇場能作利益何況地上其爲四肘壇法四邊掾各闊十二指於其中應布綵色畫賢劫等菩薩謂名慈氏阿時多等及守門供養者或闊十指半一麥又加半其諸門量取四肘中九分之一入門稍闊若畫壇師依如此法畫者令諸摩訶薩埵皆爲歡喜其門外須攄門闊狹取半引外攄取一倍各各橫屈准上齊量各各竪畫兩邊相望橫畫爲合取其外圍一面三分之一從心環遶爲輪又取其中三分之一從心如上環遶爲輪其壇中央門子輪從橫下八線道跋折羅如殿柱想以成八柱莊嚴其大圓輪亦跋折羅像皆五色作或一百八或三十七鋒相柱接從入門至東北角竪吉祥門柱如是外壇智者以此法畫已於彼似月輪入其中宮布置金剛線道以八柱而爲嚴飾竪於金剛柱上各以五月輪於內壇中央各置佛像於佛四面及諸壇中心各次第畫於四三摩耶尊勝者復以金剛勢擘過入於四壇金剛勢者以意擎舉所畫及於金剛線若入若出畫壇人不得騎驀金剛線道應誦密語舉之從下過不失於三摩耶即說此密語

唵　跋折囉引鞞伽此二字本無羯囉二合摩吽

阿閦等四佛皆應布置初從金剛方畫阿閦鞞壇具以執金剛等四三摩耶尊勝者想四方佛面向毘盧遮那座先畫執金剛在阿閦前次畫右次左次後諸部准此次至寶方寶生壇圓滿金剛藏等次華方阿彌陀壇清淨金剛眼等業方不空悉地壇金剛毘首等於鍐部中各依本方置四波羅蜜輪內四隅置四內供養初從火天方順旋而作終風天方外壇四角線道之中置外供養作法同前又四角外作半跋折囉於四門間畫四攝守門者於外壇場中應置摩訶薩埵具足一切相能爲一切利益具知法式金剛阿闍黎以無迷亂心應畫諸尊首者若無力能可畫者即以種種綵色各各畫其部印勝具功德者尊首皆悉置之以一切寶末爲粉或以種種馱覩粉朱沙石淥空青等是也或復以殊妙五色染米粉等者應從內先下色初下白色次赤色次黃綠皆在內院其外院以黑爲之於五色中各想字加之白色中想著鍐字赤色中想置琰字於黃色中想阿藍字於綠色中想覽字於黑色中想頷字如是五字各置於色中已於彼思惟五種如來智一謂法界性智也以大悲意爲一切世間煩惱泥沉溺五欲樂令彼退轉故以瑜伽思惟於如來五種智我當令安立結此印已於五種色中各各以印觸之其結法以二金剛拳進力二度仰側如針相拄是也

即說密語

唵　跋折囉　質多羅二合三摩耶

誦此密語時以明目視之欲令其色顯現焰

熾者應誠實誓言加持是諸衆生多愛染色諸佛復爲利益衆生故隨彼染愛以誠言願此色等皆發焰熾此結壇法以粉作之最爲第一欲取久固畫作亦得次說畫印法於鑁輪壇中畫蓮華臺座上置窣堵波此名金剛界自在印帝釋方輪壇蓮華座上畫横金剛杵形於横杵上有豎跋折羅此名金剛心印琰羅方輪壇華座上置寶珠此名已身灌頂印龍方輪壇中畫横跋折羅上畫蓮華名華法器伏印夜叉方輪壇華座畫羯磨跋折羅（形如十字皆有鋒刃）此名一切金剛印凡所畫印具有圓光置於蓮華上又於金剛部本位畫金剛薩埵印畫二跋折囉豎而相並上下一股互相鉤交次又畫二跋折囉其形如箭次畫稱善哉作拳如彈指像次畫掌中寶珠而具光明焰次畫金剛日輪印如上光明焰次畫寶幢其上畫火焰光次横畫雙跋折囉中間畫露齒像次畫跋折囉腰有蓮華及畫金剛刀劒具熾焰光次畫金剛輪輻金剛次畫其舌具赫奕光明次畫羯摩金剛周遍皆有頭面横畫跋折囉其上有半跋折囉次甲冑像領袖有半杵次畫横杵上有二牙次畫横杵上有二金剛拳次畫薩埵金剛等記驗印應畫金剛嬉戲等復於其外隨依儀式畫各自印記又於其門間畫諸守門者印記如上所畫印像等皆下有蓮華上有光焰次畫彌勒等自印記所應畫者皆隨意畫又想千菩薩各在諸方悉具嚴飾以自語言印而安立之然後住於壇門前善遍觀察已於其壇空處界外應用殊妙塗香塗之於外壇之外周圍各

闊一肘或以二肘以衆妙塗香細密塗之其次爲一切見驗故應各置自語言印其壇師有大威德者欲令自弟子究竟安住於如來位者應當決定抄畫金剛界摩訶薩埵等呪各置本位上此等是自語言印皆從金剛界門生隨其自羯摩相應具有大威力次第而說此密語曰

第一跋折羅馱都一第二阿閦鞞二第三阿羅怛娜二合三婆頗四嚧計攝伐囉阿羅穰五阿目伽悉地六跋折囉薩埵七跋折囉阿羅二合穰八跋折囉阿囉二合伽九跋折囉娑度十跋折囉阿羅怛那十一跋折囉底穰十二而佉切跋折囉計覩十三跋折囉賀娑十四跋折囉達摩十五跋折囉帝乞瑟那十六跋折囉係覩十七跋折囉婆沙十八跋折囉羯磨十九跋折囉阿囉乞沙二十跋折囉藥叉二十一跋折囉散地二十二薩埵跋折𡃤二十三阿囉怛那跋折𡃤二十四達磨跋折𡃤二十五羯磨跋折𡃤二十六跋折囉邏斯二十七跋折囉摩麗二十八跋折囉擬提二十九跋折囉涅哩底三十跋折囉杜鞞三十一跋折羅補瑟箆三十二跋折囉嚧計三十三跋折羅健提三十四跋折羅俱舍穰而佉切三十五跋折囉跛賒吽三十六跋折囉薩普吒鍐平聲三十七跋折囉尾賒護

於彌勒等一切菩薩唯純抄一阿字其色如雪或如月暈陀華色或於彼等位但抄金剛薩埵字或抄彼等名字十六大菩薩第一畫彌勒其次不空見次畫能捨一切惡趣復畫樂摧一切黑闇憂惱次畫香象復畫勇猛次畫虛空藏次畫智幢次無量光次月光次賢護次光網次金剛藏次無盡意次辯積次普

賢次大光明及畫所有不退轉者諸有趣有者乃至諸輪轉有路摩訶薩大威德者其金剛阿闍黎應思惟是等及餘置外壇中毘盧遮那等諸天止住欲界者意樂調伏煩惱者及舍利弗等無量諸比丘來詣者皆思惟之又想大自在天共其妻眷屬侍從衆等又想虛空天歡喜自在天及商主天有四妹者摩訶迦羅難提繫攞嚩羅都没嚧羅陀天及想諸曜等差別名文字又種種密語神王世間迦樓羅等那羅陀天梵天爲首大帝王天及一切魔軍并其侍從於其壇外想其印或畫其形或但書名

次明儀式金剛阿闍黎如上所說隨位布置已復依法住瑜伽號爲跋折囉吽迦羅即說此吽三摩地法復想自身徵有豎牙以瞋怒面而笑又想以左脚壓大自在天以右脚壓大自在妻乳房

次結摩訶三摩耶契而執華鬘爲阿闍黎自在者哀愍利益諸衆生故應入壇場即誦本密語如法奉獻諸佛華鬘或以身或以心一迴右旋其壇却至本處以金剛儀式復取其鬘置自身頂上誦本密語而髻之復以住瑜伽速疾而右旋住夜叉方門勝伏三界世間形相以意而開四金剛門即說結開門契結二金剛拳並之以進力度仰相拄檀慧度互相鉤以瞋怒意豎進力度撥開此是最上開門契復爲利益諸衆生故應用此密語開門

密語曰

唵　跋折囉　糯嚧特伽二合吒那　三摩耶

鉢羅二合吠舍耶　吽

復以瑜伽住於諸門從於夜叉方門開已次如法開琰羅方門其次轉住開於帝釋方門次如法開龍方門諸開門放此當衝門而開其次用殊妙金瓶或以銀瓶盛一切寶及妙香藥和水盛之以妙枝條插於瓶中於其口上以種種果子及諸名華以爲嚴飾復以塗香而塗之以雜色繒綵繫其瓶項作種種莊嚴已應專一心以密語護之於其本位各置一瓶如其不辦遍於其四角及於入門各置一瓶布列香華雜果種種供養以次如上法求請教令加持自已等旣作已即結請會契而稱自名啓請一切如來及菩薩衆會願垂降赴三唱此伽他曰

願來一切諸有中　惟一堅實祕密者
用能折伏暴惡魔　現證無邊離自性
我今鉤召依教請　願周雲海來集會

次結雲集契法結薩埵金剛堅牢契已屈進力度於忍願度傍稍屈相離如鉤形彼金剛契分已即交臂以手左內右外抱胷便以兩手數彈指出聲召請一切如來令使雲集即誦此密語

唵　跋折囉　三摩闍穰(而佉切)

從穰字生大身菩薩名金剛雲集於虛空中思惟以左右手執金剛杵及揵椎擊之出聲遍滿虛空爾時纔出此方便即從諸方一切世界微塵數諸如來及與諸菩薩衆會以金剛彈指方便發悟一切世界周流雲海皆來集會於修行菩薩行持誦門師前而住以金剛鉤鉤召集以金剛羂索引入以金剛鎖鎖住以金剛磬令生歡喜次如上所說諸座上

各思惟安隱而坐次誦如上所說一百字密語及以遏伽水而奉獻之次修習金剛薩埵大契速疾誦最上一百八名一遍

我今敬禮一切如來普賢　金剛上首　金剛薩埵　執金剛　摩訶金剛薩埵

我今敬禮如來不空王　妙覺最上金剛王

金剛鉤　金剛請引

我今敬禮能調伏者　魔羅諸欲　金剛愛染　摩訶安樂　金剛弓金剛箭　摩訶金剛　我今敬禮金剛善哉　金剛歡喜　摩訶悅意歡喜王　妙薩埵上首　金剛首

金剛喜躍

我今敬禮金剛寶　妙金剛　義金剛

金剛虛空　摩訶摩尼虛空藏　金剛富饒金剛藏

我今敬禮金剛威德　金剛日最勝光　摩訶光焰　金剛輝　摩訶威德　金剛光

我今敬禮金剛幢　善利衆生金剛光　善歡喜寶幢大金剛　金剛寶仗

我今敬禮金剛笑　金剛微笑　摩訶笑

摩訶希有樂生歡喜　金剛愛　金剛歡喜

我今敬禮金剛法　善利薩埵金剛蓮華

善清淨觀世自在　金剛妙眼　金剛眼

我今敬禮金剛利　摩訶衍摩訶器仗

文殊師利金剛藏　金剛甚深　金剛覺

我今敬禮金剛輪　摩訶理趣金剛因　大堅實妙轉輪金剛起　金剛道場

我今敬禮金剛語言　金剛念誦能授悉地

無言說金剛上悉地　金剛言說

我今敬禮金剛毘首　金剛羯磨金剛妙教

善遍一切處金剛大寬廣　金剛不空
我今敬禮金剛守護　摩訶無畏金剛甲冑
大堅固難可敵對上首精進　金剛精進
我今敬禮金剛藥叉　摩訶方便金剛牙
甚可怖畏金剛上　摧伏魔金剛暴惡
我今敬禮金剛密令　善現驗金剛縛　善
能解放金剛拳　上勝三摩耶金剛拳

爾時以雲集故一切如來皆歡喜便得堅固又金剛薩埵自爲親友能成一切事次以大羯磨勝上等契思惟於瓶中出現蓮華具妙色香隨清淨位處以修瑜伽次第而令坐之結金剛縛契已以定心分擘爲二次後結諸印並准此以止羽金剛指以觀羽手應執之此名菩提最上契能授與佛菩提結此大印已應當想毘盧遮那尊首坐於壇中央結跏趺坐有大威德色如白鵝形如淨月一切相好皆悉圓滿頭具寶冠垂髮以繒綵輕妙天衣繞腰披絸而爲上服一切明呪以爲其體能作無量神變常以三昧金剛輪遍滿生死界備大輪印已而安置記印記如是思惟世尊即能成就一切羯磨即說密語

唵　跋折囉　馱都鑁

次復想諸善逝以白黃色蓮華阿閦鞞寶生觀自在及不空大牟尼種種殊妙不空色作是思惟獲無量果應次第如法安立奉契

阿閦鞞名觸地契即說密語

唵　阿閦鞞吽

寶生名授所願契密語

唵　阿囉(二合)怛那(二合)三婆嚩怛囉(二合)

無量壽名勝上三摩地契誦此密語

唵　嚧計　攝縛(二合)闍頡哩(重呼)
不空名施無畏契密語
唵　阿慕伽悉悌惡(重呼)
復次結金剛薩埵等契明儀式者一一次第想已而安立之以威德意氣用二指舉之謂結二金剛拳止羽當心觀羽如弄跋折羅勢誦此密語
唵　跋折羅薩埵阿(引)
用二執竪鉤交肘已誦此密語
唵　跋折羅穰
用二狀如放箭誦此密語
唵　跋折羅　阿羅伽護(引)
又用二金剛於心上爲善哉契彈指誦此密語
唵　跋折羅　娑度索

又用二置額上爲灌頂誦此密語
唵　跋折羅(二合)阿羅(二合)怛娜(二合)唵
復用二金剛置於心上如轉日輪誦此密語
唵　跋折羅　底穰　闍(引)
又用二竪右肘於左拳上爲幢誦此密語
唵　跋折羅　計都　多藍(二合)
即彼二拳指契置於口向上雙散之誦此密語
唵　跋折羅　何娑呵(上聲)
想止羽如拘勿頭以觀羽擘開之誦此密語
唵　跋折羅　達摩頡唎(二合)
又用左置於心上如煩惱障以右爲劒想以殺之誦此密語
唵　跋折羅帝乞瑟那淡(引)
又用二伸臂當前轉之如輪誦此密語

唵　跋折羅　緪都摩舍二合
又用二從口而起誦此密語
唵　跋折羅娑沙阿藍
又金剛儛兩手相繞觸兩乳兩頰置於頂上
誦此密語
唵　跋折羅　羯磨劍
又用以胷前繞腰如被甲像誦此密語
唵　跋折羅　阿囉乞　沙唅去聲
又用二展檀慧進力等度置口兩傍如牙誦
此密語
唵　跋折羅　藥吃沙二合吽引
又用二拳合相捺誦此密語
唵　跋折羅　慕瑟　置鍐
又用二小低頭金剛意氣以意由敬誦此密
語

唵　跋折羅　邏細護引
又用二以繫鬘儀式而繫之頭上誦此密語
唵　跋折羅　怛羅吒輕呼
又用二置於心上以口似變出誦引下伸臂
誦此密語
唵　跋折羅擬　提擬提
又用二以作儛儀已置於頂上誦此密語
唵　跋折羅　涅哩帝緪二合訖哩吒輕聲
又用二覆手開掌向下按之誦此密語
唵　跋折羅　杜鞞婀引
又用二開掌仰而向上舉之誦此密語
唵　跋折羅　補瑟鞞　唵短
又用二相向急捺持之爲燈誦此密語
唵　跋折羅　嚧計禰重
又用二置於心上摩其胷前向外抽散爲塗

香即誦此密語

唵　跛折羅　健提俄(重呼)

又用二相檀慧度相鉤豎進度如針曲力度爲鉤誦此密語

唵　跛折羅(二合)倶奢穰(而佉切)

又用二如上相背相鉤交進力度相拄爲羅索誦此密語

唵　跛折羅　皤捨吽吽(重呼引)

又用二進力度相鉤爲連鎖誦此密語

唵　跛折羅　窣普吒　鑁

又用二相背檀慧度相鉤進力度初分相交爲磬誦此密語

唵　跛折羅　吠舍護(引)

次作阿閦鞞四部契又作四波羅蜜等契次第用之

又於檀外用仰止羽拳契應所置摩訶薩埵諸薩埵等觸地運想而安置之

次說成就一切契法於自心中想四面有金剛杵然後依儀式結諸羯磨契次稱讚如上契之功德

由結大智拳契故能入佛智

由結阿閦佛觸地契故得心不動

由結寶生契故能攝受利益

由結三摩地契能持佛三摩地

由結離怖勝上契能速施衆生無畏

復牢結金剛拳契意氣故易得爲金剛薩埵

由結金剛鉤故能速鉤引一切如來

由結金剛愛欲契故設是金剛妻自身亦能染著

由金剛歡喜契一切最勝皆稱歎善哉

由結大金剛寶契故諸天人師爲其灌頂
由結金剛日契故得同金剛日
由結金剛幢契故能注雜寶雨
由結金剛微笑故速得與諸佛同笑
由結金剛華契故能見金剛法
由結金剛藏劒契故彼能斷一切苦
由結金剛輪契故能轉一切如來所説法輪
由結金剛語言契故能得念誦成就
由結金剛羯磨契故一切如來能隨順事業
由結金剛甲契故得爲剛堅固性
由結金剛牙契故設是金剛尚能摧碎
由結金剛拳契故能得一切諸契獲得悉地
由結金剛喜戲可喜契故常受諸歡喜
由結金剛鬘契故得美妙容色
由結金剛歌詠契故得清淨妙音

由結金剛儛契供養契故得一切隨伏
由結金剛香契故得悦意處
由結金剛華契故得諸莊嚴
由結金剛燈供養故獲大威光
由結金剛塗香契故獲得妙香
由結金剛鉤契故能爲鉤召
由結金剛羂索故而能引入
由結金剛鉤鎖契故能繫留止之
由結金剛磬契故能生歡喜
復次説一切如來金剛三摩耶結契智欲結三摩耶等契時先須想於已心中一切如來三摩地所生大殊勝五股金剛杵已身合二羽初分相交觀羽壓止羽此名金剛合掌極諸度本互相握合此名金剛縛契凡諸三摩耶契皆從此無上金剛縛所生我今當次第

說諸三摩耶契法作金剛縛契已伸忍願度屈其初分相拄爲刀曲進力度於刀傍此是毘盧遮那金剛界自在契密語

唵　跛折羅哆尾(亡禮切二合)　攝嚩(二合)頡哩跛示哩(二合)你吽(引)

次如本縛契已合伸忍願二度豎爲莖此名阿閦鞞佛三摩耶契密語

唵　跛折羅　跛折哩你吽(引)

如本願縛契已屈忍願度初分相拄智定度面相拄爲寶此名寶生佛三摩耶契密語曰

唵　阿羅(二合)怛那(二合)跛折哩禰(二合)吽

如本縛契已曲忍願度相拄爲華此名阿彌陀佛三摩耶契密語曰

唵　跛折羅　達謎禰吽

如本縛契已屈忍願度入掌伸檀慧智定度如針此名不空成就佛三摩耶契密語曰

唵　跛折羅　羯磨　跛折哩禰(二合)吽

次說金剛薩埵等契結金剛縛契已想二掌爲月輪合伸忍願二度豎檀慧智定度而下合爲五股金剛形是名薩埵金剛契密語曰

唵　三摩耶　薩埵

如本縛契已曲進力度爲鉤頭指去二三分許此名不空王摩訶薩埵三摩耶契密語曰

唵　阿娜耶　薩埵

如本縛契已進力度中分橫相交是名摩羅摩訶菩提薩埵三摩耶契密語曰

唵　阿胡蘇(上聲)法

如本縛契已以智定度捻進力度各彈指爲善哉是名金剛踊躍薩埵三摩耶契密語曰

唵　娑度　娑度

如本縛竪智定度偃屈進力度面相拄此名
金剛藏菩薩三摩耶契密語曰
唵 蘇摩訶怛嚩
如本縛展檀戒忍慧方便願等開掌此名金
剛光菩薩三摩耶契密語曰
唵 嚧布嗚二合你瑜多
如本縛以檀戒慧方便等度竪合此名金剛
表刹亦名金剛杖菩薩三摩耶契密語曰
唵 遏喇他 鉢囉底
即以上契置兩頰笑處翻手解擧散之此名
金剛可愛菩薩三摩耶契密語曰
唵 呵呵呵呵 吽呵上聲
如本縛竪智定度屈力進度頭相拄此名金
剛眼菩薩三摩耶契密語曰
唵 薩婆迦引哩

如本縛伸忍願度屈其初分相拄如刀相此
名金剛劒菩薩三摩耶契密語曰
唵 努佉掣娜
如本縛戒方便度合竪檀慧度相交此名金
剛輪菩薩三摩耶契密語曰
唵 敎馱蒲地
如本縛開展智定度從口向外伸招此名金
剛語言菩薩三摩耶契密語曰
唵 鉢囉上聲底攝敎馱
如本縛以智定度壓檀慧度爲羯磨跋折羅
此名毘首羯磨菩薩三摩耶契密語曰
唵 蘇上聲婆施哆嚩
如本縛竪進力度置於心上此名勇猛菩薩
三摩耶契密語曰
唵 禰寧一切婆耶哆嚩

如本縛曲進力度開檀慧度爲牙此名金剛
夜叉三摩耶契密語曰
唵　捨咄嚕婆乞沙
如本縛以智定捻檀慧度本間屈進力度於
智定度背上此名金剛拳菩薩三摩耶契密
語曰
唵　薩婆悉地
如本縛置當心已豎智定度此名金剛愛(即嬉戲妓也)
密供養天三摩耶契密語曰
唵　摩訶囉底(丁里切)
如本縛長伸二臂爲鬘此名金剛鬘天三摩
耶契密語曰
唵　嚕跛戍鞞
作金剛合掌契從口引出向下伸臂此名金
剛歌詠天三摩耶契密語曰

唵　舜(入聲)嚕怛囉(上聲)掃溪
即開前契相繞如儛勢已合掌置於頂上此
名金剛儛供養天三摩耶契密語曰
唵　薩婆布逝　如本縛覆二羽掌下按之
此名燒香供養天三摩耶契密語曰
唵　鉢囉昌邏你寧(上聲)
如本縛仰二羽掌上舉之此名華供養天三
摩耶契密語曰
唵　癹邏伽(上聲)冥
如本縛契豎智定度此名燈供養三摩耶契
密語曰
唵　蘇帝　穰(而佉切)　釳(魚乙切)　哩
如本縛開掌摩其胷前已各分向外此名塗
香供養天三摩耶契密語曰
唵　蘇伽馱　霓(魚夷切)

如本縛曲進力度作鉤此名金剛鉤菩薩三摩耶契密語曰

唵　阿耶去聲係形以切穰而佉切

如本縛橫定度已以智度壓之頭入掌内此名金剛羂索菩薩三摩耶契密語曰

唵　阿係形以切鈝

如本縛以檀定度及慧度相鉤穿之此名金剛連鎖菩薩三摩耶契密語曰

唵　係窣普吒彭蒲鹹切

如本縛以智定度並入掌内此名金剛召入菩薩三摩耶契密語曰

唵　健吒婀婀

次説如上諸三摩耶契功德由佛隨念契故能速證菩提由薩埵金剛契故能爲一切契尊主由寶金剛契故得一切寶主由法金剛契故得佛法藏由羯摩金剛契故能作一切事業由薩埵契故得成金剛薩埵身由金剛鉤契故能召諸執金剛由金剛愛染契故能樂一切佛法由金剛善哉契故能令諸佛歡喜由寶契故得佛灌頂位由金剛威光契故得金剛威光由金剛幢契故能施滿一切願者由金剛笑契故能共一切佛笑由金剛契法故能持金剛法由金剛利劒契故得佛最上慧由金剛輪契故能轉妙法輪由金剛語言契故得佛語言悉地由金剛羯磨契故速得最上成就由金剛鎧契故得爲金剛身由金剛夜叉契故得同金剛夜叉由金剛拳契故得成就一切契由金剛嬉戲妓契故獲得大喜樂由金剛鬘契故得受佛灌頂由金剛歌詠契故得佛讚詠法由金剛舞契故得佛

攝護賜以供具由金剛燒香契故能瑩潔一切界也由金剛華契故得令世間隨順由金剛光明契故得佛五眼由金剛塗香契故能除一切苦厄由金剛都印主契故能攝召一切由金剛羂索契故能引入一切由金剛鎖契故能制縛一切由金剛召入契故能成就攝入一切

次以十六大供養契應供養一切如來結金剛縛已隨次第依本處作之以金剛縛從心契之次左脇右脇背後次額口兩耳頂後右肩及腰既周帀已還置心上今次第說十六大供養契密語其心上密語曰

唵　薩婆怛他揭多一切如來薩婆答莽已身禰平聲耶怛那奉献也布穰而佉切供養薩頗羅拏普皆也羯磨　跋穰而佉切哩婀

論曰於一切如來我盡以身奉獻普皆供養作諸事業

置左脇契密語曰

唵薩婆怛他揭多　薩婆答莽　禰耶怛那布穰窣癹囉拏　羯摩釚魚乙切哩穰而佉切上聲

論曰於一切如來我盡以身奉獻普皆供養勝上羯摩

右脇契密語曰

唵　薩婆怛他揭多　薩婆答莽　禰耶怛那　阿努羅伽上聲那愛業也布穰窣癹囉拏羯摩婆寧吽護引

論曰於一切如來盡以身奉獻普皆供養羯磨弓箭

腰後契密語曰

唵　薩婆怛他揭多　薩婆答莽　禰耶怛

那　娑度迦囉(善哉也)布穰寧發羅拏羯磨覩
所置(上聲歡喜也)娑(娑呼)
論曰於一切如來盡以身奉獻以善哉聲普
皆供養歡喜事業
額上契密語曰
唵　娜麽(與南無同)薩婆怛他揭多迦耶毘囇𠷇
(平聲)曷羅怛寧　瓢　跋折囉末禰唵
論曰一切如來身所灌頂諸寶我今敬禮金
剛摩尼
於心上旋轉如日輪相密語曰
唵　娜麽薩婆怛他揭多素唎曳瓢(日也)跋折
囉帝爾寧(威光也)入嚩囉(熾焰也)奚(形伊切)
論曰一切如來金剛日等我今敬禮熾焰威
光
置契頂上長舒二臂密語曰

唵　娜麽薩婆怛他揭多阿(去聲)賒(式佉切)播哩
布羅拏震多莫你突嚩穰(而佉切)鈋哩瓢跋折
囉突穰(而佉切)姞嚟怛嚂
論曰我今敬禮一切如來如意寶珠所求滿
足金剛勝上幢
於口上笑處解散金剛嚩時密語曰(如解契法)
唵　納莫薩婆怛他揭多　摩訶弃入唎底
(丁里切)鉢羅慕地夜(二合)迦嚟瓢跋折羅荷斯訶
論曰敬禮一切如來作歡喜者
金剛笑口上密語曰
唵　薩婆怛他揭多跋折羅達磨陀(金剛法性也)
三摩地毘薩埤茗(讃歎)摩訶達磨傺唎
論曰以一切如來金剛法性三摩地讃歎摩
訶法音
左耳上密語曰

唵　薩婆怛他揭多鉢羅穰(而佉切智慧也)波羅蜜
多阿鞞爾(泥一切)呵唎窣覩努冥(讚歎)摩訶具沙
努倪(我伊切)談(重呼)
論曰以一切如來般若波羅蜜多所出語言
隨大音聲讚歎
右耳上密語曰
唵　薩婆怛他揭多者羯羅(引)叉羅鉢唎伐
多你薩婆蘇(上聲)怛囉按(反相)多娜曳薩兜茗薩
婆漫茶唎(一切道場)併
論曰以一切如來文字轉輪爲首諸契經理
趣讚歎一切道場
頂後密語曰
唵　薩婆怛他揭多　散陀婆沙(密語)敎陀僧
祇底毘(歌頌也)伽延窣覩努茗　跋折羅婆制
遮(語言也)

論曰以一切如來密語我今歌詠讚歎金剛
語言
頂上密語曰
唵　薩婆怛他攝多杜婆(香也)瞑伽(雲也)三慕達
羅(海也)窣癹羅拏(普皆)布穰(而佉切供養)羯冥(事業)迦羅
迦羅
論曰以一切如來香雲海普皆供養事業右
肩密語曰
唵　薩婆怛他揭多　補澁波(華也)鉢羅婆羅
窣癹羅拏布穰羯冥枳唎枳唎
論曰以一切如來種種妙華雲普皆供養作
事業故
右膝密語曰
唵　薩婆怛他揭多嚕迦入嚩攞窣癹囉拏
布穰羯磨婆羅婆羅

論曰以一切如來光明熾焰普皆供養作羯磨故

如上作巳復置心上密語曰

唵　薩婆怛他揭多　健馱塗香也　三慕達羅窣癹囉拏　布穰羯冥句嚧句嚧

論曰以一切如來塗香雲海普皆供養作事業故如是十六大供養契所應作巳即結如上等契巳即觀察十方而作是言我今勸請一切諸佛未轉法輪者願轉法輪欲入涅槃者願常住在世不般涅槃復作是念我今奉獻此贍部洲及十方世界中人天意生乃至水陸所有諸華皆持奉獻十方一切摩訶菩提薩埵及一切部中所住眷屬一切契明語天等我為供養一切如來作事業故誦密語曰

唵薩婆怛他揭多補瑟波華　布穰瞑伽　三慕達羅　窣癹羅拏三末曳平聲此呼供養初名　鈝鼻聲引

論曰以一切如來華雲海普皆供養

又結燒香契作是思惟以人天所有本體香和合香變易香所謂以薝蔔等諸華或薰或浸變成此香　如是等差別諸香為供養一切如來羯磨故我今奉獻密語曰

唵　薩婆怛　他揭多　杜婆燒香也　布穰瞑伽三慕達羅窣癹囉拏三末曳平聲　鈝

論曰以一切如來燒香雲海普皆供養

又結塗香契巳應作是念以天所有本體香和合香變易等差別諸香為供養一切如來羯磨故我今奉獻密語曰

唵　薩婆怛他揭多　健陀布穰瞑伽三慕

達囉窣發囉拏三末曳(平聲)鉡

論曰以一切如來塗香雲海普皆供養

結燈契已作是思惟以人天所有本體自生差別光明(謂寶珠等)悦樂意者爲供養一切如來作事業故我今奉獻密語曰

唵 薩婆怛他揭多 你婆(燈) 布穰瞑伽三慕達羅 窣發羅拏 三末曳鉡

論曰以一切如來燈雲海普皆供養

結金剛寶契已應作是念於此世界及餘世界中所有寶山諸寶種類及地中海中者彼皆爲供養一切如來羯磨故我今奉獻密語曰

唵 薩婆怛他揭多部蕩(廷恙切) 伽曷囉哆那稜(去聲)伽那 布穰瞑伽 三慕達囉窣發羅拏三末曳鉡

論曰以一切如來覺分寶莊嚴具雲海普皆供養

結嬉戲契已作是思惟以人天所有種種戲弄玩笑妓樂之具皆爲供養一切如來事業故我今獻密語曰

唵 薩婆怛他揭多 訶寫(息也切上聲) 邏寫(戲笑)訖哩陀 曷囉底掃佉(企伽切) 阿努怛羅 布穰瞑伽 三慕達囉 窣發囉拏三末曳鉡

金剛頂瑜伽中略出念誦經卷第三

音釋

弈(夷益切弈弈光盛貌) 隸囇(並黎帝切) 篦(邊迷切) 糯(乃臥切) 頰(古協切面頰也) 婀(倚可切) 謎(莫計切) 劂(居刈切) 姞(巨巳切) 鉡(吁吟切)

金剛頂瑜伽中略出念誦經卷第四

唐南天竺三藏法師金剛智譯

論曰以一切如來所戲笑遊玩最上喜樂雲海周遍供養

結薩埵金剛契已作是思惟如諸劫樹(西方國王長者以種種華香瓔珞裝樹樹上布施一切此名劫樹)能與種種衣服嚴身資具彼等皆爲供養一切如來作事業故我今奉獻密語曰

唵　薩婆怛他揭多　阿努怛囉(無上)婆曰嚕跛摩三摩地婆鉢那跛那部折那網(死可切)　薩那布穰瞑伽三慕達羅窣發囉拏三末曳吽

論曰以一切如來無上金剛喻三摩地修習上妙飲食衣服雲海普皆供養

結羯磨金剛契已作是思惟虛空藏中一切如來爲承事故即想一一佛前皆有已身親近侍奉誦密語曰

唵　薩婆怛他揭多迦(去聲)耶禰(泥底切)邪怛那布穰瞑伽　三慕達囉窣發囉拏三末曳吽

論曰以自身奉獻一切如來雲海普皆供養

結達摩金剛契已作是思惟我今此身與一切菩薩身等同無異復應觀察諸法實性平等無異作是觀已誦密語

唵　薩婆怛他揭多質多禰邪怛那　布穰瞑伽　三慕達囉窣發囉拏　三末曳吽

論曰以一切如來心奉獻雲海普皆供養

結寶幢契已復應觀察盡生死中一切衆生苦惱所纏深生哀愍我今爲救護故發阿耨多羅三藐三菩提心是故若未度者我當令度未安慰者當令安慰未涅槃者令得涅槃及雨種種寶隨彼所求皆令滿足作是思惟

已誦此密語
唵 薩婆怛他揭多 摩訶跋折嚕嗢 婆
摩怛那波羅蜜多布穰暝伽 三慕達囉窣
癹囉拏 三末曳鉡
論曰以一切如來大金剛所生檀波羅蜜雲
海普皆供養
結香身契已作是思惟願一切衆生身口意
業一切不善願皆遠離一切善法願皆成就
作是念已誦此密語
唵 薩婆怛他揭多阿耨多囉摩訶部馱(田夜
切)賀囉俱舍囉波羅蜜多 布穰暝伽 三
慕達囉 窣癹囉拏 三末曳鉡
論曰以一切如來無上菩提所生善戒波羅
蜜多雲海普皆供養
結觸地契已復作是念願一切衆生成就慈
心無相惱害離諸怖畏彼此相視心生歡喜
以諸相好莊嚴其身成就一切甚深法藏作
是思惟已誦此密語
唵 薩婆但他揭多 阿耨多羅摩訶達磨
網(無可切) 報陀 乞叉地波囉蜜多布穰暝伽
三慕達囉 窣癹囉拏 三末曳鉡
論曰以一切如來無上法大覺悟忍辱波羅
蜜多雲海普皆供養
結金剛鬪勝精進契已作是思惟願一切衆
生修菩薩行被精進堅固甲冑作是念已誦
此密語
唵 薩婆怛他揭多僧(去聲)婆囉訶鉢哩爹(當迦
切去聲) 伽摩訶毘離耶波羅蜜多 布穰暝伽
三慕達囉窣癹囉拏三末曳鉡
論曰以一切如來不捨生死大精進波羅蜜

多雲海普皆供養
結三摩地勝上契已作是思惟願一切衆生盡能調伏煩惱隨煩惱怨酬獲得一切深禪定相作是念已誦此密語
唵　薩婆怛他揭多阿耨多羅摩訶掃溪(企伽切)毘賀囉馱(田夜切)　那婆囉蜜多　布穰暝伽三慕達囉　窣癹囉拏　三末曳鉡
論曰以一切如來無上大安樂住禪定波羅蜜多雲海普皆供養
結一切如來能授與一切衆生願者寶生契已作是思惟願一切衆生成就五種明處智一切世間出世間智慧普皆成就得眞實見獲得盡除煩惱所知障智以辯才無畏等一切佛法嚴飾其心作是念已誦此密語
唵　薩婆怛他揭多　阿耨多羅戛(更鎋切)囇(力揩切)沙(煩惱也)寗邪(所知也)嚩囉拏(障)婆薩那(習氣也)弭柰邪那(能調伏也)摩訶鉢嘌穰(大慧也)波羅蜜多布穰暝伽　三慕達囉　窣癹囉拏三末曳鉡
論曰以一切如來無上調伏淨煩惱習氣大慧波羅蜜多雲海普皆供養
結勝上三摩地契已應當思惟諸法眞實性相皆空無相無作一切諸法悉皆如是作是觀已誦此密語
唵　薩婆怛他揭多　悟呬邪(密也)摩訶鉢哩鉢底(修行也)　布穰暝伽　三慕達囉　窣癹囉拏三末曳鉡
論曰以一切祕密修行雲海普皆供養
復應思惟我今所出語言音聲令一切衆生悉皆得聞作是念已誦此密語

唵　薩婆怛他揭多　婆袪（語言也）　彌耶但那

布穰暝伽　三慕達囉　窣發囉拏三末曳

吽

然後以金剛言詞應作歌詠頌曰

金剛薩埵攝受故　得爲無上金剛寶

金剛言詞歌詠故　願成金剛勝事業

復以金剛語言應以清美音讚之頌曰

於諸世界種類中　能作塵數諸佛事

如來示現大神變　隨應顯現種種身

無比不動常堅法　悲體能除世間苦

能授悉地諸功德　無比等力勝上法

無有譬喻等虛空　少分功德尚無際

遍衆生界勝悉地　無比無量盡能成

常法清淨由悲起　願力成就住世間

能爲利樂無樂際　大悲爲體常遍照

悲行不動不取滅　遊化三界受悉地

諸不可量盡通達　雖已善遊現希奇

常住三世力無礙　最上依怙無能超

能授一切三摩耶　願我速成勝悉地

如是讚已若更有餘勝妙讚頌隨意讚之其讚詠法晨朝當以灑臘音韻午時以中音昏黃以破音中夜以第五音韻讚之如不解者隨以清好音聲讚歎常應每日四時念誦謂晨朝日午黃昏夜半也應持四種數珠作四種念誦作四種者所謂音聲念誦（一切聲是也）二金剛念誦（合口動舌默誦是也）三三摩地念誦（心念是也）四眞實念誦（如字義修行是也）由此四種念誦力故能滅一切罪障苦厄成就一切功德四種數珠者如來部用菩提子金剛部用金剛子寶部用寶珠蓮華部用蓮子羯磨部用雜寶間錯

爲之行者若能隨順瑜伽修行三摩地念誦者則無有時分限數於一切時無間作之

次明供養飲食法應以香潔種種飲食供養若不能辦隨力作已復當心念世間所有一一上妙飲食種種珍果蒲萄石榴諸非時漿而作供養若已身不獲修供養者即令明解此法弟子如上作之又以塗香燒香種種妙華燈鬘末利等（末利者以諸食飲果子等和水置瓶盆中是以施鬼神也）而作供養復以幢旛繒蓋上妙天及餘殊勝諸供養具各以本密語加之或加本部尊密語已（五部佛語是）隨其力能而供養之行者欲求如來功德者於壇場中至心如上作供養時當得親見金剛薩埵若不見者更當至誠祈請隨行者爲業力所感或見諸佛或薩埵等即以其鬘而奉獻之爾時行者應自慶幸以所獻鬘置以項上加本部密語已繫其頭上當知是人便能獲得殊勝福報行者修供養訖即從壇出取豆果餅飯胡麻屑諸華等和水安瓶盆中以歡喜心四方散之施諸天鬼神眷屬等各以本密語施之

自在天密語曰

唵遏哩賒（始俄切）你曳（平聲）薩婆訶

天帝釋密語曰

唵遏移達囉那　薩婆訶

火神密語曰

唵遏姑娜曳（平聲）薩婆訶

琰魔王密語曰

唵琰摩曳（平聲）薩婆訶

邏刹娑密語曰

唵邏差（上聲）娑地婆哆曳（平聲）薩婆訶

諸龍及水神密語曰
唵娑囉那(平聲)薩婆訶
諸風神密語曰
唵縛夜微(亡子切)薩婆訶
諸夜叉密語曰
唵藥乞叉苾陀(田迦切上聲)達犂 薩婆訶
又於此方施諸類鬼神密語曰
密止密止毘合遮南 薩婆訶 蛩蛩(巨恭切)
部馱南 薩婆訶
如上作法施已當淨洗手漱口還入壇中禮
一切佛及諸菩薩如常念誦
次明與金剛弟子入壇場灌頂法
其阿闍梨先已從師如法具足受灌頂法明
解三摩耶軌則(其阿闍梨法度如前)有是得者應如是
請當具修威儀於其師所生如來想合掌恭
敬頭面禮手按師足作是白言尊者即是如
來即是執金剛我今歸依尊者求學正等菩
提爲金剛性淨故求學淨戒律儀惟願尊者
哀愍攝受如諸最勝子見有菩提種子衆生
皆不捨置我今已發菩提心爲欲建立不退
轉位故求入曼荼羅惟願尊者慈悲教示令
我盡見受一切諸佛所共灌頂被金剛寶蓮
華羯磨及大部所有諸勝妙事願皆攝取悉
授與我令我身心清淨智慧明了於大小乘
有所深義自然開解於諸梵天帝釋毘紐路
陀等天及彼部屬鬼神荼吉尼等我今爲欲
利益成熟一切衆生施安樂故願我盡能摧
伏彼等勢力願我及一切衆生得離生死至
涅槃處如諸聖者相好具足入如來位者云
何當得願阿闍梨哀愍示誨其阿闍梨知弟

子堪與勝法應當告言如汝所請我今依佛所教能授與汝應當一心諦聽心莫散亂若散亂者一切如來及金剛薩埵所不加持

次教發露懺悔令自稱已名我某甲從無始劫來以身語意廣作衆罪無量無邊我今於諸佛前悉皆至心發露懺悔不敢覆藏我今懺悔誓不更作願罪消滅（具加廣文）彼一切如來及諸佛子甚深難入二種資糧無量功德利樂一切世間者我皆隨喜

次令歸依三寶

諸部蓮座天人師　得大解脫超三界
功德圓滿大悲者　我皆至心盡歸依
最勝慧者所住處　劣乘怖之比稠林
能速滅除生死有　我今歸依最勝法
能除貪恚癡蛇毒　以慧得出生死宅
起大悲心覺悟者　敬禮歸命衆中尊

次教發菩提心汝一心聽菩提心者從大悲起爲成佛正因智慧根本能破無明業報能摧破魔怨汝既能發大菩提心應以心口相應發大誓願隨我語説我某甲爲救度一切衆生故發無上菩提心於三十七品助道法門乃至六波羅蜜誓願具足無間修行我所積集善根悉皆迴施一切衆生願我及一切衆生皆得證悟甚深法門心淨廣大猶如虛空以無功用自在能辦無量佛事以平等大悲種種方便調伏利樂一切衆生皆令得入無餘涅槃於佛十力無畏不共法等願我與一切衆生悉皆同得如是教已令諸弟子各隨尊卑依次而坐以清淨恭敬不亂散心合掌而住其師或以密語加其線索繫其左臂

或以塗香或以心念以此密語而護持之密語曰

唵 摩訶跋折囉迦(上聲)嚩遮(曰也)跋折哩句嚧(金剛作也)跋折囉 跋折囉唅(重聲引)

次以此密語加塗香已塗諸弟子掌中密語曰

唵 跋折囉健提(塗香也)虍(魚伽切上聲)

塗香之時告弟子言願汝等具得一切如來戒定慧解脫解脫知見之香

次以密語加香白華持以授密語曰

唵 跋折囉 補澀篦(華也)唵

如是告言願汝得一切如來三十二大丈夫相

次持香爐以此密語加之熏弟子雙手密語曰

唵 跋折囉 杜鞞(燒香)婀

如是告言願汝獲得一切如來大悲滋潤妙色

次以此密語加燈已令弟子視之密語曰

唵 跋折囉嚕伽你(光明也)

如是告言願汝等獲得一切如來智慧光明

次以如上笑儀式密語加烏曇阿説他等樹枝以爲齒木復以摧破一切衆生煩惱隨煩惱諸佛甚深智慧金剛劍密語加其齒木復令弟子以掌中所受得華令供養一切如來部中尊上首者次授齒木師自私記勿令差錯令面向東嚼之淨洗漱已所嚼齒木當面擲之師應觀其齒木頭所向處以所嚼處爲頭隨所向方多是其部若向四隅多是毘盧遮那部若有立者當知是最吉祥相師既觀

已施諸弟子各隨所安應告之言汝各端心而念禮諸佛已繫心睡眠求境界相汝所見者晨來具說作是教已令隨意去彼所見夢晨於師所如實說之若境界顛倒多妄想者是不清淨相應取牛五種味所謂乳酪酥糞尿等相和淨濾漉已加金剛密語二十一遍與之令服若身心淨者取白檀水同用金剛密語二十一遍令服密語曰

唵　跋折囉　鄔陀迦咤

如法服已至其夜分引至壇室門外教令發露懺悔一切罪障隨喜迴向一切功德教作如上四種禮拜法已取赤色衣與披如著袈裟法若出家人合著乾陀色衣以赤色帛掩抹其眼教與結金剛薩埵契口授此心密語三遍密語曰

三摩耶　薩怛鑁

即教豎忍願二度爲針以諸白華鬘或種種香華鬘掛其針上次當引入壇場門中三遍授此密語

三摩耶　吽

應告之言汝今已入一切如來眷屬部中我今令汝生金剛智汝等應知由此智故當得一切如來悉地事業然汝亦不應與未入此等壇場人說此法事汝儻說者非但違失汝三摩耶自招殃咎耳師應豎結薩埵金剛契置弟子頂上告言此是三摩耶金剛契汝若輒向未入壇人說者令汝頭破裂汝於我所莫生疑慢應當深生敬信汝於我身當如執金剛菩薩我所教誨當盡奉行若不爾者自招其禍或令中夭死墮地獄汝應慎之作是

教已汝今求請一切如來覆護令金剛薩埵入其身心其師又結金剛薩埵契告言此是三摩耶金剛名爲金剛薩埵願入汝身以爲無上金剛智誦此密語

跋折囉　薛舍　跋折囉　薛合婀

次結瞋金剛拳以忍願二度相鉤誦上大乘三摩耶百字密語以金剛語言唱已掣開上契由此密語功能力故令弟子入金剛智證殊勝慧由此智故悉能獲得覺了一切衆生若干種心能知世間三世事業能堅固菩提心能滅一切苦惱離一切怖畏一切衆惡不能爲害一切如來同共加持一切悉地皆得現前諸未曾有安樂勝事不求自得汝當深自慶幸我今爲汝略說功德勝事於一切地位三摩地陀羅尼神通三昧諸波羅蜜力無畏等由此法故悉皆當得所有未曾見聞百千契經甚深義理自然能解汝今不久自當證得諸佛眞實智慧何況下劣諸餘悉地說是語已問言汝見何等境界若彼見白相者應教最上悉地智見黃相者教義理所生悉地智見赤相者教奉事供養悉地智黒相者教阿鞞遮盧伽悉地智見雜色者教一切羯磨悉地智若不見好色相者即是罪障應以鉤罪障契鉤彼諸罪復以摧破諸罪契而摧破之

鉤罪契經云結金剛縛已申忍願爲針曲力進度於忍願背作跋折羅股形勿相拄著又於進力度端各想有穰(而伽切)字以鉤曳破身中所有罪障誦此密語

唵　薩婆婆波迦(去聲)利灑儜　毘輸馱那

三摩耶 跋折囉 斫䆐(而伽切上聲)

誦此密語時想彼罪形如鬼形狀黑色髮豎即以二羽諸度各各相鉤頭入掌内想以進力二度鉤夾彼罪令入掌中餘度面各相捻即伸忍願二度爲針於願度端想怛囉字忍度端想卓(知可切)字又於字上想生火焰夾取彼罪誦此密語

唵 跋折囉 跛寧(執也) 窣薩普吒耶(摧破也) 薩婆婀播耶(一切惡趣也) 漫陀那寧(繫縛) 鉢囉慕乞沙耶(解脫也) 薩婆播波(一切罪障也) 揭底弊(毘耶切趣中也) 薩婆薩埵嚩(無可切) 南(一切衆生也) 薩婆怛他揭多 跋折囉三摩曳(平聲) 吽怛囉(二合) 吒

誦此密語已用力撚之如彈指法右上左下

論曰一切如來三摩耶能解脫諸惡趣中一切衆生執金剛應摧彼一切惡趣繫縛如是

次第摧破彼諸罪已復想以諸佛光明淨彼身心四方阿閦鞞等上方毘盧遮那皆放清淨光明下方想金剛雄(上)字放瞋怒光明而摧滅之如是作法時能令彼等必定得見善境界相當知彼等罪障皆得消滅若彼罪障極重不見好相師應爲說眞實伽他令其覺悟頌曰

普賢法身遍一切　能爲世間自在王
無始無終無生滅　性相常住等虛空
一切衆生所有心　堅固菩提名薩埵
心住不動三摩地　精勤決定名金剛
我今說此誠實言　惟願世尊扶本願
利衆生事諸悉地　慈悲哀愍爲加持

說此偈已復結金剛入契誦婀字密語一百八遍

契經云結金剛縛以智定度捻檀慧度本間以進力度少曲相拄是也如是作法已又應問之如無好相者但可引入受三摩耶不應與其灌頂　次當授此密語三遍

唵　鉢囉　底車(授也)　跋折囉護(引)

誦此教擲所掛鬘於壇中隨彼自業鬘所著處即念誦其部密語當知速得成就

次又授此密語三遍令弟子所結三摩耶契於其心上解之密語曰

唵　底瑟吒(願住也)　跋折囉哩哩掉(茶路切堅固)　瞑婆摩(為我常也)舍(式餓切)　涅伐覩瞑婆摩(為我恒常也)　纈哩馱耶冥(為我心也)遏地底瑟咤(願為加持也)　薩婆悉地(一切成就也)者鉢哩野車(及願授與也)　戸舍(二合)呵呵呵呵護(引)

論曰願金剛常住堅固加持我心願授與我一切悉地即取彼所擲華鬘加此密語

唵　鉢囉底訖哩恨拏(攝授)怛嚩(無可切)　縊摩舍(二合)薩埵摩訶婆囉

論曰願大力菩薩攝授汝誦此密語時即以其鬘繫彼頭上由繫鬘故得摩訶薩埵攝授速疾成就諸勝悉地

次誦此密語解所掩眼物密語曰

唵　跋折囉薩埵　薩嚩(無可切)　焰帝提(日餘切為汝覩開目)斫具數(平眼也)　伽咤那(開也)怛鉢囉(專也)嗢伽咤野(提令開也)薩婆婀具毦(一切眼也)吠折囉斫具毦(金剛眼也)阿耨怛囉(無上也)係跋折囉跋捨(呼彼令覩壇場也)

論曰金剛薩埵親自專為汝開五眼及無上金剛眼

次呼弟子遍示壇中諸部事相由此法故為

一切如來之所護念金剛薩埵常住其心隨彼所求乃至執金剛身無不獲得漸當得入一切如來體性法中
次弟子灌頂其灌頂壇應在大壇帝釋天方門外下至二肘畫粉任四方正等面開一門於四隅内畫執跋折囉像自在天方名住無戲論火天方角名虛空無垢羅刹方名清淨眼風天名持種種綺麗衣中央畫大蓮華其華八葉臺蘂具足華外周圍畫月輪相光芒外出正方四葉畫四菩薩各乘昔願殊勝力者帝釋方葉名陀羅尼自在王琰羅方名發正念龍方名利樂衆生夜叉方名大悲者四隅葉上畫四使者自在天方名修轉勝行火天方名能滿願者羅刹方名無染著風天方名勝解脫於華臺上想有婀字義如別釋於婀字上想一圓點如圓寂法身涅槃義也餘供養旛華莊嚴一如大壇法式
應作是念我今爲某甲善男子灌頂惟願諸佛菩薩降臨道場受我供養諦想所請佛菩薩衆皆來集會移大壇中寶瓶隨本方角置之又於壇周圍界外想四輪使四淨人持上寶瓶住月輪中帝釋方人想如普賢琰羅方人想如彌勒龍方人想如滅諸障礙夜叉方人想如離諸惡趣即引所灌頂者入帝釋方門坐蓮華臺上以種種華塗香燒香油燈旛蓋清妙音樂而以供養如不辦者隨力作之所以爾者是人坐佛位處故復以種種歌詠讃歎令其殷重生歡喜心說此頌曰
諸佛覩史下生時　釋梵龍神隨侍衛
種種勝妙吉祥事　願汝今時盡能獲

迦毘羅衛誕釋宮　龍王澍沐甘露水
諸天供養吉祥事　願汝灌頂亦如是
金剛座上爲群生　後夜降魔成正覺
現諸希有吉祥事　願汝此座悉能成
波羅柰苑所莊嚴　爲五仙人開妙法
成就無量吉祥事　願汝今時咸證獲

若更有餘讚歎隨意作之勸發勝心令生利喜

次應與其灌頂

先想弟子頂有婀字上有圓點義同前釋字放光焰熾然赫奕

又想弟子心中有月輪相内有八葉蓮華臺上亦有婀字若得金剛部於婀字内想有跋折囉若得寶部者想有寶珠若得蓮華部者想有蓮華若得羯磨部者想有羯磨跋折囉

若得毘盧遮那部想窣堵波師應想已身如毘盧遮那像執弟子所得部瓶(如來部瓶若是畫像壇即隨有空處置之若手印壇即於壇上置之)各想其部物體在瓶水内如跋折囉寶珠等各令結其所得部契置其頂上誦其部密語七遍而用塗之

金剛部密語曰

唵　跋折囉　薩埵阿毘詵者(灌頂也)　吽

寶部密語曰

唵　跋折囉　怛那阿毘詵者　怛囉(二合)

華部密語曰

唵　跋折囉　達磨阿毘詵者　纈利(二合)

業部密語曰

唵　跋折囉　羯磨阿毘詵者　婀

於彼額上想有攞字色相如金想兩目上各有囉(上聲)字其色如火上生光焰其二足間想

種種色爲法輪相以輻莊嚴次誦薩埵金剛心密語加持塗香已塗彼胷前所以作法加持者爲令弟子速成金剛薩埵故

次以如上所說頭上作五處置契法已復結毘盧遮那契誦本密語置於彼心上次喉次頂上已即應諦想一切如來祕密勝上頭冠加彼頭上即結如所說四種鬘各隨其部法以繫其額若作阿闍梨灌頂法者應次第如上法遍用五瓶以四種鬘鱗次以繫其額如是作已引出壇外換去濕服別著淨衣若是剎利居士著本上衣即於壇內置下小牀以覻其濕引入坐已師以觀羽執五股拔折囉授其雙手應以種種方便言詞開誘安慰爲說頌曰

諸佛金剛灌頂儀　汝已如法灌頂竟
爲成如來體性故　汝應受此金剛杵

說此偈已誦密語曰

唵　跋折囉　禰鉢提(尊主也)微(無桂切體性也)怛鑁阿鞞詵者弭(我今灌頂也)底瑟咤(住也)跋折囉三摩曳薩怛鑁(汝爲三摩耶也)

論曰汝已灌頂獲得金剛尊主竟此跋折囉常住汝所爲三摩耶復收取金剛杵若是寶部者又於跋折羅上想有寶珠餘部倣此誦前偈時應改初句金剛字爲寶珠字諸部准此改之

次第於子本名上加金剛字作名呼之應誦此密語

唵　跋折囉　薩怛鑁磨含(二合汝也)阿毘詵者冥(我灌頂也)跛折囉　娜莽(八名號也)毘曬迦多(灌頂)係(呼聲)跋折囉　那莽(其甲)

論曰我與汝灌頂訖以金剛名號與汝作字汝名金剛某甲若是餘部式加寶珠蓮華等作字呼之其人若受阿闍梨法者但以本所得部爲名若須改舊名者隨意所樂任擇諸波羅蜜勝名作之

又以香華種種供具供養所灌頂者師應執小金剛杵子如治眼法拭其兩目而告之言善男子世間醫王能治眼瞖諸佛如來今日爲汝開無明瞖亦復如是爲令汝等生智慧眼見法實相故

次復執鏡令其觀照爲說諸法性相說此偈言

一切諸法性　垢淨不可得　非實亦非虛

皆從因緣現　應當知諸法　自性無所依

汝今眞佛子　應廣利衆生

次復收取金剛杵師於弟子當生恭敬此人能紹諸佛種故師應授以商佉作是告言自今巳後諸佛法輪汝應轉之當吹無上法螺令大法聲遍一切處不應於此法中而生疑怖於諸密語究竟清淨修行理趣汝應廣爲衆生方便開示善男子諦聽若能如是作者一切如來皆知此人能報佛恩是故於一切時處一切持金剛之所衛護令汝安樂

次應引起至大壇前爲說三摩耶令其堅固告言善男子汝應堅守正法設遭逼迫惱害乃至斷命不應捨離修菩提心於求法人不應慳恡於諸衆生有少不利益事亦不應作此是最上句義聖所行處我今具足爲說竟汝當隨順如說修行弟子應自慶幸合掌頂受又執五股金剛杵而授與之告言此是諸

佛體性金剛薩埵手所執者汝應堅護禁戒常當持之弟子受巳授此決定要誓密語令其誦之密語曰

唵　薩婆怛他揭多悉地　跋折囉三摩耶底瑟咤(願住)翳沙(今也)怛嚩(亡可切)含(尤甘切於我也)䭾囉野寘(我今持也)跋折囉　薩埵係(形以切)係係係吽

論曰一切如來金剛薩埵成就三摩耶願住我所我常守護如是作法巳所有一切曼荼囉祕密三摩耶智師應教授若弟子於三摩耶契有退失者師應遮制莫令毀壞弟子於師應恭敬尊重莫見師短於同學所莫相嫌恨應告之言汝於一切衆生常生慈愍哀矜示誨莫生猒離爲說偈言

三界極重罪　不過於猒離　汝於貪欲處
應生猒離心

欲令弟子堅持歡喜故爲說偈言

此等三摩耶　諸佛爲汝說　守持善愛護
當如保身命

弟子受師教巳頂禮師足白言如師教誨我誓修行

復應爲諸巳灌頂弟子令其圓滿寂靜法故爲除其災障故應與作護摩法於灌頂壇火天方不應絕遠作四肘壇高一磔手中鑿君荼徑圓一肘深十二指好淨泥拭兩重作緣内緣高闊各一指外緣高闊各有四指底須平正即於其底泥作輪像或跋折囉像柄向南出如世丁字柄長四指闊亦四指横頭長八指高闊各四指次外作土臺形如蓮葉次外敷師坐位君荼周圍布吉祥草爲聖衆坐位灑淨香水敷草灑水皆順轉作應以酥酪

乳蜜乳糜餅果五穀等五穀者謂稻穀菉豆油麻小麥等是取吉祥樹爲柴如無此樹取有白汁樹代之謂穀柴等是齊整短截別取小枝如拇指大長十二指一百八枚酥穀及柴並置臺石若不能鑿作君荼即以赤色畫其形狀中安火爐餘如上作師北面坐引諸弟子左次列跪取先淨火或新鑽者以香水二器置其臺上一供養佛菩薩一供火天灑水作淨置君荼内已誦此密語

南莫三漫多　跋折囉南　怛嚬禖荼摩訶𡀔灑那　薩婆囉那　鉡哈引摩哈合二

誦此密語三遍淨水灑火并灑茅草諸供具等次即然火勿以口吹當以物扇取白檀香泥遍塗君荼以白香花散臺四面於火焰中想有囉上聲字變爲火天白色髮黄三目四臂左邊二手一手執君持一手執杖右邊二手一手作無畏相直前舒掌豎掌向外一手捻數珠想火天身遍生火焰次執香爐請佛菩薩所請法式如大壇中說諦想諸佛菩薩皆來赴會坐吉祥草其師觀羽作無畏相止羽扼腕如臂釧像即召火天誦此密語

唵　婀揭娜多曳平聲你卑必迦切　你跛耶　你嚩無可切　濕尾穰而佉切　係哩　使薩哆三摩鉽哩呬上聲　怛嚩無可切　婀虎低摩賀嚂婀薩民散你係覩婆嚩唵　阿揭娜曳賀弊毘迦切　劫弊毘迦切　婆訶那耶你卑必也切　你跛耶　薩婆訶

誦此密語時想有火天來依如上所想身中即以香水彈手灑火次執祭杓酌上酥油乳蜜等物各三杓以沃火中以祭火天或和雜一處共酌三杓亦得祭時每杓誦此密語一

遍密語曰
納莫三漫多　勃陀南　唵婀伽娜曵(平聲)薩
婆訶
師以止羽執金剛杵以檀度鉤弟子覲羽智度别以小杓如前沃火人名各二十一杓一一心念諸佛菩薩及火天於五部中心密語隨喜誦之一杓一遍以用供養若須除災者誦此密語
納莫三漫多　勃陀南　娜摩訶扇地(平聲)伽多摩訶扇地迦囉鉢唎捨忙　達摩涅哩若(人者切)多薩破婆窣覩婆達摩三漫多鉢囉囉多　薩婆訶
一一弟子准此作之若阿闍梨法加誦之至一百八遍又以蘇油乳蜜等相拌和已小杓酌之數至一百八遍沃火供養每杓誦上大乘三摩耶百字密語一遍若意欲别須供養諸菩薩等即各隨誦本心密語或三七遍或七七遍隨意沃之以上一百八枚小柴一一兩頭刺酥蜜中時時投火所作法已次應供養給施如上所說座後外八方諸天神眷屬等准前誦密語法酌沃火中如是作已師出洗手還歸本座如前酌三杓供養火天訖告弟子言汝已具足得灌頂法竟假使以諸世間種種供養不如已身奉施諸佛菩薩汝應各發如是心令諸弟子各自發願已師應手執香爐遍供養佛菩薩及火天已即誦密語請歸本處即從座起就大壇位告弟子言諸佛爲利益一切衆生故說此殊勝福田妙法法應隨力各辦香華供養大衆能令汝得無量果報復爲供養一切如來及金剛部衆應

以羯磨契及三摩耶契如上供養復以金剛讚歎密語作四種密供養法已誦比伽他曰

金剛薩埵攝授故　得成無上金剛寶
今以金剛法歌詠　願為我作金剛事

復以金剛縛合掌及金剛戲笑等作密供養法次應手執香華供養外壇聖衆已告諸弟子言汝等各隨力能供養諸佛彼等修供養畢為欲護諸弟子身故應於諸佛菩薩所請所獻華香果餅等少分各各分賜諸弟子復令重作要誓如上所說此法不得輒向人說作教誡已令諸弟子各還本位師即隨力如常念誦禮讚已即請壇中佛菩薩及眷屬等歸還本土即豎結薩埵金剛契誦此密語

唵　訖哩覩嚩(已作勝上也)　薩婆薩埵(一切衆生也)　遏他(利益也)　悉提(成就也)　捺多(授與也)　曳(入聲)　他努伽(隨願也)　伽稽達凡(二合 歸還也)　勃陀毘灑盬(上 佛國)　布那囉虐(魚伽切 上聲)　麼娜邪徵(無桂切 復垂降赴也)　跋折囉薩埵牟(引)

論曰已作勝上利益成就授與一切衆生竟願一切諸佛菩薩歸還本國若重請名惟願降赴此契及密語一切壇中請佛菩薩諸部眷屬還本處者皆悉同用

金剛頂瑜伽中略出念誦經卷第四

音釋

毘紐(毘頻眉切 紐女久切)　濾漉(濾良倨切 漉盧谷切)　毹(山芻切)　詵(所臻切)　儭(初覲切)　磔(陟革切 張申也)　扼腕(扼於革切 腕烏貫切 臂腕也)　拌(部滿切 和也)

廣大寶樓閣善住祕密陀羅尼經

唐三藏法師菩提流志奉詔譯

清刻龍藏佛說法變相圖

廣大寶樓閣善住祕密陀羅尼經卷上

唐三藏法師菩提流志　奉詔譯

序品第一

如是我聞一時佛在王舍大城於初會時降伏拘胝魔軍及調伏一切外道捨離生死度諸瀑流是時那由他百千殑伽羅頻婆羅魔軍遍滿世界于時世尊以佛神力變此大地盡成金剛令贍部洲有情之類不聞恐怖時彼魔軍雨諸兵仗皆變爲華於王舍城四衢道中自然從地涌出蓮華其華千葉七寶莊嚴黃金爲臺瑠璃爲莖高至梵天出種種光明普遍十方於其華中自然出聲說陀羅尼名爲善覺呪曰

南無十方如來一　唵摩尼二　拔闍梨三　哩哆耶四　跛闍梨五　摩囉賽你六　微陀囉波你七

賀那賀那八跋闍邏揭鞞九多羅婆耶多羅婆耶十薩縛上聲下同摩囉十一波上聲縛那你十二吽呼幟切下同薩壚囉薩壚囉十三佛馱橅以諦戾十四薩縛怛他伽多十五跋闍囉迦嚧波十六地瑟恥柢十七薩婆訶十八

時彼蓮華中既說呪已復出妙聲其聲遍滿三千大千世界言善哉釋迦牟尼如來已度生死大海殄滅魔軍離煩惱塵破無明轂然大法炬由此陀羅尼威德力故令此大地變成金剛降伏魔軍爾時金剛密跡菩薩歡喜踊躍身毛竦竪頂禮佛足白佛言世尊今此明呪從何佛所最初而至我從昔來未曾聞見爾時佛告金剛密跡菩薩有陀羅尼名廣大寶樓閣善住祕密由彼威力能令此界三千大千國土變爲金剛一切魔軍所有兵仗皆成蓮華由彼陀羅尼威神力故降諸魔衆四衢道中涌出蓮華若不因彼陀羅尼威德力者不成正覺不能降伏拘胝魔衆不能枯竭煩惱大海然大法炬我於無量拘胝百千劫來雖行難行苦行猶故不能成菩提果爾時聞彼陀羅尼故方成正覺此陀羅尼有大威力有大殊勝是真實法於諸如來成就法身能稱彼呪名字則爲已稱十方諸佛如來名號若能讀誦受持則爲供養禮拜十方諸佛如來爾時執金剛手菩薩摩訶薩以種種華種種香塗香末香供養於佛既供養已右繞三帀頂禮佛足而白佛言世尊此陀羅尼有大威力有大殊勝唯願世尊普爲世界一切有情不應以下劣法有所饒益應以勝法而利益之何以故此陀羅尼如佛真身故爾

時世尊告執金剛菩薩言衆生下劣不勤精進多諸惑亂愚癡闇鈍耽著諸欲不信正法不敬父不敬母不敬沙門不敬婆羅門不敬尊者由此不能得是陀羅尼薄福少德智慧狹劣如此衆生不能得聞不能受持不能生敬此陀羅尼能滅一切罪是諸如來祕密之藏爾時世尊告執金剛手大藥叉將曰善男子我今欲往東方過無量恒河沙數拘胝那庾他佛世界彼有世界名曰寶燈有一大城七寶嚴飾其城四面廣一由旬多諸人衆安隱豐樂彼諸男子及諸女人童子童女一切瓔珞而以嚴飾上妙寶冠自然而現容貌端嚴有大威力精進成就智慧通達城中有王名曰妙寶有八十拘胝大臣輔佐圍繞王大夫人名光明寶有二十萬宮人皆如天女前後供侍彼世界中所生華果及諸香樹皆是七寶水生諸華皆是雜寶陸生諸華皆是黃金國人壽命八十萬拘胝歲成就十善於佛法僧發大清信彼王善法化世利益衆生彼世界中有佛名妙種種色寶善住清淨如來應正等覺於彼世界廣作佛事與無量菩薩摩訶薩衆及無量拘胝仙人前後圍繞彼之如來身紫金色具三十二相八十隨形好圓光一尋其明赫耀諸菩薩身皆紫金色相好端嚴辯才無礙坐寶華臺常念廣大寶樓閣善住祕密陀羅尼名由彼陀羅尼威神力故成就如是殊勝功德彼佛世尊爲諸衆生演說此陀羅尼法彼諸衆生由聞此陀羅尼故常獲安樂離諸地獄餓鬼畜生阿素羅道諸惡趣門悉皆關閉開淨天路彼諸衆生皆發

阿耨多羅三藐三菩提心住大慈悲無諸怨敵如水乳和合彼佛世尊往昔久遠行菩薩道時修此陀羅尼法作如是願願一切有情生我國者悉皆決定得不退轉無上正覺若有衆生聞此陀羅尼受持讀誦精勤修習憶念不捨乃至聞名或復手觸或著身上或眼視見或書帛素或書牆壁一切衆生若有見者五逆四重誹謗正法謗誹聖人屠兒魁膾盲者聾者瘖者僂者瘂者癩者癰者貧窮下劣不定業者魔網縛者墮邪見者毘那夜迦觸者惡星害者七耀害者彼等諸人聞此陀羅尼決定證得無上正覺或復受畜生身者鹿鳥蚊蜻飛蛾螻蟻胎生化生濕生種種蟲等彼諸衆生聞此陀羅尼名者必當決定證得阿耨多羅三藐三菩提無諸疑惑爾時世尊說是語已一切大衆皆大歡喜身毛竦豎是時天雨波頭摩華俱牟頭華芬陀利華曼陀羅華摩訶曼陀羅華於虛空中有諸種種微妙天樂自然鼓作時會大衆各各皆見身有光明於如來前自然涌出七寶妙幢端嚴麗好人所喜見幢有四柱四門及四堦道光明赫奕幢四面上各有大寶其光如日普耀世界復有無量寶珠綴於羅網無量寶鐸而懸其上鮮雜繒綵以爲旛幔多諸妙華間錯嚴飾是時大地六種震動所謂動搖吼震涌沒之相諸天宮殿皆蒙光明光所到處皆悉覺悟四天王天明仙天等亦復如是一切魔宮忽然光明皆大怖懼諸毘那夜迦恐慴馳走越出界外求哀恃怙爾時世尊於兩眉間現大白毫其光普遍一切世界一切佛土彼

諸如來覩此光者即便領悟說陀羅尼意光旣至已漸自收卷於釋迦如來頂上繞旋如沒十方一切諸如來等咸皆同聲讚歎釋迦牟尼如來言善哉釋迦牟尼如來汝今應往寶燈世界妙種種色寶善住清淨如來所瞻仰親近及廣宣說大寶樓閣善住祕密陀羅尼法何以故此陀羅尼有大威力有大殊勝一切過去諸如來等共護念故若人得聞此陀羅尼名字及手觸者彼人決定證無上正覺爾時釋迦如來聞彼十方諸佛如來讚歎聲已復放無量拘胝百萬億光明告諸會中諸人等言我今欲往寶燈世界汝等速來今正是時爾時如來從座而起詣七寶幢以手摩之是時幢中忽然而出金剛妙座香潔殊勝於此座上復出七寶雜錯上妙蓮華黃金爲莖紅寶爲臺時佛世尊於蓮華上敷座而坐爾時世界皆大震動如來便入大寶清淨三摩地旣入定已佛神力故將諸會衆及諸菩薩天龍藥叉乾闥婆阿蘇羅羯樓荼緊那羅摩睺羅人及非人無量拘胝明仙眷屬金剛密跡釋梵諸天四天王等上昇虛空往詣東方度無量恒河沙百千萬億拘胝佛剎佛神力故須臾之頃至寶燈世界從空而下詣彼佛所恭敬問訊少病少惱起居輕利時釋迦衆以七寶所成千葉蓮華即奉彼佛時彼如來在深妙會中舒金色手安慰釋迦如來移於寶幢中坐告釋迦如來曰汝已轉大法輪降伏魔軍然大法炬建立法幢擊大法鼓吹大法蠡於彼世界已作佛事證於所證今復於此贍部洲中再轉法輪演諸法藏作是

語已彼諸佛刹十八種動所謂一動揺二涌沸三如波浪四震有聲五吼轟磕六覺一切有情於一一動復各有三所謂動等動等遍動也爾時天雨妙華現諸神變於虛空中出自然音樂諸大龍王雨大妙寶種種妙香種種妙衣種種瓔珞上妙紅寶硨磲真珠毘盧遮那摩訶妙寶日藏珠月藏珠日光珠月光珠吉祥藏珠雨諸鉢頭摩華俱牟頭華芬陀利華曼陀羅華摩訶曼陀羅華黃金華白銀華真珠妙瑣繽紛而下爾時諸天於虛空中出歡喜聲讃歎釋迦牟尼如來言善哉釋迦牟尼如來善哉釋迦牟尼如來欲於此時再轉法輪建大妙寶如意法幢於贍部洲中所謂摩訶妙寶廣大寶樓閣祕密善住陀羅尼大呪法王令於世間廣大流布爾時種種色清淨善住寶如來應正等覺於兩眉間放大白毫出種種光明其光普至十方世界一切佛土彼諸佛等覩斯光者咸皆證知將欲說此陀羅尼意其光復至三千大千世界及諸天宮龍宮一切地獄傍生閻摩羅宮阿素羅衆普皆蒙光知佛世尊將欲說法光既遍已漸復收卷繞旋佛頂倏然如沒爾時十方世界無量恒河沙等一切諸佛各於彼土與諸眷屬現大神變於虛空中化作七寶妙幢於其幢中以贍部金爲師子座時諸佛等各坐其座同至會中爾時種種色清淨寶如來見十方諸佛來至會中與彼諸佛更相問訊復以種種神變供養彼佛既供養已還坐本座時此會中有一菩薩摩訶薩名曰寶藏從座而起詣種種色清淨善住寶如來所合掌頂

禮白佛言世尊今此會中十方諸佛諸大菩薩天龍藥叉乾闥婆阿素羅緊那羅摩睺羅人非人天仙明仙執金剛菩薩而爲上首衆會集已無量神變唯願世尊爲諸大衆說廣大寶樓閣祕密善住陀羅尼法如是慇懃三請世尊爲衆說法爾時種種色清淨善住寶如來告寶藏菩薩言汝今可詣釋迦牟尼佛所當爲汝說時寶藏菩薩摩訶薩即詣釋迦牟尼佛所合掌頂禮右繞三帀白佛言世尊今請如來爲諸大衆演說廣大寶樓閣祕密善住清淨陀羅尼法爲諸衆生獲利益故爾時釋迦牟尼佛既見寶藏菩薩請已告金剛密跡菩薩言善男子汝今可持金剛杵於大衆中而扣其地金剛密跡菩薩便奉佛命持金剛杵於大衆中而扣其地爾時大地應聲

裂破成四角陷三千大千世界六種震動動時彼陷地忽然涌出七寶樓閣其樓四角四柱四門嚴麗殊特相好圓滿光明赫奕有四堦道高三由旬縱廣正等滿五由旬於其幢中有贍部金微妙寶塔無量寶珠而爲嚴飾七寶羅網而覆其上無量寶鐸懸於四角妙華繒綵而爲間錯彼妙塔中有三如來全身舍利爾時十方諸佛如來皆共供養塔中舍利諸菩薩等亦同供養尊重讚歎散華燒香塗香粖香懸繒旛蓋奏諸音樂時諸天龍藥叉乾闥婆阿素羅緊那羅迦樓羅人非人等一切會衆咸悉瞻仰奇異希有言此寶塔從何而來高聲讚言奇哉希有旋遶歌詠幢及寶塔既旋遶已合掌頂禮時彼幢中出微妙聲唱言汝諸大衆可觀空中衆聞此聲咸觀

空中復見大瑠璃寶雲在彼空際其寶雲中以金爲字書此廣大寶樓閣祕密善住陀羅尼呪於虛空中復出聲曰汝等咸可讀此陀羅尼呪出此聲已其十方恒河沙同來諸佛二佛前皆現瑠璃寶雲以金爲字書此陀羅尼呪復出如是聲曰南無釋迦牟尼如來今可開彼舍利塔門彼寶塔中有三如來全身舍利由彼舍利現大神變殊勝之相彼全身如來於此會中當具說此陀羅尼呪并曼荼羅成就明法爾時十方同來諸佛咸作是言唯願釋迦如來應正等覺爲諸大衆開彼塔門令諸衆生見彼全身如來獲大利益所謂寶華王幢如來妙寶金剛超王如來寶清淨光明如來應正等覺爾時釋迦牟尼如來即以神力詣寶塔前舒金色千輻莊嚴右手開彼塔門示彼如來全身舍利時寶塔中全身如來復讚釋迦牟尼如來言善哉善哉釋迦牟尼如來今於贍部洲中再轉法輪汝可就此塔中昇師子座爾時釋迦如來即昇塔中與諸全身如來同座而坐爾時衆中有金剛手菩薩摩訶薩頂禮釋迦牟尼如來合掌恭敬白佛言世尊今此塔中諸如來等從何而有從何而來佛言汝今諦聽當爲汝說乃往古昔不可思議無量無數阿僧祇劫此贍部洲中多諸人衆安隱豐樂五穀不種自然成熟人無彼我亦無積貯當此之時無有佛名有一大山名寶山王彼寶山中有三仙人一名寶髻二名金髻三名金剛髻彼三仙人繫心專念佛法僧寶復作是念我等何時證無上正覺度脫一切諸衆生等時彼仙衆作是

念已須臾嘿然復起前念由是念故即證慈悲歡喜一切衆生種種樓閣三摩地獲於天眼觀彼上方見淨居天復於空中有聲言曰善哉正士善哉正士能發上願求大正覺汝曾聞不有大妙法名廣大寶樓閣祕密善住陀羅尼往昔如來已曾演說善爲利益一切衆生諸有聞者決定不退無上正覺一切佛法當速現前一切三昧亦當現前一切陀羅尼法門亦當現前能善降伏一切魔軍然大法炬一切善種當得現前成就六波羅密一切地獄餓鬼傍生閻摩羅界阿素羅衆聞此呪者皆蒙解脫生老病死憂悲苦惱永得超越當來之世於此贍部洲衆生有於父母不孝順者不敬沙門者不敬婆羅門者不敬耆舊者誹謗正法者誹謗聖人者應墮地獄者誹謗諸佛者誹謗菩薩者殺阿羅漢者造五逆罪者殺婆羅門者殺牛犢者抄劫竊盜者故妄語者不與取者邪婬者兩舌者麤惡語者輕秤小斗者强奪財物者負言背信者匿他財物者一切惡業所攝者彼等衆生聞此陀羅尼若讀若誦若受持若佩身上若書衣中若置幢上若書篋內若書素䌦及牆壁牌板乃至見者聞者及影中過者或與執持呪人暫相觸者彼等衆生由斯陀羅尼大威力故決定當得無上正覺能於現世獲無量福一切惡業皆得消滅一切善根皆得圓滿一切魔軍皆得調伏一切衆生見者歡喜一切衆生恭敬尊重國王大臣及諸眷屬見者歡喜口所出言聞者皆信手脚柔軟音調和雅離於貧窮不受世苦毒藥刀仗水火災等難

永相去離師子虎狼諸惡禽獸不能爲害無劫賊難無旃茶羅難無魍魎難無羅剎難無惡鬼難無邪魅難無毒蛇難無疫病難乃至一日病二日病三日病四日病瘧病常病眼病耳病鼻病舌病口病齒病脣病喉病頂病手病背病腰病臍病痔病痢病髀病脚病疔病癰病班病肚病疥病疱病癩病癬病頭痛病偏風病如此病等悉皆除滅不盲不聾不瘂不僂臨命終時心不散亂不失正念一切諸佛常來現前安慰其人睡眠覺寤行住坐卧常得安樂或於夢中見百千萬世界剎土諸佛如來并諸菩薩前後圍遶此陀羅尼有如是等無量無邊不可思議力時彼仙人得法歡喜欣慶踊躍於其住處如新醍醐消没於地即於没處而生三竹七寶爲根金莖葉竿梢枝之上皆有眞珠香潔殊勝常有光明往來見者靡不欣悅生滿十月便自裂破一一竹內各生一童子顏貌端正色相成就時三童子亦旣生已各於竹下結跏趺坐入諸禪定至第七日於其夜中皆成正覺其身金色三十二相八十種好圓光嚴飾時彼三竹一一變成高妙樓閣爾時便有廣大寶祕密善住陀羅尼呪於虛空中以金書字忽然而現四大天王所謂寶髻龍主天王寶藏鳩槃茶主天王妙珠光摩祐羅主天王各執持寶蓋而覆其上清淨天人散諸妙珠金剛藥叉主天王與無量百千眷屬執持妙華而以供養同作是言今佛世尊出現寶幢爾時世尊告執金剛菩薩摩訶薩昔三仙人豈異人乎今此寶幢塔中三全身如來是彼時三竹者今

妙樓閣寶幢是彼時地者今此地是彼時世界者今此世界是彼時仙人由聞此陀羅尼勤修習故捨彼仙身成等正覺昔時空中淨居天者豈異人乎則我身是昔有賢者名曰淨居常勤供養彼三仙人其淨居者今妙種種色清淨如來是昔彼三仙既成正覺爲彼淨居而授記曰汝於來世當得作佛號妙種種色清淨如來爾時十方同來諸佛咸讚釋迦牟尼如來言善哉善哉能以如來境界善加護故說此往昔因緣示現如是祕密陀羅尼此陀羅尼是諸如來祕密之母是諸如來祕密之心是諸如來金剛之座是諸如來祕密神變是諸如來成就祕密六波羅蜜是諸如來般若波羅蜜是諸如來祕密壇場是諸如來祕密之印是諸如來祕密放百千萬光是諸如來祕密實相之藏是諸如來祕密三摩地加護神變是諸菩薩祕密莊嚴菩提心是諸菩薩祕密佛地是諸菩薩入祕密三摩地此陀羅尼能除一切業障汝今能說爾時釋迦牟尼如來住正念智觀察一切如來復放百千萬拘胝那庾他光明所謂青黃赤白紅紫雜色普遍十方諸佛世界光遍彼已還來佛所右遶三帀沒於佛頂光既沒已時佛世尊以淨梵音於大衆中說此陀羅尼呪曰

唵一薩婆呾他伽上聲下同多二摩尼捨多三你畢低四社縛羅社縛上聲下同羅五達摩馱睹碣里鞞六摩尼摩尼七摩訶怛他伽多纈里摩尼八莎訶九

說此陀羅尼大明呪王已山河大地六種震動十方如來同聲讚言善哉善哉釋迦如來

善說此陀羅尼大明神呪於虛空中現贍部
金雲遍覆十方於其雲中下七寶雨雜以牛
頭栴檀上妙粖香充滿世界復雨優曇鉢華
而以供養次雨俱牟頭華芬陀利華蘇乾陀
華曼陀羅華摩訶曼陀羅華露遮華大露遮
華曼殊沙華大曼殊沙華蘇摩那華婆利師
迦華栴檀華瞻蔔華而供養佛一切魔宮熾
然火起一切魔衆皆悉驚怖一切毘那夜迦
身皆流汗臭穢奔走十方所有淨信天龍藥
叉乾闥婆阿素羅緊那羅摩睺羅人非人等
各持供具供養如來復有摩尼光思惟菩薩
與無量百千萬億俱胝菩薩悉持種種妙寶
而供養佛復有金剛手菩薩與無量百千萬
億俱胝明仙復以種種百千天衣而供養佛
復有四大天王與無量百千萬億四天王衆
以種種香華塗香粖香華鬘衣服旛蓋而供
養佛復有梵天與梵衆諸天而來供養復有
三十三天與百千萬億天子供養於佛如是
那羅延大自在天賢摩居天賢滿力天等同
來供養復有日月天子在於空中而供養佛
復有勝天女勝天女者功德大天辯才天女
餉棄尼天女毘摩天王金剛時天女華齒天
女使者天女百千萬億各各以天嚴具供養
於佛復有鬼子母神與百千萬億藥叉女等
前後圍遶而供養佛復有無量乾闥婆衆以
天音樂而供養佛復有無量百千龍王集會
所謂娑竭羅龍王難陀龍王優鉢難陀龍王
婆魯拏龍王善住龍王寶髻龍王形貌完圓
龍王以種種妙寶而供養佛復有轉輪王與
無量百千萬億大臣宮人婇女前後圍遶於

時大地變成金剛於如來前從地涌出七寶蓮華其華千葉於其華中有贍部金千輻寶輪光明赫奕暉耀如日其光遍覆三千大千世界於輪臍中出微妙聲作如是言善哉善哉釋迦牟尼如來能說如是祕密陀羅尼此陀羅尼明呪能轉無上最大法輪能入菩提道場是諸如來祕密明心是諸如來真實如理唯願世尊復更爲說廣大善住祕密樓閣陀羅尼心要之法令一切大衆咸皆覺悟無上菩提此爲根本今正是時願垂速說此呪能除一切惡道業障能竭一切血淚苦海能度一切生死曠野能越一切煩惱瀑流若不遇此陀羅尼大明呪王終不能成無上正覺此陀羅尼是諸佛種是大法輪是大法炬是大法幢是大法螺是大法鼓是金剛座唯願世尊廣爲衆說此大陀羅尼王曼荼羅印法儀法令此會中天龍藥叉乾闥婆迦樓羅緊那羅摩睺羅伽人非人等咸皆瞻仰願聞法要爾時世尊聞是語已即爲大衆廣說陀羅尼祕要之法

根本陀羅尼品第二

爾時世尊爲諸大衆說此陀羅尼王能成就無上菩提能除一切罪業身得清淨即說陀羅尼曰

那慕薩婆怛他揭多（去聲）南（去聲一）唵（二）肥布羅孽鞞（三）摩尼（去聲）鉢臘（二合）鞞（四）怛他（上聲）多（去聲）那捺你舍泥（五）摩尼摩尼（六）蘇鉢臘鞞（七）肥摩麗（八）娑孽囉鉗鼻（去聲）囇麗（九）吽吽（十）什𥇛羅什𥇛羅（二合十一）勃陀嚩路枳羝（十二）麌醯夜（二合）地瑟恥（二合）多孽鞞（十三）莎訶（十四）

爾時世尊說此廣大寶善住祕密樓閣陀羅尼已於此大地六種震動雨大寶雨及天妙華一切大衆咸皆歡喜歎未曾有證不退轉是時十方諸如來等同聲讚歎釋迦牟尼如來善哉釋迦牟尼如來乃能說是入菩薩道場陀羅尼大衆聞已一切惡趣皆得消滅念此陀羅尼名者則爲以諸微妙香華塗香抹香供養十方一切諸佛若能讀誦即得不退轉無上正覺乃至百劫千劫百千萬劫一切如來不能讚歎盡其功德此陀羅尼有大威力一切魔王終不能爲其障礙一切怨家惡友鬼神藥叉羅刹人非人等不能爲害增長無量福德若纔念此陀羅尼者獲福如是爾時執金剛手藥叉軍將及四大天王於其會中從座而起恭敬合掌頂禮佛足白言世尊我等常當擁護持此陀羅尼者爾時世尊舒金色手摩執金剛手菩薩及四大天王頂作是言我今以此陀羅尼神呪付囑於汝若有持此陀羅尼者汝當擁護爾時執金剛手菩薩及四大天王白佛言世尊我等奉如來教常護此大陀羅尼法王明呪亦當擁護彼受持者

心隨心呪品第三

爾時世尊爲諸大衆說陀羅尼心呪曰

唵　摩你　跋社　黎吽

爾時世尊復說隨心呪曰

唵　摩你　達哩吽　鏺吒

根本呪者不假簡擇吉祥星宿日齋戒但誦滿一萬遍已然後佛前或舍利塔前於白月十五日潔淨洗浴著鮮淨衣隨力供養然四

盞燈散諸香華受持呪者食三白食便誦此呪八百遍即於當處宿天欲曉時如來乃現其身執金剛手菩薩亦現於前所有願者皆得圓滿若造五逆罪者作如是法第三遍方得感現勿生疑惑常於清旦誦八百遍所求上願皆得成就毒不能害水不能漂火不能燒賊不能傷病不能侵無他怨怖常無重病亦無眼病耳病鼻病舌病口病齒病脣病乃至一日病二日病三日病四日病無頭痛諸惡毒蛇虎狼禽獸不能爲害無邪魅難此陀羅尼威力如是能除一切怖畏能滅一切惡障能生一切功德能成就六波羅蜜成就如來所行之行讀此陀羅尼者皆能成就一切事業若有人登大高山峯上誦此陀羅尼盡眼所見處所有衆生滅一切罪業亦離一切地獄業得免一切畜生身若入天廟中誦此陀羅尼者使諸天神無不從命若入龍池誦此呪者一切龍神皆來歸命若於日前誦此呪者日天子即當來現其人前所求意願皆能與之若有人於執金剛手菩薩前誦此呪者執金剛手菩薩現於其前所求願者亦得隨意若有人取菖蒲根誦此呪八千遍訖或佩或執即令一切衆生見者歡喜所索皆得若呪胡椒含於口中共他人語所出言音皆悉信受若有人呪白芥子一千八遍擲於虛空一切惡風雷雹皆得消散若呪食鹽一百八遍令淨行婆羅門皆來率伏若欲調伏剎利取白芥子呪千八遍燒之弃可呼諸鬼神來共人語亦能治一切鬼氣若天災旱以黃牛糞塗地畫作龍一身三首其下作四方龍

池於龍池心中著金其壇青色黃丹畫龍身上於壇四角各置一滿瓶水復置四香爐置四新瓦盆一盆中著乳一盆著酪一盆置乳糜一盆置酥及沙糖又別作四肘方壇以牛糞塗飾復以麨粖畫壇壇內揷箭四隻纏五色線懸五綵旛燒四種香所謂安悉熏陸白檀蘇合於其壇內散七種穀列五色食幷諸華果其誦呪人面向東方取一芥子呪之一遍皆令擲打畫龍頭上一呪一擲滿千八遍龍即行雨一切諸龍皆來率伏若欲止雨取白芥子誦呪呪之擲龍池中雨即便止若惡風雹雨取法陁羅木作橛釘龍池邊即得雹止若欲縛毘那夜迦取白芥子呪一百八遍安毘那夜迦頭上便不能作其障礙以乳洗毘那夜迦即得解脫所作諸業皆得成就其持呪者常須清潔著鮮淨衣此是根本呪法

持心呪法品第四

持心呪者誦一百千遍得見一切如來若誦二百千遍得見一切佛土若誦三百千遍得入一切壇場悉得成就一切呪法若誦四百千遍得作仙人中轉輪王若誦五百千遍得入一切阿脩羅宮中若誦六百千遍得見一切伏藏若誦七百千遍即了過去知宿命事若誦八百千遍即得寶印三摩地若誦九百千遍得一切菩薩神變加持若誦十百千遍得一切如來灌頂佛地與一切如來同會如是倍增而獲無量殊勝功德若造五逆罪誹謗聖人誹謗正法應入阿鼻地獄者誦呪一千遍所作罪業悉皆消滅得不退位悟宿命智眼耳鼻舌身意六根清淨增長無量殊勝

功德兼獲世間種種事業隨意成就復次說雄黄法取好雄黄一小兩許置赤銅器中從月十三日身自洗浴著鮮淨衣喫三白食謂酥乳酪於世尊前呪十萬遍至十五日夜所呪雄黄現三種相若煗若煙若光焰即得成就若其煗時持呪之人身隱不現阿修羅窟門開見一切宫殿悉皆得入若意樂所作皆得成就即得仙人轉輪王位取少雄黄點自額上若見煙出即點眼上當見一切菩薩宫殿住處又見一切金剛種性遠離一切諸惡魔衆得達一切法藏隨所去處皆得通達若見光焰即騰虚空得見光焰陀羅尼三摩地得入三十二諸天中王所欲皆得若於山頂誦呪得爲一切衆生尊重所求皆得一切瞻部人咸來恭敬於水池邊誦此呪一千八遍一切諸龍皆悉降伏取白芥子呪千遍散擲虚空即便大雨降伏諸龍若日日誦持得種種殊勝吉祥取一瓶水以因陀羅呵悉多藥（白皮藥也）及鉢羅奢藥（赤藥也）白芥子并鬱金香紫檀白檀等香各一小兩半內前瓶中誦呪一萬遍取此香水洗浴一切大病患人皆得除瘥及滅一切罪障所有符書厭禱皆悉消滅獲得一切殊勝吉祥若有婦人意欲求男以此水洗浴即便生男若有諸人誦持餘呪無能驗者以此水洗浴即便有驗如是一切速得成就及餘事業亦得成就

誦隨心呪法品第五

誦隨心呪者滿一萬遍所有障礙諸鬼神等悉來敬禮持呪者足作如是言救護我等勿斷我命所使我者決定得了若誦二萬一千

遍者即便使得一切天龍爲天中主所出言辭天皆奉行若誦三萬遍一切藥叉羅刹咸悉伏從(四萬遍梵本闕)若誦五萬遍所欲追攝若天若龍若藥叉若迦樓羅若緊那羅阿脩羅摩睺羅及仙人婇女沙門婆羅門刹利種種人等以安息香及白芥子燒之若誦六萬遍得無垢三摩地若誦七萬遍得作仙人轉輪王若誦八萬遍執金剛手菩薩及與眷屬來現其前若誦九萬遍得諸菩薩施與無畏若誦十萬遍得盡見過去如來隨意所適無有障礙得一切陀羅尼經論一切如來加持令證無上菩提及得種種出世間法皆得成就諸佛如來無不隨喜

雜呪品第六

坐壇呪曰

唵摩尼軍荼利吽吽莎訶(誦七遍然後作餘護持法)

結界呪曰

唵摩尼徽(徽者殄)者曳達囉達囉(執義)吽吽莎婆訶

此結界呪用白芥子呪七遍以散壇中便成結界法

結十方界呪曰

唵(一)贜(如夜切)縛(上聲)離多(二)摩尼(三)阿盧(二合)止囉(妙義四)枳喇底(勝義五)吽吽鏺吒

此結十方界呪以香水和白芥子呪八百遍散灑十方

縛毘那夜迦呪曰

唵(一)摩尼鉢囉(光義)婆皤你(一)賀羅賀羅吽吽抪莎婆訶

其呪用灰水誦呪二十一遍散於十方則令

一切毘那夜迦悉皆被縛無能作難

結護身呪曰

唵跛質囉摩你一帝瑟吒帝瑟吒二吽吽抹

誦此呪七遍呪自身手以自摩頭

結淨衣呪曰

唵　摩尼微布黎一地唎地唎二吽抹吒三

此呪香水灑衣上

洗手呪曰

唵　微唯丁庚切筏底一訶囉訶囉二摩訶摩

你三吽吽抹

若欲洗手時呪水洗手用灑身上

洗浴呪曰

唵蘇𠼝寧結切一摩羅伐底二訶囉訶囉三跛半

弭離弭離吽莎訶

用白芥子和其淨水呪八百遍以浴身

灑水及洗衣呪曰

唵摩尼達哩吽吽抹吒

此是結護呪一切香華果等及所用物皆用

呪索白氎線呪曰

唵地哩地哩　微麼羅能義迦哩者義吽吽抹吒

散華呪曰

唵薩婆多他伽多一布闍摩布闍摩二供義你

吽吽

此散華呪呪華二十一遍散華時亦誦

塗香泥壇呪曰

唵薩婆多他伽多一乾陀摩你二娑頗囉拏

如夜又六識盛吽吽

誦此呪呪香塗壇

燒香呪曰

唵拾縛利多一摩尼二阿筏囉句吒雲董也三娑

頗囉拏四微伽低五吽
緐燈呪曰
唵拾緐攝切縛利多一始佉哩二陀縛利三吽
吽撥吒
壇外施一切天神鬼等食祭祀食呪曰
唵鉢囉縛囉一竭囉縛底二娑囉娑囉吽吽
散秔米華獻諸天又用呪秔米於神邊供養
呪曰
唵摩訶摩你一布囉耶二達囉達囉三吽吽
此供養過迦壇內日別獻佛食呪曰
唵摩訶摩你一微布犂二吽吽三婆囉婆囉
四吽吽
獻火食呪曰
唵拾緐攝切縛囉一薩普囉二伽伽那三鉢囉
鉢囉二合多囉尼吽吽

把數珠呪曰
唵呵嚧止囉一摩你鉢囉縛多耶二吽
以此呪誦七遍已即成就一切如來無量百
千呪法若准模壇界呪繩七遍乃可施用次
結跏趺坐呪曰
唵拔折囉摩你一迦囉緊迦唎迦唎吽吽
撥吒
念誦呪時呪曰
唵蘇鉢囉縛底多一吠藝二摩你摩你三
莎訶
先誦此呪然後持餘
啓告諸佛願知呪曰
唵薩婆多陀伽多南縛與社鞞一多囉多
囉吽吽二摩你迦那寧三莎訶
此呪初繫念時誦之

請一切諸佛呪曰
唵 蘇微布羅一鉢囉鉢囉二縛棃三杜嚧
杜嚧四吽吽
求請一切菩薩願呪曰
唵薩婆多他伽多 地瑟吒質多僧伽一拔
社棃吽吽
求請菩薩眷屬呪曰
唵 蘇微布囉一縛多寧二訶羅訶羅吽
此呪用請一切諸佛及菩薩等眷屬
追一切諸天及龍呪曰
唵 阿鼻娑薩音摩吽音耶一拔質棃二達囉達
囉三吽
請追一切諸天及四天王呪曰
唵 摩你微迦縛低吽
已上法若請佛菩薩請神及四天王安於座
上一一皆以其身本呪請安之
侍者呪曰
唵署辛羽切婆摩你一呼嚧呼嚧二吽
此呪用結護壇外供事人欲入時誦之
入壇場呪曰
唵 娑婆多他伽多一拔質唎你二達囉達
囉 吽吽
此呪臨入壇時門前禮拜已蝴跪合掌誦之
即入壇中
一切祭祀呪曰
唵微羅微羅制一伽伽那縛希音四你二羅呼
羅呼三吽
此呪獻一切佛及一切菩薩天神香華飲食
時用
又是時訖已送一切佛菩薩呪護身呪曰

唵摩你一蘇婆你二蘇婆你三微伽縛低四
阿囉叉多五摩尼吽
誦此呪時願一切佛菩薩一切天神加被
發遣諸天呪曰
唵薩婆多他伽多俱盧你低娑摩囉微伽低
什縛羅什縛羅吽　莎訶
此呪通一切處用此中心呪有殊勝威力若
有用時先誦八百遍然後作法但念誦成就
一切善業消滅一切惡業一切苦惱皆悉解
脫諸佛如來爲決定授記當得作佛先世惡
業受持此呪悉皆消散速證菩提獲無量恒
河沙等無量功德速成正覺能轉法輪已上雜呪
並是心呪中作法用之餘准此

廣大寶樓閣善住祕密陀羅尼經卷上

音釋

殄徒典切絕也　彀苦角切　竦息拱切竪也　僂力主切脊曲也　瘂烏下切病不能言也　癰於容切癕也　蚊蝱蚊無分切蝱莫耕切　綴株衛切連也　慴質涉切懼也　磕口荅切相磕也　痔直里切後病也　髀旁禮切股也　疔當經切　瘇時冗切足瘇病也　疱匹貌切與皰同　癬息淺切疥癬也　餉式亮切　幁猪孟切開張畫繒也　二十六　麨粖麨入沼切粖莫割切　橛其月切杙也　鏺音發　抪普没切

廣大寶樓閣善住祕密陀羅尼經卷中

唐三藏法師菩提流志 奉 詔譯

結壇場法品第七

爾時世尊說壇場法先擇勝地然後作壇其壇場作四門以五色彩畫其彩於新器中和香然後用之其場中心作一小壇方圓二肘以白檀香鬱金香而塗飾之其大壇四肘以牛糞塗飾其小壇中畫一佛像其佛前作一蓮華七寶莊嚴於蓮華臺中畫作一輪輪有千輻有輞有臍以金飾輪輪外畫焰光其蓮華莖如毘瑠璃色右邊畫執金剛菩薩而作瞋相手執白拂又可右手把杵左手把鉞斧左邊畫寶光金剛菩薩種種瓔珞以爲嚴飾一手擎寶珠亦可一手把數珠一手執白拂四角各畫四天大王身著衣甲手執器仗種種瓔珞而嚴飾之作瞋怒相其小壇中畫七寶階道於其壇上懸繒旛蓋其壇大門向東而開四角各置一金銀瓶或無金瓶瓦瓶金塗中盛滿香水及安妙華銀瓶無者亦應如是滿中盛乳於小壇東門内南邊畫吉祥天女種種瓔珞而以莊嚴北邊畫餉棄尼天女壇中門應畫金剛使女神其神形安八臂種種瓔珞以爲嚴飾手執刀仗於小壇懸種種旛蓋然三十二燈種種華果散其壇上於佛像前置金香鑪燒蘇合香於小壇外置銀香爐燒安息香於摩尼藥叉前燒蘇合香於四天王前燒薰陸香及薩闍羅娑香白膠也於吉祥天女前燒白檀香於餉棄尼天女前燒安息香於金剛使女前燒薩羅計香青膠也其諸天神各各別以飲食而供養之其小壇四門

外各立吉祥標於其東門外畫作鬼子毋神有七鬼子圍遶於南門外畫大自在天神於西門外畫華齒落叉女於北門外畫毘摩天女有七綵女圍遶於壇四邊上挿三十二箭其一一箭各以五色線纏之壇四面懸五色旛應作七種油餅於大壇外置三十二淨水盆盆中安種種華三十二淨水瓶瓶各各安漿三十二香爐然一百八燈懸一百八流蘇流蘇者華鬘也散種種粖香然種種香所謂安息薰陸悉必栗迦云苜蓿香栴檀沉香多伽羅蘇合薩羅計青膠香也五味香龍腦香麝香欝金紫檀等香以爲塗香塗天神上復以乳酪沙糖石蜜水各盛以八瓶復以乳粥乳粥者秔米菉豆胡麻酥相和煮之秔米飯歡喜團歡喜團者妙秔米麨和石榴漿各有八盆復盛四丸椀油四丸椀酥四丸椀沙糖四丸椀油麻四丸椀果子四丸椀七種穀子作種種食散於壇外所謂歓餅煎餅小豆煎餅豆黄末和蒲萄漿作油麻煎餅無憂餅妙味餅酥餅沙糖餅復於大壇西門外置二香水瓶并置發祠食欲入壇時先誦此呪呪門兩邊香水瓶取香水一掬呪洗已自潔淨能令諸穢悉皆清淨既嚴結已則入道場呪曰

唵摩訶毘富羅一鉢囉底二瑟恥多悉睇三阿鞞詵者四摩哈薩婆呾他伽多鼻灑鷄五婆囉婆羅六三婆羅三婆羅七吽吽

又當知應入壇物飲食香華衣服水土果子一切等物皆以此呪呪三七遍洗止然始將入誦此呪者能除先世以來所有惡業令得身心清淨一切諸佛皆來擁護攝受而爲授

記施其無畏所有事業能令成就得入如來三摩地悟甚深法忍登佛道場當成正覺

手印呪品第八

爾時世尊爲諸大衆說手印呪法佛言應於佛壇中作四佛心印呪復作四聖金剛心印呪以此二印啓請諸佛勿用別印

第一即說佛心印法呪曰

唵薩婆呾他一纈哩多耶二摩尼步婆邏尼三阿費瑟吒耶四吽

第二復說諸如來入壇呪曰

唵薩婆呾他一鉢邏縛囉碣羅摩尼二吽

請佛已誦此呪

第三安慰如來呪曰

唵　薩婆呾他伽多一毘三步陀那二跋逝梨三吽

第四請如來加護心印呪曰

唵薩婆呾他伽多一鉢邏縛囉二摩尼三嚧指梨四吽吽抳

復次如來重說建立呪曰

唵　薩婆怛他伽多地瑟侘耶摩尼吽抳

第五請如來坐金剛師子座印呪曰

唵薩婆呾他伽多一毘富羅三婆鞞二吽吽

第六請如來灌頂印呪曰

唵薩婆呾他伽多一三摩耶二摩尼跋闍梨三吽吽

第七請如來轉法輪印呪曰

唵薩婆呾他伽多一社耶毘社耶二阿枳多跋闍梨三吽吽

第八帶勝符印呪曰

唵薩婆呾他伽多一達摩馱都二摩訶摩尼

始佉棃四咼囉咼囉五吽吽
第九如來轉法輪印呪曰
唵薩婆呾他伽多一摩訶䟦闍囉阿縛耶三
馱囉馱囉吽吽㧊
第十請執金剛手菩薩印呪曰
唵杜盧杜盧一摩尼摩尼二鼻女頞摩尼三
薩婆訶
第十一請聖摩尼金剛菩薩以如意寶印呪
曰
唵露迦波利低社耶社耶吽
第十二請四天王呪曰
唵毘富羅一竭羅伐底二三䟦羅三吽
第十三請吉祥天女印呪曰
唵碣瑟橔哩尼一毘婆羅二吽
第十四呼餉棄尼天女呪曰

唵阿伽摩耶一婆羅闍遮吒二上聲訶斯𡛟三
吽
第十五請金剛使者天女神印呪曰
唵三漫多伽囉一波布囉尼二馱迦馱迦吽
吽㧊
第十六呼所住壇中天神等印呪曰
唵婆囉婆囉毘婆囉吽吽
第十七蓮華印呪法

畫像品第九

爾時世尊告諸大衆我今說畫像法而能成就一切事業應取新白氎未割線者或一肘或二肘或三肘或四肘乃至七肘四方令等畫一如來坐師子座作說法像於像右傍畫執金剛菩薩爲赤白紅色有十二臂皆執刀仗有四面正一面端正歡喜左一面瞋相右

一面有牙上出又一面皺眉怒目可畏相以種種瓔珞而嚴飾之坐蓮華臺平結跏而坐垂一脚也如來左邊畫摩尼金剛菩薩有四面前面歡喜右面青色青色者作摩訶迦羅天面左面作師子面綠色半作師子半作人面後面瞋相皺眉露齒色作淺綠色有十六臂右手把如意珠作奉佛相左手持蓮華右手施無畏無畏者仰展舒相如低二手合掌餘手皆執諸仗所謂三鋒槊輪刀金剛杵華篋數珠澡瓶利劍經夾寶塔須彌山錫杖羂索鐵鎚於蓮華臺平跏而坐於其座下作餉棄尼天女有八臂胡跪合掌作供養佛相金剛手菩薩座下作吉祥天女胡跪執種種寶器供養如來於吉祥天女後畫作便者天女作笑面有四臂種種瓔珞而爲嚴飾手持刀仗餉棄天女後畫作華齒羅剎女身著素服以手持華瞻仰如來於大像前畫作七寶蓮華而有千葉瑠璃爲莖其上作千輻金輪有轂有輞四面皆焰光其下畫作四天王種種嚴飾手執刀仗七寶蓮下作七寶池於池岸上作衆多仙人皆悉胡跪或各各手執華寶香爐或手持數珠各異嚴持瞻仰如來而爲供養於大像上畫梵天帝釋大自在天散華供養勿以皮膠和於綵色其畫像人應受八關齋戒誦呪之者著新淨衣食三白食月八日在如來前如法誦呪至十五日令滿一億遍乃見自身而發光明便悟無障慧眼證清淨摩尼定於諸仙人得輪王位親見一切如來若誦一遍不墮一切惡趣離諸貪瞋癡無諸妬嫉成就一切功德攝受一切善根諸佛

如來之所護念常來安慰能攝一切諸天一切天龍藥叉乾闥婆迦樓羅緊那羅摩睺羅伽人非人等皆來供養國王大臣常應恭敬在於人間遊行無畏諸波羅蜜皆速成就其有但受持讀誦者得無量功德若能如法結壇場畫形像備諸壇法彼人功德與佛無異爲諸人天之所敬養諸佛如來授記此人使定證於無上菩提不復受胎藏之身所生之處皆蓮華中常於佛前與諸菩薩同坐一處

火祭品第十

復次如來爲諸大衆說火祭法於一一法中欲求一切驗効者能令作者成就利益諸衆生者佛告諸誦呪者先須清淨身心作淨梵行然後呪食燒之供養祭火誦此呪曰

唵 薩婆訶一 鉢底丁以切 勃路二 薄婆三 吽吽 捺四 莎訶

誦此呪時應以油麻白芥子和酥呪八千遍一呪一投於火中能令一切呪法速得成就伏諸一切障礙鬼神一切惡鬼惡業惡友怨家皆得調伏一切惡夢災怪不祥之事自然消散以安息香白芥子和酥呪八千遍投於火中誦呪滿八千遍一切鬼神欲來惱者頭自裂破一切病患速得除愈復以酥和白芥子誦滿八千遍當得王位無諸怨敵若以天水香松木也和酥投於火中誦呪八千遍當得轉輪王位所願皆得若以娑羅樹香松稍去聲和因垢羅酥及白芥子於山峯上以火燒之諸阿素囉門自然而開此人得作明仙王若以乾陀囉樹香安息香也又可那伽鷄薩龍華蘂也和白芥子油於龍池傍誦以八千遍燒之能伏一切諸龍

須使皆有須雨即雨更無雷雹之難以雜穀子又可供養佛淨齋食若爲自他稱名誦呪滿八千遍火中燒之能令五穀豐熟以白鹽誦滿八千遍火中燒之一切藥叉女皆來禮足言勿傷我命隨意驅使以酥和秔米誦呪八千遍於火燒之得大富貴以胡椒對日日東方時祠火呪八千遍其人常得諸天擁護恒爲利益若於吉祥天女前以油麻和白芥子燒之得大財若以遏迦木（云杜仲長一尺八百段）誦呪八百遍火中燒之得一切諸佛菩薩悉知是人離諸業障於一切世間出世間明呪皆悉了悟無諸疾病於諸怨敵而得最勝世間煩惱不能染著由此明呪力故諸有善業皆得成就一切惡夢不祥之事皆得消散一切邪魅厭禱之横皆不著身不墮邪見離惡道中爾時佛告金剛密跡菩薩此陀羅尼王法有大威德是一切諸佛如來心是諸佛母是諸如來轉大法輪是諸如來入菩提路是諸如來智慧法炬是諸如來鳴大法蠡是諸如來坐金剛座是諸如來降伏魔軍是諸如來最勝祕密能除贍部洲衆生所有煩惱能竭贍部洲衆生地獄餓鬼傍生之業能除贍部洲衆生生老病死憂悲苦惱爾時世尊復告金剛密跡菩薩我以佛眼觀諸如來不能說此陀羅尼所有功德甚深妙法此陀羅尼有如是最勝殊妙非諸譬喻之所能盡薄福少德下賤衆生求不聞此陀羅尼名字況復得見受持讀誦若有聞見此陀羅尼者是人已曾親近恒河沙諸佛菩薩佛告金剛密跡菩薩此如來心難解難入若有善男子善女人

於百千萬劫供養八十俱胝無量恒河沙諸佛菩薩飲食衣服房舍卧具百種湯藥旛蓋香華塗香抹香復以七寶滿三千大千世界於日日中奉施諸佛金剛菩薩於汝意云何是善男子善女人功德多不金剛菩薩白佛言世尊此人功德無量無邊不可勝數佛言若於如來心陀羅尼能讀誦滿萬遍者此人功德勝前功德諸佛如來說不能盡若有善男子善女人雖不讀誦但心念者亦得如上無量功德爾時如來說是言已衆中天龍藥叉乾闥婆迦樓羅緊那羅摩睺羅伽人非人等一切大衆踊躍歡喜發聲歎詠五體投地合掌向佛白言世尊佛出世間甚成希有今佛世尊於贍部洲能善建立置祕密陀羅尼心法爾時十方同會諸佛菩薩咸讚釋迦如來言善哉善哉既同讚已各還本土爾時釋迦牟尼世尊以佛神力還娑婆世界

普光心印品第十一

爾時金剛藥叉主菩薩踊躍歡喜身毛皆竪於仙人會中持杵揮空以種種香華衣服與諸仙人往詣佛所頂禮佛足右繞三帀以諸香華而散佛上偏袒右肩右膝著地白佛言世尊如來今於人間然大法炬建立陀羅尼法若有見聞此陀羅尼者與佛無異如此衆生決定當得無上正覺捨離一切諸惡業障惟願世尊爲諸衆生說陀羅尼印法此之手印如何而作如何安手如何安臂復更云何以手按手云何而作心印云何舒臂云何住念云何安慰壇神云何能得諸佛如來之所加護云何請佛坐金剛座云何請諸如來而

爲灌頂轉大法輪云何得勝持印之法云何作轉輪王云何作如意寶云何作四天王云何作吉祥天女云何作餉棄尼印云何作女使者印云何作安置諸天云何作呼諸天云何作根本此諸法我先不解世尊慈悲爲我而説若解此印速能成就諸功德故若有見者獲福無量爾時世尊於大衆中舒百千萬俱胝莊嚴功德手覆金剛菩薩頂上安慰金剛密跡曰大藥叉主汝今諦聽諦聽我爲汝説陀羅尼印法付囑於汝爲諸未來一切衆生汝應受持爲我流布當加敬護猶如諸佛同入如來道場之想同見如來轉大法輪亦如守護諸佛舍利勿以此法於後世時妄相付與下劣賤人惡性衆生破戒衆生懈怠衆生邪見衆生小乘衆生貪欲衆生我慢衆生如斯之類不須爲説此陀羅尼如佛舍利若有薄福衆生聞我此法便令損壞當知此等如毀謗佛無有異也是故金剛菩薩應勤加護勿妄傳授此呪所在之處如佛無異爾時金剛手菩薩頂禮佛足白佛言世尊如是如是如世尊所説我當專心恭敬供養以報佛恩唯願世尊爲我演悟作印之法令諸學者得法成就

廣大寶樓閣善住祕密陀羅尼經卷中

廣大寶樓閣善住祕密陀羅尼經卷下

唐三藏法師菩提流志奉詔譯

手印品第十二

爾時世尊知衆渴仰作印之法便爲說言若持呪者應淨洗浴著鮮潔衣以五種牛淨物用護其身復以塗香遍拭其體以白檀香塗其掌復以鬱金香再塗其上以五色呪索而繫其臂或於佛前舍利塔前面東向坐居寂靜處發慈悲心念根本呪隨心呪心呪亦復如是常以香華供養諸佛於執金剛觀世音曼殊師利彌勒菩薩是等亦應如是供養禮十方諸佛賢聖作如是啓請曰

第一稽首十方過去未來見在一切諸佛及諸菩薩我今盡皆禮足尊重供養便說呪曰

唵牟尼摩尼一嚩囉義上鉢囉縛離二土義麌嚧四耶三鉢逗迷四摩摩尼鉢囉鞞摩尼五莎訶

此呪名結蓮華坐呪一切佛菩薩天神坐華上誦此呪結之

印相以二手於中合掌令如合蓮華相印復開頭中指無名指二大小指頭相拄如大開敷蓮華形誦前呪次第布於壇中請聖坐之前之十五道皆在此用然後結印作法

第二普光寶清淨如來心印法梵云因鉢[illegible]婆

誦此呪已便作手印先以右手拇指與頭指拄餘三指展之次以左手展其頭指屈其拇指餘三指壓之二手聚於心上在於佛前寂靜而住威儀齊整應以慈眼觀於衆生身不動搖安然禪定誦印呪曰

唵薩婆呾他伽多耶一摩尼涉縛邏尼二阿吠瑟吒耶三吽呼憾切下同

誦此呪兼手印已即得一切如來心印成就獲福德身若有善男子善女人以七寶滿三千大千世界及以衣服塗香粖香雜華瓔珞幢旛華蓋供養無量百千萬億恒河沙微塵等數諸佛世尊所得功德可思量不甚多世尊不可思量佛言若有善男子善女人誦此陀羅尼呪及作印法滿一遍者所獲福德百千萬倍多前功德非諸如來以佛智力格量能盡若誦持一遍猶得如是無量功德況復如法作壇若有心念地獄餓鬼傍生惡趣諸苦惱者彼等衆生悉蒙解脱得生極樂世界親見一切諸佛如來此印是普光寶清淨如來心印即爲六十四恒河沙那庾他百千萬諸佛菩薩攝受誦持之者與諸菩薩得爲眷屬一切諸天常來擁護四天大王之所侍衛吉祥天女辯才天女餉棄尼天女日夜利益作此印時諸有藥叉羅刹欲來惱者皆自馳散如不去者頭破作七分若有刀仗傷者病瘦困者業命盡者得見此印壽命增長無諸疾苦持一切呪者若見此印呪則成就所有壇法亦速成就若有百千萬億手印之法此印成已彼印即成諸佛如來悉爲授記決定當得無上菩提若法成時三十三天所有宮殿皆自震動諸天歡喜潛相扶衛辯才色力皆自增長有大威德衆人恭敬所出言詞聞者生信具宿命智一切世論自然明了命終之後生蓮華臺相好端嚴由印力故速證菩提若欲作印當潔身淨服龍腦檀麝塗兩手然後恭敬作之

一切如來普光大寶會秘密印法梵名波羅薩羅摩尼

矩嚧寧訶毋陀羅尼

第三一切如來加護心印呪

佛言應舒右臂仰置右膝上以拇指捻中指甲上以左手仰横心上以拇指壓無名指中指甲上舒頭指及小指發慈悲心開目而住專誠念佛誦此呪曰

唵薩婆呾他伽多一毘三菩壇娜二覺義跋闍黎三吽吽四

作此印呪法已即得一切如來之所護念唱言善哉舒手摩頂猶如赤子所有業障悉皆散滅菩薩諸天恭敬擁護藥叉惡鬼不能侵欺見此印已悉生慈悲心自然調伏誦此呪時諸見聞者皆生佛想若男子女人得見受持讀誦此印呪者彼人已爲親見六十二那庾他百千萬俱胝諸佛如來等無異也決定無疑所有餘法如上所説一切願者皆得圓滿若念六趣衆生一遍作此印呪法彼諸衆生無足二足四足多足皆得解脱來生決定成正等覺一切諸天常來擁護若欲令一切壇場法成就者亦速成就

第四一切如來瓔珞印法

佛言我今説瓔珞手印法應以兩手返掌於外互以中指無名指相鈎各拳其拇指結跏趺坐以印當臍傾身向右竪其兩肩清目而觀心念諸佛發慈悲心欲結印時先稱唵字交腕相鈎時稱吽吽聲印竟云泮吒復誦後印呪誦此呪曰

唵迦嵐一迦爛者二吽迦爛捗三迦爛者四

又一呪

唵吽吽泮

此呪印能加護菩提道場加護轉大法輪加護佛菩提樹令不動揺如須彌山如來護念此人皆爲授記身心清淨内外明徹猶如日光寶珠解脫煩惱積聚功德其作手印之處即是舍利之塔此地當有諸佛成道當有無量衆生蒙如來記若惡鬼神來此地者皆自退走若有得見此印呪者滅無量罪不入八大地獄所有善願速即圓滿成就一切壇場印法重說呪曰

唵薩婆怛他伽多一 地瑟咤那建立義二 摩尼摩尼吽吽泮三

第五一切諸佛心印法

一切諸佛心印右肘當跨平展仰掌屈無名指小指與大指頭拄兩指端仰側當心小低頭微開其眼少斂其眉齒咬下脣自視其身繫心念佛不令散動誦持此呪二十一遍即說呪曰

唵 薩婆怛他伽他鉢囉二合答比羅迦囉摩尼吽

結此呪者即爲得入十方一切諸佛法藏等無有異亦爲已入於一切諸佛曼陀羅即爲攝一切諸佛眷屬如是百千劫來重罪惡業消滅蕩盡無餘亦如已作十方諸佛壇印一等若爲十方所有一切作障難者若魔惡龍比怛野迦等如被呪師踏頭無異其諸魔等如被火燒十方一切諸族種類所作障難呪師但當以念佛心結此印者是諸種族悉以胷膺著地求哀皈命當是之時其諸族等見印聞呪而更蒙益捨其惡心獲大福聚

第六一切如來師子座印法

佛言我說一切如來師子座印此印呪在如來加護心印呪上名安慰如來印呪法應結跏趺坐於心前作印如金剛鋒屈右手頭指與右手𢪛指相拄左手亦然復合兩手令兩中指頭相拄令兩小指相交至於掌中各舒兩無名指以帛覆手曲躬向前令印拄地及兩膝上印所觸地皆爲金剛此是一切如來金剛座印一切天魔惡鬼神等不能惱害自來降伏大龍國主咸來恭敬諸佛如來常加護念以佛神力嚴飾清淨此金剛座若有作此金剛座印者則爲施與無量恒河沙諸佛如來金剛座已若爲地獄餓鬼畜生阿素羅作此印者彼諸衆生皆速解脫當得清淨金剛之身即說呪曰

唵薩婆呾他伽多一鉢囉縛囉摩尼二戶嚧指黎三吽吽泮

第七一切如來成大寶灌頂印法

佛言我今說一切如來成大寶灌頂印法應先合掌然後開左右頭指復以左右中指與左右無名指頭兩兩相拄復屈其左右𢪛指壓左右小指甲上拄𢪛指中節即結跏趺坐頂戴手印誦呪曰

唵薩婆呾他伽多一毘布邏廣義三婆鞞生義二吽吽

若有善男子善女人作此印呪法已即得八十億恒河沙微塵數諸佛如來以佛神力而爲灌頂與其授記成就一切曼荼羅印法獲無量無邊不可思議功德無量金剛菩薩及諸明仙亦來灌頂一切天龍藥叉乾闥婆阿修羅迦樓羅緊那羅摩睺羅伽及四天王皆

來灌頂於明仙中爲最上轉輪王於諸如來爲灌頂最尊子得入如來秘密會中若欲隱其形質一切怨家不善知識及天龍藥叉諸鬼神等皆不得見如觀虛空其持呪人能往十方一切世界於諸如來前以大神變化作七寶供具香華衣服雨寶冠蓋如垂天雲而以供養由呪印力故成就如是殊勝功德故名此印名達摩羯囉阿地瑟旦摩訶毋姪囉阿世伽毋達囉南

第八一切如來降伏熾然大魔軍智炬轉法輪神變加護印法

佛言我今說如來降伏熾然大魔軍智炬轉法輪神變加護印法先屈右手頭指拄大指頭側節舒三指而掩心次屈左手大指於掌中微拳四指如蓮華葉以左大指拄右大指結跏趺坐興慈悲心安住寂靜然後乃作此印已則能轉大法輪當此之時三千大千世界決定六種震動諸佛菩薩皆以慈眼觀持呪人大力金剛神虛空明仙常來隨從四天神王在四面立而爲擁護晝夜侍衛若轉法輪時一切如來而爲加護摧滅魔軍無諸障礙其持呪人能見世轉法輪坐菩提道場衆所尊重其有功德亦如諸佛菩薩轉大法輪身清淨心清淨憐愍一切衆生然後作此呪印作此法時先顰其兩眉合其口齊其上下齒觀如來實相心念轉法輪作此法已能破一切魔王及諸障礙者能然大法炬建大法幢擊大法鼓鳴大法蠡能師子大吼增長功德即當與八十億恒河沙諸小呪力等無有異一切諸佛讚言善哉幷爲授記呪曰

唵薩婆呾他伽多一三摩耶二摩尼跋社黎三吽吽四

第九得勝印法梵名阿波囉至多毋達囉

佛言我今說勝印法應以右手頭指拄大拇指頭側舒餘三指左手亦然後復以左手重於右手上當於臍上面作瞋相自觀已身以右脚安左髀上令右脚拇指拄地以眼斜顧誦呪作印作是法已即能降伏一切魔軍而得强勝摧諸毘那夜迦能隱其形一切有情及諸藥叉羅剎等不能得見一切怨敵不能爲害能破一切地獄餓鬼傍生等苦離諸惡業及貪瞋癡其作法人獲福如是於一切處常得尊勝所作事業永無障難離諸病苦速得菩提十方諸天皆爲擁護即說呪曰

唵　薩婆呾他揭多一社耶徵社耶二阿介多跋闍梨三吽吽

第十如來輪印法此名一切諸佛轉輪聖王毋達羅亦是十方一切諸佛毋達羅

佛言我今說如來印法應先拳其右手四指壓拇指上然後徵拳左手似握物相覆重右手上手面向下按之此名如來印法一切如來悉皆隨喜作是印已如恒河沙百千萬俱胝如來咸皆歡喜令受持者所有上願悉皆成就恒見諸佛轉大法輪得仙人圍繞一切呪法及手印壇法恒得現前十方諸天晝夜擁護即說呪曰

唵薩婆呾他伽多一達摩馱都二摩訶摩尼三誐佉棃四頂義曷囉曷囉吽吽拂五

重呪曰

唵　薩婆怛他揭多三末耶末尼拔折羅合二

吽

一切如來寶三末耶金剛毋印元闕呪本

第十一金剛手菩薩印

佛言我今說轉輪王印法應以右手拇指與無名指相拄左手亦然復以右手中指與左手中指相鉤復以右手頭指與左手頭指相拄仍舒其左右小指右肘遍稍舉上左肘遍稍垂下恒看左肘展其左脚以右脚安左脚上作忿目瞋相銜其下脣喉中發聲云吽心念執金剛神并誦其呪作此法已三十三天所有諸天皆悉戰懼宮殿震動藥叉羅刹及鬼神毒龍毘那夜迦等皆悉伏面於地口稱救護沒滅消散執金剛神常爲喜悅所願成就獲福無量便得爲明仙主其作法時香湯沐浴著鮮淨衣以香塗身一切如來共觀此印壇場之中所有諸神皆大歡悅呪曰

唵薩婆呾他伽多一摩訶跋闍羅二阿婆二合闍馱囉馱囉三我義吽吽拺

第十二眞多摩尼金剛菩薩呪

佛言印同前唯開其二手頭指不相拄結跏趺坐以印當心發大慈悲淨目瞻視心專念呪口出善言所願成就執金剛菩薩甚大歡喜護念如此呪曰

唵杜嚧杜嚧一摩尼摩尼二摩訶摩尼費拄丁庚切多摩尼三薩婆訶

第十三四天王印呪

佛言應以右手扠腰舉其頭指以左手小指壓其拇指豎餘三指安於臍上其持呪人應作瞋相注睛而視誦呪曰

唵嚧迦一波唎低二社耶社耶吽三

第十四吉祥天女印法梵云施羅地縛印

佛言應先舒其兩臂然後合其兩手掌相著並二大指相去一寸許微曲二頭指如鉤以三餘指兩兩相擬如蓮華形作此法時心所樂者皆如願即說呪曰

唵毘摩羅一𠻬筏底二三婆囉三吽四

第十五餉棄尼印法

佛言舉其左手微拳四指舒右頭指覆其左手置左膝上作怒目相稍前曲身誦此呪曰

唵碭瑟里尼一味薩羅吽

女使者印法杜池印

第十六大笑女使者印法

佛言舒舉左手臂臂肘及肩向上斜努掩兩嫺閒復低右手掩左手上引頸向前微曲其身誦呪曰

唵阿竭你摩耶一恒地囉闍遮吒二阿薩尼信你三吽

第十七住壇諸神等印法

佛言我今說住壇諸神等法仰交兩腕以十指相鉤掩於臍上立地以右脚踏左脚横向左斜踏地上誦此呪曰

唵三漫多迦羅一遍義鉢里布囉尼圓滿義二馱迦馱迦吽𭌆三

第十八蓮華印法

佛言我今當說蓮華齒天女印法應微拳左右手掌相著作蓮華相以近左耳上然後漸漸印向下近於心左而住誦此呪曰

唵娑婆羅羅一比薩羅吽吽二

此蓮華印壇中所有一切畫蓮華者皆以此印印拄華上有著瓶者亦印瓶上

第十九根本印法

爾時執金剛菩薩白佛言世尊云何根本印云何心印云何隨心印唯願世尊爲我演說

佛言根本印者以右手頭指與拇指相拄以頭指甲掐大指甲側左手亦爾二手合掌當心然後稍屈左右中指令兩頭相拄復展左右無名指亦令兩相拄各舒左右小指作此印時應誦上說根本呪作此印呪請四天王即得速來最勝擁護

第二十心印法

佛言心印者以右手拇指與無名指相拄舒餘三指掩於心上復以左手拇指與小指拄舒餘三指覆膝上指面向下平直展之名爲安慰手當說如上所說心呪

第二十一隨心印法

佛言隨心印者以右手拇指與無名指相拄舒餘三指仰安膝上復以左手拇指與小指相捻舒餘三指以掩於心又右手大指捻無名指端仰橫當心展舒三指左手仰於左膝上屈拇指一節餘悉展之作此印已所願者速得成就一切惡業自然消滅此印能成無上正覺若復有人隨所在處結是三印當知此地如有佛塔全身舍利持是法者十方一切諸天護世四天王應當供養如來舍利塔等無有異也一一印法所有功德說無窮盡作一法時則得以諸香華旛蓋塗香粖香衣服瓔珞雨諸七寶百味飲食湯藥卧具供養無量無邊恒沙諸佛便與如來同一法會得佛授記讃言善哉諸佛如來皆來問訊慈眼視之執金剛菩薩四天王等與其眷屬晝夜

衛護當知此地則爲是塔若有衆生住此地者決定當得不退轉位是故執金剛菩薩若善男子善女人苾芻苾芻尼優婆塞優婆夷應生尊重心常讚誦受持書寫供養獲福無量成就諸戒成就大精進大忍辱成就大禪定成就大檀那成就大智慧成就洪流功德成就六波羅蜜若有得此陀羅尼呪印壇場法者獲福如是佛說是經已一切大衆皆大歡喜信受奉行

廣大寶樓閣善住祕密陀羅尼經卷下

音釋

秔古行切稻之不黏者　菉力玉切豆名　檄陟里切　旎女綺切　皺側救切眉攢也　槊色角切矛屬　鎚直垂切　輻方六切　轂古祿切　輞文紡切　蠡盧戈切與螺同　麌愚雨切　麝神夜切麞屬　齎前西切與臍同　顰毗賓切攢眉也　孽魚傑切　碭徒浪切　嬭奴買切乳也　掐苦洽切爪刺也

牟梨曼陀羅呪經

失譯人名開元附梁錄

清刻龍藏佛說法變相圖

牟梨曼陀羅呪經卷上

失譯人名開元附梁録

若欲受持牟梨曼陀羅必須成驗者先護三
業令極清淨復先定一所有舍利之塔者即
當揀擇好時月日所謂從白月一日至十五
日爲好時日也若用一日作法者亦得即當
用其月十五日最爲第一香湯洗浴著新淨
衣隨其力分供養諸佛一切菩薩及金剛等
然燈四盞取其時華以爲供養當喫三種白
食日别繞塔及曼陀羅行道一帀誦其一遍
如是滿足一百八遍已若睡來時但眠塔前
欲明相時佛及金剛便現夢中得此感已隨
所有願無不滿足又誦此陀羅尼滿三萬遍
五逆重罪即得除滅若持此陀羅尼求至驗
者不得懐諸貪心應離欲染爲一向心如是

誦持無不速驗若能日别誦百八遍者一切所向無不獲利一切諸毒所不能爲地行蠱毒亦不能害水不能漂溺火不能燒疾病疫癘不相汙染假使國内所有賊難災禍亦不爲害而乃能令眼耳鼻等及於口齒身諸少分亦無苦痛乃至不爲一日二三日諸熱病等之所爲害一切蛇獸毒惡無更傷及諸厭蠱無終害者以要言之一切諸惡無所能爲當知此曼陀羅有如是等大威神力能除一切諸怖畏事能滅一切諸根本罪能住一切諸功德位能滿一切波羅蜜行乃至能令疾至無上正等菩提若於高山頂上而誦之者所有一切山空水陸諸衆生等眼見境處及見呪師其諸族類盡其報命更不墮於三惡道若於天廟内誦此呪者一切神祇咸來敬奉若於有龍池中誦其呪者一切那伽咸來敬奉若於日前誦是呪者素唎囉闍來下敬奉若於金剛像前誦是呪者金剛現身滿其所願若呪昌蒲滿八千遍而自服之見曷羅闍所向言説一切無違若呪胡椒滿八千遍而口含之能令見者一切歡喜所向教語無敢違者若呪白芥子滿八千遍散向空中能令惡風惡雨非時霜雹諸災禍等悉皆除滅若呪鹽八百遍已食婆羅覓者能令外道諸惡心者惡心自滅悉來歸事若呪白芥子稱曷囉闍名一呪一燒八百遍已能令曷囉闍屈曲隨從無復違逆若呪安息香八千遍燒之熏著鬼病者即自吐姓名呪師訶遣其鬼無違若欲祈雨取青牛糞泥作一龍一身三頭朱染脊背金裝智臆先作方壇若高臺平

地隨時作之又以青緑塗畫其壇壇上施龍其壇四角各一水瓶各一香鑪一燒薰陸香一燒栴檀香一燒蘇合香一燒安息香又接壇外更作一壇縱廣四肘牛糞塗上四角安瓶一盛水和乳一盛水和酪一盛水和乳粥一盛水和脂又於壇內然燈八盞又以胁極實喋(此云紅藍花末的)及剹莊嚴其壇又於四角各插一箭又以五色線繫圍箭上又作五色旛子懸其箭頭又將七種穀散其壇內又用五采莊飾供設壇上又以當時所有種種華果盡設壇內於是呪師面向東呪取白芥子滿八千粒呪一遍打龍頭上如是呪打滿八千已大雲四合即澍甘雨從此已後一切那伽咸並敬奉若雨過多呪白芥子滿八百遍投於有龍水中其雨即止當此呪時一不得語若祈雨時疾雲暴風苦霧卒雹乍聚乍散障其雨者作佉陀羅木橛打於龍淵岸側則一切障難悉皆散去若祈雨時被一切障難令雨不得下者當於壇內畫一毘那藥劒取白芥子八百粒粒呪一遍用打毘那藥劒如是滿足八百遍已能令一切作障難者悉自被縛不復能障其雨即下事既了已當用乳汁洗去畫像毘那藥劒甚大歡喜從是已後一切所求無不如意其持呪者身及衣服一切常須嚴肅淨潔其根本曼陀囉功德略說如是即說呪曰

那麼薩囉婆(二合)怛他竭多(去聲)喃烏唵(二合)毘布羅揭陛　摩尼波路陛　怛他多(去聲)達囉設你(平聲)摩尼(平聲)摩尼(平聲)素鉢囉陛毘末梨娑竭囉　鉗苾喋　虎鉡(二合)虎鉡(二合)什伐(二合)

羅什伐(二合)囉　勃陀　毘路吉帝矩醯耶

地瑟恥多　竭陛莎(引)訶

上是根本陀羅尼法

復次當説於喍大曼陀囉功德若有誦滿十萬遍者得見一切諸佛誦滿二十萬遍者得見一切菩薩行地誦滿三十萬遍者如入一切曼陀羅已持一切呪無不通驗誦滿四十萬遍者得成一切持呪中王誦滿五十萬遍者得見一切脩羅宫處誦滿六十萬遍者得見一切地下伏藏誦滿七十萬遍者得見現在未來一切事本誦滿八十萬遍者是人當得寶海三昧誦滿九十萬遍者得一切諸佛眞行正業履妙覺地誦滿百萬遍者得一切諸佛授菩提記若人犯五逆無間等罪能誦是呪十萬遍者如上重罪一切除滅而得入於不退之位又得知於一切他心善惡復得眼根清淨耳根清淨鼻根清淨舌根清淨身根清淨五根清淨業以自莊嚴若有誦滿十萬遍者當獲如上所説功德滅於如上無盡重罪至百萬遍者二十萬各於其中别得無量無邊功德一一功德倍勝於前復次先當洗浴著新淨衣取其斛他(梵語)蘇乾得(云石留黄未詳)於銅器中和水研之置於佛前獻三白食從初八日至十五日誦持是呪滿十萬遍蘇乾得上當現三相若煖相者取塗額上隨所去處如意即到而持呪中爲一切王又更誦呪候於額上烟相現時即於額上取其斛他塗眼睛上應時即見十方一切諸佛菩薩金剛所在住處一切諸魔而於此人無敢惡視一切法要悉皆圓滿一切功德無不成就又其

額上現火相者則得什伐囉泥去聲南三昧而於三十三天中獲大尊勝一切自在復次若於山頂誦一萬遍即於贍部諸域一切族中獲大尊勝趣昌囉闍若入有龍水內誦八千遍一切那伽莫不恭敬若呪白芥子滿八千遍散於空中能令雨下一切那伽咸當敬順若能日別誦持此呪其人功德果報不可得思不可得說復次取新淨瓮滿盛淨水隨其土地種種華草及諸樹等皆取其牙輭愞顛頭皆置瓮中又取因陀羅訶塞多云是人參似手未詳健平聲陀波囉去聲縛白芥子鬱金華栴檀以如是等諸上藥物總內水中呪一萬遍若在世間一切人等諸惡病痛當與服之并以洗浴一切病者悉得除差一切諸罪悉得除滅亦令一切惡人所作厭蠱自然消滅又令一切衆人皆生敬重由是呪藥力故能令是人有大威德若白癩病及諸癩等服此水者及令洗浴是諸惡疾即得除差若有婦人小來不產服此藥水及以洗浴即得產生若復有人一切不吉所作轗軻常無福祐服此藥水及以洗浴所向稱心無不諧順爾時世尊說心陀囉功德如是即說呪呪曰

唵摩上聲尼上聲拔折𠼝二合虎𤙖二合

又隨心呪呪曰

烏唵一二合摩尼達哩二二合虎𤙖三二合泮吒半聲四

復次當說烏波囉大曼陀囉功德若有誦滿一萬遍者能令一切毘那藥劍諸魔眷屬惡神鬼等悉皆俯伏呪師足下以胷著地求哀乞命咸各唱云所有言教敬奉隨順若誦滿

二萬一千遍者一切諸天之中而得尊勝及諸龍等各來歸向敬事承命若誦滿三萬遍者一切夜叉一切惡鬼莫不敬順歸伏承事若誦滿五萬遍者所欲事務無問遠近隨其作者稱意成就於彼欲界中阿脩羅中諸類衆生一切之中隨意所作皆得信順若誦滿八萬遍者一切金剛及眷屬幷諸部落皆立其前敬待言教若誦滿九萬遍者一切菩薩喜心護念若誦滿十萬遍者蒙一切佛皆爲現身爾時告言汝善男子所有願者今當滿足十方淨土隨汝意往所有一切陀囉尼咒及一切法汝悉已辨我等一切諸佛今當與汝阿耨多羅三藐三菩提記一切功德一切果報汝今圓備烏波囉大曼陀囉功德如是當依次第即説咒曰

座咒六

嗚唵一二合末尼軍茶唎二虎𤙖二合虎𤙖二合三莎訶四此上名座咒

復次結壇咒七

唵 末尼比社曳 馱囉馱囉 虎𤙖嗚𤙖二合莎訶

若結壇時即誦此咒咒白芥子七遍以散壇中

復次十方結界咒八

嗚唵二合什縛啜引栗多麼尼嚧質栗你平聲虎𤙖二合虎𤙖二合泮吒吒半聲

若結界時取白芥子和香水咒一百八遍散潑十方即成結界

復次縛一切毘那夜迦咒九

嗚唵二合末尼婆囉婆囉婆去聲你訶囉訶囉虎

𤙖(二合)泮吒(吒半聲)莎訶
若辟作障難者毘那藥迦取灰和水呪二十
一遍散潑十方則令一切毘那夜迦悉皆被
縛無有能爲障難者也
復次結護身呪十
嗚唵(二合)拔折囉(二合)麼尼(二合)底(丁里切)瑟吒(二合)底
(丁里切)瑟吒(二合)虎𤙖(二合)虎𤙖(二合)泮吒(吒半聲)
若欲護身誦呪自兩手滿一七遍以自摩頭
復次結淨衣呪十一
嗚唵(二合)摩尼　毘布梨地(輕)喇地喇(上聲輕)虎
𤙖(二合)泮吒(吒半聲)
復次洗手面呪十二
嗚唵(二合)毘(上聲)地余(平聲)伐低褐囉褐囉　麼訶
麼你(平聲)虎𤙖(二合)虎𤙖(二合)泮吒(吒半聲)
若洗手面時呪水洗手面周灑身上

復次洗浴呪十三
嗚唵(二合)蘇你喇麼囉袾低(二)訶囉訶囉(三)
跛波舍(二合)必喇虎𤙖(二合)虎𤙖(二合)莎訶
若洗浴時取白芥子和其淨水呪一百八遍
以浴其身
復次灑衣呪十四
嗚唵(二合)摩尼多(去聲)梨虎𤙖(二合)虎𤙖(二合)泮吒(吒半
聲)
復次呪索呪十五
嗚唵(二合)地(上聲)喇地(上聲)喇毘摩羅伽喇虎𤙖(二合)
虎𤙖(二合)泮吒(吒半聲)
復次呪華呪十六
嗚唵(二合)薩婆怛他揭路步社摩你(平聲)虎𤙖(二合)
虎𤙖(二合)泮吒(吒半聲)
復次和香泥壇呪十七

嗚唵二合薩婆怛他揭多健平聲荼末你娑破上聲
羅尼上聲虎𤙖二合虎𤙖二合
復次燒香呪十八
嗚唵二合什筏栗多末你平聲阿鉢羅句吒蘇上聲
破上聲二合囉上聲尼上聲毘迦知上聲虎𤙖二合
復次然燈呪十九
嗚唵二合社上聲縛上聲㗚跢迦㗚二合多鉢㗚二合唬
𤙖二合唬𤙖二合泮吒半吒聲
復次施一切天神鬼等食呪二十
嗚唵二合鉢囉伐囉一阿揭囉上聲二合伐低娑囉
娑囉二合虎𤙖二合虎𤙖二合
復次獻諸天秔米呪二十一
嗚唵二合摩訶莫尼步嚇野上聲囉上聲陀囉上聲二合
唬𤙖二合唬𤙖二合
日別取秔米呪之於神邊供養

復次日別獻食呪二十二
嗚唵二合摩訶末尼毘上聲二合末尼二合唬𤙖二合唬
𤙖二合頗囉頗囉　虎𤙖二合
復次一切然火呪二十三
嗚唵二合什輕筏㗚輕娑毋囉迦伽去聲那毋陀
囉上聲你虎𤙖二合虎𤙖二合
復次用白繩呪二十四
嗚唵二合阿嚕質㗚摩你鉢羅皤囉哆唬𤙖二合
若准模壇界呪繩七遍乃可施用
復次結加坐呪二十五
嗚唵二合跋折羅跛你迦嚂雞祇㗚枳㗚虎𤙖
二合虎𤙖二合泮吒半吒聲
復次掐珠呪二十六
嗚唵二合蘇鉢囉筏底都企切跢比計麼　麼你
莎訶

復次初繫念呪二十七

嗚唵（二合）雞薩囉婆（二合）怛他伽跢𤗸　怒闍𤗸（上聲）雞他囉他囉　虎件（二合）虎件（二合）麽你迦那（上聲）你莎訶

復次請一切如來二十八

嗚唵（二合）蘇毘布羅鉢（本）羅（二合）縛（半聲）哩徒嚧徒嚧虎件（二合）虎件（二合）

復次覺悟如來二十九

嗚唵（二合）薩婆（二合）怛他伽跢（去聲）喃婆俞社攴怛羅怛羅　虎件（二合）麽尼迦那寧　莎訶

復次請菩薩呪三十

嗚唵（二合）薩毘布囉婆馱你（去聲）訶囉　虎件（二合）

復次請一切諸天及龍呪三十一

嗚唵（一合）阿鞞三麽耶　跋折𭷰　陀囉陀囉嗚件（二合）

復次請四天王呪

嗚唵（二合）麽你毘迦𤗸低　嗚件（二合）

復次結護

嗚唵（二合）輸婆麽尼　胡嚧　胡嚧　唬件（二合）

此上名呪弟子呪

復次入壇持呪

嗚唵（二合）薩囉婆（二合）怛他伽跢跋折利（二合）你陀囉陀囉　虎件（二合）虎件（二合）

復次送呪

嗚唵（二合）比羅毘（上聲）囉時曳（二合）伽伽那婆㗼你囉吼囉吼　虎件（二合）

此上名呪一切處食供養呪

復次送諸天呪

嗚唵（二合）薩囉婆（二合）多他伽多屈羅嚧地（丁里切）低（輕呼）𣲖末囉比伽帝啜羅啜羅虎件（二合）莎訶

此上名發遣呪一切處用

復次送賢聖已乞願護念呪

唵末尼　蘇件　婆你平聲　毘迦上聲　縛底洛叉

多滿虎件二合

其牟利曼陀囉於梨大曼陀囉烏波囉大曼陀囉如是三呪功能略爾若廣說者不可窮盡依前三呪作法畢已隨其一一欲持之者要當先誦滿八百遍一切法事皆須明熟自餘作法一一須具則令所作一切神驗若能如是受持之者一切生死重罪皆悉除滅一切煩惱大海皆悉枯涸無上菩提疾至無疑精勤誦念速登佛果比至成佛已來功德無盡以歡喜心而誦持者必得不退之位於一切世間能轉法輪烏波囉大曼陀囉功德如是即說呪曰

嗚唵二合　麼尼馱梨　虎件二合　泮吒半吒聲

復次入道場時香水自灑潔淨呪

嗚唵二合　摩訶毘布羅鉢羅丁利切　瑟聡路悉提

阿鞞去聲　詵去聲　遮麼那迦薩囉婆二合　怛他伽多

毘矖㓤破囉破囉三破囉　虎件二合　虎件二合

若入道場時取香水一掬呪已自灑能令諸穢悉皆清淨既嚴潔已則入道場

復次結蓮華座呪

嗚唵二合　牟你麼你鉢囉二合　婆伐梨　矩醯破

擔麼尼波囉二合　鞞莎訶

爾時拔折囉半那從座而起向於佛足合掌恭敬白佛言世尊唯願說於毋陀羅法願具解釋爾時世尊告金剛言若人誠願行此法者常當誦念牟唎曼陀囉於㗚大曼陀囉烏波羅大曼陀囉如是三呪精勤誦念勿令間

斷又當常須供養金剛供養觀世音菩薩文殊尸利菩薩彌勒菩薩尊又當日別香泥塗地別燒名香幷種種華供養十方諸佛菩薩一日三時至心禮拜對十方佛一切菩薩金剛之前求哀懺悔至誠殷重願得呪驗復次諦聽禮懺願已當知

第一印者先端身結跏趺坐即以手指作毋陀羅右肘當跨屈其食指壓大指端展餘三指次展左手印壓右掌引當心上至心向佛一不傾動想佛容止慈悲護念如是諦觀令意不散捧結其印至心誦呪當令滿足二十一遍即說呪曰

嗚唵二合薩囉婆二合怛他揭跢　憶利大摩你什伐囉二合伽你阿比瑟跢二合耶虎鈝

結此印者即爲得於十方一切諸佛心毋陀囉無有異也於佛無上菩提獲大功德福聚今爲汝說若有人於百千劫恒河沙劫以七寶聚莊嚴供養無盡供養所獲福報比於結印持呪功德百千萬分亦不及一汝今當知若欲作印應當潔身淨服以龍腦香檀香麝香塗其兩手然可恭敬結如上印作是法者能令惡業一切破滅若有病人應死臨命得見此印其病即差還更增壽其印威力功德如是由是義故名爲因鉢囉婆如意珠清淨名佛心印未詳

復次第二印者左肘當跨平展仰掌即屈無名小二指以大指頭拄兩指端仰側當心小低其頭微開其眼少斂其眉齒咬下脣自視其身繫心念佛不令散動誦持此呪二十一遍即說呪曰

嗚唵（合二）薩囉婆（合二）怛悉跢（呼答切）鉢囉（合二）毘囉
迦囉麼你虎鈝（合二）
結此印者即爲得入十方一切諸佛法藏等
無有異亦爲入於一切諸佛曼陀羅也即爲
攝入一切諸佛眷屬如是人者百千劫來重
罪惡業消滅蕩盡無復餘累亦如已作十方
諸佛壇印一等若爲十方所有一切作障難
者若魔惡龍比怛野（合二）陀囉等如被呪師踏
頭無異其諸魔等如被火燒十方一切諸族
種類所作障難呪師但常以念佛心結此印
者是諸種族悉以胷應著地求哀歸命當是
之時其諸族類見印聞呪而更蒙益消其惡
心獲大福聚由是義故名爲一切諸佛心印
復次第三印者展右手仰著膝上屈中指與
大指甲相柱少低身面次展左手掩左肋橫
當心平以大指壓中指無名二指甲直舒招
指及小指作寬大眼專視不顧慈悲三昧心
莫異念身意不動即誦呪曰
嗚唵（合二）薩囉婆（合二）怛他伽跢阿鞞　三勃陀
跋折喋　虎鈝（合二）虎鈝（合二）
若結此印者十方一切諸佛同以善心共讚
是人加其福德一切諸佛常共攝護猶如慈
母鞠所愛子一切賢聖各命其人呼云佛子
汝今學習持此法故當與一切諸佛作子百
千那由他俱胝恒河沙數諸佛皆大歡喜以
歡喜心攝受於汝以是義故當知此印與一
切諸佛等無有異故號此印名爲波羅薩羅
摩尼矩醯摩訶毋陀羅（名廣大摩尼祕密印）
復次第四印者先當合掌各屈中指無名二
指雙屈大指入於其內長展二小指似如相

著似如不著當其心著如小曲身小低其頭揚舉兩眉大開其眼如有瞻仰一心想佛於一切衆生起慈視心念念相續一心一意勿令間斷便舉印頂戴當欲結印即誦呪曰

虎吽合二虎吽合二泮吒吒半聲

欲解印時呪曰

嗚唵合二薩囉婆合二怛他伽跢合二阿地瑟旦麼你合二虎吽合二虎吽合二泮吒吒半聲

如是結護有大威力由是義故名爲麼訶麼尼博囉破囉底瑟旦矩醯南摩訶毋陀羅大摩尼周遍住祕密印

復次第五印者當作盤龍結跏趺坐合掌繫念自想其身猶如金剛等無有異即以金剛手自摩其頭從頂至足復作是念當願此身速坐十方猶如金剛猶如佛身願已合掌即當結印以二大指二拓指各頭相拄交二中指屈入掌內舒二無名指令使直豎交二小指還屈入掌內便以其印拄地及左右二膝又復從頂向下左右用身摩之訖已即以印當臍翼其二肘身如向前屈低而坐即誦呪曰

嗚唵合二薩囉婆怛他揭跢鉢囉合二嚩羅合二麼尼嚕止㗚　虎吽合二虎吽合二泮吒吒半聲

若結此印已於所坐處十方周帀悉爲金剛無有疑妄此人如得諸佛座處彼一切魔諸惡人等不信佛者無能有便得見其人由此義故名爲一切諸佛金剛師子座印

復次第六印者結跏趺坐先當合掌屈二小指令背相著屈二大指各捻小指第一節側交二無名指屈壓二大指背上屈二中指令

背相著各已甲側壓二無名指其二拓指如
令相離高過頂後即誦呪曰
嗚唵（二合）薩囉婆（二合）怛他揭多毘布羅三婆鞞
虎絣（二合）虎絣（二合）
若結此印時六十八千恒河沙數諸佛即同
授與一切諸佛一切伏（地遮切）遠記即授此人
悉速驗記是故此印名爲達摩羯囉阿地瑟
旦摩訶毋姪囉阿世伽毋達囉南
復次第七印者先合掌以兩手掩心右屈其
上次以右手大指拓指甲端相拄便舉左手
聚其五指如合蓮華仰右手掌覆左蓮手拄
於掌內作慈念觀即誦呪曰
唵　薩囉婆（二合）怛他揭哆三麼耶　麽你
跋折㘑　虎絣（二合）虎絣（二合）
一切佛同結此印方轉法輪結此印故十方
世界六種震動由是義故名爲一切諸佛轉
法輪印
復次第八印者先結跏趺坐右脚壓左令左
脚大指拄地端直正身平展右掌掩左肋下
橫與臍准即屈招指搯大指節中圓若輪形
仰置其手次以右手還結此輪仰右掌中作
大精神威風面狀自顧其身即誦呪曰
嗚唵（二合）薩囉婆（二合）怛他揭多誓曳　伐誓曳
阿折哆伐折㘑　虎絣（二合）虎絣（二合）
若結此印時十方一切諸魔及其眷屬作障
難者皆悉潛隱無能障難一切怨家債主咸
各催伏一切罪業無不除滅由是力故名爲
阿波羅至多毋達羅（名無能勝符印）
復次第九印者先合掌已以右手四指作拳
以大指捺其右肋即舉置於左手掌中次以

左手向上舒指承之握其右拳五指背上仰
把右印即誦呪曰
嗚唵(二合)薩囉婆(二合)怛他揭跢　達摩馱都
摩訶麽你　釋迦㗚　訶囉　訶囉　虎鈝
(二合)虎鈝泮
此名一切諸佛轉輪聖王毋達羅亦是十方
一切諸佛毋達羅
復次第十印者先合掌已雙屈無名指令背
側相著屈二大指令壓捻二無名指背第一
節即交二中指屈於無名指上小指招指直
豎相著即從右起徐徐高舉過右臂上與頭
齊已還即徐下而指於地次屈豎右膝左脚
踏地怒眼瞋視咬其下脣唱呷鈝作聲(作喉聲)
當自想念作金剛形狀瞋怒之想即誦此呪
嗚唵(二合)杜嚕杜嚧　摩你(上聲)摩你(上聲)摩訶苾
突庾(二合)麽你　莎訶
若結此印三十三天悉皆震動一切諸天及
諸魔衆悉皆悚慄生大怖懼
復次第十一四天印者仰右手於臍上屈其
大指又屈招指次屈小指左手三指爲拳及
大指向後以虎口背約右跨上招指直前大
指向後寬大開眼瞻視之狀即誦呪曰
嗚唵(二合)阿(上聲)嚕嚕迦　摩哩地(上聲)　社耶
社耶　虎鈝(二合)
復次第十二施囉地縛印者先合掌已屈二
大指餘八指悉合如蓮華形即誦呪曰
嗚唵(二合)毘麽羅枳哩地(上聲)三(二合)麽囉　虎鈝(二合)
復次第十三商企你(平聲)印者豎右手當右膊
上作半合掌狀少屈大指又少屈招指餘三
指相搏齊屈如钃斤形次展左手覆左胜上

眶其肘作可畏面非惡眼邪視必低其頭即
誦呪曰
嗚唵二合鄧瑟吒二合囉你瓔索囉　虎鈝二合
復次第十四杜地印者覆展右手向地次豎
展左手當於肩上掌向外著即想見杜地面
如儱長狀即說呪曰名使者印
嗚唵二合阿迦你怛底剎　文闍遏地二合阿薩
你　虎鈝二合
復次第十五壇中請諸天等一切時供養印
者手仰相交如連鎖兩腕當臍平展端身正
立前乃左膝似狀若行即以足按地誦呪曰
嗚唵二合三曼陀阿迦囉　麼哩怖囉你吒迦
吒迦　虎鈝二合泮吒吒半聲
復次第十六優鉢羅補色波印者以右手五
指如合蓮形狀舉上與左齊耳次以左手亦
作如蓮華形豎當心上即誦呪曰
嗚唵二合薩囉薩囉毘薩囉　虎鈝二合虎鈝二合
此蓮華印也壇中所有一切畫蓮華者皆以
此印印拄華上有著瓶者亦印瓶上

牟梨曼陀羅呪經卷上

音釋

曼母官切　癘力制切　蠱公土切蠱毒也　澍朱戍切與霔同　鉗苾鉗巨鹽切苾毗必切　瓮烏貢切罌也　輭而兗切　愞正作嫨奴困切　轗軻轗苦感切軻枯我切轗軻不得志也　啜昌悅切　肋歷德切脅幹也　呷呼甲切　悚慄悚息拱切慄力質切　企詰利切　膞補各切肩膞也　钃陟玉切钁也　眶去王切腔也　儱力董切

牟梨曼陀羅呪經卷下

失譯人名開元附梁録

爾時金剛白佛言世尊若欲持是牟唎曼陀羅者復欲持是於唎大曼陀囉者復次持是烏波囉大曼陀囉者其三印法云何成立唯願世尊爲我説之佛言諦聽今爲汝説其牟唎曼陀囉毋陀囉者先以兩手合掌當心即各屈其大指又屈招指令甲端相拄其二小指力竪相合其中指無名指各相交入内其牟唎毋陀囉者法當如是誦持作法如上所説復次其於心印唎大曼陀囉毋陀囉者右手大指無名指頭兩相捻餘指直舒仰當心上左手大指捻小指端展其餘指仰左膝上其於唎大毋陀囉法當如是誦持作法如上所説復次其烏波囉大曼陀羅者毋陀羅者右手大指捻無名指端仰横當心展舒三指其左手仰於左膝上屈招指一節餘悉展之其烏波囉大毋陀囉法當如是誦持作法如上所説又汝當知持此印者一切世間所有事業無不成辦無有大罪不能滅者其所獲福利功德多少除佛以外無能説者若復有人隨所在處結是三印當知此地如有佛塔全身舍利持是法者十方一切諸天護世四王應當供養恭敬此人亦如供養如來舍利等塔無有異也復此爲汝説燒供養呪於一一法欲求一切令効驗者爲欲利樂諸衆生者先應呪食燒之供養護身口意極須清淨即説呪曰

嗚唵合二莎長訶破吒　布嚕步鱔　虎𤙖合二
虎𤙖合二泮吒吒半聲莎訶

若用是呪呪烏麻及白芥子幷牛酥共呪八千遍燒之供養一切呪法即得効驗又能除滅自身他身一切障難自他所有一切惡夢一切災禍亦皆除滅又取牛酥安悉香白芥子等共呪八千遍一呪一燒如是燒已一切伽嚛訶諸惡鬼神等悉皆頭破作於兩叚治一切病悉得除愈又燒牛酥共白芥子即能降伏一切諸魔一切〇繫那伐也又取白芥子共牛酥呪之燒已入一切娑那中(賊)無能見者又取提婆達迦木(松木)塗牛酥稱曷羅闍名而呪燒者彼曷羅闍即喚對面所求皆順又於山頂上取稍(去聲)和因栢囉白芥子牛酥等呪而燒者即見一切阿素洛宮無有障礙即得於一切持呪法中爲曷囉闍又以白芥子脂共那伽雞薩呪而燒者一切那伽悉皆歸伏又以供佛淨齋食呪而燒者若自爲已若爲他人須各稱名一一燒之能令五穀一切豐足又呪鹽燒之即使一切藥叉惡鬼神等頭著足下臂臆布地求哀乞命一切歸伏所有言教頂戴信順又取秔米共牛酥呪而燒之即令庫藏滿足一切財物自然豐溢又面向東方呪胡椒燒之能令一切諸天咸悉歡喜所求願者無不稱遂一切諸天悉皆喜見是人又若對失唎提縛(平聲)前取黑胡麻白芥子呪而燒之所求諸願皆悉稱意又取阿加木八千段各長一尺呪已燒之一切諸佛及菩薩衆常以慈悲憶念是人令其罪業一切消滅令其呪法一切成驗一切病苦悉皆離身一切世間諸苦煩惱悉皆殄盡更不受於胎藏之形誦持此呪威神力故常得生諸

佛淨土蓮華中生常同諸佛受於快樂燒此木故一切惡夢一切變怪一切怨家皆當散滅所有厭魍壞破人者皆自消滅平復如故所有一切諸魔厄難皆悉除滅復次令說畫像之法取新白氎未經割汙者隨力小大辟方作之其畫匠者畫竟已來不食五辛酒肉婬欲等事其盛彩色並須新器不用皮膠當用香膠氎正中心畫其佛坐於師子座上種種瓔珞以爲莊嚴頭上空中畫作幢蓋其像形勢如說法狀其佛右邊畫作十二臂金剛像作紅白肉色手中各執種種器仗當作四面前正一面作慈悲面左邊一面作可畏瞋面右邊一面作狗牙上出瞋面第四一面作皺眉可畏面髮皆上聳各以華鬘攪括束其髮居蓮華座一脚屈上一脚垂下其佛左邊作摩尼伐折囉菩薩當作四面有十六臂左手把如意珠如奉佛勢右手把蓮華一手仰展舒五指相兩手合掌一手把錫杖一手把輪第三一手把合蓮華第四一手把數珠未詳第五一手把羂索第六一手把阿迦囉低切第七一手把兩頭鐵鎚第八一手把須彌山第九一手把窣堵波第十一手把貝多經來當前一面作慈悲面右邊一面作摩訶迦羅天面左邊一面作半師子面半人面狀第四面作皺眉露齒瞋面其面作不淺不深緑色可畏相貌一脚屈上一脚垂下居蓮華座其座下近前作商企尼像雙膝跪坐其右八臂手中擎華供養於佛其右邊金剛座上作摩訶提婆尸羅提婆其摩訶提婆兩手捧鉢盛種種寶物奉上於佛其摩訶提婆後作莎杜

地天作笑面有其四手種種瓔珞莊嚴其身手中皆各執於器仗其商佉尼後作補色波但地著白色衣手中把華仰瞻佛面其佛座下別作七寶蓮華其華莖作吠瑠璃狀具足百葉其華中心作純金之臺令極分明其華下作四天王以金爲瓔珞種種莊嚴身被其甲鎧其華莖下作其池水四欄楯雜寶塡廁種種莊飾池岸之上作多衆白衣仙人皆悉右跪仰瞻佛面持香執華或掐數珠各異嚴持而爲供養其佛幢蓋之上作摩訶提婆及其眷屬入作梵天及其眷屬又作那羅延及其眷屬其諸天等各執種種異華等翔颺空中施蓋供養布置模軌其法如是復持呪人者身心口業及其衣服極須護淨唯三白食從月八日至十五日應當像前誦持是呪滿十萬遍像即搖動呪師身上便有火出當此感以即得天眼復得比⿰白齒(上聲)陀麽里闍哩跢囉三昧於一切持呪中作轉輪王十方三世諸佛皆悉得見持此呪者能令一切諸惡道苦皆悉除滅遠離三毒所求一切功德應願成就無有障礙蒙佛歡喜而爲攝受一切菩薩咨嗟讚歎十方一切天龍夜叉健達縛阿素洛迦路洛緊那羅摩睺羅伽人非人等咸當恭敬供養是人於一切衆生中而得自在於一切事業中而得勝上若能依法而修行者當獲如上爾所福德若誦此呪若結其印乃至若見若聞而能發心信重歡喜生恭敬者應當讚仰如是人等如佛身想等無有異如是人者世世常遊諸佛淨土不入胎陰蓮華中生乃至成於無等等道常不違離諸佛

菩薩復次常燒薰陸香供養諸佛及燒塞比叨香苜蓿香栴檀香沉水香多伽羅香堵嚕色迦香燒如是香以爲供養復次泥塗壇法當用麝香龍腦香鬱金香白檀香紫檀等末如是塗飾復次結界之法如前已說汝今諦聽持呪之法先須洗浴而供養佛供養畢已其道場所悉有護界地天之神次當供養復次欲權結界者當先啓白三寶令爲某事於此結界若干日已來請權借用所欲作法一切事者皆於念佛心中作之次當用塞傳塞陟莎悉底加印印之此印闕而請移其地所諸神次以波曇印安其神於界外別處安置其諸飲食各取少分奉施此神應當如是日別供養復次所有小呪日別用者先當各誦八百遍已然後可行用依如是法決定有驗次當作十方結界已跪於佛前披心陳說一切惡念三業不善根本罪業當悉懺悔淨三業已即發弘誓願我某甲今於佛前奉持是呪若不果願終不退意作是誓已自量身力限其遍數佛前端坐身心不動日日誦持要充其限初日分時後日分時常令充數功課勿闕常以堅固不動之心而誦持之復次其地初首結界作法畢已第二即須別處作法第三始得更於初地作法若不經於別處間作法者終不得重用初首之地連次作法每誦遍數充限訖已欲起之時一一皆當啓白於佛白已念言願我後來速滿其願如是願已作禮而退從初入壇事畢以來若不作披衣法比陀耶二合達甲鎧心者即不得誦亦不能終其遍數乃至禮佛供養乞願皆當觀行心

中作之須向立法之所右廂刈取達比草芧草未詳端坐其上作慈眼視不緩不急不小不大温和容貌虔心正念五逆等念一不攀緣但一專注繫心於佛以不動意分明觀佛想佛相好光明赫奕奐照見佛意大慈悲儼然猶如慈父愍護於我捧心渴仰倍自嚴勵唯除手指自外勿動當心著手轉珠記數若未充限終無間止欲涕唾者右手捻記要不暫放比未充數終不輟誦每誦呪時常作念佛心中誦之呪句文字分明呼喚長短無失清濁典正調和音聲使令温潤乃至子聲亦不闕謬復次若有火燒而供養者皆須白佛自盟其限既此分劑即莫違闕若不燒供養即不得誦呪復次若於起貪欲心而誦呪乞効驗者當來成於夜叉種子若於無智心中而誦呪求索驗者當來成於鬼神種子若於慈愍之心大慈悲心念佛之心如是心中誦呪乞効驗者當來成於如來種智所爲所作得無障礙一切成就如上所說復次或欲睡眠頻申欠呿謦欬洟唾整身形供具一切不安竊起緣慮即勿誦呪急當至心向佛瞻仰竭誠專注凝想正觀心意清淨乃可誦呪若大小遺已呪水一掬二十一遍想月臨照自灑頭項周身及衣所有穢汙一切清淨復次若有事難要須起往而其遍數限由未足迴還之際日欲沒時至心觀佛即誦此呪一百八遍如是作法即當滿數若事難不了闕此日者三倍誦呪功課如故復次若所求願未驗已來好牀褥不得坐卧設已受用即當作法日欲出時向東合掌端身正立一心念佛誦呪

八遍增上慢障還得消滅或起欲心想流出汙露應淨洗浴心中念誦持呪一百八遍淨潔如故不失清淨復次當知用其木法云何木者能令諸法速成吉驗云何木者能令諸法敗壞無驗云何其火爐法云何其火相法若不知者一切不成任婆樹木　迦蘭嵐樹木　佉陀羅木　拘底支木(云槐木未詳)　若善男子當知用遏迦樹木(云欝勃)　毘醯唎勅木(云無)　阿彌尸槃師木(云守宮槐木)　羅丁木(云蜀地有)　阿彌羅木　鎮頭迦木(云柿木)　篤迦木(云栗木)　鑠迦米木及其自餘雜類木等但是有刺樹木並得用之能辟怨家斷除賊故但是有乳樹木並得用之能發渴愛令親輔故當知次第其必立皤木(云似梨此無)　播囉師木(云胡桃)　但是一切無刺樹木求安隱者用之能令一切人心生柔輭故其注露多木牟素佉木(云甘草)　居嘍(二合)迦等木(云李子木)　迦躭婆木　阿輸迦木　舍唎般那木(云薔薇)　波迦沙木如是等木爲求一切驗者用之能令所求一一成吉故復次當知其諸木等不得取用被燒燋者自折墮者經拗折者瘡痕斫者已遭霜者被蟲食者有如是等不善相者並不應用若無名法應當用之其諸木類四種相狀如說所用不得錯謬復次當知第一上法第二中法第三下法第四逐法四法長短各有次第用上法者長十二指用中法者當長其十指其逐法者當長八指用下之法四指而截復次當知其上法者謂令一切未相親友故其中法者謂求持呪滿大願者求人求財凡一切求令法驗故其下法者謂令一切人等敬重相憐愍故其逐法者謂去

一切怨家等故復次其上法者當以脂塗其中法者用乳酪塗其下法者爲憐愍故三種甜塗其逐法者八脂血及毒藥以是而塗復次當知造其爐法入地一肘掘出雜穢土以牛五味淨灑訖已填覆淨土欲求大願爲上爐者辟方一肘四方作之起四重緣泥之訖已即以手印念佛誦呪迎請五神安坐爐中安爐神已呪燒供養其自求驗作中爐者其爐辟方應二十指作三重緣掘灑請神如上無異欲求憐愍作下爐者量高九指三角而作面別各廣一十八指作其三緣餘如上說欲求趂逐爲其爐者辟方九指一重泥緣復次當知欲燒食等供養者面向東方心想觀佛呪燒供養若求勝上事伏其怨敵脫諸難者面向東北呪燒供養若欲願求恩福而作法者面向東南呪燒供養若爲趂故而作法者呪師面向南方燒供養誦呪若求大願故而作法者呪師面向西南呪燒供養若爲愍念故而作法者呪師面向西方呪燒供養若爲知於鬪諍及療病者呪師面向西北呪燒供養若爲猒伏故而作法者呪師面向北方呪燒供養復次當知供養起法柄長一肘其面凹作如並拇指節外許大當知若爲一切好法用其銅匙銀匙金匙三種隨用若爲一切惡法用其雜生白鑞銅匙復次當知燒火善惡有其十種相第一相者焰如初日第二相者其色潤膩第三相者如水精色第四相者如純牛酥色第五相者猶如金色第六相者其火無烟第七相者明熾掣焰若似語聲第八相者一燒至盡無殘餘者第九相者其

柴多少總令恰盡第十相者先令著火燒地使熱又汝當知若應如是十種相者當知所行之法皆悉成驗又汝當知若火焰不出或燒柴不然或但出烟如是之時不應作法當知其人死憂時至又汝當知若火氣冷或無潤氣或火星迸出或出烟焰相連或焰射入灰皆為惡相當知作法無一成驗又汝當知若火中所出便穢臭氣或出諸惡臭氣或焰白色或無烟焰黑邪射入地如是相者當知有人作諸障難又汝當知若火先起赤焰次乃金色狀若爐中燒鐵爛明時時變色狀似牛酥時時復作金色之焰潤澤等者或如髮辮索縷條別當知作者所求之願皆得成驗復次當知其諸相者云何第一若火好色盛出香氣或焰無聲或電形焰或焰上更抽別焰如赤鐵色如索髮辮焰頭分散猶如傘蓋如是等相是名第一爾時當知靈驗不虛如是等相或有現時或不出現若後現者不似於前當知不祥即應停法勿復未定狀似已燒之火任自盡滅又汝當知云何第二若見火相兩兩相似即莫停住此即成立一切之驗又是諸天見其初相又汝當知若求佛法者云何得驗云何不驗善男子當審觀之若火起焰如映大雪為雪所映作異色狀或復起焰如秀花樹或復起焰如淨金色或復起焰如赤蓮色或復起焰如石榴華當知所願即得如意是等相好最上靈驗又汝當知云何相者不得於驗若炭及焰黑如蠅狀如雜碎炭末而作黑焰或無潤澤其焰枯燥或出冷鐵色焰之相或復出烟或復出迸如是等

相當知無驗又汝當知於其火中出特牛聲螺貝鳴聲或如雷聲稱人情意温和之聲當知爾時所求必驗又汝當知若於火中如山崩後碎石下聲如破銅器壆瘂之聲有是相者當知其身即應合死所求不遂意惡相亂故復次呪師欲燒供養先以牛尿和水或以灑水用之洗浴然始作法又汝當知若欲呪燒供養求滿願者須燒眞純牛酥或酪或乳或復果子或復胡麻或食或華或葉或木如上所說木等隨其所應以三種匙抝以燒之若欲於前生大呪門隨求願者各以其呪呪食燒之若當如是而供養者一切天龍乾闥婆時方神等咸悉歡喜令其呪師速得成驗而諸天等常當擁護不令魔等一切障難復次爲汝說於柴相一切善惡驗柴可知柴相惡者法即不成是故當知云何柴者決定成驗云何柴者必不成驗所謂木先在樹上枯乾無皮短曲瘦惡經剥皮者或太長者或太麤者如是柴等令法不成壞於吉驗當知用枯木者令人減壽用無皮者令人得病其用短者令法難成即便失効其用曲者令一切人惡見呪師其用瘦者及皮剥者減人相好令失福德其太長者能破所願其太麤者横遭不祥於一切法麤有障礙爲如是故其惡柴等枯乾無皮短曲瘦惡皮剥長麤皆不應用速成驗者應去如是惡柴等相又令爲汝分別樹枝所用之法其枝在樹直上獨生無有横枝如是等者當爲厭伏惡人令發喜心者用之其樹中心直上獨枝爲求庫藏珍寳快樂法者用之其樹根下傍生獨枝爲趂法

者用之又汝當知其厭伏怨敵令瞋解者長十二指齊頭截之其欲求於分望安樂者應長八指齊頭截之其爲趂者四指截之其爲無名取無皮者長其四指如驢蹄截之其欲令前人信順已者須無皮端木五指截之其爲令相離乖背者用無皮木六指長截白芥子油塗之其爲趂者用無皮木七指截蒲萄酒塗之其有爲求解脫一心出離生死者長十一指齊頭截之其有爲求所望安樂者須用有皮端直者其有爲求壓伏令和喜者不得用無皮屈曲及驢蹄截者又汝當知其爲求分望安樂作法用牛酥及甜物塗之其爲無名用者以脂塗之其爲願求一切如意事者直以牛酥塗之復次當知其木無撾節爲婆羅門故用其木樹心中獨生無傍枝如撾者爲囉闍故用其樹中上生有撾節木爲事天神事神鬼人故用其枝近根分有撾節者爲工匠故用其有乳樹獨生近根分有叢生爲朴棟者爲或王婆羅門故用其有多剌樹青黒色爲工匠故用又汝當知其四種樹中但有乳者爲求恩福令一切人善眼歡喜故用復次當知其達吠草擬充坐卧者須向東南上刈之其草云何惡相其黄者乾者雜者遭折者陳舊者兩枝相交者懷妊者如是等類皆不堪用云何爲好其有赤色者直生柔輭滑澤潤膩者如是等草始可用之須博地齊刈唯除其根揀擇使淨方可受用又汝當知爲求善眼歡喜求乞恩福者須得如是好草其爲瞋故用者須得半生半熟之草其爲無名故用者草色須似白芥子者復次令爲

汝說若已得驗若未得驗欲結壇者及肘法用先當揀地然始作壇壇開四門以五色土細擣羅末以新瓦器各以檀香麝香塗已盛之置於壇內又以瓦器二枚一盛細檀末一盛鬱金華用前五色規畫其壇其中心壇方二肘作用白檀塗之鬱金散上其壇之外更向西託面別各量一十四肘地用淨土和牛糞塗之其中心壇用七種色畫作蓮華七寶雜裝於其華上畫千輻輪輞輪外周圍皆作火焰其蓮華莖如吠瑠璃寶狀作之其上作佛於佛左邊畫作金剛右手把杵左手執鉞斧於佛右邊畫摩尼拔折唎菩薩種種瓔珞莊嚴其身一手持如意珠一手把鉢塞莫云數珠四角之位畫四天王身具牟甲種種瓔珞莊鉸威儀或作可畏狀其末作壇時內外等壇先當掘去一肘惡土其中心壇稍宜高作復須幢旛傘蓋懸豎莊飾當以五色畫壇四緣壇外四方各作火爐各好柴如法然火爐別四角各安幢旛五色繒綵周壇圍繞南面唯留一門出入其外壇角角東面各安幢旛及以五香和水盛一金瓶中各安妙華置於壇角如無金瓶以小瓦瓶貼金亦得又以銀瓶四枚各滿盛乳安於四角其中壇門外右頰畫作摩訶提婆弁毘摩提婆共一處著種種瓔珞以爲嚴飾左邊門中畫商企尼第三門中心畫作伐折囉杜地有八臂手手別各把別別器仗種種瓔珞莊嚴其身高舉兩手過其頭上張青絹狀其中壇四畔以種種雜色殊美飲食而爲供養又以四瓶滿盛香水并插好華近於四邊神處安著然三十二盞

燈其中壇蓮華上安一金瓶滿盛香水種種果實種種穀麥悉内其中以種種華亦挿其中供養於佛當於佛前燒蘇合香自餘諸位各燒自香中壇佛前安銀香爐拔折羅波膩燒俱嚧俱唬杜婆(云安悉香)摩尼拔折唎前燒突縮迦香(蘇合)四天王前燒薫陸香并燒薩社塞香突迦香摩訶提婆前燒白檀香商企尼前燒安悉香社底堵(云使者)前別燒施羅枳香中壇門別各安種種供養東門畫阿利并六箇姊妹右邊西畔畫摩訶提婆并補色波但地比邊畫毘摩提婆作羞怯形貌其壇四邊挿箭三十二枚以五色線繫箭圍之此處四角須安五色繒播以種種華亂散壇中種種雜果安之供養又作七種餅以種種美味莊嚴餅上又以三十二枚瓮子滿盛香水種種雜華亦置其中又以三十二枚軍持各盛別漿又以三十二香爐又一百八盞燈又以一百八箇華鬘又著種種香水所謂種種香薫陸香塞比哩香栴檀沉水香健多伽羅香施咯匙香龍腦香麝臍香鬱金紫檀香等以如是香和水浴於諸天人於諸天之前各別燒其自分香又以乳以酪石蜜顆各別和漿其乳漿者八瓶盛之酪漿蜜漿果子等漿各八瓶盛四種之漿各以八瓶盛之又安八器乳粥又取秔米菉豆胡麻牛酥相和煑粥盛八器中又以八器盛秔米飯又以八器盛炒秔米麨稀和石榴漿又取瓦椀三十二枚四椀盛胡麻油四椀盛好酥四椀盛果子石蜜(其顆渾盛)四椀盛石蜜漿四椀盛胡麻米四椀盛諸果四椀盛七種穀麥四椀盛蜜及種種齋食胡

餅乳酪等食又以蒲萄漿和麵作鋋又以豆黃末和蒲萄甜漿作餅又作糝胡麻餅等又糝胡桃穰胡餅又作糝胡榛子餅又作糝顆子石蜜餅又作糝石蜜餅又作蒲萄煎餅又作塗蜜餅又隨其所有皆得著之其出入門兩邊各安一軍持滿盛香水而呪之曰

唵(一)摩訶毘布羅(二)鉢師底(都你切)瑟致(二合)多(三)悉提(四)毘詵(去聲)者(五)摩那迦(六)薩婆怛他伽多毘煞(所戒切)雞(七)破囉破囉三破囉(八)呼許呼許

復次當知其諸物等應入壇者香華飲食果子衣服乃至灰土水火一切等物皆以此呪呪水灑上然始將入若請佛請神及四天王安於坐上一一皆當以其身印本呪誦而安之其中壇造了已即請菩薩金剛一一皆以其身印本呪嚴固安於座上請已却出更不得履踐其上其心壇了已即造外壇請座都畢即當呪自坐處結護自身若將他人入壇者先令浣衣澡浴各與結淨引至爐邊次第坐著復次當知若有至心依教具足爲法但能至心一度入此壇者十方一切諸佛同授是人清淨之記過去現在一切重罪皆悉消滅若被厭蠱應破之者一切障難咸得除殄若重病者一入此壇即得除差所被一切鬼神著者入此壇已亦即除差若欲供養十方一切諸佛者若欲供養一切菩薩者若欲至取佛慧種子深植菩提根本者欲不退轉堅牢者應當依教入此法壇若欲周帀供養摩訶提婆大自在天那羅延天梵天帝釋三十二尊天者但依此壇一施供養即如各各供

養諸天訖已一切天等皆悉歡喜若以此壇一供養者亦如供養摩訶迦羅瞻底者你切迦云五兄弟天何唎地七姊妹及四天王三十二摩怛羅建諸天等則如具足供養訖已復次當知建是壇已欲請佛所求滿願者或菩薩所而求願者或於如上諸天所而求願者皆悉成就一切果願如上所說無不得者若有厄難年命不安求其珍貨難以諧偶一切事意皆悉不吉者入是壇已一切如意若國內災患疫病流注惡鬼神等毒氣滿盛設壇供養災病便消若國王畏怖隣敵使者建是法已一切怨賊而自歸伏以是福力無為害者或求名官或求富饒建此壇者一切願滿若能至誠入此壇者現於今身即得無病諸惡鬼神無得便者常得一切欽慕讚尚所向順意諸人敬伏衆所推最一切信受一切時處獲上福利捨此身已生生之處從一佛土至一佛土恒於佛前寶華上坐一切佛行皆得具足不久即得無等等道

牟梨曼陀羅呪經卷下

音釋

嚛火沃切　聳息勇切高起也　攬括攬盧感切取也括古活切結也　窣堵波梵語也此云方墳窣蘇骨切堵董五切　輟陟劣切止也　欠呿呿丘據切欠呿張口運氣也　拗於巧切手拉也　凹於交切不平也　辮平善切交也　絛土刀切編絲繩也　壘文運切器破未離也　拘正作拘居侯切摟聚也　撾側瓜切　朴棟朴普木切棟蘇木切朴棟正作樸樕小木也　鉸古孝切裝鉸也　⿺支只音智　炒初爪切乾熬也　䴵必郢切麪餈也　糝桑感切

金剛頂經曼殊室利菩薩五字心陀羅尼品出大部

觀自在如意輪菩薩瑜伽法要出大部

唐南天竺國三藏法師金剛智譯

清刻龍藏佛說法變相圖

二經同卷

金剛頂經曼殊室利菩薩五字心陀羅尼品出大部

觀自在如意輪菩薩瑜伽法要出大部

金剛頂經曼殊室利菩薩五字心陀羅尼品

唐南天竺國三藏法師金剛智譯

爾時執金剛菩薩摩訶薩等一切菩薩皆於毘盧遮那佛前各各自說心陀羅尼印於是曼殊室利菩薩摩訶薩從座而起白佛言世尊我亦爲欲利益未來一切有情速得成就摩訶般若波羅蜜故亦說心陀羅尼爾時佛告曼殊室利菩薩摩訶薩言善哉善哉善男子今正是時汝應宣說爾時曼殊室利菩薩承佛聖旨即說心陀羅尼曰

阿囉跛者娜
若善男子善女人有能受持此陀羅尼者即
入如來一切法平等一切文字亦皆平等速
得成就摩訶般若纔誦一遍如持一切八萬
四千修多羅藏欲受持者應先請入灌頂曼
茶羅彼阿闍黎白月十五日於清淨室塗一
圓壇以栴檀龍腦香泥塗地即於壇心畫曼
殊室利菩薩作童子形右手執金剛寶劒左
手持摩訶般若梵夾壇輪四周梵寫阿囉跛
者娜字應以種種名香妙華盡心供養其阿
闍黎以金剛印如法念誦爲弟子灌頂已然
後授以心陀羅尼令結祕印以金剛縛並建
忍願屈其上節印上承華散而供養便應告
言此心法門一切如來祕密之要愼勿輕爾
爲他人說破汝三昧耶我今爲汝宣說其義
汝今善聽諦思惟之阿者是無生義囉者清
淨無染離塵垢義跛者是無第一義諦諸法
平等者者謂諸法無有諸行娜者諸法無有
性相言說文字皆不可得以娜字無性相故
者字無有諸行者字無有諸行故跛字無第
一義諦跛字無第一義諦故囉字無有塵垢
囉字無有塵垢故阿字法本不生阿字法本
不生故娜字無有性相汝知此要當觀是心
本來清淨無所染著離我我所分別之相入
此門者名三摩地是眞修習當知是人如來
印可殊勝功德受斯法已日日四時於壇念
誦如上供養思惟心印入三摩地若誦一遍
能除行人一切苦難若誦兩遍除滅億劫生
死重罪若誦三遍三昧現前若誦四遍總持
不忘若誦五遍速得成就無上菩提一心念

誦滿一月已曼殊室利即現其身或於室中演說法要是時行者得宿命智辯才無礙自在神足勝願成就速證如來金剛法身或於絹素如前畫像誦滿五十萬遍亦得成就或以香泥塗舍利塔梵寫五字旋遶念誦五十萬遍曼殊室利現其人前而爲說法常得諸佛及執金剛菩薩之所護念一切勝願皆悉具足曼殊室利心陀羅尼修行法要凡修行者入精舍時先從東門作禮菩薩次禮南門乃至北門亦復如是入精舍已面於西方以對菩薩復五體投地一心歸命然後手執香爐或捧妙華運心供養一切諸佛瞻仰菩薩生欣樂心發露已身所有罪咎懇誠悔過次復讚歎如來功德圍繞七帀誦二十遍已復更胡跪發大誓願願我始從今日聞心地已誓不退轉無上菩提廣度衆生同曼殊室利大悲行願作是念已半跏而坐放其身心坦然禪悅即以塗香淨其二手請三部已上下八方結金剛界

金剛火焰地界陀羅尼印

以忍度入力願度間戒度入慧力度間以願度從背上入進忍度間方便入檀戒度間檀慧進力禪智各頭相拄覆之向下禪智拄地如釘橛誦陀羅尼三遍想如獨股金剛火焰杵徹金剛際陀羅尼曰

唵　枳里枳里䟦日囉　䟦日哩　部𠯿(半聲)

(二合)滿陀　滿陀吽泮

金剛火焰院界陀羅尼印

准前地界印豁開禪智右旋八方誦陀羅尼三遍遠近隨意想金剛火城飛焰電旋陀羅

尼曰

唵　薩羅薩囉跋日羅鉢囉迦囉吽泮

金剛火焰網界陀羅尼印

亦准前印以禪智捏進力下文側頂上右旋誦陀羅尼三遍想金剛火焰網上至有頂陀羅尼曰

唵　尾薩(桑紇切)普囉捺嚕(二合)訖灑(二合)跋日羅半惹囉吽泮

作此結界者六欲魔羅及一切毘那夜迦惶怖遁走無所容竄

次說瑜伽三昧耶陀羅尼印

福智圓滿十波羅蜜和合堅固建立忍願安於心上陀羅尼曰

唵　三摩耶薩(桑訖切)怛梵(二合)

作此法已一切諸佛憶昔本願觀察護念

次開心地門陀羅尼印

堅固縛已於右乳上想怛囉字於左乳上想有吒字心口相應誦陀羅尼齊散十度彈於心上拍開兩字如啓戶扇以開其心陀羅尼曰

唵　跋日囉滿馱怛囉吒

作此法者即能開悟心地法門不久當證一切三昧

入智字陀羅尼印

又於其前觀一蓮華紅玻瓈色中有阿字光色炳晃如白摩尼分明見已以堅固縛智入中進力如環其最相合想捻其字內於心中陀羅尼曰

唵　跋日囉微(微計切)含惡

所以者何即此惡字是一切如來寂靜智義

亦在一切衆生心行之中而未顯現今以如
來智慧方便加持之故照於其中故修行者
應當殷重生難遭想如法修習

闍智字陀羅尼印

准前入印唯屈進力拄禪智背誦陀羅尼以
印當心作閉戶想陀羅尼曰

唵 跛日囉(二合)毋瑟致(上聲)鋑

作此法者以得如來寂靜智故心生殷重而
祕密之當知行人速證寂靜菩提之道

三摩地門陀羅尼印

二羽外相叉仰於臍下端身正意息諸攀緣
其出入息一一明了觀虛空中無量諸佛相
好具足大如胡麻數如微塵周遍法界應當
一一於諸佛前五體投地一心歸命陀羅尼
曰

唵 薩婆怛他孽多播娜曼娜能(去聲)迦略弭

爾時諸佛於行人前一時彈指警悟行者而
告之言善男子汝能發菩提心者當觀自心
而說陀羅尼曰

唵 止多鉢囉(二合)帝微能(去聲)迦嚕弭

時修行者得是教已踊躍歡喜頂禮諸佛即
誦密語觀於心中所內惡字猶如滿月未全
顯現如翳輕霧於一念頃作是觀已白諸佛
言我已見心猶如於月而未分明唯願世尊
慈賜方便爾時諸佛同聲讚言善哉善哉善
男子如是如是我當復以此陀羅尼加持於
汝令得顯現

唵 菩提止多毋怛麼(二合)娜夜弭

誦是密語復觀心月極明淨已於其月中觀
曼殊室利一字陀羅尼鎟(牟含切下同)字如黃金

色化爲猛利金剛寶劒光明照耀遍於十方入是三昧復誦陀羅尼曰

唵　底（丁以切下同）瑟奼　跋日羅　底乞　瑟拏曇

其月與劒極分明已漸令廣大周遍法界量同虛空純一無雜無有自他一切諸相即此劒者爲於已身能觀之心在於劒中亦爲一體入此三昧時陀羅尼曰

唵　薩頗囉　跋日囉　底乞瑟拏

隨力而住已復觀其劒漸漸而見虛空諸佛隨入其中量同本身晃然而止入是三昧時陀羅尼曰

唵　僧（去聲）訶（上聲）囉跋日囉　底乞瑟拏

以一切如來入身劒已加持力故即變已身爲曼殊室利菩薩身紫金色頂有五髻項背圓光左手執青蓮華右手執金剛藏梵夾行者已身爲菩薩已恐復散亂而有退失復以陀羅尼印而加持之

菩薩三業陀羅尼印

堅固縛已直豎忍願屈其上節陀羅尼曰

唵　耨佉泚（去聲）娜曇

以印心上次額及喉安於頂上各誦一遍此加持已設心散亂本相不易一切非人見修行者與曼殊室利菩薩等無有異

五髻陀羅尼印

十度和合戒慧檀方忍力願進各頭相合禪智並豎誦陀羅尼印於心上右左肩喉安於頂上各誦一遍作此法已五方如來皆在於頂五髻之上陀羅尼曰

娜麼三漫多勃陀南　阿鉢囉低訶多沙（上聲）

娑娜南　怛姪他　唵囉囉娑(桑邑切)麼囉阿
鉢囉底訶多沙(上聲)娑那　俱摩囉嚕跛陀哩
𡱝(尼奚切)吽吽　薩泮吒　莎縛訶
曼殊室利菩薩灌頂陀羅尼印
福智圓滿禪智入中進力相蹙如摩尼寶安
於額上陀羅尼曰
唵　囉怛娜句捨阿(上聲)趍哩也(三合)吽
繫寶鬘陀羅尼印
結灌頂已開印二分誦陀羅尼曰
唵　囉怛娜　句捨趍哩也(二合)麽隸
額上三繞如繫寶鬘分手頂後亦復三繞向
前而下從檀慧散如垂帶勢
慈悲金剛甲陀羅尼印
二慧固已進力側交進面想唵字力面想中
字(佳龍切)放緑色光光不斷絶如抽藕絲當心
三繞背亦三繞次於臍上復至膂後於結跏
上復至坐後却來當胷又於背上又來當睺
還向頸上還來額上然至頂後各三繞已向
前而下從檀慧散如垂天衣先於壇中畫像
心上想一銛字爲金剛劔化爲眞身菩薩然
後重請入於像内
請菩薩金剛劔陀羅尼印
二慧固已以其觀羽置止羽上檀慧相鉤力
度直竪進度如劔陀羅尼曰
唵　跋日㘕　句捨若
誦此三遍進度三招眞身菩薩應念而至金
剛索陀羅尼印
准前請印唯祕進力相拄如環陀羅尼曰
唵　跋日囉　跛捨吽
當心結已誦陀羅尼三遍想菩薩法身來入

畫像
金剛鎖陀羅尼印
二慧固己進力右壓左相鉤拄禪智背中節
陀羅尼曰
唵　跋日羅　薩怖(二合)吒鉿
作此法者聖者本身加持不散
金剛鈴陀羅尼印
准前鎖印進力檀慧各反相鉤陀羅尼曰
唵　跋日囉　健茶呼(去聲)
作此法者一切諸佛菩薩及本聖者皆悉歡
喜
獻遏伽水陀羅尼印
以鬱金龍腦白檀香水盛遏伽器開佛部印
捧而供養陀羅尼曰
唵　跋日路　娜迦侘

作此供養者如以一切如來金剛甘露灌一
切衆生頂除滅有情無量業障飲此水者除
諸災患
百字陀羅尼印
結前劒印陀羅尼曰
唵(一)渴(彈舌呼)嘌怛(二合)薩怛嚩(二合)三麽也麽奴
播羅也渴(彈舌呼)嘌加薩怛嚩底尾(微號切)(二合)怒
跛底瑟咤䪴(寧一切)嘌(二合)擢(持教切撮口呼之)迷(上聲)噃
嚩素覩數(數瑜切)迷(去聲)噃嚩　阿努嗠訖覩(二合)
迷(去聲)噃嚩素布數(數瑜切)迷(去聲)噃嚩薩婆悉鞥
迷(去聲)曳鉢囉曳車(去聲)薩婆羯摩素者迷(去聲)只
多(上聲)室利(二合)藥炬嚧(二合)吽訶訶訶訶呼(去聲)噃
伽梵薩婆怛他孽多渴(彈舌呼)嘌伽(二合)摩迷(去聲)
悶遮渴(彈舌呼)嘌霓(魚枳切)迷(去聲)噃嚩麽訶三麽
耶薩怛嚩惡(引)

誦此陀羅尼能令聖者歡喜堅固菩提所求勝願能速成就

金剛嬉戲内供養陀羅尼印

堅固縛已直豎禪智以印當心陀羅尼曰

唵　磨訶囉底(丁以切)

作此法者如以一切如來智慧供養諸佛以爲遊戲

金剛鬘内供養陀羅尼印

即以前印向前伸臂如捧鬘供養勢陀羅尼曰

唵　嚕跛輸(去聲)鞞

作此法者如以菩提華鬘而爲供養諸佛

金剛歌内供養陀羅尼印

唯前印從臍而上至口方散如歌發想陀羅尼曰

唵　輸嚧(二合)怛囉(二合)誐企曳(二合)

作此法者如以一切如來密言歌詠而爲供養

金剛舞内供養陀羅尼印

唯前印如歌詠想至口便散左旋合掌於頂上散陀羅尼曰

唵　薩婆　補而曳(二合平聲)

作此法者如以一切如來辯才而爲供養

金剛香陀羅尼印

以堅固縛向地而散想如焚香陀羅尼曰

唵　跋日羅　度鞞(方奚切下同)

作此法者如焚世間一切妙香而爲供養能令一切有情得清涼果

金剛華陀羅尼印

以堅固縛向上散之如散華勢陀羅尼曰

唵　跋日囉補澁豍

作此法者同以世間一切妙華而爲供養能令一切有情速得具足三十二相

金剛燈陀羅尼印

如嬉戲印禪智急捏陀羅尼曰

唵　跋日囉嚕計

作此法者如以一切如來智燈而爲供養能令有情速得成就如來智慧

金剛塗香陀羅尼印

以堅固縛向心而散陀羅尼曰

唵　跋日囉巘提

作此法者如以尸羅智香而爲供養令諸有情速得清淨戒身

入供養已二羽相叉仰於臍下諦觀菩薩演五字陀羅尼五色光明從口而出入於行者心月之中阿字當前餘四字右旋次第而布一一思惟五字之義是名三摩地念誦若金剛念誦者依前觀字急合口齒令舌微動若言音念誦亦觀心中一一字相依字而轉不緩不急纔令自聞結前劒印誦七遍已捧菩提珠當心而念每日四時不令間闕每時千遍或二千遍或五百三百乃至百八勿令減是設身疲極念惡趣衆生倍加精進慈悲喜捨如是修習當知行人滿足六度證諸如來一切三昧常得曼殊室利及一切菩薩而爲伴侶勝上警誡難可預言諸修行人自當證悟舉要言之精進修持現於此生得證初地後十六生當成阿耨多羅三藐三菩提是故行人當應敬奉若欲止時有二種法一者發遣二者召菩薩入於已身若發遣者一一依

前八供養已即以劒印誦陀羅尼

唵　跋日囉　底乞瑟拏穆

即名發遣若召菩薩者依前四攝入自身已復以八印而爲供養被金剛甲復誦三昧耶陀羅尼住四威儀任其所適一切有情人非人等親近行者聞音見形如親奉曼殊所得功德其於利益難可校量世間勝事不求自獲若見諸入須致敬者想彼人首戴如來形然後拜跪若不爾者陷彼衆生又復自犯三昧耶禁若入觸處欲散身者復想菩薩入旃娜囉

金剛頂經曼殊室利菩薩五字心陀羅尼品

觀自在如意輪菩薩瑜伽法要 出大部

唐南天竺國三藏法師金剛智譯

我今順瑜伽　金剛頂經說　摩尼蓮華部
如意念誦法　修此三昧故　能如觀自在
先擇其弟子　族姓敬法者　多人所敬愛
智慧而勇進　決定毘離耶　覺慧常不捨
盡孝於父母　淨信於三寶　樂修菩薩行
於四無量心　刹那無有間　常樂大乘法
住於菩薩戒　恭敬阿闍黎　一切諸聖者
成就堅固力　丈夫之勇猛　善通相應門
常樂寂靜行　智慧無所畏　以戒常嚴身
精修祕密乘　敬依理趣道　一心無所悋
常樂聞妙法　曾入三昧耶　從師獲灌頂
既蒙印可已　不久當成就　弟子具此相
方可爲傳授　此即如意寶　能成諸事業
如經說處所　山間及流水　清淨阿蘭若
隨樂之澗谷　離諸危怖難　隨力嚴供具
行人面於西　漫提自在王　次禮餘方佛
以五輪著地　如教之敬禮　雙膝長跪已
合掌虛心住　誠心盡陳說　三業一切罪
我從過去世　流轉於生死　今對大聖尊
盡心而懺悔　如先佛所懺　我今亦如是
願垂加持力　衆罪悉清淨　以此大願故
自他獲無垢

密言曰

唵　涉嚩皤嚩輸馱　薩婆達麼　涉嚩皤
嚩輸度唅

行者次應隨喜一切諸佛菩薩所集福智

過現三世佛　菩薩及衆聖　所集諸善根
合掌盡隨喜　如我身所集　歡喜無有異

次應右膝著地芙蓉合掌置於頂上頂禮一切如來及菩薩足

密言曰

唵鉢頭(入聲)麽(二合)微(微吉切)

禮諸佛已全跏半跏或輪上跏隨意而坐

作此坐印已　觀遍虛空佛　已身各於前
住彼衆聖會　止觀從膝上　旋舞當心合
如蓮之未敷　想禮於諸佛　次結三昧印
當心堅固縛　檀慧禪智竪　金剛蓮華印
通持蓮華者　警覺衆聖已　誦此密言曰

唵　跛日囉　鉢頭(入聲)麽(二合)　三麽耶　薩怛鑁(三合)

猶結此印故　佛及善逝子　諸大名稱者
妙觀察攝受　憶昔本誓願　對於遍照尊
不違教令故　加持使圓滿

次結一切諸佛如來安樂悅意歡喜三昧耶印

十度堅固縛　忍願中交合　檀慧與禪智
各相合而竪

密言曰

唵　三麽耶　呼(去聲)蘇(上聲)囉哆　薩怛鑁(三合)

猶示此印故　諸佛及菩薩　一切執金剛
皆悉妙歡喜　次當開心戶　入金剛智字
觀於二乳上　右怛囉左吒　如宮室戶扇
殊勝金剛縛　三業同時發　拍心開兩字

密言曰

唵　跛日囉(二合)滿馱怛嚕(二合)吒

無始熏種子　所集之塵勞　今以名罪印
集之欲摧碎　十度堅固縛　忍願伸如針
進力屈如鉤　心想名諸罪　想彼衆罪狀

植髮裸黑形　反印刺於心　觸已誦密語
三業相應故　能名諸罪積　誦此名集已
方作摧碎法
密言曰
唵　薩婆播波迦哩灑拏　尾輸馱娜
三磨耶　跋日囉　吽若
名入於掌已　方作摧碎法　前印内相叉
稱鉿縛諸罪　忍願俱伸直　有怛嗒吒字
想爲金剛杵　相拍如摧山　忿句及怒形
能淨諸惡趣　誦已忍願拍　七三隨所宜
唵　跋日囉播尼(上聲)尾莎怖吒也　薩跢播
耶滿馱娜你鉢囉(二合)毋訖灑(二合)也薩婆播也
孽底　毘藥(二合重呼)薩婆薩怛蔓　凡薩婆怛
他孽多跋日囉　三磨耶吽　怛囉吒
以此相應門　先佛方便故　三業所積罪

無量極重障　作此摧滅已　如火焚枯草
有情常愚迷　不知此理趣　如來大悲故
開此祕密門　次當結入印　内如來智字
二羽堅固縛　禪智入於中　以進力二度
相拄如環勢　觀前八葉蓮　其上置阿字
二點嚴飾故　妙字方名惡　色白如珂雪
流散千光明　想以進力支　捻字安心内
三業齊運用　誦此密言曰
唵　跋日囉廢(亡計切)捻惡
既想入心中　字相逾光耀　此即法界體
行者應是觀　不久悟寂靜　法本不生故
三世諸如來　金剛身口意　皆以妙方便
持在金剛拳　以此闔心門　智字獲堅固
便屈進力度　拄於禪智背　以印觸胸已
即誦此妙言

唵　跋日囉　母瑟致鈴

行者住等引　二羽堅固縛　仰置於臍下
禪智蓮華形　此名三昧印　誦此密言曰

唵　三磨他　鉢頭入聲迷二合紇哩引二合

出息及入息　住阿那波那　想佛遍虛空
彈指警覺我　佛子汝云何　成無上等覺
不知諸如來　實相之妙法　旣聞警覺已
行者復白言　云何名眞實　願最勝尊說
諸佛皆歡喜　作如是勝言　善哉摩訶薩
能作如是問　汝想於心中　所內惡字門
以字徹於心　誦此密言曰

唵　止多鉢囉二合底丁以切味能去聲迦路彌

當默誦一遍　便想爲月輪　倍欲精進故
復誦妙言曰

唵　毋提止多　毋怛跛二合娜夜彌

能令心月輪　圓滿甚清淨　中想妙蓮華
上安寶金剛
密言曰

唵　底瑟奼麽尼上聲跋日囉二合　鉢頭入聲麽二合

引量同虛空　周遍於三界　復誦比妙言
金剛語離聲

唵　薩頗二合囉麽尼上聲跋日囉　鉢頭入聲麽二合

於此引妙蓮　流放千光焰　一一光明中
無量佛刹土　刹中有妙蓮　想持寶蓮者
持寶蓮勝幢　幢中出妙聲　誰有薄福者
當滿一切願　住是寂三昧　爲利諸有情
如是菩薩類　皆住於等引　從蓮華胎藏
妙放千光明　皆爲利衆生　檀波羅密等
遍入諸三昧　理趣善巧門　爲愍念有情

作無量方便　化身爲種種　從生及涅槃
轉大妙法輪　皆從意寶出　所説之妙法
皆以轉成就　以轉爲妙智　能斷諸結使
猶轉大法輪　此爲福智路　次皆正觀察
漸斂其智蓮
密言曰
唵　僧(去聲)訶囉麽抳(上聲)跋日囉鉢頭(入聲)麽(二合)
所在諸如來　皆入爲一體　猶如於明鏡
能現於萬像　法界自性體　住於金剛蓮
即變其寶蓮　爲眞多菩薩　手持如意寶
六臂身金色　皆想於自身　頂髻寶莊嚴
冠坐自在王　住於説法相　第一手思惟
愍念有情故　第二持意寶　能滿一切願
第三持念珠　爲度傍生苦　左按光明山
成就無傾動　第二持蓮手　能淨諸非法

第三手持輪　能轉無上法　六臂廣博體
能遊於六道　以大悲方便　斷諸有情苦
行者如是觀　坐於月輪中　身流千光明
項背皆圓光　復想心月輪　亦有寶蓮華
以是能堅固　無動觀已身　爲離諸妄想
誦此密言曰
唵　𥈠里(二合)茶(上聲)底瑟姹囉　怛那跋日囉
鉢頭(入聲)麽(引)怛麽(二合)句唅　三摩喻唅麽訶
三麽喻唅薩婆怛　多孽多避三菩地囉怛
那跋日囉鉢頭(入聲)麽(二合)怛麽(二合)句唅
以此法加持　十度芙蓉合　進力屈如寶
印心額喉頂　吽字想於心　怛囉安於額
紇哩當喉上　惡字置於頂　猶此布想故
此身如金剛　復誦此密言　蓮華語爲聲
唵囉囉怛娜　跋日囉　達麽　紇哩

次應結灌頂　智者合蓮掌　進力如寶形
檀慧開相近　置額誦密言　心想佛囉頂
唵　鉢頭入聲麽苾句胝多上聲胝囉恒娜鉢頭
入聲麽避曬罽邏避誐者粭怛洛
即以此妙印　二手分兩邊　如繫蓮華鬘
徐徐前下散　想垂白帶勢　誦此妙言曰
唵　鉢頭入聲麽麽隸　鉿紇哩怛嚹
次當結甲鎧　二手蓮華拳　從心遶向背
從背當臍遶　向腰及兩膝　漸上遶頸後
從頸後當喉　復於頭後遶　還來至額上
却於頂後遶　徐從前下散　誦此祕密言
唵　阿瞞曳　鉢頭入聲麽迦嚩制平聲滿馱囉
訖灑二合鉿吽峪
爲喜諸佛故　應拍蓮華印　二手結蓮掌
妙拍令歡喜

密言曰
唵　鉢頭入聲麽覩使呼去聲
想於已身前　觀紇哩字門　變爲蓮華王
中有紇哩字　怛囉安兩邊　爲金剛寶蓮
共變爲所尊　持眞多妙寶　如前已身觀
令所觀亦然　爲令體無二　次作呼名法
十度未敷蓮　進力如鉤勢　即誦此密語
應爲蓮華音
唵　鉢頭入聲麽只惹二合下娜句捨吽
行者既名已　次當結索印　如前合蓮掌
進力拄如環　此名蓮華索　能滿諸意願
應誦此密語　名入於智身
唵　鉢頭入聲麽只惹娜毋伽跛捨吽
既入於智身　爲令無傾動　復當結蓮鎖
應作決定心　如前合蓮掌　進禪捻如環

智力亦復然　相結如鉤鎖
唵鉢頭入聲麽　只惹娜　塞怖二合吒吽
爲令妙歡喜　結蓮華鈴印　當以蓮華捧
禪智入於中　進力如環住　誦此祕密語
唵　只惹娜　鉢頭入聲麽　尾捨耶吽
次當誦蓮華百字密言捧閼伽器以鬱金白
檀龍腦香水捧而供養
唵　鉢頭入聲麽薩怛嚩三磨耶　磨努播羅
耶鉢頭入聲麽薩怛嚩跌吉了切廢亡兮切怒跛底
瑟姹暱里擢持教切撮口呼之迷去聲皤縛素覩數數俞
切迷去聲皤嚩阿努囉訖覩二合迷去聲皤嚩素補
數俞數切迷去聲皤嚩薩婆悉地亭煙切迷去聲鉢囉
拽車去聲薩婆羯磨素者迷去聲只多室唎藥炬
咯吽訶訶訶訶呼去聲婆誐梵薩婆怛多蘖多
鉢頭入聲麽麽迷去聲闍者鉢頭入聲弭迷去聲皤嚩

摩訶三磨耶　薩怛嚩二合紇哩
次以內外供　供養蓮華王　所謂內供養
芙蓉掌當心　禪智並伸直　名爲蓮華喜
應誦此密言
唵　只惹二合娜鉢頭入聲麽羅細引吽
次結華鬘印　以此而供養　不易前喜印
二手捧而前　想種種寶鬘　遍滿虛空界
密言曰
唵　只惹二合娜鉢頭去聲麽麽隷吽
次應以歌印　奉獻智蓮者　復以前妙印
屈掌拄諸度　從臍漸至口　散下如寫勢
想緊那羅音　供養諸聖者
密言曰
唵　只惹娜　鉢頭入聲麽倪魚枳切帝吽
次應結舞印　前印左右旋　合芙蓉妙掌

安於頂上散 由此四供養 能獲大神通
密言曰
唵 只惹娜 鉢頭(入聲)麽你嘌(二合)帝吽
作此四供養 能成最勝事 次結外供養
喜心而獻之 運心無邊界 蓮華焚香法
諸佛誠言說 爲利諸有情 蓮掌向下散
猶如焚香勢 誦此祕密言 想供養香雲
周遍虚空界 供養諸聖衆
唵 鉢頭(入聲)麽 只惹娜度閉(平聲)噁
次應結華印 以三十二相 莊嚴諸如來
觀妙色華雲 運心遍一切 如前合蓮掌
上散如華勢 供養諸如來 及諸善逝子
想滿虚空界 華雲妙芬馥 劫樹極端嚴
誦此祕妙言 三業齊運用
唵 鉢頭(入聲)麽只惹娜 補澀閉(平聲)吽

衆生無明覆 離於智慧光 爲彼淨除故
應結智燈印 以前蓮華掌 禪智豎相逼
心想摩尼燈 遍照虚空界 無量光所出
誦此密言曰
唵 鉢頭(入聲)麽只惹那你閉(平聲)
智者次應結 解脫塗香印 爲淨衆生故
獻此尸羅香 二手散蓮掌 當心塗香勢
十度成熏習 香海遍虚空 獻佛及所尊
誦此祕密語
唵 鉢頭(入聲)麽只惹娜 巘提吽
内外供養已 然後應順念 結祕根本印
以對密言主 先誦根本言 分明七遍已
平掌當於心 忍願如蓮葉 進力摩尼狀
餘度盡如幢 誦根本密言 思滿有情願
密言曰

娜麽羅怛娜　怛羅夜也　娜莫阿唎耶
嚩魯枳帝　濕嚩囉耶　菩地薩怛嚩耶
麽訶薩怛嚩耶　摩訶迦嚕抳迦耶　怛姪
他　唵　斫迦羅鞢（弾舌）低震跢麽抳　摩訶
鉢頭（入聲）迷嚕嚕底瑟吒　入嚩攞　阿迦哩
灑耶　吽泮吒　薩嚩訶

次結心祕密　依前根本印　戒方檀慧縛
名爲本心印　一切諸意願　應心之所念
由結此印故　皆悉得成就

密言曰

唵　鉢頭（入聲）迷震哆麽抳　入嚩攞吽

次結隨心印　二手堅固嚩　進力摩尼形
禪智並而伸　戒方亦舒直　檀慧相交豎
誦此心中心

唵　嚩囉娜　鉢頭（入聲）迷吽

次想尊口中　流出祕密言　分明成字道
五色光照耀　間錯殊勝色　入於諭岐口
列心月輪中　瑩如紅頗梨　一一諦思惟
順理隨覺悟　住定而修習　入於阿字門
即入輪字觀　皆遍觀諸字　此名三昧念
獲智及解脫　由此相應故　不久成種智
若當聲順念　最勝妙奇特　住於本尊觀
不應急躁心　不高亦不下　不緩亦不急
智者離分別　及諸妄想心　若誦洛叉遍
所求皆悉地　二手持念珠　頗知與蓮子
螺珠及餘寶　無瑕光好者　當穿一百八
一一誦七遍　當心一一度　與莎訶齊聲
一千與八百　隨力而念誦　四時或三時
此法後夜勝　如意輪經中　本教佛所說
若如是修習　現世證初地　過此十六生

成無上菩提　何況世悉地　現生不如意
隨力念誦已　重結三昧印　復爲八供養
發遣密言主　二羽堅固縛　忍願蓮葉形
從心至面散　頂上合華掌　想尊虛空中
復道還本宮
密言曰
唵　鉢頭(入聲)麼薩怛嚩紇哩穆
發遣聖者已　自住本尊觀　或於閑靜處
轉讀摩訶衍　楞伽與華嚴　般若及理趣
如是等經教　思惟而修習　讀誦經典已
自恣行住坐　乃至於寢息　不間菩提心
不久當悉地　金剛藏所說　此大悲軌儀
不擇日及宿　時食與澡浴　若淨與不淨
常應不間斷　遠離於散亂　不營諸世務
念畢發誓願　結三昧耶印　禮佛菩薩已
隨意而經行

觀自在如意輪菩薩瑜伽法要

音釋

桎(其月切與橛同)　泚(尺禮切)　趌(其乞切)　⿰亭音(亭音切)　峆(大合切)
祼(郎果切赤體也)　紇(下沒切)　⿰耳匿(尼質切)　閼(烏割切)　韎(亡達切)

佛說救面然餓鬼陀羅尼神呪經　唐于闐三藏實叉難陀譯

佛說甘露經陀羅尼　唐于闐三藏實叉難陀譯

大陀羅尼末法中一字心呪經　唐北印土迦濕密羅國三藏寶思惟譯

清刻龍藏佛說法變相圖

三經同卷

佛說救面然餓鬼陀羅尼神呪經

佛說甘露經陀羅尼

大陀羅尼末法中一字心呪經

佛說救面然餓鬼陀羅尼神呪經

唐于闐三藏實叉難陀 譯

爾時世尊在迦毘羅城尼俱律那僧伽藍所與諸比丘幷諸菩薩無數衆生周帀圍繞而爲說法爾時阿難獨居靜處一心繫念即於其夜三更之後見一餓鬼名曰面然住阿難前白阿難言却後三日汝命將盡即便生此餓鬼之中是時阿難聞此語已心生惶怖問餓鬼言我此災禍作何方計得免斯苦爾時餓鬼報阿難言汝於晨朝若能布施百千那

由他恒河沙數餓鬼并百千婆羅門及仙人等以摩伽陀國斛各施一斗飲食并及爲我供養三寶汝得增壽令我離於餓鬼之苦得生天上阿難見此面然餓鬼身形羸瘦枯燋極醜面上火然其咽如針頭髮鬇亂毛爪長利身如負重又聞如是不順之語甚大驚怖身毛皆豎即從座起疾至佛所五體投地頂禮佛足身心顫慄而白佛言救我世尊救我善逝過此三日命將殄盡昨夜見一面然餓鬼而語我言汝於三日必當命盡生餓鬼中我即問言以何方計得免斯苦餓鬼答言汝若施於百千那由他恒河沙數餓鬼及百千婆羅門并諸仙等飲食汝得增壽世尊我今云何得免此苦爾時世尊告阿難言汝今勿怖有異方便令汝得施如是餓鬼諸婆羅門及仙等食勿生憂惱佛告阿難有陀羅尼名曰一切德光無量威力若有誦此陀羅尼者即成已施俱胝那由他百千恒河沙數餓鬼及六十八俱胝那由他百千婆羅門并諸仙等前各有摩伽陀斛四斛九斗飲食佛告阿難我於前世曾爲婆羅門時於觀世音菩薩及世間自在德力如來所受此陀羅尼我當以此陀羅尼力便得具足施於無量無數餓鬼及婆羅門并仙等食以我施諸餓鬼食故捨離此身得生天上阿難汝今受持此陀羅尼當自護身即說呪曰

那麼薩縛(無可切下同)怛他揭多(去聲)縛路枳帝(一)

唵三(上聲下同)跋(鞞揭切下同)囉三跋囉(二)虎𤙖(二合)(三)

佛言阿難若欲作此施食法者先取飲食安置淨盤器中誦此陀羅尼呪呪食七遍於門

内立展臂戸外置盤淨地彈指七下作此施已於其四方有百千俱胝那由他恒河沙數餓鬼於一一餓鬼前各有摩伽陀斛四斛九斗飲食如是鬼等遍皆飽滿是諸餓鬼喫此食已悉捨鬼身盡得生天復言阿難若比丘比丘尼優婆塞優婆夷若能常誦此陀羅尼并奉飲食即為具足無量功德命得延長即成供養百千俱胝如來功德顏色鮮潔威德强記一切非人步多鬼等夜叉羅剎并諸餓鬼皆畏是人心不忍見是人即為成就具足大力勤進復言阿難若欲施婆羅門及仙食者當取飲食滿置鉢中誦此陀羅尼呪呪食七遍瀉流水中具足奉獻無量俱胝百千恒河沙數婆羅門及諸仙等如天飲食其婆羅門并仙人等喫此食已諸根具足圓滿吉祥各發其願讚歎施人其施食人心得清淨而便疾證梵天威德常修淨行具足成就供養百千俱胝恒河沙數如來功德於諸怨敵而常得勝若比丘比丘尼優婆塞優婆夷若欲供養一切三寶應當具辦香華飲食誦此陀羅尼呪呪所施食及香華等二十一遍供養三寶此善男子善女人等具足成就諸天妙供及無上供尊重讚歎一切如來剎土三寶諸佛憶念稱揚讚歎諸天擁護佛言汝去阿難當自護身并及廣為諸眾生說令諸眾生成就具足無量功德所生之世常值百千俱胝諸佛

佛說救面然餓鬼陀羅尼神呪經

佛說甘露經陀羅尼

唐于闐三藏實叉難陀譯

南無素嚕皤耶一怛他揭多去聲耶二怛姪他三唵四素嚕素嚕五皤囉素嚕六皤囉素嚕七莎呵八

右取水一掬呪之七遍散於空中其水一渧變成十斛甘露一切餓鬼並得飲之無有乏少皆悉飽滿

佛說甘露經陀羅尼

大陀羅尼末法中一字心咒經 出文殊根本儀軌經

唐北印土迦濕密羅國三藏寶思惟譯

如是我聞一時佛在淨居天宮不可思議種種莊嚴一切菩薩衆會中住及諸天龍藥叉健達縛阿素洛等星宿天仙皆是十地菩薩方便化現在於此會爾時世尊坐蓮華藏界觀察大衆諸天仙等爲欲利益後末世時一切衆生故入於一切如來最上大轉輪王頂三昧即於眉間放一大光其光普遍十方世界一切佛刹其中衆生遇斯光者靡不歡悅其光遍已還至佛所圍繞三帀入如來頂當入之時復現種種莊嚴之相其光之內忽有聲曰我是大轉輪王一字之呪無量天仙恭敬圍繞爾時光中復出聲告曰釋迦如來我是一切如來智慧轉輪王一字心呪於一切過現未來一切諸佛我是最上秘密心呪寶蓋佛娑羅樹王佛無量光佛無勝佛妙眼佛妙幢佛華王佛彼等諸佛普皆已說一切過去無量諸佛亦皆隨喜汝今當爲未來衆生敷演斯呪令諸衆生獲大利益爾時世尊見聞斯已告諸大衆汝等當知云何名爲一字轉輪王呪即説呪曰

朩(此是梵本一字之呪) 部(上聲)林(去聲二合此是唐音彈舌呼之)

爾時釋迦牟尼佛復告諸天仙衆汝等諦聽妙吉祥童子此陀羅尼我今欲說曼陀羅法及念誦法設大食法速令成就若有人能持此陀羅尼最勝妙法若不知吉祥之日及諸星等汝諸天神勿爲障礙若有能行我教法者汝等天衆護持是人一切鬼神及諸毒惡毘那夜迦等亦當守護不得損害方便護念

於十力教中令生信解說是語已即入三摩地所謂一切如來頂生三昧除諸有情不善業故爾時世尊入彼三摩地已十方諸佛觀察如來在清淨天宮一一皆來集會各請釋迦牟尼佛說呪而說頌曰

佛說大威德　爲利諸有情　能成一切呪
願者皆滿足　一切佛已說　此呪王威德
能於諸呪中　一字爲尊上　頂生大威德
其力難思議　善除諸妖邪　退諸惡星宿
毒害毋神等　及彼那夜迦　惡願諸鬼神
逼惱有情者　當來濁世中　誦持得安樂
善哉天人師　願爲衆生說

爾時十方諸佛說此頌已默然而住當爾之時三千大千世界一切有情所住之處忽然之間放大火焰威光赫耀而皆不損一有情類爾時釋迦牟尼如來觀察一切清淨天宮告諸菩薩摩訶薩及諸緣覺聲聞天仙諸大衆言汝等諦聽即說頌曰

告諸佛子等　汝等今諦聽　我今說此呪
具足諸功德　當來惡世時　我法將欲滅
能於此時中　護持我末法　能除世間惡
毒害諸鬼神　及諸天魔人　一切諸呪法
若聞此呪名　皆悉自摧伏　我滅度之後
分布舍利已　當隱諸相好　變身爲此呪
佛有二種身　眞身及化身　若能供養者
福德無有異　此呪亦如是　一切諸天人
能生希有心　受持及供養　所得諸功德
如我身無異　此呪王功德　我今但畧說

爾時世尊說此頌已爲諸衆會說斯輪王如來頂髻之法能令他法速即毀壞能令自法

速得成就一切菩薩所共讚歎誦念之處於四方面五百驛內一切惡鬼皆自馳散一切呪師行其本法聞此呪已皆悉摧壞一切諸天所有神通皆悉退失其持呪者欲滅他法不滅他法由持呪者所存念處一切世間及出世間諸持呪者及諸惡星無不摧伏若善男子爲護大乘若爲自身若對怨敵應以手執一把青草呪一百八遍意念彼人以刀斬草念壞彼法即便斷壞若欲令彼前人呪法不成就者誦呪七遍以手作拳意屬彼人即不成就若欲令彼前人成者即開其拳還得如故若欲作此法者先須洗浴著鮮淨衣自法即得成就

若欲護持他人一切惡鬼皆不敢近此呪所自護身所護他人所呼鬼神所遣鬼神所求事業並用此呪

若持諸呪無有神驗爲誦此呪一百萬遍即得成就所得境界若無効驗其神當即消滅

若欲天神來爲給使當取油麻酥蜜酪等和之少取一撮一呪一遍一擲火中燒之滿一百八遍一日三時至七日內其神即來便爲使者若欲降伏諸天取天木一百八片一一誦呪投其火中

若欲降其神者念其名字一日三時作法至七日內速來降伏

若欲降伏諸龍女者取酥蜜乳一日三時誦一百八遍於火中燒至七日內即得成就

若降藥叉及藥叉女一依前法取酪飯燒之即得成就

若欲降伏健達縛及其女者燒一切香一依

前法燒種種華一切八部女神即來降伏
若欲降伏眞婆羅門取好名華及白芥子一
依前法即得如意
若欲降伏筏舍之人取酪乳酥一依前法即
得成就
若欲降伏戍達羅取酥土和一依前法
若欲降伏一切惡人及惡星宿者取酥及油
麻燒之一依前法如上説者須七日内三時
洗浴誦呪一百八遍即得成就
爾時世尊説斯語已呼文殊師利呪法中有
如上威力於後末世此法能令一切衆生受
持行用更有種種諸法我今略説説此語已
爾時世尊默然而住于時四部大衆白言世
尊唯願慈悲更説餘法未來衆生得安樂故
爾時釋迦牟尼佛復更觀察清淨王宫告妙
吉祥童子曰善聽我今略説一字轉輪王威
驗呪及畫像之法爲令惡世有情少於精進
少於明慧不能受持廣畫像法者我今略説
畫像之法爲欲利益有情故速得吉祥義故
若欲受持最勝法者取新白氎長一丈闊六
尺未斷縷者勿以膠爲彩色其畫像師香湯
洗浴著新淨衣受持八戒當畫世尊作轉輪
王像説法之容一切世界主座下畫梵王聖
金剛菩薩佛上畫兩華鬘王子座下畫持法
人爾時世尊釋迦牟尼復觀妙吉祥童子告
言諦聽妙吉祥童子一字轉輪王大威驗略
説畫像法我今説之令惡時衆生得安樂故
若欲作法者手持香爐諦觀佛面以其像面
向西方於前種種香華供養持法之人每日
三時燒沉水香面向佛像誦此神呪一百萬

遍然後作法持法之人應須持戒每須喫三白食所謂乳酪秔米不得破齋於一切衆生發慈念心持菩薩戒此人凡所欲作功驗之事及療一切病皆得如意常須供養一切三寶若欲成就輪法者以鐵作輪其輪二轂於佛像前立一方壇從月一日至十五日三時洗浴燒沉水香誦呪至百萬遍常用諸華以爲供養十五日已更作一壇中安其輪兩手蓋上至心誦呪輪現火光當持法人能昇虚空於明呪中爲其仙主若餘人見亦得騰空

若欲成就傘蓋法者作新白傘蓋種種金銀寶物莊嚴内中懸一口旛手把其傘一依前法誦呪當即火出其持法人即騰虚空皆如上説

若欲作法取白月十五日及五節日所謂月八日十四日十五日二十三日及月盡日身得變化十五日内必得成就若此成就者一切諸法亦得成就得一切神通及一切佛菩薩法此世界中作轉輪王千子圍繞

若欲作佛頂法者用金或銀或鍮或鑞如一手掌大如佛頂依如上法誦呪頂上火光即得騰虚與一切衆生説法壽命一大劫

若欲成就如意瓶法當作一金瓶一切穀子一切藥子及諸寶物滿其瓶中其瓶上蓋白淨氎布臘月一日起首誦呪至一周年即得成就於其瓶中所須之物常取不盡

若其欲得如意寶者若金若寶若水精一依前法以布蓋上誦呪一年速得成就所求皆得若在天中若在人間手持此寶即作轉輪王於彼像前誦呪萬萬遍即騰虚空壽命一

大劫
若欲成就金剛杵法者以紫檀爲金剛杵一枚若無紫檀鐵鋋亦得以五牛物洗之五牛物者所謂乳酥酪糞尿常以臘月十五日於其像前清淨廣設供養然一百盞牛酥爲燈又以香湯洗金剛杵其持法人以身布施一切諸佛菩薩於後用轉輪王呪以護其身至十五日夜二更中以其右手執金剛杵當於像前一心誦呪遂金剛杵現其火焰一切天仙諸龍鬼等與其部衆咸至其所將持呪人入明仙處册立爲王其人身力同如金剛菩薩若意欲往所在之處隨意無礙壽一大劫能見彌勒菩薩說正法處若樂求生處自在如意即得往生

若欲成就雄黄之法取好者一兩鬼星見夜三日斷食又設衆僧食於其衆前合掌從乞進止若衆僧許供養世尊於一切衆生發慈悲心於其佛前然一千盞牛酥明燈持呪之人自身施佛作法竟已乞願當取其雄黄誦呪若熱若烟若火光出現三相已取少雄黄點著眉間一切天龍鬼神及人非人即來奉事其持呪人壽命千年若點額上即不現身天神亦不能見若欲須現亦得隨意壽命三千年若現火出即成明仙所有同伴並騰虚空勝諸仙人壽命一劫若捨此身生覩史天

若欲成就執戟法者當用好鐵爲戟一周年間執戟誦呪取沙作一塔於前著食施與衆生於其塔前左手執戟跏趺誦呪即出種種光明持呪之人即騰虚空大自在天衆迎持法人種種好華散身圍繞餘所見人皆共騰

空彼持法人能爲大王常以大自在王諸天仙人皆來恭敬壽命一大劫若有惡心來相向者當即墜落諸天龍鬼尚不能惡何況凡夫若捨此身得生西方極樂世界

若欲成就死人法者取無瘡瘢未損壞者將於壇中卧其地上令面向上作四箇佉陀囉用一色木爲橛繫其脚手持呪之人坐於心上擣寶物爲末少少取一一誦呪内於死人口中至於死人開口舌上吐出如意寶珠取得其寶即於明仙間爲轉輪王隨心所願器仗即自現來其身出現光明照得四方一百餘驛壽命自在意若須他世界作王即能如意捨命能生無垢世界

若欲成就第二死人法者一依上說取棗木爲橛即以鐵末一一誦呪少少内於死人口中至其出舌即割其舌共同伴亦騰虛空所願即得壽命一小劫若於此捨命得生一贍部洲爲王

若欲成就鉤法者取茅草作一鉤如一手大五牛物中洗之一日一夜斷食而取其鉤手執供養金剛菩薩然百盞酥燈先誦大佛頂悉達多鉢多囉呪以護其身後誦此呪能令成就如前輪法若結一日光明所照之處積一土壇即用棗木作四箇橛呪之七遍一一角中釘著便當結得十方界於第二更中結跏趺坐一心供養彼鉤頂禮一切佛及菩薩當取彼鉤手執誦呪所有地獄受苦衆生即能無苦持呪之人當即聞聲飛騰虛空手把此鉤與一切明衆生王一切天龍鬼持呪人即當禮拜供養壽命一大劫於彼捨命即生

於金剛地見金剛境界若欲成就像者而畫一像當火出即騰虛空得作明仙

若欲成就別法先誦此呪十萬遍一日一夜必須斷食設大供養取遏迦木作火烏麻牛酪酥蜜呪一千八遍少少投其火中即得成就心所願者皆得圓滿

若欲降伏大自在天先須供養於大自在天坐南邊作火燒烏麻等四物誦呪滿足一千八遍自身先須潔淨防護誦呪七遍以水灑身當時即有聲出不須恐懼大自在天當即現身願者皆得

若欲那羅延及梵天王等成就者當作此法即得成就先須護自身

若須喚藥叉母及姊妹妻取無憂華誦念彼名一日三時而呪其華至一百八遍火內燒之於七日內即能得至願者皆得若母及姊妹妻若七日內不來彼藥叉頭破當降伏若喚諸龍者當取龍華燒如上法

若欲呼喚藥叉者三月內取酪飯日三時各呪一百八遍至月盡日一日一夜當須斷食供養佛像諸藥叉等須與飲食用代吒木爲柴此云多根木三藏云廣州出酪酥蜜飯於內燒之意念呼喚藥叉來者其酥酪蜜飯誦呪一千八遍一呪一燒其食當得毗沙門諸藥叉衆等速來彼處取遏迦木華於前迎之諸藥叉曰當須我等作何事耶彼即告言每日須一藥叉守我門戶所遣作事即當作之所須物者當能成之若須乘騎即得騎之若須長年藥者當即與之

若欲降伏金剛神者先須誦四千三十二遍

十二月一日至正月十五日須供養佛并設三七僧齋當須發願以此供養功德迴施金剛當夜二更時起結跏趺坐於其火中燒安悉香誦呪其香丸如梧桐子大誦時意念見金剛神呪至三更即當雷鳴地動天雨種種妙華金剛即來及一切天龍八部菩薩等來共圍繞其持呪人取香湯水并華出迎恭敬禮拜金剛當即告曰汝求何願隨乞皆得壽命一劫若捨此身即生金剛住處

若欲成就餘明仙者亦須作此金剛之法即當成之

若須成就佛呪法者及觀世音呪法梵天呪法大自在天呪法及世出世須作此法

若持餘呪不成就者即須此呪共餘呪七日內誦之即得成就若其不成及不現驗其呪神等即當滅亡

若於大自在天及諸天等前七日誦呪若不現身即令頭破

若日月蝕日所須和合湯丸藥等先須預備其日誦呪至日月明淨其藥等法速即成就

若有婦人求男女者先誦其呪一百萬遍燒沉水香供養須十二月一日起首至於十五日於道場中供養并設三七僧齋其婦人一日三時燒香誦呪心念發願請求男女其十五日夜二更時取烏油麻以酥和之誦呪一遍一迴燒之滿一百遍其夜四更當見境界或菩薩形狀等即自知之若彼婦人心中所念便獲其願燒香常於像前持念此呪即得成就

若求隱形取雄黃藥一小兩中之半兩也取

人乳和合以爲五九取沉水香作合子盛之取一九誦一千八遍及白芥子亦以五顆誦一千八遍一一並於合内盛之須至日月蝕日誦呪其合子内若其有聲一切衆生見此呪人悉皆歡喜所須皆得若其出烟其持呪人即不現身所至諸處皆爲其主壽命一小劫若出火焰其持呪人身即端正猶如天童似年十六與諸天神爲主壽命一大劫百寶藏門悉皆自現

若欲成就牛黄之法一依雄黄法作若欲成就眼藥法者取石安善那及青蓮華青木香各重一錢其藥於熟銅鈔鑼中安之至日月蝕時日夜誦呪烟出即以此藥内其眼中其持呪人即得隱形與隱形人爲其主人也

若欲成就刀法取無瘢刀於二十三日或二十九日供養其像散衆生食護淨自身右手執刀誦呪至刀聲出當即騰空所願隨意又若火出所同伴人得見火者並悉騰空與一切騰空人爲主

若欲成金剛杵取好鍱鐵長十六指打作三稜上下各作三頭摩以紫檀用塗其上從十二月一日供養其像始從一日設四僧齋日漸加一僧自須持呪至十三日供養僧了即不喫食至十五日夜於舍利塔前供養圖像然以酥燈一百八盞自坐茅草受持此呪兩手執杵誦呪呪之其杵即便火出其持呪人即得昇仙其同伴等亦騰空作明仙主神力猶如金剛壽命一大劫命終已後生金剛菩薩處更若欲求成就就刀器仗等物一依前法即得成就

若欲除家内諸惡者作地火爐四邊畫作蓮華火鑪内取桑木作柴并酪及酥蜜一日三時誦呪一千八遍至三日内即得成就

若欲護一城一村於七日内燒賖彌迦木及酥酪蜜燒之即得成就

若欲祈雨取烏圖末羅木（此云其木似梔子）燒木爲火并酥酪蜜燒之於七日内即得成就

若護一國所求如前所説取桑木燒之

若欲求長命者於十二月一日至十五日乞淨潔食誦呪總滿三十萬遍至月盡日二日已前不喫食取黑牛乳一升誦呪滿得一百八遍須以香華供養於佛其乳自服即得長命若十日内其酥酪蜜燒之及結縷草即得長命

若求降伏逆賊取獨頭及娑邏迴呪一千八遍令賊見聞娑邏迴聲及見獨頭即便自縛

若取一切草子少少盛滿一新瓶瓮和水誦之一百八遍取其苗子及水浴身除一切諸惡不能爲害

若有人食諸毒藥者取孔雀尾誦呪十萬遍禁毒及諸惡病皆得除差

若一切天行熱病結索呪一百八遍繫其人項一切熱病當得除愈

若佉羅木（此云櫨木）作火酪酥蜜相和燒於火中呪一百八遍一遍一燒少少燒之即得伏藏

若以紫檀刻爲蓮華滿十萬箇於大江河入至腰際一一呪之放其水中依檀華數即得金藏若以毗梨婆木（此云其木似榠櫨）爲火并依前二味一一呪之滿至一千八遍即得依前無盡金藏沉香水并依前三味燒之二十一日

内日日三時一時誦一千八遍一切諸天龍神皆來爲使者
若以秔米及酥酪蜜與火投之誦呪滿一千八遍即得無盡百味食飲
若安悉香丸如梧桐子與三味和一一誦呪燒之滿足一千八遍一切藥叉來爲使者
若阿輸迦華（此云無憂華）及以三味誦呪一千八遍一一燒之一切藥叉女來爲使者
若燒龍華及以三味一切諸龍來爲使者
若燒沉香及三味等依前誦呪一切金剛來爲使者
若燒末怛那果及以三味依前作法一切明仙皆來爲使
若沉香木爲火燒蘇合香呪一百八遍一切健達縛來爲使者
若燒熏陸香一切餓鬼來爲使者
若尸利縛色得伽藥和沉水香燒之一切緊捺落來爲使者
若燒白膠香一切毘那夜迦來爲使者誦一百八遍若燒白芥子及白芥子油一千八遍誦呪了已國王歡喜若一日三時至七日内作法即成就
若對日前誦呪十萬遍一切惡障皆悉消滅
若誦一遍護得已身若誦二遍朋友財物皆蒙擁護
若欲得蓮華法成就者以紫檀木爲一蓮華二日勿食左手執華於像前坐誦至其火出當爾之時及諸同伴飛騰虛空於明仙衆爲轉輪王於彼捨命得生西方極樂國土
若取摩羅末伽土（此云颱鼠土）以沙共和作金剛

杵長十二指手自執持家家乞食必定不得共於人語誦呪十萬遍其杵上頭作孔著白芥子至日月蝕日像前誦呪令其杵中芥子作聲所求願者皆得成就若以杵擊山山自摧碎凡所施爲咸得遂意若將其杵入海海水隨意若執此杵誦持呪法一切毘那夜迦不得障礙若入河海深水中者其水至腰取十萬蓮華一呪一擲水水中當即妙吉祥天女出現所願皆得

若取蓮華三十萬莖誦呪依前水中放之求廣大願皆得稱意

若取蓮華五十萬莖誦呪依前水內放之最極廣願無有不隨

若月一日取闍提華香（似支子華香）誦呪一百八遍一一散擲呪像足前一日三時至十五日作此法者其像足上現出火光入持呪身當即不現共諸伴等即騰虛空於明仙衆得作轉輪王壽命一劫

若坐海岸以龍木柴爲火面向西方執龍華木誦呪十萬遍燒於火中當即海水激爲波濤騰浪涌溢當爾之時幸勿憂怖但以至誠專心誦呪水中即現具婆羅門所求皆得所遺皆作

若於地上畫千葉蓮華而坐其上誦呪十萬遍其地即裂有神出現與持呪人共同伴等即騰虛空於明仙衆爲其仙主壽命一劫若十二月一日至十五日取闍提華一一誦呪散佛頂上滿十萬遍頂即出光照人身上得五神通若其華呪滿百萬遍所願皆得

若取地上曲蟺之土作一師子牛黃塗之坐

安壇中恭敬供養誦呪至於師子自動即得
成就所求皆得
若乘騎師子所願生處速得到彼命同梵天
若作象及水牛一依前法若也出聲諸至皆
成索者皆得所遣皆作
此轉輪王呪所須事者皆得成就所須物者
一依心願以淨信意作此法者無不成就
爾時世尊說斯法已復作是言我若廣說此
呪威力成就諸法窮劫無盡汝等當知要略
而說爾時會中有無量無邊不可思議菩薩
摩訶薩天龍八部轉輪王等心大歡喜咸唱
善哉釋迦如來能說此事難可思議然我等
輩誓當護持此呪若見有人及以非人受持
讀誦書寫供養愛念思求者當與擁衛令無
災患若於國中見有此呪等恭敬彼國諸人
如佛無異各以神力防禦國境令惡鬼神兇
賊猛將風雨水火使不得侵損百姓熾盛國
土安寧財穀豐熟無諸饑饉疫病不祥亦令
退散爾時如來讚言善哉善哉汝等實能如
是擁衛佛說經已諸菩薩衆天龍八部皆大
歡喜信受奉行

大陀羅尼末法中一字心呪經

音釋

髼（薄紅切髮亂也）顫（之膳切顫慄恐懼也）鉛（與專切黑錫也）鑞（盧合切錫也）鋌（徒鼎切朴也）鈔鑼（鈔音沙鑼魯何切鈔鑼金銅器也）瀊（薄官切創瘢也）櫨（落胡切）槇櫨（槇莫經切櫨側加切）鼢（扶粉切鼠名）蟺（上演切蚯蚓也）